◎山东省社科理论重点研究基地齐文化研究基地重大项目

淄博古代文献丛刊
王志民　主编

王培荀集

（清）王培荀　撰
焦桂美　谭成波　整理

山东大学出版社
SHANDONG UNIVERSITY PRESS
·济南·

图书在版编目（CIP）数据

王培荀集 /（清）王培荀撰；焦桂美，谭成波整理
. -- 济南：山东大学出版社，2024.1
（淄博古代文献丛刊 / 王志民主编）
ISBN 978-7-5607-7969-0

Ⅰ. ①王… Ⅱ. ①王… ②焦… ③谭… Ⅲ. ①王培荀
—文集 Ⅳ. ① Z429.49

中国国家版本馆 CIP 数据核字 (2023) 第 203211 号

责任编辑　楚洋洋
封面设计　张　荔

王培荀集
WANG PEIXUN JI

出版发行	山东大学出版社
社　　址	山东省济南市山大南路 20 号
邮政编码	250100
发行热线	（0531）88363008
经　　销	新华书店
印　　刷	山东蓝海文化科技有限公司
规　　格	710 毫米 ×1000 毫米　1/16
	28 印张　528 千字
版　　次	2024 年 1 月第 1 版
印　　次	2024 年 1 月第 1 次印刷
定　　价	112.00 元

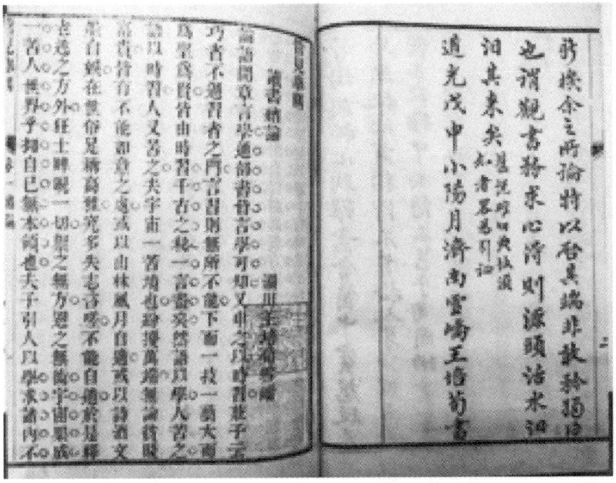

中国科学院图书馆藏清道光二十八年至二十九年荣梨官廨刻本《读书绪论》

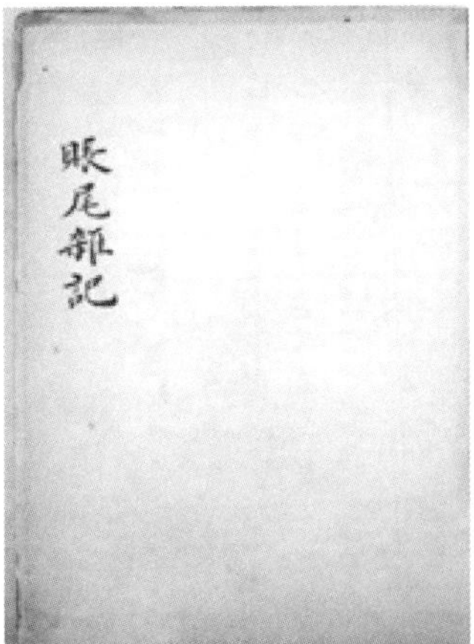

山东省图书馆藏稿本《账尾杂记》

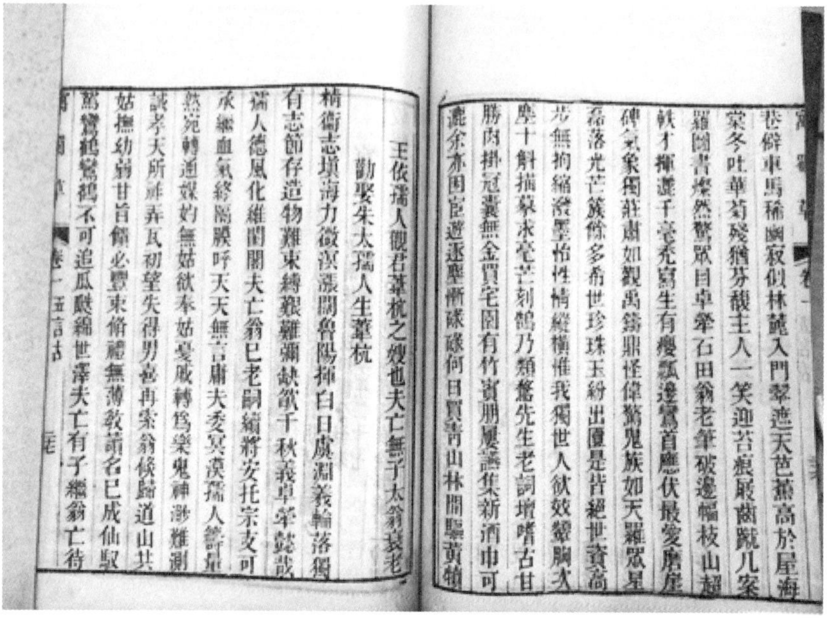

山东省图书馆藏清道光二十七年慎思堂刻本《寓蜀草》

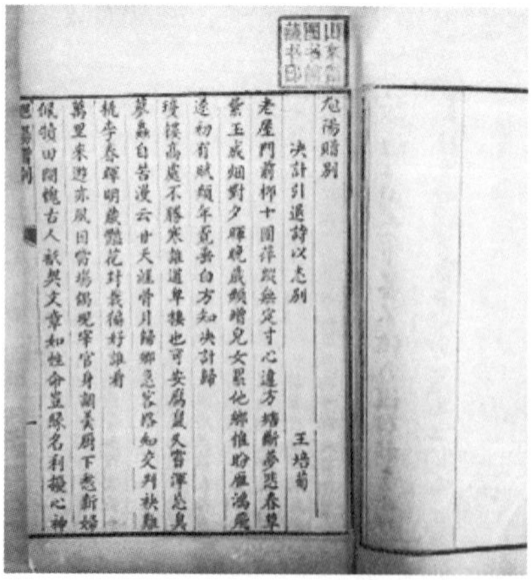

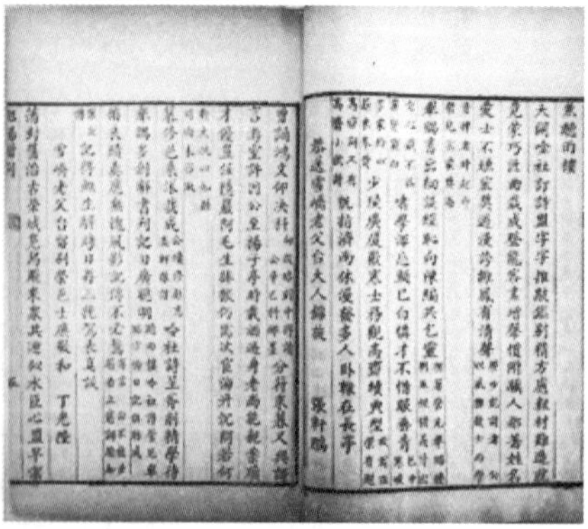

山东省图书馆藏清道光二十九年序刻本《旭阳赠别》

《淄博古代文献丛刊》编委会

总　序

淄博是齐文化的发祥地，有着源远流长的著述传统。先秦时期，齐地沃土孕育了诸多文化经典，包括我国第一部手工业技术专著《考工记》、齐文化的百科全书《管子》、“无传记之名，实传记之祖”的《晏子春秋》、兵学圣典《孙子兵法》以及《孙膑兵法》《司马法》《六韬》等兵学著作，还有《慎子》《尹文子》《鲁仲连子》等稷下诸子文献。战国秦汉间，齐人在经学方面成就突出，《易》《书》《诗》《春秋》今文经学的传承，均与齐人有密切关系。魏晋以后，淄博文献众多，有史书方志、科技著作、笔记杂著、戏曲小说、诗集文集等，各呈风采。西晋左思《三都赋》曾令洛阳纸贵，北魏崔鸿《十六国春秋》是研究魏晋南北朝历史的重要著作，贾思勰《齐民要术》标志着古代农书的成熟，唐代段成式《酉阳杂俎》和宋代王辟之《渑水燕谈录》是唐宋史料笔记中的代表性作品，元末明初贾仲明的杂剧“骈俪工巧，有非他人之所能及者”[①]。特别需要注意的是，明清时期，淄博文风兴盛，涌现出了众多文化名人，留下了大量的文献著述，其中很多被收入《四库全书》，如毕自严《石隐园藏稿》、薛凤祚《两河清汇》、孙廷铨《颜山杂记》、王士禛《居易录》《池北偶谈》《香祖笔记》《古夫于亭杂录》《分甘余话》《精华录》《渔洋诗话》《衍波词》等，而蒲松龄《聊斋志异》被誉为“短篇小说之王”，成为淄博文化发展史上耀眼的风景。

古籍文献是中华优秀传统文化的重要载体。淄博古代文献不仅是研究淄博地区历史文化的珍贵史料，也是中华优秀传统文化的宝贵遗产。党的十八大以来，传承、弘扬中华优秀传统文化成为国家重大文化战略。2017年1月，中共中央办公厅、国务院办公厅印发《关于实施中华优秀传统文化传承发展工程的意见》，要求“加强中华文化典籍整理编纂出版工作”。2022年4月，中共中央办公厅、国务院办公厅印发了《关于推进新时代古籍工作的意见》，指出：“做好古籍工作，把祖国宝贵的文化遗产保护好、传承好、发展好，对赓续中华文脉、弘扬民族精神、增强国家文化软实力、建设社会主义文化强国具有重要意义。”为发掘保护淄博文献资源，传承弘

① 无名氏：《录鬼簿续编》，《中国古典戏曲论著集成》（二），中国戏剧出版社1959年版，第292页。

扬优秀传统文化，推动中华优秀传统文化创造性转化、创新性发展，助力淄博文化强市建设，山东理工大学和淄博市政协决定联合编辑出版《淄博古代文献丛刊》(以下简称《丛刊》)。山东理工大学党委和行政领导高度重视，给予了多方面的关照与支持。淄博市政协专门召开党组会研究，将《丛刊》列为市政协文史工作重点项目；张延廷主席、朱正林副主席非常关心该项目的实施和进展，提出了许多推动措施和指导意见。山东理工大学齐文化研究院和淄博市政协文化文史和学习委员会具体负责项目实施。

淄博历代文献数量宏富，根据《中国古籍总目》《山东文献书目》《山东文献书目续编》等书目及各类方志资料，今天保存下来的淄博古代文献就有近1000种。《丛刊》的收录原则，一是水平高，具有重要文化、学术价值；二是未经过点校整理，或虽有整理但不够规范系统。根据这两项原则，在充分调查的基础上，《丛刊》选取了淄博古代23位文人著述进行整理，共16册(部分文人著述篇幅较小，进行了合并)，总计700余万字。

《丛刊》项目酝酿于数年前。张宇声教授提出编纂整理《明清淄博文人别集丛刊》的建议被采纳，经过专家研讨，根据实际选目，后改为《淄博古代文献丛刊》。为做好整理工作，我们组建了四个编纂小组，分别由山东理工大学张宇声教授、巩曰国教授、上海交通大学朱丽霞教授、山东师范大学王培峰副教授担任组长，张宇声负责《孙廷铨集》《赵进美集》《张笃庆集》《高珩集》《王培荀集》，巩曰国负责《王象晋集》《王象艮集 王象明集 王与玟集》《王象春集》，朱丽霞负责《王教集 袁藩集》《刘一相集》《刘鸿训集》《毕自严集》，王培峰负责《段氏三代诗文汇编》《杨梦衮集》《何世璂集 王祖昌集》《张象津集》，延请上海交通大学、中国海洋大学、山东师范大学、重庆师范大学、山东理工大学、西安航空学院、商洛学院等高校相关学者组成了一支水平较高的整理队伍。《丛刊》编纂日常工作由山东理工大学齐文化研究院执行院长巩曰国教授负责。

整理过程中，我们统筹组织，多次召开会议，制定具体措施，严把质量关。各集整理者广泛搜集各种版本，科学选定底本与校本，严格执行整理体例和古籍整理规范。初稿完成后，各组成员之间对书稿进行了互审，各组组长对所负责的书稿进行了通审并提出修改意见，书稿汇总后，王志民、巩曰国、耿振东等又组成终审小组，分别审阅了书稿并对各集的前言进行了统一审稿，逐一提出修改意见。各集整理者根据修改意见对书稿进行了修改完善。2022年8月，《丛刊》书稿交付山东大学出版社。山东大学出版社对《丛刊》的出版非常重视，王贻社总编、刘旭东副社长、刘森文主任统筹协调，精心组织编校，保证了《丛刊》的出版质量。

《丛刊》学术价值主要有以下几个方面：

其一，首次对淄博古代文献特别是明清时期淄博文人著述进行了较大规模的整理，填补了学术空白。文献整理是文化建设的基础工作，历来为人所重视。省一级的文献整理，前有《畿辅丛书》《云南丛书》，今有《齐鲁文库》《荆楚全书》《湖湘文库》《江苏文库》等。近些年来，地市一级的文献整理也不断推出，如《金陵全书》《苏州文献丛书》《金华丛书》等。淄博文化底蕴深厚，文献资源丰富，古代文献虽有整理，如《管子》《晏子春秋》《考工记》等先秦齐文化典籍，左思、王士禛、蒲松龄、赵执信、徐夜等文人的著述以及部分方志，但零散不成系统。《丛刊》作为第一种淄博古代文献整理丛书，弥补了淄博文化建设的这一缺憾。《丛刊》16 册中，有 11 册的全部内容均为尘封数百年后首次整理面世。

其二，注重规范、全面挖掘整理，为淄博地方历史文化研究提供了详实资料。《丛刊》各集，对原著者的各类著述尽可能全面收录，如《张笃庆集》，不仅收录其诗集《昆仑山房郢中集》《昆仑山房诗集》，还收录传记类著作《先相国少保公年谱》《两汉高士赞》以及史评类著作《班范肪截》《五代史肪截》。每一种集子，书前都有前言，介绍作者的生平、著述及贡献，书后附录详列相关传记材料、诗文唱和、诸家评论、著录题跋、诗文辑佚以及作者年谱（年表）。这样一册在手，即可全面了解其生平、著述及各方面贡献。文献作者均为淄博人，他们有关当时历史地理、风土民情、名人掌故、名胜古迹的记述，是研究淄博历史文化的宝贵资料。如《张象津集》中《新城水利四议》包含了小清河、孝妇河、郑潢沟、乌河等河流的诸多信息，是研究淄博历史地理的重要文献。《孙廷铨集》中的《颜山杂记·琉璃志》全面、系统地记述了当时中国北方美术琉璃生产中心颜神镇（今博山）的琉璃生产工艺，包括烧造琉璃的原料、呈色、火候、配色、产品、做工、工具、吹制等，对研究名闻中外的“淄博陶琉”具有重要史料价值。

其三，整理发掘诗文、戏曲创作资料，有补于中国古代文学研究。《丛刊》的文献作者均为富有才情的文人，有很多在诗文、戏曲创作方面卓有建树。如王象春是公认的晚明山左诗坛巨擘，主张“重开诗世界，一洗俗肝肠”，推动了山左诗风的转变以及“济南诗派”在清代的繁荣；张笃庆诗歌创作不拘一格，各体兼擅，《四库全书总目》称其“才藻富有，洋洋洒洒，动辄千言，风发泉涌”；毕自严博通经史，雅好文学，高珩誉其文章可比韩愈和苏轼，《四库全书总目》认为“虽乡曲之言，未免稍溢，而以经济兼文章，则自严要不愧也”；赵进美是明末清初诗坛上由“前后七子”的格调说至王渔洋神韵说之间的一位重要诗人，同时也有《瑶台梦》《立地成佛》等戏曲作品；高珩诗文丰富，其诗“近元、白《长庆集》体”，又有通俗弹词《醒梦戏曲》。《丛刊》各集，全面呈现相关作家的诗文、戏曲创作成果，其中包含了一些稀见的稿本、抄本，为丰富拓展古代文学特别是明清时期山左文坛的研究，提供了重要的文献依据。

需要指出的是，《丛刊》文献的作者多出自文化世家，与国内著名文学家、政治家广泛交游，其活动与当时全国的政治局势、文化创造颇有关联，其意义不局限于淄博一地。像毕自严是关涉明末政局的人物，王象春、高珩、赵进美的文学活动都与明末清初文坛发展有很大关系，段成式家族在唐代全国的地位更具代表性。因此，《丛刊》的出版不仅有益于淄博地方文化建设，对于推动山东乃至全国的文史研究和文化建设，也有积极的学术意义。

整理古代文献，弘扬中华优秀传统文化，是我们的历史使命。《丛刊》首次对淄博古代文献进行较大规模的整理，我们深知责任重大。整理中，我们尽管力求严格学术规范，严把学术质量，但校书如扫落叶，疏误在所难免，且《丛刊》是集体项目，出自众人之手，各卷质量不尽相同，恭请专家读者批评指正。

王志民

2023 年 10 月 16 日

定稿于山东理工大学齐文化研究院

前言

一

王培荀（1783—1859），字景叔，号雪峤，出生于山东淄川窎桥王氏家族。这一家族于明洪武初年由河北枣强迁至淄川，耕读继世，忠厚传家，人丁兴旺。明嘉靖十七年（1538），六世祖王崇义（1509—1560）考中进士，开启了这一家族由耕读持家向科举仕宦的转换。自明嘉靖至清康熙200多年间，窎桥王氏科第蝉联，人才辈出，计有140余名子弟获得科举功名（其中包含7名进士、18名举人），享有“一县科甲，半出王门”之盛誉，窎桥王氏也因此成为当地的名门望族。

但自清康熙以后，窎桥王氏登科者锐减，式微之势日显。王培荀的祖父王相符曾发出“最是吾乡当自愧，书香不振百余年”[①]的感慨。王相符以品望重乡里，他恪守着先人“以清白遗子孙，以诗书为世业”[②]的遗教，不但自己发愤攻读，而且对子孙寄予厚望。

王培荀的父亲王思枢“生而端谨，寡交游，于世好无一恋，惟以书卷为性命”[③]。他读书呕心沥血，勤勉异常，在岁试中屡拔第一，所做应试文章曾被刻为范文。每次参加乡试，王相符都盼望捷报，却终未如愿。

王培荀兄弟年幼时，王相符即为计岁延师，“无师则亲为讲画，手抄诗文授荀，为说古今人物立身行己大概”[④]，王培荀深受影响。王培荀聪颖过人，祖父从他身上看到了科考成功的希望：“小子荀学搦管，王父批文尾云：‘见得到，说得出，决科非难事也。’”[⑤]

嘉庆八年（1803），年仅弱冠的王培荀以优异成绩考中秀才，满门欣喜。但第二年祖父去世，父亲教书的微薄收入难以维系全家生计。为贴补家用，

---

① 王培荀：《王氏家传·赠文林郎大父小山公行略》，清道光二十九年序刻本，第2页。按，以下凡涉同书者皆用同一版本，作者及版本信息仅首次出现时标注。

② 《王氏家传·赠文林郎大父小山公行略》，第1页。

③ 《王氏家传·赠文林郎斗南府君行略》，第1页。

④ 《王氏家传·赠文林郎大父小山公行略》，第2页。

⑤ 《王氏家传·赠文林郎大父小山公行略》，第3页。

王培荀开始在蒲台（今属山东博兴）、长山（今属山东邹平）等地设帐教书。他边教书，边攻读，直到道光元年（1821），39岁的王培荀才以辛巳恩科山东乡试第四名的成绩考中举人，迈出了改变命运的关键一步。

中举之后，王培荀教书之余，仍勤奋攻读，精研制艺，渴望考中进士。但在此后的15年里，他6次参加礼部会试，均以落第告终。道光十五年（1835），在会试中再次名落孙山的王培荀对科考仕进之路几近绝望，不想在这一年朝廷开设的六年一度的大挑中，却以“孝廉方正”获得一等。按照惯例，一等当作知县用。他被分发到四川，开始了此后14年的蜀中知县生涯。

道光十五年（1835），53岁的王培荀只身一人来到四川酆都任职。第二年，由四弟培垣及长兄之子绍曾护送眷属来到酆都与王培荀团聚。此后王培荀又任荣昌、新津、兴文、荣县知县。道光二十三年（1843），王培荀从荣县任上被举荐为四川乡试同考官。道光二十九年（1849），67岁的王培荀卸下做了八年多的荣县知县一职，告老还乡，举家返回淄川故园。他在《决计引退，诗以志别》中表达了自己备尝仕宦艰辛之后思归故园的迫切心情：“宦途情况君休问，冷暖亲尝味自知。”“折腰陶令归思急，不愿劳劳逐后尘。”[①] 回乡后，王培荀曾主讲般阳书院，启迪后进，孜孜不倦。咸丰九年（1859）卒于故里，享年77岁。

王培荀生性鲠直，不喜滥交。他驭下严而有恩，但不善逢迎上司，不愿取悦当道，故在四川做了14年知县，虽以循良著闻，却未能获得升迁。

王培荀在荣县时间最长，政绩尤为突出。他抵川之时，蜀中盗贼蜂起，俗称“棒客”，肆虐乡里，民不聊生。荣县亦有巨盗，前任莫敢惩治。王培荀到任即查其踪迹，亲率丁壮擒拿，将盗贼绳之以法。在邻邑连年饱受盗贼侵扰之时，唯独荣县安定无事，百姓安居乐业：“稂莠尽剪除，闾里安善良。熙熙乐太平，民富寿而康。”[②]

王培荀清廉仁恕，每下乡，隶前执牌，大书“分文不取”字样。他曾公开声明，县中百姓如有要事求见，可不必门房通报，直接到后堂面禀。他在署门设梆，有鸣冤者敲梆即知。王培荀折狱宽恕，仅以蒲鞭示辱，劝民息讼，存养善良。他莅荣八载余，恩泽遍及乡村，百姓感戴，视为“父母”：“一片仁心真父母，九年恩泽遍乡村。”[③] 王培荀在荣县颂声翕然，有“王婆

① 王培荀辑：《旭阳赠别》，清道光二十九年序刻本，第2页。

② 王培荀：《寓蜀草》卷一《后捕贼谣》，清道光二十七年慎思堂刻本，第53页。

③ 余长川：《敬和邑侯留别原韵》，《旭阳赠别》，第14页。

婆”“王青天”之号，荥县吏民把他比作西汉末年爱民如子的召信臣，争相为他传播美誉：“口碑到处听舆颂，不让当年召信臣。”[①]

荥县是一个地处川南的蕞尔小邑，土瘠民贫，经济落后。王培荀积极传播北方先进的耕作技术，教导百姓植桑养蚕，发展经济。在他的努力下，荥县经济有了较大发展，“七八年间，岁称屡丰，民咸乐业”[②]。

荥县地僻事简，闲暇较多。公务之余，王培荀亲课士子，提倡风雅，以文学泽吏治，为培养青年才俊、发展当地文化做出了很大贡献。王培荀以切实有效的措施激励、支持年轻人读书求仕：对县中寒士不能读书者，给予薪米；对参加应试者，助其资斧。王培荀出仕前曾做过30多年的教书先生，有丰富的课读经验。来到荥县，他时常与凤鸣、桂林两书院生童讲书论文，希望把他们培养成有用之才。县考的试卷，他必亲加批阅，评判公正，人人悦服。邑中生童感其恩德，视为慈父严师，多送诗文请其就正。王培荀以自己的倾心付出，成就了很多寒门子弟。致仕离川前，他仍不忘叮嘱荥县士子莫荒科举之业：“秀才风味吾深喜，科举功夫尔莫荒。”[③]

荥县衙署有听雨楼，政暇之际，王培荀便召集邑中俊髦，赋诗其中，拔其优者付梓，以示奖励，《听雨楼吟社诗》就是当年王培荀与士子们的唱酬记录。王培荀大开吟社，力倡风雅，上行下效，不以诗闻的荥县很快兴起了学音作诗之风：“荥少能诗者，公以风雅教士，而学音律者蜂起，即哲儿亦蒙奖励。”[④]王培荀在任期间，旭水文章，兴废起衰，士人风气，为之大变。民国《荥县志》赞其“励士以学，文风丕振，旧所无也”[⑤]。

道光二十四年（1844），四川学政蔡振武按试嘉定，征各属邑志乘。王培荀因嘉庆《荥县志》书板朽坏30余页，便在廖朝翼、张轩鹏的协助下，重纂县志。道光《荥县志》对嘉庆旧志各门类均做了不同程度的增补，“对境内山川道里、桥梁关津、祠寺古迹等收载颇详，亦较有价值。艺文门则增入不少前令许源、现令培荀等人的诗文，内容多系修缮庙宇、桥梁，以及有关本境山川风物之作。卷首之图绘亦增而广之，多达二十一幅，绘刻

① 丁光陛：《雪峤老父台留别荥邑士庶敬和》，《旭阳赠别》，第6页。

② 《旭阳赠别》，王培荀序，第1页。

③ 王培荀：《决计引退，诗以志别》，《旭阳赠别》，第3页。

④ 廖朝翼：《恭送雪峤老父台大人荥归》，《旭阳赠别》，第4页。

⑤ 民国《荥县志·秩官第十》，民国十八年刻本，第54页。

均细致”[①]。这是王培荀为荣县做的又一好事。

王培荀长于书法，“能作孙过庭书，胜其诗文”[②]。也是在道光二十四年(1844)，王培荀修缮荣县西北城楼，写下《修城记》。又建凝翠楼，撰《凝翠楼记》。二文皆亲自手书，并收入道光《荣县志》中。

王培荀离开荣县时，父老攀辕相送，惠声盈路：“父老攀辕思借寇，可知惠爱被人深。”[③]在荣县吏民心中，王培荀是循吏也是醇儒，是民之父母也是士之良师：“循吏儒林一手持，民之父母士之师。”[④]他以惠政留名，以文章传世，不仅誉满荣县，也将名垂青史：“漫说牛刀聊小试，歌风遗爱比甘棠。”[⑤]“《循吏传》兼《文苑传》，他年国史待探寻。”[⑥]

二

王培荀勤于著述，笔耕不辍，一生著作多达20种。其中，个人著述有《大学集说》《中庸集说》《学庸余论》《管见举隅》《读书绪论》《王氏家传》《雪峤日记》《青城游记》《账尾杂记》《听雨楼随笔》《乡园忆旧录》《寓蜀草》《雪峤外集》《雪峤文选》14种，又有唱和之作《秋海棠唱和集》《听雨楼吟社诗抄》《汉嘉话别诗钞》《旭阳赠别》《蜀道联辔集》5种，另外主纂道光《荣县志》1种。此按成书先后，对王培荀著作的主要内容、存佚情况略作简介。

王培荀出仕前即好奇嗜异，勤于搜辑。他最早的一部著作当为道光十四年(1834)完成的《账尾杂记》。他在自序中对该书的写作缘起做了说明：“每听人谈，可惊可喜与可为法戒者，退而志之账簿。偶阅杂记，其新奇足为谈助者，亦间录焉。”[⑦]王培荀虽然谦虚地说这些“随手记载，都无伦次”[⑧]的杂记，只是为了自娱，或用来佐酒间唱噱，但实际上他认为此类著述不但足资掌故，而且有助于维系世风，即使大人君子亦不废弃。

---

① 四川省地方志编纂委员会编：《四川历代旧志提要》，四川科学技术出版社2012年版，第114页。

② 民国《荣县志·秩官第十》，第54页。

③ 孔继达：《恭送雪峤王明府大人解组荣归》，《旭阳赠别》，第3页。

④ 周永勋：《送雪峤父师东归》，《旭阳赠别》，第10页。

⑤ 丁光陛：《雪峤老父台留别荣邑士庶敬和》，《旭阳赠别》，第6页。

⑥ 刘德刚：《送雪峤父师大人锦旋敬赋》，《旭阳赠别》，第10页。

⑦ 王培荀：《账尾杂记》，稿本，自序。该书未标页码，下文凡出此书者，不标页码。

⑧ 《账尾杂记》，自序。

《账尾杂记》虽以记琐事、述异闻为主，但也有关涉国家、地方重要人事者，如所记齐二寡妇叛乱之因，乾隆三十九年（1774）山东王伦之反，王亶望、明珠、隆科多之骄奢淫逸，鸦片烟之害等，不仅可补史志之缺，而且揭示了清王朝的腐朽糜烂、隐患多端，预示了国家走下坡路的必然趋势。所载孝亲、守节、行善事迹有益教化，如淄邑西鄙有足不能伸、匍匐而行的乞者，因事母极孝，感化神明，治愈残疾；沂水贞女未婚婿死，奉养婆婆，取族人子为嗣，朝廷赐建节孝坊；先祖王惠、王逵、蒲台孙洙之祖、博山孙廷铨之祖、河南童子等，均因拾金不昧获得福报。所记先祖王巽、王君赏、王晓事迹及新城王象晋、王象乾、王士禛家事，不唯资谈助，也是了解窎桥王氏与新城王氏家族的重要史料。《账尾杂记》昭示了王培荀早年的治学旨趣、学术水平，不见此书，就难以厘清其后期学术发展的源头所在。

王培荀是一个学者型官吏，任职四川期间，仕不废学，政和之暇，雅好修辑，他的大部分著作都完成于四川任上，包含享有盛誉的两部史料笔记《听雨楼随笔》和《乡园忆旧录》。

《听雨楼随笔》《乡园忆旧录》是两部体例相同的史料笔记。《听雨楼随笔》记载了入清以来至王培荀生活的道光年间的蜀中大事、蜀中人士和宦蜀者事迹以及四川的风土人情、物产资源等，短小精悍，文辞雅驯，脍炙人口。《乡园忆旧录》记载的是明中叶至作者生活的年代山东名人的逸闻掌故、名胜风物等，文学价值与史料价值兼具。两部笔记，一记四川，一记山东，体现了王培荀浓厚的乡土情结及因地制宜的治学特点。值得注意的是，《乡园忆旧录》虽成于四川，其素材“仅就素所闻见及案头书摘录”[①]，实则吸纳了《账尾杂记》中的一些条目。据粗略统计，有70条左右。

如将《账尾杂记》《听雨楼随笔》《乡园忆旧录》联系起来，可以比较清晰地看到王培荀出仕前后未曾改变的好异个性及一脉相承又不断发展的学术趣味：

从个性特点上看，王培荀年轻时即好游市肆，觅故书，喜读稗史杂记，爱听人谈论异闻。奉檄入川后，秉性不移，需次多暇时，“每于市间得断简残编，或宴会晤谈，偶闻佳章及轶事，录而藏之”[②]。与常人听过即成过眼烟云不同，王培荀善于记录，勤于咨访，故积少成多，汇成著作。

从发展轨迹上看，王培荀酷爱杂记，并非始于入川以后，《听雨楼随笔》

① 王培荀著，蒲泽校点，严薇青审订：《乡园忆旧录·凡例》，齐鲁书社 1993 年版。

② 王培荀著，魏尧西点校：《听雨楼随笔·自序》，巴蜀书社 1987 年版。

与《乡园忆旧录》实质是《账尾杂记》的延续与发展。

从学术品味上看，与尚奇嗜异为主的《账尾杂记》相比，《听雨楼随笔》和《乡园忆旧录》更具实录性和学术性，这跟王培荀出仕后学术视野的拓展、交游范围的扩大、学术追求的提升密切相关。

山东省图书馆藏有钞本《听雨楼偶录》五卷，题“丙寅孟秋孙肇沅重订”。丙寅是同治五年（1866）。前有道光二十四年（1844）王培荀序，阐述写作缘起、收录范围、命名由来。卷一、卷二为诗歌，卷三为名人轶事，卷四、卷五为风土物产，每卷首有简短的内容提要。概言之，该书记近人所撰且王培荀亲眼所见言蜀之诗及闻见所及蜀地之逸闻轶事、风土物产，以人所敬服的忠孝节烈及亦资谈助的怪奇可喜之事为主，体量不及魏尧西点校本《听雨楼随笔》的三分之一，内容与《听雨楼随笔》同多异少。

《管见举隅》是王培荀为家中子侄和书院诸生讲解经义、指导读书作文之法的讲章。先是，王培荀为习经不久的子侄辈讲解经义，因对坊间讲章不满，乃举诸经开端数页为之指示，“间述旧闻，不泥一家”①，又从平日所作札记中摘录重要条目，以开悟其心，汇集《周易论乾坤》等15篇文章，为卷一。又，王培荀初至荣县，曾为书院诸生偶摘书义，略加解说。这些解说当时虽笔之于纸，但并无次序，条目也不多，后因原本久失，王培荀转从诸生抄录本删节为《读书绪论》二卷，附刻于《管见举隅》后。《管见举隅》卷一与《读书绪论》二卷于道光二十八年（1848）刻成于荣梨官廨。此后，王培荀又为家中子侄读书学文讲解数条，续成《道德论》等14篇文章。他把这些续作作为《管见举隅》的卷二，刊刻行世。卷二前有道光二十九年（1849）夏初王培荀序，据此可知刊刻时间。王培荀认为为子侄及诸生所讲者皆如管中窥豹，故统名之曰《管见举隅》。

王培荀虽云《管见举隅》“思为童蒙计，非敢陈于博雅士也”②，实则体现了他对陈陈相因、埋没性灵的讲章时文的不满，对不求奇、不蹈故，通过切近体察而自有心得之文的追求。吴迈云：“《管见举隅》多发前人所未发。”③ 廖朝翼云：“所著《管见举隅》，发明五经精义，皆出自心裁，不落前贤窠臼。”④ 这些评价代表了时人的看法。

王培荀年少习举业，五十始学诗，自言学诗之晚堪与唐代诗人高适相匹：

① 王培荀：《管见举隅·叙》，清道光二十八年荣梨官廨刻本，第2页。

② 《管见举隅·叙》，第2页。

③ 吴迈：《雪峤老父师东归》，《旭阳赠别》，第8页。

④ 廖朝翼：《恭送雪峤老父台大人荣归》，《旭阳赠别》，第4页。

“前贤一事差堪拟，五十学诗高达夫。”[①] 王培荀虽诗学晚成，但诗作数量不少，主要作于宦蜀期间的《寓蜀草》是他在诗歌领域的代表作。

《寓蜀草》五卷，按古今体编排，五古、七古、七绝、五律、七律各一卷，合计六百余首。其中对兄弟妻侄的吟咏追思、与朋侪的游宴唱和、对挚友的伤怀寄赠以及对自己历任知县时间、事迹的如实记录为我们了解王培荀的生平、交游、仕宦提供了第一手资料；《田家诗》《田家四时乐》描述普通百姓的恬淡日常，清新质朴；《田家词》颂清代惠政举措、《嘉州竹枝词》记嘉州风土故实，可补掌故之缺；《守城诗》《捉马行》《仁怀贼》等记载了嘉庆、道光时期的一些动乱；《读〈蜀碧〉怀杨展》《秦良玉》《桂将军涵》《罗将军思举》等是传颂英雄事迹的赞歌；《明镜词》《韩娥篇》《都尉冢》等写出了动乱年代女性的英勇与节烈；《苗妇》《负炭妇》《负盐女》等咏蜀中底层妇女之艰辛；《淘金行》《纤夫叹》等叹蜀地男性谋生之艰难；《道旁丐》《仓谷谣》等悲百姓生存之不易；《盐井》《水井》《油井》《筒车》《火浣布》《桃花鱼》《花蕊夫人故宅》《文君井》等记载了蜀地得天独厚的物产古迹……《寓蜀草》可谓内容广泛，包罗万象。王培荀又长于咏古，善为宫词，《寓蜀草》中收录《列国宫词》十首、《战国宫词》十首、清代《宫词》九十首。其中，清代《宫词》尤可称道，虽旨在歌咏圣德，实则不失为一组别开生面的清王朝史诗。

《寓蜀草》中多涉蜀中故实及东人宦蜀遗事，不少主题与《听雨楼随笔》同，如上文列举的杨展、秦良玉至文君井等内容，在《听雨楼随笔》中也有记载，体现了王培荀以诗记事、以诗存史、诗文相通的诗学理念。总体来看，王培荀的诗多质朴直率，不以艺术造诣见长，但具有信实可靠的史料价值，属于清代学者诗类型。

王培荀早年里居时曾用渔洋先生《秋柳》原韵咏秋海棠诗，并与戴屺、吴兰陔有唱和。赴任时携之来川，诸友多有和韵，还有遥和寄来者。王培荀便将自己的原作及吴景熙、周仁恬、廖朝翼等70人的和作结集为《秋海棠唱和集》（一名《秋海棠诗》），于道光二十七年（1847）刻于旭阳官廨。

《汉嘉话别诗钞》一卷，乃王培荀辑刻邵勷离任诗作及友人和作而成。邵勷，字彤宾，号莲溪，山东济宁人，道光辛巳（1821）举人、壬午（1822）联捷进士，分发湖北，后以同知升补四川嘉定署，因为僚属所累，左迁。

---

① 马桐芳：《憨斋诗话》卷一，张寅彭选辑，吴忱、杨焄点校：《清诗话三编》第6册，上海古籍出版社2014年版，第4280页。

离任前作诗留别王培荀、何申畬等同人，同人皆有和作，王培荀辑为《汉嘉话别诗钞》。因清之嘉定府，汉代属汉嘉县，诗集因沿旧称而命名。

道光二十八年（1848）冬，王培荀决意引退，作诗明志。孔继达、廖朝翼等25人以诗赠别，王培荀结集为《旭阳赠别》。《旭阳赠别》多涉时人对王培荀为人、为学、为政的评价，具有重要的史料价值。

道光二十九年（1849），王培荀在旭阳官舍中刻出了《王氏家传》。因曾祖以上或载邑乘，或详家谱，故《王氏家传》不记。所记为祖父王相符、父亲王思枢、母亲王太孺人、五叔王思林、四弟培垣(薇堂)、五弟培蕊(华堂)、长兄之子绍曾、四弟之子长卿、适安氏姑、适韩氏姑、适张氏姑、适王氏姑、适成氏妹及女换儿等14人事迹，皆为诸人亡后追忆之文，非一时写成。王培荀记亲人音容事迹，鲜活真挚；写亲人喜怒哀乐，感同身受。所记虽皆琐屑家务，亦可知“先人守身处世之法，读书务本、勤俭持家之计”[①]，是了解王培荀家族至亲最可靠的资料。

道光二十九年（1849），王培荀与文登进士、曾任宁远府知府的王者政同时解绶，同路归里，联辔歌咏，途间唱和之作汇为《蜀道联辔集》，末附王者政夫人陈宝四所撰《蜀道停绣草》。

王培荀的《雪峤日记》，稿本藏山东省图书馆，不分卷。又有道光二十九年听雨楼刻本十四卷。《雪峤日记》记载的是道光十五年（1835）至二十六年(1846)自大挑至蜀中的经历,分《都门日记》《蜀道行程日记》《锦城日记》三部分,内容广博,涉及读书购书、字画鉴赏、仕宦经历、家国大事、自然灾异、四川资源风物等，是了解王培荀及相关人物、事件最翔实的一手资料。

《四川省图书馆馆藏古籍目录》著录王培荀撰《青城游记》不分卷,钞本。但与四川省图书馆联系，未能找到该书。又，《雪峤文选》,《山东通志》著录,《清人诗文集总目提要》云“今未见传”。这两种书是否存世,尚难确定,有待进一步查考。

从四川告老还乡后，王培荀日以《大学》《中庸》课读子弟，“苦二书深奥，不能窥见万一，乃集众说以晓之，间有同异，亦互相发明”[②]，成《大学集说》二卷、《中庸集说》一卷。二书博采先秦至清多家之说，充分体现了“集说”性质；看似兼容并蓄，实以程朱为的；虽兼下己意，但无系统认识，属于较为简约、便于初学的讲章之作。王培荀又集高攀龙、焦竑、

① 王培荀：《王氏家传》，清道光二十九年旭阳官舍刻本，自序，第1页。

② 王培荀辑：《大学集说》，清咸丰二年淄川安愚堂刻本，自序，第1页。

毛奇龄等四十余家论《大学》《中庸》的精要之语，汇为《学庸余论》一卷，旨在进一步开示子弟，强化认识。

三

因《听雨楼随笔》已有魏尧西（巴蜀书社1987年版）及周昌富、李大营点校本（山东大学出版社1992年版）、《乡园忆旧录》已有蒲泽点校本（齐鲁书社1993年版、中国文联出版社2011年版），此次不再重复整理。经核对，《听雨楼偶录》与《听雨楼随笔》大同小异，又闻北京大学张剑教授携弟子胥纯潇女史已经整理了《雪峤日记》，故这两种亦未做整理。整理过程中发现《大学集说》《中庸集说》《学庸余论》三种，王培荀征引诸家之说多不规范，也没有形成自己的观点，又受字数制约，故未将整理成果呈现在本书中。以上三书有《山东文献集成》影印清咸丰二年淄川安愚堂刻本。

本次主要整理了王培荀著作6种，分别是《管见举隅》《读书绪论》《王氏家传》《账尾杂记》《寓蜀草》《雪峤外集》。另将《秋海棠唱和集》《汉嘉话别诗钞》《听雨楼吟社诗抄》《蜀道联辔集》4种唱和集中的序跋及王培荀诗作摘出加以整理，又因《旭阳赠别》中收集了孔继达、廖朝翼、张轩鹏、丁光陛、吴迈、郝元琛等二十多人的诗作，对了解王培荀的为人、为学、为政具有非常重要的价值，故将全文加以整理，置于《附录》中。此按本书顺序，将所收各书版本及整理情况简介如下。

1.《管见举隅》二卷、《读书绪论》二卷，仅有清道光二十八年至二十九年荣梨官廨刻本，此以中国科学院图书馆藏本进行整理。中科院收藏的《管见举隅》四册，包含《管见举隅》卷一、卷二及《读书绪论》卷一、卷二。《读书绪论》正文首行题“管见举隅”，次行题“读书绪论　淄川王培荀雪峤”，版心上题“管见举隅”，下题“卷一绪论”“卷二绪论”，知《读书绪论》统于《管见举隅》名下。本次整理，书名仅题“读书绪论”。

需要说明的是，《续修四库全书》影印的中国科学院图书馆收藏的《管见举隅》与《山东文献集成》影印的山东省图书馆藏本，均为清道光二十八年至二十九年荣梨官廨刻本，但两个影印本都仅收录《管见举隅》卷一，未收卷二与《读书绪论》二卷。《续修四库全书总目提要（稿本）》及司马朝军著《续修四库全书杂家类提要》（商务印书馆2013年版）中的《管见举隅》提要，亦针对一卷本而言。此以中国科学院图书馆所藏全本为底本进行整理，以补影印本之缺。

2.《王氏家传》一卷，仅有清道光二十九年旭阳官舍刻本。此以山东省图书馆藏本为底本进行整理。

3.《账尾杂记》不分卷，仅有稿本存于山东省图书馆，在此加以整理，以飨同好。

4.《寓蜀草》五卷，仅有清道光二十七年慎思堂刻本。该书分卷为：卷一《五言古》、卷二《七言古》、卷三《七言绝句》、卷三《五言律》、卷四《七言律》。书目据此多著录为四卷，实则五卷。今以山东省图书馆藏本为底本、以青岛市图书馆藏本为校本予以整理。

5.《雪峤外集》一卷，据国家图书馆收藏的清道光二十七年旭阳官廨刻本进行整理。

6.《秋海棠唱和集》(一名《秋海棠诗》)一卷，仅有清道光二十七年旭阳官廨刻本。此以山东省图书馆藏本为底本进行整理，仅摘录王培荀序及其诗作，他人诗作不录。

7.《汉嘉话别诗钞》一卷，仅有清道光二十八年刻本，此以北京大学图书馆藏本为底本进行整理，仅录王培荀序、邵勷《将去嘉州留别原作》、王培荀和作及邵勷《留别雪峤》诗与王培荀和作。

8.《听雨楼吟社诗抄》二卷，仅有清道光二十九年刻本。此以北京大学图书馆藏本为底本，仅对丁光陛和刘德刚叙、王培荀所定《凡例》及王培荀个人诗作加以整理。

9.《蜀道联辔集》一卷，有两个版本：一为清道光三十年刻本，中国科学院图书馆有藏；二为清道光刻本，山东省委党校有藏，《山东文献集成》据以影印。此以中国科学院图书馆藏本为底本、以山东省委党校藏本为校本进行整理。仅摘录《蜀道联辔集》中周乐、王培荀、王者政序及王培荀诗作予以整理，王者政、陈宝四诗作不录。

10.《旭阳赠别》一卷，仅有清道光二十九年序刻本传世。此以山东省图书馆藏本为底本进行整理，将全书置于《附录》对王培荀的评价部分予以展示。

王培荀的以上著作，除稿本《账尾杂记》外，均刻于四川荣县知县任内，成于清道光二十七年（1847）至三十年（1850）间。因荣县境内有荣德、荣梨、荣隐三座以“荣”命名的山，古人即以“三荣”代指荣县。其中，荣梨山离县城最近。又，荣县在旭水北岸，古以山南水北为阳，故荣县又名“旭阳”。王培荀荣县刻书称旭阳官廨、旭川官舍、荣梨官廨藏板者，皆因旭水、荣梨山而来，皆指荣县官署。慎思堂、听雨楼也是荣县衙署斋名，云慎思堂、听雨楼刻本者，亦为荣县官署刻本。四川刻书历史悠久，王培荀虽为七品小吏，俸禄微薄，但他因地制宜，将自己的著作及时刊刻，使其不至于湮没于岁月尘埃之中，体现了他超越常人的智慧与魄力。

王培荀一生治学勤勉，著述宏富，是清代后期山东学术史上不可忽视的一位重要学者。其著作散藏于山东省图书馆、青岛市图书馆、中国科学院图书馆、国家图书馆、北京大学图书馆等地。整理期间，恰遇新冠肺炎疫情肆虐，各大图书馆不能正常开放，为王培荀著作的搜集、版本的校对带来极大困难。幸得四方师友鼎力相助，才使整理工作得以完成。此向提供大力帮助的山东省图书馆古籍部杜云虹主任、唐桂艳主任、马清源博士、胡培培博士，中国国家博物馆刘晓丽博士、四川省社科院任利荣博士、四川师范大学郑伟博士、浙江省图书馆陈谊博士、北京大学胥纯潇女史、山东大学隗茂杰博士、山东理工大学李长玲教授以及国家图书馆、青岛市图书馆古籍部的老师们致以诚挚感谢！

本书的整理，是在张宇声书记的直接领导下，在陈玉金、柏秀叶、崔翔、康博文等友朋的倾心帮助下完成的。张宇声书记眼界高远，学识渊博，对明清文学、地方文献积累深厚，造诣高深。犹忆2010年至2011年，张书记作为《淄博文化通览》的学术主编，亲自拟定提纲，组织作者，多次召开会议，指导撰写，对每位作者的书稿逐字逐句审阅多遍，大修小改，一丝不苟。《淄博文化通览》虽由多位作者分工完成，实际呈现的都是张书记的思想与情怀。本次整理《淄博古代文献丛刊》，有幸跟从张书记继续学习。张书记一如既往，不但言传身教，而且详细审核了张笃庆、高珩、孙廷铨、王培荀诸集初稿200余万言，校讹正谬，不辞辛劳，提携后进，不遗余力。陈玉金、柏秀叶两位挚友帮助审阅文稿，解决疑难，尽心竭力。山东大学尼山学堂五期崔翔博士精研理学多年，与同学康博文博士等帮助审核《大学集说》《中庸集说》《学庸余论》，水平之高、用心之至，感佩不已！责任编辑楚洋洋老师严谨认真，高度负责，又得学生尚梦、徐珊珊、邓洪秀、李滕、刘晓宁等帮助，在此并致谢忱！因本人水平有限，时间仓促，书中问题仍多，恳请方家批评指正。

焦桂美
2021年9月2日

目　录

管见举隅　卷一

叙

自幼未尝穷经，所谓荒经蔑古者，盖莫如余。子侄辈读经粗毕，第取坊间讲章，略为解释，字句未尽贯彻，更安问其中精义。夫解经如射的，所中不必一处，而望的而射，其期于中，一也。自昔及今，诸家各持一说，均非无可取者。后生小子道听途说，陈陈相因，欲其持一议与旧说相证明，杂矣。蔽聪明而不用，殊为可惜。乃举诸经开端数页为之指示，俾稍知用心，由此推广，非以为定解也。间述旧闻，不泥一家，而古今诸大端有不可不留心者，亦从曩日札记中摘录数条，以开悟其心。思为童蒙计，非敢陈于博雅士也。朋好劝余付梓，又欲以《读书绪论》附刻。盖余初至荣，为书院诸生偶摘书义解说，而笔之于纸，本无次序，所积无多，原本久失去，转从诸生钞录者删节刻之，如管中窥豹，故统名之曰《管见举隅》云。时道光戊申菊月下浣，济南王培荀雪峤氏序。

周易论乾坤

《易》首《乾》《坤》，足括通部，诸卦皆从此出也。乾为天德，纯阳也，一阳胚胎万物，得其粹精，则《皇极经世》所谓一一之人，尧舜周文孔子是也。顾此纯阳，无人不根于性、具于心，特凿削而渐微。故君子自强，复先天之德，至诚无息则天全，圣人所以与天地无终极也。初九，一阳伏诸爻之下，以错综论，即《复》之一爻。在君子遁世不见知，如太公渭滨、伊尹莘野，于人为元阳深伏，务须宝啬，绵绵若存，用之不勤是也。人不应动而轻动，必罹世患，元阳一耗，百病生矣，然“勿用”乃藏大用。天下文明，如孔孟明道。“飞龙在天”，伊吕佐汤武，致太平。上九亢龙，论者比之高贵乡公，形迹近似，其实非也，病在一“亢”字。在昔为桀纣，后世则始皇、隋炀，处极盛之时而暴戾恣睢，非无位也，天命已绝，尸居余气，与无位同；非无民也，众心已离，独夫孤立，与无民同，岂高贵乡公之比？降而项羽之败，古今豪杰之颠蹶，分位不同，要是知进不知退、知存不知亡耳，故垂戒至深，天德不可为首。人谓孔子纯乎乾，第乾坤互为根，刚柔交相用，纯乾而以坤柔出之，所以善用其刚也；老子纯乎坤，故守黑守雌，顾至柔莫如水，而决则排山裂地，故云坤至柔而动也刚。有谓老子为可畏者，虽未确，亦有所因耳。坤为地，纯阴也，万物所归宿，亦万物之根柢。圣人洗心以退藏于密，主静之学以此也。世人之心，纷纷扰扰，真阴绝而真阳亦散矣。语曰阴阳，有阴而后有阳，以阴始亦以阴终。阴阳屈伸者天道，扶阳抑阴者圣心。初六以错综论，即《姤》之初爻。《姤》为五月之卦，不独无冰，安得有霜？第阳极阴生，一阴初孕，即有弥天际地之势。武氏之为才人，魏阉嬉戏左右，后来祸败国家，俱基于此，驯至上六，即此阴也。《乾》上九之变为《夬》，有众阳以决之。“扬于王庭”，即指其显扬用事，为四海所指目，故曰“柔乘五刚”。“乘”之云者，言五阳皆居其下也。《坤》上六一阴，有众阴为党羽，如武氏称制、忠贤窃政，迥异他卦泛泛之小人。非无阳也，孤危之甚，掩于群阴。“龙战于野”，于野，远之之词，深恶而屏逐。“其血玄黄”，解者谓“两败俱伤”，于义似未尽。“阴疑于阳”，“疑”之云者，女疑乎男，后疑乎帝，臣疑乎君，此何等世界，可不拨乱反正乎？若云“两败俱伤”，是明示以阴不可犯。长小人之气，灭君子之心，岂圣人垂教万世之意？或曰：“若是，则‘血’字如何解？‘玄黄’如何解？”曰：“‘血’，犹言血战，痛为剿除；‘玄黄’者，天地之色。痛战一番，阴阳分而乾坤定也。垂示明，属望切，意深远矣。”夫《乾》《坤》初爻具《复》《姤》，此天地否泰之机，世道治乱之源。人心舜跖之分，界于几微，成于浩大，故恺切言之。于上九、上六，言持盈保泰之理、转危为安之道，贵而善下，刚而善柔，治不敢恃也；物穷必反，乱极思治，忧不可忘也。括其始终，天下之理尽矣，故曰二卦足包通部。然天下情态万变，又衍之为六子，通为六十四卦三百八十四爻，历圣之用心深切，所为《易》多忧患也。

《乾》二、五两爻，皆《坎》之中爻，为真阳，最中正，得《乾》之全体，故曰“君德”，在下则文明，在上则雨施。《坤》二、五两爻，皆《离》之中爻，为真阴，最中正，得《坤》之全体，故曰“直方大”，在下则无不利，在上则文在中。《乾》《坤》本卦皆三画，至三爻则过乎中，故九三戒以惕厉，六三训以无成，四多惧，以无咎为幸。《乾》四爻之似跃非跃，善观时变；《坤》四爻之括囊，默足以容。然非立仗之马，其默将有待也，将有为也，否则新法之害，善类激成，甚至党祸不解，家国随之，已立矫矫之名，贻祸无穷，君子不为也。然此于学问心术辨之，后世全躯保妻子之臣胡广、冯道，岂得以此借口“易为君子谋，不为小人谋”也？乾坤即天地，而六爻所言皆人事。圣人作《易》为人设，人肖乎天地，阴阳、刚柔，其理一也；进退、消长，其机无二也。后世深于言《易》，索之冥冥，失之昭昭。窃谓《易》敷衍诸卦，罗列诸爻，虽极错综，仍是死格局，如拳法分门路，棋谱列诸势，无不详备。平日习之，不外乎是，及其用之，则变化不可捉摸。其曰“居何地当如彼，在何时当如此”，皆虚设预拟之词，如医书载诸证，穷极其变，然非神而明之，执古方治今病，未有不误。此夫子所以韦编三绝，学之欲加年也。大象皆言卦。《乾》独称“天行健”，《集韵》云健即乾，传写之讹。

他经言理，《易》独标象。言理则语落边际，举此遗彼；立象则大小精粗，无不包括，举一可该万也。来《易》言象，列图甚多，说者谓不出前人所已得。汪钝翁诸卦，对待配合，出来《易》之外。家藏抄本，无首尾，各卦对待配偶，皆列为图，又出汪书之外，而无不自然，非人强为。但略一指点而不尽言，非言所能尽也。自愧未得真传，扣槃扪籥，瞽者谈天。

乾道成男，主刚，而以逊为贵；坤道成女，主柔，而以贞为吉。乾，君象也，然贵虚己纳谏；坤，臣象也，然贵守正不阿。君不下臣而过于自尊，言莫予违矣；臣不匡君而太自卑，阿谀苟容矣。是为天地不交而成否，故曰乾坤互为根，刚柔交相用。

正统北狩，仝寅占之，得《乾》之初爻，言潜言飞，定其年月支干，无不奇验，所论皆常理，并非京房之飞符纳甲，可知理在而数不能违。金海陵伐宋，或以焦氏《易林》占之，卦词其应如响，数定而理亦从之。然尤视乎其人，揆乎其事，同一占而吉凶殊。“《易》不可以占险”，坚君子之心，杜小人之欲，圣人不以此为趋避之方，而以此为立身安命之准。《易林》“昭君”等语，似非焦氏旧本。

或言“霜在九月，非姤”，此拘论。夫《易》即象明理，空言理则虚，实指象则显，“霜”不过借用字。乾为龙，他卦以马代，他卦阳不纯，而马亦行健；坤为牝马，他卦以牛代，他卦阴不纯，而牛亦柔顺。

知进退存亡，要在不失其正。不然，诡谲如武仲，当时以为圣人矣；无耻如冯道，后日以为圣人矣，察时变，保身家，岂先圣垂教之旨？彼以一隅抗中原，尽瘁而死如诸葛，不可谓知进不知退也；孤军勤王，百折不回，尽节燕市如信国，不可谓知存不知亡也，得正故也。得其正则时止时行，可久可速，如神龙之变化无常，孔子是也。有以知为知，而得圣贤之道；有以不知为知，而得圣贤之道。张睢阳斥贼云：“未识人伦，安知天道？”《闻笛》云：“安知天地心。”正以不知为知，其义微矣。夫子学《易》，欲加数年，明进退存亡之理，以寡过耳。孟子以孔子为圣之时，盖得于《易》者深也。

“坤至柔而动也刚”，程伊川云：“坤道至柔而其动则刚。”东坡云：“非刚者能刚，惟柔者能刚。”世谓柔能胜刚，盖本此。宋僧昙莹云：“动谓爻之变也。”《坤》不动则已，动则阳刚见焉。在初为《复》，在二为《师》，在三为《谦》，自是以往皆刚也。《坤》上六《文言》交战，故相杂，战胜则分定。

《乾》上九《系词》云：“知进而不知退，知存而不知亡，其惟圣人乎？”《周易举正》：“‘圣’字为‘愚’字，文义显然。《坤》初六《象》曰‘履霜’，下无‘坚冰’二字。”其较妥者亦仅数条胜于今本。“阴疑”，《释文》荀、卢、姚信、蜀才皆作“凝”，似非。

《乾》《坤》即天地，继以《屯》《蒙》，于世为鸿蒙初辟，于国为草昧开创，于人为童蒙无知，又继以《需》《讼》《师》《比》，六爻皆有《坎》，示人以处处皆难，故曰："作《易》者其有忧患乎？"

先天《坤》在北，太阴也，后天为《坎》，天一所生为水，董仲舒谓"阴常居大冬，积于空虚不用之处"，然而谓之阳；先天《乾》居南，太阳也，后天为《离》，地二所生为火，董仲舒谓"阳长居大夏，以生育长养为事"，然而谓之阴。盖阴极阳生于子，以后皆阳，故谓之阳；阳极阴生于午，以后皆阴，故谓之阴。太极之图，阴阳互为根也。《坎》以《乾》中爻为主，《离》以《坤》中爻为主。医书云："男通身是阴，而有真阳，故男为阳；女通身是阳，而有真阴，故女为阴。"道家金丹之说，配合《坎》《离》，抽换以还先天之原。

上经《乾》《坤》变为《坎》《离》，先天后天也。五行以水火为大用，昼夜以日月相代明，无水火日月则万物或几乎息矣。其间《需》《讼》《师》《比》，莫非人事。乾坤一气，人与乾坤一气，参赞天地者，人也。下经《咸》《恒》夫妇，一乾坤也。《既济》《未济》，仍是《坎》《离》，上经分，下经合。上经《剥》《复》，《乾》《坤》之纲纽，阴阳之消长也；下经《夬》《姤》，《乾》《坤》之变动，阴阳之终始也。诸卦皆从此来，人事莫非阴阳，作《易》教人法乾坤而已。

《序卦传》以《乾》《坤》始，以《未济》终，或疑非夫子作。《杂卦传》亦始《乾》《坤》而终《未济》，第《乾》刚《坤》柔等卦皆反对，独末八卦不然，学者疑之。东坡改云："颐，养正也。大过，颠也。姤，遇也，柔遇刚也。夬，决也，刚决柔也。君子道长，小人道忧也。渐，女归待男行也。归妹，女之终也。既济，定也。未济，男之穷也。"相从相反，文义焕然。

上经言天道，而纬以人事，未有言天可离乎人者；下经言人事，而一本天道，未有人而可离乎天者。上经《乾》《坤》以后为《屯》，有天地即不可无君，故曰"利建侯"。建侯不必兴师，此独言兴师者，艰难晦乱之时，无论汤武以干戈定四海，少康一成一旅先灭寒浞，宣王先逐犬戎，唐肃宗即位先剿安史。不建侯不足以号召天下，镇抚人心，不兴师不足以拨乱返正，从此农桑礼乐以次而及，人事备焉。夫古今治乱相循，治日少而乱时多，故以《剥》《复》为关键。《易》尊阳，二卦皆一阳，即《乾》之一爻，故在上经。《剥》一阳孤立于上，众畔亲离，国将殆矣。或敌国侵凌，或盗贼充斥，左支右绌，当国者方为一切补苴之计。汉算舟车、唐税间架、宋置公田、明增练饷，皆削下奉上。下益削，则上益危，土崩瓦解之势成矣。圣人忧之，教以厚下安宅，论者或目为迂阔。不知征敛急，良民化为盗贼，赋税将何所出？但追旧逋，新欠愈积，额外多求而额内反绌，且竭泽而渔，后必难继。尤可虑者，国有漏卮，冗费冗员冗兵不裁，中更多侵渔冒滥，取尽锱铢，用如泥沙，于国何益之有？然后知国欲求安，无出于厚下之策也，于此不谨，一阳剥尽而为《坤》矣。上九“硕果不食”，果无不食，其不食者，核也。核中有仁，两瓣相合处一小粒，元气包孕，种之即生生不穷，所谓复也。《乾》之初爻，伏于九泉，古帝王以子为岁首，良以此故。圣门颜子为复圣，不贰过，不远复也。虽穷凶极恶，有夜气之存，所谓良心不死于盗贼，以事论有死灰复然，以国家论则有中兴。传云一姓不再兴，未可信也。试观舜之后为陈，陈未灭，复育于姜而为齐，夏与周皆灭后复兴，汉与宋亦如是，德泽厚，根柢深耳。要必固人心，选贤能，励精图治，方可维国脉于已绝，回天心于将去。不然，宋齐六朝、唐季五代，何以一蹶不振，岂果得之易、失之易欤？抑所以自立者无本也？夫由一阳而充之，至于纯阳，即变而为《乾》。尧舜性之为圣，汤武反之亦圣。其次致曲，虽愚必明，虽柔必强。立天之道，不过一阴一阳相循环，《复》之义大矣。下经《咸》《恒》以后次《遁》，突然惊人，不知人先知退步，再计进步，亦必先屈而后伸。天之道，人之理也。伊尹耕莘，太公钓渭，武侯躬耕南阳，若无与于天下，而天下终赖以济，彼汲汲功名者，岂知此乎？夫极衰之时而一阳犹在，衰极之时而一阳初生，乾坤所以不息也，《剥》《复》可知天道；极盛之时而一阴已生，盛极之时而一阴难除，圣人所以多惧也，《夬》《姤》当尽人事。《易》贱阴，二卦皆一阴，即《坤》之一爻，故在下经。女少，其感正，则娶女吉；女壮，其感不正，则勿用娶女。恶阴之长也，其初易制，勿溺之则得矣，长则难制，众阳且为所乘，而俯首委命焉。惟在众志，相结以诚，操心甚危以谋之，此岂可显言于众，又岂可喋血殿廷？不得已将相调和，左袒为刘而产、禄诛，五王协力而三思除。一不幸，身败受恶名；幸而胜，所伤已多，故曰“不利即戎”。古人有善处者，如狄仁杰之讽谏、韩魏公之撤帘，不动声色。苟如尔朱荣沉胡后于河、唐明皇尸韦后于市，国体尚可言乎？古今非常之事，必非常之人始能处。又如汉之常侍，唐之中尉，明之刘瑾、魏忠贤，足当此爻，阴处内为主，众阳皆为所制。不善处则何进之死、甘露之变，以即戎而受祸，可胜太息。圣人洞观千古，垂戒至深。要之，阴阳无不动：《坤》初动为《复》，变极于《剥》，《乾》初动为《姤》，变极于《夬》，转关在初，故慎始；成功在后，故图终。道不外《乾》《坤》，穷极其变，未可数计，而合盘筹画，总其始终，则理无不包，故观玩《乾》《坤》已足矣。

书经论“二典”

《书》首“二典”，《序》云“尧将禅位于舜，作《尧典》”，似尧命史作者。

顾首句“曰若稽古帝尧”，将何以通？《序》为伪作明甚。“钦明”言心德，“恭让”即形于外者而言，末言“光四表”“格上下”，言有次第，而以放勋冠之。若以大功解，则与末二句意重，亦非立言之序。或云放勋尧名，或又云是尧之号，蔡注不从其说，而训“放”为“至”、训“勋”为“功”，则“曰放勋”，“曰”字无着。孟子“放勋曰”，明是称号，如庖羲、神农之类。孟子越今千载而上，必有传授，后儒乃为异说，何耶？“往钦哉”文意未完，故古本直接“慎徽五典”。晋人取大舫头所得二十八字冠之，貌似冠冕，而语脉横亘。且既以为《舜典》矣，明载“舜让于德，弗嗣”，是尧在时舜未尝俨然即帝位，改国号。孟子云“尧老而舜摄”，足为千古定案。所云祀天巡狩、朝诸侯、逐四凶，皆在摄位时。舜之事皆尧之事，无成而代有终也，凡此皆宜入《尧典》。赵耘菘云“‘二十八载’一节，总结《尧典》，‘月正元日’以下，乃为《舜典》”，其说诚是。但欲取前二十八字冠于其上，则亦未允，何也？以“月正元日”起，不若《尧典》之庄严，故取以冠首，不知截去上文，则月为何年之月，成何文理？况“元德”为晋人口语，上古无此名目。司马迁为古今良史，序高祖初曰沛公，继曰汉王，终乃称帝，精细如此，况古史乎？《尧典》称“帝曰”，无称“尧曰”者，明帝即尧也。在《尧典》皆称舜，至“咨四岳”一节，犹称“舜曰”，后皆称“帝曰”，明后此之称帝者，皆舜也。别嫌明微，史笔严矣，则舜至此始即帝位可知。“舜生三十”一节，总结舜之一生，毫无遗漏，更何能于外再作《舜典》？合《舜典》于《尧典》是也。舜之大事皆在尧时，分之既无可分，而二帝各立国号，又不宜混淆，故一篇之中结尧又结舜，极分明，极融洽，古史之精如此。后人无从望其涯涘，乃强分为二，头外安头，不知其一而二、二而一也。古今难题目，后世学人才人无下手处，古人乃毫不费力，是娲皇补天手，呜呼至矣！或云《舜典》久亡，亦误。

“二典”中，或言四岳即羲和，四岳或云一人、或云四人，“大麓”训为“大录”，“滔天”或云“漫天”，“六宗”多异论。昔有陈言，勿事缕述，独“三苗”多略而不考，余尝反覆而有疑焉。说者谓三苗，左彭蠡，右洞庭，负险恃远，不服王化，故窜之。夫帝王不务广，当时若闽粤黔滇猺獞百蛮，不隶版图而夜郎自大者非一，于三苗何诛？吾观《吕刑》，三苗作劓刵椓黥之刑，鳏寡皆有辞于苗，则舜之伐之以其残害百姓，非以其不通朝贡也。岂如汉唐诸君，好征讨以夸远略哉？独是禹奉命征苗，始则逆命，终则来格，师遂不出。窃观今日之苗，人人带刀，睚眦之怨，挺刃斗杀，不顾骨肉亲戚，又好劫掠，凶悍之性，盖由天生。当日虽曰“来格”，不过稽首王庭，其改化易俗未可知也，狠戾如故亦未定也。将就结局，初意谓何？且既格矣，必不窜之。将谓窜在后欤？是来格者虚文，舜殆为所欺，而益之言不足恃也。将谓窜在先欤？攻心为上，服之而已，帝王之师也；修德怀远，返躬而不责人，圣贤之道也。舜岂智出益下哉？彼三苗负固，必不束手就逮，必将涉险阻，捣巢穴，缚渠魁，献诸阙下，而后投之远方。何前后之相背耶？反覆思之，知圣人恩威并用，非凡人所能测识。何者？曰三苗非止一苗，若今之红苗、黑苗、白苗，种类不可胜数，各为部落，自相雄长，故曰三苗。三苗非国名，果国名，岂有举国而窜之者？窜者，其酋长，不书名，略也。我朝剿九股苗与三苗等，彼固未尝以九股苗立国，如边外或称之为番、为蛮、为獠，自我指目之如此，彼岂以此自号？观“苗民逆命，民者微之”之词，蜂屯蚁聚，结党抗命，其头目殆不足指数，然后知所窜者，穷凶极恶之一人，其种类仍在，蠢动则征之，服则舍之，帝王之仁至义尽也。声罪除残，恶人不得免焉；息兵安民，远人无不怀焉。恐幼学读书不审，为分析之。今乌斯藏多其遗种。

“二典”授时，每节不过二三十字，而上观天星，下察物类，中验人事，无不精核，后遂为《夏小正》《月令》所本。舜摄政之初，祭告群神、天地、山川，后世人主登极，郊祀天地、祭告岳渎本此。问“若予采”，则举朱；问“若时登庸”，则举驩兜；问治水，则举鲧，后世廷推会议本此。曰“汝作司徒”“汝作司空”“汝作朕虞”，后世制诰敕命本此。尧帝胄以总叙功德起，舜微贱则自有鳏而叙，尧百年，禅舜但叙二十八载，叙舜自三十至五十，是帝王本纪之祖。历叙九官十二牧，是列传之祖。至于《禹贡》沿之为地理、河渠、沟洫诸志，《洪范》沿之为天文、五行诸志，《立政》沿之为百官志，又其显然者矣。大而帝王治法，次为史家所宗，最下亦为文人所沾溉，《书》富如海，即此可视大凡矣。

“二典”不纪政绩，但纪去凶人、用贤才，二者为治天下之要，是史官卓识。《大学》“平天下”章，惟谆谆于用人，《中庸》亦曰“为政在人，取人以身”，故《尧典》首章“克明俊德”，以明德为本，帝王之学也；以用人为要，帝王之治也。《大学》引《书》言一个臣，利黎民子孙，其媢疾则深恶之，孟子云“尧以不得舜为己忧，舜以不得禹、皋陶为己忧”，自古得一人而天下治，误用一人而天下乱，秦穆霸主乃见及此，其识远矣，故取以殿《尚书》之末，示天下以为治之要也。后儒第以为能悔过，而孔子取之，未免浅视此篇。大臣进贤则国治，阻贤则国危，所见尤卓。

《左传》引《尧典》，皆称“夏书”，今名“虞书”，说者以为孔子所订。称“夏书”者，夏史所修，称“虞书”者，载舜事为多，犹《隋书》修于唐，而名为《隋书》也。

《淮南子》云“共工尝治水”，亦见于《竹书》。或云滔天指治水言，二书大半难信。“方鸠僝功”指治水。“滔天”，《史记》作“漫天”。“漫”与“慢”通，言作伪慢天也。

《书》云："期三百有六旬有六日，以闰月定四时成岁。"期者，十二月一周也，每期三百六十有六日也。气盈朔虚，学者即知其略而未精详。吾邑蒲留仙先生有捷法，不过数十语，即百世之宪书可造。盖每岁不必三百六十六日，而以今岁立春日数至来岁立春，恰三百六十六日。所谓三百有六十六日者，实三百六十五日零三时，举成数也。盖周天三百六十五度四分度之一，自今年冬至数至明年冬至，凡三百六十有五日，其所余之三时即四分度之一也。月行本迟于日，倒算反速，二十七日有奇一周天，进三十度与日合朔，一岁十二合朔，三百六十有六日，以气周断，不以月断，学者不可不知。留仙之书，闰月小进，皆有捷法，逆推顷刻而定，惜未携其书来。今所用《百中经》，从唐显庆壬寅年壬寅日积算，定月旦甲子时刻捷法，亦不过数十语。观隋《天文志》造宪书，积算之数千百万，茫然莫辨。本朝算学莫精于南方梅定九、北方薛仪甫，其书浩博繁密，聪明之士非亲授不得其门。得留仙之捷法，亦可矣。

益掌山泽草木鸟兽，相传《山海经》谓益所著，纪物类多怪诞。然后世偶有见者，与《书》符。《书》亦独创一格，非后文士所能，博物洽闻，瑰伟绝特。《汉志》亦列其书，未著撰人名。第经中有夏后启、殷王、文王，且有长沙、零陵诸郡，非上代之书可知。

古书不可妄减，不可妄增。今文二十九篇，相传《舜典》已亡。姚长兴得二十八字，冠于"慎徽五典"之上，遂别为《舜典》。毛西河谓："《尧典》终'遏密八音'，欲移冠'月正元日'。"朱竹垞欲以高堂隆所云"曰若稽古帝舜曰重华，建皇授政改朔"冠之，惟嫌"建皇"二字无证。或于"舜让于德，弗嗣"下，增入《论语》"尧曰咨"一节；于"敬敷五教，在宽"下，增入《孟子》"劳之来之"一段，非后人伪作，文义亦顺，然亦莫之从也，使梅赜献书时增入，为不刊之文矣。"四凶"，《舜典》谓共工、驩兜、鲧、三苗。《左传》：帝鸿氏有不才子，谓之浑敦；少皞氏有不才子，谓之穷奇；颛顼氏有不才子，谓之梼杌；缙云氏有不才子，谓之饕餮。谓浑敦即驩兜，穷奇即共工，梼杌即鲧，饕餮即三苗。顾三苗果帝胄，《舜典》何以不书其名？又有谓三苗即驩兜子，何以云缙云氏之不才子？四种皆恶兽，故以比不才子。"敦"与"沌"通，《庄子》所谓浑沌，虽寓言，必古有此语以形容昏愦之人。《山海经》："邽山有兽，名穷奇，形如虎，能食人。"《神异经》："西北有兽，有翼能飞，知人言语，斗辄食直者，闻人忠信辄食其鼻，闻人恶逆不善辄杀兽往馈之，名曰穷奇。""奇"音同"猩"。《吕氏春秋》云："周鼎饕餮，有首无身，食人未咽，害及其身。"古彝器止有兽面，无身。梼杌或云恶木，或云恶兽，《山海经》云："人身有翼。"录之以资异闻。其实《神异经》荒唐之辞原不足信，且别本所载各异，或直以四人之名命之，更诞。

诗经论“二南”

《诗》首“二南”，《关雎》《麟趾》为王化之本，《关雎》或有主刺言者。夫开国鸿篇，而以后世讽刺诗为开章第一，于义为不伦。朱子定为“美后妃”，极是。第谓宫人见太姒初至，有幽闲贞静之德，而作诗美之。彼小家女，当新婚入门，虽甚放诞，未见谑浪笑傲；虽甚悍戾，未闻姑妇诟谇，低首屏息，庄乎其容，亦可谓幽闲贞静矣，何以于此时独美后妃？又追溯未至时，文王思之，至辗转反侧。夫文王深宵辗转，宫女安得而见？即曰慕其德，非慕其色，第人之定婚，听于父母，任夫媒妁，而己不与闻，愚民犹然，岂文王独不然耶？假令终不许婚，文王将憔悴以死耶？婚未定而思，是为邪念；婚既定而思，是为淫情，圣人必不如是。夫以少年公子，夜间展转思妇，立言亦为不雅，何至宫人咏之，而子孙录之乎？《葛覃》诸诗，皆后妃自作，周公录存，以勤俭示子孙，皆淑德之实也。若《关雎》但言思，但言乐，德于何有？即“窈窕”二字，亦举似名目，未著其实。且周公编母后诗，如今人辑先人诗集，而以婢仆之作冠其首，成何体制？今人所不为，而谓周公之圣为之乎！然则诗谁作？曰后妃自作也。后妃岂自述其德乎？非也，哀窈窕、思贤才也。美人空谷，骚客犹伤，况后妃求贤嫔以自助乎？哀者，哀其不遇，不得进于左右也。大臣为国求助，则为贤相；后妃为己求助，则为贤妃，故录以见后妃之德。夫当日后宫必无不备，而贤德为难。其所以求助者，上世制度朴略，太任溲于豕牢而生文王，可知当日情景，非如后世黄金阁子、象牙床之侈丽也；事蚕桑、治丝麻、理酒浆、制衣服，琐事种种，非如后世蛾眉争宠、清歌妙舞侍君王也，求以助内职，广嗣续。“左右采之”，喻求之无方；“辗转反侧”，言求之甚切。得此淑女，琴瑟钟鼓，闺门和乐，所以为王化之基也。后妃求淑女，何等广大光明，文王思淑女，则词意许多滞碍也。《论语》“《关雎》，乐而不淫，哀而不伤”，注曰：“求之未得，则不能无寤寐反侧之忧；既得，则宜其有琴瑟钟鼓之乐。”仍是解诗之旨。夫举《关雎》以括余诗，不单指《关雎》言。如乐奏《关雎》之乱，《葛覃》《卷耳》皆在其内。乐、哀主音，非指词，音之啴缓和易者为乐，若靡音忘倦则淫矣；音之清切缠绵者为哀，若闻者至于流涕则伤矣。《诗小序》即非子夏作，先儒谓必有传授。朱子扫而空之，多胜旧说，亦间有不及。至确乎可据者，朱子亦从之。若此诗小序所云，固未可废也。盖妇人以不妒为大德，戚为人彘，燕啄皇孙，知汉室之几覆；妩媚兴歌，玉环复系，卜唐祚之将倾。古今女祸，何可胜言，皆妒宠怙恩，一念基之也；《螽斯》和集，《麟趾》繁毓，皆求贤逮下，一念基之也。周公以《关雎》冠篇，用之乡国，意深哉！哀犹哀怜，即怜才之意。

朱子盖本匡衡之说，议论正大而以思属文王，则义有难安。序云：“哀窈窕，思贤才，而无伤善之心。”不伤善者，不妒贤也，两意相足。吕向《文选注》：“‘哀’，当作‘衷’”，杨升庵是之。“衷”字文义究未稳，不如从旧。关雎俗呼鱼鹰，其窠有二室，故曰“和而有别”。

《卷耳》，亦求贤也。《关雎》欲得贤媛以自助，《卷耳》欲得贤才以佐君，妇人有如此见地，宜其为天下母，佐成王业。此诗全是比兴，“不盈顷筐”，喻贤才难得；“寘彼周行”，欲得而置诸要路。“审官”之说，始于《左传》，汉人宗之，朱子不取旧说，以妇人不与外事。夫元祐皇后能任司马光，勿论已主圣臣直；长孙皇后朝服而贺，保全魏徵；民家请一先生，犹全始终；马皇后以谏明太祖：彼皆以贤才为念，书之史册，以为美谈，未尝讥其干预外事也。或疑登高酌酒，非妇人所宜；永怀永伤，语意太重，求贤亦不至若是。吾谓无疑也。观文王得吕望曰：“吾太公望子久矣。”形诸梦卜，何其迫切，意当日必有临朝兴叹、入宫咨嗟者，故后妃劝之。恐有遗贤，或入深山以求，至马病犹不必得，则姑酌酒解忧。“我谓文王”，非自谓也，设言之以相劝勉，其与文同心可知。若谓文王行役，或囚羑里，而作诗思之，后妃不必无是情，然等诸劳人思妇之词，在小民无不可，在宫闱则失体矣。且采民风而登此种诗，欲在上者闵行役之久，念家室之情，宜深体恤，若后妃思文王至于忧伤，播之管弦，用之乡国，意果何主？或以忧伤谓念王室，如漆室之女，倚楹而叹；嫠妇不恤其纬，而忧宗周之陨。妇女中固有此远识，第玩诗词，亦未见有此意。雪山王氏云“劳媵妾之归宁者”，不知何据。《小序》云“后妃思念至于忧伤”，亦未指明。

《说苑》云：“召公舍于甘棠之下而听断焉。陕间之人皆得其所，后世思而歌咏之。”《说苑》多难信，而此说似于理为优。朱子云：“召公巡行南国，以布文王之化，尝听讼甘棠之下。后人思其德，而作是诗。”夫众建诸侯，各有分地，自明一统之盛，陕西按院不能巡及湖广，独封建各君，其国可越疆而代庖乎？虞芮之争，亦彼自来，文王未尝往，况民间区区狱讼，舍田芸人，有是理乎？尝见说部有云：“甘棠至今犹存，其树似枯非枯，似生非生，每萌一芽，则其县必有入相者，确在南国。”真耶？否耶？千百年事未敢臆断。考地志，甘棠在文王封内，不在南国。

“厌浥行露”，朱子以为南国女子被文王之化，出行虑为强暴所污。观下“速狱”“速讼”，似实有事迹，非空空怀惧。夫文王之化，何独行于女子，而不行于强暴？《韩诗外传》以为：“女子许嫁，因一物不具，一礼不备，守死不往，得妇道之宜，故歌之。”韩去古近，得遗闻旧事为多。《列女传》云：“申国女作。”夫为国君之女，何至以不行而速诸狱？如夫家因之，非灭其国，何以掠其女？如告诸方伯，则文王不难一言而决，谁置诸狱？朱子不采旧说，诚有见，但谓行路恐遇强暴，亦未为得实也。《毛传》以为召伯听讼作，如是则为民间女子。

观诗，其词愤，其志决，似非徒争区区小礼。“召伯听之，能平其狱”，则是诗为美召公。

陈思王《美女篇》，前言服饰之盛、容止之美，终言守贞待聘，词气何等安雅。《摽梅》一诗，语语迫切，有儳焉不可终日之势，沐文王之化，何至如此？

《小星》序云：“夫人无妒忌之心，惠及贱妾。”朱注从之。《容斋三笔》谓：“宫中嫔妾，虽云至下，固非闾阎微贱之比，何至抱衾裯行？此诗咏使者远适，夙夜征行，不敢慢君命之意。”按，使臣必有侍从，岂自抱衾裯？泥其词，亦未见彼胜于此，况“实命不同”“实命不犹”，如何解？不如从旧说之为愈也。

《何彼襛矣》一诗“平王之孙，齐侯之子”，毛氏训“平王”：“平，正也。武王女、文王孙，适齐侯之子。”郑氏云：“平王，平正之王。齐侯，齐一之侯。”毛、郑诗家大宗，《丹铅续录》亦从其说，然字义终费曲解。《山堂考索》直以为平王以后事。明陈士元云：“庄公元年，单伯送王姬。”又云：“王姬归于齐，是齐襄公事。”十一年“王姬归于齐”，《传》云：“齐侯来迎共姬”，是齐桓公事。齐侯之子非庄即桓，以为武王女、文王孙，何所据？朱子云：“周公相成王，制礼作乐，乃采文王之世风化所及民俗之诗，被之管弦。”夫采诗于文王之世，文王不敢称王，女公子顾敢称王姬乎？解诗者因经圣人手订，以东迁时诗搀入“二南”，不应凌乱至此，故归之武王。然“二南”为文王时诗，以武王既有天下之诗搀入，其为凌乱，又何以别谓圣人手订不应有误？彼“素以为绚”“偏其反而”，载在《论语》，是当孔子时诗原有此句，而后竟无之。历世久远，传经者不一人，本有者可以轶，本无者安知不有挪移补入？《大戴礼·投壶》篇：“凡雅二十六篇，可歌者八篇，《鹿鸣》《狸首》《鹊巢》《采蘋》《采蘩》《伐檀》《白驹》《驺虞》是也。”《鹊巢》四诗是“南”，乃列之“雅”；《白驹》“变雅”，乃列之“正雅”，求其故不可解，亦难曲为之说，则固有与今不合者矣。朱子两存其说，固非无见。

《罗氏识遗》云“文王十三岁生伯邑考”未详所出，彼欲据此以驳文王锡武王九龄之误，谓年岁不符，不思十三岁生子，岂十二岁娶太姒乎？太姒年又几何？古人男子三十而娶，女子二十而嫁，文王何独不然？果如是，则辗转反侧之说，益不可通，即太姒求贤亦太早计矣，其说何足为据？

《小星》篇疏云：“五日之中，一夜夫人，四夜妾媵。夫人专夜，不须设帐，帐为妾设。望前先尊，望后先卑。望前最贱妾抱帐往，贵者抱之还。望后贵者抱帐往，贱者抱之还。”观此知朱子非臆说。设帐者，妾非一人，故以帐隔别，私物不敢常设君所。

宋若昭《女论语》云：“五刑之属三千，罪莫大于妒。”按，妇人妒者，性必刚狠，忤翁姑，制丈夫，骨肉乖，亲戚睽，多由于此。名德重望如谢太傅，勇猛悍骜如常遇春，皆受制妒妇，甚至诛杀妾媵，斩夫先祀，然后叹《关雎》《樛木》之德不可及也。

观于《诗》而后知圣王之教人普以周、显而切也。他经所言皆出于帝王卿相圣人贤士，故法语凛凛，第庄语听者或倦，诗则嬉笑言之，而不觉其慢也；委婉言之，而不嫌其谲也；拉杂琐屑言之，而不讥其鄙也；悲伤流涕言之，而不厌其尽也；怒目切齿言之，而不恶其直也。即如“攘左右，尝旨否”，妇依士媚，写田间之景如画，有似老农言；“有敦瓜苦，蒸在栗薪。自我不见，于今三年”，能代思妇言；至“借曰未知，亦已既耄”“借曰未知，亦既抱子”，朋友不可显言者，诗言之；《苕华》《星霤》《葛藟》，如绘流民图，奏疏不敢直言者，《诗》言之。观乎此而后知世路之险易、治乱之景象、万物之变态，无不倾写于目前，感触于肺腹，居上则不至蒙蔽，在下则不至迂疏，觉宇宙间一草一木、一鸟一鱼，无在非《诗》，而含思吟咏，无不出于天理人情之至，则亦无在非教也。统观于《诗》，雅颂之正者，如太庙陈设鼎彝，肃穆如明堂，王会佩玉冠裳，群公山立也；其变者，如幽月哀猿，凉露寒蛩，令人低徊，甚如凄风苦雨，黄草白沙，令人慷慨欷嘘、泣下沾襟也。独“二南”如世之淳，光天化日，人物熙熙；如时之春，花柳无私，而禽鸟和鸣。其沉以挚者，金贞玉粹，亦或如怨如慕。要是菊静兰芳，淡欲无言也，《诗》安得不以此为冠？终以《豳风》，仍还旧观，亦物极必反之意。天运循环，乱极思治，圣人用意深矣。

宋程大昌以“南”配“雅”“颂”，不谓之“风”，谓“国风”之说起于汉时，毛氏乃冠之篇首，古无此说。历引季札观乐，工为之歌《周南》《召南》及诸国诗，但举地名，无“风”字。又以“南”“雅”“颂”皆为乐诗，而诸国为徒诗。“以雅以南，以籥不僭”，“籥”为“二南”之“籥”。季札观乐，有舞《象箾》《南籥》者，凡举“雅”“颂”皆参以“南”，自创名为“风”，南乐遂包于国风之内。虽有卓见，亦莫敢异议。又引子谓伯鱼曰：“女为《周南》《召南》矣乎？”“为”之为言作，作则纯翕缴绎，有器有声，非但歌咏而已。顾“风”有《采蘩》《采蘋》，《左传》有明文，则“南”谓之“风”，似无不可。而朱竹垞谓：“‘南’之不可移为‘风’，犹‘风’不可移于‘雅’‘颂’也。”程氏训“为”字亦别有义意，固可取备一解。

鲁、齐、韩三家，史称鲁最为近之。《鲁诗》今可考者，有曰“佩玉晏鸣，《关雎》叹之”，以为刺康王而作，已异于孔子之言。又曰：“驺虞，掌鸟兽官。古有梁驺，天子之官、天子之田也。”文王事殷，安可以天子言？其于《周南》《召南》，首尾已谬。

王鲁斋因朱子谓郑卫之风皆淫诗，遂删去三十二篇，且于“二南”删《野有死麇》一篇，而退《甘棠》《何彼秾矣》于《王风》。更有作尧舜诗易《关雎》，腐矣。明丰坊伪《鲁诗世学》，移《定之方中》于“鲁颂”，移“唐棣之华”四句于《东门之墠》二章之前，变篇名为《唐棣》，夫子所不敢增删者，毅然增删之。虽后人亦有疑“有女怀春，吉士诱之”为淫诗者，要当阙疑，存而不论可也。

春秋论隐公

《春秋》存王迹，实维万世纲常之书。其时王室微弱，诸侯纷争，篡弑接踵，生民涂炭，人纪或几乎息矣。孔子就国史笔削以明善恶，非作也。后人因其书可为经，与前未修迥殊，故以为作。直书其事而美恶自见，此为定论。后人论书法，多有发明，亦多拘滞，固不胜数。独疑是书为公天下之书，有据实书者，有据赴告之文而书者，他国篡弑必书，而鲁国则否。说者曰“内恶讳，外恶不讳”，此谬论也。夫谁非臣子，各欲讳其国之恶，在他国则表暴之，在本国则隐匿之，可谓公乎？无怪《史通》之以此为訾也。然则圣人修史果如是私，何以垂万世？夫儒者，不度势，不察理，拘文牵义，遂大惑不解。孔子，匹夫也；《春秋》，国史也，崔浩以宰相扬国恶，犹伏诛，况匹夫乎？或曰：“崔杼弑君，太史书之；赵盾弑君，太史书之。彼不惧死，孔子圣人，独惧死乎？”曰：“当官不惧死，是谓尽职；不当官而触刑网，是谓大愚。孔子非史官也，讳国恶者非孔子也。当时弑君杀适者，人以为元凶，而君以为心腹，方宠任假以威权。在彼不肯自扬其丑，史官畏死而曲笔，君亦乐为隐匿。孔子之时，其君即弑君者之子孙也。彼自讳之，孔子安敢彰之？不然，当日大书于册，如齐晋，孔子奋笔改之，曰：‘吾为国讳恶。’则齐晋之太史为罪人矣，何以当世重之、后世称之？故曰‘内恶讳，外恶不讳’，此谬论也。以是罪孔子与以是原孔子，皆不度势、不察理之言也。”或曰：“陈司败问昭公知礼，孔子然之，不言吴孟子事，岂非讳恶？”曰：“彼以知礼为言，我安得曰不知吴孟子事？彼未言及，吾安得先发？”或曰：“在其邦不非其大夫，况于父母国之君乎？”曰：“固也，为国讳恶，礼也。私相言语必讳，与他邦人言必讳，自己著述必讳，此通义也。若夫史，天下之公言，万世所考信，与此原不一例，且诸国分列，与一统之世又别。吾书他国之事不讳，他国书我国之事亦不讳，是非自在。孔子原难料他国之史不传也，当时晋楚皆以《春秋》为教，其书之同不同未可必，即一统时之史，当时不书，继世必书。即讳而不书，不见于本传，他传或隐跃其词，使读者可以意会。《春秋》虽孔子修，仍是国史。孔子即不惧祸，固不肯露才扬己，揭示天下。若无端与弟子讲习，暴扬国恶，又岂所以为孔子？”“然则孔子仍旧史而不敢更动，又何以为修？”曰：“仍旧者多，其改窜处特于文字间略为修饰，足以见义。无者不敢增，有者不敢去，所以为信史。”

《春秋》始于平王，平王东迁，此周家一大变局。丰镐之旧既失，王纲自此坠，如日既夕矣，渐渐迫于崦嵫，沉于虞渊。孔子知东周不可为，而慨然修史，以为万世监也。始于隐公，何也？隐公有让国之心，而遭篡弑之祸，周公其衰矣。元年不书即位，啖氏助曰："凡先君正终，则嗣子逾年行即位礼。"公不行即位礼，其让桓可知。桓公乃以篡弑得位，天理绝矣。然而身死齐国，不得正终，孰谓无天道耶？独惜鲁自此弱。庄公亦不书即位，闵公不书即位，僖公亦不书即位。《穀梁》云："凡先君遇弑，嗣子不书即位。"鲁之为鲁，尚可问乎？或谓隐长桓幼，隐知惠公爱少子，有欲立之之意，遂让桓而摄位，为成父之恶。夫曲体父志，泰伯之所以称孝，伯夷之所以称仁，而独以是刺隐公，不亦谬乎？所短者，未请命天子。天子立长，则隐公无愧于志；立桓，则己辅以治国，如周公故事，后亦不至遭变。第千载下论人最难，安知隐公欲请于王，恐桓不得立，无以遂父之志？又安知不欲待桓长，请于王而立之，微曲何能告人？元年以后，每年不书正月，或自贬损以明摄也。卒之奸人窥伺，得行其志。钟巫之祸，归罪蒍氏，羽父弑君之贼，安然漏网，可胜浩叹！

书"元年"以正始，书"春"以定时，书"王"以大一统，书"正月"以奉正朔，以重国事，此史之旧文，非始于后来，亦非孔子特笔。其余无关要义者，孔子皆仍旧文，无烦笔削。

郑伯克段于鄢，兄弟之情绝，因弟而怨及母，后遂至于射王；天王使宰咺来归惠公仲子之赗，适庶之分乱，崇母而骄其子，后遂至于篡兄，履霜之戒深矣。"鄢"书"克"，甚郑伯，亦以甚段也。恃母之爱，尾大不掉，几如敌国，为长兄者不亦难乎？宰书名，甚天王，即以甚惠公也。恃嬖妾之宠，非分邀荣，酿成祸端，为长子者不亦难乎？二事左氏发明书法，言简而精。

伦莫重于君臣。弑君之人，天地所不容，人人所共愤。《春秋》弑君三十六，陈恒不与，而鲁《论》书之，足补《春秋》所未及。即《左传》书法亦足补《春秋》，得圣人之心，观其所书而深义见，观其所不书而褒贬亦见。此意惟吾乡孙仲愚先生发千古未发之秘，其言曰："《左传》所纪，莫详于鲁宋晋郑秦楚，其君与执政之薨卒，皆谨记，独于楚穆王、晋赵盾、栾书、齐陈乞，则其卒不书。以为弑君之贼，得终天年，此天道人事之变，不可为训，则不足污吾简册。其余或见诛于国人，见诛于异国，见诛于所立之君。其未诛于生前而斫棺废族如郑子家，伏冥诛、恶疾目出如晋荀偃，书之唯恐不详，所以褫乱臣贼子之魄也。"此论实有功名教，将左氏微意曲曲传出。

隐死于桓，桓死于齐，而齐襄旋即见弑，此循环之理也。若楚围弑君而不书弑君，似幸免矣，其杀庆封，庆封即弑君之人；杀蔡侯，蔡侯即弑父之人。天若特假之手，究竟缢死其君者终于自缢。陈乞立齐悼公，公使人杀荼，书"陈乞弑其君"，似乎冤矣，安知非进计于君，以绝后患？故《春秋》诛心，犹幸保首领以殁，书之史册，观者悚然，即观于天道鬼神之不可逃，亦必悚然，其他未易悉数也。

隐公元年以后，不书“正月”，先儒无议及之者。夫正月为岁首，观《书》“正月上日，舜受终于文祖”“月正元日，舜格于文祖”“正月朔旦，禹受命于神宗”，古者举大事，行大礼，无不在正月。诸侯每月朔，必颁天子之典则，以特牲告庙。况正月，其礼必有隆于他月者。定公元年，书“春王”不书“正月”，公未即位也。隐公在位已久，何以不书“正月”？《管子》：“正月之朝，五属大夫复事，其寡功者谪之。”可知正月为发令行政之始，岂有十年正月无事者？殆公自以为摄位，每年大典礼，避不肯行，故史不书。羽父非不知其故，特请杀桓以献媚，谓摄位不如即真，除桓以绝后患。若隐公显然即位，臣民久服，桓为君之介弟，一贵公子耳，何须急除？迨隐公不许，羽父惧桓立必害己，故与桓谋弑。夫初用六羽，隐公犹知尊王守分。当东迁后，诸侯即位数年而王赐命，或殁后而王赐命，其不请命者，不止一鲁，鲁亦不止隐公，难独责一人。若桓三年后但书“正月”，不书“王”，直待十年不得已书“王”，后亦不书，深著其无王之罪。如隐公则“春，王二月”“春，王三月”屡书，不一书也。

书“考仲子之宫”，仲子妾也，孟子为夫人入庙，乃别为仲子立庙。书“仲子”不书“夫人”，嫡庶之分，见隐公让桓之心坚矣。

王归仲子之赗，而鲁不致天王之赙，书“求”，人谓讥周，不知正以罪鲁。

礼乐论论礼

《论语》上部开章言学，下部开章言礼。学虚说，礼实指，终篇言“不知礼，无以立”。《大学》《中庸》，圣学之阶梯，大道之精微，无不从礼经抽出。孔子终身不逾矩，告颜子求仁以克己复礼为要，礼之不可须臾离也彰彰矣！自尧舜禹汤文武顺人之性，因天之则，递相损益，内以修身齐家，外以治国平天下，无一不具，大哉礼乎！人生舍此莫由矣。春秋时，王道不行，礼教渐废，然而有识之君子犹能述王制、明是非，以此卜国之兴废、人之存亡，其应如响。然则以礼为迂缓而无用者，观此可憬然悟也。战国人尚功利，蔑弃礼法。秦兴，扫除先王之迹，荡然无存，孔子所修明者亦茫然不能确指。今之《礼记》，大都汉儒所辑。《曲礼》杂取《管子·弟子职》篇，《檀弓》作于孔子后，大典如《王制》《月令》《明堂位》，皆后儒辑缀；《坊记》《表记》等，虽依托孔子之言，以《论语》校之，精粗判然；聘、射、燕享、冠、昏诸篇，似师儒讲诵之语；惟丧祭为详，除《曾子问》，亦后儒所记。《周礼》，古名《周官》，如后世史中《百官志》，多有议之者。《仪礼》委曲繁重，或以为周末文盛之书，即昌黎亦苦其难读，后人依而行之，未有不笑其迂、苦其难者，无怪束之高阁，而礼几为虚设矣。呜呼！古今治乱之分，未尝不由乎此也；风俗之污隆，人品之纯疵，未有不系乎此也。一坏于秦之暴乱，再坏于晋之放诞，继以前后五代日寻干戈，上皆以此为不急之务，下则民生日蹙，谋生不暇，何暇知礼义？即有文人略事词章，先王之大法坏乱而不救，世运之趋而愈下，有由来矣。然犹幸汉人去古近，老师宿儒述遗闻，阐旧制，掇拾补缀，先王之法不至尽没者，此也。盖圣门弟子传授，散而未绝，书而存之，仿佛可睹，故汉儒之功与宋儒等。后人高谈性命，岂知舍人事无以见天则。孔子答子张百世可知，非礼何以哉？《周官》自宫府朝廷下至乡里，吉凶宾嘉化民成俗之方，何一非礼？名《周官》为《周礼》，可谓得实。由是推之，《周官》举其纲，《仪礼》详其目，《礼记》疏其义。虽经秦火之焚烧，后人之紊乱，大儒疏通证明，恍游于三代之盛、灿然于人伦日用间者，确乎可见也。呜呼，幸哉！夫慕古，代有其人，唐宋诸君父子兄弟夫妇多有惭德，纂修诸书如《开元礼》《政和五礼》，乡曲下士或终身未见；明之世宗，慨然以制作自任，颁行天下，然而仪也，非礼也，尊本生，跻太庙，为逆祀，本实先拨矣；求仙术，设醮坛，妄举多端矣。孔子曰："人而不仁，如礼何？"行礼者，固必端其本也。朱子云："古礼不必尽宜于今。"诚哉，大儒之言！而或泥于委琐，自矜复古，更以刺人，不知其滞而鲜通，为当世笑。夫礼，中为贵，时为大，堂不必东阶西阶，器不必鼎俎笾豆，冠裳不必冕旒黻舄，尊王制，体圣意，随处有矩范，名教皆乐地。今试以礼绳人，尊贵者倨肆，谓越礼何伤；愚贱者鄙倍，谓违礼无害，是亦不思而已。与人论是非，则闻者漠然；与人论利害，则闻者悚然。子弟之饮赌无赖，败家丧产，为守礼者否乎？疏骨肉，害乡邻，为守礼者否乎？甚而穿窬，甚而抢劫，杀人亡命，掘坟放火，皆自无廉耻之一念，由是背父母，弃妻子，抗官长，祸无所不至，其故何耶？而循循自守，虽饥寒不为非，则亦不至于死，是故高者复性为圣贤，出为名臣，在下树风声，为闾里表率，人化其德。其势尊位高者，虽处极盛而无礼，以相将祸患不测，所自来甚矣。礼与非礼之间，所关大也。圣王制礼，其精微原于性命，其节目著于伦常，其委曲详于仪文，柔其血气，束其筋骸，而坚定其志节，不戒以非而与非远，不怵以害而与害绝矣。夫拜跪起立，有何损益？而汉高非此无以驭勋臣，孙吴非此无以御三军。人即厌繁重，而周旋于矩矱绳墨，与拘囚于囹圄、展转于桁杨刀锯，孰安孰危？非谓离矩矱绳墨即入于桁杨刀锯，然天下之入于桁杨刀锯者，未有不始于畔矩矱越绳墨者也。然则谓《周官》《仪礼》《礼记》，即救天下万世性命之书也可。

古者礼乐并用，礼者所以劳之也，乐者所以逸之也。不劳，则心思放，无以闲邪；不逸，则神气拘，无以合道。乐者，天地之元音也。《庄子》大块噫气，是谓天籁，过林木而万窍皆鸣。圣人截竹，调以吕律，无非因乎自然。夫人童稚之时，口中乱歌，手足乱舞，无人不然。使端坐读书则以为苦，跳跃唱戏则乐，可知乐本性中自具，发于不容已，动于不自知，故帝王借以为教。古书有礼经，无乐经。或于《礼记》中采《乐记》以为乐经，论乐之理，精微广大，然只属空言，先王之乐究未传也，难为专经。夫子正乐，雅颂得所。雅颂者，乐章也。所以奏雅颂者，音节不可得而知也。“得所”，后人亦未能确指，不过引宁武子《湛露》《彤弓》之说，引叔孙穆子《肆夏》《文王》之说，皆列国大夫自抒所见，与夫子无与。且《肆夏》，颂也，穆子以为享元侯，亦误。正乐，正其僭，如讥舞佾歌雍；正其失传，如言《大武》之声淫及商；正其声，如恶郑声，斥由瑟；正其容，如《大武》之致左宪右。在时文可以敷衍成篇，然皆零星补凑。至夫子，如何正乐？雅颂与乐相合，如何得所？条条指明，虽通儒亦有难焉者。夫周存三代之乐，所用又不止三代，如《云和》《空桑》之琴瑟，《云门》《咸池》之舞，六变八变九变，其详若何？《韶》《武》，夫子与闻，知其善，后世则不能言。呜乎，乐之亡久矣！虽然帝王之乐亡，而乐未尝亡也，天地之元音自在也。后世杜夔及荀勖皆生而知乐，牛铎之应黄钟，池铁之应蕤宾，其理不爽。唐明皇尝使黄幡绰谱羯鼓，但画两耳以进，疑而问之，对曰：“有两耳，无须谱。”可知乐不能亡。善乎，孟子之言曰“今之乐犹古之乐也”！孔子告太师以翕纯皦绎，千古之乐无以易此，是为后世乐官示以准则。又曰：“成于乐。”乐固学者急务，第后人不但不知乐，并未见乐器，唐宋学者多习琴，今习琴者亦鲜，则非乐亡之过也。夫诗礼乐，先王以是为教：礼束官骸，未动乎情；诗畅乎情，未能入神；至于乐声之微妙，感天地，动鬼神，于人则通乎神明。即如琴，躁者能使静，戾者能使和，郁者能使舒，超乎有形，入于无迹，人为所转移而不觉，平日之无学者犹如是，况尝学问耶？况聆乐之全备，其变化更何如耶？揖让于俎豆冠裳，婆娑乎琴瑟笙镛，三代人才之盛，盖由于此。后世梨园犹得此意，虽云粗浅，而忠孝节义之故事，形以歌舞，谐以箫管，沨沨动人，有欲歌欲泣者，故曰“今之乐犹古之乐也”。况生值圣代，纯皇帝以天纵之圣，按工尺将三百篇尽谱入乐，乐与诗俱自此得正，学者如见三代之盛。先圣后圣，其揆则一，可以快然而无憾也已。

明王评事石雁云：“《周礼》五官，非缺也，而不知者以为缺；《考工》，非补也，而不知者误以为补。五官之文直而正，《考工》之文曲而奇，似裁于两手，实出于一手。出于一手，然各为一书。《考工》非汉人能为，六国时仿古而著之者。”又云：“《周礼》以天始而虚冬，藏冬于地，五官之员已足，而归其奇零于《考工》，非以《考工》为《冬官》也。《考工》之为记，犹之《仪礼·丧服》之有记也。”语甚新奇，而难确信。

疑《周礼》者多矣，至谓渎乱不经之书，又谓战国阴谋之书，嘻，亦甚矣！惟设官太多，以今考之，惟士多耳。上中下士共二万四千九百五十九人，骤观殊骇耳目。独缺《冬官》，临川俞氏廷椿谓“司空之官分载五官”，作《复古司空》一篇，朱子亟称之。王次点作《周官补遗》，已不传。同安邱氏遂取五官归于《冬官》，六属各得六十，著为《周礼定本》，然说者犹谓割截旧文。《考工记》虽古，第所载皆工，不可谓官。钱氏鄂作《冬官补亡》，据《尚书》、大小戴、《春秋》内外传，补亡凡二十有一：司空、后稷、农正、农师、司商、甸人、火师、水师、舌人、工人、舟虞、匠师，本诸《国语》；曰寄、曰象、曰狄鞮、曰译，本诸《王制》；野虞、工师、舟牧，本诸《月令》；工正、圬人，本诸《左氏》。益都孙仲愚谓：补圣人之书，僭也。虽然《冬官》久亡，春秋列国以意设官，周制不可问，其间亦有与《周礼》合者，如鲁之三官、太史、外史、宰人、校人之类，宋之五官、校人、迹人之类；又有《周礼》所不载，如工正、隧正、农师、褚师之类，考其所职，无非营缮、治田、水利、将作，则《冬官》之属也。因参考《左氏》内外传、《尚书》《礼记》诸书，以《周官》“司空掌邦土，居四民，时地利”一言为断，凡得七十余官，其存疑应归并者四十官，而确乎为《冬官》之属殆将三十。族大夫、卿校诸官，所以居士也；农大夫、啬夫诸官，所以居农也；司商、贾正诸官，所以居商也；工正及《考工》所载以下，所以居工也；隧正之掌城工、司里之授宅第，既非五官之所得兼，不属之《冬官》而谁属？《冬官》之文，附见于《天官》者，于六典曰事典，于六职曰事职，司会之所会，司书之所贰，春秋太史之所藏，而司空可知矣。于是作《补冬官》，既不割截旧文，以经补经，突过前贤。

《大戴礼》未见可弃，宋时犹列为十四经，至今《小戴》孤行，《大戴礼》遂束之高阁。第《小戴》中所载汉儒浮夸之词，如《明堂位》《儒行》，粗疏处反不如《大戴》之谆实，何耶？吕不韦令诸儒纂《月令》，杂取虞夏商周而间有秦制，何如《夏小正》之简质古雅？又经唐明皇时李林甫等增损其文，无识贾竖、弄獐宰相共成一书，俨然与圣经并列矣。王舍人嵒请删《礼记》，张说上言不可而止。后显庆间礼书，许敬宗、李义甫删去凶礼，小人无忌惮。《乡党》所记聘礼私觌，与《仪礼》合，是孔子以前书，周公制作无疑。孔壁中所得本五十六篇，除十七篇外不得立学宫，三十九篇遂亡。熊朋来谓：“《既夕礼》乃《士丧礼》之下篇，《有司彻》乃《少牢馈食》之下篇，实止十五篇耳。”敖继公谓：“此书专为侯国而作。”然孔、郑诸儒所引《仪礼》逸经，有禘于太庙礼、王居明堂礼，则天子之礼必备载，惜后不传耳。吴草庐取大小戴及郑氏所引，编《仪礼逸经》八篇：《投壶》《奔丧》《公冠》《诸侯迁庙》《诸侯衅庙》《中霤》《禘于太庙》《王居明堂》。自《中霤》三篇，但有篇目无辞。传十篇：《冠义》《昏义》《士相见义》《乡饮酒义》《乡射义》《燕义》《大射义》《公食大夫义》《朝士义》。具见辑礼苦心，而刊本绝少。顾亭林云：“独精三礼，卓然经师，吾不如张稷若。”张，济阳人，今盛行者惟《仪礼句读》，余未见。昔宋徽宗亲定《冠礼》八篇，说者谓不可因其人废。明世宗于礼多所纷更，亦间有可取。我朝昆山徐尚书撰《读礼通考》一百二十卷，朱竹垞以为天壤间不可少之书。韩慕庐云：“读之自愧一生并未读书。”其书征引浩博，考订确凿，自天子卿大夫士庶凡关乎丧礼者无不毕备，不独可补《国恤篇》。盖本朝文物之盛远迈汉唐，即此可见矣！

《周礼》建都之制，不合于《洛诰》；封国之制，不合于《武成》；设官之制，不合于《周官》。窃谓洛邑为保厘而建，非镐京王都之比；《武成》，诸儒皆以为不可信，《周官》举其要，《周礼》著其详，至师、傅、保、公孤为兼官，不必备，故《周礼》不载，非有异也。

《仪礼》详于器，详于揖让进退之文；戴《礼》详于义。器，文末也；义，其本也。宜尊戴《礼》，而朱子以《仪礼》为经。

五经无理字，万事万物莫非理也。后儒喜言理，言之至精至高，而理涉于虚矣。夫子之言无理字，与人论事论人莫非理也。后人专以理言，于是有理学之名。夫三代帝王卿相，岂不明于理者？而立法垂世，不过朝聘、燕享、冠昏、丧祭、事君亲、和闺门、睦乡邻、射御书数之事，其不率则有刑，皆尽人事而已，无高谈虚论也，故夫子教人惟在下学，学者可以思矣。

冠礼久废，古礼亦不尽可行。如“见于母，母拜之”，将为成人，遂可受母拜乎？礼本人情，情所不安，即礼有难行。纵曰别有所为，非拜其子，究竟于观瞻不顺。又“冠而字之”，此在士大夫则可，若走卒贩夫，岂必字之？今日牛医菜佣，一朝积财，或自立字，或同侪媚之，赠以别号，有识者无不相笑，况三代质朴，更无此事。然则冠礼为君公大夫士设，其在微贱，固亦略矣。

古者三十而娶，顾守礼如孔孟，娶时皆不及三十，则此礼原不拘定也。婚礼不用乐，然则《关雎》之琴瑟钟鼓非欤？周公制礼，岂敢违文王之教欤？此在士庶家可无乐，若君公卿士，金石在悬，凡燕客必有乐，送女必有客，亦必有燕，何至无乐乎？宋人最泥古礼，某帝为太子时将婚，宰辅执此礼，太后曰：“小民家有喜事，无不用乐，况朝廷大典乎？”特命行之。又云：“婚礼不贺。”按，罕虎如晋贺夫人，郑游吉如晋，曰：“齐少姜有宠而死，齐必继室。今兹吾又将来贺。”夫妾犹贺，而谓娶妻不贺乎？自汉公侯卿大夫娶妻，或奉天子命往贺，古今人情相去不远耳。

子云“古者墓而不坟”，自以为东西南北之人，故合葬于防，封之，崇四尺。及夫子自为，则曰“见若堂者”“见若房者”“见若覆夏屋者”“见若斧者”。如不坟，何以有此等之形，岂夫子之言而自相矛盾乎？古帝王公卿陵墓存于今者，犹巍然也。礼，古不墓祭，第《孟子》有“墦间之祭”，《左传》“被发而祭于野”，《曾子》亦有“椎牛祭墓”之语，则祭于庙者其常，贫无庙者亦不徒祭于寝。

古者诸侯五庙，大夫三庙，适士二庙，士一庙，世禄之家其庙常在。春秋官人以世，无不可者。后世贵贱无常，父为大夫，子为士，将毁其二庙乎？或为庶人，将尽毁之乎？不毁，将以庶人行大夫之礼乎？抑行庶人之礼于大夫之庙乎？且周公求贤若渴，其立制必不使愚不肖据高位，贤智沉草野。文王世禄不世官，周有天下取士之法甚详，必因才器使由卑渐尊，不似春秋时之弊政。观《中庸》“父为大夫，子为士”“父为士，子为大夫”，明示以贵贱无常而庙制忽更，实有难处。

别子为宗，继别为小宗，得立庙者亦奉祀。太祖之庙百世不迁，在诸侯则可，在大夫其子孙微贱矣，世世以何礼祀之？又支子不祭，彼大宗为庶民，而支子为公卿，同时而祭，其礼从庶民乎？从公卿乎？从其贱，是公卿行庶民之礼矣；从其贵，则宗法乱，将何以处？今宗法不讲矣，巨族人众，推贤而贵者将事，虽与古不同，而于观听为顺。所谓礼从宜，不必泥古也。

古者庙正中无户，故中无阶，阶列左右。户在东南，近阼阶，主人立于阼阶以候宾。户在东偏，故以西南隅为奥，而太祖以东面为尊，昭穆分列南北。今启户无不在中，自当以南面为尊。门在中，自当于中置阶，左右仍置两阶，祭者升降所由。

室中度以几，堂上度以筵，是筵大于几也。几，一人所凭；筵，则可容他人。故延宾，肆筵设席，鼎壶俎豆不就席陈也。第筵足亦低，不及今之卓。木旁后人所加。古人坐裀无椅也，高则人不能及，且俎豆已高，筵如何再高？汉人饮酒为舞者起，或膝席，其时犹存古意。古人之坐，舒两足向后而坐其上，有问或致敬则身直，故跪与坐相近而稍异，古三公坐而论道亦如此。古相会，君臣皆立，晏居则君臣皆坐。后世尊礼大臣，许设杌。宋群臣惮艺祖英毅，乃废坐论之礼。今皇上前宰辅虽跪，实合古坐论之礼。盖人对面，两足在前不雅观，故箕踞为非礼。近世有椅、有杌、有榻，则两足垂下为宜。若再跪于上则危而不安，亦太高矣。随时随宜，执古礼者迂也。

夫子与宰我生于齐鲁，北方少稻，故以食稻为丧中所难安。若在江浙楚蜀，则食稻为恒，居丧亦不改也。读书未谙各处土宜，而随口读过，亦属粗疏。

世传戴圣删戴德书为四十九篇，即今《礼记》为《小戴》，而《大戴礼》不行。所传《哀公问》《投壶》二篇，与今《礼记》同。《保傅》篇世言贾谊疏所从出，今考《礼督》篇“汤武秦定取舍”一则，全出谊疏中，反若取谊语剿入其中者。《公符》篇至录汉昭帝诏辞，殆后儒采集诸书而成，非德之旧也。题“九江太守戴德撰”，九江太守是戴圣所历官，尤征其伪。

初学读书，宜略知原委。古《易》爻、象各为一书，晋王弼始合之，程朱又分之以复古。今坊刻朱子《本义》复合之，失朱子之旧矣。《诗经》，朱子《集传》各篇列小序于前，而列己注于后，今坊本所刻尽删去小序，读者但知有朱注。若尽屏前人而独伸己见者，大非朱子之意矣。《虞书》，夏史所作，如《明史》修于本朝，而曰《明史》是也，以夏史修前朝之史，故首节“曰若稽古”。若《舜典》“曰若稽古”一节，前所未有，晋时大航头所得，其为伪书不待言矣。《大禹谟》首节“曰若稽古”，以本朝人修本朝《本纪》而云“稽古”，文理尚可通乎？古史官文法精细之至，必不若是谬，其为伪书无疑。今《礼记》为《小戴礼》，彼《大戴礼》久亡。戴德之书不可见，偶存者亦非真。《大学》《中庸》皆在《礼记》，而坊本因程朱抽出单行，遂删去不刻，失古书原本，鄙陋极矣，初学不可不知。唐以《月令》冠《礼记》篇首，不如汉儒编次之精，盖《曲礼》自洒扫应对进退，小学为入德之门、上达之阶，“毋不敬”一语已括全部要义。而趋于苟简者，并将《丧礼》删去，以为闱中题所不出，狂妄极矣。《春秋》本自为一书，三传各单行，后取而合之以便读。坊间又有所为《左绣》者，径没《左传》而自立书名，家传户诵，几令童蒙迷其本原。所解有何高见？不过为时文家计耳，幼学宜知其变乱之非。至《论语》之注，亦有为后人更动而字误者，非朱子之失检。

井田论

后世儒者好言井田，迂论也，断不可行。虽然，儒者多未察其理，拘于相传之一二语，依其言，不独今不可行，即古亦不可行；通其意，不独古可行，即今亦可行。夫今非能取田而井之也，而其法可师。说者谓：“画田为井，每夫受田百亩，余夫二十五亩。二十受田，六十归田。乡无无田之人，家足衣食，可无寇盗。民皆为兵，国无养兵之费，联为一气，固于磐石。”此言诚是，二帝三王所恃以为治也，但知其说而未深悉其法。无论井田既坏，万不可复，即今现有井田，亦不能行，何也？彼徒知每夫受田，而不知有无田之民也。夫古今一理，医卜巫祝之在民者，今有之，古亦有之；金木土石之工在民者，今有之，古亦有之；牧圉庖饔、厮养舆台以及造酒缝衣诸色人，今有之，古亦有之；负贩行贾、操舟驾车下至优伶乐人、执技以食于四方者，今有之，古亦有之。若皆有田，彼何不务穑而劳力为此？使尽力田，无此等人，又何以济用？更有难者，田不加广，生齿日繁。自明迄今，未五百年，每族或千余人、四五百人、二三百人不等。其初迁仅一人耳，而滋生若此。姑以夏论，历年四百。以小国论，一万二千五百人为军。军制即田制，人数即田数。以滋生之少而言，一人衍为二百人，一万二千五百人当增至二百五十万人。虽提封百万之国，加两倍之田，亦不能给。且军制有定，若滋生者按名给田，无论大国不止三军，小国且不止六军矣。岂军可限而田无限乎？又岂受田者有入军有不入军乎？无是理也。然则立国，田有额数即赋有额数，而人则无穷，断无每人止生一子、历世相传、不增不减之理，是故受田者有定额，而不受田者听其所为，有充军旅，有供百事。二十授田者其常，而不尽授：有残疾则废，有锢疾则废，犯法则废，气力不精壮者不授，武技军法不习者不授，年虽及而无退田者亦不得授。六十归田者其常，而亦不待六十：病则除籍，早卒则除籍，战亡则除籍，受伤则除籍，犯令则除籍，四时讲武澄汰则除籍。凡此皆势所必然。汉之屯田、唐之府兵、明之卫所，皆得此意，不井田犹井田，故曰师其意今亦可行。若执每夫受田，人日增而田不广，三代圣王亦势有必穷，故曰依其说虽古亦不可行。论古者必有验于今，古今时势不同而有其必同者，以理断之无疑。《孟子》《汉书》言其概，而未言其详，后儒拘而不化，犹哓哓以争，何耶？余夫，即如今之余丁。

井田“贡助彻”，三代异名同实，第五十、七十、百亩，终为疑案。或云三代之尺，长短不一，故亩之数不同，此臆说也。古者斗斛之大小、权量之轻重、尺度之长短，数皆起于黄钟，圣王岂以意为尺，如此参差乎？且亩以步，不以尺，《周礼》载明，至今犹然。然则王者代兴，必将改沟浍、画疆界，无论非一时所能就，堕已成之功，费无穷之力，圣王必不如此纷更多事。或曰名不同犹可说，亩之数不同，将何以解？不知三代非有天下，后乃更张。行之已久，既有天下，仍其旧耳。圣王无不因任自然，必不强天下以难行，何言之？公刘彻田，在殷盛时，殷自行助，周自行彻，未尝以违制罪周。周本行彻，有天下后仍行彻，非改助为彻也。“雨我公田，遂及我私”，其诗在《瞻彼洛矣》前，是东都殷故地仍然行助，不以周有天下而改为彻也。奉周法者莫如鲁，有若劝哀公行彻，是鲁后不行彻。由此推，商本行助，非有天下乃更法。夏本唐虞之贡，非禹创行，盖无不因任自然者。然而亩数何以迥殊？曰无殊也。以今日征之，山东买田计亩，四川买田不计亩；以山东论，淄川之亩不同于长山，长山之亩不同于新城。官之步弓有定，而或呼三亩为一亩、二亩半为一亩、三分之一为一亩，三代即此之比，况封建各君其国，随地制宜，安能比而同之？特当王者贵，必统于所尊，云某代如此、某朝如彼耳。然则贡助彻，取民之法，虽皆什一，其法何以不同耶？圣人岂好自出意见、耻相袭耶？曰非然也。论古必验于今。上取于民，如田主收佃租，江南之佃租不同于四川，四川不同于山东，各因其便，顺其俗。四川定为每年收租若干，不以亩论；江浙定每亩收若干；山东则佃户出力，田主出牛、种，以所收之多寡为分数之多少。江浙四川似“贡”，山东似“助彻”，使互易其法，必交不便。三代取民亦类乎此，又何疑焉？士不通今而论古，于今未详，于古必滞。周百步为亩，夏商则不知。想步数有多寡，非尺有长短。

金震方公铁在广西讨平八达寨苗，乃行屯田法：每兵受水田十亩、公田一亩，旱田三十亩、公田二亩；存公田租于社仓，期年辟田万顷，以都司领之，教之技勇，得精兵。今之四十余亩，古百亩，而又加以水田，又有公田，贡助兼行，诚得井田遗意。金公父，山东登州人，走辽东生公。

今日井田难行，即屯田亦不易。汉之屯在边外，边外多旷土也。唐开军府营田，因隙地也。今垦田至山顶，凡可生物者无不种，何田可屯？或曰：“国初承变乱之后，千里墟莽，便于屯田。”曰：“是时家银台公尝请屯田矣。当国者因户口萧条，正供不足，议兴屯矣。贷以牛种籽粒且下令初名为屯，后不为兵，民终惶惧，有司迫逐，始有勉强应命者，其难如此。”或曰：“明有卫、有屯，因旧可以成事。”曰：“明初屯丁即兵，后改为运丁，而屯政废，有逃亡，有窃占，有潜售。康熙间逐渐厘剔，屯名共八等。乾隆间大吏清查，缺额者不减征，溢额者加赋而屯病，后租尽在官而屯亡，北方则卫更入县，不更者只存空名。道光四年，许闲散旗民往关外双城堡屯耕，近募内地民往西域垦田，得充国之遗意矣。”

气数论

气数之说，昔人云：“天地不能违，气之运自然，数之推已定。”汉唐明之季，盗贼蜂起，杀戮以千万计，此三代所未有。或疑天之降祸太酷，余谓天心仁爱甚矣，人不统观时势而拘于目前，持论未有得当者。三代封建遍海内，圣王在上，百度修明，德泽下逮昆虫鸟兽，后嗣守其遗制，虽中主可获晏安，此封建、井田、学校，三代所以独隆也。然尧舜汤武不能无征伐，再传仍兴兵革，非尽无事也。其后仅以守府、方伯之令有不行于列国者矣，强侯悍族诛杀无辜，天子不与闻。强凌弱，大侵小，日寻干戈，观周春秋时事，夏殷可想。今岁被兵，明岁复仇，视民命如草菅，杀伤虽少，家人妇子日不聊生，且积岁月计之，所杀者父死子继，接踵于疆场，特以渐而不觉，零星亦不觉耳。后世天下既定，有百年不被兵、二百年不被兵者。凿井耕田，日享无事之福，父子祖孙，终身不见兵革，视三代朝不保夕时，其安危为何？若其积而为劫数，则天之不得已也。生齿日众，争夺日滋；人心日坏，罪恶日盈，不扫除而更张之，其势不可终日。夫天心非好杀也，乖戾之气所感也。戾气感而阴阳不和，于是有水旱疫厉死于饥寒疾病者，连村比户，情实可悯，此特小消息耳。国君惧而修政，人心悔而从善，如大木颠而复起，枝叶仍郁茂，及乎积恶难返，如秋草之芟刈，幸免者无几，此一大消息也。其祸视三代甚烈，其数则较三代甚迟，斟酌损益，大有权衡，故曰天心之仁爱甚矣，乌可拘目前而论？或曰积恶者死于劫数可耳，名贤硕德，惨遭兵火，则又何说？曰此亦天心之仁爱也。数不可逃，固有莫之致而致者。然忠孝节烈，炳著千秋，非死无以成仁，杀之所以爱之也。三代时天子虽君临万邦，实各君其国，各子其民，后世则天下一家。夫各君其国，故祸不相及，而祸即生于分疆别界；天下一家，故祸则遍及，而祸即弭于一统之共主。古今无成格，得失无定局，而天心之仁爱则一。尝谓三代之天子治天下逸，分其权于各国，握大纲而已，后世之天子劳，杀一人必与闻，故三代时君之德所及有限，而后世无人不被君之仁，即无人不戴天之仁也。然亦惟我朝圣圣相承，德泽沦于骨髓，民间五六世不被兵。汉唐明中叶，民亦难免祸乱，特不若末运之酷耳。要之，三代时所杀者丁壮，而老幼无恙；后世杀戮，或千里无人。此则圣王立制之善，隆古人心之淳，后世日浇日漓，毒戾甚于洪水猛兽，是当归咎于人，而不得归过于天也。君相操教养之权，黜陟明而政务理，人心和乐，戾气自消，偶有偏灾，补救得宜。如人之一身，平时调养气血，天君泰而支体舒，风邪自无从入。圣王治天下亦尽其心，于政事岂别有调元赞化之术哉。

书韩文公《原道》后

韩子《原道》，名虽《原道》，意在辟佛。其以老子并论者，明圣道不得不并排二氏，其实以佛为主。朱子讥其不言格物致知，似谓韩子遗却入手功夫，此未深明韩子立言之意也。孟子云论世知人，欲知其人，必先论世。宋世大儒虽程朱，初亦从释氏问途，后乃返乎圣学，故力辨心性，与二氏角。唐世士大夫未尝究心释学，其所以靡然从风者，天子崇佛寺、重僧徒，宫中舍施以亿万计，以武则天之骄恣狠毒，犹致名僧于廷而跪拜之，余无论也。上有好者下必甚，大臣争为布施，士大夫无不倾心皈依，愚民何所知识？富商大贾至于穷黎，亦以金钱衣物致送，故寺日广日侈，僧日众日富。一为僧，则华衣美食安坐而致，士大夫贫者往往借债于僧，居处拟宫殿，富贵过王侯，孰不愿为其徒？究其心，为福田利益也，惧地狱刀山也，非慕其法、乐其道也，然而人心为之狂惑，天下为之困弊。彼耗民食，故但言人其人、庐其庐，去一人省数十人、数百人之食，即天下大被其福。此时惟当痛斥其非，何暇与之言性言心？其言道德，特略疏大概，然历指君臣父子、礼乐诗书，明白切实，道德已莫外乎是矣！儒之精微妙义，无论语之而莫解，亦非其意之所存。所谓以不入耳之言来相劝勉，不徒劳乎？欧阳子《本论》谓元气足而害自除，此治本之说也。朱子辨释老于毫芒，此平日察脉理、辨药味，未疾而豫防之法也。韩子明大道，挽颓俗，下针砭，去肿毒，此治标之术也。良医治疾，不主故常；圣贤救世，言各有当，但当原其婆心，不必泥其文字。夫狂夫之言，圣人犹择，况释老超出流俗？即云孔子师之，原无所损。第当人心狂惑，害及天下，虽大声疾呼，迷者未必悟于此，而倡言孔子犹以佛老为师，是扬波助澜、添薪助火也。昌黎为物望所归，此论一出，足为世道之砥柱。后人辟佛，乃无病而呻，以为儒者必辟佛而后道尊，最为陋习。当今圣教昌明，鹑衣托钵与夫酣饮豢肉之凶髡，不知所为佛，又安用辟？若夫高行之僧，彼征逐利欲号为文人者，方愧服之不暇，又安能辟？故居今而以辟佛自命者，非迂则妄。天下未有无流弊，佛以清净为宗，沿而崇土木，积货财，甚至人主舍身，公主避路矣；老以虚无为归，沿而讲烧炼，求飞升，甚而入海劳民，诬天降书矣。生其世者，公卿迎合，穷民怨咨，有心世道之人倡言排之，此如景星庆云，不可多觏。《原道论》言似粗疏，义实切要，念在君国，为一时计，而功昭万世。程朱以来议论愈精，功出韩子下矣。

朱子辟佛与昌黎异者，何也？唐惑于佛，患在风俗，故辨之于粗迹；宋歧于佛，患在学术，故辨之于性功。患在风俗者，庸愚皆迷焉，言不必深；患在学术者，高明皆溺焉，言不得浅。其世殊则旨各有归，朱子不得以之议韩公也。第朱子所辟者禅学，而人以陆子为禅则非矣。盖陆子闵人之多伪，规言矩步，修容而不必修德，忠廉节义，求名而不必求实，诗书或为欺世之具，礼乐徒为饬观之美，心无所为则为天理，心有所为则为人欲，习流而忘其源，深中后世学者之弊。王阳明亦是此意，直从本心体验，加以扩充，盖苦心阅历而得把柄，乃学者纷纷并议为禅。夫陆子为朱子所畏，无论已。忠孝如阳明，事业如阳明，以是为禅，更以何者为非禅？辟释老已属多事，况辟及陆王？多见其不知量也。国初实践之儒，殊不如是。务名者乃立说，自谓程朱的派，其实行不掩言。特贬陆王以自高声价，正陆王之所深恶，亦朱子之所不取。

三教论

天以阴阳五行化生万物，人得天地之气以生，理本无异，而气不能无所偏。金气多者，英敏刚锐；水气多者，聪明活泼；火气多者，激烈奋发；土气多者，厚重质实；木气多者，朴茂温和。有其美亦各有其弊，非学以化之。或流于恶，或可谓豪杰，而不可列于圣人，盖气质用事，于理不精也。不独常人囿于气，圣人得天地之精粹，亦有不能强同者。圣之任，圣之和，圣之清，心各有主，行不相师。上至尧舜禹，论者以为尧阔大，舜明决，禹精密。圣各自为圣，要其同于天，一也，无他，理无异也。世俗所谓三教，曰儒释老，似得气不同而教遂各异。尧舜周孔，居大地之东，东方者春，春属木，于德为仁，故圣门以求仁为主。仁为天地之心，统四德，兼万善，全乎仁则全乎天，而万物在宥矣。

佛处西，得金气，于时为秋。澄清空明，秋气也，故佛从悟入；金主杀，故扫净万缘而归于寂灭。老子虽居中国，而说者谓其全乎坤。坤，北方也，于五行为水，其色黑，故老子知白守黑。水性柔而至刚，故老子以退为进。北方者冬，万物至冬而尽，故老子以无为宗。万物至冬而尽，亦由冬而胚胎，故至无而涵至有。夫五行同根于天，相制相济，相生而不相悖，故三教异流同源。在圣人温肃迭用，老子有无互根，佛绝万缘而志在普济群生，原非拘于一偏，而究不易所主者，其教然也。自其同者言之，老子敛气存神，还其一元之本体；佛氏去外物、空一切，外去而内自存；我儒克治存养，洗心而退藏于密，欲净理存，推为治术，莫非一心之弥沦，故圣道能包二氏，二氏不能兼圣道。自其流之异者言之，圣教求仁复性，后世流为记诵、训诂、考据、词章，其书汗牛充栋，虽属支节，无害于世。儒者务实学，亦多操同室之戈，程朱陆王，至今争辨未息，在人参合其说，善自得师，无歧途也。佛教入中国，达摩有真传，其余以轮回报应，感动愚民，亦非无补，沿而为刀山油鼎，祈福忏罪，借以骗民财矣。老子重修养，流为神仙之说，金丹而外，夺胎迁舍，呼唤风雷，至以符水治病，益末矣。然而三教相衍，亦迭出超类离群之人，二氏究不能与儒术抗者，何耶？圣人在位，修明前圣之绪，无不明备，跻斯民于仁寿，已往之后，遵其遗迹，上可至于圣贤，下可免于罪戾，相维相系，相生相养，泽被无穷。老氏清净无为，或遁迹深山，恐人见闻；或溷迹尘俗，传授仅一二人，安能遍及？佛氏虽号慈悲，开山授徒，所及几何？且其为道甚难。今之学道者，配合坎离，或学久无成，或节度偶差，致成废疾。学佛者尚谈禅，竖指举拂，一棒一喝，其言慌惚迷离，自谓得骨得髓，而实无得者比比也。我朝列圣绍百王之统绪，贯彻三教源流，纯皇帝御制诗文，屡斥神仙之妄，西域活佛，特借以镇抚外夷。故当今二氏，若灭若亡，不能与儒术抗。学者犹辨二氏，不知为害于人心风俗者，非二氏也。夫三教所同戒者嗜欲，今“利”之一字锢蔽方寸。谋利则虚伪之心生，虚伪生奸狡，奸狡生险毒，父子兄弟不相顾，邻里亲友不相恤，诱骗挟制，处处陷阱，甚至有为盗贼矣。要在除心之贼，不必与释老辨，当与吾心辨。苟能与心辨，何三教之云？孔子曰“君子求诸己”，又曰“修己以安人”“修己以安百姓”，尧舜不过如是而已。

或曰：“南方无立教者，何耶？”曰：“火气猛烈。古今忠臣义士，指不胜屈，最著如汉之关帝、宋之岳武穆，炳日星，光天地，皆秉火气为多。木与火连，成仁取义，其理一；金与水连，虚无寂灭，其迹近，故曰人秉天地五行之气，虽至精粹者不能无偏属。”

朱竹垞云：始为三教之说者，小人而无忌惮也。自黄帝尧舜禹汤文武周公孔子以来，创田里树畜，垂诗书礼乐，以养以教，未尝有所不足，待佛老以济之也。其论醇正无可易。更极斥佛老之非，其言亦无可议。第后世崇土木，盛布施，此佞佛者之过，佛不知也。侈轮回祸福，惑人诈财，此奸僧之罪，难责释迦。涉山海，求神仙，此贪生之妄，老子无与也。炼丹配药，诡行邪说，此方士之罪，何讥于犹龙？竹垞又云："天下之理，出乎刚则入乎柔，出乎阳则入乎阴，出乎君子则入乎小人，未有两是者也。"夫居中国而畔圣教，此罪无可辞，而佛老亦不必深斥者，何耶？譬中国何所不有，何借于外洋之物？然其羽毛所织，亦可取为衣，而中国之布帛锦绣自若也；耰锄釜甑，中土日用所必须，而验时之表、自鸣之钟，未尝无益于事，亦未尝禁其不入中国也。二氏之得并存，亦如是而已。欧阳公《本论》贵先自治，此为不刊之言，何徒哓哓以攻他人？山阳阮五山《纪〈御制诗〉序》云："御史有以沙汰僧道为请者，朕谓沙汰何难，即尽去之，不过一纸之颁，天下有不奉行者乎？但今之僧道，不比昔日之横恣，有赖于儒氏辞而辟之。盖彼教已式微矣，且借以养流民。分田授井之制既不可行，将此数百千万无食游手好闲之人，置之何处？"大哉王言，盖得欧阳子治本之说，而其余不必问矣。

为政宽猛论

春秋时，子产以区区之郑抗衡大国，其才未必及管仲，而识见学问远出其上，其言曰"太上以德服民"，可谓知政本矣。至论宽猛，犹未畅其旨。彼以宽为难，而云其次莫如猛。夫言德，则宽猛统其中，非有二也。无德而言猛，秦之偶语者弃市，隋之盗一钱必诛，皆二世而亡，猛之为祸烈矣。后人不详思其义，而以猛为政，申、韩奉为圣书，炮烙之刑较画衣冠者高百倍乎？汉文帝好黄老，相安无事，天下以治；诸葛武侯以严治蜀，而民受其福。一则承大乱之后，休养生息，虽网漏吞舟而无害；一则承刘璋暗弱之后，整肃纪纲而无敢狎玩。所谓宽以济猛、猛以济宽者，信不诬矣。虽然，此皆以德为本，所谓宽猛，特其迹耳。汉文德不及三王，要以爱民为心；武侯以大儒作用，与伊吕伯仲：其德为三代后所少，均为以德服民。若云宽在猛上，岂武侯有逊曹参乎？后世以宽猛为二，又以宽不易为而为猛，此法家之说日炽。酷吏如苍鹰，民何以措其手足？所谓宽者，非煦煦为仁；所谓猛者，非强暴自恣。惟以德为之本，嗜欲清则无诛求，好恶正则无偏私，以身为表率而大法小廉，贵戚佞幸不得邀恩而幸免。宽何如其宽？猛何如其猛？所谓以德服民者如此，初何相济之有？子产之论相济，为后世言之也。德既不足矣，务为姑息，百度废弛，政刑颠倒，民反无以自全。不如严立赏罚，犹得稍靖，此子产不得已之苦心也。商政似猛，周政似宽，商周之德至矣。其气象有异，非政有异，亦世运之迁移使然。若论流弊，宁失于宽，毋失于猛。鲁之弱也，由于不自振厉而与周后亡。齐政严毅，竟为陈氏。后人不能效前人之德而徒沿其迹，故宽猛俱失究也。宽之培国脉者厚，猛则促矣。子产能用猛，以其能知德意也，收众长，去大恶，赏罚明而法度修，生而民歌，死而民泣，孔子目之以“惠”，又曰“古之遗爱”。所谓猛者，特其迹耳，其心实仁。不得其意而效其猛，未有不速之亡者。吾观后代，元魏最强，而移于贼臣，赵宋最弱，乃历辽金元三姓始灭，宽猛之效亦可睹矣，故曰以流弊论，宁失之宽，毋失之猛，不得以子产之言借口。然则知治体者，总以修德为本，不必有心于宽猛，而张弛无不得宜，子产原以此为上。至宽猛相济，其中仍未甚离乎德。离乎德，则宽猛无一而可。后世不善用宽猛，先不知所谓德，彼视德为迂腐，可坐镇而不可与建功。挟私智小术，纵讲明法令，乌足以治天下？《大学》一书，先以格致诚正，舍此不图。徒论宽猛，岂有当哉？此又非子产所知矣。

天论

天不可见，寓于人心。心不可见，征于事端。事可以假托，而天不容伪。古人行事，尽其心而已。平日养心，所以全天也。行事尽心，亦以全天也。散于万物万事者，皆天之理。天理浑穆，古人著之于礼。所谓天则，范乎人而莫外，古人名之曰矩。与人言天，天乌可知？有矩以示，人尽可循。或以为格套而外视之，或以为迂阔而泛视之，甚且以为后起徒束缚人而蔑弃之，曰“吾任天而已”。嗟乎！舍矩而言天，非狂则妄。上者流为庄列，下则晋人旷达放恣，无所不至。即明人王心斋一流，亦未免多失。然斤斤绳尺，终不得优入圣域，且为世诟病者以矩为矩，而不自得于天也。我夫子从心不逾，心即矩，矩即天，化乎其迹耳。贤者明知此理，望之如见，临之已非。盖天不可强，纯熟之后，生于自然。圣学吾不知，尝即琐屑事知之。王逸少禊帖得意之笔，后再书数本，终不及；李广射石饮羽，再射则不入。其初以无意入妙，后则有心追摹；初则精专入神，后则有心矜奇，天人之分，存乎几微。后人为诗文，所谓神来之语，皆无心得之，天也。否则，极工巧而不能动人。圣人法天，法其自然。自然不可思议，故但循循乎矩。大匠能与人以矩，而所以然之妙在人自领。余在馆作文，一挥而就，十八九得意。及入闱，反覆思维，志在必售而终不得售者，失其天也。故不独行事有私欲，即作诗文亦有私欲。然则忠孝节烈稍有意见，即非天理之自然，不必借以图名利也。承制作画，承制作诗，往往不如其私作。私作天放，任其自然，承制未免着意，处处规矩而难入神品，其以此夫！然非规矩能熟而骤语自然，未有不颠蹶者。此礼之为教，所以万世不易也。

正统论

世局之变也，自曹氏以揖让文奸取汉天下，衍至唐宋不改故辙，乱臣贼子以为得计，读史者不胜发指。尝憾造物纵此奸人，坏万世纪纲，独何心欤？反覆推求，乃浩然叹曰："此天之不得已也，此天心之至委曲也。"何也？古今气数不能无变更，国运不能无兴废，二三百年、五六百年，必有易代之事，而自来得统之正者不多见。非汤武而借口征诛，篡也；非尧舜而借口揖让，亦篡也。夫同一篡，至于称兵争夺，杀戮天下之无辜，未如安靖无事，若不知有变故之为愈也。然而天岂纵奸人哉？杀运不肯轻开，而纲常大义不可一日不明于天下。彼曹氏、司马氏等无论史册诛斥，妇人孺子亦无不唾骂，不转瞬而子孙受祸，即以所施于人者施之，或加甚焉。其人有凶狡之才，无积累之德，志怀篡窃，心非救世，虽以术取而身受恶名，究之实祸亦不能免，岂不为千秋之炯戒哉？然而民得休息于其间者，固非一日。夫然后知虽气运之舛错、天理之颠倒，而天心自有一定，运于不觉也。说者谓唐举兵除暴安民，原可不袭禅让之迹，惜当时臣子无识，听其主之所为，宋艺祖亦仓卒黄袍加身。二君之才德既殊，亦非素志觊觎如曹氏、司马氏也，故规模宏远，历世久长，天之眷亦迥异焉。天本无心，而听人之自为，虽曰气运而理存其中。惜乎！唐宋皆为隋周大臣，起而攘夺其子孙，论者犹不能无议焉耳。或曰："汤伐桀，武伐纣，汤武独非夏殷之臣乎？"曰："三代时势未可与后代同论。汤之祖受土地人民于唐虞，非受于夏也。周之国初受于唐虞，其后迁徙流亡，王季、公刘披荆斩棘，自创基业，非受之于商也。天无二日，民无二王，虽非亲受其封爵，不可不奉其名号，此古今通义也。彼唐宋之主，所居者隋周所命之位，所食者隋周所赐之禄，岂与汤武同哉！其不得不袭禅让旧套，正是其良心难昧，则得统亦未为甚正。得统之正者，惟汉与明。"曰："然则布衣非君之民乎？臣不可干天位，布衣独可觊非常乎？"曰："是又有说。秦灭六国，残害其君，楚之遗民臣子举兵复仇，是为义兵，若灭秦有天下，其得统视汉更为光显，惜有其名、有其势而无汤武之德耳。汉高得天下于楚，楚为与国，非灭共主，况志在除残哉。明太祖起寒微，意在避难，何尝有大志？元政不纲，群雄角立，如秦时逐鹿，捷足者先得。既听元主之远遁沙漠，复送其太子还国，兵不血刃，天与人归。得统之正，诚莫汉明若也。元之得统亦正，惜不久。古今得统之正，莫如本朝。太祖、太宗创立国基，非受于明，虽加龙虎大王名号，亦如汤武尊共主之义，社稷人民自为经理，迨后太宗势已无敌，屡屡求和于明，不从。屈己下人，乃文王事殷之心、爱民无已之意也。无如天夺其鉴，固执不听，丧于流贼，遗臣乞师，乃诛暴以安天下，又汉与明之所不及也。呜乎盛哉！宜乎制度文为度越千古，而卜世卜年，默邀天眷于无已也。夫君有惭德，立其朝者亦不免赧颜。人亦何幸生今世为本朝之臣子哉！民获生息安聚，而天心亦为之畅然无憾，然后知前代之变局而委曲以全百姓，皆天之不得已也。”

古有正而不统者，有统而不正者。既正矣，虽未一天下，亦可以正统归之，如昭烈偏安，而《纲目》以之接献帝是也。得统矣，而未出于正，如秦以暴，隋以篡，不能不以统归之，而谓为正统，不可也。有不正并未得统者，如朱温篡唐，其时藩镇多未归梁，虽移唐祚，天下未一也。《纲目》与窃号诸国分注，是矣。而《梁纪》之前，大书太祖皇帝，令人刺目，如曹氏篡汉，孙氏犹存，安得以统归之？诸国多用天祐年号，唐虽亡而未亡，说者欲以南唐主继之。盖烈祖为宪宗第八子建王恪之后，郊祀以高祖神尧配天，与昭烈无异。后唐清泰方绝，李昪即位，更唐之的派也。昭烈本号汉而人目之为蜀，非朱子莫与正之。李昪虽初号齐，而终号之为唐，以见唐之未亡。苏氏《正统论》不以得统为贵，而是非自有定论，其见甚卓。凡强暴篡窃之人，虽有天下不足齿数，足扶伦纪而警万世，与《纲目》之说虽异，而论不可磨。

大人小人论

大人者，长老之称也。古人称父母曰大人，赤子待其抚育。父之外有兄，亦大人也，赤子待其提携。尝观养赤子者，为求乳母保母，有婢仆以供使令，俾专其心力，时时察其勤惰，使不敢怠缓；又延师以启其聪明，盖大人之于赤子如此其至也。今呼尊官曰大人，非徒尊之，盖道其实。天子以天下为一家，故曰“如保赤子”。佐天子者，宰相督抚与百职事皆大人，皆有保赤子之责。赤子者，小人之称。呼曰小人，非詈之也，识见小、才气小、度量小，易喜、易怒、易慑、易诱。彼夫无知之童，狂走乱为，踬于垤，入于坎，破头面，折支体，不可悉数。世之人不知大道，自恃材智机变，见利而不知害，贪前而不顾后，相倾相轧，不啻操同室之戈；亦贪亦痴，无端作自缚之茧。嗟乎！古无大人，人之类灭久矣；今无大人，又安能自保其生哉？自尧舜禹汤皆为赤子生，凡纪纲法度皆为赤子设。《大学》一书，孔子传授，先儒以《大学》为大人之学。孟子曰：“居仁由义，大人之事备矣。”圣王设学，学为大人，皆有养人之责，不必尽居高位，而无不宜为大人。孔孟，当时大人也，抱保赤之略而无所施，传其意于书，后世帝王卿相得之，登天下于衽席，学者明其理亦足以自全。独怪天下之小人不知此理，越大人之藩篱自以为巧捷也，弃大人之矩矱自以为圆通也，所志者金玉锦绣，而不知即儿童之玩乎泥龙竹马；所耽者声色饮博，而不知如儿童之踬于坎窞荆棘。盖当其得意自豪，识者已笑其浅衷薄见，入于祸败而已矣。夫孔孟诗书，原以开其心思，示正路之可由也，邪径之可危也，私智小术之不足恃也。学为大人，上焉复性以全其天，中和位育与天地参；次亦为名臣，为循吏，无愧为父母；否则为自全之人，识进退存亡，远祸患，保身家，虽不可谓大人，亦迥异乎儿童。夫天下大变故、大利害，惟大人能察，亦惟大人能任。小人则但顾一己之私，所得者小而所失者大，所全者小而所伤者大。无他，识见小、才气小、度量小而又易喜、易怒、易慑、易诱，所以蔽之者多端耳。下焉者终日营营，作为无益，徒耗心神，如童子之嬉戏，固以为饭自至口，衣自被体，而不知有大人为之经营也；拘于桎梏，呼号莫应，而不知挞责皆恩，大人至爱无已之心也。不自反，不自悔，至于终不可救，大人亦无如何，岂不大可悯哉！顾人徒知市井之小人为可鄙，不知冠裳其躬而市井其心，见等于儿童者不少。若夫童子器识远大，年虽稚也，必推之曰大人；亦已既耄，犹有童心也，必目之曰小人。

财论

昔有人君，欲使黄金与土同价，此谬论也。无论势必不能，纵能之，天下终不可得而治。夫财者，贵驭贱，富驭贫，人主所以操纵天下之大权也；贫藉富，富藉贫，造物所以转移天下之妙用也。说者曰：均之，使有无不得相耀，多寡不至相争，则天下无事。否则，富者自富，贫者自贫，何太偏枯？且富者乘机以剥削里党，富愈富，贫者益无以为生，势急相逼，此盗贼之所以多，而狱讼之所以繁也。应之曰：否，否。金钱者，日用所必需，但饥不可食，寒不可衣。孟子云“王者必使菽粟如水火”，不闻使金玉如水火，黄金如土，人亦无所用之矣。夫君子为一身不计财，天子御天下必以财。以财聚天下之人，鼓舞激劝而后百事集。观司马迁《食货志》，无一不为财。以目前论，使人人腰缠十万，谁复犯风涛雨雪、涉历山川为商贾？金木水土之工，终岁劳劳，所得几何？家有余资，安肯为此？如是百物不备，何以为资？皆欲乘车，谁为执鞭？皆欲安坐，谁为供役？何者？人各有金，无须于人，而人无不坐困矣，故曰“财者，人主所以操纵天下之大权也”。而人所以彼此相藉者，亦视乎此。富藉贫力而给以财，贫藉富财而全其生，惟其不齐，天下乃为所转移而不觉。古者黄帝铸金作币、太公九府圜法，为金钱所自始。然民贡于上者，止粟米丝麻竹木不以金，官禄以田不以金，士庶交易以粟布不以金，诚以菽粟布帛日用不可离而金则无用。唐之租曰谷曰绢，其禄则粟与钱兼用，汉朝之金较后世甚贱，然汉武之世天下虚耗，不患无金，不患金贵也。说者曰：金欲其贱耳，非必人人皆富翁也。曰：惟贵也，而后用普；惟贵也，而后用之最得力。汉文帝时，百金为中人之产。若太贱，则百金为中人者且转为贫人矣，何利之有？夫贫富循环，骄淫者必败，富化为贫；勤俭者必兴，贫化为富。视其人之自立何如，不关金之贵与不贵也。凡物盛衰有时，明崇祯银价太贵，日积益甚，逮我朝银矿大发，价大减。余幼时银一两，仅易制钱八百，其初更贱，可知也。尝观夫财，欲取则财愈远之，欲却则财故近之。皇皇求财者，商贾也，富室或因商贾而家倾。居官者与居积者，家多金矣，心犹未厌，未几当身而尽，子孙挥霍亦败不旋踵。廉吏子孙或奕世仕宦，淡泊者未必皆穷。小人放利而行，逐处求财，财未得而害已至。或得者二三，失者七八，是何也？造物盈虚之道，阴以戒人之贪、诱人之善，非是无以妙其用也。然而金贵则物价腾踊，民病矣。且下输于上，钱易银加倍；上布于下，工料银加倍，安得不困？曰：国初时，家银台公尝条议行钞矣。宋行交子、格子、会子各异，元乃名之为钞，亦分锭多寡，此亦权宜济时之策。同邑唐太史济武亦议钞法，说者以为可行，或曰民不肯用，奈何？曰：行钞，必自上始。输上必需钞，则下不得不以银易钞。元之关曰钞关，言非钞不得过，商民安得不行？推之，杂税亦必输钞，则钞大行。上下循环通用，何患银贵？或曰奈私造何？曰：以纸则奸民亦依式造，猝未易辨。昔汉武尝以鹿皮与玉为上币，今极北鱼皮出黑斤、费雅哈二部光滑坚纫，非他处所有。若以货物易皮制钞，描以花文，写以难识之字，定以上下等，分数多寡，民间既无其皮，如何私造？在边关严立之禁，如私带人参者，诛无赦，则权在上而不在下矣。至于细节目，在随时斟酌。究竟古不用黄金，而民生息自若；不用白金，亦生息自若。且人知金贵之为患，不知金贱为患更烈。明季荒年，谷至二十余两一斗，甚至四十两一斗，金贱极矣，民何以生？粟生金死，金生粟死，各有其敝，能者与时消息、通变尽利而已。

封建论

柳子厚作《封建论》，始言德有大小而成聚，聚有大小遂分诸侯天子。此言足开拓心胸，雄视万古。继言封建与郡县究竟，确然不易。上下千古，纵横万里，不愧立言之儒。独言王者之兴，其不灭诸国，为迫于势，未免以私意窥圣人。夫有所灭，亦必有所封。论其善恶，非有所怵而不敢，亦非有所徇而示恩也。武王灭国五十封太公周公，以其有功王室。唐与凡、蒋、邢、毛、应、韩诸国，无功亦封，盖亲亲人情所同。至封国有大小，则因其旧疆，酌量其人以畀之。地本大者，不能削之以予人；地本小者，必不割彼以益此。圣人乐因自然，断不纷更多事，此理也，势也。或拘《王制》《孟子》所论，似王者斤斤区别于其间，如今日之分郡分邑，定制毫不可易，由读书未审、智出柳子下也。古者原无如春秋战国时之大国，虽自昔不能无吞并，亦不过百里、七十、五十里之数。王者因而定其制，非皆分地授以此数也。《王制》《孟子》本无可疑，得柳子阐发，足补所未详，而汉儒实未见及。汉儒去古近，多闻遗制旧典，然亦往往以己意立说，有拘而未化者，事有万端，非言能尽，在读者善为体会耳。班固云："一封三百一十八里，提封十万井，除山川、沈斥、城池、邑居、园囿、术路，出赋六万四千井。"此诸侯之大者。《尚书大传》云通计乡遂都鄙，三分去一，共六千六百六十六里三分里之二，此百里之国。其后有詹道传云"大国地方百里，积万里为田，为田九十亿亩"，盖古人积算精细如此。然必方如棋局，整齐画一，乃可以数相乘。如此布算，天下固无如此之国也。偏侧斜曲，犬牙错互，稍一游移，则所算皆失，况山川形有大小，数有多寡，如何除法？即如滇黔，或寸步皆山；江浙长川巨浸，支水细流，纵横交错，如何除法？岂合六七百里当百里乎？塞外为营并之地，沙碛则寸草不生；滨海斥卤，千里不毛，如何积算？即幽燕近地，一望无山，竟不用除。班固盖本李悝之说，彼论地利，不得不如此约计，封国必不若是琐琐。冉求曰："方六七十，如五六十。"可见国无一定里数也。即以附庸论，亦自昔未经吞并之小国，王者怜其力薄，不能供朝聘，故使附于诸侯，非使为诸侯供役也。如此者，原不甚多。江慎修所绘之图，列若画眉，似每国必额外予以附庸者，亦拘矣。夫自昔有者不可去，其新封者或所灭之国地太大，不便割以予邻，而以所余者封附庸，此亦理势之偶然，非以为例。论者不察，纷如聚讼，立说愈歧愈滞。子曰："道千乘之国。"出车千乘，岂止百里？

柳子厚以封建优于郡县，袁子才谓郡县胜于封建，皆一偏之论。封建、郡县各有其利，亦各有其弊，数之难悉数。以后日之天下论，中原宜郡县，封建则必酿祸；边外宜封建，郡县则难御乱。一统之世，天下一家，无论勋戚异姓不可封，即骨肉亦不可封。汉封七国而七国反，晋封八王而八王争，唐宋诸王拥虚名居京师，故无同姓之祸。明之分封，非裂土予之，特赐以护卫，然而散布九州，去都远，名尊势横，坏法逞私，吏不敢问，藏匿奸盗，亡命交通，嬖幸权贵。燕王始以甲兵篡取，高煦继起，宸濠接踵，寘藩效尤，史不绝书矣。以空名之王，不徒殃民，抑且害及国家，此中原不可封建之明验。唐虞三代时，闽粤滇黔等之瓯脱，绝不问及。岂其君之智略，出秦汉唐宋诸君下哉？岂在廷诸臣见不及此，未言于上？抑自揣才力薄弱，不足办此哉？夫古者风气未开，又山川险远，必劳师徒以取之，所得不偿所失，且鞭长莫及，俗异势殊，化亦难施。其相安无事，正帝王之识量绝人也。当其时，外夷岂无蜗角之争、鹬蚌之持？置若罔闻，盖自保吾腹心，彼固不足损吾毫末耳。始皇灭六国，置郡县，自以为才高帝王，遂取自古不臣之地攘为己有，而民已残、国已敝矣。后来汉得朱崖而旋弃，唐得交趾而旋弃，明得安南而旋弃，彼非不欲有，势不能有。

夫以取之之难而中国耗敝，迨乎失之甚易，再欲取之力不能继，然后悔取之之误也。与其悔于后，何如慎于始？然则边外之不可郡县彰彰矣。纵使相安，按诸籍则侈为富有，考其实则用费无穷，故二帝三王不为也。夫谋国者，患知其利不知其害，故受害累世而不悟，或虽悟已无可如何。若两利而俱存之，不必无害，然害少而利多，中原之必为郡县无论已。尝读《元史》，其制度之疏略，政事之乖谬，不可胜言。独有一事高于汉唐宋明，遂享其利于无穷。何者？元世祖兵力之强，破灭边外诸国，古未有比。破一国，封其支庶为王，彼国之民慑威而不敢贰，后遂长子孙，根深盘固。元虽已亡，其裔犹崛强沙漠。虽出兵追逐，终不能灭，后且屡为变患，与明终始。百足之虫，死而不僵，此其征也。明诸王虽无封土，而唐、桂、永明僻处边徼，犹劳我朝数十年兵力而后平定。边外封建，足为国保障，明矣。唐亡于藩镇，盖河北贼党，当其归正，不变置易帅，仍使守土，遂至子孙承袭，俨如春秋诸侯。虽其下杀主更立，朝廷亦不敢过问，中原所以乱。宋监唐节度权重，杯酒解兵，而沿边仍设重镇。李汉超，齐州防御使，监关东兵马；郭进，洛州防御使，守山西，皆历数十年。王密琦为中正节度使，常山、湿州皆列重臣，授以兵权，有管榷之利以足军资，自募骁勇以托心膂，故边方息警。后日反之，藩离撤而敌兵南下矣。此边防不封建而寓封建之意，故获其利，否则有失。老苏谓宋有强之名而实弱，由后来专恃郡县之故也。明与宋似，而督抚之权更轻，不如汉之太守，动多掣肘，有事乃倚督师，将与兵不相习，贼至郡县，望风瓦解，诚如柳子所讥矣。而沐氏世守云南，虽明已无寸土，犹以兵从其主于缅甸，则边方封建之力也。上下古今，不论何代皆有弊，不论何制皆有利，在人善择。徒执一说，未有不误者。监前失而反之，弊或更甚；得其意而通之，利可无穷。况创制未有不善，后来相沿，失其本意，而但归咎立法之人，岂不悖哉！

或曰："明燕王分封在外，何以为变？"曰："北平犹居内地，权所封在喜峰口外，东连辽左，西接宣府，所属朵颜三卫，足为重镇，为国藩屏。燕王举兵，恐乘其后，而谋臣无识，反削权之护卫。燕王以计吞并，永无后忧，而中原不支矣。汉唐都护居边权重，第更代不常，兼所带兵少，外国不甚悚慑，然犹赖以维持。唐明皇沿边置十节度，专御突厥、吐蕃诸国，先分遣老成重臣如王忠嗣等倚为长城，可谓得计，后乃专宠禄山，平卢节度、范阳节度一人兼之，更以蕃将易汉将，控制万里。《传》曰：'非我族类，其心必异。'非制之过，不善用人之过也。唐室既危，沙陀国以蕃汉兵二十万勤王，功冠当时；而朱温以四镇节度使居中，尾大不掉：边外宜封建，中原不宜封建，其效可睹也。我朝中外一家，蒙古分隶各旗，足资捍卫，新疆二万里，派大臣坐藏办事，镇抚各蕃，诸台吉、伯克俯首听命，过汉唐都护远矣。"

管见举隅　卷二

《管见举隅》刻成，又续十余篇，非好事也。每见初学遇理题，摭拾陈言，腐气满纸，盖未深心体会，心中未分明，落笔安得不蒙混？试思身心性命今自具，反己内省，乃知圣贤语之无不切实，徒向时文讨生活，不知与己了不相涉。性灵汩没，何以有惬心醒目之文哉？性理诸书，语精且详。苟简者，案头并无其书。偶有，读者未尝潜心玩索。略一展卷，倦而思卧，孤负先儒教人一片婆心矣。余于理学，茫然未窥藩篱，而家中子侄读书学文，不得不略为讲解。知其质鲁，性理诸书必不愿观，乃约略数条，浅浅指示，使其入目豁然，以渐阅先儒所著，庶不苦其纷繁，作文亦不至以腐语搪塞。世之文人见之，不足供喷饭也。雪峤道人记，时在己酉夏初。

道德论

道与德有二乎？行者行此，得者得此，何分焉？顾道散于万事，德会于一心，虽无圣人，道未尝息；苟非实践，德非我有。夫道，犹路也，非由路，何以达乎天下？牵荆棘，入陷井，故道跬步不可离。德，在心也，放其心，何以尽其性命？嗜欲纷，邪僻作，故德终身宜修。今之人矜其智巧，以为有捷径焉，守道者目为拙，讲道者斥为迂。苟获所欲，何惮于险？譬樵夫牧竖，登峻岭，临深溪，所缘者一线曲径，遇虎豹毒虺，坠于崖谷而死者比比也。与夫雍容康庄，所得孰多？且行道非为利也，天下利莫利于平安。求利者必不以道，而利未必尽归小人。怀高世之见者，求道于虚无，弃绝人事，以为非精微所在。寻春者，执一花一叶以为春，春固不在；舍千红万紫以求春，春又何在？探之深，深固有根柢乎？是者，圣人岂不知之？特以道无内无外，无粗无精，人事皆天则也。舍此求道，所谓道在迩而求诸远，事在易而求诸难，人人自有，人人可行，进之可至于圣人，循之亦可以寡过。达而在上，与民共由，有僻径则杜之，刑法所以副礼乐也；穷而在下，则独行不苟，虽小节必谨之，下学所以能上达也。道曰达道，著于五伦，炳乎六经，而要归之中庸。孔孟程朱以来，别无所为道，顾吾犹有慨焉。吾儒之中，分门别户，互相诋毁，孰为见道？人果何从？窃谓家家有路上长安，舟行可至，车行可至，齐鲁可至，闽越可至，路非一，均是路；力有强弱，行有迟速，及其至，则一也。至则义精仁熟，头头是道。德者，原于天，涵于性，具于心。《大学》曰明德，如玉蕴石，如珠在渊。石须琢磨，珠藏泥沙，天全也，而人工不可缺。又须日修，如镜在匣，不可一时尘封；如水养鱼，常令涵泳自得。道家之言德曰清虚，以之养生则可，如广成子告黄帝之言是已。大学之道，欲明明德于天下，自完一己之命，孰体天地生物之心？其为德也狭，即于德之量未尽。《中庸》“大德敦化，小德川流”，又曰“溥博渊泉，而时出之”，德既静深，洗心以退藏于密，以之烛几，如秋毫之无不晰也；以之应务，如江河之莫能御也。《易》之言九德，修德之方备；《书》之言九德，成德之品详。孟子论德，但曰仁义。仁义者，德之实，非清虚所得托。云仁义而智勇在其中，所谓达德也。然而败德者多矣，其显为背德者无论。天下有庸碌无能而醇谨固执，流俗目之曰厚德，汉则胡广，五代则冯道。孔子表中庸，而彼则伪中庸，在朝廷为保位之计，在乡曲为处世之方。自古迄今，欺世盗名者不少，更有异乎乡原而究不可入德者，证父之直、抱柱之信、避母之廉，实贼德以乱天下；更有迹似仁义而究不可与入德者，墨子之兼爱、杨子之为我、子莫之执中，实乱德以惑人心。夫孩提知爱，稍长知敬，仁义者天良也。充其天良，以之淑身，以之治世，居仁由义，大人之事备矣。大人者，大学之大人也，《易》曰“大人与天地合其德”，至健至顺，至简至易，而世人甘入污浊汩没，毕生蝇营狗苟，不由乎道，何德之有？不葆其德，去道日远矣。

私欲论

私与欲，道之贼也，德之蠹也。初学混私欲为一，不知其有殊。私者，己之所偏；欲者，己之所嗜。私者，独也；欲者，共也。人当童稚，有欲而无私。有气体即有欲，故曰共；有私不尽关气质，故曰独。私与公，同路而异情；欲与理，背道而分驰。二者皆起于为己，怀私以济其欲，欲与私合；行私不必为欲，欲与私离。自古恩怨分明，遇事报复，有借以快心者，私也，即矫之过情者，亦私也。家国之变，关乎节义，有退以避事者，私也，即激而邀名者，亦私也。公私不在形迹，而判于方寸。同一施恩，有望人感者，有不计人之感不感而但行吾德者；同一不欺，有冀人之信者，有不计人之信不信而独致吾诚者。故曰私与公，同途而异情。大抵有意则为私，其界甚微，此为君子言。若小人，在在徇私，其心憧扰，如茧自缚，害乎公不顾也，伤乎人不顾也。古今王霸之分、贤奸之辨，圣贤惟以公私断之，而日用之间，随时随事有不可胜言者，在人自省，非人所及知也。不明乎理，率意直行，虽有失而无私；深明乎理，而偏执己见，纵无过亦为私。欲则无不私也，顾欲有同欲，天下有理中之私，亦有理中之欲，制其欲以从理，则名为理而不名为欲。声色臭味，同嗜也；富贵，同好也；贫贱，同恶也，常人纵之，如渴象之奔泉，因而伤生，因而害物；贤人节之，如马牛之供用，控以羁勒，闲以牧圉；圣人淡之，如太虚之寥阔，素月流空，纤云不起。释家名曰欲海，浩渺无畔，汩没不出；亦曰苦海，自兴波澜，受诸烦恼。欲之为累，甚矣！老子“不见可欲，其心不乱”，绝之于外；孟子云“养心莫善于寡欲”，除之于内。原宪有欲不行，如闭贼于室，置虎于柙，一出而不可制。释氏云“无眼耳鼻舌身意”，其事甚难，安所得无贼无虎之天下而居之？今夫帝王之御世也，合四海为一身之安；圣贤之穷理也，即一己类万之情。所恃为何？曰欲而已矣，可使盗贼反为功臣，虎豹化为麒麟。孔子曰“己欲立而立人，己欲达而达人”，又曰“己所不欲，勿施于人”，孟子云“所欲与聚，所恶勿施”，同此妙用。纵一己之欲则私，通天下之欲则公。一己之欲，即是天下之欲，无待外求。好色、好货、好勇、好乐，欲也，孟子谓同民可王。捕盗贼而诛锄，驱虎豹于山林，不过一时暂安之计、区区自守之方，圣人不深贵焉。自治惟恐有欲，御人惟恐无欲，圣贤不慕爵禄，非此无以驾驭英雄，故重之以开功名之路；圣贤不恋子女，非此无以奠安家室，故安之以慰亿兆之心。似私也而非私，有欲也而无欲，天下各遂其私，各满其欲，帝王之事毕矣，圣贤之志完矣。仙释与吾儒同，一绝私欲，仅绝一己之私欲，其用小；欲人共绝其私欲，又能使人人各适其私欲，其用大。盖圣贤以大人自处，知天下不能皆大人，得其所以处之之方，即存乎私欲。国手着棋，败子借为胜着，不可思议矣。

天论

古今疑天者多矣，读史唏嘘，阅世感慨，不特当局者抑郁，旁观者亦代为扼腕。说者谓天定胜人、人定胜天，人定胜天者，圣贤参赞，所以挽回大造也；天定胜人者，阳九百六，阨运难逭也。是说自昔相传，余谓此浮浅之论，所见不深。果如所云，是上帝有时惺惺，亦有时愦愦，且统是愦愦，何也？谓天定胜人，似豪贵不论是非，挟势凌压，而莫能抗也；谓人定胜天，似懦夫理屈词穷，伏听约束，又似醉汉东西倾倒，赖人扶持也。有是理乎？或难余曰：“锄草扶苗者，良农也，或且拔禾植草矣；去蠹培树者，良圃也，或且留虫刨根矣。衰乱之世，贤否倒置；善恶之报，祸福无凭。无辜而罹灾荒兵火者，不可胜计。持以问天，梦梦者付之不答，似无以答耳。”嗟乎，天下无不是的父母，古今亦无不是的天地。人能计一时，不能料百世，即能计百世，断不能合千万世而通盘筹画。夫其颠倒错乱处，乃其奇妙不可思议处也，尝观于弈而知之矣。能手眼明手快，纵横莫当；国手安闲容与，下一子必顾全局。有时似迂似拙，委子于敌而不救，乃所失无几而所得甚多；又或敌无可乘，乃于中突投一子而莫能争，连投数子皆被杀去，而敌遂坐困以至于毙，然后知其似迂且拙者，正其巧不可阶也。天固合千万世而通盘筹画者也，人见近而不见远，见小而不见大，遂致疑于天。世有狂夫，且曰:“吾若为天，必使人心服，不至如此颠倒错乱。”是亦不思而已。世之是非，贤者识其常，圣人通其变。吾之识不及贤人，天之聪明必优于圣人，而吾议天之得失，可乎？谓天难知，然即大可以知小，即远可以知近。洪荒之世，人无知如禽兽，生圣人为之创宫室、造火食，衣服、文字相继起，此一局也。大水泛滥，生圣人除其害而收其利，此又一局也。迨夏殷周损益大备，谨守可臻太平，虑其不能常守也，生孔孟以讲明，可垂千万世而无疑，世局较前一变。至秦始皇尽灭诸侯，毁井田、学校，而局一大变。然皆天有成算，而善为布置。后来世局或相仍，或略变，历数之几千年矣，然在天视之犹目前，合后来无数变局亦如目前，无他，合全局筹画也。人但见一子一角，乌知胜负之所在？是故显赫以用之，圣贤之才得展，而天心快;以不用为用，圣贤之道大明，而天心快。甚至任暴戾凶残之人，若醉梦误用而扫除更张，大得其力，天心亦快。不但不用挫辱杀戮以待贤豪、垂节义、振纲常，天心亦未尝不大快。是天厚待斯人，并厚待百世矣，远且大者如是，近且小者亦无不如是。夫晦盲否塞，劫运推迁，人第曰数定，天亦无如何。是天之外，又有司其进退者。何其视天太无权？若孱国之君，听强臣跋扈而不得自由也。何其视天太无才？若庸吏束于格律而为掣肘也。圣贤且不至如是，岂天竟如是哉？然则人定胜天、天定胜人之说，果浮浅与？曰：否，人不善会耳。一人合终身为一局，天下合四海治乱为一局，至气运或合千百世、合千万世各自为一局，亦通为一局。故局中一路胜，一路败，不可定输赢。至局局相生，无终无始，人又乌从知之？故君子居易以俟命，如弈者谨守格路，不敢贪利、不敢蹈险也；圣人乐天知命，如弈者胸有定算而变化从心也。圣人，弈中之国手。至于天，神化非寻常可测识。旁观皆庸手，而窃窃议曰某着误矣、某局败矣，吁，可笑哉！虽然，余究竟未能知弈，又安能知天？

数之一定，犹法律。制法律者君，宰气化者天。法律未有出情理之外者，故君亦依法律而行。依法律，实依理也，天之任乎气数亦然。由理生数，非以数制理。人看理数为二，疑数与理违，岂法律与理背乎？法律与理背，而君遂付之不问乎？且法律亦随时更定，亦随事斟酌，人君依法律，未尝为法律所缚，上帝运气化，岂竟为气化所拘？是故泥理者滞，信数者愚。

天与人一气，如父之于子，无彼此角胜之理。山崩川竭，阳愆阴伏，论者以为天之过，故人犹有憾。不知天或以示警，或以示罚，如父之督责其子，以挞辱行其慈爱，何“胜”之足云？而谓天定胜人，可乎？又如屋坏，主人命土石之工修整，效力者工，命意者主，自适己事而已，何“胜”之可云？而谓人定胜天，可乎？“胜”字当善会，断不可泥。

孔子不得位，留为万世之师，人尽知之，然亦事后论定，故同口一辞，其所以然之故，亦未深究。假使在唐虞，不过与五臣同列，无加于尧舜之治，则此时不必生孔子；假使在殷周，不过于伊周共事，无加于汤武之治，故此时不必生孔子。至春秋，天将收二帝三王之局，不生孔子，道将晦将灭；得孔子，然后可传心法治法。前时之任在创，此时之任在述，孔子曰“述而不作”，是自任，非自谦。说者谓天生孔子，精华已竭，故不能再生如此人，此亦浅见。夫万世之道已明，如父为子孙计，既置田产财货，又立师傅章程，可以息肩歇手，但生孟、韩、程、朱诸儒，讲明孔子之道足矣，再生孔子，亦可不必，所谓通盘打算也。

孔子肩帝王之坠绪，天付以重任；始皇扫历代之残局，天亦付以重任。非强暴如始皇不能灭六国，既灭而其事毕，故秦随亡；非凶悍如项羽不能摧秦，既摧而其事毕，故楚随亡。说者谓陈涉启汉高，陈涉何足道哉？天非有恶于秦楚，所命之事已毕。如钦使，出而理务，完即覆命，不得觊觎督抚之位也。天何私于汉高？既另开局面，不得不选新任，难推卸也。所谓局局相生，通盘打算。

班固《王命论》谓三代积德累仁，然后子孙起而在位，此确不可易之理也。顾三代以后，如汉高、曹丕、刘裕以至梁陈齐隋，其祖宗有何积累而崛起在位？盖天为天下一时计，不为其人一家计。有功德者，天所以报之；有才略者，天将以用之。主意有在，局面各别，所谓人君制法律而不谓法律所缚，随时更定，随事斟酌。

秦灭六国，天意有在。虽然，六国何酷？毁宗庙，掳子女，仓库城社俱为秦有。天何私于秦？又何恶于六国？譬主人拆破屋，建新屋，固势不容已。顾必坏垣墙，伐竹木，然后广其基址，未尝不为主人惜矣。天欲秦除旧更新，于六国若有不暇顾计者，疑天布置亦未尽善。呜乎，秦灭六国，除燕外，吾恨其灭之不早也，又何惜焉！齐以田易姜，是以臣易君；韩赵魏易晋，亦以臣易君；楚幽王实为黄歇之子，亦以臣易君，是皆理所不容，情所难恕。当其初，天所以建其国者必有故；迨其后，天所以绝其祀者非无因。燕与五国并亡，其势不得不然，要在天必无滥罚，享国过于鲁卫，亦无所憾。使秦灭六国，开一统之局，此为正案，而六国宜灭，随手结局，带销旁案。自昔论者谓六国宜挟周以摈秦，又谓宜委韩魏以当秦，四国合势助之，韩魏存，六国必不亡，深斥割地之非、互争之失，固为确论。然此特为一时计，知其小局，未知万世大局。以大局论，秦宜灭六国，而于六国不足顾惜。然则天之布置巧妙绝伦，诚非人思虑所能及，意见所能窥。楚灭秦，复封六国，燕独无后，盖秦深恶丹，全灭无遗。

三才论

天职覆，地职载，人藐焉中处，譬沧海之一粟，小矣，何以与天地并称三才？夫人，天地之心也，未有以心为小者；人，天地之子也，未有以子为小者。《中庸》谓孔子如天地之无不覆帱，无不持载，不独孔子，尧舜禹汤文武诸圣人无不皆然，是人可与天地并。今试设一想，假如古无诸圣，自鸿蒙至今，人茹毛饮血，与禽兽无异。天下皆洪水，草木禽兽充塞，人于其间曾无区别。强食弱，大食小，人食禽兽，禽兽亦食人，禽兽食禽兽，人亦可食人，无所谓城郭、宫室、衣冠，此成何世界？天地亦否塞，妖怪并作，乾坤或几乎息矣。历圣为之创制修明，然后人得其养，鬼神得其享，不独同天地之覆载，天地且赖以维持，以此称才，庶无所愧。是故日月风雷、山岳河海，如人一身气血周流，而心为之主，人固天地之心也；如人有田产货财，而子为经营，人固天之子也。夫历圣为帝王或卿相，才足配天地固矣，何以不曰天、地、圣为三才，而曰天、地、人为三才？圣亦人也，圣特全乎人，非异乎人。秉天地之秀，既为人，即皆可至于圣，皆可配天地，然而不能者，不以天地之心为心，失其本心也，不尽职于天地，不能为肖子也。圣法天，师天地，然后能配天地。或曰：自古圣人聪明皆天亶，岂可概以绳人？曰：不然。或五百年或千年生一圣人，岂无圣人之日，人道遂息？千百年生者，为特出之人。虽无圣人，圣人所遗之法制，循之可致太平；圣人所遗之诗书，习之可尽性命。天地之理，无人不具。《大学》一书，人人有家国天下之责，在明其德而已。《中庸》一书，学问思辨，虽愚必明，虽柔必强。孔子岂为欺人之言哉？孟子曰"非才之罪"，不能尽其才耳。充其才，无不可配天地，且圣人岂能使人人皆如天地哉？亦谓人有才而秀者，加以学问，随其才之大小，大者可用天下国家，小者可为天下国家之用。天地之须才亟矣，人之才尽，然后天地得尽其才而无恨。世界有缺陷，待人弥补。自古帝王汲汲，孔孟皇皇，皆自责，而无责天地之理。极其量，孔孟乃可谓秀才，仙释谓周程二子"儒家两个好秀才"，今士子入泮即呼为秀才。君上所以须才亦甚急，而士不顾名思义，志存利禄，安能尽其才？夫人人诵法孔孟周程，而不体其所以居心，上法天地，下法圣贤，既为人，自视当重，虽万不及孔孟，然宜思其所以为人，且人亦不必孔孟周程，而后为功于天地。唐之房、杜、姚、宋，宋之韩、范、司马，皆能安辑人民，辅弼宗社；董、贾、毛、郑之经学，昌黎、欧阳之文章，皆足扶疏道义，匡正人心：为天壤不可少之人，即天地所倚赖之人。盖天地以生物为心，经纬万端，与夫一官一邑之无负，使人得所而物安其性，是即以天地之心为心。人君代天理务，人代大君理务，为宗子，为肖子，其余亦天之支庶、襄理家务者也。否则生如木偶，死与草木同腐，甚且入于禽兽，又何才之足云？

天下一家论

世人但知利己，机智横生，虽一家如秦越，况四海之大，万姓之繁，相倾轧，相排挤，甚而攘夺戕贼，先儒曰“天下一家”，其谁信之？夫帝王在上，其视民也切矣。田里树畜而外，荒旱则赈恤，寇盗则防护，设官置司，悯其愚而教以礼，听其讼而平其争，自古保民者无不如是。张子曰：“大君者，天之宗子；宰辅，其家相。疲癃残疾，皆吾兄弟颠连而无告者。”此即天下一家之理。然不独先儒言之，问诸途人而知，问诸乞丐而知，乃知天壤间自有此理，尧舜所以汲汲，孔孟所以皇皇。何以问诸途人而知？今人出门见张姓者呼张兄，见李姓者呼李兄，明其若一家然。何以问诸乞丐而知？今乞食者倚门，见男子呼曰叔，见妇女呼曰婶，明其若一家然。嗟乎，习焉不察，我心恻恻，此其人何尝读书明理哉？而读书明理者反昧之。夫天子视天下如一家，宜也，庶民遂不视天下如一家，天下遂以多事矣。读书明理者，不视天下如一家，无论其居下则害乎乡里，居官则残乎百姓，吾更惜其不知天子之家实即众人之家，即一己之家，而破坏之也。其念起于顾一己之家，居小官则通关节纳贿赂，为田产之计；居大官则视贿高低为黜陟，切子孙之谋。为一家计则工矣，独不思聚众家而成一家，譬如屋然。百姓者根基，宰辅督抚者栋梁柱石，其或为檩为椽为瓦，胥吏亦如泥土砖灰，合而成屋。一栋朽一柱腐而屋倾，一椽一瓦坏而屋漏，古云“一木难支大厦”，谓众料毕萃而后成。今但顾一家，是犹斧削其材木、剥毁其土石，而欲屋之久得乎？汉唐宋明之季可睹矣。背公营私、上剥下削，家非不富也，国事坏、盗贼起，不思奋身为君弭患，犹营私如不及，俄而抄掳遍城邑矣，货贿抢劫、家室焚毁、妻子掳辱，试问其家安在耶？本为一家谋而家不可保，当时自以为智而吾目之为大愚。或曰：“当太平时，大众为身计，何虑及此？”呜乎，是亦不思而已。水之漱岸也，不见其减，久之而岸崩矣；虫之蠹树也，未见其迹，久之而树枯矣。岸崩而水拥，树枯而虫死，势有必至，无可疑者。且肥家为子孙计耳，子孙受害，实乃祖贻之。但计一时，不计百年，亦何不善为谋耶？君与父并称，大与小一理。盗父之财以私积，父日窘迫，揭债补苴，日不暇给，至于仓廪虚、田产鬻，兄弟同其饥寒而独恃私积，与妻子窃议曰：“无恐有不共笑。”其愚者哉！古之贤臣视国事如家事，此在旁观云然，在贤臣直以为己事而已矣。何也？君安而后国安，国安则吾之安不待言。不然，君父焦劳而吾为狡兔之三窟，郿坞之金不为燃脐之资乎？古人刻刻为国，即刻刻为家，非其存心如是，乃理势之相及。天下一家，故上下四方曰宇，往来古今曰宙。陆子幼读书，观此二字，即知宇宙事皆一己事。帝王以天下为一家，孔孟直合千古为一家，犹旦暮也。愚者但知自为一家，不知合天下众家为一家，不知天子之家安而后吾之一家安。阳以奉之，阴以欺之，谓之自欺可也；职在治民，心存朘民，谓之自朘可也。孔孟以万古为一家而切切忧之、谆谆训之，为一时天子有家者谋，为百世凡有家者谋。至屡经丧乱，有家而倾荡者不知几千万亿，而孔孟之家安然如故，而且显耀当时，彼其心初何尝为一家计哉？但为凡有家者计，而己之一家不待言。呜乎，圣贤之心，今犹如揭日月也！

干没侵吞者，如窃父母之财，兄弟必嫉恶矣；贪贿枉法者，如夺兄弟之财，父母必斥责矣。吾见窃父母之财、夺兄弟之财，其后未有不赤贫者，非独理所应然，亦势有必至。譬毁大屋，架小屋于其下，大屋崩，小屋必压。张子《西铭》谓天下如一家，欲人之相周相恤无膜视，此为君子言，智巧者或目为迂；吾谓天下如一家，知其巧偷豪夺势必败，此为小人言，观此者勿嫌其直。少陵“愿得广厦千万间”以庇寒士，视天下如一家也；“高明之家，鬼瞰其室”，自顾其家，而不知天下为一家也。

赤子之心论

“大人不失赤子之心”，说者谓赤子全乎天，大人之心亦然，此论是也。若非深究其理，以耳传耳，孟子语意究未显露。吾窃疑焉：今夫赤子自能言能行，见美食则悦，见弄物则喜，其欲逐逐，朝夕不遑，大人之心如是乎？而且相妒相羡，相争相詈，与邻里同侪然，与姊妹兄弟亦然，世人之纷攘，幼已习惯，大人有是乎？见美而不知害，入陷阱，折支体，刻刻可虑，大人有是乎？吾见其知有己而不顾人，谓葆此心足为大人，理何以通？呜乎，终日读书而不知书，未潜玩其旨，与道听途说何异？世人之心不可以入道者，机诈环生，如茧自缚，上焉者稍知自爱，求悦于俗人而工为掩饰，又或貌为圣贤而高自位置，世故愈深，天真愈凿，意气愈盛，妄伪愈炽，孟子所为深慨尔。今赤子不能无私，其所为卑鄙琐屑，不免人之笑且悯。然而吾之可笑且悯者，反甚于赤子：我之营营，出于私意，赤子莽莽，付以无心也。饥则啼，饱则嬉，无所营谋；怒则嗔，喜则笑，无所伪托；触景生情，逢场作戏，无所系恋。不逆计将来如何，不虑后来如何，何其洒脱也；不知世间何者为轻重，与以百金不取，与以团黍则爱，适意而已；不知世间贫富贵贱，破襦粝食，安若固然。金玉锦绣之家，强抱以行，有死不愿，豪杰之挺立不能过也；见有忤其父兄者，怒詈相抗，不计身之强弱，忠臣勇士不能过也；中道失母，则号泣思慕，大舜之呼天不过是也。率意而行，无计较，无缘饰，不知所为是非，不知所为荣辱，此何如浩荡，何如真挚也哉！凡赤子无不然。渐而有知，渐而周旋外面，于是乎有屈以就者，有精以择者，本心全失，求如赤子时邈不可得。夫太古之人蠢蠢然、熙熙然，视春秋争夺机变何如？赤子，羲皇上人也。人当夜静扪心自问，每多悔惧，外缘息而天良现，赤子平旦之气如故也。然而必须蒙养者，何哉？生驹不受控勒，不免蹄啮毁辕；良骥周折于曲水蚁封，千里之逸足故在。异端以礼为伪，谓恣肆猖狂，蹈乎大方，是直以赤子为大人矣。孟子但曰“不失赤子之心”，何等圆活！读者稍粗心，便不合孟子语意。孟子教人存本心，本心在赤子时为最真。欲人体验，非教人学赤子也。赤子有私而天真自在，大人无私而天理浑全，其克治培养者，人也。人也而已还其天也，此谓不失赤子之心。

性论

自古论性者多矣，要以孔孟之言为断。孔子重在习，孟子欲人复其初，原只一意。宋人论性语最繁，不能出孔孟范围。释氏出，独好言性，其说愈高愈精，遂以惑天下之耳目，摇天下之心思。号为儒者，反服膺以为至言，是率天下而出于无用矣。彼欲人之绝嗜欲，似孟子不以气质为性；彼欲人见性，似孟子之言性善而语更微妙，所谓弥近似，弥失真。夫以先王之法度、圣人之诗书，皆为粗迹，孤处深山，相与参禅，斯民何所赖？天下何以安？前人辟之已详，不必复赘。独是圣门以复性为归，此为学之要旨，安可以不辨？性禀于天，天所生莫不有性。蜂蚁之君臣、鸿雁之匹偶、雏之孝、猿之慈、鹿之友，其专一有过于人者，特偏而不全。惟人得天地之全，然而清浊邪正万有不齐，论性所以纷然歧出。今夫参芪之性温补、大黄之性寒泻，必不能同，而参芪同一温补无寒泻、大黄同一寒泻无温补，无他，物不同故性殊，物同则无二性。同是人，则性安有不同？所以不同者，固质有高下，其实皆所自为而不可诿过于性。譬如铜，或为镜，或为剑，或为盆。镜以照面，盆以濯足，贵贱分矣。二者皆人所须，而剑则伤人，利害殊矣。顾器有异，而铜则无异，岂非所自为乎？且为器一也，镜蒙垢则昏，磨之者益明；剑久锈则钝，砺之者吹毛；盆掷损则漏，拭而藏之则完，又岂非在所自为？故孔子罕言性而常言学。释氏云吾性浑然一铜，无镜、剑、盆之名，儒者之论皆从后起者言，不足以知性。吾静而存之，圆满光明，何为纷纷多事？遂一切斥为世法，谓世法有坏而虚空不坏。嗟乎，天下自然铜有几？大抵炉锤煎炼而成。若以顽矿藏之深山，虽历千年亦何足贵？释之论轮回，若镜可为剑，剑可为盆，以为坠落无休歇。不知愈炼愈精，形有变而铜不变，性至虚而包万有，投之洪炉无不可造，岂以顽矿不化为高？夫率性而行，无在非道。所谓率，非佯狂任意之谓也，本其天真，未有不善，又恐不能中节，故须修。人之放于嗜欲者既凿丧其性，而旷达者以礼法为拘，如晋人之肆其形骸，人事废矣。心学一流以礼法为外，如法阳明而误者恣其意见，至道昧矣。性者，天也；学者，人也，纯于学，正以全其天。高言性者，入于虚诞，二氏得引而去之。徒事学者，溺于训诂辞章，忘其本来，岂圣人立教之意？是故学者不可不知性，不知性，则所学何事？学者不可但言性，但言性，不下学，何由上达？释氏亦有淬厉功夫，第棒喝竖拂，恍惚无可捉摸。吾儒复性之功，详细确实，似路程记，愚者可循途而至，迂而实捷，钝而实灵，探性于虚渺者多茫无畔岸也。朱子于《论语•学而》开章注云“明善以复其初”、《大学•明德》注云“因其所发遂明之，以复其初”，初者，性也，复性外无所为学。朱子接千圣之道统，显揭出有功圣门，非汉儒所能及，要非平日实实用功，不能见及此也。

命论

人皆知有命，而实则知命者鲜。孟子云“莫之致而致者，命也”，古今言命者不能外。然试问人：“尔命当如何？”皆茫然莫对。天下人终日营营，思其力之所不及，贪其分之所难能，贸贸以生，不知其何以生；愦愦以死，不知其何时死。李白云“处世若大梦”，叹造物之弄人，为鬼神所窃笑。事后叹曰“命也”，局外评曰“命也”，不过无聊之词。世人曰人之一生，冥冥注定，毫不可易，挟术揣测，其诞妄者无足论。有惊为神者，按其年月支干，断其贫富贵贱寿夭，无一爽。甚至日间一饮食、一作息，皆能预知。顾以是为知命，圣贤必不许。今夫家国之兴败、贤奸之进退、天时有水旱、人事有兵戎，动关亿万人之命，圣帝明王惟是勤于治理、急于补救，何能一一按籍，测某命当如何而措置之哉？即一人之身，或前困后亨，或始荣终辱，变幻万端，不知纪极。或曰：“何不令人预知将来，明其数之一定，终身不过如是，贪者可止，妄者可息，一切越礼犯法之事皆可不为，岂不人心自此靖、天下自此平乎？必使颠倒醉梦之中，劳其心力，终归无益造物，未免愚人。小说中载有预泄者鬼神必怒，果系何意？”嗟乎，使人预知，谁为揭示？此固必不能之事，要亦断乎不可。吾观世之读书者，未必皆志圣贤，大抵志于科名。使明告汝某科中、某科会、官至几品，其读书必不力，将以不通之文售乎？夫读书不知几千万而登科者无多，知此外无可中会，阻天下之士俱不读书矣。知官居何品，必不尽职，坐待迁擢，天下无好官矣。世之业农商工贾者志在货财，如使明告之曰“汝必无利”，尽舍其业而坐困乎？明告之曰“汝必厚得”，又将荒其业而坐获乎？不使人知，正造物之善待人也，正鬼神之善诱人也。然则命不可知乎，孔子何以曰“知天命”？何以曰“不知命无以为君子”？不知圣人所谓知命，与此有殊。夫人事无不本乎天，礼曰天秩，伦曰天叙，位曰天位，刑曰天讨，称天者，天所命也。天命人为忠臣孝子贞妇义夫，顺天则有庆，违天则有罚，此自然之理。天子之命凛然，莫敢不奉；上帝之命有赫，孰敢不遵？若夫进退存亡，皆非人所自主，稍营分外，君子谓之不受命。大圣人无所欣羡也，疏水曲肱，视不义富贵如浮云；无所怨尤也，愤乐终身，不知老之将至。盖以知为知，尽性以至命；以不知为知，乐天以知命。若夫委命任运，颓然以自放，与庸人叹命之不辰，废然以自阻，皆未达命之理也。君子以命自安，要不以命自缚。不立岩墙之下，见几于先，不尝未达之药，保生于微，至比干之直谏剖心，饿夫之不食嗟来，此正命也；盗跖之一生无患，冯道之牖下考终，非正命也。君子居易以俟命，可为万世法。孔子进礼退义，得不得曰有命，富而可求，虽执鞭亦为，所以淡天下妄求之心，不妄求即是知命；所以策天下尽分之心，能尽分即是知命，非如子评算命无差乃谓知命也。

天视富贵贫贱寿夭轻，人视贫贱富贵寿夭重。重视之，故厚望于天而忘其分，或以逾量，不顾也；轻视之，故漫以予人而殊其遭，或有不平，不计也。天所重者忠孝节义，人所重者富贵寿考。天以所重望人，人不尽应；人以所重望天，天亦不尽应。人望天者较锱铢，一不应则怨；天望人者本全备，无一应不惭。夫天之不应于人，或漫以予人，自人论之则然，天实不然。贤愚臧否，在所自为，天无私焉；贫富贵贱寿夭，因其自然，天无私焉。天不以所重易所轻，故不必斤斤较量，要非茫无黑白也。贫贱或玉成之，富贵或祸败之，寿或遗臭，夭或流芳，又乌知祸福之所在？人每叹为造物所颠倒，不知天有一定之衡。人自梦梦，非天梦梦也。

心论

心之灵至矣，具天地万物之理，索之无迹，探之不穷，静则涵乎性，穆然见太极之初；动则超乎物，倏然游太虚之表。惟其灵，故疑于神，升天入地，出有入无，不疾而速，不行而至，可以作圣者此心，可以成仙佛者此心，百事可以造其微者亦此心，是故心为一身之主，可以驱役万物；惟其灵，出入无时，莫知其乡，为万物所驱使者亦此心，而心亦遂为万恶之宗。夫心，至贵也，尊之曰天君。君者无为而无不为，一人拱手，百官率职，而天下安矣。乃贵也而贱用之，声色货利之欲逐逐不已，本役耳目手足也，反为耳目手足所役，欲身之安而忘心之危，欲身之逸而忘心之劳，吾为凡有心者惜也。虽然，心为主，谁能贱之者？心自贱耳。自生陷阱荆棘，或变而为蛇虺猛兽，吾不意天以至宝付吾而亵越之、毁灭之至于如此，此可为痛哭流涕者矣。要其初，不过一“欲”字，日滋日长，荆棘可以刺天；日浚日深，陷阱可以透地；虎豹当关，可以食尽天下苍生。嘻，可惧哉！天下人未有心愿害人者，徇其欲遂至害人；心未有不顾名者，徇其欲遂至败名；且心未有愿自害者，徇其欲遂至亡身。今牛马本驯良，放之山泽，野性横逸，不可控制；圈之栏，收之闲，驯良如故。心亦如是。孟子欲人收放心、认本心，是即孔子之所谓求仁。或曰："束心日严，人必苦之，恐一纵而不可收，奈何？"曰："始操之未尝不苦，所谓先难也，操之熟必以为乐。如人之为恶，初未尝不忸怩，久之遂肆然无忌。路本平，走崎岖必不利；路本直，绕弯曲必不愿；路本明，入晦暗必自悔。心无不平直光明，误于歧途而不返，一旦返于故处，如远人望其家山而喜，岂有入其室庐而不欣然慰、恬然安者乎？人同此人，所以异者心；心同此心，惟人所用。用以博弈，博弈中有无穷乐趣，旁观不及知；用于诗书，诗书中有无穷乐趣，旁观不及知。达人心无所系，与物推移而不凝滞于物，如莲出水，一尘不染；如月停空，万景澄鲜。非不动也，花照镜中，镜不留花；影落水中，水不留影。未来者不预设，一形无安排也；已过者随灭，其形无沾滞也。"或曰："如此不近禅乎？"曰："否。心包乎万物，故无理不具；心超乎万物，故一物无有。一动则分人心道心，兢兢业业，操之严也；浩浩落落，养之熟也。善养则心逸日休，不得其养则心劳日拙。夫人亦求心之安而已，忠臣义士、仁人孝子，蹈汤赴火而不悔，心安身即不顾；高爵厚禄所不受，心安则物不能夺。习于礼义者安于礼义，习于利欲者安于利欲，然穷困危迫之时陷于利欲者，痛恨一念之误，悔莫能追。蹈乎礼义者自垂千秋之名，乐得其所，然后知礼义者本心、利欲其后起也。释氏寂守其心，于空处求悟；儒者敬存其心，于实处见道。告子之不动心，是强制一法，似释氏而较粗；释氏之观心，是内敛一法，较儒者究有别。圣人曰自讼、曰内省，为中人言。禅宗一味空缠，自矜直捷，恍惚迷离，误人不少。譬见草芽而除之，草自不生，若云原无草种，何须要除？论非不高也，上智或有，岂所语于下学？孟子言心，多就其动处以验本来，盖静时浑然莫可端倪。陆子云'虽恶人亦有顷刻似圣人'，正是此时。然不移时而失，故《中庸》要慎独以致中。"

情论

古今一有情之天下也，无情，万物或几乎息矣，人事或几乎绝矣。李习之云："情其性，性其情。"意盖谓愚人以情戕性，圣人返情归性，似性全乎理，情全乎私，判之为二，窃以为不然。性其静也，情其动也；性其源也，情其流也，天下无寂而不动，亦无蓄而不流。自古君臣、父子、夫妇、兄弟、朋友，皆真情所固结，先王本人情而制礼，揖让拜跪，进退周旋，非好为繁重，皆情之不容已耳；因人情而制乐，钟磬琴瑟，歌咏舞蹈，自朝廷达乎草野，岂耽于逸豫，皆情之相欢洽耳。制度法律，酌乎情则理可权，否则滞而鲜通；蛮夷戎羌，准以情则俗可化，否则梗而难从。上下之情否则国危，骨肉之情隔则家离，出而之四方，逆于人情必自困。帝王纲纪万物，运四海如一身，舍情何以哉？如曰“性公而情私”，岂为至论？然而人皆为情累者，何耶？曰：“溺也，偏也。”饮食男女，人之大欲存焉，圣人在所不禁，而耽于色者至越礼伤身害人，嗜于味者至以饕餮戕物命、败身家，二者非财不足以济其欲，于是奸诈险伪无所不至，幻想妄念无所不有，皆情为之启其钥而滋其蔓，如河溃堤，一发而不可御；如蚕作茧，缠绵而不可解。释氏比之爱河，陷其中而不能出。嗟乎，情之为累甚矣！嗜利者欲也，欲根乎情，玉帛子女，士大夫汩没其中，穿窬盗贼，投身法网。好名者矫也，矫激于情，以身徇友而刀剑不避，以直证父、以廉避母而伦纪几绝。非寡情也，情偏于一而失其正也。细而求之，子夏丧明，情之过也；冉子与粟，情之过也。喜怒哀乐，未发为性，已发为情。人孰无情？溺则为害，偏则流毒，高乎流俗者不免，况于下愚？然则如之何而可？或曰“禁制”，塞儿口使不啼，其能久乎？或曰“冥忘”，冷如灰，枯如木，亦何取乎？夫情不能无，当辨公私。悠然而动以天者，其情恬也；奋然而激于义者，其情挚也，是为公。触物而相引者，其情纷也；既往而仍留者，其情滞也，是为私。公私皆人情所有，圣贤节之以礼，制之以义，其为我累者皆为我用。周浃乎礼乐，贯彻于君臣、父子、夫妇、兄弟、朋友，天下皆有文以相接，即有情以相融；斟酌于制度法律，达之于蛮夷戎羌，人人各伸其情，即人人各得所欲。洋洋乎，太和满于宇宙，民无不宜，物无不安，所谓天下之达道也。吾故曰“古今一有情之天下也”，李习之之论精矣。古文高简，不必细述原委，令读者自会。特恐初学，但知情之为累而不知情之为功，则深恶于情而为一偏之言矣。

诚论

“诚”之一字，天地密秘法，吾人至宝丹，可化臭腐为神奇，可透虚空使粉碎，无此，则百为皆无用：先王之法度文为皆虚器也，一人之耳目手足皆空骸也，诗书礼乐皆为糟粕，忠孝节义俱以欺世。诚之不可不讲久矣，然而诚之见弃于世亦久矣：直臣立朝披肝沥胆，苦言逆耳每遭摈斥；巧言利口之人，阿谀顺旨，位日高，宠日固；乡里朴讷之士，稍近诚，人即远之；相征逐者，半属浮华；挟诚以游者，多为人欺且受害，于是乎以诚为戒。然而不诚者必自表其诚，盖欲人之信其诚以售其欺，于是乎诚为人所畏。凡诚者皆目为伪，嗟乎，是特未诚而已！诚则天无不格，夏可飞霜，冬可生笋；诚则人无不感，盗贼不忍伤残，恶人为之改悔；诚则物无不动，花为孝子变色，马为旅人生角。孺子诚，嬉笑可以悦亲，长大衣冠者不及也；愚夫诚，坚确可以赴义，诵法诗书者有愧也。谋国如谋家，国无不保；爱民如爱子，民无不安，无他，诚故也。诚则不敢者敢：童子卫父，执棰可以打虎；妇人爱君，只身可以当熊。诚则不能者能：孝子守亲尸，遂以造弹；长兄哺孤弟，可以代乳。诚不在言，而言即见其心，一语而三军为之感泣；诚不在貌，而貌即表其忱，脱胄而国人为之欣喜。或曰："子所言，皆粗迹也。"曰："吾固举其粗者，特即一时一事而论。要诚则无二，设有一毫为名之心，仗义必不勇，勇亦客气；设有一毫图利之心，执义必不坚，坚亦偏见。即不为名，不为利，稍有游移即非诚。一时一事之诚，可证全体之诚。若夫至诚无息，有所见而诚在，无所见而诚亦在，充塞乎天地而无不周也，贯彻乎金石而无不达也，何精粗之有？"或诘余曰："子未能诚，何足知诚？"余曰："固然。顾余尝读书，王阳明曰'六经皆圣人之心'，细玩，实见其精神结聚，贯于文字中，更洋溢于文字外。即诸子与圣贤分道而驰，抒其所见，要一段不可磨灭处，故垂之永久，虽偏也，亦诚也。下至汉唐宋古文诗歌，其最足感人者鼓舞震动，有真性情而后有真文章，外此而讲法度，法度皆死也；外此而修词华，词华皆末也。非诚，诗文且不能工，工亦无益。孔孟之文，悬诸日月而不刊，其文至，其诚至也。夫文小道不足尊，然道无大小，即诚无精粗。《大学》一书，以诚意为紧要关，贯乎天下国家之中。天下国家本乎身，故孟子曰'诚身'。《易》曰'闲邪存其诚'，不闲邪则游思。妄念满于中，岂有能诚者？孟子曰'不明乎善，不诚其身'，非明善则自逞意见，陷于非义而不知，何以言诚？《中庸》言慎独，是闲邪之法；《大学》言格致，是明善之法。"

仁论

释氏求佛，曰成佛，虽死，性灵不灭；道家求仙，曰成仙，虽死，神气不散。二者必出家，绝人事，以修养修炼。独儒者述诗书，明五伦，但尽人事，不言死生。无知者遂企慕二家，似吾儒纵为圣人，只了一生之事。吾以为圣人直与天地同悠久，何言之？天地以全理付人，人即与天地同。所同者何？曰仁。生物之谓仁，天地以生物为心；无私之谓仁，天地以无私为心，此天地之所以悠久也，仁故也。圣门首在求仁，能全其心即能全天地之理，何二氏之足云？夫人视仁以为迂阔不切之务，日所营营，不出身家之计，不知天下皆在吾仁内而外视之，于是乎起念皆为己，而自私自利之事起矣；起念皆为己，而相伤相贼之事多矣。无穷之妄念皆由己起，无穷之幻想皆由己生，无穷之恶皆此私己之心所酿成，而己之灵台倾，性根断。仙释谓堕苦海，且笑且怜，而吾儒则谓之不仁。求仁若何？渴不饮盗泉水，慎之于辞受取予；豺虎丛中可立身，验之于生死存亡。仁者一团生意，周子之绿满窗前、邵子之数点梅花、黄山谷“乐意相关禽对语，生香不断树交花”是也。仁必静深，落花无言，人淡如菊，意境可想也；仁必坦荡，“海阔从鱼跃，天空任鸟飞”，胸襟可知也；仁必公普，“万紫千红总是春”，味此语，气象如见也。医书“身体麻木不仁”，可见万物为一体，气血一处周流不到，谓之不仁；人已一时不通，亦谓之不仁。百果之核皆有仁，枝叶尽落，根株已枯，而存此一仁，种之则千枝万叶，畅茂条达，皆一本之发生也；千林万树，千霄蔽日，皆一核之滋息也。古人宁使身死而不使心死，身死而仁成，可与天地并立；心死而身存，究与草木同腐。虽然一时之仁、一事之仁，圣人虽重之而究非所图，何也？仁者，天之全理，生而无亏，终身无间，全此仁即与天地同；生而未纯，继复完备，其仁复全，亦可与天地同，所以形骸有尽而悠久无穷者，此也。俗云“莫坏良心”，语最有味。良心一坏则仁亡，仁亡则万古无此人矣，岂不痛哉！陆子云“颜子亡而孔子之学不传”，盖因“三月不违仁”之语，以为心体冲虚、无一念之杂为仁。第从其说，必至寂守此心，排摈一切，人所以疑之为禅。颜子穆然如愚，默识心通，天质最高，所谓下于圣人一等者，岂可以此律后学？孔子不得已而求敦笃实践如曾子，亦可传道，其言曰“仁以为己任”“死而后已”，玩其语何等吃力，诚不如颜子之领悟。然《中庸》明颜子之仁，亦曰“得一善服膺无失”，亦从积累而起，不以直捷为功。程朱主静主敬，而处处要实地用功，不徒守此心。释氏言妙悟，而高僧则谓担柴运水皆是佛理。圣人之道无内外大小，皆一仁所周浃，静深有本，仁之体也。秋水时至，百川灌河，又如万斛源泉，随地涌出，仁之用也。以仁还吾生之初，即返天地之始，与天同悠久，何羡于佛之不灭、仙之长生哉？圣人教人，时时体验，欲之即至，求之在我，此吾性命之根柢。苟视为迂阔，无怪其凿之削之以至于尽，朽木枯树在世何为乎？不然，圣人谆谆立教，不厌其烦，果何意耶？

或谓仁，子所罕言，解之者曰：“子罕言者利。与，犹许也。言恶利，而喜者则命与仁，示人当安命求仁之意。”说似近理。盖《论语》中斥放利，戒喻利，外此无言利者。言命虽少，然以命示子路、以不受命警子贡、以知命归君子，意谆谆焉。至论仁，则言之屡矣，及门如颜渊、仲弓、司马牛、樊迟等问之不已，夫子亦论之惟恐不详，何尝罕言？圣门以求仁为急，子曰：苟志于仁，无恶。又曰：好仁恶不仁，未见力不足者。可知无人不当求仁，并无躐等之嫌，亦无秘而难宣之理，存前说可备一解。以文法论，如果一意，子罕言利、命、仁足矣，必加两“与”字，太累坠。惟分两意，则别加“与”字，犹恐一“与”字人作合并看，故用二“与”字，非必谓胜于朱注，要见读书细心。

孔子适楚论

孔子适楚，将欲楚之用之乎？曰:“然。”曰:“楚，僭王之国也，如用孔子，将听其僭王乎？抑请黜其王乎？卫君待子为政，必先正名。夫名之不正，孰大于僭王？俯首于蛮夷僭王之朝，何以为孔子？《春秋》一书，内中国而外蛮夷，管仲攘楚，《春秋》嘉之。孔子治楚，楚必日强，浸昌浸炽，其后不将以假王成真王乎？当日楚以币聘孔子，孔子适楚，陈蔡围孔子，楚发兵救之，可知楚欲用孔子，特为子西所阻耳。”曰:“楚果聘孔子，陈蔡何敢围？二国自救不暇，敢激怒楚乎？且十数布衣合二国之兵，刻即就擒，所处无城郭甲士，坐守以待楚兵之救，无是理也。如果救之，即当迎而相之，何子西谏而遂止？举棋不定，成何事体？旧说原不足信。然则孔子适楚，自适耳。自适以待用，不用即不仕，断不枉道求见。”曰:“假如楚果信孔子，礼而用之，孔子将如何？僭王已久，骤请黜其王，必不听，将奉身而退乎？抑仍听其僭而俯首就位乎？进退失据，又何以为孔子？”应之曰:“大圣人作用，非后世下学所能测。第以往事观之，孔子在鲁，鲁人猎较，孔子亦猎较，不直斥而且曲从，何耶？其失本微，矫之必谓不近人情，孰肯倾心？夫圣贤举事，因其时，因其势，动则有成。簿正祭器，非私著一书令人观法，乃与闻国政，颁条款格式，人不得不从，猎较自不得不止。猎较为初入仕途时，簿正乃大见信用时，化于无迹是圣人妙用。僭王非猎较之比，第自王其国，非敢以此抗周室，临列国。郑服于楚，楚卿与郑言称‘寡君’，未敢临之以天王。君在本国，自称亦曰‘不谷’、曰‘寡人’，仍如列国之体，何尝自称曰‘予一人’？其称王如尉佗，姑称帝，自娱耳。又如村夫无知，监生秀才称老爷，徒取笑耳。其赴告列国必不敢称王，故书楚子。”曰:“孔子究何以处？”应之曰:“不观孔子堕三都之事乎？三都当堕久矣，初入仕不敢为者，势不行也。迨桓子信用孔子，因其畏家臣之难而导之，故费先堕。不意阳敛处父不受命，遂中止，似虎头蛇尾。不知圣人作事因时因势，断不卤莽，初之欲堕非无因，后之中止非无故。桓子本意欲堕，既闻处父之言，忽悟三家为一体，堕之恐于己不利，有悔意，故甲不复出。不然，以季氏挟鲁国之势，厚集兵力，何忧不克？孔子若不因女乐而行，后必有以处之。倘仕于楚，必不骤请其黜王，而所过者化，有以格其心，则不请黜而自黜，如猎较之不复行。至所以能然之故，先其时不能预定也。若孔子治楚，必不使侵凌中国，而且使兵戈自息、百姓乐业，此又不问而可知者，又何疑焉？昔管仲较孔子如天渊，犹不肯遽责其称王，彼对齐称寡人，原未称王，亦恐责之不服，难于收局。岂孔子神圣而先为拙钝之谋乎？此事非小儒所知，未敢妄论。”

孟子对滕文公论

战国时，信服孟子莫如滕文公。惜其国小，假以齐梁之地以王，犹反手也。或谓孟子以名世自负而术穷于滕，虽教以井田，后亦无救于灭亡，无怪人以仁义为迂阔、王道为难行矣。曰："汤武之王以百里，滕仅有其半，且汤武时百里即为大国，战国七雄皆地方千里、带甲百万，而秦楚又不止千里。文王由百里起，孟子犹以为难，自古未有不论时势而漫言成功者。"曰："汉高祖、明太祖，匹夫不阶尺土，崛起在位，滕文犹拥五十里之地，百官具备，视二帝为优，何以不能王？"曰："是未可等论。汉明初起，当一统之末造，朝政不纲，万民嗟怨，已有土崩瓦解之势，二帝振臂一呼，从者如云，劲旅所到，易如破竹。若七雄，虽不率道而国富兵强，帅师者精战阵，握算者多智谋，视秦二世、元顺帝大不相侔。乘弱者易为力，摧强者难为功，胡可并论？"曰："神医起死回生，智士转败为胜，孟子何以不能？"曰："医病者使无病，此神医所能也；化侏儒为伟丈夫，非神医所能也。滕五十里犹侏儒，安能与齐梁等论乎？即以治疾论，强壮之夫可补可泄，若七八十岁老人气息奄奄，抱虚怯之证，问于庸医曰当补，问于神医亦曰当补，其剂量之轻重、佐使之分别，神医胜于庸医不问可知，然无三年之艾，仓卒何以应手？待其养成，墓宿草矣。能制方者神医，不能令蓄艾者一月当三年也，何咎于孟子？"曰："井田不能旦夕收功，固矣，孟子何以云'王不待大'？"曰："所谓'不待大'者，亦必如宋鲁，弹丸如滕，实难为力。邻国如鲁宋，亦当别论。邻国若齐楚，何以能支？"曰："命世之英，必有应变之才，滕间齐楚，孟子无神谋奇策，但教以迁避，教以筑城凿池。夫弃地将安往？是不待敌兵而自灭也。固守城池，是束手待毙也。庸人皆知之，何待孟子？"曰："天下除常经外无奇策，阴谋诡计皆危道，或速之亡。后世诸葛武侯亦天下奇才，其治国用兵不用奇谋，成败利钝所不知，但知鞠躬尽瘁，识者以为王佐才，伯仲伊吕。无敢以庸人疑诸葛，而以疑孟子，可乎？多见其不知量也。"

读书绪论　卷一

汉儒注经，顺文敷衍，疏明字义。至宋，朱子注书，言皆独得，不主故常。《四书集注》更为言约义精，发圣贤之微蕴，启后世之颛蒙，功令所以独尊朱子也。第乡间塾师以耳传耳，钻故纸，无新机，学徒执笔学文，填砌腐烂语成篇，令观者欲卧，无他，陈陈相因，毫无性灵也。夫时艺不可横骛别驱创为异论，而观书则欲博观约取四穿八达。夫圣贤所言，勿徒视为纸上空谈。讲章时文，埋没性灵，如万斛尘，如万里雾，下笔安得醒目？自昔大家名家及近日英俊名流，其文所以高人头地者，大抵蕴酿经史，贯通百家。凡古今之理乱，人情事物之变幻，无不贯彻。夫而后发为伟论，开拓心胸，虽意会，个中实想从天外。无他，心有独得，不肯拾人牙后。阅者安得不快，场中安得不售乎？荀固陋，素寡学，复又久抛书卷，何能阐发书义？然素以教读为业，书院诸生皆弟子也，欲教以读书之法，偶尔抒论，不求奇，不蹈故，但须于事物间切近体察，久而有得，自有新机。余之所论，特以启其端，非敢矜独得也。谓观书务求心得，则源头活水汩汩其来矣。旧说确切、典故须知者，略为引证。

道光戊申小阳月，济南雪峤王培荀书

《论语》开章言学，通部书皆言学可知。又申之以时习，庄子云“巧者不过习者之门”，言习则无所不能。下而一技一艺，大而为圣为贤，皆由时习，千古之秘，一言尽矣。然语以学，人苦之；语以时习，人又苦之。夫宇宙，一苦境也，纷扰万端，无论贫贱富贵，皆有不能如意之处。或以山林风月自适，或以诗酒文墨自娱，在世俗足称高雅，究多失志咨嗟，不能自遣，于是释老逃之方外，狂士睥睨一切，御之无方，避之无术，宇宙果成一苦人世界乎？抑自己无本领也？夫子引人以学，求诸内不求诸外，不过自全。其为人非以此寻乐，而此中自有可悦可乐之境，心得证诸同得，非人所及知。颜子不改其乐，夫子乐在其中，孟子曰“君子有三乐”，遂觉宇宙变成极乐世界。人亦何惮而不学？何惮而不时习？或曰：“君子不戒慎恐惧乎？”不知此与乐无妨也。理境中之忧勤，志气清明，神气恬愉，与欲境中之烦恼大相悬殊。忧勤所积，其乐愈深，夫子不知老之将至，盖津津乎惟日不足矣。曾子曰“任重道远，死而后已”，读至此，令人生畏心；夫子诱之以悦以乐，以“不愠”开卷，令人生慕心。苟明乎此，静则自得，动则无方，穷传其道，达行其学，艰难困苦中有乐，群疑众谤中有乐，甚至杀身成仁，甘之如饴，无他，名教皆乐地也。非学何以能此？天地无心，学者如天地，万事付以无心。无心者，自然也。尽其道，至于自然。酬酢万变，指挥如意，其乐难名。《庄子·逍遥游》形容一“乐”字，欲人扩其心胸，或至旷荡。夫子开章说出一“乐”字，欲人脚踏实地，自有把握。或曰：“此乐指得朋而乐，非泛言学也。”夫作文与看书不同，作文不得不切题，看书则须纵横贯串，透彻书理。此章以学为主，“朋”为学中之人，“人”为学外之人，悦、乐、不愠皆学中境地，特就朋与人指点形容耳，何必寻行数墨？童子入塾，学章句则可，稍长须扩其眼界，疏越性灵，而沾沾训诂可乎？

首章虚言学，未实指。紧接“有子”一章，揭孝弟以示人。不引孔子之言，而特引有子者，孔子论孝虽多，随人指示，各有所主，独此郑重而道，示人最切。以孝弟为本，是真好学。“子夏”章于贤亲君友间见学问，此圣门引人要路，后世考据词章其末也，高谈性命亦虚也。仁者爱人，立爱自亲，始尧舜之道，孝弟而已矣，故曰“孝弟为仁之本”。陆子乃以有子之言为支离，精看“仁”字，浅看“孝弟”，未免高明之过。朱子谓“行仁自孝弟始”，语极分明。或以“仁”与“人”通，孝弟为人之本，盖因井有仁焉。“仁”即“人”字，解书固直捷，理亦无碍，但本文无待斡旋，可不必曲为之说。古“孝”字即“学”字，取义最精。

“刚毅木讷近仁”，则“巧言令色鲜仁”。圣人恶深于世故之人致饰于外，本真全漓，彼方以为涉世之妙术，而朴讷之人与世格格不合，咸以为戒。将无不趋于巧令，此人心世风之大患也。时文乃翻进一层，谓巧令非工于言色，特饰为仁者之言色耳，所谓求深反浅，显背圣论。

初读书见曾子三省，首为人谋。夫学以为己，未有先为人者，况曾子乎？战国时，豪侠或舍身为人谋，未合圣贤之道，曾子岂其人乎？吾儒暗修，安得日日有人托吾谋事？吾侪犹不为，曾子安得不闭户谢绝？即曰亲友不可却，亲友安有许多事？曾子醇谨自守，岂逐逐于此而日省之？时文动以不负人之托为言，不思其理之隘而浅也。圣贤之学，人己一体；夫子之道，忠恕为先。人之行事，但为己谋而忘乎人，是人与己为二，私莫大焉。吾人无事不与人接，凡有所为，必内省曰：“与人有妨否？”非必人之托吾而举念不可忘。所谓忠恕违道不远，去人己之见，此为最要。刻刻为人，实刻刻为己，然后知曾子诚身之学，此为第一关头。

婢仆夫役每多抱怨之处，犹当体恤，况上焉者乎？家庭妻子每有难言之隐，不可任情，况疏焉者乎？家训云“肩挑贸易，勿占便宜”，此即为人谋。天下无非与人相接，其途甚宽，其事甚切，人多忽略。曾子首于此用功，故日有三省。若说为人谋事，太泛，太粗浅。

“道千乘之国”节，句句着实，昔人谓本此治国有余。或以“敬”字作通节之主。

夫“敬”，固无不贯，但圣人明说敬事，即事论敬可也，以敬作主，非强立主见乎？或谓此节本心言，未说到行政，非确论也。明明说事、说用、说爱人、说使民，条列井井，而犹云未论及行政乎？圣人之言显明平易，而学者必欲强生支节，自矜独出手眼，岂圣言尚有渗漏乎？看书死于句下，不可；舍本文而自立主见，尤不可。

子曰：“诗三百。”说者谓古诗三千，删之仅存三百，遂有篇删章、章删句、句删字之说，夫子果如是寻行数墨乎？且诗各有一定音节，不可更易，删削又何以歌？何以被之管弦乎？列国大夫赋诗出三百外者甚少，若有三千，夫子岂能禁其不歌？然则有逸诗，何耶？按，逸诗词雅而理深，夫子又安肯删之？惟《狸首》《新宫》无词，亦逸之耳，岂果夫子删之耶？

古时千百国，盟津会者犹八百，商仅存颂，夏并无诗，岂其初果无乎？以代远湮没耳。即周诗“国风”，何仅存十五国？又何以自“二南”外皆“变风”？成、康盛时，岂皆无风乎？其均属散失可知。若非夫子辑订，并此三百又亡矣，圣人之功所以留万世也。“诗三百，一言以蔽，曰：‘思无邪’”，说者谓诗不能无邪，读之可以无邪，似于本文添设多一曲。历览诸诗，不见有邪者，惟《郑风》“蔓草”“大路”诸诗，形容燕昵，似乎淫诗。第思果为淫诗，何七子赠答及列国大夫皆赋之以为宾荣？本国不应自扬其丑，他国亦何为特歌淫诗？将以为讽刺乎？恐无是理。男女苟合，惟恐人知，言之于人且不肯，复编成歌词以播众口，有是愚人乎？唐人宫词非宫人自作，弃妇怨女诸篇亦借以托兴，非实有其人其事也。《卫风·桑中》迎送之词亦旁人形容，取以为戒，非其人自作也。即今日下里艳词，描摹曲尽，岂其人自为之乎？楚词争先求媒，皇皇如雄狐，相与目成，是何等言语，朱子俱不以淫词注之，后人亦不以淫词疑之。太史公谓“国风好色而不淫”，有明征矣。若邪诗，胡为贡之朝廷、传之后世以立教乎？又《诗》为子所雅言，将选择而言乎？抑一概言之乎？凡诗皆所以警邪，认为本人自作，误矣。

《御选唐宋诗醇》，皆于伦常风化有关，即偶尔托兴风月、流连景物之作，一本温柔敦厚，粹然皆出于正，一切艳词冶语汰之务尽，是亦思无邪之教也。前圣后圣，其揆则一。三百篇，诗有万端，思本无邪，可以善会。

“至于犬马”，注谓不敬，与养犬马无异。拟之不太失伦乎？何晏前后两注，一大意谓犬马能养人，而不能敬人；一为不敬父母，如养犬马而不敬。凡注以前者为是，后者特备一说。朱子既本晏注，何独取后注乎？

后世以杨、墨、佛、老、庄、列为异端。孔子时，佛未入中国；老子，从之问礼；庄、列，皆在孔子之后；墨子，或以为在孔子先，或以为与孔子同时：孔子不闻以之为异端。杨氏，至孟子时方辟之。然则后世所谓异端，非孔子之所谓异端。时文乃以今之所指，暗入孔子语意，果有当乎？

圣人教人只诗书礼乐，不思，则六经皆糟粕，纵服习不倦，亦滞而不化，于己毫无所得。拘迂之儒为世所笑，而徒恃乎思者愈求愈深，茫无所主，如释氏谈禅，恍惚迷离，何益之有？此圣人为学者痛下针砭，实万世之指南。自朱陆分门，其初本无异趋，而意微有偏向，遂致株守章句如陆子之所为支离者，而心学一流，至于旷荡。夫子若早见乎此而预为立方下药者，惜乎未取圣人之言默默自省。

子张问十世，盖欲知后来为何代何人，亦后人所急欲问者，如季路之问事鬼神死生也。夫子不言天而言人，不言数而言礼。礼者，维世之本而与时变通者也。然而谶纬之书，言之历历，如“亡秦者胡”及赤伏符“当途高”“牛继马后”“武姓乱唐”之类，皆先期而知，夫子何以不言？夫明言之，人不能防，虽知何益？人君惑此，秦筑长城而无用，晋杀牛姓，唐杀武姓，徒多冤抑而为害者不死，且因是假造谶文，盗贼纷起，鼓惑群心，摇动天下，绝之惟恐不速，肯导其流乎？诸葛武侯碑碣传于后者无不应验，说者谓其能前知，然当日惟知鞠躬尽瘁，成败非所逆睹，真圣贤之学也夫！

“祭如在。”夫子少孤，不得事父，母亡亦早，其敬慕之思自异寻常。第古者祭必有尸，夫子不闻有庶孙，子又不可为尸，当如何祭？即孟子境遇亦略相似。天下类此者亦应不少，何以济礼之变，昔人从未论及，何耶？自佛入中国，始设像教，于是孔庙亦塑像。明张孚敬定礼，始令天下尽撤去，但立木主，以各郡圣贤像肥瘠不一，任意装塑，去之可也。然子贡以沉香木手雕夫子像存孔庙，庙灾乃无，是有像久矣。像在，足起人思慕。试入各庙，神像端肃威严，令人凛然生敬，亦未尝无益。至祀，先以子孙为尸，盖一脉相传，像貌必有相类。昔盗发萧颖士之祖坟，及见颖士而知其为某后，非明征乎？况神气相通，或凭依于是。古人制礼，有深意存焉。程子斥人为父母画像，以为有毫发不似便是他人，其论甚正。但人子慕亲，不得已而为，亦未可尽非也。古时木主迁徙，罔敢失。及祀则易以尸，男有尸而女无尸。或云天子太祖之主不动，但有六尸，故六尸相酬。是太祖无尸，而六主撤去木主，易以尸也。然后既祔庙，撤主将不得享祭。后与天子同献，必献先后，而无尸无主，奈何？反覆未明其故。

王孙贾或谓非权臣，灵公虽不君，专权者无闻。《左传》王孙贾事不多见，激国人以叛晋，能振卫君之耻，夫子许以治军旅，国且赖之，未见其威福自擅也。是时惟南子能移君心，再则弥子瑕亦能惑君志，尝欲援孔子以为光宠，贾之品尚高于若辈，媚灶之说或欲以自谋，或以是餂孔子，均未可知。要之，媚不可行，天不可违，为圣贤立身之本，则无容置一词耳。

禘之说，纷如聚讼。诸书或有禘无祫，或有祫无禘，或云祫大，或云禘大，不知祫有大小，禘有大小。天子七庙，诸侯五庙，庙各立主，伸其尊也。祫合群庙之主，祖孙父子共在一堂，合其情也。祫尝祫蒸，无祧庙之主，限于礼也。三年大祫，合祧庙之主，遂其私也。至于禘，时祭为小，新祔于庙而禘亦小。天子五年一禘为大祭，诸侯不得行。禘其祖之所自出，三代以来或禘黄帝，或禘帝喾。禘不合毁庙之主，以始祖配。然五年一禘，经无明文，特出于汉儒之说。汉唐宋莫考始祖所自出。五年一禘，合群庙之主，仍是祫，非禘也，徒袭其名而已。明初有请行者，终不行。嘉靖中张孚敬得政，君臣以制礼作乐自任，乃行禘礼，立虚位，祀皇初祖帝，以太祖配。与汉之祖尧、唐之祖老子，同一不经，然汉唐未尝以之列祖庙也。夫三代之禘礼有故，其始封之祖，如稷契皆诸侯，诸侯不敢祖天子。及子孙王天下，追溯所自，必祭以禘者，情也，情在而礼生焉。后世多起布衣，起于公卿者亦非封建，与古不同，而必泥其迹，无怪其不合也，故禘在后世不必行。昔之制此礼者，精神直通千百世上，以是言明，明之至，以是言诚，诚之至，明且诚，于治天下何有？故曰知其说者，治天下如示诸掌。

全谢山论反坫，甚详核。云："坫本有三：《尔雅》'垝谓之坫'，古文作'襜'，是乃以堂隅言，郭景纯所谓端也。至许叔重以为屏墙，则又是一坫。其累土以庋物者，又是一坫。而累土庋物之坫又有三：有两楹之间之坫，即《明堂位》所云'反坫出尊'及《论语》之'反坫'也，盖两君之好用之庋爵者，《乡饮酒礼》'尊在房户间'、《燕礼》'尊在东楹之西'，至两君为好则必于两楹之间而特置坫以反之。有堂下之坫，乃《明堂位》云'崇坫'也，盖用之庋圭者。何以知庋圭之坫在堂下？《觐礼》'侯氏入门奠圭'，则在堂下矣。惟在堂下，故稍崇之。有房中之坫，即《内则》阁食之制也。'士于坫'，康成谓'士卑不得作阁，但于房中为坫以庋食也'。然则同一累土之坫，而庋爵庋圭，尊者用之，庋食则卑者用之。方密之曰'凡累土庋物者，皆得曰坫'，是也。堂隅之坫亦有二：《士虞礼》苴茅之制，'馔于西坫'，《士冠礼》'执冠者待于西坫南'，盖近于奥者，故谓之西坫。《既夕》'祀设棜于东堂下，南顺，齐于坫'，是近于窔者，则东坫也。至屏墙之坫，亦曰反坫，而其义又不同，《郊特牲》所云'台门旅树，反坫'是也，是乃以外向为反。黄东发曰：'如今世院司台门内立墙之例，是正所谓屏墙也。'盖反坫与出尊相连是反爵，反坫与台门旅树相连是屏墙之反向于外者。《郊特牲》所云乃大夫宫室之僭，《论语》所云乃燕会之僭，而东发疑《论语》之反坫与上塞门相连，恐皆是宫室之事，不当以坫之反为爵之反，则又不然。盖反坫出尊，正与两君之好相合。礼各有当，不得以《郊特牲》之反坫，并于《论语》之反坫。"

礼本天则，率性而具，非后焉者。然任天率性，多失其节，圣王因人之性而制以度、立之范，礼文则后起也。后起实全先天，此圣王之妙用。乃旷放者以为伪而遁乎矩外，风俗颓而人心坏，世运之所以降也。“后”字须善会。不然，似忠信为质而以礼涂饰，如绘画之事，徒为观美则大错。

人生不易，即死亦不易。不闻道，死为徒死，生亦虚生矣。然道如何可闻？如何为闻道？闻道何以即死无憾？自读书来不解此事。昔朱子谓门人曰：“吾今幸于道有得，不然几虚过一生。”阅几年，复浩然叹道之难知。门人问曰:“先生前已悟道矣，何复云尔？”朱子曰：“尚未，尚未。”然则何如而后闻道？终身茫然，安得而不皇皇？何者是道？今日自信，明日又疑，是信为闻道亦未必果闻道也。昔破山和尚幼时入塾，师教以书，问曰：“读书能不死否？”金正希幼读《论语》，问：“孔子何人？”师曰：“圣人。”即欲往拜。师笑曰：“孔子死久矣。”即号啕大哭。后二人皆学禅。佛家以死生为大事，第彼之所谓道，非圣人所谓道。彼之道从空悟入，亦不离心性，圣人之道在尽其心性，又可求诸幽渺高深乎？道存乎人，自求所以尽乎人，即所以循乎道。夫子之道，忠恕而已矣；尧舜之道，孝弟而已矣。求之即是，行之无穷，人病不求耳，道岂远乎？然则朱子望道未见之心，虽文王亦如是，孔子亦如是，天下无一闻即了之道。闻道乃得所持循，所以异于禅也，不然醉死梦生，草木同腐。彼全乎人即尽乎道，与天地悠久，此即不死之方，破山之问何难答？孔子虽殁犹存，正希之哭可以不必矣。

古者自天子、诸侯、卿大夫、士，燕射乡射皆以观德，军射则主皮，礼射但取中，而贯革亦未尝不贵，特不主此。春秋列国习于争战，虽礼射亦主皮，故夫子慨想古道。然夫子叹尚力之世，非斥有力之人也。古学者无不习射，夫子以翘关之勇射于矍圃，及门子路之勇无论矣，冉求以矛退齐师，颜剋为御多力，有子与武城之士距踊三百，有力何尝不重？后世学者高自命曰：“吾文士耳，彼武夫何足道？”所谓白面书生，与一把算子不知倒正。明杨一清西鄙用兵，一御史腾疏劾之，即命往视。正值与敌会战，炮矢雨集，喧呼震地，御史在马上便液俱下，一清使两人掖之。贾似道妒才忌能，专用迂疏之士，高者敝衣垢面讲道学，下者以时文为务，于治术毫无所知，因以误国。学者动云“圣人尚德不尚力”，论自是，而非此章书意。要之，为国不可偏重，抡才贵得其实。得其实，盖公得黄老之粗以治齐，武侯得申韩之精以治蜀，无不奏效。否则，口诵程朱而无实用，如似道所用一流，与晋人清谈何异？我朝基业兴于东北，人皆自幼驰马习射，所统之民即兵卒，管民之官即将帅，兵与将相习，文与武不分，战无不胜，攻无不克，而又开科取士，重道崇儒，呜乎，古之道也夫！

鲁不告朔，始自昭公，成于定公，不自文公始。《春秋》文十六年书曰:“闰月不告朔。”《左氏》曰：“非礼也。”闰以正时，时以作事，事以利民，不告闰朔，弃时政也，何以为民？是公以闰月为岁余不告朔，非他月也。十六年夏四月，公四不视朔，《左氏》曰："有疾也。"未书疾愈不视也。自昭公奔齐，鲁国八年无君，季氏又不敢告于周公之庙，其后定公为季氏所立，习以为常。元年书"王"而无"正月"，盖明告朔之礼由此废，所谓微辞是也。子贡去羊之说，应指此时。不然，襄公，文公之曾孙也，襄公二十九年书曰："王正月，公在楚。"《左氏传》云："释不朝正于庙也。"是襄之时犹重告朔，岂得谓文之后遂不告朔耶？文末年至哀元年一百一十六年，万无礼废百余年而区区之羊犹存，以待子贡之欲去也。此何鸣九所说。

圣门之学在求仁。仁之量，统万物为一体，然欲博济四海，无势位者徒托空谈，有势位者未必无一夫不获，所谓"道在迩而求诸远，事在易而求诸难"，尧舜所以犹病也。夫子惟教人行恕，恕者近取诸己，"己所不欲，勿施于人"，逆而制之，恕也；"己欲立而立人，己欲达而达人"，顺而推之，亦恕也。孟子曰："强恕而行，求仁莫近焉。""恕"之一字，在在可行，时时可行，其施不必博，亦未必不博，其济不必众，亦未必不众，于实在处见仁，非空空一欲而已。不然高坐一室，日谈《西铭》，自以为万物在宥，殊不如惠及一乡、泽及一邑者之仁能及物也。后儒讲仁，愈高愈虚，此正子贡所鄙，而汲汲以施济为务。得夫子之教而后知仁有实际，非可虚为大言，又知为仁有方，不必骛于广远。千古学术，必折衷于孔孟而后无弊。《大学》"平天下"章："民之所好，好之；民之所恶，恶之。"孟子云："所欲与之聚之，所恶勿施尔也。"尧舜之道如是，如是。

"臣事君以忠"，胡友信文最坚确纯正，黄淳耀文则痛快淋漓。启、祯气习，亦感激时事而为言也。夫慷慨激烈，不畏雷霆，不避权奸，遇难敢任，遇事敢言，岂非至忠？然此特忠之一端，未尽忠之全量。夫人材质不一，有能有不能，不可强也，而忠则无不可为。尽心之谓忠。人臣凡事尽心，不肯苟且，不为虚文，官无论大小亲疏皆可自勉，时无论安危常变俱可无愧，无赫赫之名可也，无表表之迹可也，盖言有可言不可言，事有得为不得为，而忠则随事随时可尽。圣人语平而理至，迹融而意圆，后人疏解，落一偏狭矣。

禘自既灌，夫子不欲观。鲁之郊禘，非礼也。诸侯不敢祖天子，大夫不敢祖诸侯，鲁禘文王是祖天子矣，安得为秉礼？或谓成王赐天子礼乐以报周公，此谬说也。虽《礼记》有之，不可信。周初定制森严，成王岂敢越礼以赐？周公功虽大，皆臣子所应为，若加以非分之礼乐，与曹瞒九锡何异？

"一贯"，惟曾子得闻，子贡亦与闻。吾辈未用圣贤实在工夫，如何得知？非剿前人旧说，即揣摩疑似，然姑妄言之。一即心，贯者，贯于万事。事有不同，而此心则一，故圣贤有治心之法，无治事之法。心全乎明德，心无不明，亦无不诚，即行无不当矣。有私则二，心先不一，安能贯？讲书者云"有天地之忠恕，有圣人之忠恕，有学者之忠恕”，未免多生支节。夫忠恕心也，分体用，非有二也。夫子之道止此矣，纵神化无方，无以加此。曾子指示亲切如是，后人谓曾子难与门人深言，故就易知者告之，非也。禅家谓月印万川，原只一月，即是此意。特禅宗以悟为主，空虚了事，吾儒征实，无内无外，无巨无细，俱一以贯之耳。

季文子三思后行，夫子断之以再，防多思也。盖人有良知，是非本自晓然，第径情以行，或有妨碍，知其一，不知又有其一，故须再思，多则疑虑生而私意起，此理甚明。乃方灵皋文尾志其友人之论云：“理以是为主。苟不得其理，千思万思，算不得一思。”是明与白文相反，而灵皋以为其论确不可夺。灵皋文家宗匠，众所取正，而持论如是，恐误后人，宜细酌之。

未信则不仕，即此一念已高出庸众百倍。信而后仕，大之如伊吕之建勋业、诸葛之分鼎足，皆如其素定。次之管、乐，次之龚、黄，皆自有把握，非幸致也。然黄霸为三公，声名减于治郡，虽汉时三公无事可建，亦才有大小之分，未可强也。未信而自信，鲧之幸直、王安石之坚僻，皆足误国；未信而尝试，殷深源之北伐、张魏公之频卤莽兴师，皆足败事。虽然，未信而自信，志在报效，才虽未优，志则可取；未信而尝试，亦欲立功，见虽未到，心则无他。若处士盗虚声，当途误加拔擢，己未自信而他人信之，因以覆餗，可惧也；因人成功，邀天之幸，遂援以自信，可耻也。所可异者，当其初原不求信，幸邀一命，弥缝缘饰，以求苟容，或驯至大位，蒙君厚恩，亦复浮沉保位，不知其所信为何耶？又甚而素无抱负，方穷愁则嗟叹，谓世无知我，不知有何可知？富贵则骄盈，谓世莫我及，不知有何过人？古今滔滔，指不胜屈，不但不求信，亦并不知耻矣。故未信不仕，即此一念已高出庸众百倍，不在后日之能信与当下必求自信也。子之悦，其以此夫！

欲则不刚，刚则无欲，而无欲未必即刚。天下性情淡泊之人，恬退高雅，遇事未能振厉，制行未能果敢，往往而有。所谓刚者，合乾之健，得坤之贞，强时刚，柔时亦刚，以刚见，其刚莫当，不以刚见，而其中不败。若但恃性气，一味粗猛，或不以势阻而为理屈，不为害惧或为利动，有欲故也。学者求刚必自无欲始，绝去私念，方无牵制。至澄心以观理，集义以养气，正有许多工夫。徒谓此心无他，劲直不挠，未见其有济也。夫坚僻执拗之人似胜怯懦，究竟怯懦者误事，或可救正扶持；坚僻执拗者败事，必至决裂无可挽回。彼方以怙终不屈为刚，无知者叹羡以为不可及，岂不谬乎？

“朋友信之”，时文动以金兰性命讲习道德，腐语填砌，不知与题何涉？夫子之志，欲天下之朋友信，非仅为学者言也。言朋友，则尽乎天下之人。试观百工各有其同事，商贾各有其同侣，耕牧樵渔各有朝夕与共之人，惟业同则貌相亲而中相忌，坑井在在而是，人何以安？惟信则无欺，无欺则无事，天下太平矣。即此是性命与共,即此是金兰相契,但直书之则是空话惹厌。此句理甚普,道甚易,事本寻常,人每看的太狭,说的太高。

性与天道,即在人伦日用之内。诗书礼乐,皆性天所昭著。夫子以下学教人,所言自不外于性天。而不直言性天,习之久而自达于性天。未至其境,虽言不悟,故曰不得闻。后世好言性天,言之愈精,或入于释氏,其弊也。视人事为粗迹,所以求道日远。子贡此言,足为圣人知己,足为万世指南。

子产为政猛,而夫子称之曰“惠”,是圣人特识。宋周必大入政府,朱文公与人书云:“是大气证,却下四君子汤,虽不为害,恐无益于病。”说者谓孔子治鲁用大承气汤,舜相尧亦用大承气汤,信文公为名言。诸葛武侯治蜀严,人云得申韩之术,亦用大承气汤也,承刘璋暗弱姑息之后可谓对证,以申韩教后主亦是,何得讥其学术不纯?夫以积滞之胸,用四君子汤无益,用十全大补汤未有不亡者。不切脉而论方,谬矣。子产为良相,与武侯同一善切脉者。治病有以泻为补,正是此意。

圣人不以聪明自居而处于忠信,或以圣人为谦逊,非也。忠信者,仁之本,如木之有根,学问所以浇灌、滋培、剪剔之也。盖天质本忠信,后来凿削,故诈伪日起,漓其本性。亦有生而浮薄者,甚少,其敦朴者皆可为善。特不学,则于天下之理见其小不见其大,见其粗不见其精,拘而鲜通,仅为乡间之愿人而已。世非无聪明之士,然多智适以济私,多才或以济恶,巧者多诈反不如愚。圣门惟颜子聪明如愚,子贡亚于颜子,每为夫子所裁,而曾子反以鲁得,可知忠信为贵。曰“十室必有”,则忠信非难得,而好学难乎其人。尝观一小说,道士有二弟子,谓其一曰:“彼聪明,恐受祸,汝愿可得道。聪明博辨,道之贼也。”或曰:“柴也愚,何以不得道之传?”曰:“曾子笃信圣人,勤于学,柴之为学想不及耳,夫子所以望人好学。”

南面治事之位,非直以人君许雍。“居敬而行简”,重在“居敬”,“而”字非折重下截。时文谓居敬自能行简,又谓居敬未必行简,特用“而”字一折,皆于书旨未明语气。若谓“简固可行矣”,但同一“简”,当问所居何如。如居敬则可,如居简,则简之又简矣。盖行同当辨所居,语甚分明,不知何故迷认头影①。

圣人论政取简,后之为政务繁。三代时纲纪略具,后世科条日详。试问三代治乎?后世治乎?开创时节目疏阔,继世后讲求益密。试问开创治乎?继世治乎?繁则精神不能照顾,有司疑难,民情惶惑,在上奉行故事,在下习为具文,且繁则法制自相抵牾,甚而防奸之法即借以藏奸,杜弊之法即借以舞弊。法多,

---

① “迷认头影”当作“迷头认影”,形容非常糊涂。

徒以苦善良，不能制奸宄；制密，足以束贤豪。处处掣肘，不能自展其才，又足以庇庸碌。在在缘饰，得以自藏其拙。盖简则易行，繁则难行。圣贤之才过人，必从其易；后世之才不及古人，反从其难。果何意耶？老子云“治大国如烹小鲜”，谓不扰之也。三代良法多亡，但不扰亦可相安，所谓不药得中医也。后人为政，如庸医开方，多备药味，冀有一效，不知未能治病，或以增病甚矣，简之可取也。圣人为政，自有本源，不徒恃简。简，特为舍本务末者下针砭，非以是为极则也，故仅许曰“可”。

狂简为圣门高弟。狂者进取，注以“简”为“略于事情”，非略于事，乃略于俗情耳。委曲繁重，无益之虚文故套，世人奉之惟谨，不敢稍违，以免讥诮。俗情愈密，天真愈漓。狂者脱略一切，厌之恶之，不啻泥涂，甚至惊世骇俗，则不可不防其流弊，所以当裁也。若不将“简”字看真，所以当裁处亦说不出。讲家不善会注意，“简”字似贬矣，不知是美词。“斐然成章”紧接，皆美词也，下乃一转。

“微生高乞邻而与”，注谓“掠美市恩”。说者谓：“有则曰有，无则曰无，何为乞邻？何不告以邻，令或自乞，而以人之醯冒己之醯，安得为直？”此言是也，而未得其情。夫高有醯而后或乞，有醯而适无醯，或不知，高亦不知也。或不知其无而犹乞，高亦自信其有而慨然应之。既入而取则无矣，此出于高之意外者。在他人不难据实告或，而高则断断不肯，何也？高以直称久矣。有则曰有，无则曰无，他人如是，高更如是，一生断无虚言。此人所重于高，高亦以此自表于众。若早知其无，高必不应，又何待乞邻？惟其不知，外应以有，而旋告以无，是平生直名从此败矣。一醯甚微，千载之名如之何肯失也？不得已而乞邻，是保名之计，费尽苦心。或曰：“此亦想当然之词，子何据而云然？”曰：“以情事断之，决其必然也。试思醯之美几何，而掠之于邻？醯之恩几何，而市之于或？如此以论，反不得诛高之心而科其末罪。盖此章为直辨，非较量于恩怨，亦非苛求于高也。谓‘掠美市恩’，欲苛之而反宽之，非夫子本意。惟委曲护直，愈不得为直，所以夫子特为揭出。古文精简，不能琐琐细记，在人于无文处善为体会，漫责以‘有则曰有，无则曰无’，岂不令高失笑地下？试问有乞必与，无则乞邻，源源而来，高能尽应其求否？”

古无讲学之名，夫子曰“学之不讲”，后日讲学家遂借以为名目。夫学者学为圣贤也，其事君臣、父子、夫妇、昆弟、朋友，其理忠孝信义序别，非讲恐行之有误。然非终日坐谈也，一面讲，一面修，以其时改过徙义，讲者讲此，行者行此。后世以讲学为名，遂以讲学受谤，指为朋党。汉世之朋党重气节，其时不尚议论，宋之朋党目为道学，至明，东林乃以讲学标名，祸及国家，可鉴也。虽然，东林君子大都硕德重望，间有小人参错其间，不害其为正学。其切磋，实欲交勉为善，故多忠谏死节，未必非讲学之力，特奄人借以倾诸贤。即不讲学，其祸亦安能免？居平谓讲学世运之衰，未尝非人材之盛。明季诸公，堂堂大节不待言矣，国初孙奇峰在百泉书院，名动天下，其时如魏环极、汤文正、陆稼书、方灵皋、陈榕门，实以圣贤自厉，复以之教人。即不以道学名，如陈说岩、李巨来，无不笃于实学，刻志圣贤，故勋业卓卓，光于史策。至今深以讲学为讳，群相揶揄，万众风靡，然有心者要自厉躬修，不待讲亦行之不尽，徒讲何益？以口舌争胜，无论不及前人，即远过亦空言而已。夫子与门人讲，亦示以随在体察，故曰“子欲无言”，盖言不足尽道。学者即言以求师法则可，自己立言，妄附圣贤则不可。子雅言诗书执礼，则讲学不废书，要不专在书。《易》曰:“君子以朋友讲习。”习者，温习、服习。子亦曰:“学而时习。”“讲”与“习”不相离。后世讲学多空言，不尽在书，亦不尽习。至训诂家，则专以解书为事。夫制度名物当考，义理当晰，按其字句，辨于毫芒，诚不可缺，然以是为讲学可乎？诸葛武侯读书略观大意，而昔人服为儒者；陶渊明读书不求甚解，而品行文章当时莫及。二人天资固高，其读书要有不必沾沾如经生者，况圣人乎？《左传》引诗，多通融活泼，不尽拘本意，是谓深于诗。再则朱子教读书之法，曰“虚心涵咏，切己体察”，虚心涵咏则无成见，切己体察则无非实境，入其中而深知甘苦，不在口说矣。

宋罗大经云：“今之士，非尧舜文王周孔不谈，非《语》《孟》《中庸》《大学》不观，言必称周程张朱，学必曰致知格物，可谓盛矣。然士风日陋于一日，人才日衰于一日，其所讲所谈，有若屠儿礼佛，是可叹也。”此言刺后世学者洞若观火，先儒云只当一场话说是也。

“兴于诗”，说者谓诵《缁衣》而知好，读《巷伯》而知恶，如此则读二篇足矣，何必三百？美刺自各有所主，但以为谈理之书直如史笔，未免滞泥字句，于“兴”字不甚切，何也？兴者感动，庄言正色可令人畏服，而感动则不尽然。夫宇宙间皆诗也，山川云物，草木虫鱼，目触耳闻，何一非诗人者有情之物？忠臣志士，劳人思妇，触绪咏怀，感兴无端。睹《黍离》而生悲，听《黄鸟》而咏叹，自亦不知其为何心。作者如是，读者亦彷徨悱恻，或至鼓舞，或至流涕，亦不解其何心。所谓兴也，无他，情动于不自知，相触以天而已。使日诵箴规于前，有倦而思卧者，故兴独归于诗，良有以也。虽其归不出于好善恶恶两途，而作文遽以此诠题，索然无味矣。注书有体，欲简当;看书有法，欲活泼。朱子于诗，其功最深。人不善会注意，其若之何？

夫子尝与回言：“使尔多财，吾为尔宰。”是宰犹今呼为管事者，如家之帐房，如居官必有官亲为之理家政。虽朋友至契，无不岁有修金，亦受之不辞，古今一理。此等人不但朝廷不知，即上官亦不问。时文动以朝廷制有常禄为言，迂腐可笑。原宪不受，夫子何安？廉贵得中，过则为矫。夫子不许其辞，故示以所与。不贵施予，总以不辞为是耳。“九百”，向无确解。按，下士禄食九人，古以井制禄，一井九百亩，取九百所入于公者予之，故曰九百。

子见南子，子路不悦。说者谓南子淫乱之人，非君子所宜见。或又谓子路以为南子主立，辄恐孔子以正名之说进，则卫君不得安其位，时子路仕于孔悝故也。二说均难逆揣。夫孔子非欲见南子，南子迫之以见，亦仰慕大圣之意。弥子瑕何等人也，子路亦与周旋。恶恶虽严，亦不绝人太甚，子路岂不知之？所以不悦处未尝明言，夫子亦不便逆探其意而告之，故但举矢以明无他，子路可以晓然意会也。见小君，古无其礼。

泰伯让商让周，聚讼纷纷。主让周者，谓周天下实赖泰伯之让，非泰伯让则季不得有国，武安得有天下？主让商者，谓己若得国，则后之有天下必己，故让之使商天下得稍延，且避以臣伐君之名，是以谓有夷齐叩马之心。又谓与文王同称至德，以此。按，当日实让国，非让天下。从后日武有天下而论，故曰让天下。既实是让国，则与商无涉，明矣，何云让商？当是时，商室鼎盛，太王流离播迁，得有一国为幸，敢有非分之望？以他人自有之物而曰“吾让之”，断无此理。己固不能居其名，人亦不以是许之也。然则《诗》云“至于太王，实始翦商”，何耶？泰伯窥其意不敢明言，故逃，是让商明矣。不知子孙得天下，归美祖宗，推原王业所由，体固应尔，非太王实有翦商之志也。使泰伯果如是，是以操、莽待君父矣。或谓若主让周，是以天下为一己之物，私相授受，于理更悖矣，可乎？曰：“是泥看‘天下’二字。本是让国，据后有天下不得不如此立说，且以见非泰伯让无以有天下，正见其德耳。让而无迹，见其德之至。道理自平易，后人好奇好高，别立议论，将泰伯心事埋没千百年不白，可叹矣。在泰伯善体亲心，恐明让而太王不安，王季亦不安，故有托而逃，太王不得不立王季，王季亦不得不受。谓求仁得仁，有夷齐之心则可，谓有叩马而谏之心则不可。试思泰伯若有心让商，己得国后尽忠服事，有何不可？何必取商？远隔百余年，不能料商之后有纣，亦不能料周之后有武，而已预萌让心，不太迂乎？孟子云‘不以文害辞，不以辞害意’，泥定‘天下’二字，其害难言矣。”

“子钓”节，或谓此节脱“曰”字，应是教人之词，迂哉此论！彼先怀老妪之见，煦煦为仁，以一物不杀为大慈悲，疑夫子亦不肯钓弋。果如是，子何不教人并不钓不弋乎？又或谓先王立制，物太盛则当杀。夫子有育物之仁，亦有制物之义，特于其中寓撙节爱养之意，亦大话耳，书旨似不如是。书有直指者，有言在此而意在彼者，有浅言而寓精意者，有一端而现全体者，看书要活，总不可死于句下。此节果为钓弋言乎？不纲不射宿，何足尽仁？又何足为夫子重？然而记之，何耶？夫子猎较有明文，何妨钓弋？特偶一适情，非以此为务。不纲不射宿，亦旁观见其然，非夫子有心如是。见夫子偶尔嬉游，亦不好尽，无机心如是。于此不好尽，凡事之不为已甚，可知于此无机心。凡事任其自然，可知就钓弋指点，非借钓弋表夫子也。即此已足见夫子不必推言位天地育万物，达而在上，尽制尽伦；穷而在下，一室太和；钓弋可，不钓弋亦可。沾沾于钓弋，何其小视圣人也？言浅而意深，一毫现全体，但就题摹写，或入仁育义，正大话无当也。

习语流传，最足误人。如云孔子周流七十二国，时文每每用之。考《左传》仅存其名、亡于孔子之前者甚多，孔子安得往游其国？所至之国，如齐卫陈蔡郑宋耳，晋则临河而返，更无问秦。所与时君问答者，《论语》所载惟齐景、卫灵，彼见楚王、越王记于杂书者难以为据，安得有庭说七十二君之事？果如所云，彼孟子在战国时犹不为，而谓孔子为之乎？

《论语》书法，凡评论其人，而其人未尝在侧，但记“子谓”，不加“曰”字，如“子谓公冶长”“子谓子贱”是也；与其人面语，则加“曰”字，如“子谓颜渊曰”“子谓仲弓曰”是也。既面谓仲弓，而以犁牛比其父，以山川不舍誉其子，是讥之也，仲弓安乎？常人不肯出此，而圣人为之乎？何晏、邢昺倡为无稽之言，朱子未详察而从之，非也。或问：“‘子谓颜渊曰惜乎’节，非面语，何以有‘曰’字？”曰：“‘惜乎’上，非加‘曰’字接不上，且追述其生前之辞，固明其非面语矣，何虑自乱其例？”《史记》谓“其父贱”，《家语》谓之不肖，二书多不可信。

君子之道者三、君子之道四，夫子皆以为未能，讲家以圣人为谦词，非也。有人誉之而后谦，无故自谦，何意？夫道无穷尽，学然后知不足。圣人惟孜孜不已，所以能体道。惟不已，愈见道之难尽。今人好自足，所以不及圣人也。概以谦词抹杀，既失夫子为学本心，又失诱人日进之意，不可不辨。

乱臣十人，此武王对众誓师之辞。鲁《论》以为有妇人，后人谓指邑姜。妻道固比臣道，但妇人不与外事。廷臣不足，乃自举其妃备数，以夸示人，恐于体不宜。如曰妃贤，亦未必过于英、皇，舜不自言，后人亦不加于五臣之数，何欤？或曰“妇”字乃“殷”字传写之讹，指胶鬲言。成王幼而立，是时武王已九十余，岂前竟无子晚乃得少子乎？且成王又有小弱弟邘、晋、应、韩，皆武之穆，何前无所生，而后乃得如许之多欤？武王前此无妃耶？

臧文仲居蔡，汉儒谓“家不藏龟”，是僭诸侯之礼；“山节藻棁”，僭天子宗庙之礼。后人多从古注，毛西河本之以难朱子。如此，夫子讥其僭可也，何以谓之不智？蔡为臧氏世守之物，不足深论。若山节藻棁，管子以奢侈僭之，文仲素俭，以天子之庙饰其居，而使不衣帛之妾织蒲其中，不可笑乎？或谓文仲山节藻棁，亦指其家庙之饰，居蔡即居之于其庙。是时公庙私庙皆僭天子之礼，观舞佾歌雍可知。文仲，孝公五世孙，庙亦效三家，因而居蔡。若别为室而山节藻棁，必骇人耳目，文仲亦不为也。然僭在饰庙，而意在媚蔡，亦愚矣。

孔子仕鲁，崔灵恩谓小司寇，《史记》谓由大司空为大司寇，符子曰为司徒。或谓孟孙为司空，季孙为司徒。司徒，相也，孔子何由得代？毛西河以为夹谷之会，临行以孔子暂摄相耳。全谢山云鲁之先，亦非司徒一人行相事，夹谷之会正孔子为卿之时，春秋时所重莫如相，相非卿不出：文公三年如晋，则叔孙庄叔相；十三年如晋，季文子相；襄公十年会伐郑，季武子相；孟献子、孟武伯皆尝为相，皆卿也。阳虎作乱以后，乃破格用孔子，三家拱手以听。夹谷之会，孔子俨然得充其选。当是时，齐方以势胁鲁，若以微者为相，岂不招其责言乎？且使孔子不当国，彼堕都出甲，是以小臣妄豫大事。不在其位，不谋其政，孔子岂不知乎？《史记》谓以大司寇摄相，未可遽非。《韩诗外传》载孔子为鲁司寇，命辞曰:“宋公之子弗甫何孙鲁孔丘，命尔为司寇。”无“大”称，则《史记·世家》云为大司寇，非也。然侯国无“大”称，亦无小司寇之称，则为司寇即是大司寇。阎百诗以为臧文仲为司寇，其奔邾书于《春秋》，孔子之出不书，明其非卿也。第书出奔，皆系惧罪而逃。孔子以膰肉不至而行，若书出奔，则于情事不合。且臧氏世卿，故郑重其词，以为继世袭职者地，孔子庶姓也，其仕不书，其去亦不书，鲁之为司寇者自若，故略而不书，未可以此定其未为卿也。全谢山谓当时列国不止三卿，引证甚多。

或言宁武子未尝仕文公，然春秋时父为卿而子为大夫者甚多，阎百诗、陆稼书、全谢山皆历引《左传》以证之。朱子谓其仕于文公，非以其时为卿也。毛西河必欲以此攻朱子，不知舍文公更无所为平静之时，夫子岂无稽而为虚言耶？其仕虽不见于《左传》，朱子以意度之必在此时，可不必疑。

尝疑鲁人无不识阳虎，何匡人误以夫子为阳虎而围之？《论语释疑》论之甚为详析。云鲁原有匡邑，但夫子被围在定十三年十月。夫子先于十三年春去鲁，至哀八年始反鲁。其被围之匡，非鲁邑可知。庄子谓是宋地，则宋无匡邑。《史记》谓去卫适陈过匡，则陈、卫俱无匡邑。《左传》定公六年“公侵郑取匡”，其时阳虎专政，匡城适缺，虎与仆颜剋穿垣而入，遂取匡。是阳虎曾暴于匡之证。十三年，夫子过匡，亦颜剋为御，夫子貌又似虎，《世家》及《琴操》皆纪孔子过匡，颜剋为御，以策指穿垣曰：“昔吾入匡，由彼缺也。”匡人所以围之。

北辰，注云“北极”，盖本《尔雅》。究其实，北极星也。辰，天壤也。北辰难识，借辰旁极星以明北辰。亦非不动，如车之毂，虽转不离其所。如人君高居九重，一心默运，人不见其有为而纲纪布濩，何非君德之贯澈周遍乎？望北极高，在南则低，特就所见言之。夫子处北方也。

“子在川上”节，“逝者”指水，“如斯夫”即指不舍昼夜，是虚字。若逝者指道，与语气蛇足，已成滞相。“夫”即境生情，悠然意远。往过来续，千古不息，道理何所不包？一落言诠，便如微云点缀太清。试观汩汩而来必有其源，滔滔而往莫知所终，顷刻之际变动不居，亘古如斯卒莫消长，偶有会心，不须解说。或曰："说成悟境，纵极空灵，不落禅机乎？"夫禅有悟，圣学独无悟乎？触景感怀，别有寄托，如风凄月冷，劳人思妇以之兴怨思，雅人韵士以之畅高情，同床各梦，原自如是。必谓悟境即禅，似通实滞。且夫子非至是始悟，胸中有不已之实境随在而发，适于川上感兴耳，一语道破，反觉无味。注书宜明指，观书宜心会。

"时""习"二字，真为学金丹，吾等不说学，以未尝时习故也。圣学工夫，门外人不敢妄测，第就其浅者言之。昔人云："读书千遍，其义自见。"学字者败笔贮几瓮，羲之之字，天资固绝，亦不过熟而已矣。尝见雕刻绘画之辈，当其意得，户外是非不问，声色货利悲喜忧戚一切不入其心，甚至忍饥终日乐此不疲，妻子号呼于前，不顾也。一遇同志，或遇赏音，谈笑抵掌，觉宇宙间更无加于此者，虽三公不易也。夫精粗一理，小技如此，遂以名当时而传后世，其中趣味难语他人。圣人教人为学，亦如是已耳。奈大美当前，弃之不顾；世故百端，趋荆棘如鹜；私念千条，甘鸩毒如饴，圣人亦不解其中有何滋味也。

"寝衣"，孔安国曰："今之被也。"《说文》曰："被，寝衣名。"后来泥定衣字，谓斋时夜间衣此。但长身一半，甚为不便，圣人岂如此之迂？袁子才谓长及身之半。第古经"有"字，或作"又"，古书于数外之奇零者多书"又"。如果短，则当云"短一身有半"，不当云"长一身有半"。上文亵裘长，此云寝衣长，以类相从，文遂连书，不必移于"斋，必有明衣"之下也。盖寝衣人所同有，与亵裘等，特短右袂，"长一身有半"，则夫子之心裁也。

孟懿子问孝，子告以"无违"，注谓恐其从亲令。或曰不从亲令，即是违。注云："时三家僭窃。"夫僭礼之家，其令于子者未必尽无礼。果如是，何不以告武伯，而独以此告懿子？如孟庄子、叔孙穆子、昭子皆贤大夫，三家岂尽无礼？以孟庄子不改其父为孝，何以懿子独教以不从父令为孝乎？舜以不顺为忧，孟子曰："不顺，不可以为子。"若以父母之命为非而直行己意，虽所执皆是，犹为不顺，此朱子《小学》垂戒之言，而于懿子教以不从亲令，何欤？郑东谷谓孔子教以无违僖子之命，毛西河主之以驳朱子，此言是也，惜看注太泥耳。按，孟僖子病不能相礼，将死，嘱说与何忌师事孔子而学礼。孔子即教以无违学礼之命，但浑说"无违"，旁人不解，亦恐懿子未深解，故因樊迟御而申之以礼，意旨豁然矣。若但云"无违"是无违父命，夫谁不解，何待樊迟之问？后人泥定注中"恐从父令"一言攻击朱子，不知此虚设之言，极力跌起，无违礼耳，非谓必违父命也。攻先儒者必执定一语，锻炼周内，吁，亦过矣！人云孟僖子无大过举，何必不从其令？朱子亦何尝云僖子是恶人，其令不可从乎？不以辞害意，是为得之。即以三家论，三家视桓楹则葬非礼矣，舞佾歌雍则祭礼僭矣。习俗移人，贤者不免，教以循礼，有光于前，改之正是孝处。况礼字所包甚广，不徒指定此等。娶帝二女，瞽瞍未知；麦舟之助，文正无命，此当罪其背父而群以为孝，何耶？若呼之东则东，呼之西则西，乡里小儿能之，可谓孝乎？倘父受恶名，子心安乎？曾子大杖不逃，何以怒之？其间轻重缓急，必精于义理乃能委曲尽善，非一味顺从，非有心执拗。观瞽瞍欲杀舜则不获，使之则在侧；曾子养曾皙必有酒肉，问有余，必曰有，不必果有。谲者，诚之至、孝之至也。夫子教懿子循礼，非教其不从父命。是时僖子亡矣，安得有令从礼为孝？亦非以不从父命为孝。其中大有权衡，但语太简，须人虚心䌷绎而得其旨，泥之则语病不小。

屈到嗜芰，将死，嘱其子必以芰荐。后祭不之设，室老问其故，据礼以答，说者称其“违而道”。后人驳之，谓将斋，思其所嗜，何忍违父将死之言？窃尝论之：礼本人情，非从天降，非自地出，亦非先王所强制也。祭所以继养，事死如事生，必备珍羞以供，故思其所嗜。但人之所嗜不同，文王嗜昌歜，曾皙嗜羊枣，今人有终身不食羊肉、不食鱼者，先王制礼，安得人人而问之？不过即目前所同嗜者为之品节，亦非谓此外禁其不列几筵也。屈到之子不识礼意，而固执谬矣。然吾窃有慨焉：即“葬之”一节论，士庶之家，其仪仗如公卿，其棚彩则锦天绣地，其陈设则三代尊彝鼎罍，其余务极美丽，不顾非分，果尽孝于亲乎？抑侈观于途人乎？然后知违礼之害大，而无违之论确也。诸侯无故不杀牛，为大夫日杀牛以奉亲可乎？盖循礼不必即违父命，父命亦不必尽为非礼。随事斟酌，即其粗者论之，如前所言，可知其概。若但以无违父命为孝，人所共知，何待夫子郑重言之？惟训之以礼，乃识圣言之精，彼郑氏、毛氏之言亦可从，而理则浅矣。

《论语》上部开章说“学”，末章以“时”字结。夫子十五志学，是终身为学。中人至于时，则神化矣。下学非至神圣不止，特不遇于世。以《乡党》终篇，已隐括夫子一生，特就山梁之雉指点，有如镜花水月，令读者心目间懫恍遇之，记者善为写照也。读全书不可一字忽，亦不可一字泥，有活相，无滞相，始为善读书者。下部以“礼乐”始，以历叙帝王之治终。礼乐者，持世之大端，千古帝王所莫能外。夫子有帝王之道，举而措之耳。两部《论语》，各自为起止，说者谓上部为鲁《论语》，气和平，下部为齐《论语》，气峻厉，似各肖其国之风气，亦非无见。

子路问“闻斯行诸”，子告以“有父兄在”。有父兄则可，无父兄当如何？考夫子幼失父，将安待耶？子路有姊而无兄，又安待耶？或曰有诸父诸兄在，亦父兄也。然夫子并无诸父诸兄，又将如何？说者谓此指周恤事而言，闻之虽善，行不可自专，似矣，而终未豁然。凡问必有其词，乃如问以答，惜不得知耳。或族中长老更事多，识见广，须相咨访商酌，特为冉子言之，不必深泥也。

"克己复礼"，"己"字不可作"私"字解。私者，人所共有，大段相近。己则各有不同，有急躁，有迟缓，有峭厉，有宽和，种种难以悉数。各去其偏，乃可就中，此克己乃能复礼也。又人之所以不仁者，为有己在耳。但知有己，天下之情不通，安得为仁？仁者，人也，字形二人合成。无己则物我一体，故克己复礼为仁。或谓礼者，理也，克己则无往非理，又何言"复"？不知"礼"者，天理之节文，不可以"理"字混过。若但克己，自谓无他，纯任天真。至于猖狂，是王心斋之流弊，为世诟病。有节文，乃有持循，此克己所以又要复礼也。第言"复"，仍是还其固有，非自外烁耳。不曰理而曰礼，古人一字不轻下，时文笼统说去，漫无区别，书旨所以沉晦也。

"天下归仁"，注谓"归，犹与也"，谓天下皆许其仁。夫一己为仁，天下何由知？且安能必于一日？孔子非仁者乎？毁之围之，与孔子何损？然究不尽许其仁也。吾儒克己自尽，人之与不与原不足计，所谓"人不知而不愠"也。或曰"仁合万物为一体，有己则不相通，一日克己则天下尽归度内"，此说不为无见。

哀公告有若"二，犹不足"，说者谓宣公履亩，已加于旧，至哀公又欲加赋。考鲁自四分公室，赋入俱归三家，各稍出所有，以归于公。赋入之多少，公不与闻，即加赋何益？一切会盟聘问征伐之费，三家任之，公亦不与闻。哀公之忧用不足，盖私用，非国用。鲁无民久矣，即欲加赋，将谁加乎？旧说终不可解。

孔子在川上，樊迟游舞雩，其游也，无非学也。夫吾侪不识学问，偶尔登山临壑，烟云之变态，林麓之郁葱，天为之旷，地为之阔，不觉襟怀发舒，神气飞扬，身若超乎尘界矣。或深山无人，幽谷窈窕，入其中如在太古，意定神清，万虑俱息，何其适也！然而娱目畅怀，时过境迁，依然故我，毫无所得矣。彼古人诗文，得彼山水之助，即学亦何独不然？朱陆鹅湖之会、鹿洞之谈，必借名山讲业；朱子晚筑武夷精舍，陆子未往荆门时在山讲授，归家日少，以远隔尘嚣、专致其功耳。要必胸中别有天地，自具丘壑，乃能触处会悟，不必高山深林、名迹胜地已也。彼周子窗草，游心造物之初；渊明菊花，寄情羲皇以上；月到风来，邵子阐《易》；水流花放，东坡论禅，何往不生道心而远俗念？不然，樵夫牧竖日涉涧阿，与鹿豕何殊？即康乐登山之屐，向禽五岳之怀，流连光景，何足取焉？曾点之言志也，童冠与偕，风浴咏归，饶有时行物生，万物得所气象。是圣贤一篇游记，非石隐之膏肓山林、骚客之陶写风月也。如谓某境幽奥、某境高旷，心游目想，吾学亦当如何，处处皆成滞机，语语俱带腐气，又岂善游者哉？

“居则曰：‘不吾知也。’”是跌起下文语气，非诸子实有此言也。乃作文动作慷慨嗟叹之语，岂非痴人说梦？盖言尔平居则可云未有知者耳，一旦知尔，将何如？“曰”字断不可作实字看。

夫子告子贡为政，首先足兵，古者农即是兵。按亩成邑，按家供役，非若后世招募，何不足之有？或曰：“兵，器械也。古曰军曰师曰卒，后世乃专谓之兵。夫子所谓兵，器械之类。”顾器械所费几何，而忧不足耶？谋国者但以利兵为首务，末矣。《左传》云“败郑徒兵”，是古亦未尝不称兵。然战国时用兵，动辄数十万，苍头、奋击，历历可考，乃孟子于若辈深恶而痛绝之，何耶？然武备须讲，人不精壮，老弱充数，虽多，不可谓足；步伐不娴，器械不精，二不当一，虽多，不可谓足。足兵正是要务，不然徐偃、宋襄动言仁义，而国败民亡，为天下笑。自古无迂阔之圣贤与富国强兵者同床各梦。

“放郑声”“郑声淫”，朱子遂注“郑诗多淫”。夫子论声，岂论诗乎？或谓郑声不必出于郑，声之靡曼者即是。《难经》论病人之声，婉转呻吟者谓郑声。或谓“淫，滞也”，历引书以证之。

“先之，劳之”，此指为政以身先，以身劳，凡事皆然，不必贴定富教。夫政岂有外于富教者？然政务百端，各有头绪，概曰富教，岂不宽泛？夫子何不直告以富之教之？作文舍正文从注，不可解。

孔子不答问陈，明日遂行，在陈绝粮，而《史记》系之哀公二年，计自去卫之后即如陈，已而如蔡，已而如叶，已而自叶反蔡，复在陈，始有是厄，则与《论语》不合。信《史记》，固不如信《论语》也。然以陈蔡追随之弟子考之，游、夏之年皆尚未逾十五，则以为遂在去卫之年，亦难从矣。全谢山以为当在哀公六年，或别为一章，上有脱文。陈蔡以兵围子，朱子疑以陈蔡方服于楚，岂有昭王欲用之而陈蔡敢出此者？故定以为哀公二年去卫之时。仁山则以为蔡已两属于吴，陈亦非竟臣楚，当时楚正与陈睦，而蔡则已全属吴，迁于州来，与陈远，是所谓如蔡者，非新迁之蔡，乃故蔡。孔子欲如楚，故入其地也。蔡已非国，安得有大夫乎？且陈事楚，蔡事吴，则仇国矣，安得二国之大夫合谋乎？且哀公六年吴志在灭陈，故楚大兴师以救之，卜战不吉，卜退不吉，楚昭至誓死以救之。陈之仗楚何如，感楚何如，而敢围其所用之人乎？即如所云，陈蔡大夫围之，使子贡如楚以兵迎始得免，是时楚昭在陈，何必使子贡如楚？而楚果迎孔子，信宿可至，孔子何以终不得一见楚昭？而其所迎之兵中道而闻子西之沮，又竟弃孔子而去，则皆情理之必无者。古史谓孔子曾见楚昭，亦无据。且楚昭旋卒于陈，则孔子又尝入楚乎？故朱子之疑之是也。惟是朱子以为在哀公二年，则于游、夏之年皆不合，故其事似当在六年。孔安国注以为陈人被兵绝粮，则于情为近，乃知陈蔡大夫兵围之说，盖《史记》之妄也。然安国被兵绝粮之说则是，而以为自宋适陈即遭此厄，则先于哀公二年，是又误矣。盖哀元年吴亦伐陈，故安国因之而误也。总之，当厄应在六年，《史记》之时之可信者也；绝粮则以陈之被兵，孔注之事之可信者也。《孟子》云“无上下之交”，非兵围可知。

杨升庵论“与点”甚有见，引：“程子曰：‘子路、冉有、公西华言志，自是实事，此正论也。’又曰：‘夫子与点，盖与圣人之志同，便是尧舜气象。’又曰：‘上下与天地同流。’夫天地同流，惟尧舜可以当之。曾点何如人，而与天地同流，有尧舜气象乎？且圣人之志老安少怀，安老必有养老之政，怀少必有慈幼之政，非隐居放言亦为政之事也。点之志与圣人岂若是班乎？此言或出于谢上蔡之所录，非程子之言亦不可知。纵真程子之言，吾亦辟之矣。程子之贤不及孟子，孟子曰：‘琴张、曾皙、牧皮者，孔子之所谓狂也。’点也人品之高下，孟子已有定论，且与琴张、牧皮为伍。琴张、牧皮又可与子路、冉有若是班乎？嗟乎，今之学者循声吠影，徒知圣人之所与，而不知圣人之所裁也！孔子曰：‘吾党之小子狂简，斐然成章，不知所以裁之。’孔子自陈归鲁欲裁正之者，正为皙辈。惜乎不知所以裁点之事，而徒传‘与点’之语，使实学不明于千载，而虚谈大误于后人也。朱子晚年，有门人问‘与点’之意。朱子曰：‘某平生不喜人说此话，《论语》自《学而》至《尧曰》，皆是工夫。’又易箦之前，悔不改浴沂注一章，留为后学病根，此可谓正论矣。吕与叔，程子之门人，而上蔡之友也，其诗曰：‘可怜曾点惟鸣瑟，独坐春风咏不休。’又曰：‘终日孔门无一事，只输颜氏得心斋。’又因程子吟风弄月之言，而演为心斋之说。心斋，乃庄子之寓言。此诗不惟厚诬曾点，又嫁非于颜子矣，其去竹林七贤、南朝八达者几希。审如是，何不径学庄列而学孔孟？孔孟固如是乎？夫子历聘，卒老于行。荷蒉、晨门、长沮、桀溺、植杖、楚狂之徒非笑讥讽，而夫子之辙不回，而佛肸、公山之徒召亦欲往，岂以不仕为高者耶？充点之志而不知圣人之裁，则与桀溺之忘世、庄列之虚无、晋人之清谈、宋人之禅学，皆声应气求，响合影附，不至于猖狂自恣、放浪无检不止也。鼓之舞之流于异端而不觉者，岂非‘尧舜气象’一言为之厉阶哉！”

子之与点，非询在酬知，而所与反在不仕也。点与山林隐逸不同，都是学夫子之学，点从心性原头活泼处学夫子。三子从学，各得性之所近，具其一体，所以见各不同。自夫子看来，澹泊无欲的襟怀可做得有为的功业，但点不曾念及此，夫子口中亦不必说到此。

注云“三子规，规事为之末”、云“子路等所见小”、云“三子欲得国而治，故孔子不取”，未免过诋三子，与“夫子诏以酬知”“安见非邦”“孰能为大”等语神气不合。常解前文“与点”所以广三子，后兼与三子所以实曾点，有意牵合，亦强。李岱云曰：“后数节考辨三子之志，另是一截事，不必纠缠‘与点’。”此说极是。济世之志与乐天之神，如罗浮二山，相应在即离之间。上二条系《四书释疑》。

圣人去春秋时近，所见闻必详，不仅如今日所据止区区《三传》也。若但以区区《三传》，则齐桓极有可贬，不当以圣人之言遂谓高于晋文，此亦论世者所不可不知也。王子颓之乱，卫人助逆，王室大扰，桓公已图霸前后一十二年，让郑厉公之讨贼纳王，坐视而不之问。又八年，天子特赐桓公命，请以伐卫，桓公乃不得已以兵伐之。卫人敢于抗师，而桓公不校，竟受赂而还。曾是一匡天下之方伯而出此，以视晋文之甫经得国即讨太叔，岂不有光于齐十倍？故尝谓齐桓攘楚之功自纯门救郑始，亲鲁之功自落姑始，而于是存三亡国，首止定世子，宁母之拒郑子华，葵丘之会谢赐胙则守礼、读载书则束牲，浸浸乎贤方伯矣。圣人之许之或自其中叶以后，否则别有所据。要之，其初年未可恕也。若晋文之才高于齐桓，特以暮年返国心迫桑榆，又适当楚势鸱张、中原崩溃之日，齐桓一死，而其子已叠遭楚侮，非急有以攘之不可，故多方设机械以创之，以为谲诚所难辞。而又不久而薨，不若齐桓之长年，其志未申。若使多享遐算，其从容纠合，示大信于诸侯，亦必有可观者。至于请隧、召王固是两大过，然正见霸者本色。要之，晋文之功在讨贼，齐桓之功在九合不以兵车，皆其最大节目。此全谢山之论。

阎百诗云："《史记·晋世家》重耳奔狄，是时年四十三。又云：'重耳出亡，凡十九岁而得入，时年六十二矣。'果尔，诚可为老，然迁多妄说，不若《左传》《国语》足信。《左传》昭十三年，叔向曰：'我先君文公生十七年，亡十九年。'《国语》僖负羁曰：'晋公子生十七年而亡。'按此则文公入国甫三十六岁，即薨亦只四十四耳。杜元凯言战城濮，文公年四十，安得有如陈际泰'谲而不正，文老而举事，故虑日暮而计挺'者邪？"据此则全谢山"暮年返国"之言，亦沿旧说而误。

论桓、文优劣，杨升庵议论最透快。其言曰："桓、文虽并称，而文固非桓匹也。或曰：桓公二十余年养晦蓄威始能向楚，文公一驾而城濮之功多于召陵；桓公屡盟数会，迟回晚岁始会宰周公，文公再合而于温之会捷于葵丘；桓公终身与诸侯周旋，会鄄失鲁、盟幽失卫、首止失郑、葵丘失陈，文公三会则大侯小伯莫有不至，其得诸侯又盛于桓公，子今曰'文非桓匹'，何也？曰：文公之功多于桓公者，罪亦多于桓公者也；事速于桓公者，义先坏于桓公者也；名盛于桓公者，实衰于桓公者也。《春秋》不以功盖罪，不以事掩义，不以名诬实，文岂桓匹哉！桓公得江、黄而不用以伐楚，文公则谓非致秦不足与楚争，楚抑而秦兴矣，此桓公之所不肯为者也；桓公会则不迩三川、盟则不加王人，文会畿内则抗矣、盟子虎则悖矣，此桓公之所不敢为者也；桓公宁不得郑，不纳子华，惧其奖臣抑君不可以训，文公为元咺执卫侯，则三纲五常于是紊矣，此又桓公之所不忍为者也。观此，则吾夫子正谲之论、孟子独表桓公五禁而不及晋文、余谓文非桓匹，岂私言乎！”

圣人之言，非绝有关系不发，非有甚重者《论语》亦不纪。列国除齐外，多公子当国，其谋专在肥家，乃心公室者不多见。家愈肥，则国愈瘠。夫奢侈居心，宫室车马衣服无不求备求美，非下浚乎民，即上削乎国，卒之骄盈酿祸。或人分其室，鬼瞰其室，身且不保，室于何有？然而栋摧覆压己受其灾，国亦罹患，列国败者接踵，曾不知警。夫子特举公子荆以为标准，岂徒为居室言哉？以此为训，使小则保家，大则保国，所关甚巨。彼因陋就简，公子荆方为巨室所笑，以为不善居室。夫子忽发此论，若万事不可苟，独居室可苟？晏子之居湫隘，叔敖之子负薪，久著当时，有赫赫之功，人咸称之。子荆在卫不甚著，非夫子表章则无人识之矣。蔡京黄雀之鲊充栋，贾似道糖霜几百瓮，即微物可知其概：从来巨奸败国亡家，罪恶滔天，要其初不过为居室计耳，乌知祸之至此极也。夫子之言，岂独为当日列国诸臣鉴哉！

请讨陈恒，必沐浴而朝，重其事，冀以诚感君，非明知无益而故为此请也。及公言齐强鲁弱，而对以齐之不与者半，以鲁之众加齐之半可克。程子以为非孔子之言，诚若此是以力不以义，窃尝疑之。夫论理不论势，在一己则可，在国事则不可。虽千万人吾往，威武不能屈，此皆为一己而言。若国事则必动出万全而不轻于一掷，如澶渊之会，寇忠愍力请亲幸，决其必胜故也。不然土木之变，陷主亡军，亦可云论理不论势乎？古今声罪伐畔，何患理不直？乃哥舒瀚方持重，朝廷催战而败；孙传庭方持重，朝廷催战而败。关天下存亡，暴虎冯河，一勇直前，圣人岂为之乎？且当方请之时，必思壮鲁君之志气。君忧力不足，则必破其疑，是针锋相对之言。自古权奸必与邻邦之强臣交通和睦，三家势必不从，即不然，以为与己无干，乐于苟安。夫惟不共戴天之仇，如南宋之与金，然后可论理不论势。顾孝宗锐意恢复，终屈于势而止。无向日之良将，国帑又虚，故人但以之责高宗，不责孝宗也。圣人特以纲常不可一日不正，而鲁与齐究非不解之仇，己不秉权，徒付之浩叹。向使鲁君臣以兵付孔子，必有所以胜之之方，不至昧于一往覆军辱国，然孔子请鲁讨之，非请自将也。

程子又云：“必将以其罪上告天子，下告方伯，率与国以讨之。”当时天子为周敬王，无能为，晋则久已失伯，鲁且畔晋，安可往告？吴争伯最强，而夫差方忧越寇，兵不能再出，告之何益？此皆未审时势而为言，陈同甫一流所以笑之也。

胡氏“先发后闻”之说，无论孔子致仕家无藏甲，即有兵权，不告于君而擅兴甲兵，较桓温之拜表辄行更悖矣，何以为孔子？岳飞承金牌之召，或劝之勿班师。飞曰：“此乃飞反，非桧反也。”其明大义如此。考胡氏此言，见于《春秋》“宋公、陈公、卫侯、蔡人、卫人伐郑”之传引孔子此言，继曰：“邻有弑逆，声罪致讨，虽先发后闻可也。”盖指宋陈三国之君移兵以讨州吁为言。然三国之君发则发耳，尚闻之谁乎？如谓孔子宜先发，则孔子之识当不在宋儒之下，何待纷纷议论？果如其言，胡氏父子身列朝班，与金不共戴天之仇，何不先发后闻耶？

天下无两是，此为是即彼为非，然而有并行不悖之道，汤武征诛，夷齐饿死，皆未有非之者。窃尝论之：“五伦首重君臣，一日无君则天下乱，天下不尊君则民不聊生。英雄豪杰负绝人之智勇，可为君用而不可抗君。《春秋》辨名定分，僭者必斥，伪者必诛，所以立天下之大防也。顾天子奉天命，天之立君以为民也，故天子为天吏。为朝廷之吏者，残害于民必黜革。为天吏而残害其民，天亦变易之，故曰汤武革命，顺乎天而应乎人。明乎此，而后知易代之事非人之所为，而天之所定也。愚者不察奸雄欲干天位、草野寇盗肆为不轨，人纪或几乎息矣。有汤武之征诛以救斯民，不可无夷齐之高饿以扶人纪？二义并行不悖。且人可以夷齐为法，而断不可以汤武借口，人心不可不靖，乱源不可不防。从来无道之国，仁者起而诛伐。彼君虽无道，未尝无仗节死义之臣，兴王必从而褒之，书之史册，与日月争光。伐国者为是，死国者亦岂为非哉？立其朝而死为是，伏于野而死亦岂为非哉？有汤武，则为人君者凛天命而不敢肆于上，天下由是而安；有夷齐，则为人臣者畏天常而不敢横于下，天下亦由是而安，皆天理之正，事似相反而义实各得。

孔子请讨陈恒，扶人纪也。或疑当时列国乱臣多矣，定公十三年冬薛弑其君比，哀四年蔡弑其君申，六年齐陈乞弑其君荼，十年齐人弑阳生，何以皆不请讨耶？考年谱，定十三年春郊膰不至，孔子已去鲁矣，至哀十一年，鲁以币召孔子，孔子始归鲁，则前此应讨未讨，以不在鲁故也。阳生被弑，齐以自卒赴于诸侯。不然，岂独讨陈恒而宽薛、蔡、陈乞辈哉？

不观众说，不知朱注之精当。汉儒朴实，“朋”“友”必区分，“乡”“党”必注明，不惮其烦。朱子则以其无关要义，一概删去，阅者耳目一清。汉儒顺文疏义外不多著议论，大意已显，令人自思，此固注书之体，但所解往往落浅近。如“朝闻道”节疏云:“叹世无道，使朝闻世有道则夕死无恨。”“子在川上”节疏云：“见川流迅迈，未尝停止，故叹人往年去，亦复如此。”夫缓须臾无死以观太平，衰世人人有此愿，不必夫子。叹年华之易迈，恨今我之非故，中下之士抚景徘徊每有此语，岂圣人心胸地位？惟示人闻道之宜急，悟化机之无停，何等关系，何等精微广大！汉儒以寻常意思测圣，盖训诂家习气，未窥圣学渊微。朱子则实向圣道体贴，融会儒先之论，而择之务精，约之务简，足开百世屯蒙。嗜古者偏欲据注疏与朱子作难，可怪也。夫世越千载，仅凭文字，朱子所解，安必无误？汉儒亦有得圣人意旨过朱子者，虽后儒所见亦有足为朱子诤臣者，然当论其大概，不必细较量也。譬五岳为名镇，彼雁宕、黄山、峨眉，其幽奇或有五岳不及处，而王者崇祀，未尝以此易彼也。朱注之偶不及检者，武丁至纣九世，非七世；不衣冠而处，讹《说苑》为《家语》；农家者流，讹班固为史迁；灭夏后相乃寒浞，非羿；去鲁司寇适卫，非适齐；戟有枝，戈平头，不得以戈为戟；鹿山兽，麋泽兽，不以大小分。学者可考而知，不必为朱子讳。

《阳货》章，人皆知夫子逊词以对为不恶而严，而记者书法之妙、用意之深则往往忽之矣。新城王余人曰："夫子是天之得意门生，特出难题目试之。"此语最耐人思。夫阳货之不可见，不待夫子而知也。而阳货偏欲见，恐其不为势胁，瞰亡馈豚，夫子亦瞰亡而拜，可谓善于避就。乃归而遇诸途，突出不意，实逼处此。避之不能，近之如何以处？货又狡黠，偏以许多道理话来，拒之则无理，顺之则入其圈套，彼之计得矣。此万难题目，无从着手。夫子轻轻一诺，顺口答之，彼方藏许多机锋，乘隙而发，至此俱无所用矣。譬善为文者，于题位极偪仄处偏能不即不离，游刃有余，阅者安得不为称快？故记者特表之，以为万世法。其书法亦大费经营，两曰"不可"，皆作阳货语，更觉咄咄逼人。

圣人教人婆心，《论语》一书尽矣。随事指示，因人针砭，读者更见记者之细心绘出一夫子。吕新吾曰"夫子是活道"，此语最妙。道无可见，见夫子即见道，生其时、游其门者何幸！而夫子犹惧其求之幽深，谓底里未尽悉也，索之高远，疑密秘未尽宣也，曰"吾无隐乎尔"、曰"天何言哉"，开示尤为切至，吾辈下士亦豁然矣。讲家说此每入禅机，夫圣学非无悟境也，而此则绝不讲悟，教人随处留心，切实体察，岂彼教举拂、竖指之比？或曰："吾辈下士，何敢言圣学？"夫以为不能知，是即自弃，是即圣人所深忧也，吾尝浅观而得矣。今夫善书者专心求书，天地之方圆，万象之变化，所见无非字也。甚至担夫争道，草中蛇斗，人孰留意？而彼得书法。人见为屋漏，而彼见字，人见为钗股，而彼见字。今夫善画者，见夫山水曲折、林木蓊蔚、亭台位置，无非画者，花柳明媚得画景矣，荒寒寂寞亦如画焉，楼阁美人入画，茅庐逸士、破院孤僧亦入画。推之于诗，羁旅愁叹，鸟鸣虫动，凡可惊可喜入耳触目，无非供以诗者。成连学琴，海水汩没，山林眇冥，鸟兽悲号，师不必告之而已恍然矣，琴于是进，夫道亦如是已矣。二三子求道之切，孰谓不如书画琴诗之流耶？自朝廷以至乡党，政刑礼乐制为令典，垂为诗书，灿著于人伦日用，夫子身体力行莫不委曲详悉，莫非道也。于此不体察而别求所为道，别求所为，夫子则无隐者隐矣。夫道不能隐，夫子何尝隐耶？夫子于韶见舜、于琴见文、于梦见周公，道不能隐，夫子如何能隐？然人不尽见舜、文、周，而夫子独见，是则在乎其人矣。夫子，一天也，夫子不以天自居，而以天指示。人日在天中，日在道中，而曰“吾不见天见道”，可乎？顾虑其隐而求诸言，是望道如渴之心，其人可教，今之存此心者寡矣。而高明之士讲此，如禅家棒喝，语入高妙，愈堕云雾，是夫子之心又被若辈埋没，可叹也。惟浅浅指点，人人可解，夫子既无隐矣，何敢曰“吾愚，不足与知哉”？

“子谓子夏”章，此是辨儒，不是辨君子小人。他章君子小人对举，辨心术，此章加以“儒”字，辨品格。夫子万世儒宗，派不可不正，盖恐后世纷纷以儒自命，而不知流为小人儒，故特为子夏指示。其同名殊实，与“古之学者为己，今之学者为人”语意有别。注分为己为人，作文者遂舍本文而泥注，专贴为己为人，混入“为学”章，误矣。夫务博综矜词华，世不乏文人才士，或不得冒名为儒。即诵法先王，佩服诗书，而一节之美，一行之善，其人非小人，实小人儒也。拘守边幅，恪遵绳墨，其人非小人，亦不得为君子儒。何者？拘其迹未知其意，域于偏未极其全。古大儒由谨微慎独以尽性至命，合万物为一体而后足配帝王，参天地。后世名儒明体达用，成就卓卓，皆得孔子一言为的。若专务为人，冒名为儒，品之最下，尽人知之，亦小人儒所不屑，所谓“的然而日亡”耳。子夏必不至此，夫子亦不虑其至此也。

“古之学者为己”章，与“君子求诸己”章亦不同，为学者言则学无殊，而心之所由起则判然。“君子求诸己”章，则泛论君子小人行事或同或不同。如事君君未信，事亲亲未悦，以此类推，皆求诸己；孟子处横逆三自反，皆求诸己，此君子也。小人则富贵待人援引，声名望人揄扬，遇坎坷则怨人之排挤而不知己之无才，遭谤毁则怒人之攻发而不知己之多失，轻重荣辱全倚乎人而多方以弥缝、曲意以周旋。此中并不必言学，作文者何以牵混不清？盖未深心体察也。若古今之学，初无两途，特古期有益于己，成己终以及人；今期有耀于人，徇人遂至失己。究竟及人实以完己之量，非外驰也；失己终无欺人之方，徒日拙也，分于起念之初。君子儒、小人儒与此语意两不相涉，何为泥注？

形似最难辨，如骄泰、矜争、群党、和同、周比，气体心术、处事接物之间，辨于毫芒，判如泾渭。非是，则邪正淆乱，毁誉纷腾，流品为之倒置，在朝则黜陟无凭，而国势盛衰由此分；在野则是非不明，而风俗转移由此判，所系岂浅鲜哉？得夫子之言以为依据，秦镜高悬，何所逃匿？其原不外理欲公私。而作文须字字各还实义，胸有全史，然后可发伟论；历验当前，然后知夫子之言确不可易。

古今显背圣道者不必论，患明属美德而其究害事，自以为是，迷途不返，牢不可破。夫子如大匠操绳墨以度之，或臃肿拳曲，或支节横生，以美材美意而为世诟病，良可惜也。如云“知仁信直勇刚”，非好学则有六蔽；“恭慎勇”，非礼亦不胜其蔽，此万世之标准，君子所当奉为药石。

辨证父乞邻之非直，与辨避兄离母之非廉，以彼伤天伦而不顾，其心专为沽名，故诛其心以明天德。

千载下无不想见夫子光景神情。夫高人奇士，文人皆能描画，夫子如天日之光，如何着笔？即曰夫子所养，太和元气。昔人云“侍程子如坐春风”，以此拟程子可，夫子岂程子比乎？孟子有“泰山岩岩气象”，以此拟孟子可，夫子岂孟子比乎？两者俱穷于拟议，或疑颜子近之。颜子若愚，后世黄叔度所谓颜子也，见之者爽然自失，第曰“汪汪若千顷陂，澄之不清，挠之不浊”，未足以拟夫子也。何以拟之？曰“温而厉，威而不猛，恭而安”，是为夫子写照。子夏曰“君子有三变”，是细细白描。子贡曰“夫子温、良、恭、俭、让以得之”，浑写而自细致。非亲见圣人，非智足知圣，何能及此？然诸贤为夫子传神，而慰后学无穷矣。

“子路遇丈人”一章，作意绘出一隐者萧然物外。读《高士传》止“至则行矣”句，使人可望不可即。在《论语》则以子路之言为主，独是行矣无人，子路岂咄咄向空独语？又岂语彼四邻耶？所以多疑之者。或移“见其二子焉”于“至则行矣”下，章法似如此乃完。盖夜间见其二子为赘，丈人行，非全家出也，故子路语其二子。如谓丈人逆料子路之必反，故携家避之，无论太矫情，亦觉无谓。设使子路不返，丈人此举不可笑乎？明人作“至则行矣”，谓丈人并无机心，适然而行，更觉其高。

《论语》之书，明白显易，求之高深而意晦，滞于字句意亦晦。如“中人以上”节，语意明切，注谓“教人者，当随其高下而告语之”，赵鹿泉作此题自记云：“天下中人为多，中人向上，则可语上；中人下流，则不可语上。‘以’字是活字。若谓中人以上之资始可语上，中人以下之资即不可语上，彼不上不下之中人，将何以语之乎？”其论甚辨。窃谓注意固未尽，赵氏之言亦未敢以为的也。夫中人以上以下，是现成语，非用力字，朱子指天资言，甚是。而夫子立言之意，则不徒教不躐等也。凡学者无不欲闻性天，及门诸贤皆向上之人，何至有下流者？独是中人以上是上智，上智不恒有，可以语上者难其人；中人以下是下愚，语上无益。然则无可语上也，何以语之？曰：“语下而已。”庸言庸行，必谨必信，终身勉勉，不必语上，而上在其中。夫惟中人以上可语上，则中人之不可语上明矣。乃曰：“中人以下，不可语上。”则中人以下者只可语下，而中人之惟可语下亦明矣。若但云“中人不可语上”，则遗漏中人以下，是中人可语下，下于中人者并不足语下，绝之太甚矣。几层曲折，三四语包括，省却无数笔墨，于是叹记者之高简，而夫子善诱之术、不倦之怀尽传出矣，岂惟教不躐等已哉！

明镜无形，故无遁形，形去镜空，无纤毫遗迹。“吾有知乎哉？”心体渊然，鄙夫来问，空空如也，夫子亦空空如也，竭其两端，吾心何有？缪协云“名由迹生，故知从事显”，最得真诠。或云：“如此说似禅矣。”夫人同此心，非禅家别有一心。夫子心纯乎天，天至虚而至实，因物付物，以此为禅者并不知禅。舜居深山之中，异于深山之野人者几希，野人空空如也，舜亦空空如也。及其闻一善言、见一善行，沛然江河之莫御，孟子妙于形容舜心。夫子虽是谦词，心境本自如是，观无意、无必、无固、无我可见。或谓均是空空也，鄙夫野人终究蠢愚，而圣人独穷神尽变，何以迥异？曰：“鄙夫野人如童子之不识不知，圣人则大人不失赤子之心者也。第一等天资，第一等学问，乃克造此，安得相同？且人见为神变，圣人只率其常而已。如舜与孔子所遇虽殊，事有万端，要不过忠孝为本，仁义为务，随事察理，岂有异术哉？”

生死，昼夜也；鬼神，阴阳也。有生不能无死，有人则必有鬼神。惑于生死，吐纳金丹之说兴矣；惑于鬼神，祈祷祭祀之事繁矣。以生死为幻，旷达之士借以排遣，不知已负此生；以鬼神为无，迂腐之流冒充道学，究竟不能成人。夫子教以知死先知生，生而不愧，即死而有灵；教以事鬼先事人，无忝君父，即可格帝天。夫天下事，莫切于现在。吾现在有生方长，不求尽所以生之理，而徒求知死，何为乎？吾现在与人相接，不求尽所以对人之理，而欲知鬼神，何为乎？有岳降钟灵而生，其生关天下之治乱，其死亦关世道之盛衰，生为人，死亦为神。亦有悠忽颓靡以生，其生与鹿豕无异，其死与草木同腐，生无益于人，死即化为鬼。多方以养生，声色货利之是务，资其生，所以速其死也；多方以媚鬼，妖幻邪魅之并作，鬼所喜，神所恶也。谓生而死，死复生，此轮回因果之说，世亦间有，所以警愚人，圣贤不屑道也，全其生，而死不足惧；国将兴听于人，国将亡听于神，此成败祸福之机，士庶亦同此也，全乎人，而鬼不能干。有强梁之人，死于刀兵水火，其鬼犹雄，究不如贞魂烈魄，与日月争光，与山川增色；有自然之神，宰乎风云雷露，人赖以生，究感乎忠臣孝子，幽冥为之助，馨香为之格。气化之聚，不能不生，何以芸生尽死？有可以不死者与？天地悠久，此不存乎死也，死后悔之晚矣。精气之散，不能不死，何以济人之生？惟农桑礼乐。神依人而行，人不借神而治也，徒于鬼神求之，愚矣！不必告以死之道，知生即知死也；不必告以事鬼神之道，事人即以事鬼神也。贸然以生，即贸然以死；得罪于人，难求恕于神。死即近于鬼神，鬼神之聪明，正直人或不如；生不接乎鬼神，人之刚果精诚，鬼神犹避。人有方生而奄奄如死人者，尸居余气，鬼神夺其魄也；人有虽死而凛凛有生气者，大节不朽，鬼神为之泣也。有为无生之学者，不能不死，其死也，悠然而逝，究为灵鬼而已，然惟生前明心见性，乃能坐化；有为长生之学者，不能不死，其死也，蜕形而去，全其元神而已，亦惟生配合坎离，乃克飞升。有谓读书可不死乎？不知圣门求仁即不死之道，故不求生以害仁。有谓鬼神必常祭乎？不知暗室屋漏皆对神之时，故不及病始请祷。小人不畏刑法而畏鬼神，不知陷于罪，未见刀山鼎镬而桎梏已及之矣；小人不敬父母而敬鬼神，不知忤其亲，虽陈羊豕纸钱而幽冥已殛之矣。谓生可恋，死可怖，不知石火电光、蜉蝣身世，二氏所以笑也；谓生足重，死足轻，不知结缨不乱、易箦乃安，吾儒所以勉也。拾木石而跪拜之，或有灵验，非鬼神而似鬼神，妖由人兴也；知其人之德不足，遇淫昏而屏斥之，遂绝声响，似鬼神究非鬼神，邪不胜正也。知其人之中有主，得夫子之言至切至实，纷纷之论可息矣。

自张横渠谓鬼神二气之良能，于是儒者动斥鬼神之妄。夫阴阳者，气化也，气化自气化，鬼神自鬼神，鬼神不能出气化之外，而不能以气化作鬼神。人为阳，鬼神为阴，如横渠言鬼神已兼阴阳，夫子何以人与鬼神对举？天神地示，举神可以该示，举神不能以该鬼。日星风雷天神，社稷山川地示，地示亦可称神。人死为鬼，故祀诸宗庙，亦有为神者，《祭法》“有功德于民则祀之”，如烈山氏与后稷是也，《月令》之五帝，太皞、少皞是也。横渠疾世以妖妄为鬼神，乃以鬼神归二气，此偏见也，古无此解。朱子注《中庸》“鬼神之为德”，亦引其说，不知彼指祭祀之鬼神，明言斋戒盛服以承祭祀，与二气何涉？试思阴阳自能升降，岂有鬼神司之？宋儒谓祭时祖先之神气聚，祭毕复散，与无鬼之论相去几何？此亦人所难信者矣。

蘧伯玉无道卷怀，注以“孙、宁放弑之谋，不对而出”为证。越境乃免之说，春秋人托之孔子，宣孟之罪，人所共知。全谢山以为陈文子之去他邦、蘧伯玉之出近关，皆为此说所惑。夫陈文子无论已，伯玉贤者，尤当急辨。为人臣者，遇国难即走免，君何赖焉？以此为训，将明哲保身之说为害于世不浅。全谢山云：“伯玉位在庶寮，其力固不足以诛孙、宁。即其地亦非能通密勿、有闻即可入告者，故凡责伯玉以不讨贼、不死节，皆属不知世务之言。伯玉所处不能讨贼，亦不必定死节也。唯是伐国不问仁人，则闻孙、宁之谋而去，固义所宜。而既去而即返，则义稍未安。盖父母之邦虽不忍弃，而与乱臣贼子比肩旅进，则君子宁弃父母之邦而不居矣，即令返，亦何可以再仕？吾伤伯玉之贤，生遭乱世，所遇大故不一而足，视其君之出入生杀如弈棋，而乃以近关之出为定算，祸作而去，祸止而返，仍浮沉于鸱鸮梼杌之群，以是为洁身，则似于义固有憾也。”或云史鱼、伯玉并论，史鱼荐伯玉，灵公无道，善其言而用之不终，伯玉不肯苟禄而退，此卷怀之实，不指避孙、宁之乱，最为得旨。论古人，有即一事而断者，必牵合平生往往有碍，不必因朱子之言遂不敢措一词也。

“不撤姜食”，注云：“通神明。”子所以通神明者在心，不恃姜也。或谓性所独嗜如羊枣之类，似也。夫蜀人食椒，每饭不撤，北方食葱蒜，每饭不撤，土俗习惯也。夫子北方人，恶葱蒜荤浊，惟姜味清，故喜食如葱蒜，然深求之便非。以其可通神明遂不撤，则迂执。

夫子不轻许人以仁，楚令尹子文、齐陈文子不许以仁，固也，及门如仲弓、子路、子贡、公西华，皆不许以仁，独许管仲哉？世有器小不知礼而可为仁者乎？程子谓桓公兄、子纠弟，若桓弟纠兄则仲与桓不同世之仇，计其后功而与其事桓，圣人之言无乃害义、启不忠之乱乎？此未审其实，第据《汉书》薄昭之言“齐桓杀其弟以返国”，其实桓公弟也。《公羊》《穀梁》于桓公之入曰篡，曰不让，荀子云“桓公杀兄以争国”，《韩非子》“桓公争国而杀其兄”，其人皆在汉前，所闻较确。薄昭第借以责淮南王耳，不足凭，故杜预注《左传》不从其说。论者比管仲于魏徵，亦未得当。魏徵辅建成，建成，太子也。太宗杀适夺国，当时高祖犹在而悍然为此，不孝不弟不臣非桓公比，则为之臣者，不同于管仲。夫纠、桓均非太子，均无父命，其争入如逐鹿，捷足者先得，得者为君，则齐国皆其臣矣。又或比之盗入其家，夺其田庐资财，为之妻者转而事盗，为之事舅姑、营家计，足称健妇，而名节不可问矣。论亦未允，何耶？敌国灭其社稷，为之臣者忘其不共戴天而返颜事仇，此可比之盗入其室，桓与纠则一家兄弟未分田产之人，乌可以盗论？兄弟之家奴，主有仇隙而奴忽易主，未可以畔论，与唐太宗之兄弟名分不同，则责管仲固宜从宽，不在孰为兄孰为弟也。程子但以兄弟科罪，殊难定狱。或谓《论语》上部皆卑管仲，鲁之弟子所记也，下部皆誉管仲，齐之弟子所记也，齐人知管仲、晏子而已，故借圣言以为重，论似有理。窃谓仁有全体之仁，尧舜周孔是也；有一时之仁，“三月不违，日月至焉”是也；有一节一事之仁，管仲是也。受其惠者，固不必议其节而诵其德，此亦情理之平。在后世持衡，自当别有论断，与夫子在春秋时不同，盖夫子亦被其德而后人则无与也。不知识者以为何如？

楚君欲以书社七百里封孔子，子西阻之而止。夫封以书社者将以为大臣，非裂土而封之使为君也。为君，则颜子为相，子路为将，诚莫与敌。若任以国政，不过食其邑之所入，何虑为患？且楚王果信二子之贤，用颜子为大夫，子路为干城，国将益强，何虑之有？子西有才识，何至为此言？楚君岂信之？此与尼溪之阻，前人皆疑之，谓不足据。

夫子请讨陈恒，所以明大义也。三家骎骎乎有化家为国之意，请讨陈恒，使三家知弑君之贼，人得而诛，虽请老之臣犹愿兴师，积弱之鲁犹可抗敌，庶心有所警惕耳。此言外之意，实可备一说。

夫子娶并官氏，后人偶误书“开官”，遂沿而不改，古书作“并”。十九岁即生伯鱼，未闻夫子续娶，何以有出妻之事？伯鱼卒时年已五十，妻年必相若，而云卒后改嫁，夫将就木之人，发颁白矣，又非无子，上有衰翁，以诗礼之家而出此乎？夫子岂竟听之乎？可知非三世出妻。后世汉废后郭氏、唐废后王氏、宋废后孟氏、明废后胡氏，书之史册，皆以为讥，岂圣人家蹈此失耶？此语惟见于《檀弓》，《檀弓》传述多不可信。季武子卒，“曾点倚其门而歌”，是时点方童稚，何得造公卿之门？又吴太宰嚭、陈行人仪乃颠倒之，系嚭于陈，系仪于吴，缪矣。后人乃疑“太宰问于子贡”，疑其为吴为陈，不知子贡常与太宰嚭问答，陈固无太宰之官也，皆为《檀弓》所误，不可不辨。

有尊注疏者，“子贡论贫富”章引《诗》“如切如磋，如琢如磨”，谓当从古注“骨曰切，角曰磋，玉曰琢，石曰磨”，而以朱子“既切而复磋之，既琢而复磨之”为失本义。夫板列四项与子贡悟诗之意何涉？且骨何尝不磋？玉何尝不磨？四项语似平分而义实互贯，朱子之解甚精而拘古注者迂也。郑注本云“珠曰切”，珠而切之，天下未有此愚人。《尔雅》“骨，谓之切”，郑司农盖读《尔雅》误字之本，遂沿为“珠”字而不察，学者究不从，理未确也。奈何贵古贱今，必以注疏训诂为是而不于义理求当，则亦好异之过耳。

季文子三思宜无失矣，而其事多悖，朱子谓思多而私意起也。黄东发曰：“行父怨归父之谋去三家，至扫四大夫之兵以攻齐。方公子遂弑君立宣公，行父不能讨，反为之再如齐纳赂焉。又帅师城莒之诸、郓二邑以自封植，其为妾马金玉也多矣。是亦公孙弘之布被、王莽之谦恭也，然则小廉乃大不忠之饰乎？”

子夏在圣门，所谓笃信谨守者，似乎细行必矜，而于大者未甚着意，乃其言曰“大德不逾闲，小德出入可也”，则知所见远大，与后儒所论不同。乃谓其言有弊，甚矣，持论之苛也！大小应无不谨，此何待言？以是立言，谓之赘。子夏见世人修边幅，谨细行，而大德全不照顾，故以此开悟提撕。虽然，逾不逾其闲正自有辨。谓大德不决裂，便是不逾，言之太易太轻。不忠孝，堕廉隅，失信义，然后谓之逾。彼庸人之拘拘自守，遂谓之不逾，可乎？此正所谓谨小德而逾大闲者矣。闲之外一步不可越，试问闲之内曾尽否？虽未能毫发无憾，果大段无愧否？若犹未能，是终身立闲之外，更何论逾不逾？大德果甚决裂，将为千古罪人，何待子夏始知其不可？惟忠孝节义可为楷模，其仪文不备检点，偶疏无关于品概也。亦非居心疏脱，总是重其大者，略其细，如居官然。大纲既举，利兴弊革，至簿书期会之偶失，不足责耳。弥缝掩饰，虽无玷官箴，而实为旷职。看书略粗心，于理便说不去。

圣人非终日聚徒高谈性命也，作人、处世、保身、保家，无一不谆谆告戒。如“饱食终日，无所用心”为懒惰人下针砭，“群居终日，言不及义”为嬉游人作箴规，皆亲切指示，非有深义微言费人思索。不解作文者一题到手，头巾话满纸，如“群居终日，言不及义”在在有之，破落子弟、游手好闲、乡党恶少、世家纨袴无不俱在其内。或酒楼茶肆、赌场妓馆，或空闲幽僻之地，呼朋引类，穷日累月，家荡败，身饿殍，末流无所不至，故一言概之，曰“难”。其间相聚，或空谈，或但事恶谑俳谐，学塾有之，甚至士大夫亦有之，当局诩诩得意，朋侪此倡彼和，稍迂谨者目为怪物，而作文者方以金兰性命等语作，反于立言之意毫不相关，阅之令人思卧。

“信而后谏”，是教人谏，非教人不谏也。如畏君以为谤己，遂缄口不言，则保妻子、全躯命之庸臣皆能之，尚待夫子代为之虑乎？彼箕、比未信而谏，一囚一死，非愚人乎？夫子何为许以仁？子告子路曰“勿欺也，而犯之”，是己先勿欺而后君信己。不自信而漫冀君之信，可乎？此章亦责备为臣先自信，以期上下相孚。夫谏，非沽直也，必有益于君，必有济于国。若不信而谏，或至贬斥，己博敢谏之名，君受拂谏之谤，臣心何安？且言既不从，虽有素为君信者亦不敢复撄君怒，是以谏塞言路矣，夫子深以为戒。后世矫激之辈不计言之行不行，但以谏疏耸听，甚而朋党欢哗，甘拼死以邀声誉，人君厌之，国事因而败坏。如明之争国本，谏夺情，其论何尝不正？而哓哓无已，祸延缙绅，可惧也。宋青苗法固由王安石坚僻，而识者云“亦半由吾辈激成之”，信夫！

子夏之门人当洒扫应对进退，子游讥之，以其逐于末也。后人多以子夏为笃实拘谨，然教授西河，弟子甚众，其尤异者，年最高、教最广如后来之庄周，所著《庄子》放浪旷达，使人狂惑；荀卿所著书，以礼为伪，语更缪。故后世大儒多以小学为本而可轻议乎？圣门聪明莫如颜子，次子贡，笃实莫如曾子，次则子夏。曾子得夫子之传而子夏亦大宗也，然则入道固莫如笃实乎？记《论语》者亦诸子门人，似闻道者而姓名不传，惜哉！

后人论人甚刻，圣人论人最恕。人有一事之善，必摘其全体之不善；人有全体之善，必摘其一事之不善，而天下无完人矣，圣人不然。如陈文子于崔杼行弑，盖早知之；父子在朝坐观祸败，徒喜得庆氏之木百车，其不清甚矣；去国亦不久即返，偶尔避祸，并非洁己，后儒宜何如斥责？夫子皆不深究，但就所问而答，何其宽恕！然终不许以仁，何其谨严！此圣人之所以难学也。

凡事仰而企之难，俯而就之易。夫子中行之外，便思狂者。狂者天资高明，非狷者所及。狷者谨守而已，狂者则俯视一切：有天地为庐，八荒为闼胸襟；有豫章翻风，鲸鱼跋浪气概。任天而动，边幅所不修也；率性而行，绳检所不屑也。视千金如唾涕，视王侯若蝼蚁，疾俗若仇，古贤为伍，此是何等人物！然而夫子曰:“古之狂也肆，今之狂也荡。”狂者不可得，非狂而冒为狂者更可恶。世俗惮礼法之士，稍迂谨则共相菲薄，于是乎皆思妄附于狂。佻达之子衿，骄倨之纨袴，恶少气习，乡愿心术，无不猖狂自恣，形骸放浪，言语俳谐，以逾越闲检为高明，以轻侮老成为得意，其实心怀贪鄙，志趋污下，世人不识，目之曰:“此狂者也。”彼亦俨然自命，曰:“吾狂者也。”是盖狷者所痛恶而深斥者，犹诩诩矜重，狂澜莫挽，为害非浅，岂狂者果如是乎？非夫子为之辨别，狂之实没于天下久矣。甚矣，圣人有功万世也！

子游习礼，曰:“丧致乎哀而止。”宋儒以为其言有弊。夫子曰:“丧，与其易也，宁戚。”“与其哀不足而礼有余也，不若礼不足而哀有余也”，亦是此意。然则夫子之言亦有弊乎？说者谓病在“而止”二字，若此外不必讲者。此不善会语意也。当时文胜，专习仪文，全无天性，故子游为救时之语，大声疾呼。果从其言，其仪文自不患不足，何弊之有？昔夫子戒子路急行，虽不急，必不至于缓；戒冉子缓行，虽甚急，必不至于迫。又如利下非极猛烈之剂不可，大补非极温热之剂不可，信宋儒言无论何病俱服和平之剂，岂有当乎？

朝廷典礼，每代各有定制，不患不遵。若乡间士庶通行冠婚丧祭，冠礼久亡，无甚害义，婚礼各从其俗，亦可任之，独丧礼之失为大。人本乎亲，无贵贱，一也。古者丧居寝外之庐，三年不入内，不御酒肉，不通庆吊，一切人事俱废，故宰我欲短丧，以为三年不为礼乐必崩坏，不知此正礼之大者，其余俱可不论。汉文帝短丧，为后世所讥，不知文帝欲身后臣民以日易月，非自己短丧也，何得为千古罪人？盖古礼于君丧三年不嫁娶、禁音乐并饮宴等事，昔仅畿内。及天下一统，遂遍四海。文帝慈仁，不欲一己苦臣民，而不意后之嗣君遂人人短丧也。魏孝文欲复三年丧，其臣苦谏遂止，予深恨之。

有命在天者无如何，而在己者必当修，朱子解之尽矣。胡氏谓“四海之内皆兄弟”有语病，则未审语意。司马牛有兄弟而忧无兄弟者，忧其不类也。子夏谓仍是自己，有未尽处。果能恭敬，虽非兄弟，可使亲如兄弟，况本同气者乎？语作跌宕之势，非以四海之人为兄弟也。若以他人为兄弟，何足解司马牛之忧？句外有句，句中有句，虽圣人亦不过听其在天，尽其在人，其言可谓无弊，胡氏议之，未为知言。

禹、稷躬稼而有天下，或谓禹未尝躬，系带说。《书》曰“暨稷播，奏庶艰食鲜食。懋迁有无化居。蒸民乃粒”，《山海经》“广都之野，有后稷之迹”，盖尝与禹偕行也，故以躬稼并称。

圣贤相与甚真，绝不周旋门面。冉求聚敛，宰我短丧，在后世所深讳，而大书特书以示千秋，不避怨嫌、不护前辈若是。然而二子在圣门亦高弟，曾不因是贬屈，圣人教人宽，古人责人恕也。使生后世，将有议其不可入孔庙者。有人谓宰我之欲短三年丧也，不惜冒不韪之名求圣人阐发大义，有功万世，则又别具眼力。明乎此，古人无事回护，后人不可妄逞议论。

王伯厚曰“蘧伯玉年最高，后人乃列诸弟子”，非也。按，襄公十四年，孙、宁以逐君事问伯玉，其时已为逆臣所惮。后八年，夫子乃生。又后六十年为定之十四年，夫子去鲁适卫，始主伯玉家，时伯玉已百余年矣。蔡邕云“蘧瑗保生”，此乃长生之证。如此高年，夫子安肯以为弟子？

《论语》书法，门弟子如“子贡问政”“仲弓问仁”，不特书问于孔子，内之也。“叶公语孔子曰”“微生亩谓孔子曰”，皆系外人，故外之。“季康子问政于孔子”“患盗，问于孔子”，亦外之，别于及门也。“南宫适问于孔子”，从季康子之例，其非及门可知。注谓即南容，毛西河以为两人。按，容为南宫縚，则适另是一人。安有谨慎如容而载宝以朝者？将“有道不废，无道免刑戮”之谓何？

旧说虞仲即仲雍。按，太伯在吴为君，无子，故仲雍继立，安有君而可谓之逸民者？武王有天下，因吴已有周章为君，奉太伯之祀，乃立其弟仲封于虞。即虞芮质成之虞，其国已灭，故封于此。虞仲乃仲雍之曾孙，上有季简叔达，其祖父也。《汉书·古今人表》曰“武王未克商前有中雍，古‘仲’‘中’通用。既克商后有虞仲”，是明为两人。若果为太伯之弟，则逸民何以不列太伯，又不序在夷齐之上？

孟庄子不改其父之臣与父之政，讲章不能指实。偶指一二，亦未的。鄱阳周国玠参订最详，亦最有关系。其言曰：襄公十一年，季武子作三军，三分公室而各有其一，此臣与政新立之章程而孟献称贤之实迹也。季武子擅鲁，分得人民使尽为臣。叔孙穆子贤，较武子减其半，不臣父兄但臣子弟。惟孟献子则尤贤，又对减而臣子弟之半，于其役邑之入四而取一，仍以其三还公。公室后此不备三耦，倘非贤大夫损己益上，则臣皆私家之臣，政皆私家之政，而公室第孑焉一公耳。分室以后，各赋其民，遇有军旅之事，各以其所入供军。孟氏所入无多，以寡弱而当一军，上之不敢病君，下之不忍病民，而外之又不敢误军国，非社稷臣，其曷克胜此？襄十九年秋，献子卒，庄子立。先是十六年，庄子曾退齐师塞海陉，十八年伐雍门斩楢木，素以勇闻，故其新立之次年春即令其会莒盟向，是年秋又令其帅师伐邾。其时命令出自季武，以孺子在亲丧之中而频频委以疆场，是较之献子在日事更殷烦。倘其时调度不给，将其臣其政从而改变章程，亦自有说。而孟庄子仍然守先大夫半臣子弟之遗规，凛不畜聚敛之切戒，况所役使之臣依然是四而取一之臣，所征敛之政依然是四而取一之政，制节谨度而宏济于艰，非其天性过人，本孝德以作忠，何由安内而靖外耶？呜乎难哉，孟献子有贤子矣！有子能继美，而先世因之益显也。惜乎其年不永，远不及于乃父，凡四年遂卒，天之报答善人何如哉！夫子特表而称之，以为世族法。惟时曾子闻孝生慕，谨志之弗忘也。慕庄子之孝，正以慕献子之贤也。庄子死，季武遂肆行无忌，背僖闳之盟，忘五父之诅，昭五年四分公室，皆尽征之，而献子之遗臣遗政悉行变改矣。民去其上，君无寸柄，所以至于失位奔亡，其由来者渐也。从后追溯，求如向之父子济美，翊戴公室，何能复觏哉？

八士，或谓文王时人，或谓成王时人，或谓宣王时人。杨升庵本郑康成，定为成王时人，以为《汲冢周书》“南宫忽振鹿台之财，南宫百达、史佚迁九鼎三巫”，谓《尚书》有南宫适，则南宫忽疑即仲忽、百达疑即伯达也。但《逸周书》多不可信，如克商俘宝玉之多、王会贡异物之多，皆非圣王所为，安知非因《论语》之言而影响附会？谓为文王时人者，《论语经说释疑》云“《晋语》胥臣曰：‘文王即位，询于八虞’”，贾氏注：“周八氏俱为虞官。”《逸周书》所载姓名偶同，未见兄弟有八。书南宫一人，其七人无闻。如八虞即南宫氏，何胥臣于“询于八虞”下又曰“谋于南宫”？明明分为二矣。八士有名无氏，不能定其为南宫也，则当为文王时人？马融、刘向以为宣王时人，不知所据。书缺有间，纷如聚讼。夫曰士，则无官爵可知。彼南宫适，开国勋臣，固未可以士概之。散财迁鼎，皆奉简命，亦难以士论。若八虞，似非达官，然无姓名可考，岂遂援以为据？惟弟兄八人皆士，又皆孪生，为希世罕有。纪曰“周有”，与“殷有”遥遥相对，是十乱之外又有才如此，岂非气运之隆、培植之厚？纪曰“周有”，固不必泥定为何王之朝矣。《周书·武寤解》“尹氏八士”、《和寤解》“王乃厉翼于尹氏八士”，则八士为尹氏，武王时人。

自古妖淫之妇，每有过人才智，如汉之吕后、唐之武后皆能制服将相，笼络贤豪。卫之南子，能夜闻车声知伯玉，其论有儒者所不及，故仰慕圣人，必欲一见，此亦妇女中卓识过列国诸君远矣。度其时，夫子必力辞而不获已。夫不磷不缁，子路久信夫子，何至疑其见污？亦断不谓夫子借以进身，特恐夫子以正名之说进而南子听之，俨然国母，孰敢拒？又恐以重位授之，则不利于卫君；又恐因缘干进之人，借孔子为口实。其不悦非一端，非后人所能臆测。王伯厚以“否”为“否塞”之“否”，言“吾之所以否塞者，原天意之扼我”，见必不用于卫，则勿容多虑之意亦在言外。韩昌黎解《论语》亦如此，其说较浑。若指天盟誓，未免太浅。第“矢之”二字，解谓直告之词，亦属迁就，朱子所以不从也。

子张问政，夫子告之独详。记者谓夫子得邦家，举而措之如是耳。夫为政莫不欲兴利除害，果知为美孰不尊？果知为恶孰不屏？乃以为美而行，不胜其弊，美遂不敢行矣；不以为恶而行之，实入于恶，恶乃终不解矣。古来知其一不知其二，为患于天下，胡可胜言？用“而不”两字一折，美者全美。加以“尊”字，盈廷异议不得而摇。用“谓之”二字，言原非恶意，不善行之，即加以恶名而难辞，故须亟于屏之。圣人之言有进一层、曲一层者，此类是也。学者粗心看之，觉语似平常、事似容易，作文但以兴利除害宽皮大话了之，孤负圣教多矣。

不独性兼理气，即命亦兼理气。理随气赋，数即寓焉，知有理即当尽理，知有数即当听数。庸人以命为不可信，行险儌幸，无所不为，不知命之有定，徒费其心，败其品行，究何益焉？又或深信不疑，谓数不可逃，颓靡一无所为，不知人事尽而后可言天命。不受命者，不知命之有数；不尽命者，不知命之有理，皆不可为君子。然而数，渺茫难测者也；理，切实可据者也。惟其难测，人遂横骛不由正路。侥幸而得，自归其营谋之功，他人亦争相效尤。而人心险，世风坏，名节为之扫地，不知冥冥中有阴为限制，何终身不悟也？若谓数已早定，谓命不应死，遂可蹈汤赴火乎？谓命不应饥寒，农遂可不耕、女遂可不织乎？图富贵而得富贵者固少，即得亦属乎应得；图苟免而得苟免者固有，即苟免亦属应免。然而不循乎理，富贵而贻臭，不如贫贱之流芳；生而腆颜，不如死而烈烈。自古豪杰困于遭遇不可胜数，而奋志自立，彪炳天壤，啬其遇，天难与抗；丰其德，天不之禁。且非独不禁之已也，挫之辱之，正所以成就之，以观其人能受与否。彼忠臣孝子义夫节妇，困极百死一生，诚至或可格天，是命犹可挽也，理极而数随之也。势无如何，或关国运，或关家运，不徒一人之盛衰，虽鬼神哀悯敬重而之死靡他，莫能相救，是命无可违也，数定而理随之也。然而数虽定，理终不为数制。圣贤撑柱天地，比干之诛，夷齐之饿，正以死为立命，故得失存亡皆有命。而君子不谓命，吾尽其切实可据者，我已无负乎命而渺茫则听之，故遇不遇，孔子曰有命。虽终身皇皇而无所遇，人谓其命穷，不知天将命之为万世师，不命之为一时相。惟孔子惟能受命，亦惟孔子惟能尽命。孔子犹不能抗命，况他人乎？孔子能尽命而受报无穷，人亦何不自立命乎？鲁《论》以此殿全书，前历叙帝王之道，孔子有其道而无其遇，而尽性至命，为功万世，则君子人人可法也。

《论语》表圣言，以为万世法也。尊圣者曰“配天”，曰“生民未有”，曰“如天不可阶而升”，诚哉，千古一人矣！然而开章曰“学”，曰“时习”，曰“吾十有五而志于学”，曰“不如丘之好学”，其为学则下学。其德则智仁勇曰“未能”，君臣、父子、兄弟、朋友曰“未能”。论智推大舜，不曰聪明天亶，而称其好问好察。仁举颜渊，不曰三月不违，而称其服膺一善。子路问勇，既屏血气之粗，虽拔山盖世，不足言矣。又不贵坚忍一流，以退为进之说，不足道矣。所勉者庸言庸行而坚确不移，然后知《大学》《中庸》之道固自人人可为。志者志此，习者习此，以为无阶，此即阶也，明白切实。存心曰忠，待物以恕，并非有奇行异能，示人不测，道在迩，事在易。程朱但讲下学，所以能见圣人实际。释老之说愈高愈虚，愈深愈幻。后世高明之士，尊之以为出于圣道之上，将使天下舍人事而求性命，显背圣道而驰，程朱所以力排之也。彼佛老何尝无真传？何尝不高出流俗？独是圣道如布帛菽粟，一日不可离。释老如江瑶柱，初食之美，多食则发风动气，欲天下人皆觅此以养生，难矣，难矣！

张禹与胡广并讥，独能表章《论语》，删其烦惑以授汉成帝，其功可百世祀也。郑康成参考鲁《论》、齐《论》合为一，后人遂不见原本，是可憾也。袁子才以《论语》

上部为鲁《论》，下部为齐《论》，辨之于言语词气间，似可据，亦前贤所未发也。大抵古人文字不可轻改，如《大学》“亲民”义足，改作“新”，则理落一偏。疏食菜羹“瓜”改为“必”，于义无加，而于文则拙。“不至于谷”，袁氏引“邦有道”“邦无道”，皆以“谷”为“耻”。学仅三年，即不至于谷，为难得，其义较改“志”字为长。周国玠讲“必有寝衣”节甚明，不必移动。他如“互乡”章“与其进”节，不必更动。《大学》“格物”节未尝亡，不必补。古本《大学》多谓不可废。读书宜体会白文，不必泥旧说。

读书绪论　卷二

“止至善”，说者以为自修必如孔子、致治必如尧舜，此谬论也。孔子尧舜岂自以为可止？自以为可止，何以为孔子尧舜？误在将“至”字看作穷极善量，无以复加。不知“止”字如射箭，望的而发，得中红心为妙。夫的，或五十步百步不等，要以中为主，非谓千里万里乃为至极也。在心未发为中，在理以至当为中。中即至善，得者得此，止者止此，彼善之量无穷，何以知其所止？知“止”为入手功夫，“至善”性中自具，知此则心不妄，无游思，故能定。

明道改古本《大学》，伊川又改之，朱子又补《格物》一篇，后遂议论纷起。说者谓“壹是皆以修身为本”，圣经止此，后即注语，亦未见其必然。然古本《大学》“其所厚者”三句下接“此谓知本，此谓知之至也”，简明之极，可见“物”即物有本末之“物”，非泛指也。朱子于《四书》诸经，扫尽汉唐注疏一切制度名物而独揭精意，是朱子亦以物不必逐逐考究矣。后人乃专务训诂讲章，而自诩尊朱注，可乎？或曰本末亦易知，何即谓知之至？知此何即能诚意？恐无此捷法。夫至者，非穷极之谓，凡合当然即谓至。如至善，亦非穷极善之量，谓如是恰好便无加。人讲“至”字多误，知至而后意可诚，非谓知至即意诚。如修身乃可齐家，齐家乃可治国，岂一修便齐、一齐便治乎？“而后”蝉联，非合并也。顾理则有序，事则并行，非修身全不顾家、齐家全不顾国也。必加“而后”字者，为急效者下药，言不修身而欲家齐不可得，不齐家而欲国治不可得。全节皆如此，分看合看，岂执一端可尽乎？

以“格”为捍格外物，司马公之论，朱子力驳之，王阳明宗之，至今两家之争未息也。若夫近而知意、心、身，外而家、国、天下，朱子论格物亦尝言之，但未指明即物有本末之物耳，明王心斋乃力主此说。心斋、阳明一路人，而论此则独出意见，先儒不苟雷同如此。夫子尝言“博学于文”，四教以文为先，朱子盖本此立言。然尧舜之智而不遍物，程子亦谓不必尽穷天下之理，且子贡以夫子为多学而识，旋以为非，其故可识矣。朱子断非玩物丧志，特云即凡天下之物而穷其理，以求至乎其极，则天下之人老死亦不能穷。后半功夫正多，何暇复及也，果有心圣学，则捍格外物亦是捷径。随物体察以求本原，道亦无处不在。由本及末，千圣一辙，不必沾沾字句求胜。圣经无义不包，先儒均可为法。后来尊朱子者非阳明，尊阳明者非朱子，均可不必。

《大学》一书，示人以规模次第，细入无间，大涵民物，无一或遗。传者逐一阐发，其要紧着力处切为指示，其难以言尽处但引诗指点，令人想象，而得体会无穷理境，如镜花水月，光明透彻，而处处脚踏实地，无可讨巧。后人解书多训诂气，语多滞相，又或治丝而棼，缴绕不明，非切实用功与夫具解悟之识者，未易言也。朱子何等聪明，何等精细，乃补《格物》一章，频频效之而终不能，不得已，仍为训诂之体，遂致众喙纷起，然后叹古今人之不相及也。

“平天下”章，讲章以理财、用人并列，其说谬妄，久亦渐知其非矣。顾国家之亡，未有不由于财匮，财匮未有不聚敛，聚敛未有不速其亡，宋明其较著也。《大学》于末节反覆痛切言之，可为千秋金鉴。然于时势危急而高谈正心诚意，人君未有不厌，同列未有不挤。虽知其弊而无术以救，与不知同。察财所由匮，或其先穷兵黩武，或土木之功多，或宠幸多而赏赉无节，或穷极耳目之玩，耗散原不一途。迨至年岁凶荒，盗贼蜂起，顾此失彼，捉襟肘见，于是小人为一切权宜之计，人君不能不从，而儒者迂阔之说绌矣。《大学》何不立一救急之方使有所遵，以破小人之论、挽天运之穷？圣贤岂果无术欤？其术即在先正心诚意，身修取人必正。天下众正盈朝，何由而乱？天下所以乱，必有其原。得其原，不用救弊矣。即救弊，亦不外正己以取人。人才得，必有济时之术，无他奇也。

章内三言得失，皆所以警人君也。人君未有不思保国而恐失之，第得国在得众，众心附而后天命归。然得众在得道，大道根于诚，仍是正心诚意。盖人但去平天下，几忘明德为平天下之本，故频频唤醒，圣经所谓以修身为本也。然而败德者财，明晓以德者本，财者末。又晓之以义为利，不以利为利，此是降一格说法。圣王修德于身，以义制事，何尝计利？然藏富于国，民戴如父母，国固于磐石，利莫大焉。若以利为利，聚敛则民穷，民穷则盗起。聚敛急则刑罚重，刑罚重则愁怨之气上干天和，水旱厉疫之灾大作而国危矣。虽有善者无如何，悔之何及？孟子见梁惠王，首辟利，即是此意。仁义为本，直接孔子《大学》之传。

《中庸》自礼经抽出，是《中庸》皆言礼。达道、九经，皆礼也。达德，行此礼也。原之于天性，极之赞化育参天地，而仍归于无声无臭、无内无外、无巨无细，莫非礼而概之以中庸，贯之以诚，尧舜文武周孔莫非以此，但曰明道之书，不太虚泛乎？孔子终身不逾矩，教人亦曰复礼约礼，可见《中庸》为礼书。礼岂能外道？然立言各有指归，汉儒岂无所见而妄附之乎？朱子以前，亦有抽出单行者。自朱子注之，而《中庸》大显于世，遂不载于《礼记》，读者亦忘其本，专为言道之书矣。程朱主静主敬，皆从慎独入手。慎独，为《大学》《中庸》紧要关目，自程朱独窥其秘，接千圣之心传，得力于此，故抽出单行，教人之心切矣，而学者要不可不知其本。

三达德为入德之门，人人皆有，故曰达德。盖示人以难，是绝人也，况曰中庸，本非奇事。又以近智近仁近勇指示，厉以己百己千、必明必强，何等明快！中间喻以道不远人，自迩自卑，只是素位而行。舜与武、周可谓至圣，亦不过从孝道做起。举天下之达道，人人可行，所为中庸也，而行之不外一“诚”。教人学问以求诚，曰明则必诚。其究达天德，即是至圣，至圣亦诚而已。反覆指点，不惮其烦，末又归无声无臭，用功到极处，亦不过反天命之自然，无所加也。而世之不行中庸者，其失天命无疑矣，故道之不可须臾离。长篇极论，恺切教人，无过《中庸》一书，宜程朱抽出单行。

称舜曰大孝，称武、周曰达孝，大者极其量，达者通乎情。武、周之制礼也，达乎诸侯，达乎大夫及士庶人，盖追王者孝心也。人亦孰不爱其亲？限于制而不得遂。今葬用死者之爵、祭用生者之禄，使人各得致其爱敬而无恨，所以为达也欤！

“故大德必受命”，是推开说，若再切舜，岂不与上文重复？注“舜年百岁”，不过借以注明耳。

“夫孝者”，亦提空说，如仍切定武、周，是文章无虚实开合矣，语气便不合。

“三重”是自己借以寡过，方与“居上不骄”切合，若说“过”为庶民之过，与“不骄”何涉？下文“不悖”“不谬”等，皆虚心考验之词，必如是而后即安，非以是侈张自夸也，时文每每错会。

“圣人所不知不能”，注引侯氏谓“如问官问礼，孔子不得位”之类，此说非也。道无穷尽，圣人望道，未见人伦日用之事。虽圣人亦知不尽、行不尽，岂曰已知已能乎？侯氏殆未深体而轻为是言。

真气真理合而为人，是诚之源也。目诚于视，耳诚于听，手足诚于持行，无待勉强，天也，即诚也。水之曲也或壅之，草之曲也或压之，而其勃勃莫遏者固在也，诚也；盲者不忘视，跛者不忘履，虽缺于人，不缺于天，诚也；天之昼夜，人之生死，草木之荣落，皆一气之屈伸，诚也，故曰“诚者物之终始”。虽然，诚者天，凿以人则失其天，虎存皮，虽冒于羊，不威也；木已枯，虽剪彩为花，不实也。诚者真理真气，理至而气遂，其生也繁；气至而理足，其生也裕。诚至则智生，大舜之悦亲也百方，孰教之？王览之救兄也百方，孰谕之？诚至则勇生，古来以嫠妇杀豪杰，以弱女报雠仇，不可胜数；诚至可格天，为孝妇六月飞霜，为孝子冬月出鱼；诚至可感物，火为反风，虎为之渡河：是诚者，吾人一粒金丹。求佛者枯坐雪山，求仙者不畏蛇虎，学射者倒睫而不瞬，学御者立木为途、来往不失，先有诚心而后可教。学圣贤者徒于貌言，用功伪矣；徒于文字，用意烦矣。其次致曲，掀其石而草伸，决其壅而水泻，刮其翳而目明，舒其筋而足健：还其天而已矣。孟子曰“扩充”、曰“推是心”，即是此意。若诚则无所不可，曾子养亲之酒肉，虽无必应以有，诈伪亦诚也；管子分金，多得以养母，贪污亦诚也；王阳之却车，怯懦亦诚；箕子之囚辱，徉狂亦诚。硁硁之必信必果，为三代下人；抱柱之不欺示信，为矫情沽誉。不假托，不倚借，传曰“如好好色，如恶恶臭”，人人识此，即人人知诚矣。

诚中形外，不特睟面盎背与局天蹐地之状人所共见，即千百世后流传诗文字画，一望可知其人。即以书论，或端谨，或雄放，无不各如其人，精神品格一一流露。至诗文，更显而易见，不可假托，况其言论丰采之暴著者乎？

《中庸》言鬼神，杨升庵论之最切实，谓是祭祀鬼神，“故始赞其盛，而次言体物不遗，又次言斋明承祭，洋洋如在，言体物之实也。又次引《诗》言‘神之格思’，格，至也，明是祭祀鬼神也。宋儒解‘鬼神’二字，支离太甚，既以二气言，又以造化言，又以伸为神、归为鬼，其实一物而已。是以伸为神，指人物而言。其言一物，是合幽明阴阳为言也。既曰人物，又曰造化之迹，则有形有声，视之可见，听之可闻矣，岂不与《中庸》本文背驰哉？且《中庸》一书，本是平常之理，而引之高深虚无，又岂子思作书之旨乎？此章之旨，二言以蔽之，曰‘明则有礼乐，幽则有鬼神’而已。平常之理本如是，学者试平心思之。神者，圣人所不语，盖非通幽明、达天德者未易言，而精气游魂、鬼神情状，于《易》言之，何也？《易》者，知化尽神之书，非养蒙之具，而《中庸》则垂训教人，初学易知易行者也，故朱子引程、张二气良能、造化之迹诸说，移以解《易》之鬼神则可，解《中庸》之鬼神则不可。愚尝言解书如治病，须对证下药，药如对证，牛溲马勃亦能奏功；药不对证，虽金膏水碧反以戕命”。

孟子字子车，亦字子舆，邹人即邾人，本郰国。《史记》谓受业于子思之门人，王邵以“人”为衍字，谓其亲受业也。按，孔子生鲁襄公二十一年，年二十生伯鱼，先孔子五年卒。孔子卒于哀公十二年，子思主丧，年已长矣。子思之生，应在定、哀间。孟子生近周安王即位时。安王甲辰，伯鱼卒百七年矣，其子子思尚在耶？他书所载孟子与子思问答，皆后人伪作，则受业于其门人无疑。七篇或谓孟子自作，何以有梁襄王、鲁平公之谥？且公孙丑、万章皆纪其名，而乐正子、公都子、屋庐子皆不书名而称子，如有子、曾子之例，何欤？若以为弟子所作，无论道理烂熟，左右逢源，即气势河奔霆击，当之靡碎，非亲执笔，安能为是文耶？至今未能决。

圣贤之言，如良医对证下药，或因人因事因时，无无故发为高论者。春秋时人心贪利忘义，甚至有篡弑，孔子《春秋》所为作也。至战国篡弑之祸少，然而人心之趋利更甚。春秋时士大夫好述典礼，其贪利者犹知顾名，其交往只璧马束锦，其国尚有恤邻救灾之举，有可取不取之地、可灭不灭之国，盖多持正议以为规谏者。战国先王之泽荡尽，上下专以利为事，但计目前，取一时之利，不顾异时之害。况一时之利未得，而当前之害已集，迷而不返，卒至亡国。孟子悲之，故大声疾呼，首在辟利。吾因叹先王保养元气之法为至，而人不识也。韩子、欧阳子皆见道之儒，其言在正君臣、父子、兄弟、夫妇、朋友之伦，明诗书礼乐之义，大者朝聘燕享，下而乡饮、养老、宾射、冠昏、祭祀，其间俎豆尊彝之器、揖让进退之仪，繁重委曲，随时举行，不惮其详且劳，似与天下治乱无关矣，然而必使为此者，非好为多事也，人心不可无所系，人身不可无所习。礼乐大端，皆以明名分，联情谊，虽无知愚民亦使习之，于以柔血气而定心志。习之既久，天下熙熙，相与无事，此太和之所以洋溢而国家长治久安也。自利之说倡，以为无益而悉屏之。惟利是趋，毫无顾忌，于是干戈相寻，杀人盈野。其君以谲诈为贤，其臣以强兵聚敛为务，而天下生民尽矣。自孟子至汉殆将百年，而杀运稍息，汉文不但与成康比隆，忠厚节俭足以移风易俗，然而贾生犹为痛哭太息，则以秦之余习未尽亡也。呜乎，利之中于人心，其毒至此！《孟子》开章第一义斥利而导以仁义，诚万世之千金方哉！

孟子道性善，程子谓有功圣门，或议其论为偏者不一。夫以孔子论性章比较，似圣言详尽，无所不包，孟子但溯性源有未备者，此亦未论其世也。孔子时言性者少，孟子时言性者纷起，异说害道，无所折衷。有以性为恶者矣，有以仁义为外者矣，有以性无善恶者矣，有以性有善有恶者矣，大抵认气质为性者多，知天命之性者少。欲挽回风气，直指性之原，使返而自思，然后徐进以学问之道，充良知，收放心，使归于善而已。人有本心，尽其心者知其性。孟子时，提醒人本心，无非性善之旨，先正其大原，扫尽异说，拨云雾而见青天，何等明快！救时立言，与泛常论性不同，凡事要辣手斩断葛藤，持论亦宜如是。宋儒多瞻前顾后，言语间在在求圆足无病，此所以不及孟子也夫。

仁义礼知，性也，声色臭味、安佚之欲，亦性也。言性则义理气质俱有，夫气质亦为性，而曰“君子不谓性”，惟不谓性，夫然后能尽其性。不然纵其所欲，不汩尽仁义礼智不止，性之说为害于天下矣。孟子所以力辟告子之说，教人识性之本然，一切庞言不惑其心。夫恻隐是非羞恶辞让，一拨即动，行其心之所安，所谓率性也。有扩充而无增饰，有顺适而无勉强，故曰性善。今有恶人无所不至，而清夜自思或悔或恨，是即天良之发现。盖性与生而俱，虽剥蚀澌灭，总有一线未泯，孟子急因其一线而提撕，以夜气惕之。此如垂危之人，犹有一毫元阳未绝，急予回生丹救万一，心可谓切，术可谓神矣，而犹哓哓多言，纵口而争，亦庸妄，亦残忍哉！呼蹴不受，而顷刻改行，验之于行道乞人，至真至显。人无不好生恶死，而心死为大。频频以“身死不受”提其本心，心具夫性、全乎天，夫子言性道其常，故平稳周至，孟子则如医家，因时疫流行而为救急之良剂，故猛烈急速，立言不嫌独创，其实不出《难经》。至“口之于味”章则明其所以然，非不知气质之为性，而独有权衡，庶可补性善之说，特下一注脚。

孟子言尧舜与人同，幼时疑此诱人之语未必然也，及今思之，尧舜亦人耳，人同此伦，尧舜尽伦而人不肯尽；人同此形，尧舜践形而人不肯践；人同此性，尧舜尽性而人不肯尽：非尧舜与人异，人不与尧舜同耳。或谓尽之践之，谈何容易？第未尝为之，何以知其必不能也？如尧舜为子孝，为子者果诚于爱父母？虽艰难困迫未有不得其方者，晋之王祥、宋之朱寿昌，遇虽酷，何尝不能尽孝？即谓其以尧舜之所以事亲者事亲可也。尧舜为臣忠，为臣者果诚于事君？虽险阻危难未有不立其节者，尽瘁如诸葛，致命如文山，即谓其以尧舜之所以事君者事君可也。同此耳目，果非礼勿视听，即尧舜之耳目；同此手足，果能恭重，即尧舜之手足。尧舜之仁如天，尧舜之智如神，似乎天授矣，不知尧舜之仁不过急亲贤，舜之大智不过好问察，均非有奇能异术也。颜子曰“舜，人也；我，亦人也，有为者亦若是”，孟子“言必称尧舜”，亦谓尧舜与人同。今人不观圣人之所以为人，而视之太高，聊以自暴自弃，为掩饰推诿之计耳。舜与跖之分，不过利与善，从善一途，渐渐与尧舜近矣。所谓圣人者，知利之为害，如荆棘陷阱择而避之，此则生而知之者。人必待教诲刑责及遇难而悔悟，此所以不及圣人者。至去利而就善，则非难焉者耳。若夫充义之尽至为善，皆无所为而为，纯乎其天，则亦圣人而已矣。

告子不动心，注谓其冥顽不灵，其实彼自有门径，静极自灵，非冥顽者比。吾邑唐梦赉往河南访同年许孚远，已有人迎，曰：“相待久矣。”问之，盖前知也。其功以静坐为主，学徒数人，惟使枯坐，或雀巢其顶，俱能前知。初亦只强制其心，使不动耳。彼谢绝万缘，使其心死，圣贤澄心以观万理，使其心活。心死而神通，扰之则心不能持；心活而神定，扰之而心自如，此其所以别也。虽主静同，而用功各异，分强不强耳。有人云若非孟子辨之，后人必以告子为圣人，有卓见哉！若徒冥顽，彼亦何乐而为此？

孟子教人求放心，又谓失其本心。天下纷扰万端，皆自心起。一收而返其本，扩充存养，无往而非天理，其功至简要、至真切，良知之说偶以提撕，非以此立教也。阳明体察多年，得力于此，故举以教人，谓学问由此始，非以此终，乃讲书者目之曰良知家，似别训为一宗。一言心便为禅，岂孟子亦禅乎？舍心而逐逐于外，尚得谓学乎？

孟子辟杨、墨，昌黎谓功不在禹下。窃谓杨、墨患在学术，其陷溺人心不可不辨。究竟七雄争斗，杀人盈城盈野，只一“利”字坏乱世界。至于后世，总徇乎利，杨、墨之说或息，言利者无时或息也。孟子首辟及此，塞利之路，开仁义之门，虽人不因其言而止，而其说固炳于万世。稍有识者犹顾之而惕息，不独为君戒，凡有身家者无不宜书座右，然则辟利之功，更不在禹下。

孟子斥杨、墨，夫杨氏为我，自全其身，与人无争，与世何患？墨子有扶困济危之心、一视同仁之意，斥之曰“无父无君”，不太过欤？求其“无父无君”之实，第曰“爱无差等”，终胜于残忍；不拔一毛，终胜于逐逐劳形。孟子独深恶之，极之“率兽食人”，求之不得其解。虽随口衍说，于心终不豁然。既而细思，尧舜之仁不遍爱人，遍爱势必不能，徒存虚愿，究其归，欲兼爱众人，不能爱一人，非但不能爱一人，且害及众人，何也？王者生杀并用，与天同功，今使以爱为主，将纵盗以殃民乎？养奸以厚毒乎？梁武帝面为牺牲，宗庙不血食，而南国糜烂，非其明验矣乎？且鸟兽死，其侣过之蹢躅鸣号，而墨氏亲死薄葬矣，非无父而何？杨子为己，虽不利物，亦不害物，不知物我一体，今但知有己，任其呼吁颠连而不顾，彼庸碌全躯之臣，孰非一毛不拔者？唐末五代之乱，视君如弈棋，任其更换，视民如土芥，任其杀戮，但知全身，祸乱相寻，孰阶之厉？孟子之言，信不虚矣。

乡愿，似忠信廉洁，夫似忠信犹胜诈伪，似廉洁犹胜贪污，孔孟何深恶之？惟其似忠信实非忠信，似廉洁实非廉洁，故可恶也。若实不忠不信不廉不洁，虽恶之而不深，何也？其不善之迹共著，众人所恶，何待圣人？惟不忠信而似忠信，使天下以此为真忠信，从而效之，而忠信亡矣；不廉洁而似廉洁，使天下谓真廉洁，从而效之，而廉洁亡矣。其人醇谨老成，在一乡为一乡之重，子弟从而步趋，而一乡之风俗人心坏；在朝廷为无过，群相称誉奔走，而士大夫之气节堕，朝廷之纪纲坏，能不深恶之乎？与人无忤，求其辨是非、持清议不能也，而是非清议反因之淆；与世苟同，随时俯仰，保妻子，全躯命，求其任危难、抗群小不能也，而危难反因之深，群小反因之固。乃其人方负盛名，享福禄，诽之无由，攻之无迹，天下安得不从风而靡？且其人居之，不疑井蛙之见，非圣疑贤，党众势盛，天下清流遭其污蔑抗塞，可胜发指，断之曰：“不可入尧舜之道。”尧舜之道，何道？中而已矣，诚而已矣。中则无过，诚则无伪。今听其言煦煦然和，又济之以圆熟，漫无黑白，果出于心之诚否？观其行谦退辞让，或当取不取以鸣高，不当与而与以市恩，谓出于心之诚否？合于道之中否？彼怪僻之不诚不合乎中，人情所拂非之笑之，而此则仰之慕之，夫铜之不得混金，铜不必恶，似金而误为金，其害大矣，故曰“德之贼”，故曰“恶似而非者”。

“舜发于畎亩”章，唤醒多少昏愚，提醒多少豪杰！非遍阅古今，熟悉世故，何缘知此？读罢当痛哭，当浮大白，当即时猛回头，庶不负孟子一片婆心。时文误重“天”字，有何意味？转关扼要在“然后知”三字，大海回澜，笔力千钧。即以文论，顿挫鼓舞，震荡耳目，警聋心神，不徒暮鼓晨钟已也。夫人之生死，岂偶然乎？忽然以生，忽然以死，诿谓天数，圣贤不谓然，为之显揭其故，何等明快！第事后方知，生者固幸其生，死者已无救于死，何不早自为计？处安乐而有忧患之心，可死不死；处忧患而有安乐之心，可生不生。忧患极，岂无拼死？而神气烈烈，虽死犹生；安乐极，岂无幸生？而神气奄奄，虽生已死。自谓万无生理，积诚至而鬼神可通，艰难困苦正所以生我也，何必怨天尤人？自谓万无死法，鸩毒习而祸败交至，酣豢醉饱正所以死我也，何必倚财仗势？死有重于泰山，侥幸苟免不如无生；生有功于万物，救困拯灾何必轻死？有以一己之忧患致天下之安乐者，其为生也大矣；有以一己之安乐致天下之忧患者，其为死也多矣。人亦孰不欲安乐？而圣贤常兢兢，所以能安乐也；人亦孰不畏忧患？而众人终日泄泄，所以常忧患也。人所处非忧患即安乐，何不取孟子之言日三复之？

孟子言"君视臣如土芥，则臣视君如寇仇"，语未免太激，失对君之体，明太祖弯弓射之则非矣，太祖为君者也。孟子为齐王言，故深警乎君，若与臣言，则责备乎臣者必严切。人君但见臣之貌为恭，外顺而内已离，其以国为市者曾犬彘之不若，既不比数于人，彼自贻臭万年，又何足论？而君受其害，虽悔恨何益？临时切齿，不如先明此理可保无患。后世依违，使人君不闻直言，何益国事？孟子立论，使后世知警，为君者正当耸听，乃怒而射之，此一念即杀戮功臣之根。其继也，设廷杖之法，待诸臣如奴隶，其叛而降寇、举城而附本朝者，比比皆是。孟子之言，岂不信乎？既有此理，明白直言，亦爱君之切耳。彼仗节死忠，义烈出于天性，无论待之厚薄，为臣自当如是，而为人君者则当深虑，其非尽如是。言非一端，各有当也，然如孔子对哀公之言，何等正大和平，此圣与贤之别乎？宋高宗问尹焞曰："君视臣如土芥，臣便可视君如寇仇？"焞对曰："此亦非孟子之言。《书》云：'抚我则后，虐我则仇。'"高宗大喜。呜呼，儒者对君之言，从容中道，若此，所养可知矣。此言足为孟子功臣。说部纪代孟子受箭之人姓名灼然，然太祖屡以孔孟并称，故人谓无射之之事。

陈仲子之廉，孟子讥之。盖圣贤贵中道，矫情以鸣廉，恐人以是为极则，故反覆申辨。为廉辨，非刻求仲子也。当世昏浊，群趋于利，仲子固高出流辈，不仅为齐国巨擘。然借此以沽名，天性可绝矣。"人莫大焉亡亲戚君臣上下"，廉且为害，若夫贪污之流，则不得随口訾之？彼仲子所谓腐鼠耳。言各有当，岂拘一格？吕新吾云："不为陈仲子大是易事。"

权，注"称锤也"，不曰称，而曰称锤，最妙。称之星有定，称锤则随手上下无定也。然则权者，化裁乎经，非反乎经，且遇物即称，非千钧百钧始用称锤。君子之权，无论常变，随时有权。必以伊尹之放伐、周公之居摄为行权，是称锤千百年不用，有是理乎？夫子曰："未可与权。"不可与权，终不合道。无星之称，任意以为，不可为道，高狂一流是也；仅能识星，而手无称锤，即较量于毫厘，亦无凭准，硁硁一流是也。

周尺，《王制》以周尺八尺为步，今以六尺四寸为步，是八折也。古谓三代，今谓汉。汲冢得玉律，即玉尺，荀勖比较今尺长四分半，始平间掘地得古铜尺亦然，知周并不以八寸为尺。说者谓秦开阡陌，短其尺以便田多税盈，以周尺文饰耳。

夫子之道，得之者曾子、子思，后则孟子而已。治民为要，而必由获上亲友，其本则明善诚身，此《大学》格致诚正，前半功夫也。得天下在得民，得民在得心，本于所好好之，所恶勿施，此《大学》之言得失好恶同民，后半作用也。天下之本在国，国之本在家，家之本在身，此圣经“壹是皆以修身为本”也。《大学》一书，总括帝王之道，前此无以为言者。夫子穷极六经，得其规模，明其次第，传之其人，后世之治天下者不能外此。惟孟子言之若合符节，“老吾老以及人之老，幼吾幼以及人之幼”，夫子老安少怀之志不外是矣；制田里，设庠序，夫子富之教之之道不外是矣。孟子愿学孔子，伯夷、伊尹犹不降心相从，呜乎，伟哉！

夫子欲为东周，作《春秋》辨名分以尊周室，周游以冀用，无非欲扶周以救天下。孟子绝不道及周者，春秋时王室虽微，如气血衰弱犹可补养，战国时周分为二，如病久一息奄奄欲属纩矣，国医为之束手，何敢自诩其技乎？天子视天下如一家，圣贤视天下如一家，“民为重”“君为轻”，此千古创论，实正论也，尧舜不与子而与贤，即是此意。孟子以为天意在救民，吾惟志在救民而已，譬家督病，诸务废弛，自当扶精壮者经理，此自然之理。彼齐威王、梁惠王皆率诸侯朝周，特借为名，究竟何益？鲁仲连不肯帝秦，为其为虎狼也，所惜天意欲于三代下另创一局面。汉高无汤武之德，佐之不过一刀笔吏足矣，天犹不肯小试孟子也！

夫子言中庸，孟子不言中庸，每有偏论、创论、奇论：好色、好货、好勇，人斥为非，孟子以为无害，且曰“由此可王”，盖世主方以功利为务，而进以正心诚意，鲜不厌弃，徐徐引入而后计可听也；辟草莱，讲战阵，充府库，人称为能，孟子深所不取，且谓其当服刑，盖生民日蹙，对君则婉言导之，立论则严词斥之也；尧以天下与舜，人所共传，孟子以为不然，若逆知后世以揖让行篡夺而折其萌也；象日谋杀舜，人所共恶，孟子发明舜心视若寻常，盖深悲骨肉参商以微故伤天伦也；杨、墨，天下所共推，孟子斥为禽兽，明仁义以倡正学，不顾惊世骇俗也；乡原，天下所最尚，孟子目为邪慝，明大道以绝奸伪，不恤群谤众议也；陈仲子名显诸侯，视之如蚓；仪、衍震动天下，等之妾妇。当其时，世道晦蒙否塞，如病邪发狂，非参术所能奏功，用大黄芒硝猛烈之剂惊倒庸医，而病霍然矣。又曰：“非礼之礼，非义之义，大人弗为。”又曰：“言不必信，行不必果，惟义所在。”是何等眼界心胸，此儒林中骁将，亦大将也！后儒多迂廓腐论，非不堂堂正正，遇白起之狡黠、项羽之凌暴，卷旗退三舍矣。孟子如名将，不讲孙吴而偏师旁捣，锐卒直攻，奇兵突出，变化犹鬼神，是不按古法而自合古法、不言中庸而莫非中庸也。后世非孟删孟，不知量耳。彼续孟者，拾其唾余而敷衍之，腐气满纸，更不值一喙。

天下极难事，到圣贤便不难。战国何等世界，能者无从措手，孟子谓王犹反手，饥者易食，渴者易饮，得权行政诸侯皆为之驱，毫不费力。又妙在用因，法先王之道，殷因于夏，周因于殷，反其政而由旧，因也；鉴其失而更新，亦因也。天下乌乎定？定于一，后世一统之局，孟子早已见到。其劝滕行井田，井田虽坏，大略犹存故也。使阡陌尽更，孟子必别有善制，不仍执封建井田之说，何者？孟子善因，亦善变，不似后儒迂执。伯仲伊吕，惟孟子足当。后来不少社稷臣，求如孟子之霍挥如意，变化通神，难矣，难矣！

充良知，亦前圣所未发。良知者，本心也。心本有恻隐，充不忍孺子之入井，而仁不可胜用矣；心本有羞恶，充呼蹴之不受，而义不可胜用矣。不验于圣贤，不验于读书谈道之人，而验之于行路乞人，人人有此良知也；不验之于从容，而验之于仓卒，仓卒之发最真，动以天也。人各具一天，是谓本心，是谓良知。乃不忍孺子入井而陷人于阱，且下石焉，甚至杀人盈城、杀人盈野而不顾，心为利昏也；不受呼蹴而受万钟，且自得焉，甚至奴颜婢膝、昏暮乞怜而不惜，心为利驱也。然而残民以逞，一牛不忍，墦间醉饱，妻妾犹羞，良知终难昧耳。扩充者如镜满尘垢，去其尘垢，光明洞澈矣；如水阻木石，抉其木石，沛然莫御矣。光明沛然，其本体也，扩充以还其本体，非于良知有加也。王阳明悟此，终身得力，以此教人，提醒梦梦，而后儒目之为禅。本朝蓝鹿洲斥之尤力，谓其屏绝万事，专存此心，异哉！阳明之言曰：“良知，愚夫愚妇与圣人同。圣人能致其良知，愚夫愚妇不能致耳。”又谓：“下至闾井田野、农工商贾之贱，但使之孝其亲，弟其长，信其朋友，以复其心体之同然。是盖性分之所固有，而非有假于外者。”观此论，并非外事而存心也。又谓心与理合一，知与行合一，叹学者于心外求理，于行外求知。夫学者之弊，患知而不行，空空谈理，虽非禅，何益？岂知行合一而可谓禅乎？孟子谓孩提之童无不知爱其亲，稍长无不知敬其兄，人人亲其亲、长其长而天下平矣，是致良知之说也。

《中庸》举仲尼以配天，至诚至圣，声名洋溢中国，至天覆地载，“凡有血气者，莫不尊亲”，铺张扬厉，后人疑其词近夸矣。夫子一生所遇辄穷，子思何所凭而为是言？以今观之，丝毫不爽。后人据“载华岳而不重”句，谓是长安人习语，《中庸》为汉儒假托。试问贾、董所言，其精粗较此何若？且汉虽崇儒术，何尝尊孔子如今日而推称乃如此？谓“贤于尧舜”，又谓“生民未有”，孟子以为集大成，卓识创论，实能见到，子思之言又何怪焉？故特为表之。

齐宣王欲中国授孟子室，养弟子以万钟，如后世延文章德望之士主讲书院，广教化，美风俗，礼非不盛，志非不嘉，此在他人则可，在孟子则不可。孟子以名世自负，欲救天下之民，并非为齐起见，纵禄以百万不受也，岂区区较量一万十万？垄断之说，特以解世俗之嘲耳，其本意须会于意外，滞于字句下，何异痴人说梦！

言性莫详于孟子。性难言，即心而性可见，曰收放心、充良心、恻隐羞恶辞让是非之心，就所发以验所存，指点最为亲切。《中庸》“天命之谓性”，探其原也，注以“天之化生万物”为言，是概论其理，书则但为人言，不为物言也。虽育万物，尽物性，仍是责成于人。不解作此节文，句句人与物伴说，盖泥于注中每句以“人物”并论。试思教人谨隐微，致中和，皆是为人指示，物何能为？心地不超脱，遂如矮人观场，注中“物”字已赘，作文更为不必。

杨、墨之说盛，正道未明故也。自孟子推尊孔子，如揭日月于中天。孔子之道无他，曰中曰时。仁义礼智，美德也，非中则皆足为害：仁之过，蓄毒养奸；义之过，贼恩伤和；礼之过，长伪饰诈；智之过，刻核深险。中也者，斟酌调剂，各得其宜。四德如大将，中如主帅，无中则各不相下，互相妨，交相病，百家执一而不相通，故不胜其弊也。中以时为主：仁主爱，有时以杀为爱，其仁愈大；义主介，有时以取为介，其义愈精；礼有文，有时至敬无文，其礼愈至；智极明，有时以不察为明，其智愈深。此理《论语》已具，至孟子乃畅言之。

韩昌黎最尊孟子，苏东坡喜读孟子，二子与孟子气质相近。宋儒议孟子有游士气习，宫室妻妾之美，饮食车马之盛，得志弗为，以为语有锋芒，不似圣人。夫大儒必有豪杰本色，乃能超俗入圣。居广居，立正位，行大道，富贵不淫，贫贱不移，威武不屈，是顶天立地人，高视阔步，千载下如见孟子真面目。若语言气象故为谨约谦和，是伪而已矣。昌黎喜人谈杂事，恢诡不实者亦为之忭舞，又好博，张籍规之，可为直谅之友。然昌黎如鹏翔九万，能见天地之方圆，不知榆枋之可栖也。东坡喜人说鬼与昌黎同，谈禅与昌黎异，然上疏谏斋僧不如赈饥民，其心同也，嬉笑为文，较昌黎《送穷文》《毛颖传》更甚，然处处流露真性，忠孝为本，仁智互用，而豪迈之气不可遏抑。使二子为道学之言，则不能束骥足而伏首鞭策，豫章翻风，邓林蔽日，操斧斤者难用绳尺已。盖中人宜就绳墨，闲其放心，范其步趋，二子正孔门之所谓狂，中行而外非此莫与，虽义精仁熟不及孟子，而胸襟气概实近之矣，因论孟子附记之。

“好辨”章是绝大关系文字。孔孟皇皇，固目睹斯民颠连，急欲拔诸水火，然岂徒为一时计哉？四海之大，无一不系圣贤之心，前有千古，后有万年，亦无不在圣贤心中，如此乃可以尽人道，配天地。世人但顾一己身家，才志高者仅治一官一邑，视人如己者亦鲜矣。帝王创宫室井田等，尧舜治水，武、周制作，皆功在万世，非汉唐以来乘时拨乱者比。圣贤眼孔大，心胸阔，而尤善权轻重缓急。此与“并耕”章皆历引古圣，而以重大为己任。一忧一惧，于此见圣贤之心以天地为心，天地有过，待人补救，圣贤即天地干蛊之子也。古来隐逸，特贤于贪浊随俗一流，其实非圣贤所重，于世少济也，《论语》记沮、溺、丈人荷蒉皆讥切孔子，记之以为燕雀之笑飞鹏耳。孔子门人深知孔子，而孟子弟子不知孟子心事，急急自明，吁，亦苦矣！“存几希”章历引诸圣，亦暗藏“忧惧”二字，治己治人与天地同体，总是此心。《大学》始于慎独，终于治平；《中庸》始于谨微，终于配天，此圣贤实学。后人以孟子喜引往圣，开后儒自任道统之说，安知此义？

舜浚井，既盖之而得出，幼即疑之。《渑水燕谈》云：河中府有两井相通，即穿穴旁出者。其地水皆咸苦，独此井甘美。宋真宗祀河汾过此，名之曰广孝。

孟子“七十者可以衣帛”，古之布以麻，麻疏不能御风，无今棉布。棉名吉贝，宋时始见，元时渐入中土，明时始盛。

尧舜周孔之道，非尧舜周孔之道也。自有天地即有道，尧舜周孔能见能行能教人，即以道归之。尧舜周孔往矣，而道则不与俱往。夫空空谈道，如捕风捉影，赋六合者从何说起？圣人曰：“道不远人。”既为人，即与道。有分道，即人而具也，故君子以人治人。譬如时文，同一题目，千万人作之，千态万状，阅文者安有成见？繁简浓淡，各就其文，涂抹圈赞，不执一格，惟其是耳。人之为人，何殊于文？治之之方不同，同归于道。或曰：“何不从本原处导之更较直捷？”曰：“天命谓性，率性谓道。”《中庸》揭示以后，谁复不解？而未必合道。虽终日讲太极，说《西铭》，亦麻木不仁耳。且本原触处皆见，忠恕违道不远。忠恕，心也，心具夫性，性自然，而忠恕以勉强行之，大端不外君臣、父子、兄弟、朋友，其间千支万派，总此忠恕为念，久之近于自然，道在是矣。孟子曰“行之而不著，习矣而不察”，人日在道中，实日在道外。道，犹路也，舍正路而不由，走邪径，入荆棘，堕陷阱，圣贤悯焉，示以周行，杜其邪曲，故曰修道。路不修则茅塞矣，石阻矣，水冲矣，圣贤修之，与天下共由。帝王之礼乐刑政，修在一时；圣贤之诗书，修在万世。或自弃谓不能见道，或自负以为吾能见道，他人之说谬也。夫道如天然，谁不见天？虽坐井而观，执管而窥，皆天也。在山中者谓天小，立山顶者谓天大，互相争论，而天自若也。道属公共，勿庸偏执。

子曰：“多闻阙疑，多见阙殆。”又曰：“多闻，择其善者而从之，多见而识之，知之次也。”子贡疑夫子为多学而识，盖以此故。当时称夫子为多能、为博学，亦以此故。然而夫子皆以为非者，执其迹，未窥其旨也。朱子云人心之灵莫不有知，天下之物莫不有理，即凡天下之物而益穷之，以求至乎其极。似本夫子多闻多见之语以释“格物”。后人疑天下之物无穷，吾人之精力有限，逐物而一一格之，是率天下而路也，其弊将务博而荒。或训“格”为捍格，遂有力驳朱者，窃以为驳之非也，溺之亦非也。夫子明教人以多闻多见，何可非？夫子原不以多学而识自居，何可溺？孟子曰：“博学而详说之，将以反说约也。”始于博者，为反约地。不博，不能于天下之理参互以观其会通，要非徒事于博。又曰深造之以道，而后居安，资深逢原，更为详尽。同本于孔子，而朱子不及孟子之言透脱圆融，学力天资固殊也。夫捍格外物所以存其心，心存而理明矣；博观万物所以扩其心，心扩而理明矣，两意相足而不相悖。捍格外物者，非一物不理而曰万物皆备于我；博观万物者，非逐逐于物徒劳其心于无用也。孟子善于立言，故无弊，朱子语意似落一偏，故人多议之。世有得意忘言者，方善读书。

孔子云“苟志于仁”与“仁远乎哉”，即孟子所云本心良知。陆子本之以守此心，第但提唱此意，而为学功夫未多讲。

书中琐碎，无关轻重，亦宜留神，姑举一二。礼云：“犬马不上于堂。”贵家厅事前绝牛马之迹，王方坐堂上，而堂下牵牛，此大异事，故齐宣怪问。若日日见之，必不问矣。

持戟之士，乃侍卫之卒，所谓“兵卫森画戟”。失伍谓失班次，非行伍之伍，人多误看。

“桃应”章，辨驳孟子者多矣。前人谓虽设言，亦未当。或谓瞍能杀人，即能杀皋陶；皋陶能执瞍，即能执舜；瞍能往，皋亦能往。因逃而赦之不可谓执，舜听皋执不可谓孝，舜容皋不共戴天之人不可谓仁。夫瞍允若不格奸，必不杀人无庸辨。如设言，亦必按切情事。所杀人或侍御，或微贱耳。若皋为大理官，署护卫森严，而谓能杀人即能杀皋乎？自古非弑逆无上殿执天子者，而谓能执瞍即可执舜乎？舜但知负父而逃，不计皋之能往不能往；皋但知执，不必知逃往何处，各行其心之安、理之是而已。又云：“舜逃，将空天下而无君乎？抑别求一无父之人而立之乎？”此论又不可通。有君无君，舜所不计，即皋亦不必虑及此。若云必求一无父之人而立之，岂为天子父者必杀人乎？史册如柴世宗之父有几？圣贤处事，惟于情理求当。若瞻前顾后，许多滞碍皆是私心搅扰，人所以不及圣贤者正坐此也。刻议之，过矣。

《苏批孟子》，少时见之，初不解，未敢置议，中有引洪景卢语。及知景卢后老苏而生，安得预引其语？其伪明甚。

量者，龠、合、升、斗、斛也。以子谷秬黍实其龠，容千有二百黍。以水准其概，十龠为合，十合为升，十升为斗，十斗为斛。其法用铜，方尺而圆其外，旁有窕，其上为斛，其下为斗，左耳为升，右耳为合。又四升曰豆，四豆曰区，四区曰鬴，鬴即釜也。十斗曰斛，十六斗曰薮，十薮曰秉，四秉曰筥，十筥曰稯，十稯曰秅，四百秉为一秅。古文“薮”，今文“逾”，又作“匬”，即“庾”也，容十六斗，五秉八十斛也。筥，饭器，容五升。

权者，铢、两、斤、钧、石也，本起于黄钟之重。一龠容千二百黍，重十二铢，两之为两。二十四铢为两，十六两为斤，三十斤为钧，四钧为石。铢者，殊也，物由微至著，可殊异也。两者，两黄钟之重也。二十四铢而为两，二十四气之象也。斤者，明也，三百八十四铢而为斤，《易》爻之象也。钧者，均也，万有一千五百二十铢而为钧，与万物之数均也。一钧三十斤者，一月之象也。石者，大也，权之大者也。一石四钧，四时之象也。权与物钧而生衡，衡运生规，规圆生矩，矩方生绳，绳直生准，准正则衡平而权钧矣。

王弼注《论语》“朱张，字子弓”，万希槐云：“《荀子·非相》篇、《非十二子》篇、《儒效》篇，皆以仲尼、子弓并称，注云：‘子弓，盖仲弓也。言子者，著其为师。’未尝以朱张为子弓。”击磬襄，非学琴师襄。孔子在卫，年五十九学琴于师襄子。击磬襄乃鲁伶官，未入海前，岂容抽身至卫？戴盈之，百诗谓即戴不胜字。《韩诗外传》夷、齐父名初，字子朝，《孔丛子》注云：“伯夷名允，字公信。叔齐名智，字公达。中子名凭，字伯僚。”金履祥云：“古无名字，纬书附会耳。”夷逸，薛应旂云：“夷氏，逸名，夷诡诸之后。夷仲年为齐大夫，夷射姑为邾大夫，夷逸独隐。”箕子，陈士元以为舜裔，《史记》云纣之亲戚，王肃、马融以为纣之诸父，伏虔、杜预以为纣之庶兄，未知何据。王子封比，故曰比干，然则比干非名，后世得比干盘，乃何比干墓中所有？益知比干以国称，如微子也。与微子并称，则皆为纣之庶兄，而非诸父。太公望姓姜，名尚，一名涓，字子牙，谯周云：“姓姜名牙，舜以太岳有功封之吕，故又氏吕。”老彭姓篯，名铿，李善云“尧臣，封于彭城，历夏及商七百岁”，世传其有吐纳之术，后娶妻妖淫而亡。或谓老彭即老子，非也。老子名耳，字儋，“儋”与“聃”同，左氏所谓太史儋也，生周宣王四十二年。陈亢推子贡为子，称孔子曰“仲尼”，词气间甚尊子贡，是子贡弟子，故《家语》收在《弟子》篇而《史记》不载。世以尧为伊祁氏，非也。尧母姓伊，寄居母家，故从其氏。《路史》云：“尧姬姓，帝喾之第二子。”公伯寮，或谓孔子弟子，即《家语》之申缭，《古史考》：“谗人。孔子不责而云命，非弟子也。”达巷党人，或谓即项橐。世传项橐七岁为孔子师，不足信。南子，何孟春以为鲁之南蒯，非卫南子，以费畔欲去三桓而张公室，故子欲见而子路不悦。然曰“见”，是已见之辞，夫子未尝见南蒯也。公子荆，《春秋释名》云：“即公南楚，以身卫贼而免君于难。”公叔文子，孔安国谓公孙枝，《集注》从之，杜预以为公叔发。《世本》云：“卫献子生成子当，当生文子拔。”“枝”乃传写之误。按，朱子尝引吴氏程曰：“俗作枝，误。”接舆、晨门、荷蒉，皆因事名之，非其人本名也。《庄子》楚狂接舆，似实有其人，要因《论语》敷衍耳。彼歌而过，并不交言，何从知其名？乃后世传姓陆名通，隐峨眉山，语似杜撰。申详，子张子、子游婿。曾西即曾申，王伯厚言可据，阎百诗以为曾元弟、曾子次子，以为孙者，非。费惠公，王伯厚以为鲁季氏，以邑为国而僭称公，曾子书有“费君”“费子”之称。朱注：“曹交，曹君之弟。”王伯厚以为曹亡久矣，阎百诗以为楚简王灭郯，顷襄王十八年有邹、费、郯、邳四国，郯盖复封，曹灭后安知不有复封于曹者？龙子，朱注：“古贤人。”按，《左传》有龙子名穆，一曰龙叔，卫公叔文子之子公叔戍与友。孙叔敖，楚令尹，芀贾子，芀姓，敖名，孙叔字也。“芀”，一作“薳”。告子名胜，见《墨子》。匡章，一名子章。陈侯周，陈侯不名“周”，孔子在陈乃湣公之时，湣公名“越”，全谢山云：“《左传》《史记》《汉书·古今人表》所载多二名，未必名‘越’不又名‘周’也。”京山之说，训“周”为“忠”，历引诸书以证之。太丁未立，或谓下当有“而卒”二字。外丙二年、仲壬四年，是所立之年，程子本《书序》以年为岁。考殷制，太子死，弟立，若外丙二岁、仲壬四岁，不可立，此伊尹意中事，何至战国待孟子发之？皇甫谧谓汤寿百岁，不应殁时尚有二岁、四岁之子。孟仲子，赵岐以为孟子弟子，朱注从之，或曰：“仲子名睪，孟子之子，见孟氏谱。”离娄，即离朱，黄帝时人，或谓孟子弟子，孟子不应援弟子为说。高子、告子，或皆谓孟子弟子，配食孟庙。按，孟子称之曰“叟”，岂弟子乎？称告子曰“先我不动心”，又讥其“勿求于心”“勿求于气”之不可，岂学于孟子者乎？谓盆成括为孟子弟子，亦非，朱竹垞引《晏子春秋》以为孔子弟子。第括仕齐，孟子知其将见杀。及死，门人问何以知其将见杀？明是未杀而料，既杀而信之，其为战国时人无疑。陈仲子名已，字子终。微仲，名衍。琴张名牢，字子开，一字子张。公明仪，子张弟子，又曾子弟子。宓子贱，有《宓子》十六篇。漆雕开亦有《漆雕子》十三篇，赵岐谓牧皮亦事孔子，季路有子子崔，子游有子言思。

事有可疑与夫两歧，书中恒有，宜记以待质。如令尹子文三仕三已，事无可考，他书以为孙叔敖，彼亦未三仕三已。孟子以伊尹居有莘，汤三聘而后往，何以又有五就汤之说？孔子摄相，并无出聘及列国来聘之人，何以有执圭之容及揖前后复命之言？孔子卒时，子夏年二十八，魏文侯立距孔子之卒殆将百年，子夏安得为之师？或谓子夏百四十岁，全谢山以为不可信。他如常棣非棠棣，阙党非阙里，申枨又名申棠。蒲芦有二解，对“地道敏树”言，则以为虫名者非。匏瓜有二解，就眼前物指点，“系而不食”，自指瓜言，必以为星名则语近呆矣。负版有二解，以为“敬民数”，语自有本，必以为丧服，何不直言齐衰者？“三嗅而作”有二解，子路向之飞鸣而去，与“色斯举矣”相对，必以为子路供之为夫子食，迂而滞矣。觚有二解，先以角后以铜，酒器可规而圆之，木简规而圆之则不成物矣。“河不出图”，河图有二解：一龙马负图而出，伏羲书就其旋毛之文画之；一谓与天球并陈，应是石之有文者。然图之出不一，黄帝尧舜禹汤时皆尝出于世，其与大训并陈，不必伏羲所图也。“束修”有二解，束修之问，谓泛交。《唐六典》乃定为弟子见先生之贽，但此章自当以修脯为挚言。若束修其躬而不请教于夫子，又安得诲之？五伯有二说，杜元[1]注《左传》云：“昆吾、大彭、豕韦、齐桓、晋文。”赵台卿注《孟子》，以为桓、文及秦穆、楚庄、宋襄。孟子在战国，慨世风日下，自当以近世五伯为言，不必远及夏商也。首阳不一，一在岐周，一在孤竹，相去甚远。谓饿于周之首阳，既恶其君，安肯居其国？谓归卧孤竹，既让国而逃，断无再返之理，则饿死首阳，未知确在何处，又难解者。责武王之词曰：“父死不葬。”安有立十三年尚未葬其父者？或谓十三年接文王改元以来。夫古无改元之事，亦安有子承父之年者？皆属不经，故后世多疑之。“公行子有子之丧”，卿大夫丧子，何至王命卿士倾国来吊？或曰：“是其父亡，公行子为子，故曰‘有子之丧’。”然则兄亡可曰有弟之丧、妻亡可曰有夫之丧乎？按，《荀子》有“公行子之”。子之，人名。“加我数年，五十以学《易》”，宋刘元城聘君云：“他本‘加’作‘假’，‘五十’作‘卒’字。”顾古文“五”作“㐅”、“卒”作“𠅹”，与“五十”字形不近。或谓草书“卒”字为“𠚍”字，岂宋时皆草书，无善本乎？窃疑“五十”为衍文，何也？改“卒以学《易》”终勉强，“卒”为剩字，“加我数年以学《易》”，简明之至，何须“卒”字？故《史记》无“卒”字。或写者重书“年”字涂之，后误认讹为“五十”。或谓此必五十以前之言，五十服官政，借服官之年，为学《易》之年，亦似臆说。要之，古本不可轻改，亦不必强为之词，存之见圣人好《易》，韦编三绝，惟日不足焉。齐伐燕，《孟子》谓宣王，《史记》谓湣王。全谢山据《孟子》为是，而终存疑案。钱辛楣谓《孟子》书皆湣王，后人妄改宣王，语殊武断。赵耘菘谓宣王伐燕，昭王二十八年然后破齐，宣王卒，湣王二十九年乃破齐，年数相符，无须增宣王之年，减湣王之年，《史记》不考，疑误后人，《通鉴》所书是，而迁就其年则转生疑窦。子曰“左丘明耻之，丘亦耻之”，语气似引前辈人，非弟子。《史记》：“左丘失明，厥有《国语》。”而《国语》与《左传》纪事或不合，文笔亦迥乎两人，世遂疑左丘明非即作《春秋传》之人，或别有一人，一左氏，一左丘氏。或以左丘明为鲁太史，唐贞观诏与颜渊同祀庙廷。刘歆谓其亲见夫子，好恶与圣人同。班固亦谓仲尼与丘明观鲁太史，口授弟子，丘明恐弟子各安其意以失其真，故论本事而作传。然传与经书事不同者甚多，何面见口授竟不符耶？微生高即尾生，燕昭王曰“尾生”，古微、尾通用，高诱注：“鲁人。”

[1] “杜元”，当为“杜元凯”。杜预，字元凯，著《春秋左氏经传集解》。

自古善射者多名羿，黄帝时羿作弓，《说文》云："羿，帝喾射官。"尧时有羿善射，夏时之羿即篡太康者，《左传》"杀羿而烹之"即此羿。《孟子》云逢蒙学射于羿而杀之，是又一羿也。奡，朱注云"《春秋传》作浇"，盖从孔安国注。浇或音骁，或音聊，或音交。《集韵》虽有奡音，以为寒浞子，乃因孔注而附会，孔注谓"能陆地行舟"，未见所出。《竹书纪年》"帝相二十七年，浇伐斟鄩，战于潍，覆其舟，灭之"，《楚词·天问》所谓"覆舟斟鄩"，与荡舟无涉。《禹谟》"无若丹朱傲"，陆德明《音义》"字又作奡"，盖"傲"通用，是奡又一人。曰"罔水行舟"，与"陆地行舟"相符，若但傲慢，何下文又作"傲虐是作"？南宫适所引之奡即此，非寒浞之子浇也。此宋吴斗南之说。"赵简子使王良为嬖奚乘"，简子纳蒯聩，邮无恤为御。即战胜，邮良曰："今日之战，我上也。"注云："邮无恤，王良。"邮无正谏简子不杀尹铎而赏之，伯乐与铎素有怨，铎以赏如伯乐，即邮无恤，即王良，伯乐其字也。"阙党童子"，谓其人即孔璇、叔仲会，盖据《家语》。二子年幼执笔迭侍孔子，孟武伯疑而问之也。公明高，赵岐注"曾子弟子"。《荀子》所称子弓，或谓子夏门人、荀子之师，或谓孔子弟子有馯臂子弓。按，馯臂子弓受《易》于鲁子庸，与孔子不同时。汤名履，《乾凿度》云名天乙，《易》"帝乙归妹"即汤也，《尚书》祖乙，其六世孙也。汤有天下因称帝乙，祖乙嗣帝位亦称帝乙。

雪宫是王别宫，偶以处孟子，故曰"贤者亦有此乐乎？"贤者，暗指孟子，以矜礼贤之隆。有谓王居雪宫，而孟子见之者。若然，则当云"孟子见王于雪宫"矣，与书法不合。盖泥下文所言皆指君，不知贤者本浑论未指明，故孟子若为不解也者，借以引入君民，痛为发挥，正是孟子妙处。乃沾沾于上下文义，谓如此说方贯串，不自知其见之未超也。

杨升庵云："'贤圣之君六七作'。朱注由汤至于武丁，中间太甲、太戊、祖乙、盘庚。慎按，《尚书·无逸》称殷之贤君曰'其在太戊''其在高宗''其在祖甲'，又总之曰'自殷王中宗及高宗及祖甲及我周文王，兹四人迪哲'，以祖甲与中宗、高宗并称而不言太甲，则祖甲并美二宗而贤于太甲明矣；以祖甲与周文王而并言，则其贤益明矣。朱子称殷之贤君，独不及祖甲，何哉？余详考而思司马迁作《史记》未见《古文尚书》，乃取《国语》'帝甲乱之'一语而衍之曰'祖甲淫乱'，孔安国注《尚书》遂以祖甲为太甲。甚矣，安国之愚也！不信经而信史，不信周公而信司马迁。即使祖甲为太甲，《无逸》之书何以置祖甲于中宗、高宗之后，言之至再？其序皆然，周公不如此之颠倒也。朱子不称祖甲者，盖亦信《史记》及孔安国之过也。王伯厚曰：'祖甲之贤，与高宗侔。在殷亦当称宗，特以世数未及祧期而殷亡，故不及崇宗号耳。'此说得之。"

《孟子》"五亩之宅"，注家"二亩半在田，二亩半在邑"之说起于赵岐。

岐又本汉《食货志》，谓公田内以二十亩为庐舍。而《食货志》盖又因《穀梁传》：古者三百步为里，名曰井田。井田者九百，公田居一。公田为庐，井灶葱韭皆在焉。遂意公田既授民为庐，则邑中不宜尚有五亩，当是田与邑各半，故谓公田二十亩，八家分之，得二亩半为庐舍，而城邑之居亦二亩半也。赵耘菘云：“孟子一则曰‘五亩之宅’，再则曰‘五亩之宅’。《周礼》‘宅田’注亦曰‘五亩之宅’，并未有言二亩半之宅者，明是五亩为一宅矣。若邑中之宅仅二亩半，何不直言二亩半之宅乎？田中不得有木，既以二亩半为庐舍，则树桑不过邑中之二亩半，又何以云‘五亩之宅，树之以桑’乎？然则五亩之宅俱在邑中，所谓庐舍者，盖不过苫茅于垄间为憩息地，而非于公田中占其二亩半也。在《穀梁传》之说，亦未尝无本。盖据《信南山》诗‘中田有庐’，谓公田在井中之正中，而有庐在其内，明是以公田为庐，不知‘中田’犹云‘田中’耳。古人原有此倒用文法，非必田之正中也。自田而言，田中则为田内；自邑而言，田中并不过如田间云尔，非必在田之中也。其下即云‘疆埸有瓜’，见此庐之近于疆埸也。曰庐，则非宅可知也。曰有瓜，则不树桑可知也。且《七月》之诗云‘馌彼南亩’，曰‘彼南亩’者，从乎邑而言之也。若田中既有二亩半庐舍，井灶葱韭皆具，又何必从邑中而往馌乎？若谓自庐馌至田，同此一井，庐与田相去几何，而犹烦馌乎？且妇子皆处庐供馌，将邑中之宅竟无人居守乎？又《孟子》谓商助、周彻‘其实皆什一’，若公田中分去二十亩，更何以云什一乎？将注所谓‘又轻于什一’者，果可信乎否乎？以此数者参证，益知五亩之宅之在邑，而庐舍无二亩半之说矣。汉《食货志》云：‘春令民毕出在野，冬则毕入于邑。春将出民，里胥平旦坐右塾，邻长坐左塾，毕出然后归，入亦如之。’其说本《尚书大传》，所谓春作时，‘上老平明坐右塾，庶老坐左塾，余子毕出，然后归，夕亦如之也。’或者据此以为农夫毕出于田野，则宜有在庐馌饷之事。然曰里胥平明待农夫毕出然后归，夕亦如之，则每日晓出晚归，不宿于庐舍可知也。且馌饷必系妇子，若自庐馌田，则妇子应俱在庐舍，而上老之出民，但云余子毕出而不及妇子，则妇子之不在庐舍可知也。田中无二亩半之庐舍，益可知矣。”

“过位”有二说，周国玠云：“天子五门：皋、库、雉、应、路。诸侯三门：库、雉、路。《尔雅》云：‘正门谓之应门。’天子以应门为正门，诸侯以雉门为正门。天子诸侯皆三朝：外朝在库门之外，非大故不设君位；内朝在路门之内，乃燕朝也；以中间治朝为正，在正门以内、路门以外，此人君每日视朝之处。其朝仪则司士正其位而辨其等，君位乎上，谓之宁位，其下卿位、大夫位及上士、中士、下士之位各辨其等。朝制：君臣皆立，君立宁位，揖群臣毕，即退适路寝听政，而宁位虚，群臣至官府治事处治文书。如君有命议政，臣当进言，入路寝，则经过人君宁立之虚位，进出皆过位，然勃如、躩如之容以进而过位为主。”

汪武曹文讲首节云:“尝考鲁有三门，曰路门，曰雉门，而其最外者曰库门，其制拟于天子之皋门者是也。凡库门与雉门、路门皆可曰公门，而此志夫子入朝之始，则所谓公门者，盖库门也。夫此门也，不惟远于治朝之堂，抑且未及外朝之位。”讲三节、四节云：“曰‘此君之外朝也’云云，过此则为雉门，略而不书，何也？与入库门同也。入乎雉门而君治朝之堂在焉。盖鲁有三门，亦有三朝，外朝在库门之内，治朝在雉门之内，燕朝在路门之内，而治朝者乃日所常朝之地也。其堂之高，凡七尺，故其阶为七等。诸有位于朝者，其位列于中庭之左右，而有北面、东面、西面之别焉。《夏官》司士所为，正其位者也。夫子于此两手抠衣历阶以升，密迩至尊，在斯时也。彼其视过位之时，其森严固已有间，而况较之入门之始乎？”讲五节既毕，总收云：“至若所谓燕朝者，盖君退自治朝，则听政于斯，而群臣不从入焉；其在公族，则常朝于斯，而异姓者不与焉，故其事不复书也。盖兹之所书者，人臣常朝之仪，故于治朝之事书之独详。而必先之以过位，又先之以入门，以其为常朝所必历之地而连类以及之，所以见其处之各有其节而不敢苟也。”其《自记》云：“古者天子、诸侯皆有三朝，以鲁制言之，库门之内为外朝，雉门之内为治朝，路门之内为燕朝。治朝与燕朝，皆可谓之内朝，《文王世子》‘公族朝于内朝’，谓燕朝也，《玉藻》‘朝服以日视朝于内朝’，谓治朝也。然以治朝对燕朝言之，则亦曰外朝，《文王世子》‘外朝以官’是也。库门内之外朝，载于《周礼》，三公、孤卿以下设位于庭中，所谓面三槐而左右九棘者也，然非君所常御之朝，故曰君之虚位。惟国有非常之事，然后御于此，致万民而询谋之焉。而所谓燕朝者，《玉藻》则云‘君日视朝，退适路寝听政，使人视大夫，大夫退，然后适小寝’，路寝即燕朝也，以此见群臣不从君入也。《周礼》‘王眡燕朝，则大仆正位，掌摈相’，注云:‘王图宗人之嘉事，则燕朝’，疏云：‘君燕群臣则在寝，燕亦有朝。’但因燕而朝，《燕礼》已有成文，故郑必以王图宗人嘉事为燕朝，以此合之公族朝于内朝之文，益知异姓之臣不得常在燕朝也。盖群臣日所常朝之地，乃在治朝。此章记夫子在朝之容，则所谓‘摄齐升堂’者，当必在此。《存疑》误以过位为治朝，而以升堂为路寝之内朝。《集注》:‘位，君之虚位。’若以此为治朝，则群臣方日朝于此，何缘人君乃在虚位，何缘不行朝礼而反过之？”

或谓皋陶、庭坚为一人，又以伯益为皋陶之子。按，《世本》:“少昊之裔子取颛顼氏之女曰修，生大业。大业取少典之女曰华，生陶。陶生而乌喙，渔于雷泽，舜举以为士师而封之皋，故曰皋陶，封其后于英六。文公五年秋，楚仲归灭六，冬，公子燮灭蓼。”臧文仲曰:“皋陶、庭坚不祀忽诸。”罗泌云:“皋陶，少昊之后。庭坚，高辛氏之子。六，皋陶后。蓼，庭坚后。杜预以庭坚为皋陶子，误也。皋陶之后有舒蓼，而非蓼。蓼，姬姓。蓼灭，舒蓼犹存。宣公八年舒蓼始灭。”

《玉藻》篇有云“大夫亲赐于士，士拜受，又拜于其室。敌者不在，拜于其室”，则是大夫有赐，无问在与不在，皆当往拜。若不得受而往拜者，是乃敌体之降礼。阳虎若以大夫之礼来，尚何事瞰亡？正惟以敌者之故，不得不出此苦心曲意，而乃谓其所行者为大夫之故事，则不惟诬孔子，亦并冤阳虎也。或曰：“然则《孟子》非与？”全氏曰：“《孟子》所引《尚书》《论语》及诸礼文，互异者十之八九。古人援引文字不必屑屑章句，而《孟子》为甚，乃至汝汉淮泗之水道，亦误举之。则此节礼文，或随举而偶遗，所以有失。要之，孔子所行者是《玉藻》，非如《孟子》所云也。若《孟子》下文谓‘阳货先，焉得不见’？亦未能发明孔子之意，盖使阳货以大夫之礼来，虽先不见也。”此全谢山之论，发前贤未发。

“呼于垤泽之门”，若作鲁君自呼守城门者，彼岂无侍从乎？若作呵护卫传呼声，则贱役之声与其居何涉？惟夜间城闭，鲁君仓卒发声诘问，饬其从人，监门者闻之，疑与宋君相似。凡书以俗情测之十得八九，虽圣谛亦不外凡谛。道理须从眼前体贴，不独此一端也。赵瓯北论如此。

下拜，见于《聘礼》者四：行享以后、公礼宾、宾私觌、臣与君行礼，宾皆下拜而升成拜。君使人归饔饩及宾赍君币问主国之卿，此臣与臣行礼，而将以君命，受馈者亦皆下拜而升成拜。见于《大射仪》者三：始焉，公取媵觯以酬宾，公卒觯，宾酌膳，宾皆下拜也；至数算以后，若公不胜而饮，公则酌散、酌膳、实散，又皆下拜也；洎乎宾媵觯于公，其酌散、酌膳，与君所赐爵，皆降阶下再拜稽首，复升成拜。见于《公食大夫礼》者五：始之则拜至也，次则拜馔也，次则拜加馔也，次拜侑币也，终拜卒食也，无不下拜者。

二十五家为里，里各立社。其名书社者，书其人名于籍。书社三百，乃七千五百家。楚以书社七百里封孔子，朱子疑其太多，不知此二十五家为里之里，非道里之里也。二十五家亦称邑，乡遂二千五百家亦称邑，至稍地、县地、卿大夫采邑，其地一同，不止千室。千室之邑，盖指城邑言，《尔雅》“邑外谓之郊”，言城邑也。城内能居千室，大邑也，卿采邑出车百乘，凡二万五千家，岂千室所能出？

笾豆之事则有司存，于是学者高谈义理，不问器物。第即器物可考三代典礼，固宜略知其概。如“四笾四豆”，笾，竹器；豆，木器。恒豆皆木，瓦豆为登，更有铜铸者，有狸首豆，有盘螭豆。五齐七醢七菹三臡，此豆实也。朝食馈食之豆无镫，羞豆加豆有镫，盖夫人所荐，执礼者授之，执镫以严分也。六尊六彝，彝有舟，尊有罍，舟形如今茶船，罍有雷文。鸡彝象鸡，鸟彝象凤，斝彝象稼，皆画其文。黄彝有目，以黄金涂之，虎彝虎首而斑文，蜼彝虎首而歧尾。牺尊牛形，象尊象形，大尊太古瓦尊，山尊画山，壶尊有脰，著尊无足。以鸡彝盛明水，以鸟彝盛郁鬯，以牺尊盛醴齐。彝为上尊，卣为中，罍为下。又罍贮水，洗受水，用以灌涤。又罍尊最大，庙堂之上罍尊在阼，牺尊在西，凡酌酒皆于罍，大故也。六尊以待灌，六彝以待祭。彝鼎有铭曰彝，尊鼎有铭曰尊。有牛鼎、羊鼎、豕鼎，其足以牛羊豕为饰也。牛鼎容一斛，羊鼎五斗，豕鼎三斗。天子饰以黄金，诸侯饰以白金，大夫羊鼎饰以铜，士豕鼎饰以铁。方鼎四足，圆鼎三足。鼎有通身雷文、通身乳、通身环，穷工极巧，不可指数。极大者以木贯两耳扛之，曰鼐，小者仅如今之席间盛菜之碗。小而厚者，疑供宗庙，取其坚久；小而薄者，疑宾燕之陪鼎，取其轻便。鼎足空者曰鼎鬲，鼎无足者曰著鼎。古之食礼，有正鼎，有陪鼎。进黍稷者以簋，进稻粱者以簠，故有八簋六簠。旊人为簋，瓦也，与以木为者，岁久不传。后世传者皆铜簋，簋形圆而椭如龟，或内圆外方如桶，其盖作龟形。说者谓椭而圆以象龟者，诸侯制也，刻以龟而为饰于盖者，大夫制也，后世天子以用于大夫者享帝，非也。簠簋有盖，谓之会，《公食大夫礼》曰“宾卒食会饭”，吕静曰“饭器谓之簋”。《特牲馈食礼》曰：“筵对席，佐食分簋铏。”注曰：“分敦黍于会。”会有柱可仰，以食自豆分置其余以待馂，明廉也，故刺贪曰“簠簋不饬”。簠外方内圆，簋外圆内方。簠盛嘉膳，簋盛常膳。鱼鼎、腊鼎、肠胃鼎，皆常鼎，无别式。五鼎，三鼎在羊镬之西，二鼎在食镬之西。说者云:“系后儒改盉为镬。”许慎以盉为调五味器，陆法言以盉为调五味镬，皆非。古之祭，爨在庙门之东，故初陈鼎于盉西，后陈鼎于阼阶。爨为灶，盉即煮荐体之器也。升食者，自盉以升于鼎，鼎陈阼阶则荐食于上矣。实鼎曰脀，实俎曰载。肩臂臑前体也，膊胳后体也，正脡横脊谓之体荐，短正代胁谓之体解。体各异盉，取于盉以实鼎，取于鼎以实俎。俗以盉为镬，考于书以镬为镌，以镌为甇。甇，盆之大者。碗小于盆而同制，安得以盉为镬？

射有三：大射之侯，栖皮为鹄；宾射、燕射之侯，画布为正。天子虎、熊、豹三侯，诸侯熊、豹二侯，大夫麋侯，士豻侯。凡侯皆以布为之，其形必方，其外一分以其名之皮饰之，如虎侯虎皮、豹侯豹皮也。其中三分之一，又以其皮缀于其中为射之的，故曰“栖皮为鹄”。宾射之侯，外亦用皮饰，其中三分之一，则用彩画，谓之正。天子五正：朱、白、苍、黄、玄；诸侯三正：朱、白、苍；大夫士二正：朱、绿。燕射之侯，外亦用皮饰，其中三分之一，天子则白质而画其兽首，诸侯则丹质而画其兽首，大夫士则不以采为质，止于布画之，故曰“画布为正”。凡侯道，虎九十弓，熊七十弓，豹麋五十弓。“射不主皮”者，马融、邢昺谓射有五善，不但以中皮为善，亦兼取礼乐容节也，朱子引《乐记》“贯革之射”，然贯革与主皮不同。《周礼·乡[1]大夫》“以乡射之礼五物询众庶：一曰和，二曰容，三曰主皮，四曰和容，五曰兴舞[2]。”注云：“庶民无射礼，因田猎分禽则有主皮。主皮者，张皮射之，无侯也。”而军旅之射，又有贯革之式。《乐记》所谓贯革，谓军旅之射也，《周礼》所谓主皮，谓田猎之射也。《仪礼·乡射礼》云：“天子熊侯，白质；诸侯麋侯，赤质；大夫布侯，画以虎豹；士布侯，画以鹿豕。”“礼射不主皮。主皮之射，胜者又射，不胜者降。”注云：“礼射，谓礼乐射也，大射、宾射、燕射是已。”主皮者无侯，张兽皮而射之，主于获也。《尚书大传》云：“战斗不可不习，故于搜狩以习之。凡祭，取余获陈于泽宫，卿大夫相与为射。中者，向虽不中亦取；不中者，向虽中亦不取。向之取于囿中者，勇力之取；今之取于泽宫者，揖让之取也。泽宫之射，非但行礼，又主于中，此主皮之射，而礼射则不主皮也。”

黄帝命垂造钟，《吕氏春秋》云“黄帝命伶伦铸十二钟”，《礼记》云“垂之钟”，盖垂为尧时钟工，而《山海经》则以炎帝之孙鼓延始为钟。钟制载于《考工记》者甚详。钟体之别五：有铣，有于，有鼓，有钲，有舞。钟柄之名二：有甬，有衡。钟县谓之旋，旋虫谓之干，钟带谓之篆，篆间谓之枚，枚谓之景，于上之攠谓之隧。先王之制钟也，大不出钧，重不过石，有十二辰之钟以应十二月之律。十二辰之钟，大钟也，大钟特县。非特县者，编钟也。虞夏之时，小钟谓之钟，大钟谓之镛，《书》云“笙镛以间”，《诗》云“蕡鼓维镛，镛鼓有斁”，注云：“镛，大钟是也。”周之时，大钟谓之钟，小钟谓之鎛。鎛即编钟，又谓之歌钟。伶州鸠云：“大钧有鎛无钟，鸣其细也。细钧有钟无鎛，昭其大也。”是钟为大器，鎛为小钟。而《周礼》“鎛师”注云“鎛如钟而大”，谬矣。鼓之制，盖始于伊耆氏，及少昊、高辛、帝尧而有虞氏谓之搏拊，夏后氏加足谓之足鼓，商人贯之以柱谓之楹鼓，周人县而击之谓之县鼓。《礼》云“县鼓在西，应鼓在东”，《诗》云“应田县鼓”，则县鼓周人所造也。以应鼓为和终之乐，则县鼓为倡始之鼓。盖宫县设之四隅，轩县设之三隅，判县设之东西。西北隅之鼓合应钟、黄钟、大吕之声，东北隅之鼓合太簇、夹钟、姑洗之声，东南隅之鼓合仲吕、蕤宾、林钟之声，西南隅之鼓合夷则、南吕、无射之声。《考工记》云“鼓大而短，则其声疾而短闻；鼓小而长，则其声舒而远闻”，言鼓之难为良也。且夫乐器多矣，而孔子惟举钟鼓，《孟子》云“金声也者，始条理也”，又《乐记》云“会守拊鼓”，荀卿云“鼓为众声之君”，是钟鼓皆乐器之首也。

歌在上，舞在下，歌咏其声也，舞动其容也。文舞羽籥，武舞干戈，虞廷

---

① “乡”，原文作“卿”，据《周礼·乡大夫职》改。

② “舞”，原文作“武”，据《周礼·乡大夫职》改。

之舞列左右两阶，周庭之舞分前后四表。舞者初从南头第一表起，舞至第二表为一成。一成则一变，每变舞者有更代。次从二表至三表为再成，从三表至四表为三成。转身向南，从第四表转至三表为四成，从三表至二表为五成，从二表至南头第一表为六成，六成凡六变。八变者，更从南头一表北向二表为七成，从第二至第三为八成。九变者，从第三至北头第一表为九成。每成谓之变者，其纵横分合、往来向背、旋转曲折，每变则异也。观九成之舞，想见虞廷至德升闻、雍容揖让、恭己垂裳之仪也。观六成之舞，想见武王誓师北出、克殷还南、周召左右之象也。观于舞，而乐之精神悉著焉。

子曰“未若贫而乐”，汉东平王论云：“贫而乐道。”梁侃《义疏》“闵子侍侧”章：“‘若由也’上有‘曰’字。”孙奕《示儿编》云：“‘子乐’当改‘子曰’”，未见皇侃书也。高丽本“菜羹瓜”，“瓜”作“苽”。“三嗅”，唐石经无“口”字，“口”字后人妄加。《大学》“举而不能先，命也”，“命”或读如“漫”音，故字从而讹。《孟子》文中有脱误者，虽古字或有通用，在初学要使一见豁然。如“一介不以与人”，“介”当作“芥”。“曾益其所不能”，“曾”与“增”通。“士憎兹多口”，则“憎”当为“增”，或云是倒句法，言为多口所憎，王充《论衡》云“士兹多口”，无“憎”字。“有私龙断”，“龙”宜加“土”。“二女果”，“果”当从“婐”，字见《说文》，然《说文》谓“舜妹名婐”，与此不同义。“攸然而逝”，“攸”同“悠”。“宿于昼”，“昼”即“画”字。“政不足间也”，“间”字上脱“与”字。“无或乎王之不智也”，“或”当作“惑”。“或相什伯”，《正韵》百人为佰，“佰”与“伯”通。“惰其四支”，“支”与“肢”通。“为长者折枝”，“枝”与“肢”通。“镃基”，“基”当作“錤”，《旧唐书》引太子建成传赞作“镃錤”，《说文》“錤，大锄”，然古文通用，非误也。“燔肉不至”，“燔”当作“膰”。“痈疽”，或云“雍雎”，人名，一名渠，卫灵公之嬖阉，见《说苑》，朱子从赵注，作“瘍医”。“顽夫廉”，《论衡》诸书所引皆作“贪夫廉”。“觳觫”，或云“觳觫”，觳从豕，尾惧貌；觫从角，角惧貌，移作牛惧貌，义亦通。汉隶又作“觳㾽”，寒战也。古文觳、觳通用。“芒芒然”，古文芒、茫、恾、忙通用，《淮南子》“芒芒昧昧”，芒昧无知貌，训“冗急”亦通。“敦”，朱注作“董治”解。按，韵书“敦”音有十二义，无作“董治”训者。音墩者，取笃厚之义。赵注“敦匠”为句，注“厚作棺”，字异而义同者。“申申如也”，《汉书》作“伸伸”；“侃侃如也”，唐《张嘉贞传》作“偘偘”；“乡人傩”，他书或作“难”；“狂狷”，《孟子》作“狂獧”；“好行小慧”，高丽本“慧”作“惠”，字皆通用。“古者言之不出”，高丽本作“古之者，言之不妄出也”，拙而浅矣。“君子耻其言而过其行”，高丽本作“君子耻其言之过其行也”，简而明，朱子之解似太曲。《说文》“荷蒉”为“荷臾”、“亵”为“结衣”，又有“踄予之足”一句。《孟子》“源源”为“謜謜”，“接淅”

为“澆淛”。

昔人云作文须略识字，而识字最难。《字典》一书，辨体审音，穷流溯源，尽其变矣。塾师非遇僻字不检，不知日用常字每易袭讹踵缪。荀学植荒陋，字学韵学均未究心，仅即管窥所及，略举一二。如辞讼之“辭”与辞受之“辤”异，文词之“詞”又别。系累之“纍”与积累之“絫”异，或借用物累之“累”，亦省笔。朔望之“朢”与想望之“望”异，寝庙之“寑”与寝疾之“寢”异，此类甚多，每易忽略。天气地气，加“米”字是气廪之“氣”。又，“氣”加“食”字为“餼廩”，赘之赘也，今不可更。庠序之“序”，非次叙之“叙”，今序书概用“序”字，苏子为人作叙用“叙”字，反以为避家讳。内得于己谓之悳，指悳行，“德”字训“升”，非“悳”也，今概用“德”矣。怀想之“懷”，非怀抱之“褱”，今概用“懷”，或于“懷”字书作“懷”，第概用之亦非。“雕”与“鵰”及“鶵”与“雛”本一字，今离“雕”与“鵰”为二，反以“雕”与“彫”为一，误也。古无“花”字，草木之华概曰“华”，古作“荂”，魏齐始有“花”字，今通作“花”字，用“华”者仅矣。月生霸，霸从月也，今讹作“魄”，而以“霸”为五伯之伯。若此甚多，久假不归，习为固然。仁义之“義”，从我，平声。月为常儀，今妇人孺子犹呼“常娥”，古音未失也。《书》曰“无偏无陂，遵王之義”，“義”与“陂”谐，今概读如“意”矣。“鹊之姜姜”与“我以为兄”谐，吾邑山中犹有呼“兄”如“荒”者，故与“姜”一韵而以为叶，不知其为本音也。“鴥彼晨风，郁彼伯林”下与“忧心钦钦”谐，以“风”为叶韵，读孚愔反，不知“风”古读如“分”，非叶也。“潜龙勿用，阳在下也”“见龙在田，德施普也”，“下”，古读如“户”，不知何时乃读如春夏之“夏”。“明”，古读如“芒”，不知何时乃读如“声名”之“名”。“零”“苓”，古皆读如“莲”，故“采苓采苓”与“人之为言”“无以为然”谐，今惟西羌先零之“零”读如“莲”，余皆读“灵”音。“家”，本读如“姑”，今惟班氏曹大家之“家”读如“姑”，余皆读如“嘉”，忘其为本音，而偶合者反以为假借。吴人读“胥”如“速”，平声，因呼“姑胥”为“姑苏”，地名音讹而字遂改矣。北人呼“粥”如“州”，因呼“邾”为“邹”，国名音讹而字遂改矣。“应田悬鼓”，说者曰“田”当为“輔”，字讹。考陈恒亦名田常，疑“陈”有“田”音，非无故改姓，音变而字亦变矣。“処”，正字也，今改作“处”，反以“処”为俗字。“礼”，正字也，今改作“禮”，反以“礼”为俗字。“飰”，正字也，今改作“饭”，反以“飰”为俗字。底定之“底”同“旨”，俗呼“底”。福祉之“祉”同“耻”，俗呼“止”。芥蒂之“蔕”音“虿”，俗呼“带”。“无”转而呼“没”，读如“谟”，“没”转而呼“毛”，“没”“毛”乃随音而借用，非正字也，相衍不改已。古云齐人呼“得”为“登”，今未有如此呼者，因时异也。夫音因地而异，因时而异，乃欲以一方之人、一人之口齐天下之音，无怪其格格不相入也。如诗韵之“江”，从水工声，《释名》“江，公也”，今读如“姜”。凡淙、玐、幢等字，明明与“东”同韵，皆改从“姜”音，即“邦”字，《诗经》中或读如“崩”。“我心则降”，“降”读如“洪”，“洚水”读为“洪水”，《说苑》“双”与“容”谐韵，且“虹”可音“江”，则“江”可音“虹”，《楚辞》“隐汶山以清江”“听波涛之汹汹”，窃疑杠、钉、缸、豇、茳等字，皆当从“工”声，不知何时改从“姜”声，而强诸字以从之。他如“原”从“沄”音、“雷”从“哉”音，不得已拗口从之，不必辨，不可不知。字不能无转音，因转音而别造一字，字于是多，要不可离母，姑举其一。如父母之“母”，天下通称，有呼似“么”者，在六麻韵，遂外生一“妈”字。吾乡又有转呼如“昧”者，字书无其字。甚而又有知其一不知其二者。“仓皇”偶书“苍黄”，则以为别字。中兴之“中”，仄声，亦可读平声，有作平用者遂以为非。纶巾之“纶”，读如“贯”，亦有如字一读，乃以读本字者为非。人知伏猎侍郎之可嗤，若皋陶书“咎陶”，在今日必以为笑谈矣；宓子贱书“虙”、书“密”，“服虔”作“伏虔”，在今人必又訾之矣。古“由”与“农”通、“舟”与“周”通、“立”与“位”通，在今必以为怪，此类亦何可胜数？夫淮雨别风、鲁鱼焉乌不可不正，为其乱古书也；市井俗字不可不斥，为其无本也。若夫土音各别，则呼“虎”为“於菟”可也，呼“喉咙”为“胡咙”可也。“宁馨”“阿堵”，方言俗语，今且奉为典要，且不特此，书中文言皆是当日常语，古人简质，不似后世取生僻字、撰奇奥文以耸观听，其学问语惟见于庙堂诰诫。古人率口成咏，不知所谓四声切韵、三十六母，夫鼻音、喉音各处有偏，轻呼、重呼随方而异，其积重难返者必欲复古，如今日辟地为井田，虽圣人不能也；其习惯自然者，如被发文身之久，加以衣冠不愿也。天下何所为真假？同一朴，或以为玉，或以为鼠，各从其俗而已。豆本木器，后变为铜，则铜豆亦可奉祭。簠簋竹器，后以铜铸，何尝以为非？江本“工”声，变而从“姜”，后亦奉如律令，莫之敢议。而世之讲韵学者，南人争曰“吾音为正，北人多疏”，何以孟子独推齐语？岂中原历代圣人所遗不如吴越荆蛮之语音耶？北人不服，又哓哓以辨，均谓之不达而已矣。又如鱼、虞本一韵，后分为二。鱼韵有“余”字，“余”“吾”同字同义同音，盖有读“余”如“乌”者，遂有“吾”字也。今“吾”字分在虞韵，俨然两字，读者音亦异矣。鱼韵有“於”字，有读如“乌”者，故用“呜呼”，亦用“於乎”，“乌”“呜”通。“乌”分在虞韵，而“於乎”，“於”字不知者加圈，云读如“乌”，俨然两字，音亦异矣。此类盖不可胜数，末学不能穷流溯源，虽未判若鸿沟，几于呼异牛马。后世“彻侯”改“通侯”、“虎林”为“武林”，无甚关系。武则天以“贒”易“贤”犹可，王莽改“曡”为“疊”则不可，此等字亦当类推，故著其宜辨与不必深辨者，以示大概云尔。

余以土音即正音，随音而转之字，字不同，皆正字。或以为臆说，余观郡名、地名之异而得其证焉。郡邑名有两称字不同者，颜师古以为土音各异，各有别称，此言是也。萧何封酂，或以为音嵯，不知洛阳之酂音赞，是何所封；沛之酂音嵯，何之孙所封也。此犹两地，故音异。若林庐亦名隆虑，郡以山名而山有两名。济阴之宛句为冤劬，琅邪之不其为不基、琅邪又为琅琊，会稽之诸暨为诸既，南海之番禺为潘隅，淮阳之阳夏为阳贾，广汉之汁方为十方、今为什方，豫章之余汗为余干，吾淄之般阳为盘阳、为磐阳。其在边域，则龟兹之为邱慈，张掖之番禾为潘盘，苍梧之荔浦为肄浦，九真之都庞为都聋。若此者指不胜屈，岂非以称谓之异而字随音变，孰能决其是非耶？

自篆变为隶，其间形似近者或因之而讹。《论语》有“妇人焉”，夫子于本朝王后不应称妇人，盖讹“殷”为“妇”。《太甲》“自周有终”不可解，即训“周”为“忠”亦牵强，盖讹“君”为“周”耳。自唐明皇以经字古今不一，命卫包全以今文易之，亦难保无一误也。近时人好以意增损，“韭”字加“草”，“冈”字加“山”，“馆”字“食”旁改“舍”。其增改相衍而难变者，如“辟历”作“霹雳”，“须”加“髟”，“匍”改“军”，“曼头”为“馒头”，古“宷”即“审”字，今讹为“僚宷”；古无“做”字，读“作”，音讹而增；甲子“榦枝”，省作“干支”；宝剑“镆铘”，省作“莫耶”，其类何可胜数！

许，言，午声，《诗经·伐木》“许许”读如“虎”，加水滂，亦读如“虎”。何许人，读如“处”，今皆读“虚”，上声，失其本音矣。衙，古读如“御”，盖字中“吾”字与“予”同音，“予”有去声。今“衙署”皆读如“牙”，失其本音矣。“邪”同“耶”，亦同“也”，平声。今邪正之“邪”，皆用此字。按，斜与正对，诗中斜月斜风，无用“邪”者。至心邪行邪，特用“邪”字以别乎物，然是“斜”之转音，失“牙”本音矣。“尔汝”之“汝”，《论语》皆作“女”，《诗经》亦然。古“而”与“如”通，恐其与“女”混也，作“汝”。究竟汝是水名，借用久，忘其本矣。“大”，古读若“代”，或同隋音，间有读“泰”者，今皆读“达”，去声，忘其本矣。秦始皇嫌“辠”字似“皇”，改为“罪”，盖自出己意，谓非之多也。今经书皆以“罪”易“辠”，忘其本矣。“无”字乃扬子云奇字，今皆用“無”字，惟易书用“无”。以“无”为“無”，久亦忘字之本矣。唐“世民”二字不甚讳，然官署文牒，凡“葉”字、“棄”字，皆作“葉”[①]、“弃”。今“弃”字沿而不改，忘其本矣。“漏泄缧绁”，皆去“世”而作“漏洩缧絏”，今亦沿而不改，忘其本矣。“赝鼎”或作“雁”，以杨升庵之博，不知“雁”与“赝”通而疑下无“贝”字，人谓必当从“赝”，拘矣。臧武仲名纥，读如“海”，“海”

① 按，此“葉”中之“世”字缺末笔。

或读如“哈”，京师海岱门，俗呼“哈达门”。“哈”又读如“瞎”，以唐萧颖士之博，而讥读“纥”如“海”者谓“瞎”字也不识，不知“海”系本音、“瞎”系转音，人谓必当读如“瞎”，愚矣。

古“学”字,即“孝”字,与“效”同音,今训“学”字云:“学之为言效也。”孝弟之“弟”，古第几，即此“弟”字。此不必拘，而不可不知。

王氏家传

家传，纪实也。自曾祖以上不纪，或载邑乘，或详家谱，无庸纪也。所未见者不纪，不能纪也。幼无识，虽有事不知。稍长，出游于外，所知亦仅耳，纪特举其梗概。然荀犹能述其仿佛，若不撮举，后人并不知性情行事若何。虽偶闻一二，亦渐久渐忘，日就湮矣。夫一国有一国之文献，一邑有一邑之文献，至于寒微家，不过琐屑诸务，未敢闻于大人君子。顾在子孙，则宜知先人守身处世之法，读书务本、勤俭持家之计。虽末事小节，亦不可忽，况乎声容笑貌，即事可征，有想象于无尽者？本源之思，悠然兴焉，其间悲欢离合，人事变迁，抚今追昔，不知涕之何从。祖父、父母皆有传，俾后人观法。叔已出嗣睽居，事不多见，略纪示后人，知其性情。诸姑已嫁，似外人，究其实，一家骨肉也，荀亲承色笑，不敢忘。弟妹之先亡者，各纪一篇。侄辈夭逝者，亦附纪于后。盖恐泯没，于心不忍，且各有其美，不容没。惟不敢饰，不敢增，记其实尔。道光二十九年，培荀志于旭阳官舍之听雨楼。

赠文林郎大父小山公行略

王父没已四十五年矣，追思笑语，宛乎如昨。恨荀生晚，谨就见闻所及，略志一二。始祖讳贵，自明初迁淄。五世祖赠御史公讳惠，厚德义，声著于志乘。仲子浙江道佥事四山公讳君赏，生子五。长讳补，以廪生中崇祯武举，生处士松侣公讳为瑚，生太高祖讳鸾，慷爽有节概。家落后，尝小贩于北。有富翁置巨金于橐，公返舍乃知，检而归之。然自后家以饶裕，河东业皆所置。高祖贡生讳丕昌，字燕及，四世同居，人无间言。曾王父郡增生讳丹亮，字熙载，孝行载县志。生子五：长讳修符，庠生；次讳仲符，太学生；四讳光符，庠生；五讳充符，早卒。祖立斋府君，其三也，讳相符，长身伟貌而和厚温雅，生平无疾言遽色，于穷通得丧，意豁如也。念四山公以清白遗子孙，以诗书为世业，恪守遗教，与伯叔祖攻苦一室，声誉翔起。乡试荐不售，益发愤。务博览，广交游。北游燕赵，南涉黄河，越广陵，极八闽，所结纳多知名士。析箸时，以耿家庄地宅易置鸾桥屋数间，即今所称南园也。耿家庄地下下值，较鸾桥三不当一，仅得地四十亩，家计渐窘。后先祖妣张孺人殁，连岁荒歉，心力尽疲。时曾祖妣蒲太孺人同诸伯叔祖居河东，王父时时省视。荀尚幼，随行嬉戏。伯叔兄弟先后踵至，王父相与谈宴，博太孺人欢。迨太孺人寿终，王父复还居河东，留府君守鸾桥。是时，府君馆直隶文安周松崖先生署，王父时来问诸孙衣履有无，粮余几何，为谋旨蓄，计岁延师，课荀兄弟辈。无师则亲为讲画，手抄诗文授荀，为说古今人物立身行己大概。王父品望重乡里，族戚疑难事，咸为剖析，得当以去。至纷争仇讼不解者，得王父一言而息；鳏寡良懦为强暴所凌，藉一字挂讼谍；无可申诉，王父为之百方求解，故望庐而候者踵接于门。而王父殊不好事，每手一编，端居默览，作字日有课程。壮年即力行功过格，日所事必记，迄老四十余年无间。晚岁家益落，所遇益艰，胸次泰然，不知人间有烦恼事。黉山郑康成先生祠久废，邑侯盛百二赠康成遗像，募工刻石。百二先生作记，募村立祠，会以他故，未果。河东村旧有文昌阁已圮，纠同志修复。岁祀之立，文社宴集，作七律以倡结，云："最是吾乡当自愧，书香不振百余年。"于是约族中及近村学者月两会，亲为点定指示。念佥事公之祭田瓜分无存也，值族有因祭田兴讼者，百方晓之，彼此悦服。议每亩岁输若干致祭，自是南茔无田有田。而佥事公之四子亦山公负才名，无嗣，岁时得附祭。族有卖身者，约众赎之。有分居东平一支，以事来淄，王父视如同室，绸缪有加焉，穷困者为谋生计。五叔祖卒，以次子思林出继。后叔祖母饔飧，咸取给于王父。王父不屑屑家人产，田园数十亩，再复再失。书籍器具及材木有乞借者，脱手与之，不追问。生府君斗南公，嗜读无昼夜。王父日以青紫盼，乃屡见赏于宗工，而终不得一睹秋闱捷。小子荀学搦管，王父批文尾云："见得到，说得出，决科非难事也。"讵意甫博青衿而王父下世矣。荀自幼岁多在外，不得常随杖履，一切言行，百不得一。当其亲睹，以为日用行常无庸留意。及浸远浸微，始知一二末节，皆可为子孙法守。即曩昔亲友，亦时时为荀称道不置。留此一编，俾子孙不得见者，或由此想象焉，庶可仿佛王父生平，无坠我家声也。道光二十五年皇太后万寿，覃恩貤赠文林郎、四川嘉定府荣县知县。至是去卒时四十四年。又二年，岁次戊申，恭记先太孺人尝语荀云："汝孩时，祖母晨兴必置汝于怀，坐炕上。"至四岁，祖母殁，绝不记祖母音容仿佛，此终身一憾。太孺人又语荀："祖母温厚寡言，与子女语，户外不闻声，从未呵斥婢仆。"太孺人事祖母数年，未遭嗔责，固由太孺人之恭谨，亦可知祖母之德矣。

赠文林郎斗南府君行略

荀幼受庭训，入泮后即授读于外。丙戌，荀馆蒲台，闻府君病，急归，已无及矣，抱恨终天，不可以为人。卒后艰于择地，阅三年仍附葬先王父墓侧。曾以片石，乞表叔韩百木作志，文太略，无以示后。念府君志之坚，守之正，而遇之穷也，家世已略具先大父行略中，乃撮梗概，敬志于册。府君生而端谨，寡交游，于世好无一恋，惟以书卷为性命，而艰于遇合。年二十八，始入邑庠，馆城中王氏姑丈家，日夜读不休，呕血，医治痊，读如初。岁时解馆归，闭户周走，细声读，夜漏三十余下乃息。夏，蚊雷轰斗室中，回翔往复，抵手吟哦。大父远游，或累岁不返，府君且读且经纪家事。馆直隶文安署中八年，后以大父年老，不复出，就近教读。大父批府君文，以为臻纯熟境。每大比，盼望捷报，而竟不遇。惟科岁试，则屡拔第一。文刻试牍，为程式。盖府君文取法大家，于明则金正希，本朝则熊次侯，故难投时好。然指授生徒，则固未尝鄙薄时墨。大父意气阔落，不问家人生计，田亩再复再失，皆府君拮据节省。及不肖渐长，家无担石储，又多经荒岁，兄弟妹日以长，婚嫁相踵，而交际往来人事所不可缺者复多故焉，府君以空手撑柱。县有冒籍者以重金关说，求入场，却不顾。淄邑多攻煤井，伤坟墓，府君以与高王父墓近，鸣于官。是时，七世叔祖司农公钦赐茔亦相近，部委山东抚军查办，攻井者大惧，许族兄某以巨金求息。族兄谓受金无以见府君，拒之。盖清正为人所畏服如此。每训荀曰："圣贤语皆切己，吾年来体会愈有味，尔曹勿以纸上陈言视之。"又曰："读书非徒立身，息妄念，养性灵，因之调血气，并可却病。"晚年病，不应试而诵书不辍。儿辈从旁劝少休，府君曰："吾无所事事，借以涵泳义理，乐此不疲也。"教不肖辈以义方，而从容不加扑责。授徒课程甚密，而徐为熏陶，亦不事夏楚。不议论人短长，相与见肺腑，咸乐与府君游，不狎侮，亦不落落也。末年当贡，檄文屡催，以病不赴。院吏将为委曲设计，府君弗许。时荀亦以事在省，府君立遣弟培垣唤回，卒以不贡。府君攻苦一生，以大父望之殷，冀以志之未伸者伸于不肖等。荀辛巳与乡荐时，府君犹健，谓幸博一第，竟濩落无成。道光二十五年，遇覃恩，赠文林郎、四川嘉定府荣县知县。此后子孙读书，当以府君之志为志，不徒以一第慰九泉，尤当以立身行己者为法也。

赠孺人先妣王太孺人行实

先妣王太孺人，自幼淑慧。外大父临溪公讳兆墺，新城知名士也，钟爱甚。年十九，归府君。兄培著，前妣张太孺人出，抚育维殷。荀生四岁，当乾隆丙午，山东大饥，人相食，大疫。祖妣张太孺人病殁，府君卧病，昏沉不能理丧务。太孺人亦病，方起床，而外大父又以病危告。两家大故，心力俱瘁。从此艰苦备尝，无安恬日矣。王父晚年居河东旧宅，时来视荀兄弟。太孺人洁羹汤，奉惟谨。是时，田亩尽鬻，府君就馆直隶文安，贳谷一石，为终岁计，数米而炊。母时时为他人作衣履，易薪米。又不给，则令婢采野蔬，自同婢食，而以糗糒哺儿辈。兄就傅读，荀嬉戏纺车旁，不知愁也。府君岁暮方归，以修金奉王父。一家相聚者月余，改岁征车又北上矣。如是者八年。其间王父时以粟继，而空匮不常。及荀稍长，伯舅课荀兄弟读。荀性顽劣，故每被棰楚，而兄则未尝遭詈。虽兄素驯谨，亦太孺人之曲爱吾兄者至也。为兄娶伯舅祖峭公长女，衣被皆手制。既而园之芜者辟，屋之漏者补，家室粗立。府君以王父年近六旬，馆于近地，荀得从府君读。入泮逾年，而王父殁。未几，嫂氏得锢疾，沉绵历时而殁。妹适成氏，不久得吐血症又殁。太孺人痛断肝肠矣！迨后荀兄弟皆授徒于外，稍可支持，太孺人犹日夕率子妇辈纺绩，不稍休。以积劳岁久，摧伤频仍，遂得咯血症，时作时止。道光辛巳，荀获乡荐，太孺人稍慰，而病渐深，日夜吐痰。癸未，荀馆长山。季冬，府君以书呼荀归。抵家，见太孺人覆被卧炕上，若睡。荀欲有禀，父挥手止之。良久，太孺人张目视，徐徐能言。是时荀女适孙氏者方出嫁，诸事匆剧。然亲迎日犹强起，自窗隙视婿行礼。投以参术，似微效，而喉燥渴。医知不可为，而恐伤荀意，屡易方而病益剧。至明年正月初六日人定后，觉烦乱，儿辈无措，母曰："人孰不死？取新衣来。"衣毕少静，荀等屏息，无敢惊。至天明，呼饭曰："吾欲食且服药。"先是两目无光，及是朗然如旧，惟两手犹冰。进汤面，犹食一小碗。余兄弟喜，亦出就食。俄痰上壅，呼救，奄然逝矣。痛哉，痛哉！先是梦入深山，荒草没径。至古庙，见一人执簿，求为书名，盖欲布施也。醒而恶之，语家人，谓非吉征，至是不起。太孺人治家严整，子妇及臧获辈无敢偷惰。田园之种植、墙宇之修理以及男女婚嫁、亲宾吊庆，府君在外不暇，尽委曲倚太孺人，事罔不办。及病重，喃喃细语。倾听之，皆处置家务。虽卧病，而人之勤惰、事之废举，无不洞若目睹，子妇辈无能及万一也。勤劬毕生，阅历艰辛，曾不得宽然享一日之奉，为人子者何以为心！

道光十九年壬辰闰九月十六日，男培荀谨记，时在蒲台滨泺分司署。

叔桂轩公行略

叔讳思林，王父次子。兄培著，少与叔同学。十余岁，因五叔祖殁，无子，以叔承嗣，徙居河东，遂废读。荀馆河东时，见叔学画，粘屋壁几满。兴至，浩歌自得。家虽贫，泊如也。不善治生，得钱随手辄尽。人有求，无不应。又屡攻煤井，折本，以故产业凋落。子培敏，学为文，落笔远俗，为诸兄嫂各作小传，将性情笑貌传出，虽戏笔，亦有理致可观。既娶，生女矣，误服硫黄，性燥烈，遂得心疾。忽投井死，年二十五，时道光壬辰也。未几，妇殁，女亦夭，叔遂无子。一女适城中高表伯少白先生贻华子、庠生任谋，生子未几卒，甥亦夭。晚年摧伤，一生遭遇何酷也！叔性谦和而慷慨，乡间皆称好人。与先君怡怡，终身无违言。手录济阳张稷若《天论》二篇，披览不厌，今已失去。荀来川后，售河东宅，居鸾桥，侄辈奉养。道远，虽尝倩人带银，甚少，不足用。禀请来川就养于署，因婶病不能离，道光二十三年正月二十一日病殁。婶病沉绵，久不愈，二十五年亦卒。荀归里时，将为叔置后，以永五叔祖之祀。

薇堂四弟小传

四弟培垣，号薇堂，嘉庆己未生。幼颖异，十余岁嗣四叔祖辉吉公。后读书，学为文。未几，四叔祖殁。不几年，叔祖母亦殁，遂复共居。既废读，未免少年习气，喜征逐，尤嗜酒，无日不饮，饮必醉，由是得失血症。道光乙酉丙戌，迭遭大故，五弟培蕊，亦少年夭折，赖四弟经理一切。性明敏，乡里有事，议论侃侃，众咸推服。余馆于外，将薄田瓜分各爨。乙未，予大挑，分发来川。丙申，四弟送眷口来，随任酆都。冬，卸篆回成都。四弟念家中无人经纪，归里。值瘟疫，妇李氏，生一子，病殁。侄绍曾夫妇相继卒。未几，四弟亦病，几殆。愈后续娶，亦李氏。余寄信，令携眷同来。二十年辛丑，携眷来蜀。先是在省垣，不敢多饮酒，回东后闻身健如常，复与众剧饮。及来蜀，体似复旧，而饮兴不及昔矣。从余新津，以子病归省。又从余兴文，兴文有建武仓，去城远，收谷时四弟往监盘。余题补荣县，护送眷口居嘉定。及随任在荣，渐不能饮，兴未减也。乙巳秋，以事同王迟士赴省，道途困顿之甚；又在署，为其子病，昼夜汤药辛苦，在省忽犯吐血症。急乘舟归，调理渐愈。冬间身颇强健，尝语余云："少时梦中，有人告之曰：'尔寿不过四十五。'如此者两次，心甚惧。及今四十七矣，妖梦不践，心甚喜。"淄邑瞽者子评术颇精，号王半仙，来川时与推算，曰："'未'字运当防，宜速归。"四弟急欲归家，记此语也。居室在署西北，有小屋忽圮，乃以意为小楼，南北虚厂，近收园景，远吞山光，与客谈宴其中，皆欢。其位置之巧，名之曰"凝翠楼"。余作七绝四首，弟亲粘于壁。冬又吐血，甚多。急延医进药，遂愈。十一月二十一日县试，余先期入考棚，寒甚。四弟体弱，不胜羊裘，御绵衣，得风寒，犹起居自若。未几卧床，医不敢发汗。强之，轻发未透。调理久之，热渐退，体渐舒，起坐谈笑如平时，而归家心盛，恐久卧不能远行。忽扶杖至余室，余闻咳声，方卧而起，惊询，自谓无妨。明日在其屋，周行数十，复至余室，余戒之。云庚侄耳病呻吟，不愿闻。与余谈良久，余恐其劳，令卧予房，久之方归。明日病作，两太阳穴痛，热作，复欲汗，医不可。四弟以为不汗，病终在，不如决意为之。夜大便五次，天明二次。余大惧，与医议，急补服药，通身畅适。既而精神渐减，大便闭，小便艰涩之甚，呼号用力，仅得涓滴。盖气虚不能下行，非不利也。以泽泄药通之，不效。余坐榻旁，四弟呻曰："奈何？奈何？"又曰："上下不通气，最难受。"长号一声，为之神惊心碎。医以参术补之，小便不甚费力，而胀不消。二十二日，忽大便不自觉，复进参术。时或昏愦，亦自知。与论事，明白如常时。二十七日，乱语不休，呼之不能认人。晓畅明快之人，使至于此，余心何忍？先是请医至，与之辨症论药，每不肯服。及危急，家人进药，不肯饮，曰："二兄，命也！"一吸而尽。呜呼！此情余安能忘？四弟每欲以竹叶等利水，余以为无益。又思痰火宜清，遂加贝母等稍清其心。不意药才下咽，一泻而终。哀哉！五千里外聚首，甫四年耳。孀妇青年，三子皆幼，何时成立耶？四弟遗砚，为之刻铭，自作《酒论》一篇，为刻于《日记》中。

薇堂好游，与人结伴游泰山、青州云门山，与余及中翰王愚泉游博山，与余游益都西寥坞，看红叶。尝邀余及蒲生国权游河东东山，下涧不深，而曲岭不高，而嶙峋作环抱势，笑指，语余曰："予名之为'半边瓮'。"强蒲生高歌饮酒，乐甚。又与余及长山梅孝廉季青游，出砚石处，两崖壁立。北崖高丈余，有洞浅，余能入。南崖高四五丈，陡甚，下瞰心悸。洞在崖半，无径可登。薇堂与季青自上援草根而下，复攀援而上，倘一失足，不知若何。今思之，神犹栗也。生平好客喜事，逸兴云飞，谈词飙发。尝劝余早归田，辟园种花，共寻乐趣。今已矣，无与余为乐矣！犹忆同舟下重庆，指点岸上高山远岫，竹树参差，汲江水烹江鱼，酌酒共话；登平都，观览江山之秀麓；回成都，共游薛涛井，登吟诗楼，俯视江干，船栉比立，往来小船泛泛，如水中之凫，登塔四望，慨焉久之。如此情景，何可再得？

华堂五弟小传

弟名培蕊，生于嘉庆己巳。在襁褓，肌肤玉雪，可念吾父母晚得之以娱暮年，甚欢。自幼失乳，食糖糕及周年。腹有痞块，寒热时作，似疟。体尫羸，几殆。莲花庵有老尼，善抚摩，以手缓缓拉其四支，月余，痞渐消。能言即敏慧可人，意母偶怒之，辄长跪伏罪，母为解颜。家虽贫，而父母时开笑口者，惟吾弟是赖也。性笃孝，父馆沂水，时时悬念，问母沂水何方。母问何意，对曰："知其方，常出门远望耳。"少从长兄读，既而父馆于家，遂从父读。循循按课程，不待督责。书不折，衣不垢，闻人有非礼之谈，即厌之。年十八九，为文苦思力构，笔力清劲。余方默喜，不虞其夭折也。先是得咯血症，秘弗言，众渐知之，服药愈。是时，怙恃俱失，长兄目生医，不能视，荀外出，垣弟亦多事，调护无人。使就傅，一夕文课，夜半弗就，同学劝稍息，弗听，竟得便血症。岁暮，余自焦家桥解馆归，见其状，询得故，忧之。明年戊子，使就河东培恕兄处读且养疾。

夏，余在馆，得弟垣书，言五弟病危，食饮不下。余急归，见赤身卧榻上，瘦见骨，体灼热，不能蒙被。对余悲泣而无泪，津液竭矣。抚其腹，炙手，余体凉，以复摩其腹，觉爽。稍稍能食，似痊可，促余归馆。后闻体渐平腹，能起，周行各屋，嬉笑如常。余归时，挟细葛，为制衫服之。以语人曰："余谓衣绵矣，不谓衣葛。"盖自幸不死也。已而复病，竟卒，既葬，方告余。时炎热多雨，幸衣棺素备，然独恨余不一见，伤哉！余抵家之明日，其妇梦弟仓皇自外至，曰"二哥来"，问"何在"，曰"在东屋"，趋而入。然是夜余固未梦见之。昔吾母之属纩也，家人出新衣，弟大哭止之，冀稍延一息。母既殁，旦夕哭临，皆尽哀失声，人不忍闻。父殁，亦然。平日与从弟培敏最相得。敏长弟一岁，弟解衣衣之，推食食之，出入必偕。自五弟死，不长来，去年亦得吐血症，死之月日与五弟同。五弟一女，适高氏。余岁岁外出，与父母兄弟相聚时少，五弟得年二十，相聚时尤少。人生役役，究何所得？而骨肉睽离，念之气结。壬辰年闰九月二十一日记。

纪绍曾侄

侄绍曾显亭，大兄之子也。母王氏，新城伯舅女。七岁失恃，兄自教之读。稍长，性醇谨长厚，似吾兄。理家务甚得其力，不独服劳于其父也。娶安氏，生子矣。余以不常在家，遂分爨，勤于治家。道光丙申夏，偕四弟薇堂，送余眷口至蜀，偕往酆都任。冬卸篆，随至成都。明年春，四弟将归里，绍曾以其父年衰，亦欲归养，势不可留。而余以债累未清，措资艰难，竟无以润其行。往返万里，跋涉险阻，心甚悯之。犹谓其年方壮，相聚有日，不谓遽卒也。回家后，不得于继母，遽与析箸。道光十九年春，淄邑瘟疫盛行，夫妇俱病。三月初三，其妇卒，侄病卧。四弟自外至，见药煮于炉，汤尽生烟，未有取而饮之者，怒投其器于地。妇殁时，幼子将周岁。未几，绍曾亦殁。敛以巴缎袍褂，余为所制。倩人带银至家与兄弟分用，外留一分与之，侄则已卒矣，伤哉！侄于诸兄弟居长，将以为家督，老成可托，而今已矣。殁于三月十一，去其妇之殁仅九日耳，得年三十六。余寄书四弟，携其长子肇善来蜀，时道光二十年也。至二十五年，其幼子为猘狗所噬，伤将愈，为他人掷麻团适落疮际，病发遂卒，仅七岁。大兄膝下益少人，乃命肇善归奉其祖，且完婚。每念侄曾以髫年服劳，至壮未享一日之逸而殁，余兄厚德，事亲孝，待诸弟友爱异常，而遭遇之酷如此，余不独为侄痛也。书其大概，使为之子者念厥父之艰辛，庶勿耽于逸豫，勿邻于刻薄云尔。道光己亥，雪峤纪。

侄性最孝，虽分居异室，每饭必上食于父。过节极窘，必以甘腴献父，兼供叔祖桂轩公。然而力竭，愁思憔悴。余在远不能顾，事后为之忉怛而已。

侄长卿志

长卿侄，四弟薇堂次子也，道光十九年己亥四月初四生，弥月，母李氏以疫卒。继母亦氏李，携之来蜀。二十五年，薇堂卒，长卿年方七岁。二十八年十二月，余赴成都，回署已逼岁除。家人云长卿受风寒，余以不日即愈，未暇视。越两日，思予，急欲一见，既而谓人曰："二伯道路辛苦，面瘦矣。"未几出痘，视之精神言语如常，惟头面渐密，不分颗粒。体虚弱，痘不起，投以参术，起而复陷，多谵语，云至仓神祠，有妇提之，命呼以母。自云卧于神祠地下，又云在城隍祠，自嘱家人祈祷。俄面痒，以手抓破，禁之不可，血流满面，医书云"面痒抓破者必死"。二十九年正月初三日黎明，余未起，家人曰："长卿绝气矣。"伤哉！年十一岁耳。不欲服药，闻余言即饮尽，每自云："二伯教，敢不听？"读毕《四书》，《诗》《书》《易》三经，病中喃喃诵习。性通敏，闻僮呼司茶者名，辄怒之，曰："渠年将八十，汝奈何呼其名？"其明理如此。其死也，迟士子志作诔词以哀之。停其棺于土主祠薇堂之右，俟附船以归，恐其孤魂无依也。当病时，自恨不能起度岁，又忌面，不得食水角。及卒，乃命作以祭之，伤哉！昔韩文公为幼女作志铭，侄为中殇，乃为之铭云："生不识母，幼即失怙。万里离家，历受艰苦。魂兮何归，勿号风雨。齐蜀遥遥，终返尔于故土。"十二月初六，四弟忌日，长卿自恨不能往奠。

适安氏姑

姑行一，适安氏，府君妹也。性温厚，诸侄中最爱余。家道口，去余家八里而近。幼时往视，住必旬月，姑抚摩如子，与表兄妹嬉戏，恒忘归。姑丈性朴实长厚，里称善人，中年殂谢。有一子三女，女嫁后皆不永年，姑伤悼憔瘁，病沉绵不起。表兄嘉猷，醇谨寡言，与余同受业先君，文艺颇通，生平无过失，遗摧折无子，未几妇亦卒，悲哉！犹记其书舍在楼西偏，花竹医如，余跳荡其间，如昨日事。今他人入室，景物全非。人生一世，弹指间变灭无端如此者，可胜叹耶！余每谓人五七岁，如羲皇世，不识不知；自十五至三十许，飞扬跋扈如中天，如三代盛时；四五十来，人事日繁，离别存亡之感触绪纷来，如春秋，如战国，渐如五代纷扰。回忆太平时，俯仰徘徊，不能自已，一身已具一部廿一史也。嘉猷表兄，一名鸿绪，年少时因丧子得痰迷，逾年乃痊。家藏先人明御史公伸计典一册，蝇头细字，有圈有叉，今继子将楼拆卖，楼中藏书不知散于何所，可叹也。

适韩氏姑

姑行六，幼为大母钟爱，嫁后多住母家，生三子三女。二女嫁后早卒，幼者嫁后不久，即孀居。韩故世家，家落，第宅售他姓，筑茅以居门外，辟小圃，桑枣扶疏，种菜数畦。诸子且耕且读，后分爨。二表弟允治为诸生，走关外，落魄以归，家益窘。家人谓姑虽贫，而夫妻母子尚有天伦之乐，视诸姑为优。孰意道光十六年，余在川得信，淄邑瘟疫盛行，姑丈及长子、少子、一媳、一孙俱殁，一时病者、亡者，医药葬埋，一门扰攘，无复生人之趣矣，闻之惊心酸鼻。姑年七十余，生计无措，亦不愿在家，触目悲伤也，遂来余家，依余兄弟以居，乃未几，以年衰，无疾而逝。道光二十三年夏，二表弟来荣，居二年余，家中一子忽殇，得信，治装即归。表弟性迂执，近闻粗足自给。从前之事，如过眼空花，释氏比之泡影，信夫！

大表弟小名祥，幼常随母来。与余嬉戏，将彩色偶人堆满，抵触粉碎。或跳跃庭内，一日啼笑千端。后与四弟垣在罗家庄设局制烟，为居奇之计，竟丧其资。晚更无聊，然气力精壮，不虞其竟卒也。四弟在川亦卒，往事何堪回首！

适张氏姑

姑以从女兄弟排行九。先大父教诸姑读书，姑端慧，披阅稗官小说，与家人谈说嬉笑。兄童稚时，灯下絮絮，求说唐宋故事，常至夜分无厌倦。及余四五岁，姑已嫁矣。每归宁，与吾母欢笑，如在室时。待侄及侄女辈慈爱，从无呵责。张氏家故饶，耗费无节，遂衰落。分炊时，姑只得一屋，无半亩田。先大父往河东，与姑同村，时时以粟济其窘乏。生子皆不育，产后病卒，二女犹未嫁也。姑丈朴讷，诸兄弟皆好狗马渔猎，其后饔飧不继。岁饥，姑丈出走四方，无音耗。姑墓木已拱，寒食无供一盂饭者，可哀也！女一适益都金陵镇毕姓，生有子女。一适安氏，即表兄嘉猷之族弟。张氏为前明大学士圣鹄先生之后，所分产业甚厚，在河东与余家比邻，第宅壮丽，仆从如云，不事诗书而耽逸豫，转瞬间冰消瓦解，不得诿诸家运也。为子孙者，当兢兢守业，勿忘先人。

姑病危，神色不变，心地清白如平时，忽语人云："恍惚中似高坐，见某侄孝服持浆水来。"未几而殁。果持浆往土地祠以奠者，即其侄某也，异哉！

适王氏姑

十姑，以伯叔姊妹排行也。胞姊三，故又行四。荀幼时，俟刺绣余暇，央剪纸人及马，缠扰不休，渐长入塾，退食时仍复搅乱，不余嗔。及嫁，住城中西街，岁往视独多。余十七八岁，从府君读书东关，居相近，每徒步以往。姑丈嗜酒，恒赔饮。时方居子舍也，园亭轩厂，竹石幽曲，时花乍放，好鸟自鸣，余游历无厌。姑居楼五楹，设小几，命坐，谈家庭琐事。案罗书册，姑所披阅，壁挂刀剑，姑丈所演习，二表妹嬉戏于侧，一堂融融，颇称乐事。乃姑丈半道殂谢，二女嫁后旋卒，无子，姑孑然一身，仅留一妾，衰年白发，寒夜青灯，向时欢笑之场，皆触目伤心地矣。家口赴蜀时，诸姑在者，皆来相视。道光二十三年，韩表弟来川，问姑起居，云已惫然。姑性平和，以恬淡自养，未应遽逝，不意一病不起也。女皆适孙氏，居城内者有子。

幼时见故纸，录小词，蝇头细字，楷书杂行草，问九姑，曰:“汝四姑笔也。”孀居仍以诸说部消遣。性俭，衣饰无华，言貌容工，四德俱备，而所遇惨酷，真不可解。

适成氏妹

妹生于乾隆癸丑，性明敏，识大义，甚似吾母。余之下有二妹，殇；妹之下有二妹，亦殇，独妹得长成，父母尤钟爱焉。勤女红，略识字，与诸嫂和谐，待侄暨侄女辈慈而得体。及嫁，事孀姑尽礼，任劳不辞，姑称道之。壬申夏，得咯血症，时作时止，或杖而行。癸酉春来家，吐痰夜盈碗，既而所吐似坏肉，痛极，不得安卧，父母为之焦灼。余三月自馆归，妹已委顿不支，自叹曰:“余来时冰寒草枯，今繁花满庭，而余不能起。”家人为插花置瓶，相对太息。延医调治，而肌肤肿裂，不可为矣。方病之急也，佥谓宜归，吾母不忍离，迁延以俟。及垂危，家人以嫁衣进，妹张目呼曰:“予身不可动。”众弗听，强为易衣，余至今以为恨。以床舁而行，半途闻呻吟声甚厉，突而寂然，未至舍，死矣，得年二十一。母哭之痛，手指生一白泡，痒痛，医曰:“疔也，过哀所致。”母由是摧伤，居常郁郁不乐，每寒食遣人往祭其墓。母又言妹病时梦携五弟出门，望见人，身矮戴白纱帽，腰系麻绳，往林墓中，未几卒。其夫不数年亦卒。继兄子若阙，廪生，有文名，妹最喜人读书，庶几成立，以慰于泉下也。

记女换儿

余年二十一生女，吾母望孙切，故名之以“换”。生而愿谨，七岁纺绩，坐不及纺车，长跪而为之。及余得子，又抱持弗得休。余家素贫，虽衣食弗缺，而终岁无华腴。女柔顺，自幼及长，大父母及父母前从无违拗。十七岁时偶得目疾，治弗亟，遂艰于视。适孙氏，舅姑皆怜其温婉。辛卯，余携家在蒲，岁暮还里，女归省，已痰嗽。甥女方周岁，夜啼，使弗得安卧。余甚怜之，亦不谓其将死也。岁壬辰，余入都，女来省母，病遂不支，犹恋恋不忍去。其母婉谕之，始归。病危即念予，恨不得见。死之日，呼余不绝声，呼声绝而气绝矣。丁未，接婿书，云甥女嫁时，其婿病已垂危，入门未久即卒，甥女自缢以殉。家人不晓事，百方救活，婿甚以为憾。婿名在洵，邑诸生，好理学，服膺程朱，作时艺以古文为法，闱中深赏之，荐而未售。丧妻复娶者再，为人朴诚，斤斤自好，盖不随俗为转移者。

账尾杂记

天地之大，何所不有。每听人谈，可惊可喜与可为法戒者，退而志之账簿。偶阅杂记，其新奇足为谈助者，亦间录焉。今岁里居课子，时多暇，取零星账簿覆阅，则多散失。恐其久而尽忘，乃追忆前所记七八十条，又益以新闻百数十条，随手记载，都无伦次，只取自娱，或佐酒间喧噱。客有见之者，曰："子欲步《聊斋》后尘乎？"余辗然曰："何言之鄙也！柳泉先生一代奇才，思以著述传后，一生精力尽在此书，故尽态极妍，追踪唐人，后来效颦，无不增丑，余何为蹈此？且自昔及今，记琐事、述异闻者不可胜数，何必《聊斋》？子何言之鄙也！"大抵人同此心，一有所闻，不忍湮没，因而记之，日月既多，遂以成卷。其文学之博、识见之高者，虽在说部，或足资掌故、维世风，大人君子亦不废焉。如渔洋先生之《池北偶谈》、晓岚先生之《消夏录》等书，雅洁简隽，其卓卓者也，外此，文不必逮而事有足传。每一披览，觉六经之外，圣人存而不论者，其事其理正无穷也。余好游市肆，觅故书，见彼名流自负所刻诗稿文稿，压架堆案，不暇观。至稗史杂记，辄乐售之，或借诸友朋，阅毕归赵，中心犹恋恋也。因念伏处下里，不得接四方文人才士，耳目狭隘，所得固自无多，而复随闻随忘，并不能道听途说，后日忆之，茫如捕风，每自悔焉，乃荟萃录之。腹笥既虚，又不能文，率意直书，如酒肉肆陈账簿。又传闻异词，或为实事，或为子虚乌有，皆不可知。第有得即记，不自架空中楼阁，亦不粉饰以悦观者之目。俟积多，择其稍足阅者存之。以其本记之账尾也，故名之《账尾杂记》，如无名之指，以无名为名，此亦无名之名耳。道光十四年甲午夏，雪峤题于绿意轩之南窗。

阿广庭相国征金川时，大金川与小金川旧为姻。小金川谬为附从，随大军征讨，命为军锋，暗相约，炮铳不置铅子，以虚声掩饰。及我军相对，乃加子，莫之觉也。战酣时，又暗助彼军，亦无从知。一日战方急，而将军之马为炮击去下唇，徐命收兵，越日再战，令曰："小金川兵屡打头仗，今次作第二队。"大金川不知也。及对垒，火炮飞击，贼兵披靡，恨曰："约无相伤，何负我耶？"亦命炮中填子，而我师头队已退，二队当先，小金川亦不知也，仍以无子炮铳待之。既而大金川奋勇，齐放火器，小金川兵死伤无数，亦怒，遂相仇杀。久之，诸帅请于阿公曰："公何以知小金川之有异志也？"曰："此无难知。我与贼兵迎战，炮当伤马上唇，今乃伤下唇，非小金川之从旁窃击耶？”公之将略未可窥测，此特其小者耳，而已颠倒敌人，为所用不知也。

征川蜀时，贼据山立寨，我营在下。帅方食，炮掀其帐。帅命移帐向前，众惧为所伤，帅曰："彼炮未能伤我，彼必移位。既其位定，而我已移矣，安能伤我乎？”

齐二寡妇之乱，与白莲教王三槐等蹂躏川陕楚豫，幸黄河限之。竭天下之力，数年乃平。齐二，武举，饶于财，豪横一乡。有买解夫妇至，妇年少有姿，齐二与之暱，以银买之。后有大盗数人，至齐二家借路费，齐厚予之。金邑令闻之，拘齐至，谓其与盗通。齐不承，则锢之狱，冀其贿免。贿不至，详上台杀之。盗知之，谋曰："彼为我死。”乃谋报仇。妇故善骑，亦娴刀兵，遂散家财，召亡命，与盗杀邑令劫狱囚，反矣。妇掠良家子女三五百人，装束皆与己等，官军攻之，莫辨真假也。一日，大败贼兵，妇马蹶坠地，官军大喜，踊跃而前，有呼者曰："必拿活的！”遂不施枪炮。一武弁驰至，欲生捉之，妇反剑一挥，立毙，跃登其马，奔去如电，遂讹言贼有飞刃。有参将率二百人，自陕往河南，迎见难民携妇抱子，奔呼求救，曰："贼至矣。”弁曰："吾在，无畏也。”俄相继而过者甚众，皆好言慰之去。既而贼蜂拥而至，甫交锋，前所过之难民大半为贼，返攻，官军前后受敌，尽歼，妇亦黠矣。张船山诗云“白莲偏向脸边生”，言其与教匪合也，又曰“请缨便是秦良玉”，盖深惜其陷于贼云。

嘉庆庚申，达州贼冉天元反，将军德公擒获，寸剐于成都之教场，秤其心，重八斤，其黑如漆。又闻从军者言，营间军士杀贼，悬心累累，有一尖突起曲如钩者，有眼如蜂窝不可辨者，信人心之不同也。

王亶望为浙抚，院署后改造三堂，四面各有五楹，雕梁画栋俱用沉香、紫檀，嵌玻璃为棂，篆刻龙凤花草，中设床几，皆八宝镶成，以东安大理石铺地，铺氍毹皆恰如尺寸，陈大小玉器，数尺至丈者，不计其数，以定瓷、翡翠插珊瑚，珊瑚树有高至数尺者，视王恺不啻过之。上有十楼，爱姬十人居焉。云窗雾阁，香烟缭绕，管弦之声上彻霄汉。各楼俱有琉璃、水晶及奇巧珠灯，至暮则灯光辉映，珠翠环匝，胜于上元，真人间所未有也。美人娴于歌舞，工于谄媚，争为啼眉、坠马诸妆，每于未夕前，口含鸡舌，手爇龙涎，倚槛靠槛，以伺主人。又选俊仆秀伶十童，公事毕，甫进三堂。十童以纱灯导，楼上见宅门铃动，一时丝管并动，作如半天箫韶。须臾，见主人某楼，则九处丝竹截然顿止。独一楼轻捻漫吹，笑语杂闻敲棋声、弹筝声，未几，驼峰熊掌哄然上楼，又闻浅斟低唱声阑入温柔乡矣，众姬始各阖户就寝，日日如是。一时献媚贡谀者争进金珠，又各处买歌姬舞童以求美缺。时有王某为杭嘉湖道，与中丞最密，以万金购二姬于苏，又随以万金装奁，以己之爱姬伴送入署，中丞见之大喜。是夜俱留密室宿焉，天明始送伴姬去，临别曰："为我谢观察，昨夜唐突，不知者当不罪也。"观察至日西，见姬不归，使人觇之，则已封门矣，徘徊竟夜不寐，窃疑未必不为柳下惠。天明姬回，急携手密问之，姬啼泣以实告，王瞪目久之，为叹气者再。及禀见中丞，但称"多谢多谢""莫怪莫怪"，王惟面赤而已。未几败，俱正法。

方其未败也，每禀见时，往往请王观察，然后请二司。有少年女瞽，妍丽无匹，每唤入署，中丞与观察狎玩嘲谑，女扪之曰"此白狗""此黑狗"，以目中丞、观察也。一日炎署，中丞嫌藤席未凉，观察出，令民各出藤把一具。盖杭民以纺织为业，其纺车之把以藤为之，长二三寸，岁久莹滑如玉，聚之千百，剥以织席，献之中丞，大悦。有是才以贡媚，用心无不至矣。又闻抄没时，得一皮袴，腰阔而四腿，盖冬月与美人共着也。奢淫如此，安得不败？

王亶望与彭芸楣元瑞为姻娅。彭视浙学，王见其婢，爱而乞之，彭举以赠。婢吴姓，苏州人，知书工诗，明眸巧笑，人间尤物也。纳姬之夕，彭往贺，王曰："如作诗佳，当重谢。"彭诗成，有云："色即是空空是色，卿须怜我我怜卿。"王大喜，以三千金为谢，遂改名卿怜。王败，侍郎蒋戟门赐棨得之，厚备奁资，赠和中堂。和败，姬年二十九矣，又有豪家欲夺之者，姬作绝命词十首，自尽。诗云："晓妆惊落玉搔头，己未正月八日，晓起理鬓，惊闻和事。宛在湖边十二楼。平阳王处遇事时亦是清晓，情景宛然在目。又王抚浙时起楼，饰以宝玉，酷似迷楼，和处池馆皆仿照平阳。事定暗伤楼外景，人间无水不东流。""香稻入唇惊鲵肉，和处查抄时正餐，因而惊吐。燕窝列鼎当萝丝。王处查抄时庖人方进燕窝汤，列屋皆然。人每食厌，多陈几上。娥眉屈指年多少，两阅沧桑知不知。""缓歌慢舞画难图，月下楼台冷绣襦。终夜相公看不足，朝天懒去倩人扶。和素有肥疾，每倩人扶入内廷。""相门冠冕列星辰，幽室传闻尽贵臣。今日门前何冷落，可知人语未曾真。""莲开并蒂岂前因，虚掷莺梭廿九春。回首可怜歌舞地，两番光景一番人。""最不分明夜月魂，何曾芳草怨王孙。梁间紫燕来还去，害杀儿家是戟门。""村姬欢喜不知贫，长袖轻裾翠黛颦。二十九年秦女恨，卿怜真是可怜人。""白云何处老亲存，十五年前唤语温。梦里轻舟无近远，一声欸乃到吴门。""若教能悔即君才，和临没时有'万景伤前事，怀才误此身'之句。一代雄心付劫灰。流水落花春去也，伊周事业让人来。""冷夜痴儿掩泪涕，他年应付杜鹃啼。啼时莫向漳河畔，铜雀春深燕子栖。焚香者何人，曳履者何人？空梁落燕泥，助妾之怨怀。"

己未，荀在东关后沟从先君读书，余年十七，亿堂高十一表兄自京抄吴姬及和中堂诗传观，如昨日事。今先君及亿堂兄皆去世，余年已过五十矣，和诗惜未抄录。豪华转眼尽成虚幻，姬盖身历之，冷眼看破，誓死不嫁，而富贵者犹梦梦也。

毕秋帆中丞奖拔寒畯，为风雅之宗。居第如小城，修治园林，冠于南省。

凡游人必以钱予门者，始得入观，日日不绝。殁后，公子服阕。请客，演优命觞，笙歌方酣而查抄之官役突入矣。藉殁后，田宅什物一并入官，其珍宝悉已解都，尚有零星未即变卖者，委员守之。吾邑郭龙川与其役，伊子入第游览，见各室封锁。偶至一室，画匣罗列，试一启视，绣履满焉。此物既不可变价，不知流传谁手，而娥眉啼红，复不知归于何所。当此境者，能勿黯然？

太傅明珠方隆赫时，其亲信家奴至外省，督抚皆敞中门迓之，揖让为宾主礼，趋奉其主者更可知也。寿辰，各官俱集，笙歌满室，人报郭御史来。郭为吾乡即墨华野先生，素鲠直，未尝附太傅。太傅喜，延入。郭对众宾，袖中出弹章，朗朗口诵毕，自饮一卮，趋出，太傅方骇怪，而籍没之旨下矣，疏载《名臣列传》中。或以先生素师汤公文正，为太傅所挤，故以相报，未可知也。或云《红楼梦》一书，即为太傅家作，未知果否。要其奢华，当不下于和、王二家也。日中则昃，盈满者苦不自知。昔杨廷和为首相，子慎中状元，宾客来贺，杨曰："此酒阑人散时人，诸公何贺为？"未几，父子以议大礼忤旨而败。贤者尚不免于倾覆，况其他乎？覆辙相寻，漫不知警，何哉！

隆科多为九门提督，气焰熏灼。其兄鄂文端公入其书室，甫掀帘见其陈设炫耀，不入而归。科多长跪请罪，公曰："汝不记吾兄弟无屋住祠堂时也？一朝得志，自奉如此，不知死所矣。"后闻公至，必预屏玩好，不能改也，果以侈败。文端之言，诚为远见。吾朝大臣以功名终至今为人称道者，公与吾乡刘文正公其人也。

诸城刘文正公统勋，奉旨籍没，家无金宝，妾不帛，厩无马，惟驴四头。县尹以付马壕，饥饿倒毙。未几，诏还其家资，县尹乃买肥壮者偿之。【公之勋业彪炳，不徒以清节著，而风操亦希有也。】[①] 累世宰辅，门庭不改。【公嗣石庵先生入阁，敝车羸马，衣冠不饰。冬时，和中堂见之，曰："公裘敝矣，曷易之？"公曰："予无钱。"和曰："家有新貂裘，请以奉赠。"公曰："予无故不受人之物也，必以价买。"和曰："买亦可。"问价几何，诡对曰："八金耳。"乃受之而付金焉。文正公父为藩司时岁饥，与中丞议赈，中丞不许，乃独具折，发仓赈焉，知必不容，乃吞金自尽，其阴德由来旧矣。】

长山袁制台守侗，谥清悫，为刑部侍郎时，刘文正公以大学士兼管刑部事。一案俱画押矣，惟袁不肯，请于公曰："此案尚须斟酌。"公怫然曰："予理刑部多年，不及君耶？"乘舆竟去。袁亦随往，未至公第，已遣人来请。公亲出

① "公之勋业彪炳，不徒以清节著，而风操亦希有也"句，有后添删节符，推测是要删去的文字，谨慎起见，予以保留，把删节符改为方头括号。以下凡用方头括号者皆属此类，不再一一说明。

迎，曰:“予误矣，君言是也。”自此大相知爱。方和中堂之盛也，袁以直督入京，和见之喜，欲邀入军处闲叙，袁不可，和曰：“无妨也。”袁坚辞之。明日有旨，袁某兼管军机，前此所未有也。袁戒子弟曰:“和之权术能行如此，不可常近也。”袁公家有翡翠山高二尺，横三尺，上有珊瑚小猴无数。有珊瑚人，粗于茶碗，高几一尺，菠菜根色。又一玉人，高三四寸，面白如脂，披红兜蓬，色如鲜血。有腾蛇二，盘屈盒中如生，蛇两肋各有肉翅，有难产者令妇以鼻闻之，胎立下。

李君蕙无子，忧之。有人曰:“某有石，供之寝室，必生子。”李买之五百金，置其妾室，后生子五人。今李家落，将卖其石，惜忘其名。诚如所言，则奇宝也。

崇明县吴姓老人年九十九岁，妇九十七岁。老人生四子，壮年家贫，尽鬻于富家为奴。四子长成，各赎身娶妇，迎父母供养焉。于县治西列肆，共五间：伯开花米店，仲开布店，叔卖腌腊，季开南北杂货，四铺并立，中间为出入之所。父母始拟按月轮养，众媳曰：“翁姑老矣，三月始得侍颜色，太疏。”后拟每日一周，继犹嫌其疏，乃二家分供两餐。若逢五及十，则四子共设于中堂，父母南向坐，东则四子及诸孙，西则诸妇及媳女，以次传觞，率为常。老人饮食之所，后置一橱，橱中每家各置钱一串，串五十文。老人每食毕，于橱中随意取钱，买果饼啖，缺则潜补之，不使老人知也。老人闲往知交处或博弈，四子探其所往，遣人密送钱于所游家，嘱其佯输于老人，老人胜，辄踊跃持钱归，亦不令老人知也，数十年率为常。其长子七十七，余皆颁白，孙与曾孙共二十余。总兵刘兆表其闾曰：“百龄夫妇齐眉，五十儿孙绕膝。”言之令人景慕。

乾隆十二年，圣驾南巡过济南，贡生张廷圣之孙永清五岁，能背诵御制《乐善堂全集》。其祖携之迎驾，命入宫，皇太后、皇后皆加赏赉。时悼惠皇子甫丧逾月，孝贤皇后触绪悲痛，人言其貌与皇子酷肖也。至乾隆二十二年丁丑南巡，其祖复携之迎驾，年已十四。御制《叠济南旧作前韵》云：“五岁神童亦自贤，谁知深恨触悲弦。那堪嶷嶷将成冠，鞠曆趋迎跸路边。”时谓“钦定神童”。未弱冠竟卒，东抚奏闻，上批：“知道了。”

乾隆三十九年八月，山东王伦反。先是，匪徒倡言八月之后，有四十五日大劫，从我则免。屡帖帖至某日反，及期无动静，人遂不以为意。至二十七日，王伦在党家庄、其兄王景隆在四孤庄领数百人，于二十八日夜进堂邑，杀知县沈齐义。景隆破寿张来会，至九月二十九日自焚。先是，张云谷为襄城令，夜未寝，闻室外风声大作，红光烛天，以为民间失火，急披衣出户视之，乃风自东南来，一片血腥，识者曰：“必主临清一带刀兵之劫。”

某三十余，病危，呻吟不绝，家人为之叹嗟。某笑曰:“何为？吾来索债耳！今所欠已满，吾外若苦而心实快也。”又新城张某，余嫂氏之堂兄也，其子生痘，至夜危殆，夫妻迭守之，更深各疲倦。其邻人之子方痘而死，张合目若寐，灯下黑影来，仿佛邻人之子，傍榻呼其儿曰："可行矣。"儿曰："稍需之，犹欠我一灯油耳。"张跳而起，曰："吾偏不汝待。"抱入野埋之，筑之犹闻声。谚云"不是冤家不聚头"，竟有是乎？特怪人之以欠人为事者，不知何心也。

汶上某少年有才，县、府、院试皆第一，科试亦高等，乡试得售，会试中明通榜，补教职。年二十余耳，佻达不羁。一日，召门生为妻祝寿，门生麇至送贺仪，必欲入内拜祝。辞之不得，命帘外铺毡。既行礼，年少诸生出不意，揭帘竟入，盖欲一觇丽质耳。果有少艾而华妆者，素识之，哗曰："此城中妓也！"众大恚，诉于宰。宰念其才，为之居间，令赔罪于诸生，事乃已，某愧甚。来年会试中式，以知县分发别省矣。

一少年进士，以其乡人之妻为妾。其所以成之者暧昧。夫控于官，未得直。历诉上台，行文提质，不至者逾年，奏革之。某更名应试，复中进士，入词林。有才而不自检，可惜也。

淄邑龙口村曹某，行三，曾觅工为种园。工人以手抓地则水出，灌毕自止，无汲引之劳。工毕，予之值不受，出一草囤若斗，曰："以米满此足矣！"倾石余不满，异之，坚叩其人。工人曰："余，龙也。今秃尾老李与吾争东山地，明日将往斗，君若有意，可助我。"曹问何以相助。曰："君入东山，见岭上有二鸽斗，其一黑者李也，击之，则我胜矣。"从其言，果见二鸽斗甚苦。曹窥鸽一黑而尾短，投以石，飞起，风雨暴作。曹急归，未至村而坐化，村人作小庙祀之。肉身犹存，号曹三公祠。

淄邑西鄙有乞者，足不能伸，匍匐行。事母极孝，所得食必先奉母，虽饥甚，不敢尝，择佳者献母，余乃自食。一日，天阴晦，急归家，不良于行，心逾迫，路遇古庙不遑息。有老人自远来，语之曰："雷声虺虺，雨且至，盍入庙暂避？"乞者口衔篮，以手代步，急遽前进，若弗闻也者。老人大声呼之，始置口所衔于地，答曰："老母在家，若阻于雨，何以得食？"老人曰："入庙，吾医汝疾。疾愈，行不更速耶！"乞者曰："吾病久，岂仓卒能治？无戏语，误吾行也。"老人强扶之入，掐其足，扪其腰膂，乞觉满身热如灼。老者猛以手提之起，与以篮，曰："速行，勿反顾。"乞者亦不暇计何以得起也。疾趋里许，忽悟曰："吾今何以如是亭亭也？"回顾，老人已杳。至家述诸母，母曰："此神佑汝也。"方共惊喜，邻里叹嗟，咸以为孝行所感。自此改业作小经营，养其母以终天年。惜传者忘其姓字，俟访之。

历城南关勾秉仁，其先有任都司者，清廉好义。嘉庆戊午，勾应武童试。马射三矢皆空，后一人宋某全中。勾惭甚，不赴将台报名，师友强迫之。迁延之际，宋已欣然先登，勾后至。试官误以宋为勾，所中马箭尽注勾名下。勾有友在行伍，立试官后，窥见之，以告勾。勾疑诮己，怒将殴之。友曰："姑勿怒，异日自明。”来朝试步箭，勾乃全中，遂入武庠第一。及庚申，中式武举。

诸生张大美病殁，魂知已死，痛哭。遇关帝，问何哭之痛？曰:“母老子幼，无人侍养故也。”帝悯之，令其还魂养母，语之曰：“阳世为予庙联甚多，皆未惬意。吾今自作，可代为传之。”张苏，乃为帝新庙，而联不能全记，忧思卧病。有青衣叩门问张相公，母告以故。青衣授一纸，曰：“此药方，一见即愈。”持归示之，乃前联也。联云：“数定三分扶炎汉，削魏伐吴，辛苦备尝，未了生平事业；志存一统佐熙朝，伏魔荡寇，威灵丕振，只完当日精忠。”

隰山居士《见闻随笔》载“阴德举人”一条，甚足感发人心，录之。江北某生，幼失父母，妻父为名孝廉，招之读书，与诸子共笔砚。生年十七，文未满幅。院试，适妻兄弟与联坐，为之代作，遂同入泮。科试又如之，得录名。明年秋，生欲假应举为名，览秣陵山水。妻父微哂，妻兄弟又揶揄之，曰:“棘闱中尚有为君代笔者耶？”生惭。然年少负气，竟治装，携一仆往。违省城十余里，至一镇，见多人聚观，作太息声。挨入视之，有男子与妇人相持痛哭，总角儿牵妇衣啼不止，询其故，有语之者曰：“男子负势家钱，过期将讼于官，鬻妇以偿，远别在须臾，故悲耳。”生视男子，虽篮缕，眉目间有秀气，且怜贫儿失母必委沟壑，而买妇者控健骡于侧，努目促上道，大悲愤，问男子曰:“若负债几何？”曰:“三十金。”“卖妇得金几何？”曰:“四十金。”生曰:“易耳。”即出白金四十两与买妇者，索券焚之，一市颂盛德。男妇崩角在地已，乃请曰:“观君貌，必应试者。吾有敝庐近贡院，君即下榻，少尽区区之心。”辞之不得，至其宅。老屋数间，垣内桂树大数围，心乐之。馆于外舍，舍旁屋两楹，门加锁。男子与妇泣拜，絮语于门外，生亦未之问也。每日供膳精洁，酬之直，不受，亦姑听之。生日出游遨，试期迫，不为入闱计。男子询得其故，劝之曰:“君存心仁厚，必为鬼神所祐。况文无定价，安知不售耶？”请为君纳卷，仆亦怂恿，生从之。入闱，坐号舍，惟恐与妻兄弟相遇。题纸下，折叠置案上，欲曳白出。忽有秀才搴帘入，长爪修髯，丰神俊伟，拊生背曰:“为文须乘锐气，何尚逡巡？”生以情告。秀才曰：“是何言？曳白而出，益重妇翁笑矣。仆请代庖，可乎？”生敬诺。秀才剪烛吮毫，拂纸如飞，天未明，诗文真草已具，谓生曰:“文似可售，君必复入。”既而二三场，秀才复必至，殷勤代作若己事然。生询姓字里居，曰:“仆居与足下咫尺，姓字不足道。脱足下获售，后未必无见期也。”生出，诣舍，左右遍访之，无是人。既归不数日，报中经魁，妻兄弟并落。生市土仪具兼金五百，欲以遗秀才。星夜赴鹿鸣，至城门，卖妇者已先候两日矣。相见大喜，仍住其家，卖妇者贳酒称贺。酒半，生语及秀才事，将往觅。卖妇者:“君误矣，舍前后皆仆旧产，居者尽市人，乌有秀才？有则必识之矣。”生讶其语夸，转询家世。对曰：“仆不肖，寔玷先人。先大父官翰林，先君子中年举进士，未殿试，卒于都门。”指舍旁屋泣曰：“此先君子停柩，所以贫故，犹未卜兆也。”生心动，遽请入拜。门启，缌帷悬小像一轴，宛然闱中所遇也。命仆市牲醴拜奠之，即于柩前强卖妇者约为兄弟。出土仪兼金为作活计，劝若骨肉，痛饮，夜半乃寝。翌日，大出橐中金，促其克期营葬，助执绋焉。生终身不敢以孝廉自矜，述于人，无少讳，人呼为“阴德举人”。

山西一生，随任江南，夜梦人呼曰:“速归应乡试，山西乃有解元。”醒而自念:“荒落已久，何元之敢望？”辗转复睡。闻人大呼曰:“尔不应试，山西无解元矣。”晨起向人述之，共劝之归。录遗，正案第二，欣然备场具，以拥挤落点。返寓卧床，候补点，不觉睡熟。闻封门炮响，急往，门已半掩。生一足入，大呼曰:“挤折解元腿矣。”声闻，监临命纳之。门启，复有落点士子奔至，遂偕入焉。榜发，则后入者为解元，生落第千里，归来特为解元叩门耳。

沂水某，贫无子，只一女，许字邻村某。及没，女依伯母。伯母遇之寡恩，失一鸡，遣女出觅，曰：“不得鸡，无复归矣。”先是，女所许之婿病死，伯母利得聘财，欲媒于他氏。女矢死不肯，曰:“吾父无子，惟女在。女之婚，父所许，若改适，是弃父命也，并女亦无矣，吾何忍？”人劝之曰：“无婿何归？”曰：“渠有母，吾将事之。”伯母意弗善也，欲强许人，故因觅鸡而下严命。女泣而出，时薄暮，寻遍无有，彷徨至村外，遥见鸡，急逐之。鸡前行，【女疾则疾，女徐则徐，】相去不远，而未能近。约二三里许，至一村，有老屋三间，门未掩，鸡竟入焉。女坐门外石上少憩，闻门内有老妪哭子者，声甚哀。良久，出关门，见女，彼此问答，乃知妪即婿之母也，婿死百日矣，故哭。女随母入室，四壁萧然。女告妪曰：“儿不归矣，愿在此事母。”妪曰：“吾贫甚，一人食尚不足，况益一人乎？儿归去，勿误汝青年。”女曰：“归则伯母逼令改适，虽死于此亦甘之。”妪不能强，留之。明日女家始知，料其志不可夺，置不问。女感鸡之导以来也，抚养有加。朝夕事母尽诚，昼夜纺绩以佐母，食甘糠粃，以是两人得不饥。久之，衣食渐充，取族人子为嗣。母死，衣衾棺木皆出女手。既而田亩益增，娶妇抱孙，仓有余粟，笥有余布，皆女勤俭所积也。道光二年，女年过五十矣，而鸡犹存。族人有欲为请旌者，与之商，令出金为费。妇问：“旌表何为？”曰:“举于官，达于部，朝廷赐金建节孝坊，此百世之荣也。”妇曰:“行吾志耳，何以坊为？况耗吾金乎？”力却不听。绅士义之，共出赀为请于朝。予友人牛某与其事，在省垣为余言甚详，惜忘其姓氏。女之节孝，固为卓绝，其不没父命，所见尤大。人疑鸡所以耐久如是，《池北偶谈》有鸡阅四十年，何怪焉。

袁姓瞽者，余幼时尝往来余家，年已髦矣。自言五六岁时目尚无恙，每室中无人，则鬼纷然出，惊而号。其母谓其诓语，捶之。偶其舅外出，见树上一无头人，伏其舅背上指而语之，其舅莫睹也。夜醒而目不能开，遂由此瞽。城西乡一人早起，见庭中一无头鬼走，骇之。及出，乡人抛石误碎其首而毙。二人皆有宿孽乎？

邑中有来演戏者，北方人，不知居何县。仅五六人执乐器，其角色则择村童数十，衣以戏衣。初未习也，临时焚符，自能舞蹈中节，唱则执乐器者代之。下场问之，茫不自知，谓之神戏。有教以拳勇者，不知何术，不过月余即成。其法：隔人十许步，以拳拟之，其人即倒，谓之神拳。又南方有习拳者，隔岭可打死人，验之有伤。似皆邪术，地方官所宜禁也。北方一代诏言习拳者，焚符即拘古人之魂附于其体，若秦叔宝、尉迟恭之流，皆能执械而舞，咸有法，群相效之，其人醒亦不自知，皆惑人之术也。

北县一农家子，有事于野。见旋风过，以镰钩之，血点点落地。归家发狂，曰："汝以镰伤吾马足，罪当死。"家人为之祷祝，竟卒。

吾淄毕济川先生名世济，性聪颖而怪僻，好读书。家贫，映月而读，月将没，上树执卷以吟。夏日烈炎中，以朱墨点勘诸书。家贫而读不倦，下笔千言立就，奇气磅礴，时人瞠目不解，值俗人不与交言。每将入闱，则饱食兼三日之粮，入则但饮茶，不再食也。魁于乡，明年试春闱，入号舍，时值天气暄燠，解衣露体，巡场官见而呵之，遂不作文而出，自此不应试。其娶也，岳家谓必以鼓乐迎，先生以柴车红毡蒙之，己坐其中，前一鼓手吹而导，见者无不笑。将至岳家，使人辞之乃已。既老，夫妇分爨，一介必辨。妻或煮菜杂以菽，俗名小豆腐，馈先生，先生必报以豆。性喜食甜瓜，或召妓来，令裸而仰卧，跨其上，食瓜可尽一筐。食毕令去，不交一言。其任诞不测如此。为人诚信，拘迂脱略，似狂似狷。邃于《易》，尝以黄纸作册，烟煤写之，晚年毁于火，先生大痛，谓："平生精力，尽于此书，今亡矣。"

表姊安氏，幼时曾夜见天门开，在正南，形如人间之城门。又尝玩月楼上，忽见月旁一白兔，纤毫毕现，如食草状。呼家人共视，兔逡巡仍入月中。渔洋《池北偶谈》云："有人见丽人行空中，一女持宫扇翼之，共入月中，以为嫦娥。"今白兔亦诚有之矣。

少年二瞽者，各交一狐，随之如夫妇。人问其状，曰："以手扪之，身极滑腻，面庞虽不能见，摩挲口鼻，似是佳也。"一客曰："狐若有知，何必钟情二瞎？己之美，彼既不能见，彼又无目，己将何所爱耶？"言次，几上茶盏忽自滚落于地，触狐怒也。牟君青在坐，为之解曰："渠有前缘，人安得知？"时一盏亦旋转将落，闻言遽止。异哉！

山左某县生才颇高，欲赴秋闱而妻病笃，料无生理，乃扼杀之，草草葬之而行。闱中文极得意，甫录毕，妻至，数之曰："我病即应死，尔以科名故，委我去已不义，况忍杀我？今必取偿矣。”生无辞，但乞出场后为延高僧超度。妻谓其好食言，使题衣襟为证，因举襟向生。生欣然书“超度”，二字乃在卷面，生亦不觉也。交卷被诘，惘惘自陈，乃贴出。

保定藩库吏王姓，与州县官作弊，凡解银入库，厚与之金，则三五百可作千、三五千可作万，与之回批。官以是弥补亏项，肥私橐，库吏以是巨富，金百万。尝嫁女，绣履砌珠为花二百双，他物称是。事发，籍没其家，象皮盈三间屋，不啻元载之胡椒八百石也。与有首尾者，多伏法。其点者厚予其子以金，不供出，幸免者亦有焉。库吏临刑，斫三十余刀，头不落。盖恶贯深，不得速死也。

陕西多饥，建议者令各州县开捐，部发监诏，纳粟待赈，岁终报部销算。【各处均得捐纳，不限省。】省查勘之，烦无截漕之费，意至善也。而有司缘以为利，七八十金即予诏，捏报，以金充官橐。仕宦者以为美缺，官其地者无不富，甚至以监诏赏优伶，蔑法极矣。事发，官多伏法。升迁他省者，皆追回议罪。行文直省，查陕西监，留其顶戴，不许入试。

黄之隽，号石牧，以雍正元年撰《祭仁庙文》称旨，庶吉士未散馆特赐编修。贾国维以善书供奉内廷，康熙丙辰会试，蒙恩命与进士一体殿试，赐探花，更奇。渔洋于仕官后蒙特旨入翰林，人以为异数。孙补山相国自云南巡抚后始入翰林，授编修，旋巡抚广东。盖以词林为文臣之荣遇。仕虽显达，有以不入翰林为终身之憾者，故圣主特以示宠。若初以翰林起家，后以罪降为编修者，不在此例。

乾隆年间，有纯阳观道士，上书言能呼风雨，拘神将，意将觊觎大用。上恶其左道惑世，命讯其所自，供称出自《道藏》经，非邪术。遣官查阅，观藏《道经》甚夥，果系仙人护法之书，追入内库，道士充远方军。又某家赀巨万，僻好术艺，耗其财，学得五雷法。试之于羊，千百为群，轰雷一击，俱震死，有官荐之。纯庙以为本朝火器无敌，何须此耶？谪官。圣主识高出前代远矣！诵佛经以却敌，命六甲以为兵，何其愚也！

新城巴思明为给事中，修居第，梦神告之曰：“此耿鸣世宅，好为之。”醒而异焉。晓起，立门外，见童子趋过，取怀中书观之，夹仿格一纸，末写“耿鸣世格”。惊问年几何，曰：“八岁矣。”乃使人媒以为婿。后鸣世为藩司，果居其宅。生子型德，官至巡抚。

李公世琛为江宁太守，有客挟异术，习其术，富贵惟所欲，但可一不可兼：欲科名者，入闱文思泉涌，随意抒写，皆天然佳构，出场则仍本来面目；富则不期而财生。特习其术必无子，故鲜有学者。有难处事，亦能为人解，而解后亦必别有不如意之事，不可轻用也。李公尝有盗案，谋于客。客为设一灯，夜挂高竿，未及月而获盗于署前茶肆，俄而李之爱子暴卒。天之所为，而人强以术拗之，得不犯造物之忌？客亦进士而无子，盖即用术以得科名者。

新城有少年学拳勇者，久之技精。七八人外出，不知所为，及归各有马，挟资甚厚。遇广野中有巨第，意必富室也，匿于林中，系马而息。待夜深，相率至第。门洞开，无人门焉者，二门亦然。厅事空阔，两廊虚静，旁列兵械具备，众喜，各随意执之以入。及楼，门亦敞，灯烛荧煌，夫妇方对饮，年俱少，妇体态轻盈，软语絮絮。众于户外窥瞻，妇已觉之，曰："外其有人乎？"男子曰："谁肯措意吾家者？"妇曰："吾试探之。"起身，持短刀飞下。合力与斗，不能胜。斗且急，众欲退不能，进又非其敌，妇曰："肯令我割一耳者，听去。"一人曰："吾。"伸头任割去，跳而走入林，则马与行李不知何时已无。不敢留，抵里，待同行者细询之，久之，竟无一人归者。

一妇浣于河，颇有姿。有僧过之，知其冶荡，挑之，赠以十金。妇之夫外出，室无他人，留焉。及合，则僧固行采补之术者，但觉其具如鸭之汲水，精泄不自制。天晓僧去，妇惫甚，卧于床不能起，数月方复初。

割截题无理，谓之侮圣言可，文之乱道，亦难以理论矣。有戏作传为笑谈者，题目"王如好色与百姓同之"至"王之臣有托其妻子于友而之楚游者"，中间钩下挽上二联云："王好色与百姓同之，而不与其臣同之者，何也？以臣自有其妻子故也。王之臣托其妻子于其友，而不托之于王者，何也？以王好色故也。"真堪绝倒！

岳大将军钟琪，破西藏，走罗卜藏丹津，获其母妹，功勋烂然。其出奇制胜，固大将之谋略，而一人之力不可没也。一人者何？贼也。方公西征，路宿公馆，每夜必自起视马，至厩旁，见一人伏匿，叱之出，问何为者？跪云："实不敢隐，见公之马良，欲窃之，不虞公之见也，请伏罪。"公召之入室，饮以卮酒，曰："汝似可用者，随吾西征，何如？"遂从行。至元帅营，岳公入见。元帅者，大将军年羹尧也，岳公时为副，故面禀机宜。大将军势张甚，皇上赐之牌，悬于怀曰"如朕亲临"，赐之侍卫，将军以之牵辔坠灯，各省总制带刀入见。而所云盗马贼者，朴野无知，与其门下人喧争，守门武弁怒，命杖之。已按于地，岳公适出，为之解免。将至青海，公夜召入账，密语之曰："回酋之母妹已约降，汝往迎之，有红灯三悬于帐前者是也。"予金珠一囊，往遗之。至，见二番妇坐红氍毹，惊问谁何，曰："岳将军遣吾来迎，请速行，将军自来接应。"言已，献囊，以刀划地，促之，二番妇乃骑而出。行不三十里，岳已领军至矣。火光突起，铳声震响，二番妇落马死。大将军薄番营，罗卜藏丹津惊出不意，骑白驼以遁，番兵大溃。是役也，公以兵数千，破贼数万，特未免杀降，虽二番妇亦可惜也。功既成，欲官窃马者，不受，剃发为僧，归中原。路遇寇二人，各骑马挟铁杖，夺其杖，扭为圈，圈二马项，马不能逸，寇骇而去。后传其技于尼，尼在西藏时所昵，挟与俱归者也。

邑有农人耕田，得镜于土中。虽久埋，极光莹如月，持以自照，则牛也，照四牛则皆人。归家遍照其人，皆羊马之类，惟所养狗，照之乃一妇人。大怒，碎其镜。一樵者于东南山中，得一镜于崖间，照面则鬼，而毛尖微红，亦怒而碎之。虚舟触人人不怒，彼自照其前生，镜则何心，乃不以为宝而迁怒焉？即此足见其前世之非人。又人也而畜，畜也而人，反覆轮回，沉迷苦海，茫不自知本来面目。安得此镜，遍照大千也？

青州临淄某，掘土得尊彝鼎鬲之属无算，皆商周法物也，盛之满一巨囷。县令闻之，使人达意，欲得二三，以为书室雅玩。其人曰："吾无所用，尽取可也。"乃送之以车，兼辆。令喜出望外，设盛筵延之，不至；使人与议价，不受。问其家有应试者乎？则其子方学作文，强之试，取冠一军，遂入泮，人呼为"古董秀才"。令每夸于人曰："其一值数百金也。"又一家掘地得三鼎，数人不能举，欲置于室，嫌其逼塞，乃弃之废园，堆草粪其间，视若弃物，至今犹存也。世无好古者，好之不必遇，遇之不必好。闻一县令拘盗掘古墓者，搜赃得鼎彝甚多，尽铸为镜，尤可骇笑。

利津有人善祈雨，然不轻试，必极旱，村人恳切迫求，乃勉应之。云雨关天数，逆天必遭谴。虽济人与利己有别，而祈雨一次，必减寿一年。其法：于旷野以桌为坛，层累极高，危坐其上。先接众绳，令极长，乃默默作法。俄天上云片片往来，抛绳而上，直入云际，若系之者。云聚愈多，渐而弥漫，以手掣绳，力不能支，数十人共掣，如曳垂天之帆。雨降不过数里，不能远被。

京师有库吏巨富，贵官悉欲往来。有丧，二翰林为之登记。一巡城御史黄姓，江西人，若欲行吊者。翰林问姓名，御史曰："无须，我自登之。"乃取簿视，第一名则某中堂也。奏闻于朝，上大怒，召中堂责之曰："某一奴才耳，汝乃中堂，而为赠纸耶？"命籍没库吏家，以麻袋装其妇女押卖，每名银十两。有安徽皮匠某无妻，乃挟银买一袋，肩负而至，开视，则六十余老妪也。大恚，无可如何，乃谓妪曰："吾无人缝纫，为吾母可也。"妪喜，视其忠诚，谓之曰："汝宜再买一少者为妻。"某以无银告，且恐所卖未必少，妪曰："无虑，吾有带来银，可认第二行第二袋买之，必如意也。"如其言，负一囊至。放出，则十八九女，头足是人，女面容甚佳，云鬟委绿，柔荑纤足，云从狗国买来，所至群观，得钱无数。后女在他处，见其家人相认，已历年矣。云幼时随观艺人于村外，被其掳去。同掳者有儿童，年相若，于昏夜人静后缚之，以麻絮塞口，出利刃，遍剪其身，血淋漓，旁活剥一狗，乘热以皮被其体，及长合为一。童子被伤死，女幸活，而已半化为狗形，皮不可脱矣。闻将其党立决，意外之事，何所不有也。

【有携短小人者，须眉皓然，而形若三岁小儿。至衙署，求观索赏。官携入，

与内眷观之。官疑而问其由，小人初不敢言，官命："无恐，吾将赦汝。"乃言为彼盗去，饮以药，肢体顿缩。置奸徒于法。】

长山某村[1]，祈雨每应。有一人神附其身，俗所谓马头，虽在数百里外，其村祷雨，必跣而归，一日可至，至则飞身登柳辇。凡祷雨者以柳枝缚桌上，甚高，四人舁之行，中为龙神位。柳枝软，舁者旋转不定，屹立其上不动。遇悬崖奔而下，不伤一人。大雨如注，与众随行，不稍休。时伸两手向空，握拳下坠，则雨随之，雨势缓急随其手。有人嗤之不信，夜大雨，龙绕屋，爪其门，雷电轰掣，其人大惧，跪祷伏罪，乃已。然非旱极，亦不为也。

邑西李家疃，有人在南贸易，遇龙虎山张真人过，偕众往观。有人诉于舆旁，求除妖，真人留法官使治之。法官至其家，布桌于庭，累之极高乃坐焉。画三符，初焚一符，无动息；再焚，而风声远闻，黑云如盖在半空；又焚，则炉中白烟一缕直上青霄，不散如绳，上接于云。俄而云渐低渐大，始如盘，继如盖、如席，坠于庭，则晦茫，觌面不相窥。法官徐以法收之，朗然如初，而妖亦无矣。

国初时四方未尽平定，法网疏阔，沿明季余习，缙绅家居横甚。王公七襄势方炽，公家在城西，有农家子谓所亲曰："吾兄为王宅牧猪矣，汝有仇报之可也。"其亲果杀人，走求其兄，官吏遂不敢问。一放猪奴何足道，而竟能庇杀人之犯！张少保公宅在西门里，其侄泰瑞居焉。凡城内有丧殡者过其门，必先期入告，由来已久。有丁姓将葬，告于司阍，求为转禀主人，诺而忘之。及期，闻门外有举哀过者，问是谁，胡不预白？司阍者不敢以实对，遂止之。委柩于路而去，丁恨甚，潜勾桃花山贼谢迁破淄城，张氏一门罹难最酷。

关以外多大山，林木蒙密，入山伐木者，结草以志归路。山外村落稀少，人情淳朴，山东无业者，往往就以谋食。入门，视人家饭熟，则与共食，食毕便去。其家不问谁何，真太古之风哉！今为诈伪者所欺侮，遂不能如初云。

故明时，吾邑入都会试者，乡先达必邀饮，赠场费。一巨公设宴，宴以伎侑酒。一伎陪一客，宴毕留宿。各室帷帐预设，每床置金，多寡不等，惟所择。一客独就金少者，巨公由是重焉。客固贤，而巨公之豪与文网之疏、当时京官之富，俱可想矣。【今官于京者，清苦殊甚，盖盛世大法小廉，贿赂不行，一矫前明之蔽耳。】

关外山中蝙蝠，老而成精。族类甚夥，小者飞出，人不敢伤。有山东人偶以镰伤其一，至家忽倒地，为蝙蝠言曰："奈何杀吾孙？非山东人，必祸汝。"跳神者为人疗病，设祭摇铃，自称闫氏，知蝙蝠之降其体也。有诽议者，茶盏自窗飞出击之，故奉之惟谨。凡人为鬼狐所祟及他妖魅为厉者，请跳神者至，

① 前有眉批"管家庄"三字。

神则与之较技术：烧鏊通红，与病者跣足并立其上；或以铁镬煮油令滚，赤身并坐其中；或吞刀吞火，病者苦哀免，谢不能，则其术输，服罪求去，而病霍然。他病不尽效也。一日临病者家，与之角术，术与之等，莫能胜。乃取铁人叉其项，哀声求恕，问其姓，曰袁氏，盖水中鼋精也。关外此二精甚多，亦甚强云。

还金，盛德事也。惟不贪，故后之所获，或过于所得，盖心不欲幸人之幸而思以全之。所济有不可量者，其义足以动天，而实非有心望报也，因记数则于左。吾家赠御史公讳惠，出游郊野，见路旁一皮囊，盛金千余两。时在前明，淄为往登莱青三府通衢，遂坐而守之。日暮，有骑而来者，马汗遍体，下而拱问，曰："君在此有所拾乎？"公曰："遗何物？"曰："某家有大狱，急需多金，进省接济。至此便旋，恐失金，取囊置地守之。心急，溲毕，上马疾驰，竟忘取金。往来行人如织，料不复存，但不能不一寻耳。"公问其数，数合，举囊授之。其人惊谢，取少金赠公。公曰："吾如贪金，胡不全匿耶？速行，勿误汝事。"既而某官事解，复来相见，始知为胶州匡氏，巨族也。乃以女妻公之子，即佥事公。赠中宪公讳逵，亦拾遗金不取，子为宁波太守，孙、曾皆进士。佥事公再传而家落，太高祖乃迁河东村，以驴往利津诸县贩绵。有富室，见公之醇谨而贫也，潜置金于绵。公解囊而金见，乃返之。其人辞以不知，公曰："予受之无名。"力却之。某慨然曰："君诚义士，请出多金共权子母可乎？"乃许之。三公皆当贫困时，而皭然不滓如此。子孙有志，可不以为法乎？

蒲台孙洙之祖，家寒，卖粥于路，城中往来通衢也。拾钱帖一纸，计二百千，乃蔡家寨赵氏经商者所遗，孙知而还之。赵，富室也，谓其朴诚可托，乃任以财，家遂裕。子为学博，孙、曾皆邑诸生。益都王某，失钱帖，住旅舍中，忧形于色。舍中儿问："何事，君若有不自得者？"王告以故。曰："数几何？"王曰："七百千耳，失去数日矣。"儿曰："吾得之，已费过半买白金，余犹存铺中也。"乃举金授之，而共往铺交兑三百千。王喜，问在舍每岁仅得雇觅钱五六千耳，乃招而用之。此儿并不知还钱为高义，直以原主为应得耳。

嘉定杨展，身长七尺，性倜傥，负文武才，尤善骑射，举崇祯己卯武科。北上，挟强弓大矢，驱一卫独行，遇盗，展笑曰："尔欲吾橐耶？试退百步外，监号箭。若射不中，任尔取。"一发破其干，贼惊拜去。临试，阉贵人有马凶悍，挽以铁缰，号于庭，曰："能骑者，予第。"众错愕，鲜应者。展排众突前，夺马腾跃而上，纵送回旋，九发矢九中，走马扬声曰："四川杨展也！"中人骇服，名震京师，成进士第三人，授游击。俄升参将，以忧家居。四川乱，乡盗纵横，尝与族子踏月江边，隔岸影见人行，谛视，曰："此贼也。"射之，应弦而毙。视其人，果素掠乡里者。人以是畏服之。甲申，逆献据成都，遣兵四略。展起兵犍为，会阁部王应熊檄至，即从总督樊一衡攻叙州，力战复其城[①]，次第收嘉、眉诸邑。于是诸处兵起，为展声援，遗民溃卒多归[②]之，众至数万。献贼遣狄三品、刘文秀来侵，大败还。永明王嘉之，晋爵华阳伯，授总兵。俄饥，人相食，展使告籴黔处，自绅士皆给资，农予牛种，愿从戎者补伍，百工各以艺就食，孤贫无告者廪之，又置竹筏于同河，以济荣、威、富之避难者，俾居思经、瓦屋[③]诸山。令其子璟新屯田，岁获粟数千，蜀南赖之。献忠愤展尽收余地，大杀成都居民，率卒百万，蔽江而下。展逆于彭山之江口，分左右翼冲拒，别遣小舸载火器以烧贼舟。兵交，风大作，贼舟火起，展身先士卒，殪前锋数人。贼奔溃反走，江两岸逼仄，前后数千艘，首尾相衔，不能骤退，风烈火猛，势若燎原。展急登岸促攻，枪铳弩矢，百道俱发，贼舟尽焚，士卒糜烂几尽，所掠金玉珠宝及银销数千万，悉沉水底。献贼从别道遁免，展追至汉州，封其遗尸而还。是时，展威名大振，蜀之起兵者倚为长城。后偏沅巡抚李乾德，以展简略己，乃与降贼袁韬、武大定谋，诱而杀之。展素精五行遁术，临难呼水，其僮止之。袁、武皆投诚于展，展倚为腹心，竟为所害。袁、武围嘉定，其子璟新逃去，其妻骂贼死。展死，诸将解体，贼入，无敢抗者。孙可望攻乾德，乾德赴水死，袁、武仍降于贼云。

渠县李艺圃漱芳，乾隆丁丑进士，官巡城御史。以参额驸福公家人兰大醉打金陵楼，上嘉其有胆，升给事中。旋以奏山东王伦事不实，降礼部主事，后擢员外，丁继母艰归，遂卒。艺圃性极孝，年十八失怙，弟尚在襁抱，口哺手携，抚成之，乡里嘉之。一生讲宋儒学问，立心制行居官，以圣贤为法，今之古人也。丁丑入闱，题为“臧文仲其窃位者与”，艺圃行文至出题后，神思窘滞，倦卧号板，梦其母喻之曰：“汝文入手太紧，须从‘窃位’处摹二比，折入文仲，题境宽舒，数虚字神气着纸欲飞，方能制胜。”艺圃寤，觉文思开朗，一挥而就。榜发遂中，人以为至孝所感。临卒之前，晨赴盥水，忽自惊视曰：“来何早也？且门外候。”家人问之，曰：“帝命至矣，适来罗汉四人及舆马人夫等，饬令外候。”入室更衣，端坐而游，玉筋下垂，面作金色。

附奏折：河南道监察御史李漱芳奏：“中城吏目罗性，呈报金陵馆楼之陈尧智喊禀福隆安家人蓝大，同数人到馆吃饭，因与讨账郭二吵闹，蓝大叫人将楼上吃饭之人闹散，把窗扇、桌凳、碗碟、茶酒、锡壶混行砸碎。蓝大供‘情愿赔还’等语，详城蒙批：‘蓝大与郭二口角滋事，分别责惩，家伙勒令赔还，

① “城”，原文作“成”，据嘉庆《乐山县志·杨展传》改。

② “归”，原文作“居”，据嘉庆《乐山县志·杨展传》改。

③ “屋”，原文无，据嘉庆《乐山县志·杨展传》补。

此缴已完应销。等因前来。’臣查巡城御史，除暴安民，绥靖地方，是其专责。蓝大系尚书公福隆安家奴，不思安分，逐日在外呼朋引类，倚恃主势，聚众行凶，非寻常斗殴可比。况辇毂重地，目今各省绅士云集，较常为倍，如此恶奴扰害平民，更当惩一警百，以遏颓风。乃该城给事中永明、给事中陈憬，仅予薄责，断令赔还，颟顸了事，不无有心瞻徇。至尚书公福隆安身为步军统领，有巡捕奸宄、缉拿匪徒之责，今以本府家奴在外滋事，肆无忌惮，其平日约束不严，亦难辞咎。蓝大除饬令加倍赔还外，应请交部严加究治，从重定拟。庶若辈稍知敛戢，畿辅地始肃清。再三营地方，逐段设有堆拨，以资弹压。似此纠约多人，持械打闹，官兵并不查拿，所司何事，并请查办。臣愚昧之见，是否有当，谨奏。”奉上谕：“所奏甚是。永明、陈憬俱着交部，严加议处。蓝大着交刑部，从重治罪。仍着福隆安明白回奏。李漱芳能据实参劾，甚属可嘉，着交部议叙。钦此。”

有杨遇春者，征金川时为把总，守卡。贼三四百名乘夜劫营，官军追之。贼伏起猬集，与杨卡近。卡内仅五十余人，公不畏怯，急出，合力奋击，遂获胜。大将军保奏，由此蒙圣眷，拜忠武侯也。

淄多煤井，有水夫，有火夫。火夫刨炭，水夫以柳器扬水于坎而出之，皆在井内，皆有头目。攻井者出赀觅人，交钱于水夫头。头目如其数招至，攻井者不问所由来也。水夫缺，号头目者往往掳人于外，其党甚夥。欲觅主为役者，则托与觅主。或买物出钱，觅人送至某处，至则縻之于井。或假病，觅人送至家，至则群驱入井。久之，亦共知有掳人也者。云：“不近井，奈我何？”不知井之邻村设局，不见所为井而已入其彀中矣。近日更使老妪游于外，以术随方勾致，人更不疑。凡掳人者，不必水夫头也，无赖辈随机招致，每一人，水夫头予钱四五千，故其党无定数、无定名，不可致诘。既入其局，将完衣剥去，衣以残破，绳缚下井，从命则可，不从则以杖痛捶之。炭洞高仅尺，蹲泥水，俯首屈身，苦不得舒。无休息，缓则打，昼夜始一轮班，食恒不得饱，往往困苦疾病以死。死则报官，言在井作工病死，不言掳也。童子逃学出，每被诓，尤柔脆不耐苦。父母涕泣，寻觅不得，及死而后知，已无及矣。尤可恨者，此井毕，复驱至他井，势将死而后已。若有病尚可支持，必不令少休。视无生理，乘夜抬至他所。及死，衣服蓝缕，面容黑瘦，约地以路死乞丐报官，掩埋而已。有冤谁诉乎？有官司事出，攻井者茫然不知端绪，耗财求脱，故亦深恨之而无如何。奸恶之徒，草菅人命，国法不能加，其不伤天地之和乎？

有游于广东者，眷一女，相得甚欢。女云：“君不忆家耶？胡久不归？”曰：“吾爱汝美，不忍相离。”女云：“实告君，吾之面，假面也。”以手揭下，乃画纸为之，娟好如生，其本来面目则丑恶耳，其人乃去。此女有天良者。闻其地，内省往贸易，苟有外遇，归家必与之定归期。期不至，则所种之蛊自腹溃出而死，或棹，或长竿之竹，或犁头，能缩之为毫末，杂食中人不觉也。如期而至，则为解之。又能以木擙人之足，使不能行，已则变鸟雀犬猫之类。又多养蛊，取蜈蚣蛇蝎之数，聚之瓮中，令自相吞食，食尽而存其一，则成蛊。请人饮食，蛊随羹菜入口，便中毒矣。惟初以箸夹肉藏之，其后食之无患，所藏埋于地，则反祟种蛊之家。又或于食时，取箸竖而齐之，曰："得毋有蛊否？"则蛊亦不能为害。其金蚕蛊最毒，最难制。其形如环，入人脏腑食之，人无病而死。食男者粪金，食女者粪银。养金蚕者，喂之以锦绮，如蚕食叶。虽多金，而供其食亦大耗财。如不能供，则蚕反食其养之之人。不欲养者以锦缎裹之，置路侧，不知者贪其货，则蚕随以去矣。

年羹尧之征西也，夜半忽传令，命将帅师往某方迎敌，众疑之。及往，果遇贼。反而请其故，曰："吾卧闻雁声自某方来，夜半当宿而飞，此必有惊之者。又非所宜向而向之，非其方有贼，何也？"众乃大服。

浙江绍兴朱姓生一子，甚颖悟。数岁时，有二老僧寻至，手持册二，曰："吾师在此。"询之，则云："师临终嘱以托生某地某家。"出其子，与僧相见，如旧。所持册则生前写经，方半，乃补书之，手迹如一云。

嘉善徐季方《见闻录》云："向关生，任城人，读书南池，遇美女，与之狎。既久，询所从来，曰：'妾，天上谪仙，当与君为夫妇。'其戚友疑为妖，请道士驱逐，女无惧色。几三载，忽出一编授生，曰：'妾与君宿世之缘甚久，今当暂别。此编乃修炼工夫，君可习之，再图良晤。'赠以诗云：'济水流长未尽欢，小山招隐月初圆。好留颜色重相见，再向南池续旧缘。'忽不见。向思之成疾，几不起。因按编中法习之，渐愈。乱后随一武弁客淮上，娶南氏女，视之与前所遇无纤毫异，询以前事则茫然矣。"

赵叶舲，绍兴籍，幼流寓聊城。十四五岁在塾，有僧来，言龙吉公主欲以为婿。未几，侍女四人至，皆宫装，相视居第，言下降有日矣。至期，柳仙至，嬲之令不得合卺。俄吕祖召叶舲去，令人教以剑术。学成，命演而观之，曰："可矣。"嘱其设坛于空园中，请府尹监坛，朝服立，他人皆墙外观望。坛累桌高二三丈，赵衣道士衣，被发仗剑，登坛与妖战，所杀甚多。每诛一妖，落清水斗余，人不见其形也。有号头佗者最狞恶，战连日，断其一臂犹斗，卒斩之。妖怒自来，苦斗半日，击赵坠坛下死。吕祖在云中指其额复生，纵身复上。久之，生败。吕祖握其手曰："行矣，汝非彼敌。"赵问何往之善，曰："北可。"命速之。一仆驾单轮车，乘夜即发，车夫觉运车如飞，足不自主。天向明，见人声喧杂，问之，宝定西关也，已行八九百里矣。赵有叔在宝定游幕，往投焉。叔问几时离家，告以夜，叔笑其妄；问车夫，亦云然，姑留之。未几家书至，果以是晚行，讯之得其详。赵自是思见吕祖，应念而至。事传远迩。有官精剑术，设筵延赵，请观其技。赵初辞，固请之，乃许。某官惊未尝有。赵归，夜梦吕祖大嗔责，醒而不复能舞矣，吕祖亦不再见。赵每与人言龙吉公主之美，殆绝世，自云前世当为夫妇。盖蛇精也。先是，府尹方为京官，患病垂危，有道士在门募缘，家人辞主翁病方急。道士曰:“吾善疗疾。”家人以白，延至榻。视之，曰:“易耳。”制方一剂而愈。某感甚，谢以金，不受。问所自，曰:“吾在东昌西关，与某为邻。异日见访，问吕道士即知。后有事相烦，今不受谢也。”既而果选东昌，遣役访吕道士，无知者。太守怒，自往问某邻。某曰：“隔壁有吕仙祠，甚小。”太守悟曰：“此即是也。”拜而去。及赵有急，太守梦吕祖命为监坛云。尝见说部记此事，不若传者之详。有识赵者，问之不诬。

日照有狐降人家，自言姓秦，人呼为秦师傅。好与人谈，不见其形，云来自西域。凡狐有道术者必考试，以等多为贵，十次优等则成仙，伊已三次矣，已成人形，尚不可与人见。因言得人身者，前生必有修积，而人视为轻易，再世堕落，可惜。人问何术可免轮回，曰：“人皆为私欲所缚，故历劫沉沦。若一念不杂，永永不懈，便超轮回。吾辈虽修成之后，一念不谨，仍堕落也。优等多则升天有职司，否则虽成人形，亦不免劫数。”时邻村有狐作祟，问相识否。曰:“渠姓鲍，亦西域种，而行不轨于正人。”浼其解劝，慨然允。未几，愤然返，曰：“彼不可以理喻，反欲纠众与吾闹。”久之，告人曰：“吾已与鲍氏言，某家可备酒馔于空室，堆京钱二百千，与之解怨。”某从之。至期，闻室中饮啖声、数钱声、切切私语声，细不可辨，既而寂然，不复作祟。秦狐后亦不至。

吾邑袁氏子，年十七而亡。母独居，孤影自伤。有田数亩，荒芜无治者，儿之魂辄附其体，为之田作，如男子，自言不忍忘母，故代之也。数年，母殁乃已。死而服劳，可谓孝矣。但人不能来去自由，如袁氏子耳。乌亦一念之诚，鬼神不之禁欤？

睿庙时作一亭，颜曰“复过”，命词臣作联，咸未称旨。刘金门夫子进呈云:“过也如日月之食，复其见天地之心。”遂蒙圣眷。

茅津渡，千余年古迹，嘉庆年间地震，乃陷于黄河。一夜，房屋与人俱杳，压死者以万数。地当冲要，有自远而至、甫止宿而死于其中者。一车夫，马逸出而逐之，得不死。及道光九年，山西磁州地震，地裂，出黑水，水中有巨蛆，粗于碗，长尺余。房舍倾者无数，其未倾者，连日震摇，亦递倾倒。人不敢屋居，以席庐于野，月余乃止。是时余在蒲台，新修馆舍方毕，夜始置榻，更余，忽如雷声在屋上，窗棂皆震，近河者闻波浪激荡如沸。吾邑与益都山中震尤剧，亦月余方定，博山马鞍山裂一缝，一半遂低。

有旱而求雨者，请吕仙师至，仙云当奏闻上帝。越日再请，箕辄飞出，众不解何故。及书字，乃写“玉帝诏书”，抬头故高写也，诏命城隍查勘覆奏。

越日又请，书云："城隍查旱尚不为害，俟某日乃雨。"果无雨，至期乃大雨。信乎，雨之关天数也？

余家淑子先生名士祯，乾隆庚子举人，官成山卫教授。少时馆于外，比邻一少妇，时时来窥，先生觉之，托故辞去，不与人言。始与兄析居，乡举后复同居，卒以产让兄。与张昆仑笃庆为友，以诗相唱酬，遂结婚。殁后，昆仑采众议，私谥曰文恭。人皆知其以诗名，而不知其行谊若此，吾家子弟尚志之以为法。

元圃公讳巽，佥事公之季子也。佥事公殁，年尚稚，性任侠，纵酒游侠，雅习骑射，好谈兵。从叔海州公让之，乃折节读书，举茂才。及阅朱陆所著书，愳然汗下，自是专心性命之学，终日危坐无欹容。晚年病，抵胶州，居舅氏之嘉树园。闻劳山有林翁者，年百余岁，多异术，结庐山巅，精舍十余间，竹树环绕，亦有姬侍，财用充羡，人疑有黄白术，莫测也。匡公邀至园，使公具弟子礼，拜求祛疾。翁熟视，曰："病可愈，但未知定业何如耳。"出药一丸，如指顶，曰："服后七日不食，当有瘳，至期来相视也。"公服后，觉体轻健胜昔，后四日，夜深能暗中观书，耳中如闻笙箫。次日，匡公强公食，公不肯。匡公曰："痴道士何足信？岂有七日不食之人乎？"逼进食一盂。及林翁至，望公气色，叹曰："惜哉，仙药与谷气相激，火已发矣。"公旋患腹痛，如厕。翁命童子从厕中捡药出，以水涤讫，持去。公急治装归，抵家数日卒。

佥事公讳君赏，号四山，年二十三举嘉靖戊午乡试。公同理丞公在省观榜，榜从后开，至第四十名，见理丞公名。理丞公恐失公意，慰藉之，公笑曰："此固非我所，姑待之。"至第十四而公名见，理丞公乃大服。明年，计偕入都。场前梦至破楼下，有人揖之上，风露浩然，隙中望见星月，醒而疑其不祥。榜发，竟中。庭会同年，娄公号见星，俨然梦中所见也。公按秦，别张江陵，江陵以其姻秦抚相托。公至秦，廉得其贪污状，首劾之，秦抚以是落职。江陵怒，至京察风言路劾罢公。后以浙江水利道佥事致仕归。作诗高雅闲淡，不染七子之习，秀水盛百二序之，谓"风味似海丰杨太宰巍"。

明杨太宰巍，山东海丰人，以终养迄归，年届古稀，太夫人九十余矣。公负母，日出游花间溪上，村人见之，宛然孺子，不知其为大僚也。母过百余岁乃卒。视古人彩衣献舞、板舆奉亲，不啻过之矣。

理丞公讳晓，余从族人处得其隆庆辛未会试场中朱卷，张江陵居正墨书一"中"字，沈文端公鲤蓝批四字："飞动娟好。"余主司、房考，皆有批语，字尚如新。试卷藏礼部，不知何以得在家也。又尝见明御史安公伸乡、会朱卷，其对策不似今之抄袭陈言，填凑故实，然亦貌为痛切之谈，血指淋漓，似亦当时习气，其弊惟均耳。

新城舅氏讳祖嵋，病久不痊。家人请人家所供小关帝，安于寝室，病者不知也。一日，恍惚见有绿袍人手提人首，血淋漓沾须眉，扬扬出户去，自是霍然顿愈。

舅氏讳祖峭，来宿于河东之东厢，三更后似有人往来，俄至榻前，呜咽不绝，蜷伏衾底不敢动，良久乃不闻声。又尝在新城城里，宿于其族家。人静后，忽若有人抬其床，周室于四隅，其几上花瓶滚于地作响，室中物无不动转，一夜不成寐。问之主人，则旧有狐，不为异也。晓视其瓶，仍在几上，毫无损。

绍兴府城中山上新建一阁，钱塘、仁和两县尹延徐天池作联。二令一姓王，一姓牛。徐遂濡墨，每幅各书其姓于上，即入席痛饮。饮毕，续题云："王公设险，带砺磐盟，八百里湖山，知是何年图画；牛女分星，蓬莱胜境，十万家烟火，尽归此处楼台。"二尹始讶其妄，继乃惊服。山号小蓬莱，故下联云尔。

又鉴湖设闸蓄水溉田，石上刻二十八宿，以次泄之。工成，府尹汤公亦请徐作联。联云："凿山枕河海，千年遗迹在三江，缵禹之绪；炼石补星辰，两月新工当万历，于汤有光。"

日照安苓，庚午举人。闱前自云必中，问所以，秘不言。及榜后，亲党往贺，太公曰："吾固知其售也。"客询故，曰："子忘余之遇狐乎？"先是，公幼随任粤东，夜数梦遗，心讶之。既而有女至，华妆艳丽，遂相爱如伉俪。三年后，归而娶妇，意狐不复至矣。馆中独寐，若有人掷土自窗入，而纸完好无隙，不知所由来。明夜复然，起而趋房。至门，遇人迎面来，惊倒，昏不知人，移时始苏。忽睹丽人，审视，则向所遇也。且喜且恚，曰："卿故交，胡恶作剧？且盛饰如初见时，毋乃客气耶？"女曰："不如是，恐不吾敬。"一笑而罢，相爱如初，起坐不离，家人不之见。久之，姻族无不知其有狐妻者。一夕，枕边絮语，谓："缘尽今宵，从此别矣！"公惊问，女曰："余本天女谪降，托生为狐。与子有宿缘，限满当归天上耳。"公曰："若然，子胡不度吾为仙？"女曰："子无宿根，然亦福人也。"问后会，曰："俟汝子中时相见。"是时，公未有子。及苓是岁秋试，公寝书舍，恍惚如梦，见庭中五色炫耀，出视，则空中彩云一片，有女道帔执拂立其上。惊视未定，女乃以拂拨云，面目如画，神彩焕然，谓公曰："余前与君有约，今特来践言耳！"公乃知为女也。方欲与言，云已冉冉而升。既醒，庭中似有余光未散。与苓备言所以，故以为必售也。公二子，次藻，有文名，天才横逸。后病，自言前世为高僧，授职阴司，今复归本位耳。苓后选滨洲学正，未赴而卒。

新城某，家贫，敦信义。年壮矣，无父母兄弟，亦无妻。有与议婚者，须聘钱十千，熟思，计无所出。念离村数里有南北道，旷无人，可小试为劫，乃执梃往隐柳下。曛黑后，有骑而过者，以梃自后撞之堕。其人惶惧，某曰："勿恐，吾不击汝首，恐伤汝也。吾急须钱，可与我。”曰：“无钱，有银。”某曰：“银亦可。”倾囊献之。某曰：“勿须许多。”乃检其碎银尽与之。某曰：“亦勿庸，吾止须十千耳。”遂约略估计与之。既而曰：“前途荒邈，恐有伤汝者，汝复骑，吾护子以行。”行数里，曰：“从此村密，无患矣。”荷梃而归。纳妇生子，家称小有，乃语妇以前事，曰：“此恩不可忘也！惜尔时未问其里居姓名，欲报无由。”忆其乡音，似武定府人，乃往商河、利津一带，以货油为名，庶几一遇。而形像都忘，茫如捕风。岁且暮矣，嗒然而归。止一旅店，行客已满，无可栖身。主人曰：“无已，与吾共榻可耳。”延入小室，主人遽去。某独坐，视壁间画，柳傍有人骑而过，一人执梃欲击，不解所谓。久之，主人归，谢曰：“客多忙乱，劳君久待。”某指壁画，问何意，主人曰：“某年吾自外贸易归，挟有重赀，至新城地遇劫者，取甚廉，不吾伤而护吾，吾感其义而不知其名，画此以志德也。”某惊喜，曰：“劫君者，即吾也！曩以缺聘金，故劫君。今娶妻生子，皆君之赐也。特来寻君而苦不遇，君乃在此！”主人亦喜出望外，曰：“数年梦劳，今乃得释。”呼酒命酌，详告家人，遂缔姻焉。

益都某游击，从征川蜀。贼平后，帅问诸将：“有能食生肉者乎？”某自负能食生肉十斤，方欲有言，见一人身不长大而精悍特甚，禀帅请肉。帅曰：“能食几何？”应曰：“四十斤。”即如数予之。抽刀自割，须臾啖尽。帅曰：“能再食乎？”曰：“尚可十斤耳。”又予之，亦食尽。

益都刘姓忽病颠，久不愈。延女巫视之，曰：“此东海老鳖作祟。”家人未之信。巫曰：“渠于某年月日在某处犯之，故相报耳。且生一小鳖，予为带去。”病果愈。刘自言某年月日曾遇羊角风，溺之后遂颠，于巫言相符云。

吾淄傅家庄开店者，忘其姓。有客遗金于门外，行远方觉，自以无可寻觅。阅岁复经其地，问店主曰：“某时予忘金于门外，曾拾之乎？”主曰：“金几何？”客详告之。主曰：“金现在也。”出而予之。客惊，欲与之分。不可，遂订交。既而知其无子，客曰：“予有四子，赠汝一为嗣。”既送子至，子曰：“某处当有某物。”见主人细询，则真父子也。盖店主子幼以看灯迷失，客得之于路，养以为子，今所赠者即是也。奇哉！

德平宰何公，少时好酒负气，有隽才，每醉卧三五日不起，家人无敢惊。一日偃卧，见人持贴相请，视其名，则韩菼也。随以往，果见元少先生，礼意殷渥，云：“今科余孙必中，但文艺不精，此数题又非余所长，烦代作。”以题嘱公，何公飞笔立就。醒而异之，谓同人曰：“今科必某题。书于纸，且勿开视，至期共发之，若验，君等出资为筵。否则，余受罚。”公素号疯子，众哂曰：“某颠又作矣。”置不理。闱后拆其封，则题无舛者，而元少先生之孙中矣。榜后谒见，以门生自处，公讶之。自述乃祖见梦，谓闱艺乃何公代作，当以弟子礼见云。

蒲邑有人善博，恒数夕不归。一夜持刀入其家，先杀其妻子，又往杀其母，意将诿罪于人也。既而按其母颈，母意其携物饷之，遽云："吾不饥。"某闻之，忽仆于地，其母惊起，大号，邻里共至。某不能起，亦不言，乃执，县令宛转于地，三日而毙。

福山封翁王某，往关东运粟，路遇饥民，倾半舟以济众。后梦有马至其第，缺一耳。及生子，名之曰骘，官尚书，子孙科第不绝。

利津李某，善捉邪。蒲台北关王有族人妻为邪所祟，往求之，李谓王："今日不必往视，先以红绸系病者腰，若其惧也，则为邪。否则，吾不能为力。"王果市新绸三尺，袖以归。至家，妻已先知，迎谓王曰："吾非邪，汝何求李某耶？"应曰："无之。"妻曰："然则汝袖何物？"亦应曰："无。"妻曰："勿欺我，袖中红绸，非耶？请系我，我弗惧。"系之，强为弗惧，而伸缩弗安。往见李，李曰："吾已知之。"与偕往，至室内坐定，以手向外招，谓病人曰："惧乎？"曰："弗惧。"又举手略高，曰："惧乎？"仍应曰："否。"乃扬手示之，女人大号曰："惧矣。"遂求去。及愈，王问其妻。妻云不觉有他，但李以手向外招，则多人满庭中；举手，则下有一人顶尖而红随手而长；手扬，则高不可量，故惧而啼也。

北直盐山一胎两男，臂肉相连，不可解割，而分之俱死。生女，又如之，乃留养。今十八九岁，无婿家。

刘伍宽，号此亭，历城人，拔贡生。尝梦观秋榜，见己名列第六，而下注"制"字。俄而丁艰，语同里薄日坚履青。薄曰："君今衣白矣，不当以履青代耶？"是科，薄中第六名。

牛运震，滋阳人，生有夙慧，学问浩博无涯涘，年五十三，无病而殁。未殁之前月，屡梦游金碧楼台。一夕，复梦如前，既醒，语家人曰："将寻吾好梦，慎毋惊我。"及午不动，呼之，则逝久矣。前身殆仙耶？

李澄中，号渔村，诸城人。父梦李攀龙入室，生公。公尝梦人授文字一卷，曰："此汝作也。"醒记数语，乃于鳞《华山记》中语，乃恍然自失。诗仍学攀龙体，困于场屋。一夜，梦人持二册子示之，曰："此乡试录，内无君名，彼乃有君名。"睇其上，有"特恩"二字。后以鸿博授检讨，官至侍读。

五百里滇池，奔来眼底，披襟岸帻，喜茫茫空阔无边。看东腾神骏，西翥灵仪，北走蜿蜒，南翔缟素。高人韵士，何妨选胜登临。趁海屿螺洲，梳裹就风鬟露鬓；更蘋天苇地，点缀些翠羽丹霞。莫辜负四围香稻，万顷晴沙，九夏芙蓉，三春杨柳。

数千年往事，注到心头，把酒凌风，想衮衮英雄谁在？叹汉习楼船，唐标铜柱，宋挥玉斧，元跨革囊。伟烈丰功，枉费移山气力。尽珠帘画栋，卷不尽暮雨朝云；便断碣残碑，都付与苍烟落照。只赢得几杵疏钟，半江烟水，两行秋雁，一枕清霜。

家海州公宅甚广阔，今拆毁荡尽。有从旧基掘土得银者，三五人均分，已而或病或疮，银费尽各愈。独一人家颇裕，未与众分银，亦不病。又有人与同辈力田，拾得碎银，伪称腹痛，众劝之归。果腹痛不可忍，医药之费耗银尽，亦复初。人有定分，不可妄求如是。

先慈在时，尝令仆掘地种瓜豆，忽断一蚓，血染于锸，视之，粗如儿臂，仆人骇走。蚓之大，所未见也。

新城新庄王某，与外祖为近属，武举，有勇力。会试入都，天晚阴雨，至一处无旅舍，求人家一厂棚休止。外二间，前无墙，一间别为一室，局焉。扫地而寝，从人睡熟。电光一闪，视内间墙不至顶，露一妇人首，瞪目吐舌，似相窥觇，王故胆壮不惧。俄妇人跃于外，王以手揪其发，掠之墙内，堕地有声。稍息，又跃出，复掠之入。后随掠随出，王以拳挥之，退数步外。复前，又挥之。初软如绵，后硬如铁石，拳不敢触。乃揪其发，尽力按之于地，大呼。从人皆起，奔告主人。主人挑灯出视，则其子妇，缢死，尚未葬也。

李鸿霔，字季霖，号厚余，顺治辛丑、康熙甲辰进士，官元江知府。父采兰，随母改嫁。兰呼某为父，共耘于野，见县令舆马赫奕，问何为者。曰："官也。"问："吾何不为官？"曰："官从读书来，岂田舍儿所敢望？"问："吾何不读书？"曰："家贫如此，安能供脩脯？"兰默然。俄折其锄柄，父为易之，再易再折。父叹曰："我知尔志。"与粟数斛令去，兰时年二十五矣。乃磨面卖不托，执书一册，逢文士执裾问字，且卖且读，吟声不绝。有怜之者，招入塾，暇与讲习。久之，学作文，质甚鲁。一日呈文，师阅毕，曰："休矣，汝非此道中人。"兰涕泣，坚不徙业。读倦，隐几而寐。梦入一洞，曲折而暗，用力向前，良久忽出，开亮如别一世界。惊寤，汗已遍体，心觉豁通，跃然谓师曰："吾悟矣！"命题试之，果清顺。自是功益倍，文亦日进，遂入泮。娶妻，生三子，亲教之。二子成进士，孙弱冠亦捷礼闱。公有《折锄记》，以明经终。此事闻新城人传说。传云子凤翥、凤蛊。按，沈廷文《李公墓志》名鸿霔，从之。有《观海》《余则》《滇南》诸集。

胶州高西园凤翰，名士也，善草书，工画。尝见其画花卉竹木，泼墨淋漓，气韵生动，有人送富室求售，富室不顾。吾邑翟竹坡见故纸堆中草书一卷，主人视为弃物，取而装潢，为屏八幅，龙蛇夭矫，古劲苍郁，子羡为至宝，而不入时目，可慨也。父任淄川教谕，随侍最久，为卢雅雨所知。分发扬州，候补州倅，尝梦一客来谒，名刺为司马相如，惊寤。越日得司马相如私印，古泽斑驳，篆法精妙。历城朱青雷震得卓文君印，欲求之配为对，而西园恒佩之不去，非至亲不出以示。托雅雨致之，亦不可得。雅雨欲荐之焉，卢并为忌者所劾。诗云："几曾连茹茅同拔，却为锄兰蕙并伤。"西园多髯，袁简斋以为貌似其父。右肱废，左腕书更有奇趣。[①]

康熙元年，禁女子裹足。违者，女父有官者交部议处；兵民责四十板，流徙；甲长不行稽察，枷责；该管失察，并议。七年七月，副宪王熙奏云："立法太严，或混将元年所生，指为后生，诬罔出首，牵连无辜，亦未可知。请酌复旧章，以昭政典。"乃弛禁。尝见江南女子上书请宽裹足之禁，其文甚丽。当国朝定鼎之初，即有汉大臣某请妇女放足，有"臣妻已先放脚"之语，传笑天下。此等事无关大体，弛禁所以从俗，益见朝廷之宽大也。近有御史奏满洲妇女宜纺绩者，奉旨不准，革去御史。闺中琐事，亦必烦九重之明诏督责，治天下者不亦劳乎？

牛运震，号真谷，滋阳人，雍正癸丑进士，颖悟绝人，浩博无涯，尝向人借书一担，明早即送还，盖夜已阅毕，可成诵矣。试博学宏词，不第。诗古文及时艺皆工。官陕西，弟子吴镇从之，学诗著名。年五十有三，无疾而逝。先是，屡梦游金碧楼台，一夕，梦如前，既醒，语家人曰："将复寻吾好梦，慎勿惊我。"及午遂逝。其天仙谪降者乎？

客有善戏术者，挟当道腐书，奔走县府，华衣从仆，与人揖让为宾主礼，临行赠重金。其术不自为也，众宾列坐，旁设空桌，命仆以青巾覆之。移时，命主人之仆掀起，火纸二页在焉。又移时，复命掀视，则变为二爆竹。又移时掀视，爆竹骤响，碎纸满室，无不惊骇。欢饮至暮，主人命烛。曰："无须。"命仆取竹架二，置两旁，各以青巾蒙之。移时，命主人之仆揭去其巾。甫揭起，则每架有九莲灯豁然齐落，琉璃洞彻，红烛荧煌，不知所自来也。【其奇在己不犯手，并不令仆为之。】

嘉庆戊午，山左有士子梦吐三狗。入闱则"子谓公子荆"一节，有三"苟"字，喜其梦之验也。是科果获售，而写题时三"苟"字倒置，磨勘罚三科。山东丁卯科，有乩问题者。乩书四语，上三语含糊，末句云："当于四子书中求。"众谓："题有不在四子书者耶？漫语耳。"及闱题乃"求，尔何如"一节，始悟"四子书中求"，明告之矣。

袁某病中昏去，既醒，语人曰："吾今而知淫之罪重也。吾至阴司，见冥王治奸，男子则刀割其势，妇人则烧铁烙其阴。"

四川金堂魏长生，少时在塾读书，梦己为女子嫁人，珠翠盈盈，两足纤纤，与新郎并坐，意甚羞赧。后为人诱去，卖于京都戏班，倾动京师，无不知有魏三者。

---

① 后有数字难以辨认，姑阙。

高亿堂入都时，见其年届六十矣，包首而出，犹妖艳动人，岂非天生尤物？曾奉禁不许入班，又尝与其徒银官押回成都，盖嫌其诲淫也，而其名亦闻九重矣。

湖南利川县忽有道士至，谓村人曰："尔胡不反？"共惊其妄。道士曰："汝等皆富贵人，特无仙术耳，吾试为之。"乃以铁锅煮药，令人洗手足，遂各飞起半空，飘飘然任其所之，众信之，遂反。大军至，术不灵，剿灭县民几尽，道士不知所往矣。道士意果何为？徒令暴骨如莽，岂在劫数，非谋逆不足尽歼乎？时在嘉庆初年，川楚方乱时也。

新城徐翁，名胜仙，好养菊，秋时烂然盈庭，与友人宴赏。余外祖之邻王翁亦养菊，菊开邀徐翁来赏，王翁六十余，徐翁九十余矣。每骑驴而来，白发飘飘，清癯而健，意洒如也。一日至，色不怿。王问之，曰："今早有伤心事。"问何事，曰："适甥来，云其母病死，余适哭女归也。"问女年几何，曰："七十余矣。"。翁百一十岁乃卒。县令尝索菊于翁，翁不与，语人曰："渠俗人，安知赏菊！"

曲公迁乔，长山人，少年业儒，无父母兄弟，家徒四壁。幼定婚于同里某氏，以其贫也，改许他人，公不能争，听之。女闻另字，知事不可回，但窃问妪婢曲生家何巷、门何所。至嫁日，彩舆过曲门。公立门外，忽舆中新妇跌出，视之，刃刺于喉，血涌如泉，死矣。曲公大恸，曰："是吾妻也！妻为吾死，当置吾家。"乃棺而敛之，受吊葬焉。后，公成进士，官至方伯，内为通政司，终身不娶，为之请封。置婢生子，官游击。【曲夫人真烈女哉，曲公亦诚不负心者矣。但岳翁之嫌婿贫者，为女计耳，而女殊不愿。使留女与公，又安见其长贫贱者？世俗浅识，可以悟矣。】

岳大将军钟琪[①]，号容斋，封威信公。貌奇伟，頳面长须，食饮兼人，通天文风角诸书。行兵料敌，每能前知。所用铜锤，重六十斤。征青海金川，屡立奇功。善擘窠大书，作诗慷慨，有横槊之风，本朝名将也。夫人高氏，善骑射，亦能诗，与公唱和。侍儿巫云，善歌舞，极雅，歌投壶之乐。

刘大绅，号寄庵，云南人。颖悟，好读书，昼夜不辍。太夫人恐其劳也，取书置他所。先生不知，问妻，妻诡言："吾藏矣。"先生大怒，詈之，妻以实告。时太夫人已寝，乃偕妻跪太夫人室外，至二更许，太夫人怜而予之。少年成进士，任山东新城令，不携眷，洁己爱民。善书，工诗，日与骚人墨客唱酬。凡客入署不待报，直入书室。大吏至，先生入谒，阍者立而拱。先生怒，欲杖之，大吏谢过乃已。不取民间钱，亦不奉上官一钱，视去官如脱屣也。适曹县为征漕，民大扰，委先生往。先生令民执斛自量，不假胥吏，不日竣事。曹，大邑也，上宪将调之曹，新城民大惧，诉于上台，曹县民出而争。适方伯江公

---

① "琪"，原作"奇"，误。

兰以事出，过新城，民万众迎于野，执香跪恳留刘令。时日已暮，视之若星光万点，布满四野。江公云："各上宪议已定，奈何？"民闻之齐哭，声震天地，伏不起。江公不得已，慰之曰："俟回与抚军议，为汝留。"民欢呼声亦震天地。未几，先生以前任曹县失出事，罪至谴戍。新城、曹县民出赀金为先生赎罪。凡三任新城，先生视新城如家，新城亦视先生如父。寿辰，父老登堂而祝者麇集。每罢任，必居新城，争迎养之。自远来，妇人孺子必夹道迎，相笑乐，先生亦喜与之絮絮道家常。村农求书，大书"让畔遗风"。大臣密荐升武定司马，行将不次用矣，俄乞终养归。方罢官归里，行至江，盗劫邻舟杀人，众声汹汹。一盗魁大呼曰："勿惊山东刘青天。"先生有诗记之云："强弓毒矢莫肯加，盗贼还能恕吾辈。"后入名宦祠。[①]诸文士作诗送之盈箧，惟吾邑孟孝廉柳谷詹绎诗最警策。首四句云："忠孝一生事，谁云轻挂冠。臣来万里易，亲到百龄难。"众送过黄河，洒泣而别。湖北抚军新修黄鹤楼，遣人来接，待书扁额。泊江中，遇盗劫邻舟杀人。一盗呼其党曰："彼船载新城青天刘老爷，不可惊！"先生有诗记事。归里后，数数以书与山左及门诸子，诸子亦时时以书达先生。有讹传先生死者，新城人无不流涕。既而知其误也，乃喜。所著有《寄庵诗集》。及先生殁，彼邑请入乡贤祠，新城请入名宦祠，众有诗记之。

山左闱中，初场次夜三更，一号舍中声如牛吼。邻号生掀帘视之，见其人以带系椽勒其项，以手尽力挣其一端，血面淋漓，丁刺目中。呼号军至，共解之，已昏不知人，禀官抬出。其卷有草三篇，视之，非文也，乃妇人自诉冤状与抚军者。一自叙致死之由，一详叙生之履历，戒劝众人。略云："己与某生居趾相去非遥，初不相悉，偶出观优，生偕狂徒窥觇。妾本贞洁，略无嫌避，不意生造蜚语，妄相污蔑，致夫闻逼问。妾茫然不知端绪，屡受捶楚，无可控诉，惟以死自誓。虽自缢，而名终不白，衔恨泉壤，故索其命。又欲人共知之，以洗妾不白之冤，且欲读书之人当知口孽最重，关人名节，系人生死，一时戏语，后悔难追如此。"详叙己之姓氏，与致衅之年月。当时同人记之甚详，今不复忆。

俗传姜女哭长城，墙为之崩。【或以疑即杞梁妻，后人附会。然所哭非长城，齐之长城筑于先。】今山海关长城，傍有姜女庙，其处墙圮不能修，修之五年内必倒，至今缺之。【似秦时别有一妇人，非杞梁妻也。】精诚所感，千载犹烈，未可谓附会之语而置之也。

昔有兄弟异居者，弟妻乞蚕种于其嫂。嫂妒，将蚕布置极热处使尽死而后予之。暖之，皆不生。惟出一蚕，蚕异常，乃养之。日长，始如指，继如臂，

① 自"方罢官归里"至"后入名宦祠"，为后补写入正文者，内容与下文"泊江中"至"有诗记事"重，此姑按原文并存。《乡园忆旧录》有此条，至"后入名宦祠"止。

其后乃粗于五斗米囊，食叶无数。伯闻而忌之，伺弟妇他出，持杖欲往击杀之。至，闻声如牛喘，蚕卧席上，乃尽力杖之。一击则吐丝数丈，愈击愈吐，丝盈于屋，惧而遁归。荒唐似儿童语，然阎百诗《尚书疏证》载之，且引一条与此相类者为质。百诗博稽群书，通儒也，通儒不以为妄，而村学究夫子必力斥之，彼亦知天地之大何所不有，而乃以耳目不及者为无，庄子所以致叹于夏虫也。

某偶至园，见有人蹲踞窃王瓜食，起惭谢。【云："远行无食，聊以充腹，幸无深责。"】某视其人，长身伟貌，非碌碌者，谓之曰："壮士何来？可共饭。"邀至客舍，饮啖兼人，果腹告别。赠以路费，感荷而去。后数载，某远出，值其地大饥，盗贼纵横，掠人为粮，缚去。见盗魁，魁大惊，曰："吾恩人也。"亲解其缚，某不知所以。贼曰："不记某年偷瓜者耶？"召其党相见，设宴大会。数日，某力辞欲归，曰："稍待饯君，吃水鸡而后行。"一日，宾主列坐，前置火盆，环插利刃，饮酣，命取水鸡。随有二人拥女子至，裸体无寸缕，女子战栗，面无人色。旁置水桶，两人以水洒濯。某惊骇，问何为？众曰："此水鸡也。洗净割肉，炙而食，味最美。以君将行，请尝异味。"某心怜之，而未敢直救，自称丧妻，祈赐为室。贼曰："且食，尚有美于此者。"某曰："既见此，不愿别择，亦不能食异味。"贼首乃命解缚衣之，并厚贶以赠。归，纳为妻，群呼为"水鸡子"。女性颇悍，每有反唇，某恨曰："若当时食汝肉，安有此耶？"贼至食人，死有余辜矣，然一饭不忘，犹良心未尽泯耳。

英中堂煦斋，夫人工应制诗，门生求见者试以诗，为评其利钝。尝梦一宫阙，甚巍燠，重门洞开，卷帘，一皂衣妇人端坐堂上。拜见毕，命引至后院，水波浩渺，有豕出没其中，据所见似斗姥也。及病，梦室中列三灯，为上吹灭。后以事谪湾河，二公子奎照、奎耀皆大僚，亦革职随往，今皆复官。主恩固无已也。

西施母名玉姜，梦翠鸡自空而下，生西子。王子晋有妹名观香，亦成仙。

有人山斋读书，夜静，守炉而坐，月明如昼，取笛吹之，声激入云，意兴甚适。忽有物自外入，黑毛遍体，与之对坐，知其爱笛声而至也。吹不敢息，而心甚怯。每音节入妙，物辄大喜，吐舌上覆其面。乃潜以铁箸入炉，色通赤，俟其舌吐，取箸穿之，嗷然一声，疾奔而去。客亦急归，不敢复居此矣。

长山刘孔和，相国青岳公子也。身长八尺，面目若神，力举石鼎，性倜傥，诗文有奇气。崇祯末，知天下将乱，潜学兵法阵图，注《武子》十三篇，能得古人精意。家有园百余亩，筑精舍，读书其中。园户二十四人，皆骁健，日夕教以部伍，每健儿可将万人。甲申之变，同邑某公率大军归其乡，公子怒，将以巨炮攻之。巨炮，为青岳公封朝鲜时渡海所用，一发数十里皆糜碎。乡人环泣而请，乃止。于是设坛祭思陵，率众痛哭，举兵南下。时福王以刘泽清守淮，泽清山东人，公子与有旧，乃以劲卒数千就之。及见泽清骄淫，无敌忾志，愤激众辱之，遂遇害。惜哉，公子忠勇负伟略，四镇中无其伦比，而仓卒死于匪人之手！然泽清即不加害，彼马、阮亦岂能用公子者哉？独不得慷慨殉节，与史公可法同垂青史，为可悲也！公子既遇害，夫人携一婢北走，泽清遣骑追之。将及河，婢素刚猛，掷刀杀人，骑不敢逼，逡巡入民舍。夫人育一子，不遑抱持，遽归。婢与夫人共守节，居尼庵。婢佩刀出入，人不敢忏视。所育子冒张姓，后成进士，官兵部尚书。皆传公子为河神云。

某县妇素佻健，嫌其夫鄙朴非偶也。偶乘席蓬车观优，有少年过其傍，以手抛其辫，适钩于蓬内，用力掣之不下，回顾车内少妇，美而艳，以纤指代为解之。少年亦佼者，流目送情。既去，密询妇里居，并其夫姓名甚悉。使人以情宛转达妇，两相悦也。交好日笃，以为有天缘焉。俄尔妇之夫卒，继而少年之妇亦卒，因嫁焉。妇嗜酒，日与少年欢宴，产业凋落，少年渐厌薄之，未发也。妇更有外遇，形迹昭著，少年益恚恨。一日对饮，醉后颇有违言。妇遽起，横陈于床。少年憾妇荡其家，又以其不贞也，思留之非计，乘醉以刀挥之，断其股，未殊也，惧而遁。妇苏，以药敷之，愈淫弥甚。久之，少年探其无恙，复归。卑词谢罪，妇不与较，颇相安，对饮如初。妇更殷勤劝酬，少年径醉，妇即以刀断其首。事闻于官，讯之，根株尽得，乃知妇之夫、少年之妇，皆死于奸，谋两人为永久之计。初无知者，卒之自相贼杀，不假他人之手，而死者之冤亦不待鸣而雪矣。

村农某①，少失恃。父娶继室妻，某事之颇谨，但不呼以母。父没，偶晒火药，灼其面，昏不知人。恍惚至一处，似衙署，乃在太山上也。俄见其父来，曰："冥司以汝不孝于母，将治汝罪，上堂慎勿置辨。若杖汝，可起而逃，再生后宜急改前行也。"言毕，即有二役拥之见冥司，色甚厉，絮絮责之，或过其寔，惟俯首寂听。大声呼吏用杖，某窜出，亦无止之者。父见之，曰："事已毕矣，吾使人送汝归。"行至青石关，送者索贿，某无以予，怒而囚诸窟，以石盖之径去。某用力推撼，苦不得出，窘甚，腹且馁。忽闻其父喘奔而至，曰："我意送者不良，必苦汝，今果然矣。"去其石出之，曰："急归！"遂返身去。某踉跄而行，关固险峻，石磴百余级，见一少年荷担，妇抱子随之，复有老翁，年近七旬，步履缓涩，每滞于后。少年与其妇私议曰："父耄矣，迟行累人，不如弃之。"妇曰："是何言？艰难扶持至此，奈何云弃！是可忍乎？"某闻而心敬之。同行过桥，上有钱一千，傍一鬼守之，行人过，则双手掩蔽，少年过亦不见也。妇至，鬼避之，取钱置怀。俄入一城，有卖糕者，妇曰："翁久思糕，苦无钱，今幸拾得。"乃出钱买糕啖翁。少年亦欲食，甫入口，枣核刺喉，宛转遂毙。某大惊，急回至

① "村农某"上有眉批"博山人"三字。

家，见尸在床，附之遂苏，死三日矣，与人言之历历。【甚矣，不孝之为罪大也，村农不呼继母，已干冥司之责；甚矣，不孝之获戾速也，谋弃其父，顷刻即陨其命。乃以妇之孝，鬼神犹避之，固出于天性哉？惜某之魂遽归，不及见妇之终为何如也，又惜妇之孝宜得善报，既在穷途，夫死而寡，岂造物亦有不能两全者守？然非某之魂随之，历悉其本末，孰知少年之死以不孝故，又孰知妇之孝为大可敬哉？天欲警某之不孝，故令之暂死，又使遇人之孝不孝以感某心，因借之以传其事于世，天之用心亦曲矣。噫！世之隐受赏罚于鬼神，而人不及见、不尽传者可胜道哉。】

某生才颇高，秋闱毕，甚得意。榜发，弗获售，大恚怒，作传奇诋毁文昌。有书贾欲买而刻之，价已就矣，生暴卒。家人环泣，尸忽起坐，以为再生，共问之。挥手曰："否，余文昌也。"谓其父曰："汝子作书谤吾，吾已奏闻上帝，帝命雷部以某日击之矣。念汝素有善行，而子遭雷殛，人或不知其罪，故附尸告汝。"生父稽首请曰："某子无状，罪应万死，惟帝君仁爱，怜某老病无他子，乞格外活之。"帝君曰："是有帝命，吾何能为力？"再三请不已，额为之破。帝君曰："汝积善，宜有嗣，奈此狂悖何？且吾不可以再请于帝。念汝诚切，姑为汝筹之。"生父请火其书，杖其子。帝君曰："火之则播于阴府，不可以污地界，秘之勿宣可也。汝子则宜重惩。"乃取大杖，杖之八十。帝君曰："可矣。"命："养之静室，密塞之，不留一孔，且多置磁器于旁，雷所畏也。汝子苏后，宜将此传之于世，以为警诫，庶减其罪。"言毕，曰："吾去矣。"生仍昏不能言动，举家焚香致谢。生越日乃苏，父置之别所，如帝君教。至期，果雷电绕室，移时乃去。启户视之，生已死矣。父大痛，以为天诛无可逭也。越宿复苏，半年乃愈。每与人言此，必北面叩谢帝君，毛发犹为悚也。何瀛槎曾亲见之，偶忘其名。【夫某生文未必工，即工犹有命在，乃以致憾帝君，岂不谬哉？然帝君之仁爱何无已也，之死而致生之，殆亦为其父故乎？吾愿才人之宜内省，又愿种德者之为子嗣计也。帝君之灵，亦赫矣哉。】

翁丹麓，栖霞人，官侍卫，读书过目辄不忘。年十岁，貌魁梧如十四五岁者，生而多力。尝出游，见童子向一少年索债，少年不之应，童子婉言，继以泣，少年怒詈且捶之。翁大不平，归家，寝不能寐，思必杀少年而后快。人定后，往叩其户。少年亦凶健，闻声有异，挟刀执灯以出，翁即夺刀杀之。归而酣寝，人无知者。既长，祖爱其饶果，命习武。中进士，为侍卫，好与文士游。初学仙，又学佛，久而厌之。讲道学，以程朱为宗。于书无所不窥，尤邃于《易》，解识出人意表。自言少学拳技于蓬莱刘辉祖，仅得其一二。辉祖病且死，未竟其学，然技亦无与为敌矣。

刘辉祖，登州人。有客来，遇之厚，因教以拳勇。有武生某，因辉祖纳金愿受学，弗许。某怒，夜半持刀往杀之。至则室明如昼，客端坐，闭目如泥塑。举刀欲下，仍不动，因以刀力劈之。客以手格其腕，刀落于地，因以手折叠某躯，置于床下。呼刘起，曰："吾不可以居矣。"为刘述其状，曰："彼之初举刀，无寔意，再举刀则寔意杀我矣。"刘烛之，赫然死人在焉，骇曰："某死固当，但在弟子家为累，奈何？"客曰无虑，手拊其背，某复活。疾归其家，吐血而死。异人谓刘曰："汝送吾于蓬莱阁上。"饮酒间，刘苦叩其姓字，曰姓庄，余不复言，起曰："吾去矣。"跳入海中不见。

长山袁氏累世富厚，有老父九十余，能言其先世，云：袁氏初有讳治性者，奉母与兄同居。有地半亩，尽种黍，母谓之曰："黍熟矣，可尽割，一担荷来。"应曰："诺。"往刈毕，作两束甚巨，力不能荷。念母嘱，不敢分担，竭力支持，半日不能数武，气息咻咻，汗出如浆，仍欲前行，而疲不可堪。少憩，俄一丈夫至，曰："汝不胜任乎？"曰："然。""何不分之作三四次运？"曰："母命不敢违也。""然则吾代汝荷之，可乎？"曰："幸甚。"其人试之，曰："亦未甚重。"遂共至村畔，有镇武阁，其人曰："且少休。"因释担入阁，不出。日已暮矣，母怪其久不归，谓长子曰："汝弟未至，想吾嘱其一肩而至，渠痴，必不忍违，汝速往视之。"兄见之，骇曰："如此巨堆，汝何能荷至此？"治性曰："吾力竭，有人代之耳。"曰："其人焉往？"曰："入阁。"兄迹之，竟无人，乃与分运至家。其肫笃类如此。偶为人佣作，晚间劳之，有黍肉必不食，白主人曰："家有老母，请分予所应食者，归以遗之。"习以为常。母卒，每食必携至墓所，祭而后食，且食且泣，夜必宿于墓三年。生平不识字，朴鲁无异人者，而天性纯孝，贫苦终其身。子孙富溢，殆久忘所自云。

长山于先生名堤，字正夫，笃学士也，颇精遁甲诸术，馆济阳艾司寇家。时岁饥，艾公有苜蓿数十亩，贫民约日共抢之。公谓先生曰："以不甚爱惜之物予饥氓，吾何吝？但彼以抢为名，此端一开，后且有不可知者，听之耶？抑别有法以御之？"公曰："此等细事，亦行心之所安而已。予之未为不可，若护之亦易易耳。"公曰："如何？"先生曰："至期，吾往坐田中。"众果大至，先生不知何作，俄见田中尽化为水，炎炎不敢逼视，众遂散。先生惟一子，六十丧之，悲哀不赴馆。司寇敦迫不已，乃复往，慰解再三，出家中诸婢，俾择以充副室。先生遍视，无可意者。偶偕及门观村优，于众中见一妇，先生屡目之。艾公子曰："此妇足当先生意乎？"怃然曰："是何可言者？"公曰："无难。此周佃户女，新寡。"谋之果谐，生一子，得四孙，先生乃卒，年殆百岁矣。

长山某以浴池为业，有丐者每就暖其地，某叱辱之。丐愤，夜自经于其檐下。某之侄偶起见之，惧祸，潜移于对户小铺。及曙，小铺主人始觉，官私交累，遂倾家焉。某窃自庆。久之，小铺主人夜闻叩户声，隔窗窥之，乃骡一头，有二销木在背上，知解丁银者。伺无人知，取其银，焚其木，挥骡使去，安寝如故。俄骡复回，首触浴池门，某起见之，大喜，牵骡入，亦幸无人知也。天明，骡夫寻至，索骡，某不知其为解官银者也，与之哄。骡夫告官，某倾家偿之。

淄令易公树暄当淄，屡歉之。后入省，时各属县令皆以灾故，恳太府缓征。中丞曰："方急兵饷，若停征，饷何以办？无已，停新征旧可也。"及回邑，将如议行。吏役禀曰："凡旧逋，皆系无力贫民。若充裕之户，何至积欠？新者犹可征，旧者虽敲朴，无益也。"公曰："今各属俱停新征旧，淄何能独异？且何辞以复？"及期将比，诸役及里长环跪乞哀，曰："穷民朝夕不给，何以奉公？"公沉吟良久，恻然曰："可俱缓之。"阍人力言不可，公不听，曰："有我在。"复入省见制府，曰："淄邑屡歉，新旧赋俱无能办，职已并旧者缓之矣。"制府愕然曰："尔何独异于各属？"公曰："职已出示谕众，无能再征。"制府曰："尔缓则缓之！"意色甚弗善也。公知忤上官，归谕众役曰："吾官不可为，将以病告，尔等迎新任可也。"于是具详通禀，以中疯为辞，差家人即发。出城门，骑不肯行，屡出屡奔回，乃以人执杖驱之，须臾乘隙复奔回署。家人怒，系于树而棰以梃。阍者问知其故，止之曰："且勿白于公。"曰："此必有异。"其无行，公曰："或吾不必去乎？姑听之。吾为民，虽罢官，无悔也！"未三月，而差往湖南造船矣，盖示罚也。先是，有予公书者曰："君将有行，急来省，三千金可免。"公不可。又曰："千金亦可。不然，差出赔垫不赀。"公曰："吾将为归田计，至百金亦不出也。"濒行，制府已调他省，新制府命合属助赀。及往工所，又得良友周旋，既无多费，亦无迟滞。归后，太府将畀以美缺，不受，仍回淄。

罗家庄有人在武生周某地死，告官，验之身有重伤，而未知凶为谁。何公历问邻右及里正，毫无端绪。公慨然曰："不得凶而强苦良民以疑，似枉人命，吾不为也，姑置之，吾惟待勠耳。"邻村有老妇为缢死者妇人，孤居无子，一女久嫁，亦未知凶之所在。公来验，扬言曰："贼不远矣，若有逃者，即其人也。"及获贼，问何弗逃，曰："闻前日之言，惧而止耳。"

淄之南乡龙村司姓，夜半闻击门声甚厉，惶惑不敢出。良久，敲愈急，强起视之。门外数人牵马骡置驮于地，求假宿，力辞。客曰："何害？暂寄货物于此，吾等往西关宿，明早即来取矣。"恳之不已。司念当无他故，许之。乃启空室，群以货入，皆麻也，置之径去。明日不复至，逾半载无过而问者，无从访问。家人偶启其麻，下皆白镪。司素谨厚，恐异日有累，具呈禀官。官曰："汝存之可也。"待其人，终不至，乃渐用之，家以富饶。夫突然而来，瞥然竟去，人耶？鬼耶？盗耶？不可以理断。司之禀官，或惧祸，然今人尚有冒死以求之者，不可谓非慎且廉也。若邑令又贤矣，若垂涎焉，必令贮库，以俟久之入私橐矣。

李君名蕙者，尝记其技勇绝伦，又有术最奇。其夫人背生疮，赤肿，形大于盘，气息奄奄待毙矣。乃衣以送终之服，栖之于床。客以事自外归，语之故。客请视之，曰："无伤也。"命去其衣，衣便服，锁之空室，别院而居，不许人往，并不与饮食。李君以其病之不可救也，姑听客之所为。至七日，忽闻喧声。视之，则夫人断锁而出，哗于庭曰："何为闭我？饥饿无人问！"袒其背视之，则疤痕如盘而疮无矣。问之，殊不自知。客曰："户已坏矣。"推之，果糟一块，圆大如其疮，手推即落。

年羹尧未败时，势张甚。有少年至苏，赁大宅住，仆从烜赫，自言年公子也。谒太守，云："奉父命来，为妹治奁具，银不足，欲假二千金。"太守仓卒无从辨真伪，姑款接之。与僚属、幕客共议，欲与则恐落奸人计，不与则恐其实为年公子也，祸且不测。一人曰："吾闻公子善书，法赵文敏，盍于筵间请书，果肖，无庸疑矣。否，则伪者也，执之。"太守喜，择日设筵，欣然至。谈次，太守请书，公子慨然无难色。命从人取文具，笔墨精良，砚亦佳品。伸纸濡毫，方落点，忽若有悟，停笔作怒容，曰："君非欲我书，乃欲我写一券耳。留此一纸，异日好为索债之据。无恐，余非骗人金者，君即不相假，余亲知遍天下，当不至借贷无门也。"拂衣欲出，守惶恐谢罪，强留之宴。回馆后，即遣使送二千金。客自此赊锦绮及金玉首饰，人以太守重客，无不应命。客与诸商订期偿金，而日往各衙门拜客赴席，亦时时设筵招客，或招妓于舟，延客纵饮，日以为常。一日，人船飘然竟去，不知所往矣。

孙书台，名继德，顺治戊戌进士，官长洲知县，即莪山先生祖也。精奇门遁甲诸书，得异传，明季之乱，避兵驱盗，颇神其用。尝以所择葬地示莪山曰："一极贵而不寿，一中贵而寿。"对曰："贵无寿，将安享乎？"公曰："天也。"取其次用之，后如其言。按外间传论，有谓莪山为异姓收养者。卢雅雨与公同里，记其事如此。又似未必然者，存以俟考。

李调元雨村视学粤东，至龙川通衢，有海阳赵巩《和嫂题壁韵》，序云："儿与嫂共笔砚者四载矣。顺治癸巳，城陷被俘，至通衢，见壁间诗，知出嫂手。因次其韵，续题于后，倘嫂一日生还，重过此地，儿死犹生矣。"诗云："分明笔仗影依稀，惊阵啼鸦散夕晖。去国竟成千古恨，抱琴应共九泉归。才高柳絮余香浉，命薄桃花御舞衣。泪眼相逢何日事，一声鼙鼓各魂飞。"今笔迹犹存，但不知嫂何名，兼失其诗，可惜也。

邯郸县有女郎题壁云："妾本良家子也，偶因丧乱，遂落江湖。既脱籍于匪人，复所天之匪偶。情钟我辈，岂能望此风流；辱等人奴，寔不免于笞骂。加以五更征铎，摧残落月之声；十丈红尘，扑碎倾城之貌。嗟乎，青春有几，睹物伤怀；红粉无多，终朝洗面。幸而将军负腹，原不识丁；女子怀春，偷将濡墨。聊题短咏，以当长歌。时嘉庆戊辰白露前五日。"诗云："生小金闺类掌珠，乱离漂泊在江湖。虽然嫁得封侯婿，争似罗敷自有夫。”“北地尘沙几惯经，随风吹过短长亭。道旁也有新杨柳，不似江南两岸青。”“此去形单影又孤，直如沃雪在洪炉。河东狮吼①，未必犹怜恕老奴。”“玉容寂寞走天涯，回首春风日又斜。稽首慈云香一炷，他生薄命莫为花。”款书“俪兰女史泪笔”。

顺治初，海寇郑锦据厦门。壬辰，我师进剿，军士掠一妇归。过同安东关，妇见道旁有井，诡云下马小遗，即跃入井。军士怒，窥井连发三矢，中妇肩而去。有村民薛姓者，由村入城。天甫向晓，烟雾中见一妇人，韶年丽质，衣碧襦，系黄裙，双趾纤细，绣高屐，迎前泣告曰：“妾，厦门难妇王氏也。夫死于兵，妾被掳，矢志不辱，投身于井。君幸出妾，拔箭埋我，当随事默佑以报德。”薛诺之。至井求妇，宛然在焉。偶入博场，欲验妇语，下赌获大胜，囊钱而归。买棺，至井所，出妇尸，貌如生。拔箭整衣履葬之，去井丈余，前临大道。月余，薛梦妇拜谢云：“阴府悯妾之节，命妾香火于此。若立五尺之庙，则妾报君无既矣。”醒而异之，为筑小庙，以瓣香酬赛，自后举家安顺，事事获济，播于远近。因大启神宇，丹碧轮焕，肖像于中，题其额曰“王义娘庙”，有祷辄应，出秽亵语者必遭谴谪。

乱离之际，妇女掳略，玉容无主，然才女令人悲，节妇令人敬，有志者当知所以自处矣，故类记之。

某游京师，落魄不偶，伥伥街衢。忽有人直前相认，曰：“叔何在此？几处寻觅不得，今幸相遇，盍从我归乎？”视其人，衣帽鲜洁，而素不相识，疑其误认。第穷途无依，姑含糊应之，其人从之归。至家，庭宇整洁，相将入内，大呼曰：“我叔至矣，可出拜见。”有妇人自房出，意态端雅，不类小家女。问安毕，命酒治具，且曰：“叔一寒至此，将吾旧布袍来姑易之，俟异日制新者。”由此日受两餐，夫妻相待甚殷，某窃自慰。居无何，夫妻时时絮聒，若想抵忤。某微问之，对曰：“侄妇日嫌首饰不随时，欲易新者。侄以非急务，故拒之。”某曰：“汝家非乏于财者，何不从之以适其意？居家贵和睦也。”其人首肯，似纳其言。妇人又乘间自诉，意欲令叔从旁代劝者。某又言之，其人乃约与同至银楼。出各款式，择其镶金嵌珠者数十种，曰：“叔在此略候，且持去与侄妇看，渠选中则可，否则仍聒不休也。”铺商以其有叔在，不之疑。某坚坐候之，良久不归。人曰：“令侄何久不来？”某曰：“即当至矣。”竟不复至。众让之，乃率之至家，则空无人矣。铺众大哗，向渠索偿。某详述所以，乃知原非叔侄，骗子借以为质耳。视其人方困迫，竟无如何。

有新轿从两仆，衣服鞍马皆华整，至缎铺前，止不行。仆下骑至轿，微揭

---

① 按，此下当有三字，原文空白。

帘，俯首若听命者，连声喏喏。遂至铺，令取各色好缎，挟至轿前。递进，复取出，连声喏喏。至铺，曰："太太选中某色，嫌某色不佳，另易之。"复如前状，乃告铺曰："前街有熟裁缝铺，命吾持去，量之即回。"铺以其太太在也，听之。骑而去，久不回。其一仆复至轿前，喏喏如初，告铺曰："吾伴久不回，太太不耐，命吾促之。烦顾视轿，勿令无知者触犯，吾等罪不轻也。"铺亦催某速去，亦久不返。舆夫无事闲眠路侧，铺中不能待，又以贵官之夫人也，不敢直问。挽邻妪代为咨白，掀帘视之，则篮缕一丐耳。牵出问之，哑哑指口，不能言。问舆夫，则赁轿至此，不知谁何也。

李空同死后百余年，盗发其冢，瞳子炯然不坏。有盗发韩信冢者，止一首，面如生。

高丽金高城副室，略识四百余字，初不解为诗。高城殁，氏抱其诗稿哭三日，忽若通悟，始为诗，多警句。四百字变换移易，绰有余裕。

介休郭外郭林宗墓，古槐一株，大数围，孙茁其腹，已合抱，云汉时植也。西岳庙有老槐，茁柏腹中，尤奇。柏绷其外，枯皮仅存，相传老子入关，系青牛其上。余柏尚多，皆秦汉时物。孔子过宋所伐檀，萌蘖长巨树，今尚存。召伯甘棠不死，不生枝落，两干孤撑，似铜铁。树木经圣贤手泽，遂得不朽。盖名在诗书，万世人心中想、口头诵，遂若有灵，非必有鬼神呵护之也。

闵仙师名苕敷，有太虚山人口授诀，得大丹之要，七十余，发不白，齿不落，如四十许人，终日冲和静穆，对之令人矜躁俱释。其从侄病死，母孀居，只此子，痛甚，必欲仙师活之。师固不肯，恳不已。乃舁尸入山，与之同卧数日，竟活。长山袁培为河工同知，迎于署，师事之。袁丁艰归里，又招一客为之炼丹，且教以采补。袁以书告师，师复书谓外丹必不可服。袁不能从，丹成饵之，遂病，百药不效。人问病状，曰："但觉热从骨里发出，如火灼，不可耐也。"竟卒。

某部选得远省知县缺，甚僻。骑驴，从一仆之任，山水崎岖，奔驰殆疲。一日行乱山中，雾气冥迷，不知西东。忽遇室宇，以为庙也。入而跪祷，述籍贯姓名，云赴某县任，至此迷路，祈神默佑。方祝，一人自屋后转出，曰："待公久矣，何来之迟也？"惊起相问，乃知为前令。曰："余卸事久，俟君交代。"问何无吏役？曰："县无事不来，书吏在近村，轮供两餐。"遂出一箧，内有印及簿书数卷，曰："守此足矣。"又曰："邑离省千余里，不谒上宪。君已到此，驴无所用，可赠我，到省代君销一切事件。"既而果有书吏至，供食毕，萧然无事，但夜无灯，苦闷。问吏何不以油至？曰："近处无之，百里外乃可得。"问："无豆乎？"曰："有。""然则胡不造油？"曰："无解此者。"某自念幼时逃塾，在油店月余，颇解其法，曰："汝等第具豆，我试教若为之。"如其言，果得油。四方争贩买，利数倍。群吏出赀，令为登记，司出纳。数年，衙署修整，居民辐辏，官橐二三千金矣。乃归后任，以油店相交代云。按，官之临民者，兴利除害而已，是令能兴一利，即书循吏也可。

有官山西者，以事罢官未得归，使仆回家取银。携银至章丘界，马逸囊落，逐得马而银已失。至旧处，见道旁耕者问之，耕者问数多寡，既符，从土中取银相授。仆喜，述于主。主曰："此人难得。"归时便道访之，家徒四壁，略有赠遗，谓之曰："后有窘急，至某县问余名，无不知者。"后值大饥，耕者不举火。妇曰："前某官有约，何不往寻？"耕者计无复之，乃以小车推妇至其邑，向阍者呼某求见，阍者怒叱之。有劝之者曰："安知非与主有亲？姑入白之。"主人闻，倒屣出迎，接眷于内，日以酒食相款。数日，客告主人曰："吾在此，食不安也。"问何故，曰："吾本农家耳，日与老妻操作，掇瓦器，蹲踞灶间，饮啖自如。今高几危坐，仆御环侍，授箸进羹，尊严若神，味虽美，神不扬，体不舒也。"主人乃置诸空园，小屋三四间，日送米盐蔬肉，安居甚适。无何，所余肴馔，晓则失去，乃夜与妇覆灯假寐。闻声骤起，见有如猫者逸去。尾而迹之，至僻处突入地中，并无孔穴，以物志之。归与妇言，共相咤异。试往掘土，未深而宝镪出焉，甚夥，仍覆以土。明日告主人，主人曰："汝遇之，此汝金也。"客曰："金虽吾遇，固在君地，君宜取。"推让良久，乃均分。客辞归，致产业，亦由此称富有矣。

道光十二年，淮扬大水，继以瘟疫，死者枕藉。男妇篮缕行乞于道，渡河而北者不绝。始犹富者，出粟赈贫，既而富者亦贫。子女流离于路，有过客乘车马者，其父母即举以与人，乞为奴，不取一钱。亦或怜而载之，然多不胜载也。海州一带人相食，少妇处女卖于牙郎，仅值京钱千余文。骨肉不保，比户皆是。而沿路恶棍结党截劫，以贩卖人口为辞，借以邀利，往往人财俱空，而冒险犯出者犹累累。亦有本地方官出示，听其贩去，得觅生路，勿得截留。而沿途拘泥之令，衙役以讹诈不遂入禀，则维系之，故使费不赀。闻有买女为妇者，价不甚昂，而妇每每含涕。夫问有何不足？妇曰："在家时依父与二兄，苦不得食，父与长兄缚次兄，杀而食之。久之，父又杀长兄。吾惧而走，为掖刀手所得，乃以贱值售焉。今虽安，然眠食念二兄之惨死，不禁涕零耳。"父子相食，成何世界？前自癸亥至乙酉，吾邑连饥，遂村村卖妇女，逃至四方者无算，可谓寒心！

章丘东鄙有小阜，农人闻雷声轰轰半夜。比晓，视阜前盘地亩许，碎石纷披，壁虎大小不等，震死者以万数，疑有巨者未获也。里有妇自外回舍，见榻上一美妇坐，询所自来。曰："汝勿深问，我为汝抱子，亦不食于汝。汝男子不在，相与伴居，岂不佳耶？但勿声扬，不为汝祸。"里妇知非人，然见其弄儿嬉笑，殊无恶意，相与安之，美妇令相呼以姐。因问："仙人男子何在？何所事？"

笑而答曰："若言吾夫，令人笑，来行如扁担，卧如罗圈。"知是蛇精妇逃雷劫者也。久之，某妇小儿，人见其飘然自空中行，不啼不惊，异之。群往其家窥之，乃知室有异人，因而妇女辈以香烛拜谒，渐而有疾病者无论男妇皆往祝，竟无灵验，妇亦寻去。

博山孙文定公廷铨，字介黄，其祖临大路设饭馆，有骑骡客来，卸橐，饭毕而行。遗金一囊，久待不至，乃坎而埋之，置水缸于上。越二三年，客复至，熟视主人，曰："君家应裕矣。"曰："作此小生涯，何由得富？"客曰："某岁，吾忘金三百于此，暮检行囊始知，念归寻无益，金岂不为汝有乎？"孙太翁曰："金固在此。"移瓮而出之，皮褡烂矣，而银无减，举以授客。客惊曰："世固有如此人乎！"分金予之，不受。客曰："君必有厚福。吾善堪舆，请为子择地。"得吉壤，曰："此地局势太大，不能承受，反恐不美，且二世后方发，亦甚迟也。"时文定方稚，在旁曰："迁吾曾祖于此，何迟乎？"客相其气概磊落，曰："其言甚当，发即在此子矣。"后文定入相，年四十余耳。

河南有童子，年十余岁，与弟拾薪于路。有客马逸，逐之去，遗囊于地。童子卧其上，谓弟曰："汝负薪归，吾腹痛，稍息于此。"未几，客牵马至，皇皇寻觅。童曰："客何为者？"曰："吾遗金，觅之不得。"童曰："吾与弟在此，吾见之，弟未见也。吾卧而掩之，恐弟告父母，则不得留以待君，已诳之归矣。"起而与客。客检视如故，取碎金与之，不受。客出一券，曰："吾贷银贸易，田宅妻子皆以为质，失金则无家，只有死耳。子何里？何姓名？"志于纸尾而行。童归，母视之无病容，严诘之，得其情，大诟。父自外来，母语之故，更怒曰："吾穷迫如是，多方求之不得，乃拾之而轻以还人，何用汝为？"痛笞之，脱衣逐之，曰："任汝行乞，无归也。"童至亲故家，乞敝衣，觅食四方。至朱仙镇，昼乞，夜宿檐下临街之肆也。晓以敝笤扫地，无纤尘，主者遂不之厌。既稔，主人见其淳谨，令其在肆执役，但食，无身价，许学贸易，久之倚为心腹，离家约数载矣。设肆者之东主，富室也，只一子，病甚，忧之。俗有冲喜之说，欲为完姻。订期矣，而病殆不可行。谋代为亲迎者，难其人。设肆者以童告，谓其谨厚，仪状亦秀雅，召而见之，喜。语以故，童难于辞，遂鼓乐盛仪以往。甫及门而雨作，竟日夜不止。两家相去非遥，而中隔一河，雨连绵，河水暴长，势不可行。女家议欲新人合卺而后行，童执不可。妇翁亲与婿言，婿支吾，意若窘迫，疑有他故。力诘之，乃实告非真婿。问："汝何人？"告以里居。曰："君里名某者相熟否？"应曰："某即吾也。"惊而熟视之，曰："君曾拾遗金还人乎？"曰："以还金故，为父母逐出，故流离至此耳。"妇翁太息，曰："此天也！吾即遗金之人，汝应为吾婿。彼虽控于官，吾不易矣。"乃送入内室，与妇成礼。及归，则某子已殁，乃以童为子而收养焉。

新城牛堌村，或谓即辕固故里，俗呼音讹。有兄弟夜坐于庭，闻空中呼声哀切，自远而来，骇之。取鸟铳望空而击，欻有妇人飘然而堕，益骇。以灯照之，伏地喘息，未致跌伤。问何能履空？曰："启户取火，有大鸟突下，两爪抱之腾起，号呼无应者。鸟挟人飞迟，不能极高，闻铳声而惊，故得堕。"问所居，曰："夏庄。"去家已二十里矣。吾邑东千峪村在山中，有少年袒背力田，大鸟飞过，见而垂涎，欲攫之。翅广丈余，扇动风响。少年惧，举锄仰击，乃舍去。使出不意，亦挟之而飞矣。

邑之台头村李姓者，家贫，携妻子至历城东之龙山镇。久之，势不支，乃鬻妻，议某日人财互交。至夜，夫妻相向哭。隔壁为旅舍，宿客监生某富于财，豪荡挥霍，偕友应秋试赴省。闻哭甚哀，问主人。主人漫应之，不实告。既而哭不休，客恚曰："尔不实告，我心恻恻，终不能寐。"语之故。使召夫来，出白金四十与之，曰："以此作小贸易，可勿卖妇。"使籴麦磨面，虑其乏驴，脱骖赠焉。妇携子来，与夫叩谢。李如其教，家日以阜。子长，聪颖特甚，早年入泮有声。监生某以游荡耗赀产，债猬集。适大比，诸同人复邀之赴闱。生曰："吾之学植，诸君岂不知耶？曩之应试，为游眺计，今空乏，何复作此无益？"众曰："借此避债，亦复佳耳。费则吾等供之。"遂行。入号，邻舍一少年顽跳非常，题下之明日，嬲不休。生本无根柢，又为所扰，不能成一字。少年入舍，磨墨展卷，挥洒如飞。良久，抚几长叹。生笑曰："豪兴亦复减耶？"少年出，窥生卷，讶曰："先生何尚未落笔？"生告以故，【曰：余本不文，为友人强来，为子所聒，文思益窘，】恐曳白出，无颜向同人。少年曰："余文艺已毕，自觉可中，不意卷为墨污，甚惜此文。先生可录之，倘得志，可至寒舍为吾作老门生也。"告以里居姓名。二三场幸遇同人，得竣事。揭晓，少年阅题名录，知生中，扫舍待之。生至，携土物为贽，治具相款。母潜窥客，识是赠金者，召子入，泣谓之曰："吾与若父分离在顷刻，非此客救拔，吾不知何往，尔将填沟壑矣。吾一家得保聚且饶裕，汝乃得以读书。今借手以中，实鬼神之灵使稍酬万一。倘若父在，犹当尊事之，汝乃妄以为门生可乎？吾当时未悉其名，但记其姓，客年虽老，面目犹可识。汝出再问，客在此地曾行一善事否。若果然，则吾且见而相谢。"少年出问，客已不忆旧事。沉思良久，恍然曰："有之。"为述其事。少年伏地谢，【曰："余罪重焉，前不知先生所救则余家也。"】入告母，母盛服出谢。后少年中进士，为县令。路西有两楼，即其宅也。家落，乃售于他姓，余尝宿焉。

临淄王士亮之祖母病，家人祷于城隍庙。既归，病者曰："吾数尽矣，祷无益也。前昏沉中，魂已至庙，城隍正坐，吾旁坐，汝等跪祷，孙男女辈随去。神降座与周旋，渠漠然不顾，但知在旁嬉游，神有怒容。"家人复率子女往谢，曰：

"童幼无知，且隔幽冥，祈神宽恕。"祝毕回，病者笑曰："吾虽死，目可瞑矣。孙男女叩拜时，神皆还礼，后将可耀家门。"士亮官知府，女兄弟亦以夫贵。

邑之南有少妇，自母家归，携袱独行。遇村外有小屋，老妪坐道旁，妇求饮。妪曰："入屋稍坐，吾为汝烧汤。"妇入，妪乃外闭而锁之，径去，妇号呼无应者。夜静，有两少年携酒启户入，强妇与饮，晓仍锁户而去。夜则三五少年来狎饮，如是五六宿。夫之家怪妇不至，往问，则云女归已久。两家讼于官，少年等闻知，恐妇归情露，乃缢杀之，悬于树。既觅得尸，皆知有他故，不肯深究，埋之而已，妇之冤竟无可白。妪，北方不知何县人，寄居于此，恐迹露，逃归。其子女忽发狂，作妇言索命，次第俱死。虽逃官刑，能免阴诛乎？

龙口司姓者，拥膏腴，仓粟盈衍，而俭啬特甚，令家人终岁杂糠粃而食。在别墅，病不能归，其子省之，嘱曰："死即埋我，断无营丧事。吾有绸袍一件，亦断无以殉。汝等有婚嫁事，可留用。"其子至复来，则已裸死狗皮上矣，无衾枕，无床榻也。

周村一山西客，忽惶惶奔窜，无故自跪。人问之，云在家一孀妇与之金为商贾，为之荡尽，妇死，控于阴府，今山西城隍行文来山东捕逐也。

邑西沈某病笃，恍惚中见有如宫娥者数十，执仪仗前导，金辇冉冉至庭，扶一少妇盛妆出，衣饰若贵嫔。沈警惕不敢仰视，妇曰："犹相识否？"沈茫然未有以答。妇笑曰："儿即公之子妇某氏，今忘之耶？"沈方忆子妇某，素贤孝，守节早卒，已证佛果矣。徐谓沈曰："妇之来，因翁病危，特相救耳。"抚慰毕，升辇，仪卫拥之而去，金光犹照庭也。自是霍然顿愈。

道光甲午，桑叶价昂甚，一斤八九十钱，有百四十钱者。或将蚕埋于土，忍矣。否则典衣质钗钏，有卖驴者、割地者，皆为蚕食。至食钱八十千，不作一茧。古有谷不熟，菜不熟，蚕如是，何以称焉！

吾邑韩氏，城北阀阅，居永和庄，楼阁连亘，后式微，售于贾某。贾以贸易起家，值夜大雪，披衣出厅事，命家人秉烛，促先生及弟子皆起，治具赏雪。先生问："何兴发如是，不及旦乎？"曰："吾有所触也。少时以骡驮纸钱及门灶诸神像卖，逼岁除，夜风雪，高卧不起。妻已然灯，炊高粱饼熟，促予曰：'好入市矣。'予以严寒不欲往。妻曰：'子勿然。惟严寒，货诸物者必寡，寡乃得厚值。吾作饭正热，饱食速往可也。耽一夕之安，时失何追？'从之。至市，惟吾独也，获利三倍。自是每事必勤，息日增，拥赀数万，遂有今日。夜半闻风雪声，忽触昔年情事，当痛饮以偿前劳，且欲儿孙勿忘艰难也。"贤哉，贾妻！不徒以勤苦相夫，实能料时度势，得陶朱白圭之术，安得不富？

韩厅前有古柏数株，大数围。及贾买宅后尽枯，人目为贞柏。

即墨嘉庆庚申举人陆云从之弟，十余岁，读书无甚异。一日读《孟子》半部将毕，师曰:“今日多读几页，明日读下半部矣。”应声曰:“是‘离娄之明’耶？”师曰：“汝未读，何以知？”曰：“固知之。”因背诵如夙习，奇之。因举诸经，皆能成诵，试以群书，无不淹贯，师大骇，一日而神童之称满人口。命题作文，老宿不能及。曾见其“至诚之道”制艺，仅三百余字，勃窣理窟，高揭群言。所作悉短篇，如前明高手。使之应试，不听。作碑版古文，亦非近人所能。师由此避席。终日静坐，不乐见客，数十来绝无声闻，或云迟钝如平人矣。不知有物凭之耶？抑深自韬晦耶？似名云周，今约四十余岁。

新城王庄铜匠，与江南铜匠共操作。一日对酌，各述家事。醉后，江南者曰:“吾有女，君有子，何不结姻？”两情既谐，遂无异议。阅七八年，新城者欲为子娶妇，江南者曰：“吾妄甚，家在远方，吾力不能致女来，君亦不能送子就婚，愿助聘钱五十千为子别娶，即为吾义女可也。”遂买同邑何姓行十三者之婢。既成婚，江南者往贺，即欲一见新妇认为己女。入室相见，翁谓之曰：“此汝父也，宜拜。”女拜已，悲啼哽咽不可止。翁曰:“新婚吉礼，何为如是？”女曰:“见父安得不悲？”又慰之曰:“虽如此呼，亦假焉耳。”女曰:“真吾父也，何假为？吾与母家居，父出久不归，无以为活，乃卖我，转售至何家。今在此相遇，父之容吾犹忆之，何假耶？”盖女自江南贩至新城，年已长，父不能识。闻女言，乃呼其小名，曰：“汝果某耶？”曰：“然。”乃相视而悲。旁人慰劝，二人复对酌，相顾笑曰：“前日结姻，将以真成假，今又弄假成真矣！”

江西某县令自往乡中催科，村民聚集。时炎暑，令戴凉帽，方出轿，一少年以扁担击其首，项陷入，血流被面，急入轿飞奔。村民自后追之，令念循旧路必为所及，乃由别路直入省。先见首府，乞为言于抚军，然后面禀。时抚军诨号“老娘娘”，专事姑息。凡县令征收，有为民打伤支体、逼令告病者，有以石击首破、血染公服者，有聚众围署、遣人逾墙、飞文禀上宪者，抚军皆斥为不善办理，署者撤回，现任者以不职论。官愈怯，民愈肆，首府习知之，事恐不合抚军意。入白抚军，即传令见。令破帽血面，狼狈而入，抚军皱眉曰：“是何形状？”令哀诉，祈为之主。抚军怫然曰：“此事如何办理？汝且回任。”令不得已，含愤至署，商之刑名。刑名曰:“此等事，余亦未学办也。”令大哭。理钱谷者从容曰:“余先人曾办此。”令收涕，曰:“先生若能为余泄愤，必当厚报。”乃作申文，通禀各上。先生曰:“抚军懦，必阻挠。先发总督文，后二日发抚军文。”抚军见系通禀，骇曰：“总督知之，奈何？”使人追其文，则已投制台已。时三江督为今直督畸公，见文大怒，委一道员及游击帅兵往捕。村民闻之，鸟兽散。兵见民逃，居其屋，食其粟，烹其大豕，稻苗方盛，即以牧马。民不胜扰，相聚谓曰:“孽自某父子，吾等乃受其累。今渠匿其姻家，若缚而献之，则无事矣。”众曰：“善。”擒首恶送军前，兵撤回，立决以徇，余莫问。非畸公之英断，无论此令之屈莫伸，其如国体何哉！

一京官失职闲居，以家口为累，尽令归，只留一仆自随。专放京债，非其所素信者作中，不托也。久之，仆不能甘其淡泊，逃去。己惟日食炊饼数枚，无羹无饭，并茶亦不买，在门前伺有挑水过者，向之索饮。其子来省视，即逐之去。银积土炕中，卧其上。遇疾不能起，三日不食。有故人过其门入视，见其卧而呻，告以饥渴，呼从人买饮食与之，得不死。其家无信也，后不知若何。如死亦无人知，不知银落谁手，可怪也。

高表兄亿堂见少年二丐者，被狗皮，躯甚肥，沿街乞钱，旁观者曰："二人不足惜也。渠家山西巨富，京中亦有铺，日狎优伶，挥金如土，尝一夕赠小旦当店一所，他可知矣。今觅一文不得，宜也。"噫，京官之啬与二人之奢，皆不得财用也。

先人尝至一家，见其垫桌之木片，则神主牌也，因戒子孙勿立祠堂。又有将其先人之行乐，作画售者。王云芝先生小像一卷，自成童入学以及为官毕备，有张鹤鸣传，其家尚珍藏之。先生名敕，渔洋载之《池北偶谈》。又见吾邑毕司农白阳先生全家行乐，司农兄弟八人侍太夫人游园中，女眷孙曾俱在。其裔孙欲售于人，予劝其姻留之，异日择其家可托者还焉。

传言鸭片烟自西洋来，今两广多有之，奏禁者屡矣，未绝也。始自衙门宾从及青衣辈、贵游富儿皆效之，既而城市豪猾、村镇商贾，习此以示侈。或云能壮房事，然吸之多瘠死。及其淫也，欲罢不能。典衣质物，可不食，不可无烟也。今价亦廉于昔，而一人吸烟较一人食粟多矣。且日必需肥甘，否则不胜销烁。及时不吸，则举体筋若懈，目倦，鼻涕不可支。尤可异者，吸烟之具曰枪，灯曰照尸灯，拨灯者曰拨魂杖，其余不能悉，大抵不祥之名也。若用其枪，经死数人，则价甚昂，曰作几个活。相习成风，恬不怪，南方尤甚。或云烟以罂粟花为之，或云中有人油，未知果否。然传其言，甚可骇异。云造烟者买小儿男女各一，恣其美食，使肥胖如瓠，乃缚之于桩，周围烈火炙之，脂流满地，然后取其土和烟。果尔，则是炮烙之刑作于匹夫，极人世之惨，伤天地之和，虽死不足蔽其辜矣。嗜此烟者，即不费财，不亦有惨然者乎？

喇嘛寺，商贾聚集，牛马谷量，最称繁庶。人敬信喇嘛，家有牛羊者，百头岁献十头于喇嘛。喇嘛视某家殷富，谓之曰"此地不吉"，则移而之他，所遗器具财物，俱为喇嘛所有。有病则延喇嘛禳之，痊则谢以财粟。妇人则延喇嘛至家，与之美食，伴之宿，谓之"谢佛爷"。凡人家娶妇，先送于喇嘛寺，后乃迎之归。生子，谓之"佛崽子"，亦不得滥有所送。家有为喇嘛者则殷阜，故人最艳之。大喇嘛高坐，王公贵人膜拜不为动。若以手摩其顶，则大喜，谓获福。富人献帛，侍者以鞭棰之则大喜，不敢望摩顶也。每喇嘛出，女子争出其跨下。其出也以辇，系以黄绳，每春出必雨。小喇嘛往来京师，以车马护送，宿则弃行橐于道，无敢觊觎之者。

休宁程某，挟异术，能治目睛。凡瞽者，目不塌坏，虽蒙蔽甚厚，转里向外，便清明见物，百日内戒怒与色。

济阳颜提督俊烈，赏巴图鲁，川湖用兵，屡立战功。曾偕将士憩古庙，祠宇剥落，神像黯然。颜曰："尔何神，落寞至此？尘土蒙面，亦如人之不遇时也？"已而起行，甫三五里，有人追至，曰："适将军有言，去后，两旁神像皆泣，请回视之。"返入庙，见神座下环甲执兵立侍者数人，目下泪痕，界破尘容。询之，岳忠武王庙也。颜祷于神曰："此行若蒙祐克捷，必重修庙。"果获胜，乃践其言。颜麾下有亲信四十人，能学猫犬鸣，入贼巢探消息。一日山行，遇大溪，山水骤涨，骇浪迅急，颜谓士卒曰："以大绳系我腰，我浮而过，若随水下则缆绳。我若得过，以绳援汝等可也。"颜故善泅，幸而得渡，其矫悍如此。

邑有娶再醮妇者，婚之夕，某欲往窃听，而未悉其宅中之曲折。一瞽常出入其家，乃携与俱，伏窗下，闻夫妇私语良久。夫谓妇曰："汝寡有年，亦有外遇乎？"妇曰："何为？吾心动则嫁耳。汝鳏夫，恐不能无苟合也。"夫曰："吾生平不为此，惟与某妇一次耳。"所谓某者，即窃听之人也。其人且骇且羞，又不敢声，急促瞽与归，嘱勿漏言，当为制袍一袭，瞽诺之，而终不能秘也。使不听人之私，何以发其隐乎？

有佐贰官在省，奉委出差归。夜置酒，夫妇对酌。有偷儿伏暗中，俟其寝而后动也。乃官与夫人未寝，而夫妇之事作，偷儿视之心动，亦以手出精。饮毕就寝，其事复作，偷儿之事亦作。竟夜，偷儿随之作止。床上人倦而睡熟，偷儿困惫不能兴矣。天明，婢入，大呼有贼。官惊起，命缚之，送于岳县。乃供夜来事无隐，闻者捧腹。

淄城翟氏，佃户比屋而居。有新婚妇自母家归，邻舍少年夫妇相谓曰："盍窃听之？"时盛暑，妇裸体往，伏窗外。比舍有男子亦裸而来，与妇并立。妇谓其夫继至也，不之疑，偎傍窃听，遂亦效室内所为。俄妇之夫至，见妇方与人共事，大哄。室中人亦怒而出，三男一妇，搅作团，一时难明是非。互殴，被发血面，竟成讼焉。

甲与乙相善也，甲病甚，乙往候之。甲曰："吾无他累，惟少妇在房。吾与汝虽若兄弟，然异姓也。我殁后，彼无归，汝无妇，妻焉可矣。"乙固不肯，甲强之乃许。后果娶妇，至夜与同衾，扪之，男也，大骇。妇婉告曰："勿声，吾能为人疗病，汝可安坐而食，且吾与汝欢好，何遽不如女也？"乙竟从之，相与如夫妇。父母不知，邻舍更不知也。妇初至温婉，后渐忤翁姑，日相聒，乃析居。久之，诱乙与互奸。而妇且往来人家作女巫，人以其有夫，不之疑。后事发，鸣官，讯得其情。据供，在人家无奸状，官亦不深究。女问缳首，乙充塞外军。

江公恂，字于九，任安徽庐凤观察。行至旅舍，正房扃焉，问何为不启。曰："有妇新死，今晚回煞，须避之。"公曰："吾何惧！"命启钥，入视，空无所有。内室一床，设帏，几上镜奁脂粉具备，旁有面盆及巾，知为夫人寝室。从人设卧具，请宿外间为备，弗听。就枕久之，寂无声响。三更后，狂风骤作，屋瓦为飞，兼闻铁练声，铮锹可畏。俄一鸡入，旋出复入，则二鸡跃跃。复闻，似人拍手声。一厉鬼蓦入内室，发被及肩，血口龋齿，项下挂人骷髅一串，左执铁叉，右揪妇人发，妇人宛转于地，不肯前，强推之入，鬼乘风而去。妇人徐起，周视室内，若不胜悲，已乃理发，盥濯施粉黛，对镜徘徊，宛然佳丽。公惊怛稍定，妇人忽摘其头置几上，拭眉刷鬓，双眸炯炯，公骇极。妇人复戴其头，搴帏将入，公以手极力揽帏不放。妇人乃出房，且行且啼，惨咽不忍闻。狂风又自远而来，叉声、练声、鬼杂沓声，俄闻擒妇人扑地哀啼声，公则魂飞汗流，体为战而齿为击。鸡声忽唱，风拥之不知所往矣。天明，问馆人，知妇人因奸露自刭。回煞之说信有之，而强死则又与众不同。公明年亦卒于官。

吴云陔言过黄河将入山东界，天已晚，马忽惊顾不前。月色微茫中，见妇人坐路旁短墙上，高髻银簪，蓝布新衣，面向内默念。此时安得有妇人坐墙上，且御夫叱咤竟不回顾？有仆睡车内，撼之起，使视焉。急摇手速行勿顾，而马坚不肯。心愈急，竭力鞭马，疾驰而过，不知其何鬼也。

邹啸山锡荣相识一僧，拳勇过人。为行脚时，日暮未得店。遇兰若，寂无人，正殿旁有僧房，窗无纸，室无几，破榻在焉，拂尘栖止。月色甚明，忽寒风刺骨，惊视窗外，有僧伏而窥，面黄如纸。乃起而谢曰："弟子来时仓卒，未拜尊师，暂假一宿，乞无罪也。"僧不语而笑，声甚厉，始知非人。携有一铲，木柄甚坚，急持之，僧已蓦入。迎面刺之，如中木石，铲头脱落，以柄相抵，逃入正殿，僧即随之。每一撞，则木柄挫一寸，手内仅存尺余，大窘。壁上有龛祀关帝，跃而登，僧不敢上，拜跪于下，昂首仰视，意欲攀援。乃跳下，走周将军后，抱其腰，像倒，僧惊逸。此僧亦惫甚，卧于地。天已渐明，寻近村人问之，乃知有僧缢于此，所遇盖僵尸也。自言非素习拳技，是夕危矣。

又，徐公从治，万历癸卯举人、丁丑进士。祖鼎，有阴德。父应奎，性至孝。父隆冬思瓜，泣祷于神，得瓜食之而愈。公之生也，太夫人黄氏梦金甲神人执干羽而舞，父曰："此虞廷治征也。"遂以名之，后为山东巡抚。崇祯七年四月，在莱州死孔李之难。时肥城书吏以病死数日复生，言阎罗命之取八十人，姓名历历，在阴府造册。阴府门联曰："大善莫过于孝，大恶莫过于淫。"所造乃七省轮回册，册分黄黑二道，不下数十万人，八旬始造毕。阎君即遣持书赴莱州，请徐公四月二十日巳时到任。骑驴进莱城门，见门外步兵约一千，哨官三四十员，惟少中军，临时选用。又见大旗鼓数队，五色马共八匹，以为导。进门诣都察院，传请至三次，方见。徐公在内书室中坐，见其忧国之念形于面目，傍有古书二套、剑一口、端砚一方，几上菜豆汤一碗。徐公看书后，遂发回书，令候，起身饮汤毕，即起行牌，行四川成都府酆都县。到任所过，地方城隍土地迎接三十里，进察时各神即投造完文册。书吏姓刁，名守宗。见秦梦皋《南窗新记》。以关吾东故实，故录之。

金圣叹解唐诗，前后中分，穿凿乖谬，人目为腰割唐诗。一日，于京师四牌楼街心遗矢，车马交驰，见者骇怪，坊卒叱之。金傲然作色曰："此中安得有人，皆群狗耳！欲噬吾矢不暇，何叱为？"卒怒鞭之。金大怒，侈口毒詈，致达金吾拘讯之，言愈狂。以孝廉也，乃奏闻，褫革究办。搜查年月事迹，得所著作，多不法语，坐诽谤，夹于市，咸以为腰割唐诗之谶云。

乾隆乙卯[①]会试，会元王以铻，第二王以衔，兄弟也。时主试者窦东皋光鼐，有谮其通关节者，元文中有"窦"字，指以为据。盖东皋先视学浙江，二王归安人也。又摘其策题谬误。盖东皋素负博雅，为人所忌也。上以为二王文即佳，不应兄弟联名，且阅元文"参也鲁"句有云"日有万几，思兼四事"，此等典故，人君可用，曾子人臣，亦孝子，不应用，置之榜末。东皋在浙时试题归安，即会试题，王居二等，又二人皆从搜房而中，故物论哗然，形迹本有可疑。及殿试钦定状元，拆卷仍以衔也，覆试者屡幸未斥。及得鼎元，众论乃息，而东皋降四品休致矣。先是，某以书法自命第一。及殿试日，遥见有搦管末悬腕写册者，惊曰："状元属彼矣！"其人即王以衔也。某第二名。以衔后官至侍郎，其子为山东学使，卒于济南。

渠县寇赉言，弱冠美丰姿。科试遗才未录，各衙门递手板、求转送，不准；望途中大员过即拦舆恳求，亦不收。时众举子已进贡院，将届封门矣，窘甚，独立街衢，傍徨四顾。忽遥见执事呵道鸣锣而来，中有绿帏大轿嵌金镶绣，青络四垂，乃提督桂秀岩之夫人上庙行香者也。寇不知为夫人，直奔向前，攀舆大呼"救命"，从者呵叱不顾。夫人问何人，从者曰："秀才考遗才不收，求送学宪。"夫人隔帘视之，美少年也，命收其呈，回见秀岩，言其事。使人以名

---

① "乙卯"，原作"己卯"，据《清史稿·窦光鼐传》改。传云："（乾隆）六十年，充会试正考官，榜发，首归安王以铻，次王以衔，兄弟联名高第。大学士和珅素嫉光鼐，言于上，谓光鼐迭为浙江学政，事有私。上命解任听部议，及廷试，和珅为读卷官，以衔复以第一人及第，事乃解。命予四品衔休致。卒。"乾隆六十年为乙卯年。

帖送之，顶门而进。是时主考为长州李沧云骛、汾阳曹锡龄。榜发，竟中解元。桂夫人闻之，曰："此我门生也。"命引寇至署，以师生礼见。妇人满妆立堂上，两旁侍婢，花围翠绕，绣毡铺地，寇不敢仰视。再拜，命坐赐茶。略问家世，赏花红荷包，提台亦有赐。夫人曰："汝是我亲送门生，勿客气也。"寇唯唯而退。后联成进士，为京官。

山左栾廷珍者遗不录，遍求当道无应者，后求抚军夫人转送学院补入，遂中解元，夫人认为门生。【栾有联云："两条腿跪遍济南，三篇文压倒山东。"】联捷为主事，【与寇相类也。】擢郎中，凡二十余年，方为员外郎。初，相国某至其部，日已夕矣，诸司无人，独栾坐守一编。问之，曰："坐此以待公事。"相国叹息而还。及郎中缺员，相国阅籍见其名，乃补之。某侍郎为座师，怜其贫，使视漕通州，授意谓但云米不佳，千金可立致。及呈米，无言，空手而归。侍郎责问，良久对曰："其米诚佳，安得言不佳？"左右皆笑。侍郎亦曰："子诚廉士，不能为子谋矣！"又乾隆甲子，文登吕浚亦未录遗才，宛转得入闱，榜发亦解元。先是试毕，吕友人岳某为学使所赏拔，索其闱艺。岳以吕名士，文胜己作，遂录以呈。及揭晓，学使见所刻元文乃岳作也，骇之，以问岳。岳是科亦中，乃以实告。学使终疑有弊，言之抚军，覆试者三，乃已。

海丰张公映玑，任浙省盐运。性诙谐，好作诗。尝出拜客，一妇拦舆，诉其夫宠妾侮己状，聒不休。公遣之去，曰："尔有冤向有司诉之，吾卖盐者也，不理民事。"在舆中戏为打油诗曰："来了一妇人，攀住轿杆诉。我卖我的盐，不管你吃醋。"述之同官，无不绝倒。公善书，尝得宋高宗下岳忠武草诏，笔墨飞舞，摹诸石，以公同好。尝见《园记》，写作俱工。罢官，迁居于淄，去予家八里。好丝竹歌舞，命二美姬于园中驰马，洒脱不拘如是。

【马子琴之弟桂芳，八九岁时从其祖父文玉公于高苑学署。盐商请书扁，文玉公命其寻二佳字，对曰："读斋。"公曰："于盐商不切。"对曰："'读'者，卖言也。"亦堪一笑。】

一客寓济南万寿宫，薄暮归，见有人戴毡帽，与不冠者同出，后有妇人随焉，讶其不伦。既入，点灯吸鸦片烟。俄前三人拥入，扶之外室，登榻笑语，轮流吸烟。已不能起，亦渐昏去。明晨日高，有访之者，见其昏卧于地，不知人。灌以温水，稍苏，诉其夜来所见，盖鸦片鬼也，所蓄烟为之一空。

新城王君祖彭，父官于南所生也，携之归家时，年方七岁。在舟，乳母携之，误落于水，无可拯救，家人号而去。舟行六十里，见其双手攀舟尾，露其首，急援之，喜出非望。问之，云似有人拥之不落，以为后必大贵。及长，挥金如土，荡其家。其兄，在家所生也，从父任所，病亡，买棺无当意者。后至一铺，得棺甚佳，价定舁归，于棺中得一帖，云"某年月日制"，即其所生之年月日也。

方生而棺已预为之矣，且隔数千里而巧值若此！人之一生，何非天哉？

王梦楼文治，诗名擅一时，性华侈，挟女优遨游，夫妻同素食。赴士大夫家必自挟肴馔，或带庖人自造乃下箸。有招之者，问其庖人云："公食素，而难于一食，何也？吾今请公饭，如何则可？"曰："择干虾仁大而佳者，多多装绢袋，入釜煮汁，用肥鸡二只，洗净，亦煮汁，弃其渣滓，用其精华，以入菜蔬，乃可食。"噫，如此食素，乃侈于食荤矣。又袁子才至西湖，有故人欲招之食。知其性不喜多品，而捡择甚苛，虑不当其意，询于其相习者，为之指挥。所用不过鸡鱼猪肉，味不过五六品，宾主醉饱，以为知味者不贵侈，而贵善烹调也。然闻此举费至二百金，非号俭而实侈也乎？子才宫室婢妾，一洗古来诗人寒俭之习，然观东坡一物若有余味，乐天一觞若有余情，高旷之风，千载可想，令人爽然失矣。

成都向日贞，年十四，过目成诵，有神童之目。美如冠玉，在塾为匪人诱去，卖于戏班，装旦脚色，声名藉甚。其兄寻之半岁，乃得之重庆，愿以价赎。班主居奇不肯，诣巴县讼之。令欲渔其色，断归本班，遂控太守。太守曰："汝呈言其完篇，能作文乎？"曰："能。"乃于堂下试之，未炷香而文成。三百字短比相接，笔致灵动，太守奇之。又问："能诗乎？"曰："初知平仄。"即指柏树为题，应声曰："柏本栋梁器，初生不自全。倘蒙培养力，平地直参天。"叹曰："神童也。"谓班主曰："另觅旦，须金几何？"曰："非五十金不可。"如数予之，谓向曰："好读书，无负吾意。"是时学使宋嵩南在衡，首拔入庠，决其必领解。戊子，果第一。太守亦在闱，遂为师生。癸巳成进士，出黄际飞之门。后以翰林改御史，有直声。今阅其文，皆短篇碎股云。

新城何平子维絜，中嘉庆甲子顺天乡试。房师满洲玉公麟夫人知书，工时艺。何偕同门谒师毕，即请拜见夫人。夫人华妆南面坐，前设长几，铺红氍毹，摊诸卷于上，两行侍婢，珠翠环侍。礼毕命坐，以次评诸生闱艺，赏其警策，间摘微疵，无不倾服。何请文中二小比，夫人沉思良久，曰："二比天机所到，未可易也。"刻朱卷，评语皆夫人所加。

凡奇才及贵人皆有夙根，如克猷子壮为东华帝君第三弟子，又帝君曾与人言弟子十三人，皆在下界，吴一骐其一也。杭大宗为侍香金童，因见烧香美女，一动念而降生。裘文达曰修，为燕子矶水神，太夫人祷焉，梦神送来。蒋虎臣前身为峨眉僧人，后弃官，仍终于峨眉，皆彰彰有据者。袁子才，人传为老猿所转生，平生喜食果及狗肉。前山中有老猿，长如人，见之者必吉，自子才生而猿无矣。朱石君珪，自言为文庙中石，其夫人乃所悦一花树，则未敢令人信耳。

一小儿生而能言，自云为宋时万俟契，与秦桧同害岳忠武，在阴司受罪屡矣。征金川时，托生驿马，跑死者二次。问秦桧今何在？曰："为娼。王安石为文庙泮水中鱼。”父兄嫌其为前朝奸人，戒勿言。

李公卫为浙督时游西湖，见铁铸秦桧跪象，笑曰:“此老跪久矣，吾赦汝起。”乃毁之。夜梦桧来谢，惊曰:“吾谓其死已久，不意尚有魂耶？”遂重铸之。按，人家有杀豕者，腹有字曰“秦桧”，然则为豕为娼，仍有跪于祠前者，其三魂之说乎？

乾隆年间，纯皇帝曾制扁悬岳忠武祠，三悬而铁絙三断，乃止。上有诗曰：“汝不受吾封，吾亦不封汝。”中有褒之之句云：“气作南山云，泪洒西湖雨。”自来无此警切。

一先达在乳抱时所言，皆建文逊国时事，惜无人问之，以补国史。

人传刘石庵为南极子降生，虽未可信，然公生而曲背，终身无男女之事。晚年置妾，为梳头、治栖之用，实无所私，故无子。其将卒也，诸中堂皆在坐，公以事未至。一狐白色，来坐于公之位次，两目血流，徐徐起去。纪晓岚先生曰：“石庵其将行乎？”未几果卒。

长山焦家桥徐东莱，死而复生，与家人不相识。自言为闽人，杨姓，行五，其父官知府，年十七矣，未娶，归家将与完婚，与家中眷口同往祭墓，女眷乘轿，己乘马，马蹶坠地，有两人掖之飞行。初闻家人唤声，渐远不闻，倏忽不知几千里，推堕于此，始知借尸而生，则年二十余，已娶矣，蠢然一农家妇，家又贫，大非所怀。每欲逃归，道远无赀，且恐至彼，形貌已殊，必不相认，乃勉留焉。幸前文艺通顺，应试入邑庠。面黑色，皮亦死矣，数年竟卒。

太常寺有仙蝶，大如扇，时时飞出，词林诸公多赋之。吏部有大藤萝，为明吴宽手植，花开盛则官骤升，无故而败则有谪罚。国子监有古柏，为元许鲁斋手植。翰林院门前土堆蜿蜒，名为沙堤，为衙门风水，妄动之必不利。

益都李文藻，号涧南[①]，其生也，父梦钟馗入室。及长，面黑多髯，厥状肖马，博学好古，著《九经古义》，有《南涧诗集》。与周淋汲[②]、翁覃溪交好，官桂林，升同知。

常熟蒋渭公伊，康熙癸丑进士，祈嗣于灵岩，梦文禅僧指执锡二童子为之子，因举子陈锡，乳名文生，后为云贵总制。尝自谓应得二子，久之，梦中堂曝锦被，一龙盘裹其间。适佃户曹姓，携其女送租至，年甫十余岁，裹旧锦衣嬉笑。公大惊，遂留纳之，生文肃公廷锡。

任启运方在抱，未能言，指壁上字告之。逾日，问某字，则以手指某处，与白乐天识之无何异。及读《孟子》，至“然而无有乎尔”，大悲出涕，其志趣

---

① 按，“涧南”，当为“南涧”。李文藻，号南涧。

② 按，“周淋汲”，当为“周林汲”。周永年，自号林汲山人。

更非凡矣。岂非有夙慧乎？

孙莪山幼时家贫，在富家塾中执役，听读生诵读，遂知书，兼通文艺。为人捉刀，师阅其文，谓非汝辈所能，乃以实告。师奇之，言于主人，养为己子，从其姓，后以文名天下。

有贫人无妻，携幼子乞食，恒不得饱。求同乡一先生荐其子作馆童，不受值。【乃言于富室，留之。】先生无事时，告以字，辄解；授以书，敏悟，日记数百言。从旁日听讲文，先生取一篇指授之。一日，以“人而无信”命作，破承颇通。又命作小讲，开手云“尝闻天地之道不贰”，先生大赏赞，遂使毕之，当日完篇。先是，东主有幼女，嘱先生为择婿。先生曰：“【君每委余择佳婿，今得之矣。】但勿嫌贫，乃可。”主人曰：“苟其才也，何忧贫？吾有地四十顷，予之半足矣。”先生曰：“非他人，即此子是也，异日其必贵。”主人许之。未几，入邑庠。未弱冠，举于乡，联捷成进士，以知县用。未知官已迁擢否。惜不记姓名。

河南徐振绩，无父母，兄弟并疏，属亦无。幼为塾中给役，闲听群儿读，已默识其语。先生教以书，则兼数人之课，因教以作文。十四岁入泮，入大梁书院，中丞杨公甚爱之。十七岁举于乡，中丞收为门生，邀入署，教其公子。虽少年得志，而抑然自下若初学，人以大器目之。

渔洋之祖方伯公象晋，与其伯祖司马公象乾，兄弟也。司马公无子，方伯公之家妪，抱幼儿嬉于门外，门与司马公门并列。公骏骑成群，儿指马，妪亦喃喃与言马，司马公之仆从言于主人，曰：“渠家谓马为彼之马也。”司马公怒，谓：“彼意吾必嗣其儿也，乃觊觎吾家。”侍者逢公意，曰：“主人固有子。”公骇问：“安得有是？”曰：“南郭卖豆腐之子，其母非公家婢耶？侍公有年，出而生子，非公之血嗣而谁耶？曩不问，故不敢言。今主以是为忧，故不敢讳。”公即命召之。沐浴更衣，居然贵介矣，而陋劣少文，不类乌衣子弟。司马公亲书一册，皆训童稚语，如称人父曰“令尊”、自谓父曰“家父”之类。【司马公薨，久未葬。明社已屋，是儿已长，乃走京师上书，言族人阻格司马公葬，欲图产逐嗣。章皇帝念其为前朝大臣，不以新故异视，赐其子为锦衣卫指挥，并赐以剑，命有阻挠者斩以殉。方伯公闻命悚惧，以礼】葬公于淄川之东北。其兆域，司马公所自择也。公精青乌家言，其地面河背山，形势自然，图载《葬经》，俗名千松岭。传闻葬时，公之旧部卒每人植一松也。然锦衣夭死，公竟无后，屡嗣屡绝云。中段系传闻，系王镜沚杜撰。

司马公有二女，一适德平礼部尚书葛公守礼之孙，一适吾邑浙江巡抚高东溟公之子。高公家训俭素，公之子朴质，无世胄豪气。王夫人门第高华，见惯封胡遏末，意颇不怿。司马公慰之曰：“高婿气淳厚，福人也，子孙必发。”后生子绳东玮、念东珩，兄弟同榜，绳东又解元也，先后成进士。绳东先生终推官，念东先生终少司寇，有《栖云阁集》，以诗文名天下。其少也，来外家，司马公必送之门外，人谓公何加礼于童子？公曰："二子异日皆名进士，未易才也。"人服公之知人。二高先生戚公之无后也，嘱子孙世世祭公墓，至今不绝。公可谓无子而有子矣！

渔洋先生养他姓子，视之无异己出。先生殁，诸子乃谋逐之。讼不解，家赀为荡，至不能葬。平生交好、门下高足，无一过问者矣。北平黄昆圃叔琳学使来山左，问知其由，予三千金，命速葬。其吊先生也，白衣冠，自新城演武厅哭至灵前，尽哀，为点主而去。谓诸公子曰："某之名，已列先生文集，天下孰不知？而乃逐之，岂不舛耶？"讼乃息。先生门生遍天下，后来得力，一人而已，昆圃当时最少年也。昆圃先生之子，后亦为山东学使，拔渔洋之孙冠军食饩，发落诸生，曰："王某文尚欠通，第一本当属某，然王系渔洋之孙，吾之此举近私，亦聊以报先德也，诸君幸谅之。"亦可谓善承先志者矣。

渔洋先生之曾孙，试一等，亦得力先人也。学使批其卷，云："以渔洋之后而作此诗，亦可悲矣。"先生之女孙，为长山袁制台守侗愚谷之母。制台以外家凌夷，乃予以庄田数顷。今先生之后，多贫不能自立云。

纯皇帝奉太后驾南巡，谒孔庙。太后入衍圣公第，孔氏诸命妇凤冠霞帔，跪迎道左。太后命之曰："起！尔家吾不如也。"游观圣庙，跪而祝曰："圣人教训吾儿作好皇帝，吾叩百头。"谓以手摩额，即百数也。高宗崇儒重道，爱养黎元，固由天授，而太后为女中尧舜，具冠古之识，懿训之大裕于深宫，又有素矣。

赵公名良，字维林，中堂国麟之父也，原籍浙江绍兴人。国初东南未靖，流寓北方，家于泰安，事父以孝称。既殁，相国贫不能葬，豫章戴君知地理，得吉兆，谓相国曰："此地欲富贵绵远，则发迟。欲速发甚陡，但一发无余矣。"相国曰："吾欲及身耳。异日富贵，安得见之？"戴君乃命凿圹底，穿二孔，圆若茶碗，以絮塞之，相国乃葬其祖、父。后果入相，子孙不振。少子为蒲台学博，善画松。

公之葬也，有皂隶家豪富，身久退役，向公讨一差，公令墓上结棚。隶以锦绮为之，玲珑华焕，楼阁连亘，宛然巨第。事毕，命之拆。请曰："留作太公阴宅。"以火焚之。及隶之母卒，公适以事在里，亦欲报之。而一切不愿，但欲公至茔以拜。公初不肯，而为亲故，勉强应之。时亦有朝某同与其事。后为人所揭奏，某语公曰："若实言，咎莫辞矣，盍共讳之？"及入见，赵公不承。问某，某叩首言实与赵共事，不敢欺，乃以赵为不诚谪归。公事原不应然，亦君子之过，卒以忠厚见卖云。

袁子才会女弟子十三人于西湖，又于苏州效康对山会百姬为寿，只得三十余人，又于随园延诗客五百人，意欲耀当时，传后世，为佳话也。顾千秋韵事，皆以无意而得。灞桥风雪、松江鲈鱼，一人之雅兴也；浔阳琵琶、扬州红袖，偶然之消遣也。苏堤桃李，为利民而成胜迹；汾阳声技，以韬晦而得风流。小宋之红烛，侍婢以助文思；马融之绛帐，美人以征笃志。皆触景生情，因情起事，若作意为之，如剪彩之花，都无生趣；优孟之态，神不偕来。

王尔鉴为山东某县尹，有富室获盗。盗供与其女有奸，即欲强杜其口，而事属暧昧，难洗此女之名。覆讯盗，盗供不移。王怒，飞签拘女与质。俄两妪扶女至，以红帕覆首，盈盈缓步，意甚羞怯，跪伏不敢仰视。王怒曰："女子为此等事，尚作态耶？"命揭其帕，问其奸状，女不承。王曰："盗供凿凿，抵赖何益？"命盗审视，曰："与尔奸者，是此女否？无得诬良家。"盗曰："是此女，不误。"王曰："按律：通奸者妇人杖。"命隶扶下杖之。众共惜此女，嫌官之轻信盗也。迟迟按于地，王怒曰："女子无耻辱家门，何羞之有？"命褫其袴。袴褪，两臀堆雪，审视下部，则伟男也。骇谔，急禀于官。命扶起，再讯，供为某班小旦。王谓盗曰："汝审视不误，尚不识其女之面，乃云与有奸耶？"盗无词，而女白矣。王预为之谋，其狡狯如此。

德州九子祠香火道人范姓，生于嘉靖三十年辛亥，至康熙辛亥一百二十岁，起居如常，五官不衰，意兴萧然。高念东便道访之，为之流连不能去。先君尝读书于城中之书带馆，花木丛杂，念东先生旧书室也。有老仆，幼时随侍先生，能言旧事。

谢迁少时为佣于淄城某家，顽跳非常。尝于檐际摸雀，得一蛇。蛇蜿蜒于臂，谢手弄之，嬉笑。馆中先生见之，惊骇。谢曰："何怯也？虽龙，吾犹与之斗。"后为贼，聚众数千，连破新城、长山，据淄川，僭伪号，置官属。库将军率禁旅来征，念东先生与吾家银台公在军中赞画，掘堑筑长围困之。淄邑石城，坚不可拔，乃凿地道，填以火药，一发雷震，城垣倒，天兵乃□。前后杀人无算，血流入井，不可饮，有渴极饮马溺者。士卒乘乱掠□子女，相国张公之子以黄金三千两赎回族人。谢迁竟逸去，或云卖饭于卢沟桥，或云变姓名投军，积功至参将，皆传疑也。

嘉庆戊午科湖南科场事发，有老吏于闱中择文绝佳者，割其卷前履历，粘于所受赂者之卷。及榜发，则彼中而此落第矣，椎胸叫屈者不知几人，嗒然自丧、惶惑不知所从者不知几辈矣。中后刻朱卷，易他作，本人不得而知也。忽是科所易卷领解。先是，某以闱卷质先达，无不许其必售，且前列。揭晓无名，众为惋惜。及睹元文，乃是己作，控之上宪，究问，根株尽得。欲以二万金贿其息讼，弗听，不得已，奏闻。各官降调，吏与行贿者俱诛，易本人为解元。

逆匪林清，顺天黄村人，与逆党朱显及山东教匪牛良臣、冯可善等勾通谋逆。山东先期告发，贼遂陷定陶、长垣、滑县，大兵以次剿灭。林清与卢沟桥都司及宫内太监同谋之人，乘銮舆未回，遂遣匪徒闯入禁门，仓卒起事。禁军不及召呼，杀内阁供事数十人。今上方在东宫，见贼有登墙者，施放鸟铳打下。夜间微雨，雷电，匪徒见关帝显圣，四散奔窜。林清旋就擒获，时在嘉庆十八年也。十九年正月十五日，奉上谕："上年逆匪林清，潜遣夥党入禁谋逆，恍惚之中，仰见关帝神像，畏慑奔窜，立就歼擒。本日又据那彦成奏'当滑城克复之时，贼匪于黑夜拼命突围，官兵施放枪箭，未能真切，忽城旁庙宇自行火起，官兵两路夹击，悉数殄除。事定后，乃知城旁庙宇供有关帝神像，庙虽焚毁，神像毫无搜动'等语，此逆匪滋事，屡荷关帝灵爽翊卫，寔深寅感。着该衙门于原定封号敬拟加封二字进呈，候朕亲定，通颁直省，用答神庥。"本月十二日具奏，朱笔圈出"仁勇"。钦此。

张格尔于道光七年在叶尔羌滋事，大将军长龄及提督杨遇春等剿平之，擒张格尔，献俘阙下。八年正月二十三日，奉上谕："我朝定鼎以来，关帝屡彰灵异。据长龄等奏，上年张格尔煽乱，其从党扰近阿克苏，当官兵冲击之时，陡起大风，尘沙飞扬，该匪等仰见红光烛天，即被歼擒。又，长龄督兵进剿，师次浑河沿。该匪等竟夜扰营，风起猛烈，官兵乘风冲贼，俘馘无算。次早接仗时，据活贼佥供，因见红光中兵马高大，不能抵敌，即各窜逸。此皆仰赖关帝威灵显赫，默褫贼魄，用克生擒巨憝，永靖边圉，必应加展诚敬，以期亿万年护国安民。着礼部拟加封号数字具奏。钦此。"本月二十六日具奏，朱笔圈出"威显"。钦此。有人叩请："关帝四海九州神灵，何以遍到？"书联示之，云："千江有水千江月，万里无云万里天。"

阮亭少时，受诗于钱虞山。虞山赠以五言长古，中有云："骐骥奋蹴踏，万马喑不骄。"又云："莫以独角麟，俪彼万牛毛。"尝在何平子处，见其手书素绢长幅，字方圆径寸，苍老严重。又阮亭乡荐后，其祖司徒公赐以邢太仆子愿所书《白鹦鹉赋》，后归博山赵氏。赵氏出示余，欲售于人，余嘱袁琴池买之。后有周栎[①]亮工及当时诸名人跋语，字皆精好。而诸人顾訾邢书而赏跋语，非买椟还珠之见乎？人往往慕盛名，及见真迹反贱之。真赏之难，由来旧矣。并有管夫人竹，亦王家物，所画石皴法细如针，劲如刀，款写"管道升"，子昂为之题。

乾隆乙酉，有内侍出，语人曰："今科题必在'孰谓微生高直'节。"问何以知。曰："皇上观《论语》，问今岁有乡试乎？所观书正在此节。'乞'字下是'乙'字，

---

① 按，周亮工，别号栎园，此脱"园"字。

今年乙科，有所触也。”及顺天闱题，果“子曰：‘孰谓微生高直，或乞醯焉’”。我朝监明阉寺之祸，不使干政，只效奔走，各官亦未有敢结交内侍者。内监高某，偶有漏言，即置极典。法制之严，宫庭之肃，千古未有。乃若辈工于揣测，竟能一言而知，所向幸无关大故，影响之语，当时亦未深信耳。

城南孙节妇，北方不知何县人，其父携之乞食，婚于孙氏，孙亦贫家也。其夫卒，氏守节，食木皮草根，忍饥无怨悔。劝之改适，不应。氏无翁姑，有图财偷鬻于人者，突遣多人强劫之。妇知有变，急入屋闭户，众排户入，则已缢死矣。

纯皇帝南巡，驻跸于浙，合江、浙、河、东四省同入乡试，旷典也。浙有数人入茶肆，大言曰：“吾浙文风甲天下，皇上又在此开科，解元必在吾浙。”旁一人曰：“不然，必在山东，解元即吾也。”浙人问其姓名，曰：“诸城王某也。”众斥为妄。发榜，果然。《山左时文钞》曾刻其人之文，惜不记其名矣。

江陵夺情，首劾之者，吴中行、赵用贤。江陵怒，结内官票本，吴、赵各廷杖六十，谪戍。先是，吴叩祷关帝，欲得余生奉老母返故国，不忧贬谪也。至是伤重，内肉粉碎，外皮未破，昏沉之中，见关帝持刀斫之。惊觉，败肉溃裂，遂得不死。方昏聩时，帝在空中慰谕曰：“此天地间正气。”江陵死，二公复召用，吴五子皆登科。荀按，二公皆理丞公同隆庆五年进士，江陵门生也。是时理丞公亦具疏，将入，持商沈文端公鲤，亦辛未座主，沈公言：“非大义不可灭亲。”乃止。

邑诸生蒲国枢能记前生，初生于袁家庄韩姓，九岁入塾，读鲁《论》半部，生花而死。再生莪庄蒲姓，入塾，读鲁《论》如夙昔，以为奇童也，至下半部则骤钝，盖前未读耳。蒲与韩相去不远，又姻亲也，幼时尝至韩氏之门，历历指数不爽。但非死即托生，久之乃转生耳。生尝以文质余，与余家亦姻戚。

张保宰，海中大盗也，曾掳一士绅女，欲以为姬侍，其妇不愿，保不敢争，妇乃养以为女。其部下谭大将军者，分据海中，上宪命州守往说之降。帅役二百以往，见帆樯林立，使役通官阀，谭请州官入舟相见。悍卒环列，谭衣绣袍，黄马褂，戴红顶花翎，意气甚傲，州守抚谕使降，曰：“降可也，但岁需饷十万金乃可。非是，不足以养此众也。”州守不敢应，将回，谭问从役几何？曰：“二百。”乃命每人给一元宝。守回禀督抚，又强使往。驾一舟，带数人行至故处，杳无船，将归矣。半路有小舟迎来，一人便衣小帽跃出于舱，视之，乃谭也，呼曰：“大老爷何烦又来？公在此，吾不犯境可也。”其桀骜如此。及百菊溪龄总制八闽，先遣辨利者伪为游士，往投张保宰。保信之，倚为心腹。久之，说宰曰：“君雄据海中固佳，但百世后免不得一贼字。闻朝廷有意招抚，若得制军保奏一官，以君之英武，异日封侯不足道，孰与出没海岛以盗为号乎？”

保心动。百制台探得其情，遣县令某往招之。令入见，授以意。时制军衣蟒，编珠作鳞，令曰："贼可招也，若功成，大人赐此蟒服。"制军笑而许之。遂见宰，言制军已作奏保君，必不食言，前伪为游士者劝之，其妇亦愿得诰命为荣，与女共怂恿焉，遂决意投诚。奏闻，授五品职，戴白顶花翎，其妇肩舆出入各衙门，与诸夫人往还，甚悦。是时，海寇大半招降，惟有二股负固，乃大合诸营及降卒尽为剿除，海面荡平。张保宰等调他境，不得与其朋党相接矣。

翟笠山灏，官台湾，语余云："台湾多宝，有玉山，绵亘数里，望之如雪，但恶溪毒虫，人不能至。海中有大珊瑚，可四五人合抱，映水尽赤，云龙宫所在，不敢近。"

邑有孙生好方术，焚符拘神，忽来一物，形如猪而色白，口血色，上及两耳。大惧，焚符遣之，才去即回，到处随之。诵《论语》则暂出，声稍停则又至，遂出游。至一相识铺宿，夜数惊，归家竟自缢。俄铺每夜闻室中响甚厉，疑之。检抽屉，得孙生所遗黑豆一包，意是物为祟，乃弃之门前水湾。甫丢入，其水骤干。

江南某家有狐，不为祟。狐有女，与某婢相善。每延客，则狐女来助婢，刀砧盈耳。吾邑有在其地者，尝赴筵某家，言其烹调亦如人世。婢抱小儿出观优，与狐女同坐一凳。惟婢见之，人不见也。时代婢弄小儿，举之于掌，人但见儿挺立虚空，无所依附，嬉笑殊不惊骇。婢将嫁矣，狐女谓之曰："尔祈主迟嫁一年，明岁吾亦适人，与汝同行，胜早离也。"婢诺之。

历城汪天祐，嘉庆丙子乡魁。尝梦有人似里长，来招之。不觉随之往，至城隍庙，神坐于堂。其人前跪禀白，汪跪于后，神云："误也。"命锁其人送历城衙，即闻琅珰声，有人牵去。汪启神曰："吾无事，可去矣。"神颔之，乃出。是时方患伤寒，多死者，汪竟无恙。

福山王宝善，孝廉也。尝梦公车入都，车悬灯笼，大书"十三科会试"，果入春闱十三次不第。下科仍赴闱，在都病，不能试，遂不复进取。不独科名有定分，即无益之奔走，亦有定数如此。著有《煨芋岩诗集》。长子，进士；三子，甲子举人；四子，辛卯孝廉。

沈炼，字纯甫，浙江会稽人，以进士为锦衣卫经历。劾分宜父子奸贪十大罪，谪戍关外。时宣大总督杨顺、巡按路楷，皆嵩私人，乃窜炼名于白莲教中。以死，意犹未足，复取其二子衮、褒，皆杖杀之。幼子襄系狱，亦待毙。俄异香满室，见关帝御赤马自空下，曰："我关某也。汝忠义之子，故来救汝。"语讫不见，狱中人皆惊异。即夜，两台使以吴时来疏劾被逮，襄遂得释。

邑人毕世持，字公权，明辽东巡抚自肃公之曾孙也，性颖悟，倜傥不群。

读书楼上，时与友人纵博，或游野外，危坐岩石，听泉声琤琮，悠然默会。为文空蒙浩瀚，绝去町畦。康熙戊午领解，受知于翁大司寇宝林，闱卷天下传诵，名动一时。揭晓后赴省，抚军与两司宴集，见公长身玉立，眉目如神，座间无不啧啧。席散，一官独曰："解元可惜，有文无福。"果后不第，抑郁以卒。宝林先生是科得人最盛，前列如益都赵秋谷执信、德州冯大木廷槐，皆山左名士，而皆得之落卷中，【挟闱牍入都，诸公无不称赏。其侍儿亦解文艺，阅毕，谓公曰："所取魁卷，佳则佳矣，惜无一厚福者，奈何？"】异日，秋谷以演优非时去官，大木浮沉舍人以终，果如所料。侍儿之眼界，更奇矣。

渔洋诗名重天下，集中朋友赠答，累牍不厌矣，然实自重其诗，不轻为人下笔。当时内大臣明珠，权倾朝野，门庭如市，昆山徐司寇以金笺请于先生，欲得一诗为太傅寿。先生力辞，即此一节，后来袁子才断不能也。殁后门人私谥文介，有以夫！

长山袁琴池①，借其族人墨迹一卷同观，前有右军数字，后列褚遂良等跋语，真伪莫辨，云得自孔府，衍圣公其姻也。又门人商立荣树轩携一卷，为右军墨迹，亦只数字，云其父为翰林时稽中堂家人出售，以金三十两及朝珠一串易之，然亦莫有定其真伪者。康熙时，衍圣公孔毓圻曾献《乐毅论》真迹，藏于内府，则孔府或有右军书也。

邑范王庄有吴姓者，补锅为业。至一村，有老屋将颓，编篱卫之，一老妪出，持锅令补。吴捡箧中，适乏于铁，曰："且留锅，待异日携铁来补，未迟也。"妪曰："吾有生铁在此。"出一锭，授吴。吴视之，黑如漆，镕之则银也，乃倾而藏之。别寻碎铁补毕，谓妪曰："铁犹有存者乎？"妪留此物无用处，盍以见赠。妪曰："昨崖崩出铁，吾屋后堆积甚多，汝随意取可也。"吴往视，惊喜，拾置箧中，尽力荷归。明日买肥甘馈之，以答其意，且奉为母。妪大喜，令其尽数取去。吴自此富有，买膏腴二千亩，后养老妪于家。卒，厚葬焉。彼银固当为吴有，特假手于妪。若吴者，亦可云不负德矣。

利津张姓，其家有狐，渐以殷富，为置特室，以时祀之，常扃其户。辛卯岁，张氏祀先，彻馔，则器皆空空，知为狐也，大怒，令人以鸟铳自窗轰击。良久，启户□桌，拆炕，狐遂作祟。釜中杂粪秽，钱飞于空，衣焚于笥，张苦之。浼绅士为哀祈，请修室虔祀，演优谢罪，不许，附巫而言曰："窃祭馔固当罪，然此稚幼辈为之，余家长不知也，胡不以告，而遽下毒手？且孀女以孤育于母家毙焉，无甥，何以对女？诸君言虽善，顾女在远未归，余未可自专，俟女归再议也。"张不获已，告于县令，为文焚于城隍庙。越日，有人乘车至庙，亦

① 旁注："此系另一段，不必抄。"

焚词焉。道士尾之，出门，恍惚不见。张氏有女在邻村，归省其家，入门则所携筐篚，启之尽马粪。佣人在田，送饭至，干糇两两相合，擘视，则中有驴粪一枚，皆跪而祝曰："余等咸听命于主，终日力作，何堪枵腹？"祝毕，擘食，则中各有鸭子一枚。张不能耐，忿曰："吾将告于天师。"狐曰："汝之富，由于吾。今起楼舍，捐中书，不思报德，因小故辄萌祸心，惨深肺腹，欲诉无由，尔能往，吾亦能往。"

四川绥定州东乡罗思举，饮博无赖，结交侠少，家为之荡。后乃与恶党行劫，巨案积数十，县中捕获，施以毒刑，因于狱。适大军入蜀剿贼，山路丛杂，贼胜则剽掠，败则四散，官兵不敢深入。久之，不能告功。大帅思得土著人熟于山径及悉贼情者，下令人人得以上言。有军校与某兄弟善，言诸帅曰："若欲灭贼，非得某某不可，但渠现被罪。"为帅缕述之。帅召令，示以意，自狱召见之，谓能立功，当雪其罪，且富贵可期。某慷慨自任，第急切不能报命，须五十日限。问其故，曰："某二人耳，虽勇何济？当四出纠集方可。"帅曰："嘻，汝殆借此逃耳！"某大言曰："吾等虽所为不轨，然皆尚义气，重然诺，苟且偷生之事，无面目为也。大人若不相信，仍就狱死耳。"帅壮而遣之。四十余日无耗，帅曰："嘻，逃矣！"四十八日，某至，见帅曰："人具矣，须两次入。"既见，则皆魁梧雄杰少年亡命也，无问所从来，厚饩之。帅谓某曰："何方破贼？"某曰："贼出入巢穴，某等悉知。须分一半四散埋伏，一半帅众当先，宜无不胜。"从之。贼素易官兵，甫交锋而伏起，贼窜。又所向遇伏，大败。连战皆捷，遂以平贼。帅上其功，某某皆擢至总镇。镇蜀，善练卒，营皆精锐，又抚恤周至，得士心。还乡祭墓，入城谒令。令远迎，某下骑执礼甚恭。是时，万众聚观，某谦抑异平日，令心惕惕，恐其记用刑之酷，微露谢罪意。某轩渠曰："公前日所讯者贼耳，非吾也。"尽欢而散。

尚云路在济南，仆人往观城隍出巡，荷校者累累随后，皆因病而许者也。巡毕回庙，皆跪于庭，脱枷以去。一人独不得起，呼痛，若受重责。曳之，号益甚。良久，趋伏西庙下，呼如前。又趋伏东庙受责毕，出班房而蹲，若被押者。俄历城皂隶四奔至，扶之以去，亦不言所以，直拖入署，众皆知其得罪于神也。为之请，弗应，伊祖母及母为之哀□，□乃无他。细讯其人，乃少孤不才，伊母有私蓄，将攫去以偿债，屡为忤逆，母无奈之，而神已洞察，重惩以示警焉。

栖霞建岳王祠，庙成，未塑像，暂以黄纸安神位。有无赖子举足将蹴之，忽掷身数步外，鼻口流血。众为跪祷，半日始生，精神恍惚，遂为痴人。

曲沃某村欲建城隍祠，地已就，尚未兴工。有人夜溺其傍，忽见隶卒拥舆而至，前有二灯为导，大书"曲沃县正堂"，视之，非县尹，乃神也。叱令责二十板，不觉伏地，两臂青矣。

控葛尔在俄罗斯西，有城，自东门出西门，马行一月，南北亦如之，共有一千余门。国中多金玉、珊瑚、珠玑、犀角、象牙，人无贫乏。国王出，则布金银于路，或竟无人拾之。大抵如古井田之法，以民为兵。人勇悍有力，鸟□及二百步外，射石皆没镞，然自上及下淳厚谦和，从不欺渎小国。

日照人赵姓者，夫妻能解牛。村中欲食牛，则嘱赵宰之。后一子入锅煮死，赵老而鳏，两腿跌折。有二子，皆弃其父不养。

栖霞某，亦善宰牛。入市，有人买一巨牛，忽奋角劈其首而毙。日照许姓，偶过屠门，有牛□柱，犊随焉。牛见许，双膝跪。许怜之，问价几何？云适以钱八千买之，许如数与之。牵归，牛为出力，老死埋之。生息繁衍，家以日康。

山左赵玉，海丰人，自号风子。其祖寄籍天津之静海，家富于赀，人号赵百万。后家渐落，其父避讼归里，所余财产，托友王商经理，以仆赵成佐之。时风子尚在襁褓也。父遘疾卒，母亦继殁，风子养于族间。稍长，以算命糊口，不知父之有遗积也。适天津驻防佐领达龄与其父素善，老仆成时往来，每以旧主为念。达劝其回籍访问，得风子，偕至天津。借达力，王商交回一万八千金，地四千亩，风子于是复为富人，居天津赵家庄。感达恩，呼为义父。无何，天津驻防议裁，移达于闽，风子赠金八千为路费。数年，达公殁。风子闻讣痛绝，变产得万金，航海往，经纪其丧。义母知其破家而来，怒曰："儿如是，何以自活？"拒不受。赵拜恳，母亦虑其金多诲盗，乃受其半。风子以三千金为作佛事于凤凰山寺。无空和尚义之，口授地理，精妙无伦，既而辞归。风子形似猴，坐立无定，天阉不通人道，虑绝嗣，觅得纯阳地于宁河。地为富家张氏有，无计可得，乃变姓与之讲宗好。试其术，无不奇验，与张相得甚。久之，告以父母未葬，乞其地，慨然与之。葬后，风子阳道忽生，娶妻，生子、女各二焉。其术之神，不可殚述。曾至一墓，相之，谓必有产厄。预于墓侧掘土[①]丸，乃地气结成，层层包裹。及妇临蓐，陨绝已一日矣。风子至，以土丸[②]合水灌之，顿苏，母子无恙。一家多殇子，求相其宅。遍视之，指西厢曰："是室常有声，居之皆头痛。"果不爽。乃布纸覆碗，分香四十九，俾老妪执而绕之。旁一盂水及一帚，挥众出，曰："闻碗内有声，速告。"已而碗内声唧唧，急以青纱蒙童子目，促入视。见白气上冲如人形，风子曰："怪在是矣。"入室，以帚蘸水洒砖上，顿似鲜血，曰："下掘三尺，有似炭似石者。"命碎之，曰："怪去室安矣。"其人曰："自此可生子否？"曰："未也，须相墓。"指其妻之坟曰："棺被焚，择

---

① "掘土"，原文不清，据《乡园忆旧录》补。

② "丸"，原文不清，据《乡园忆旧录》补。

穴迁葬则生子矣。”约日迁葬，其弟备戽水具。问何为，曰：“葬时水满圹，备戽水耳。”风子曰：“若如此，吾甘受罚。”及开墓，无滴水，棺左有烧痕。葬一岁，妾举一子。有州牧延看官署[①]，至内宅，曰:“犯黑沙红[②]沙，小口不利。”州牧止一子，方七岁，多病，因求治之，法与前同，更[③]取幼子贴身衣铺地拘魂，令其祖母举衣，屡问重否。至三举，其重如儿，急令以衣披儿，抱之。令穴南墙，更掘地，出红黑沙，自此儿病顿除。一家有赘婿，远出不归，延风子相其亲墓，曰：“是受伤，婿有吐血病，须用药治其坟。”从之。越三日得婿书，病果愈。其他改山向、补龙气、发科甲者尤多。宁河有大家，子孙繁衍，丁百数。风子过墓，曰：“地本佳城，惜异姓新葬，破之，兆当绝，改修可解。”其家不[④]之信。越十余年，百口继亡，翁媪垂八十矣。风子性慈，重义疏财，见墓有绝嗣及凶兆者，密为修治，损己财不恤也。即与人相地，多不索谢。又好善，施粥济贫，放堂斋僧，动辄千金。长白福庆为作传。

吴兆骞汉槎，名士也，为张京江师。一榜同中，有蜚语，谓吴为张代笔者。廷试之，京江素工于文，汉槎威严之下，震慑失次，竟日不成一字，遂谪戍宁古塔。后其友为太傅明珠之侄言之，援例赦归。时名人多为作诗，以志喜。

老童某，号歪嘴，久不试，村馆亦无，不得已浪迹都城。有同乡富室某欲入春闱，意殊慵惰，谓歪嘴曰:“汝代我，我固不求中，但借以解嘲，我略资助汝。”歪嘴借以谋食，计良得。入场，放帘收卷，不敢与比号接谈。题下之明日，偶出号，有同乡相识某，呼之曰:“歪嘴胡至此？”急挥手止之，潜告所以，戒勿喧。既而某文思苦不就，日向夕矣，曰:“我窘甚，汝必为作三艺，不然吾将揭尔于官。”初犹逊谢，既为所迫劫，勉应之，草草塞责。三场毕，挟赀遨游。榜发，二人皆捷，后俱为官，歪嘴资二人以温饱焉。

明季绅衿之重，过于今之地方官。有孝廉将赴春闱，贷金于富人某甲，甲不与。借于某乙，乙与之二百金。登第入翰林，归祭先茔，声势赫烜。客宾辐辏，折柬召乙。乙至门，则某甲绳系道左，乞怜于乙，曰：“为我缓颊，愿献重金于翰林公。”乙诺之。入则盛筵以待，主人谓众宾曰:“今日之筵，乃赏善罚恶也。”让乙首坐，命牵某甲来跪于席前。仆人以盘盛金，主人起，称谢还乙。乙惶然固辞乃已，遂告主人曰：“甲愚昧，诚有罪，今愿献多金，祈怜恕之。”再三言，主人曰：“非看兄面，渠固难轻释也。”命放之。士人一第，而鱼肉乡民如此！

---

① “署”，原空，据《乡园忆旧录》补。

② “沙红”，原文不清，据《乡园忆旧录》补。

③ “更”，原文不清，据《乡园忆旧录》补。

④ “其家不”，原文不清，据《乡园忆旧录》补。

积重难返，官亦无如之何。今虽中堂六卿，家居时亦循守法度，不敢结怨于乡，盖功令森严，民受无疆之福矣。

沂水有二刘：其一称为南宅，家富，累世科第；其一称刘八楼，以其家有八楼故也，亦有科第。春台先生遵和，署淄川教谕，中进士，为户部主政，尝传其先世兄弟析居，一夜均得多金。至晓，兄谓家人曰："所得金宜与弟均分。"呼来使观，令渠一开颜也。弟喜得金，方秘之，闻兄召，往见。兄欲分半予之，弟不自言所得，但固辞。兄送之出门，弟谓兄曰："异日弟不及兄也。"盖自愧而难于言耳。后果家先落，而兄独绵长。一念之厚薄，即福命系之矣。

陕甘杨制台遇春以总镇升授，异数也。尝自都往兖州，过泗水，众官出迎。何平子时为教谕，后至，见杨赤面长身，仪状甚伟，急下马周旋，笑语，同步，让之乘，不乘。时其弟新升兖镇，来接，随至公馆。各官入见毕，特留教官坐，谓弟曰："此汝师也，读书识圣贤道理。汝武夫，凡事当请教。"命之拜，辞不获已，曰："吾之来，专为渠耳。陛见时极言其不胜任，不可骤升此职，皇上不允，命来训教之。吾安能常在此？须诸先生时加训诲，则受益多矣。"谦光雅度，真大将才也！

河督塞河下埽，屡为水冲，不得就，祭祷于神，忽若有人语曰："欲塞河，须当得住。"沉吟不解所以。忽河夫呼"得住来"，一童子十余岁，蓬发赤足，提一篮卖食物，予钱毕，顾而之他矣。河督使人问童子何姓，曰："姓党，名得住。"河督忆"当得住"之言，有悟，遣人迹之，不知所往。回公馆，使人遍访，乃老妪之子，买以五百金，老妪忻然应命。携往堤工，凡下埽，令踹之，踹之即定。及合龙时，波流迅急，下埽堵口，童与俱沉，乃告成功。众见水中一巨手绿色托埽，疑童子之神也，遂奏封为"党将军"。

新城于孝廉崇墀，善拳勇，性豪宕。官远省，有报杀人，须官验。去县远而民悍，不畏法，群吏备言其难，于曰："勿惧，第随吾往。"地在万山中，崇崖峻岭，行将近，从人渐逃。至其域，见有人一簇，兵械来迎，舆夫置舆于地，亦逃，独于端坐舆中。俄迎者环立于前，一少年伸臂欲攫于出，于以拳挥之，颠去数尺。又一人逼前，亦推仆数步之外。众悚惧，长跽而请。于命扛舆至场，验毕，令送归，系凶犯从行，无敢梗，一县皆服。非于之拳勇素娴，不几殆乎？远疆悍俗不可理谕，畏其强梗而姑息之，则死者含冤，生者益习凶顽，疲软之讥，所不免矣；执法以绳，狠戾不服，酿成巨衅，上官必责其生事，进退罪也。若于公者，岂易能哉！闻在任时，有大盗数十，白昼劫库，兵役不敢动，公手擒之，不逸一人。又两县之民为水争界上，于与邻封之千总俱往视，争论，于手搏千总。狼狈归，见上官哭诉，上官曰："汝武弁也，若临阵，贼亦惧汝哭耶？"人传为笑。

寓蜀草

客居潭北之庄，诗续剑南之草，志抗乎碧鸡使者，才陵乎白凤词人。翻巴渝之曲谱，巫峡云飞；振蜀国之弦声，峨眉月出。西园纪咏，东阁招吟，载鹤而来，听鹃有感。此爪迹留于一时，而心[①]情寄乎千载也。我雪峤夫子毓[②]才东国，捧檄西川，姓传叱驭之忠臣，人是飞凫之仙令。蚕丛一线，蹋皓月以飞行；鸟栈千盘，度青天而直上。险凿五丁之峡，笔垒生开；奇探二酉之山，词峰秀起。方其需次多暇，呼风月为传舍；对榻吟春，与云山作主人。挑灯话雨，寻芳游扬子之亭；[③]访旧醉郫筒之酒。纵目于三清阁里，梅市春深；遨头于万里桥边，草堂日落。来看八阵之图，稳作三刀之梦。固不徒剪红刻翠，出敲金戛玉之声；俪白妃青，矜[④]缝月裁云之手矣。乃者治洽�山，泽[⑤]流旭水，将心作镜，式行如铜。凛杨震之四知，致中牟之三异。贤不必听鼓知，智不必鞭丝见。而得雨皆甘，非霜自肃；能为剧县，犹是醇儒。故其服古入官，仕优则学，或张灯召客，或对酒当歌。时而老鹤孤鸣，时而春莺巧啭，时而风雨为之怀，时而江山为之感。高章迥句，汪洋濯锦之波；丽典新声，清润浣花之水。百炼刚方之气，纸上生棱；一腔忠孝之心，行间溢沛。杂投蠹简，方愁丁甲能搜；载入鸡林，亦恐[⑥]蛟龙欲攫。岂仅陵颜轹谢、傍李吞曹[⑦]也哉！今夫玉垒千秋，目极浮云之变；词源三峡，气涵江水之潮。非文驰天口、诗杂仙心，何以仆隶风骚、策鞭扬马？夫子轻万户之侯封，凌云载酒；宰百里之花县，弹月鸣琴。闲云有伴，呼放翁横笛倚楼；化雨沾人，继公武摩崖刻石。裁成后学，提唱宗风，洵艺苑之金科、诗涛之宝筏也。子来身愧传衣，也傍催诗之钵；情殷接襶，许停问字之车。坐

① “心”，山东省图书馆藏本（以下简称“底本”）漫漶不清，据青岛市图书馆藏本（以下简称“青图本”）补。

② “毓”，底本漫漶不清，据青图本补。

③ 按，此处原文如此，疑缺四字。

④ “矜”，底本漫漶不清，据青图本补。

⑤ “泽”，底本漫漶不清，据青图本补。

⑥ “恐”，底本漫漶不清，据青图本补。

⑦ “曹”，底本漫漶不清，据青图本补。

风于凝翠楼中，立雪在镜香亭畔，读等身之著作，式多士[1]之楷模。山涛天骨，无情吏隐之间；王[2]衍风神，自出尘埃之表。胸中云梦，吐露槎枒；灰里阴何，拨除拉杂。久稔青箱旧学，传鲁国之灵光；争看黄娟新词，贮文翁之石室。

受业徐子来谨序

《寓蜀草》自序

年少习举业，五十余犹埋头墨卷中，不知所为诗也，观古今诗集，茫然不辨美恶。见有以诗自鸣，遽行灾木，阅者随手弃置，意欲传诸后世，岂知当世已无人过问乎！窃闻人必读万卷，行万里，交天下文人奇士，以上下其议论，又必生其诗才，或磊落雄伟，有不可一世之概，或清逸雅淡，迥绝恒流，夫而后触境成诗，其气盛，其蕴深，郁勃淋漓而韵致悠长也。岂苟高己哉？非是者幼年拈句，白首无闻，况荒陋如余，未经问途而沾沾言诗，且欲雕板取笑，其愚不亦甚乎？夫人苦不自知耳，明知何以故为？古圣云“诗言志”，贤士大夫以其诗陈庙堂为雅颂，而役卒、劳人、思妇、孺子未尝不矢口歌吟，彼岂计工拙、争胜于人乎？千载后独传之不替。作者继起，亦无专集，当夫触景抒情，不能自已，亦不自料其存否，如浮云之泛太虚、落花之随流水而已。嗟乎，古人不自刻其诗而诗传，后人好自刻其诗而诗多不传；古人不愿以诗人自命，不得已有诗而诗传后人。或日以诗为事，诗亦不尽可传，此其故可识矣。余平生境遇坎壈，牢骚抑郁之气，人每借诗发之，乃役役于时文，不暇作，及乎年衰志颓矣，征逐风尘，耗其日月，鞅掌簿书，疲其精神，复鲜佳境好题目，其聊以粘毫者，半游戏如呓语，了不知何为汉魏唐宋。胸中无诗，笔下安得有诗？顾人不能无性情，天地不能无日月风云、山川草木，人事不能无平陂得失，皆与性情相感发者也。至于兴会流连，则随其人所得之浅深矣。余诗不足论，要无不可言志。乃者莲溪先生守嘉郡，屡索观，愧无以应，命人于杂录中摘抄，略为审定，遂付之梓，不徒请益于大雅，盖欲归里携示朋好，可省笔墨之劳。饱蠹思覆酱瓿，名流所不免，区区敝帚，又何足云。

道光丁未春，般阳雪峤王培荀书于剑南荣署之凝翠楼

① “士”，底本漫漶不清，据青图本补。

② “王”，底本漫漶不清，据青图本补。

寓蜀草 卷一 五言古

古诗

灼灼桃李花，芬芳殊堪悦。颜色取媚人，路旁苦攀折。幽壑秀孤松，凌寒冒霜雪。托根同大造，似未知炎热。樵夫久睥睨，谁复怜劲节。仓卒利生民，为薪讵不屑。烈烈多悲风，岁久老干裂。寂寞空山中，流泉声呜咽。

黑海苦沉沦，茫茫未有岸。可怜一寸心，扰扰置冰炭。臧谷等亡羊，智巧空多算。金石且消铄，朝槿岂足玩。置身荆棘丛，安能脱羁绊。逐队共浮沉，梦梦谁为唤。

驱车上北原，四顾天苍茫。山河势阻绝，风雪亦凄怆。人生各有适，所悲在异乡。禄养未能遂，怙恃嗟摧伤。碌碌徒奔驰，所怀讵能偿。哀鸿鸣大泽，饥雀噪空仓。踽踽无与偕，中夜起傍徨。惭愧田舍儿，老稚聚一堂。

中庭有高树，凌云势嵯峨。古根穴蝼蚁，柔条缀女萝。委曲依树身，纠结遍枝柯。炎蒸庇已久，霜雪掩覆多。根枯津液竭，风条日荡磨。凌云一失势，攀援又附他。初时绸缪意，连理岂能过。君子见未然，独立自婆娑。

幽兰在空谷，芜没随百草。鸾凤困樊笼，仰视羡群鸟。既登昆仑巅，回顾泰山小。荣悴计目前，方寸徒纷扰。

远方有佳客

远方有佳客，贻我尺素书。中言金丹诀，高步凌清虚。招我入山去，无为尘世居。碧桃自开落，白云空卷舒。沾沾恋污浊，衰颓将焉如。我欲从之游，迢递万里余。袖书且酣睡，一梦到华胥。

送邹啸山回江南

英雄失意时，逐逐似为利。东西南北驰，茫茫似无地。问子何为来，今复何为去。贫贱离家难，他乡分手易。相见知几时，相交本造次。有怀难具陈，相与谋一醉。手无碧琅玕，赠子以涕泪。我辈轻千金，竟为一饭累。朔风客衣单，雨雪更狂肆。黄鹄不敢飞，苍鹰亦垂翅。远道怯行迈，幸覆姜肱被。时与乃兄秬芬偕行。江南梅花开，含香待君至。

赠朱建屏

世人务广交，言甘色亦媚。中道变故多，相交悔太易。余生素寡群，疏野俗所忌。三载住蒲阳，感君不我弃。棱棱见君骨，皎皎慕君义。卓然立孤松，古干含冷翠。昕夕时往还，切劘真利器。吁嗟世途艰，一往苦颠踬。投足误荆榛，梦魂犹惊悸。谅哉君子节，表里终无二。经旬叹疏阔，丰采萦梦寐。矧复歌骊驹，萍梗何时萃。促促困风尘，鹏息方垂翅。病妻各在房，出门交为累。人生天地间，何方得适意。谁能略骊黄，泥涂别骐骥。愿得素心人，破俗尚高致。金石有变迁，此衷幸不异。

秦台怀古

秦皇并六合，至今无片土。独留此高台，苍茫孰为主？当年万乘来，意气雄如虎。强暴且学仙，愿与安期伍。列侯与伦侯，林绾斯共辅。扈从翼祖龙，横视无千古。鼋鼍驾桥梁，蓬莱终无睹。烟云几变灭，海涛怒吞吐。何不予神丹，疏瀹彼灵府。翻然悔前非，治化慕邹鲁。怪哉镐池君，投璧遽还汝。遗址徒嵯峨，绿藓滋秋雨。回望鲁连台，一抔没沙浦。布衣振高风，乃令人起舞。

古诗

地上多风尘，天上多浮云。玄黄忽易色，清浊谁与论。人生日以多，焉能辞苦辛。辛苦不复辞，肝胆孰相亲。黄鹄举千里，志绝啁啾群。网罗蔽四海，铩羽徒逡巡。圣贤叹一饱，愚贱何足云。

昆仑压白日，朔风起四隅。隆冬苦昼短，焚膏一何愚。营营百年内，倏若过隙驹。所谋苦不遂，秋霜已盈须。何不慕豪侠，击鼓复吹竽。何不随化人，振袂凌天衢。千载草元客，抱志徒区区。

中年哀乐多，不自知其由。匆匆朝复暮，端坐集百忧。一身不自理，谁为子孙谋？造物每愚人，驱我若马牛。诗书岂不贵？糟粕共冥搜。弃之若刍狗，静坐听鸣鸠。

中夜睡忽醒，神气多清明。四十年间事，都似隔前生。我今复为人，自喜心犹童。旭日出林表，天地辟洪蒙。倏忽人事集，杂沓日又终。蜉蝣旦暮间，竟与一世同。以上在蒲台作。

书所见

忍寒坐茅庐，缊袍惭敝陋。门外闻喧嗔，男妇环左右。云是离乡人，悬鹑面黄瘦。是时天色昏，雨雪沾衣袖。柴车堆败絮，呱呱啼孩幼。老者前致词，投宿乞马厩。愧无广厦间，客馆未能授。挥手向前村，奔趋众恐后。入室自忖量，所享吾已厚。围炉对灯花，妇子且相守。

宿石壕村入蜀

夜宿石壕村，忽思少陵语。老妇及寡妻，捉去见官府。世乱贫不安，苛政猛于虎。何幸生太平，父老庇茅宇。枹鼓寂不鸣，行间无待补。客至主欣然，黄粱旋已煮。高眠鸡犬静，萧萧听微雨。岂独风俗醇，盛治久还古。恬嬉忘帝力，唐虞应如许。

出阌乡城遥望有怀吕晓洲同邑人

大河从西来，风沙莽寥阔。群山相约束，雄势未得拓。及兹翠阜断，遥望西南豁。急雨过峭幢，云开漏日脚。野水没车辙，仆夫告饥渴。长征马已疲，尚未登剑阁。有怀贤令尹，回首膳[①]城郭。德政载口碑，英姿缅磊落。愿言步后尘，操刀试一割。

五丁峡

朝入五丁峡，日光如欲暮。苍崖两壁夹，青天一线露。斧凿疑鬼工，恢奇令人怖。药叉面青红，狮象类雕塑。巨灵立当关，舆马出其跨。悬者如欲坠，竖者如欲仆。幽窦吹阴风，似有神灵怒。错愕不可名，我初谓途误。虬穴狼牙中，行人艰移步。徐玩意颇惬，渐渐忘忧惧。返愁境易穷，傍徨欲延驻。康乐好游山，此境恐难遇。

龙门阁

两山忽然合，铁立塞乾坤。水壅前无路，幽窅开洞门。轰轰四山动，直入

① “膳”，青图本作“瞻”。

雷怒奔。人惊厚地陷，呼吸相吐吞。疑有蛟龙蛰，深黑入山根。造物秘灵怪，孰能测其源。是谁施神力，斧凿尚留痕。渐登龙洞背，高阁巍然存。欲寻杜陵诗，苔殁断碣昏。

漫兴

拜谒力已疲，旅寓聊驻足。结习忘未能，案陈书一束。今人日觌面，神志渺不属。古人隔千载，可与话衷曲。蔼然见性情，夜行遇明烛。上下千百年，旷然破局促。悲愤亦间作，咳唾尽珠玉。江河激浪鸣，喷薄有感触。虽未扩聪明，颇觉涤尘俗。回顾世网牵，有如法吏酷。赖此蠹简在，欣然忘荣辱。

偶作

大雅振衰靡，浮艳秋风扫。丰姿天赋殊，貌亦非枯槁。素质未倾城，摹拟笑邻媪。放诞矜风流，龋齿未窈窕。仙人绝烟火，冰肌愈娟好。肠胃杂腥膻，徒劳修外表。所务根柢深，天葩非华藻。春至万卉苏，剪刻何能了。伪唐形土木，仿宋体轻佻。肆意缅前规，翻新或太狡。学诗乃无诗，啖名志则小。风林响天籁，汹涌兼缥缈。吾师可往寻，移情在海岛。

旅馆

城市负春色，耳目未得清。去年长安道，尘土涴冠缨。今岁锦城住，屈指届清明。清明浑忘却，但看树芽萌。桑叶放嫩黄，荆树缀紫英。高高棠棣花，落蕊纷纵横。主人正危坐，好鸟时来鸣。旅馆虽逼仄，相对足怡情。忆昨游北郭，青青麦陇平。达官屡迎送，马前拜干旌。郊原得纵目，且作踏青行。大化自萧闲，众人何纷营。所恃心君泰，俯仰遂吾生。

怀杨缜亭

盘错理有余，匏系置散地。寂寞山城中，弹琴了无事。相思隔重云，无翼安能至。何以慰离情，双鲤衔锦字。阅旬得一书，絮语如把臂。生平寡交游，冷面人共避。端居念昔贤，开卷辄心醉。异乡喜逢君，针芥联同类。诗卷忽传观，杯酒共嘲戏。我居席未暖，君行已揽辔。别时秋风凉，万木忽凋悴。今春百卉苏，蒙茸看集翠。孤立谁与欢，羞入少年队。嗫嚅拙言词，戆直鲜妩媚。独唱无与和，笔墨久荒废。念君坐衙斋，山色如眉黛。罗列斗尹邢，绰约有余态。卧游虽寂寞，胜与俗人对。超然得远览，岂屑游物内。鹏飞万里遥，九州如大块。琐屑何足云，豪兴推吾辈。

述怀 署酆都时

早岁事诗书，饥寒未遑恤。翘首望青云，刖足屡见黜。裘马诸少年，飞腾矜彩笔。丘壑独潜身，茅庐风萧瑟。拾橡悲少陵，无钱类赵壹。中夜每起舞，高歌声中律。睥睨纨袴儿，一笑穷途失。

少壮不再得，流光驹过影。骨肉共欣戚，追忆多佳境。坎壈遇弥艰，纷营念自屏。阅世寡坦途，逸足未敢骋。丈夫志四方，局促困乡井。

捧檄事远游，遥指蚕丛路。自顾年就衰，遑云有建树。召杜龚黄策，讲求愧无素。医疾执古方，投药恐屡误。且喜观锦江，壮波掀天怒。

万山夹江流，千里直奔放。南宾城面江，一片平如掌。仙楼据高峰，遥望生遐想。玉霄月明时，何人跨鹤赏。一官如桎梏，俯首在粪壤。

酷暑困炎蒸，挥扇不停手。束带坐肩舆，真愧牛马走。肩舆入山行，艰险得未有。喧呼各奋力，牵挽费众手。怪石撑虎牙，十步折八九。阅时返县门，案牍待已久。

鹿鸣寺 东坡游此闻鹿鸣，因名

兹山近城市，幽僻少行躅。散步涉层冈，乃惬平生欲。古树如奇鬼，横来将人扑。怪石蹲道旁，穷兽爪牙缩。东廊开明窗，万竿攒绿玉。清风自往来，炎蒸忘三伏。少憩到前亭，旷然豁心目。江流白茫茫，岚光青簇簇。且喜涤尘颜，石泉清可掬。昔日玉局仙，胜游谁能续。

睡起

睡余望清江，倚窗傍漆几。日光映波纹，晃漾无终始。默坐谁与言，偶借管城子。得句任迟迟，涂鸦倏满纸。饱食聊消遣，跌宕亦可喜。人生各有好，孰能明厥理。英雄悲髀肉，愿裹马革死。名士藐万物，好锻究何美。障簏固堪嗤，三公亦偶耳。是非漫品评，一笑忘彼此。光阴逝不留，有如此江水。

道旁丐

嗷嗷呼道旁，丐钱聊谋食。百结悬鹑衣，天寒跪沙石。遥望舆马来，号乞声愈迫。来往阅客多，空手竟无得。我橐不遑解，悲悯终何益。四野霜风来，苍然送落日。秉烛宿旅店，抚几叹终夕。予亦为民牧，当官究无策。儒生诩经济，空谈仗简册。簿书期会间，功业咸啧啧。

黄葛树蜀中此树最为奇特，浓郁茂密，枝干怪伟

蜀中黄葛树，离奇得未有。高可二三丈，大或荫一亩。青葱枝叶茂，恢诡阅岁久。盘根络石崖，郁屈蛟龙走。枝干撑风霆，奇鬼伸臂肘。瘿如人负囊，穴如兽张口。下分上忽合，中空外不朽。皮脱筋骨缠，瘦硬铜铁偶。所见虽各殊，厥状咸怪丑。未肯中矩矱，讵屑杂薪槱。日光不到地，风叶声乱吼。匠石惊却顾，疑有鬼神守。我欲加品题，木中支离叟。

庭树

幼时戏庭内，枣花满院中。移来自海州，不与众类同。相传刺史公罢海州，带种来。秋至掇其实，登攀偕儿童。枣树既伐尽，桃花春更红。接枝有老槐，浓荫招清风。阿母方盛壮，与嫂业女工。列坐庭树侧，笑语指花丛。小妹才丫角，与吾戏西东。吾壮既授室，娣姒亦和衷。母恒相顾喜，一庭乐融融。桃树枝叶枯，嫂氏疾病攻。妹长嫁未久，卧病守药笼。零落如桃花，冥冥理难穷。母氏日就衰，衰病药无功。庭槐非昔盛，枝秃似老翁。春至发萌芽，谁望气郁葱。秋来映疏月，谁望光玲珑。庭树可再植，笑语难重逢。魂魄犹恋此，泉下信谁通。老妻复多病，血枯耳半聋。夜坐谈往事，泪落不可终。游宦在巴蜀，遥望北飞鸿。

四弟薇堂回东将近两月，作此志感却寄在成都

暑雨增夜凉，端居起离忧。为念远行客，一去不可留。山川忽异方，道路阻且修。去岁故乡来，车马共小阮。赖尔送妻孥，相见未恨晚。渺渺渡黄河，遥遥陟陇坂。栈道几千里，萦纡迷近远。锦城喜连床，风雨杂欢笑。同舟下长江，凭窗恣远眺。波浪幸不惊，擎杯时共酹。南宾住五月，仙观探幽奥。所苦廉俸薄，未敢慕轻肥。卸篆守旅邸，朝夕影相依。囊罄贷无门，何能送尔归。迁延屡改期，僮仆暗嘲讥。尔留岂不佳，念尔有弱息。山左叠荒旱，闾阎方艰食。尔来既不易，

尔去费又穷。往返万余里，劳劳似飞鸿。拮据办行李，徒侣携刀弓。送子不出门，乱山俨在目。念尔体素羸，惟望加饘粥。将去苦迟留，既去恨太速。来时当初夏，今兹又夏初。里门应不远，计日返旧庐。聚者想欣慰，离者当何如。念尔只一身，焉能两地居。叔父及长兄家居，未得同来。

苦雨

自夏洎仲秋，淫雨连绵久。黾蛙得意鸣，杲日见亦偶。甫庆昼无云，夜间雷复吼。檐溜绳不绝，含愁频搔首。屋中设盆盎，墙间青苔厚。杜门幸无客，街巷断趋走。家家壁倾圮，妻孥默相守。菜黄萎废畦，稻熟栖陇亩。父老同嗟咨，嗟咨将谁咎？传闻齐鲁间，忧旱涨尘垢。胡不移甘霖，两地各分剖。雨旸或乖愆，祈祷仰元后。每旱，上必设坛致祷。皇天鉴至诚，灾戾亦何有。无乃人心险，包藏逾山薮。积秽干天和，召殃还自受。况乃弄兵戈，跳梁惊小丑。夷匪滋扰。郁郁杀气盛，亿兆徒疾首。愿得心光明，正气烛牛斗。万里卷浮云，曦光照户牖。

食菱有感

美人荡画桨，南湖破晓烟。湖中何所有？有菱亦有莲。莲花娟且秀，莲子滑复圆。紫菱何纤锐，棱角峭而坚。微触恐伤手，皓腕孰敢搴。胡乃蒙采摘，莲子共比肩。剖之白如玉，入口欣芳鲜。厥状肖蒺藜，内美竟独全。深感美人意，不肯遽弃捐。

东瀛移居，辟地作圃，菊花大放

秋容淡如洗，清气逼水石。喧喧城市中，似造幽人宅。种菊盈小园，罗列杂黄白。冷艳骄上春，孤标存高格。风露眷良晨，主人布瑶席。泛酒绿溢樽，簪鬓香满帻。卜地远尘嚣，巷僻勿嫌窄。芙蓉昔繁盛，今存不盈百。独有傲霜枝，晚香共护惜。编篱勤浇灌，幽芳勿轻摘。譬如得高士，欢然永朝夕。更宜栽松篁，霜雪凝寒碧。婆娑娱岁暮，不凋称三益。

川中鼠

穿墉初未觉，党类遽相引。白昼犹畏人，昏夜动蠢蠢。登案翻旧书，窥盏饮余茗。有如不速客，垂涎共引领。渐乃肆猖獗，拍案不知警。逐群声啾啾，奔窜力何猛。有时潜窥伺，意态何暇整。耸鼻左右顾，内躁外示静。嚼啮遍箧箱，贪腹必欲逞。侪伍忿斗争，跳掷触器皿。主人不遑寐，夜半烛急秉。我起彼已伏，才睡彼又骋。黠者献奇策，置毒诱以饼。似违好生心，抚衷默耿耿。或欲聘狸奴，力能制顽梗。朝夕饲鱼肉，得失略相等。穷究弭患术，忽焉发深省。室中地覆板，篾席幂其顶。既得藏身固，若游无人境。木腐蠹乃生，窗裂风斯冷。除患不塞源，应为智者哂。日日勤捕逐，得安仅俄顷。蔽障痛抉尽，何处匿形影。其技本易穷，梦魂得安靖。

浣花溪修禊

锦里艳阳时，触目绚金粉。出郭六七里，修篁古寺隐。草堂缅遗像，苍癯含悲愤。清溪横板桥，嬉游杂龆龀。我辈且啸歌，谐笑争摇吻。大雅卓千秋，孰能探其蕴。俯仰阅古今，荣谢等朝槿。抚序快当前，胜地绝尘坋。转眼又送春，寻芳忘远近。归来万象空，倦卧如寒蟺。

李红樵招饮枇杷晚翠斋得“杷”字

春光每辜负，城市饶喧哗。草堂昨游眺，鼠姑正含葩。有客诗兴豪，复约访仙家。红樵初邀游二仙庵。仙家杳难即，蓬莱道路赊。以小故，不果游。且可坐小斋，风炉煮新茶。佳什争快读，雅韵洗筝琶。亦复出画卷，老判张盖斜。紫垣出白描《尰尰骑牛图》，颇奇古。

侠女秀且猛，宝剑舞青蛇。红樵有指画侠女，执剑怒视。窈窕画春山，红白花半遮。紫垣以《桃李山房图》索题。诸君盛文藻，品题互竞夸。取友如醴淡，标榜古所嗟。芝兰沐余芳，砥濯去垢瑕。秾艳谢桃李，晚翠共枇杷。酒间斗险韵，行吟手频叉。剪烛屡见跋，庭树啼栖鸦。

和赵竹庵巴州怀友分韵诗以“何当共剪西窗烛，却话巴山夜雨时”分韵得“烛”字

山水与友朋，平生愿亦足。友朋别恨多，分飞如黄鹄。安得素心人，时时话衷曲。赵子意气豪，捧檄来巴蜀。薄游寄萍踪，构屋亦超俗。开轩面清池，花底鸳鸯浴。秋风连夜催，旷怀多怅触。云山恨绵邈，岁月悲局促。诗酒旧因缘，良会何时续。西窗月易斜，灯红酒更绿。此时联古欢，何辞屡剪烛。出处各有营，人事苦拘束。分韵寄同侪，知君风义笃。三复义山词，佳言如金玉。

遨头日与黄梅樵、赵竹庵、彭海楼、杨赓堂宴香叶亭

昔闻蜀太守，遨头称最盛。士女耀绮罗，花竹互掩映。今我寓锦城，出游纤尘净。舆马无喧嚣，未睹明妆靓。何必浣花溪，古祠堪觞咏。荷叶小于钱，澄波圆如镜。荫庭柏青苍，倚篱石瘦硬。鹤发见羽流，淡泊我心敬。好友五六人，衔杯且乐圣。缅怀卧龙公，治蜀有严政。嬉游官未暇，富乐民共庆。宋时赵清献，廉洁称后劲。吾侪乏远猷，敲诗究声病。偷闲来近郊，亦似出槛阱。纵不见古人，聊云适吾性。

题画

云木蓊然合，山色浓欲雨。绿阴蔽骄阳，不知日已午。溪尽忽逢人，忘形似太古。语惟及桑麻，喁喁相劳苦。鸡黍共结欢，莫辨孰宾主。

胜地如桃源，买山未肯售。绿萝挂长林，触目尽苍秀。琤琮泉鸣壑，磅礴云吐岫。挟杖共婆娑，山静人多寿。蓑笠传子孙，未暇慕文绣。努力事春耕，赁犊券已就。

秋山如高士，骨瘦容愈整。清流何处来，摇荡青山影。太空卷浮云，尘氛知尽屏。又如洗铅华，美人晓妆靓。何人观物化，澄怀对静境。茅亭豁远眸，枫叶红半岭。

我从云栈来，万峰状难肖。磅礴势郁积，独惜乏孤峭。依倚似党附，未如此娟妙。苍然拔地起，嵚崎少同调。青山自古今，几人乐登眺。安得升绝巅，划然一长啸。

题孔东辰小照

先生清如鹤，翩然振六翮。何时落人间，风尘无此客。偶出宦江南，曾未损高格。林下乐盘桓，素爱在泉石。奕世传儒风，阙里存故宅。训子久成名，与我输肝膈。展图睹道貌，轻衫脱冠帻。微禄久捐弃，腐鼠同一掷。囊琴不须弹，仰视秋空碧。

与白梅村、吴石泉荡小舟，由狮子桥至观音阁在荣昌三里外

暇日出北郭，循此衣带水。小舟容三人，顺流任逶迤。翩翻惊鸬鹚，泼刺跃鲂鲤。两岸菜花黄，倒映绿波里。镜空万象聚，心定觉水驶。清风徐徐来，

送我阅芳沚。石桥亘长虹，穿过疾如矢。昔人乘长风，巨浪排空起。万里快雄心，惊惧或击齿。何如此安闲，坐爱风日美。凌虚有高阁，傍水立基址。凭栏共登眺，琼杯酌绿蚁。还看往来船，泛泛凫雁比。

梅村邀游碧云寺荣昌城西南

僧舍净无尘，杂树青如沐。牡丹含芳苞，掩抑开不速。知宠富贵花，油幕高于屋。墙后余地宽，森森万竿竹。青松间疏梅，篱外欣聚族。僧人不解事，似将佳客逐。高士耽闲寂，佳人泣空谷。闻道春回时，寒香媚幽独。自恨来游迟，作吏毋乃俗。何为偏责僧，随境且娱目。

游卧佛寺

水田簇秧针，倏忽已到夏。言寻古兰若，凌空起台榭。曲折磴道盘，入门老僧迓。石佛自何年，枕肱此间卧。金像焕诸尊，环坐观物化。传闻昔盛时，香烛炫高价。士女四方集，舍施无昼夜。世态每炎凉，神运有衰谢。欲上最高层，日暮恐难下。小饭香积厨，葱葱[①]遽命驾。

卸篆后无事多睡

高枕辰未起，起后枕复就。心闲身更慵，迢迢嫌永昼。好鸟语檐端，云痴不归岫。绿树结层阴，青苔绿如绣。始忆夜来雨，锵锵泻奔溜。俯仰四体舒，似兵脱甲胄。宾客亦萧闲，阶前观蚁斗。

眷属先赴省，忆孙阿京

百事无一遂，惟孙能娱老。读书水泻瓶，时复索梨枣。喧呼詈僮婢，啼叫令翁恼。数日离膝前，闲寂心枯槁。始悟嬉戏童，无心似合道。猖狂与天游，颠倒无不好。人生苦拘束，头白应须早。

---

① “葱葱”，青图本作“匆匆”。

夙爱

夙爱水与竹，吾乡难得遇。每过好园林，徘徊朝至暮。捧檄来西川，深快惬吾素。修竹千万竿，青苍夹道路。清波喜潆洄，往往悬瀑布。茅檐三两家，龙孙杂烟树。斫伐贱如蓬，怀贞谁与诉。有水皆灌田，随车奔如骛。吾欲缚茅亭，四面琅玕护。绿水围周遭，驾舟方获渡。风吹响笙竽，月照起苍雾。解带坐匡床，萧闲自搜句。富固不可求，清福造物妒。幻想付子虚，行止有定数。营营逐嚣尘，何处领幽趣。

苦雨

檐滴溢阶墀，阴云压屋密。沿路行旅绝，居人闭不出。成都前苦旱，父老暗啾唧。连县勤祈祷，官吏怀忧恤。此邦幸得天，雨期曾无失。胡为连日阴，飘萧飞雨疾。上漏频移床，青苔欲入室。多恐秧根坏，仰望祝白日。余方赋闲居，卸篆屏法律。启行漫改期，端坐风萧瑟。遥望锦官城，得雨未敢必。

自署移寓

承乏旋赋闲，宦场真如戏。但苦权到手，未得遂夙志。岂尽全善良，何由剔奸伪。利害关民生，荣华须臾事。不能答君恩，何必羡高位。前来此暂居，今复来鼾睡。想彼槐安国，升沉应无异。

新晴

久雨积阴气，湿雾压城闉。晴光暂一照，万物觉鲜新。田苗逗青翠，禽鸟乐及晨。南窗披书卷，眼明豁夙心。花瓷进香茗，俯仰对古人。迢迢浮云外，羲和转飞轮。

作诗

欣然有会心，聊复寄笔墨。抑郁结寸衷，亦偶抒否塞。摹宋与宗唐，世间矜耳食。局蹐行墨间，肾肝劳雕刻。捋撦或皮毛，胸中竟何得。素志亲风骚，望洋叹无极。大雅共扶轮，个个堪矜式。贫女乏锦机，素丝寒夜织。缟衣自缝纫，俯仰惭华饰。工非媚世人，拙亦瑕难匿。天地自宽闲，万物非逼仄。左右供取携，何为走荆棘。

同乡刘君濒行复送一诗

送君君将行，欲语声还吞。云帆未及挂，且复话酒樽。家居幸非远，屋宇若比邻。君今返故里，应见吾弟昆。吾兄年衰老，力瘁目已昏。吾弟方壮健，衣食苦崩奔。闻道岁频旱，贫居难自存。吾与君久处，君固悉根原。听讼每无暇，才短敢惮烦。临镜知明暗，饮水知清浑。儒风本寒素，俭朴夙所敦。近来有何乐，且喜弄雏孙。家人问近况，凭君细与论。虽有千行书，不如君一言。君行数千里，劝君加饔飧。地既易南北，天亦殊寒温。夔东啼杜宇，巫峡有断猿。波浪如激箭，关山消旅魂。不尝客途险，安识乡居尊。跋涉虽云苦，壮志聊得伸。愿君还复来，相与看峨岷。

晓雨

久雨方得晴，才晴忽又雨。卧听檐溜鸣，碎点如击鼓。连屋相呼应，丁东似有谱。摇树来狂风，吼怒窜乳虎。造物逞雄威，余勇如可贾。旅客心忧煎，披衣坐待午。浓云失前山，急浪涨遥浦。不闻鸠妇啼，但见商羊舞。忽忆今考试，文士蚕丝吐。巨手抉云汉，谁将漏天补。

与白梅村、吴信卿、顾席斋登卧佛寺楼至碧云寺小酌

郁郁丛树中，楼观亦何壮。倚崖石磴盘，如出层霄上。倚栏四望遥，青山作屏障。城郭在眼底，万室互相向。水田烟明灭，苍翠难为状。天日正放晴，俯仰喜超旷。连朝苦阴霾，到此气一畅。复约碧云游，花竹欣无恙。当轩快脱巾，玉杯酌无量。昨恨为雨阻，此游神愈旺。有志事竟成，努力无相忘。

夜闻蛙声与院内青苔间诸虫相和

雨后滋青苔，污池行潦萃。聚族蛙乱鸣，两部矜鼓吹。细细或低吟，唱和各引类。按拍虽无心，抑仰如抗坠。幽咽或不平，叫噪聊嬉戏。初厌入耳烦，渐似有清致。恍惚闻钧天，群仙于焉醉。未觉渤海宽，狭此尺寸地。大小两相忘，一杯陶然睡。

漫兴

大地变黄金，五谷何处植。明珠盈筐筥，饥来不堪食。人人皆石崇，若个任耕织。万事有乘除，智士莫惶惑。贫需富者财，富赖贫者力。意若各自谋，相倚不相贼。转瞬忽变迁，造物不难测。斟酌器大小，如分还厥职。慎勿分外营，有蹄欲生翼。

浮云

浮云在空际，无翼亦自飞。清风借与力，白日映光辉。徘徊若适意，飘忽将安归。蓬颗随地转，仰视未敢希。倏然云灭影，泛泛同无依。

蜀俗

水田在山巅，山下结茅屋。独处每无邻，环居多竹木。健妇胜似男，赤足驱黄犊。绕门稻离离，垂檐花馥馥。芋豆兼薯芽，一岁有三熟。风雨每应时，祈禳烦巫祝。所虑盗贼多，恃官为驱逐。我亦司牧人，惭愧食天禄。

守城诗 太平训导魏诗杀贼三百余人

蚁贼蹂两川，履山如丘垤。驰突破县城，不畏坚似铁。太平弹丸邑，无城更杌陧。贼来尘蔽天，万家声呜咽。令尉俱他出，捍御谁团结。守卒仅半千，疲病足躄躠。冷官独慷慨，鼓勇胆气决。谆谆谕士民，忠义共激切。周遭树门扉，楼板纵横截。健妇男衣冠，执殳备行列。二千子弟兵，愤起丹心热。跳荡振臂呼，杀贼汤沃雪。不谓文弱士，一人能提挈。微员作干城，堂堂树大节。匪徒素鸱张，陡然锐气折。三日遂解围，栅中力未竭。三军在作气，畏葸辄倾跌。万人共一心，贼匪应早灭。

庭花 在成都

去年庭宇旷，地净无纤尘。幼孙庭前戏，栽花长过身。晓露垂珠颗，红蕊照眼新。今移玉沙住，所居巷名玉沙街。屋与竹树邻。依墙花成列，开落何逡巡。胭脂纷零乱，青苔铺未匀。幽阴湿气盛，枝叶郁不伸。采摘戒僮婢，秋卉倍可珍。

忆荣昌北郭小溪

才出城市外，危崖下急湍。铿锵振金玉，六月生微寒。幽谷何逶迤，两岸夹琅玕。树密鸟语杂，风碎闻间关。每过惜匆匆，舆马不遑安。清流环雉堞，远逝态何闲。细民具舴艋，来往翠樾间。锥刀逐微利，小舟皆载炭。谁得开心颜。我欲结茅亭，倚傍碧玉湾。

买书

闲居郁无聊，未能饮玉斝。素癖耽书卷，荆州未许借。微服游市廛，缥缃乱插架。兔园册尽挥，秘本偶惊诧。良贾伺颜色，居奇索高价。酬值屡典衣，无米妻孥怕。流览忘饥渴，披读连昼夜。谢客且杜门，敬将古人迓。欣幸如获珍，咀嚼似啖蔗。所恨积无多，涉猎旋已罢。大意虽略观，穿穴未得罅。贫儿烹太牢，快意平生乍。腹笥谁便便，文坛独称霸。叠叩应不穷，黄河水倒泻。富博意气豪，凌云构台榭。班马今则无，韩苏难方驾。文人多矜夸，侈张将人吓。胸怀富五车，古今思凌跨。虽无倾国姿，珠翠可炫嫁。虽无由基能，挽强可命射。锱铢勤累积，慎勿求速化。

岷江

长河亘北界，大江划南疆。捧檄来蜀地，惊骇叹望洋。浩浩积元气，浮浮散晴光。绕郭夸濯锦，溉田庆岁穰。大艑与峨舸，百货共输将。其流载高艘，其源仅滥觞。吞纳诸派合，蟠曲自大荒。群山列屏障，奔走随飞扬。鼋鼍忽吟啸，百怪舞混茫。英风怀李守，斩蛟耀锋芒。万载息怒浪，东下流汤汤。巫峡紧束缚，一线窥天长。轻舟涉千里，顷刻来荆襄。汉水倏然合，气势更披猖。王公昔设险，天堑夸周防。跃马失白帝，铁锁非金汤。沃野号天府，坐阅几兴亡。江山终古在，炳灵焕文章。儒生遇圣世，流览气激昂。开拓万古胸，云梦吞何妨。人代去飘忽，江流自奔忙。秋风卷波立，四顾天苍凉。与谁共道古，岸下石犀僵。

买菊

九月未陨霜，石径滋苔藓。艺菊素惮劳，枝叶费剔剪。老圃颇幽闲，种植逾九畹。秋来齐放花，红白杂深浅。担负向市头，纷披待客选。嗟彼高洁姿，尘嚣未能免。猥辱卖菜佣，带露泣犹泫。我见每低徊，不惜将衣典。阶墀妥位置，幽韵一朝显。轩昂头屡摇，困苏叶犹卷。耐久得良朋，相遇何辞晚。

从军行

夜半羽书催，束装不得住。山川郁青苍，朝夕犯霜露。沿途供马骡，役夫先期聚。深恐误程期，鞭棰一何怒。请君且霁威，有人迎前路。

平昔矜任侠，横行少年场。睚眦偶忤意，厉剑耀锋芒。官吏不敢问，酒楼挟名倡。诘朝随营去，意气何飞扬。朋侪倾城饯，道路生辉光。

旌旗采纷披，前已摩贼垒。主将期深入，誓当朝灭此。私斗何奋扬，见敌乃畏死。死亦非鬼雄，轻将鸿毛比。丈夫未立名，何以垂青史。

朝廷固边圉，不贵多杀人。国威一旦挫，壮志何由伸。深夜鬼暗泣，滚滚飞青磷。野外多白骨，或恐是吾民。狂贼蹂躏后，寂寞委沙尘。

百年受君恩，此身非属我。千古英雄人，奋志贵能果。一鼓不能起，贻笑在同夥。首领纵保全，立功计已左。君看凌烟上，芳声至今播。

军令肃秋毫，闾里共获安。寄语同行辈，鸡狗亦勿残。读史悲乱世，流离为心酸。我亦有家室，妇子幸得完。高爵酬死士，但愿输心肝。

山蚕歌山东程公任黔中正安州，教民养山蚕并收茧缫丝诸法。民食其利，旁及他郡。有庙，至今血食，惜未审名讳及何县人

龚黄久无闻，斯民日憔悴。邑宰非循良，唐虞何由致。吾乡有程君，庙食在黔地。程君有何功，为官能兴利。山木号青刚，蜀中俗称。弥望叶苍翠。居民伐作薪，黄落辄委弃。君谓可养蚕，遗法胡不试。择树布其种，食叶无烦喂。收茧教以方，缫丝制以器。官不惮勤劳，吏不嫌琐细。比户业渐丰，子孙以世继。儿童颂侯德，父老皆垂涕。去岁君男来，赠金五千计。廉吏岂难为，只贵留遗惠。何地无利兴，大惠原不费。程君位虽卑，斯谓不旷位。青史纵无传，口碑自详备。

哭绍曾侄三月十一日病卒，十月初三日得信

突闻乡人来，一笑心欣悦。开缄读书札，举家共呜咽。阿咸三十余，不信乃夭折。孩提母已亡，恃姊相提挈。稍长历苦辛，薪水劳蹩躠。前年送孥来，送余眷口至川。激昂肝肠热。敦朴类吾兄，吃吃口更讷。指使令无违，处世无嫌拙。告归何太速，关山几超越。迭值岁凶荒，恨无糠粃龁。继母分汝出，黑瘦愁见骨。半年邈无音，一旦成永诀。余本寡宦情，如马负羁绁。何时赋遂初，家督汝首列。

天胡降咎殃，衔悲何由泄。汝亡子女幼，汝父筋力竭。目瞽耳且聋，寸衷苦郁结。指臂无人代，何论甘旨缺。汝病吾不知，汝葬未临穴。汝婶梦汝来，床前立恍惚。汝弟食不甘，行卧意骚屑。汝叔未目睹，系恋何由决。汝父当此日，料应肠断绝。一家骨肉分，都缘贫迫切。回风荡落日，寒霜厉素节。相隔万重云，魂随光景灭。作诗当痛哭，字字化为血。

紫芝词

有客歌紫芝，紫芝生何地。观君号苇杭，龙化推仙吏。叠石作假山，空庭耸苍翠。煌煌产紫英，宾从惊相视。赋诗各斗奇，谁敢轻轩轾。我素识观君，德盛容温晬。分韵未及我，云山杳难至。客且听吾言，此物称上瑞。谓兆谢庭兰，石麟天久赐。谓供商山采，君不衣荷芰。我素识观君，观君善养志。菽水昔承欢，艰难思不匮。今幸禄养丰，彩衣堂上戏。诚孝天所嘉，灵物感以类。青青傍慈竹，浓荫炎可避。郁郁映茂萱，甘露良宵坠。三茎特呈祥，轮囷表灵异。饵之能延年，山谷搜非易。胡乃生阶墀，疑仙为母致。寸草恋春晖，百年可预计。我诗遥寄君，君喜书寿字。苇杭写大“寿”字，奇肆。诗词虽不工，胜作芝阁记。

未禅刺史邀饮，出所藏书画册卷共阅

巷僻车马稀，幽寂似林麓。入门翠遮天，芭蕉高于屋。海棠冬吐华，菊残犹芬馥。主人一笑迎，苔痕屐齿蹴。几案罗图书，灿然惊众目。卓荦石田翁，老笔破边幅。枝山超轶才，挥洒千毫秃。写生有瘿瓢，边鸾首应伏。最爱磨崖碑，气象独庄肃。如观禹铸鼎，怪伟惊鬼族。如天罗众星，磊落光芒簇。余多希世珍，珠玉纷出椟。是皆绝世资，高步无拘缩。泼墨怡性情，纵横惟我独。世人欲效颦，胸次尘十斛。描摹求毫芒，刻鹄乃类鹜。先生老词坛，嗜古甘胜肉。挂冠囊无金，买宅园有竹。宾朋屡宴集，新酒巾可漉。余亦困宦游，逐尘惭碌碌。何日买青山，林间驱黄犊。

王依孺人，观君苇杭之嫂也，夫亡无子。太翁衰老，劝娶朱太孺人，生苇杭

精卫志填海，力微溟涨阔。鲁阳挥白日，虞渊羲轮落。独有志节存，造物

难束缚。艰难弥缺欿[①]，千秋义卓荦。懿哉孺人德，风化维闺阁。夫亡翁已老，嗣续将安托？宗支可承继，血气终隔膜。呼天天无言，庸夫委冥漠。孺人筹量熟，宛转通媒妁。无姑欲奉姑，忧戚转为乐。鬼神渺难测，诚孝天所祚。弄瓦初望失，得男喜再索。翁倏归道山，共姑抚幼弱。甘旨馈必丰，束脩礼无薄。教读名已成，仙驭驾鸾鹤。鸾鹤不可追，瓜瓞绵世泽。夫亡有子继，翁亡待安魄。姑喜膺章服，叔欣靡[②]好爵。尽属孺人力，辛勤犹如昨。禄厚家室康，孺人不可作。志定山可移，正气森磅礴。婉婉嫠妇泣，经营裕伟略。斡旋回大造，俗士莫惊愕。歌此备采风，万古心胸拓。

和书硕农

云重怯晓寒，泥滑阻旧雨。虚室寂不喧，四座闲玉麈。朔风振北牖，冷烟结南浦。时时展遗编，抗怀邈千古。樗材甘濩落，胡为伴簪组。西窗共剪烛，相期话农圃。

哀袁小痴 云南拔贡。以知县分发来川，未署篆而卒，年二十七

皎皎如玉树，英年气和蔼。作诗擅风华，余事兼工绘。忆在长夏日，炎蒸雨未霈。共往薛涛井，浮瓜作良会。卷帘看弈棋，竹风鸣爽籁。雉堞映江流，塔立夕阳外。丐君作画图，苍茫写胜概。数日不相闻，腰宽沈郎带。手书犹通问，枕席竟狼狈。子幼亲已衰，仓皇棺遂盖。有官等无官，天道何茫昧。滇南路遥遥，何由返素旆。旅馆风萧索，俯仰安所赖。人世有坎壈，惨酷此为最。神气归玉楼，尘垢遗委蜕。云际翔鸾鹤，放眼宇宙大。呼之邈不闻，一杯聊相酹。

田家诗

天寒闭柴扉，朔风卷茅庐。供炊自有妇，代步亦有驴。亲故欢然来，为黍兼烹鱼。衣冠既朴野，行坐礼数疏。苦道风俗靡，婚嫁费踟躇。家口近益增，饘粥不易谋。明年春雨足，相劝荷犁锄。

桑枣互掩映，蔬圃亦接畛。小衅时诟谇，父老戒相忍。不见东家豪，讼后迫饥窘。有酒群呼侣，济阨或指囷。累世长子孙，田庐幸无陨。慎勿慕游侠，相与安愚蠢。

---

① “欿”，青图本作“陷”。

② “靡”，青图本作“縻”

生长闾里间，老不识官府。未敢涉江湖，惟愿溷牧竖。稼穑衣食本，作劳讵云苦。丰凶谁能料，朝夕卜晴雨。教子略识字，稗官说今古。春秋大作社，得意亦歌舞。田租幸早输，勿劳吏胥怒。

空仓喧鸟雀，亦切卒岁忧。吾侪乏远虑，一饱复何求。所虑藩篱折，觊觎来狗偷。殷勤嘱妇子，栽棘预绸缪。秋霜昨夜至，落叶风飕飗。岂无远行客，冲寒不得休。何幸得宴安，团坐话西畴。

裘马耀闾里，聚观盈巷陌。云是贵家子，祖父曾执戟。仆从既煊赫，亦复美田宅。自顾鹑衣单，终岁糟糠窄。彼气何峥嵘，千金供一掷。天运有代谢，人生不满百。朝为席上珍，暮作沟中瘠。魂魄惭老农，生未辨菽麦。

哀绍曾侄 前有诗。哭数旬后复怅触作此，已忘前诗矣。今俱检得，乃两存之

七岁已失母，茕茕安所仰。稍长任薪水，奔走劳万状。受过遭斥责，顺从无怏怏。家贫百务艰，兄衰惟汝仗。捧檄吾来蜀，万里遥相望。汝来殊不易，一见神欢畅。久留既不可，旋归徒悲怆。丙申随任之酆都，明春即归。去年得汝书，详悉述近况。继母命分炊，所幸体无恙。吾意殊拂郁，忧汝乏瓶盎。连岁东国饥，粟布孰相饷。遥遥寄数金，丝毫分薄贶。金到汝已亡，棺盖债未偿。汝妇先归泉，同月悲死丧。妻先亡。呱呱遗两雏，无知泪咽吭。汝父目久盲，白头送汝葬。他日归乡园，举家相依傍。胡为竟摧折，忍痛何能忘。道远传闻异，致死难揣量。饥寒未周恤，默愧自惆怅。汝性本驯良，乡里无毁谤。长厚如吾兄，临老失供养。寄声唤汝叔，谓四弟薇堂。入蜀涉层嶂。附载汝子来，朝夕永相向。心长力绵薄，汝魂应吾谅。

杂诗 时在新津

所至皆传舍，数椽安如素。轩窗豁达开，隔垣森竹树。高卧避炎蒸，清风飒然遇。蝉声断续鸣，鸟语含天趣。忽念囹圄中，热恼那可度。咫尺苦乐异，有怀谁得吐。奢望责天翁，逾涯良可怖。

昨出候达官，飞尘扑舆马。行人喘未苏，赤臂汗如泻。戍楼窄容膝，暂息敌广厦。对列花数株，红白照旷野。才人嫁厮养，何处呈艳冶。安得植园亭，对尔倾杯斝。

震雷起暮夜，农夫咸望泽。雨淋檐溜鸣，侵阶水盈尺。河声怒如吼，鱼龙喜跳掷。竹树烟雾迷，晨起翠黛积。旭日影微茫，炎暑扫无迹。燕雀喧相贺，遥天但一碧。仆夫告行役，匆匆呼冠帻。

微云韬白日，凉飔拂面柔。行行历村落，径僻境弥幽。上覆碧琅玕，下荫

青瑶流。水碓吼怒雷，喷雪翻玉虬。粳稻方吐穗，弥望绿盈畴。生平耽野趣，浑忘路阻修。况值新雨后，苍茫暑气收。从人觅瓜李，到处足夷犹。

古人不可见，但见古墓存。古墓渐削平，贵家起宅园。上为长夜饮，下有千载魂。古今同一尽，转瞬化平原。王乔不可追，哀乐谁与论。

炎蒸苦难耐，思欲濯江水。胡为延众宾，衣冠进累累。宾厌揖让繁，主人疲欲死。挥扇汗流珠，何暇论甘旨。处世务酬酢，从俗聊尔尔。返慕晋人达，脱略良足喜。

墙外修竹数百竿，前任宋由溪栽交卸多斫去

不可居无竹，幽人耽雅趣。官舍短垣围，篠簜冒烟雾。忽闻斧丁丁，千竿讶倒仆。束缚叶离披，苍翠犹带露。天光漏斜阳，何处宜晚步。前时栽种勤，奴仆知爱护。何不赦箨龙，留比甘棠树。一时失绿阴，鸟雀俱含怖。

有感

五年须臾间，远别故乡树。遥遥访戚族，已多归荒墓。况复当盛年，芳兰委霜露。回忆欢笑容，杯酒永朝暮。逝者不复回，存者良可惧。淘淘东流水，惊波相贯注。世人竞锥刀，纷营犹如骛。匡床梦醒余，明月正东吐。

父老叹

甘雨屡及时，稻秀满平田。窃为农夫庆，兹岁占丰年。路旁遇父老，颜色惨不欢。借问何所苦，父老再拜言。成都地肥沃，灌溉赖江湍。谷收税敛薄，皇恩覆如天。兹邑值冲道，络绎冠盖繁。舆马及酒浆，追呼夜不眠。所慨一邑中，苦乐难具论。贫守尺寸地，豪富连陌阡。计里但均输，差役未许偏。追呼朝夕急，里保每逃奔。羡彼居僻邑，安乐快如仙。纳粮官事毕，妇子足盘飧。同为编户氓，休戚共相关。胡为受鞭扑，岁岁无息肩。一视得同仁，供役敢辞难。我闻父老语，愧汗强勉旃。率土受渥泽，王事力应殚。均役吾未能，捶楚吾心酸。积久势必返，改革俟后贤。误公有重罚，努力且自宽。署新津月余，即交卸。

忆显亭大兄

少小不相离，庭阶共嬉戏。追逐闾里间，提携不谓累。余性幼顽劣，偶拂

色愤恚。转瞬随身后，同游曾不弃。共几诵诗书，共被通梦寐。阿母或嗔责，有过每予庇。稍长各有营，分离始感喟。薪水兄独任，筋力日衰瘁。贫户支持难，艰苦味兼备。万里云栈险，分手各垂泪。不谓老丧子，去岁曾侄病没。朝夕谁奉侍。况闻病卧床，医药烦省视。两目既无睹，幼子年方稚。厚德遭遇酷，彼苍果何意。壮时不扶持，暮年若远避。朝暮思颜色，欲见无双翅。默自数愆尤，反覆愧无地。历想平生欢，种种苦难记。空寄数行书，恍如无一字。盼望鲤信来，平安幸无事。

将归成都

官舍苦逼窄，东西各分宅。由溪居中舍，余居东。屋后有荒园，芜秽新开辟。窗扉喜疏豁，案可罗书册。微雨滋苔藓，草生已没屐。浓翠露珠凝，郁茂反胜昔。榴花红几时，结实已可摘。生机不暂停，阴阳如相迫。匆匆我将去，未知谁主客。鸿飞无定踪，但留泥爪迹。

卸新津篆

莫轻百里才，百里才非易。听讼与察奸，众务一身萃。况复蜀民悍，玩法无不至。带刀如佩犊，杀人等儿戏。兹邑虽弹丸，临渊似欲坠。又如驭奔马，仓卒恐失辔。少年慕县官，煊赫鸣得意。摴蒱聚宾僚，衔杯长夜醉。花竹绕幽居，高枕或鼾睡。不谓作官苦，妄意闲无事。身历方思艰，铅刀略尝试。驽骀困道途，伏首愧良骥。小吏不易为，何敢望高位。

闲居

日长方宴坐，闲看竹枝袅。薄云遮淡日，蝉鸣树深窈。昨到幽人斋，入门见红蓼。廊静昼不哗，舆马客来少。人生几日闲，忙忙忘昏晓。今朝得从容，喜无尘事扰。方知林泉士，高隐情非矫。

漫兴

天地如此大，生人不可数。不知一日间，几乐几悲苦。彼苍若不闻，冥冥谁为主。毋乃都无心，撒手如抟土。试看万类繁，变化随风雨。人心多智计，荆棘生肺腑。吾生天自完，胡为戕以斧。无嫌深谷士，寂处性朴鲁。

去齿

齿痛如抱病，齿落輾然喜。欲落不肯落，为累伊胡底。左右已无邻，颠危将谁倚。语言已含糊，况敢噬干胏。尸位当贤路，偃蹇不听使。念彼骨与肉，系恋亦恒理。气血久不属，强附终可耻。何惜一个弱，去者已累累。有客自外来，从容为奏伎。敷药塞厥窦，小钳利燕嘴。蒂落不待熟，生摘蜕已委。脱然如决痈，众味悉甘旨。凡事审利害，求成道在毁。姑息不忍决，毋乃养奸似。疗毒或刮骨，况乃仅凿齿。

由青神将至嘉定赴兴文任

山形如长蛇，起伏未肯住。江势如狞龙，崩腾挟余怒。西蜀天下险，恃此为拥护。英雄几代兴，豪气相吞吐。城郭亦非昔，古人渺何处。我本东海樵，薄宦等流寓。壮志隘八荒，竟为尘网误。俯仰增感喟，有怀欲谁诉。翘首望三峨，苍苍迷烟雾。窃闻达人言，古今犹旦暮。载酒游凌云，还问嘉州路。

晓晴

红日出云端，万物都了了。赤光落江面，金蛇腾夭矫。山脚宿雾黑，水外人家少。才过大佛足，烟波遽浩渺。豁达天宇阔，举目送飞鸟。恨不生两翼，耸身望云表。却顾往来客，何事日扰扰。

杂诗

众鸟纷啁啾，焉知孤凤凰。百草被霜委，松柏独轩昂。千秋有豪俊，那复顾猥琐。世情喜柔顺，巧笑含婀娜。人生贵适志，荣华非所图。隐名鸱夷子，豪宕游五湖。

山行崎岖之甚

瀑震四山响，径盘千仞高。太阴匿白日，云涌如波涛。榛莽互蔽亏，掠面风萧骚。我独何为者，登顿缘秋毫。牛羊争险道，深谷啼猿猱。中有高尚士，筑室远尘嚣。修竹千万竿，新翠如沐膏。婆娑绿阴下，笑看行客劳。

负炭妇

崎岖路绝险，登降数十仞。我来坐肩舆，跨步愁难进。何来负炭妇，伛偻飞蓬鬓。任重将百斤，泥涂双迹印。岂不惮艰辛，惧为道旁殣。生不识绮罗，刺绣线难引。劳力聊觅食，粗健兼柔顺。地瘠苦民众，贫窘不自润。有子逾十龄，随行步亦迅。归语北方人，妇女未深信。

雪

蜀居南天末，炎蒸苦难免。凌冬万树苍，霜霰见亦鲜。今朝飞雪花，凌虚飘宛转。到地倏已无，皎洁高峰显。玉笋晃日光，晓看画屏展。缅怀黄河北，吼地朔风卷。顷刻雪盈尺，屐齿踏虚软。安得似蜀人，草衣双足跣。围炉话乡园，暂喜客愁遣。

署永宁道吕筠庄、故金堂令梁石民又归道山，吾东老成凋谢，可伤也

日月跳双丸，仓卒颜色改。我始接二君，磊落见丰采。故乡情弥亲，所重皆老苍。方喜宦同辙，隆昌属永宁道辖。一日忽偕亡。燕鲁建崇馆，二君急公义。公所之修，筠庄太守实督率，石民时赞修。典型杳山河，桑梓共垂泪。家园七千里，何处卜佳城。云栈路曲盘，猿狖昼夜鸣。文章取科第，意气非人下。宦游陨遐方，劳劳胡为者。歌哭尽梦中，生死若朝昏。旅榇无儿守，更悲张晓村。去岁晓村殁于秀山，无子。

有感

何须吊古人，古人吾未见。目前接纷纭，趋死已如箭。春荣发青条，秋风倏然变。荒草遍原隰，丘陇无贵贱。心斗争须臾，营营未肯倦。几人具达观，淡泊绝系恋。醉梦过一生，日光如流电。茫茫万古中，山河自永奠。独有炯炯心，不随气化转。

岁暮多馈鸡，鸡聚斗，感而作诗

无端群会合，乍聚如泛梗。岂挟宿冤仇，奋志思一逞。金距踞地势，彩羽厉威猛。或跃压强敌，或伏示暇整。势如不并立，鼓翼更延颈。冠血湿淋漓，

已败旋复骋。厨人磨刀俟，狂肆不知警。谁知斗方酣，客馋已引领。汤火悲须臾，肉尽余骨鲠。浮沉爱鸥闲，贞介慕雉耿。尔辈何琐琐，争食不肯静。鲁卿起微衅，千古垂戒炳。儿童喜旁观，主人默深省。

复过玉皇坡

石磴数百级，行旅频息肩。山顶弄白日，空廓快目前。群峰若波涛，出没凌苍烟。百里千万叠，灏气为联绵。矜奇各负势，戈戟划蛮天。伟哉造化力，高下费雕镌。云物倏晦明，恢诡富神奸。及兹有余憾，未造峨眉巅。雪山塞高空，大江来蜿蜒。异境不可望，我欲挟飞仙。

过洞底望山石在长宁

玲珑诸山石，结构费天巧。剪剔余瘦骨，苍润出物表。侧立露孤孑，连队逞窈窕。倒植或撑拄，崛起更夭矫。拳曲透孔穴，反覆看幽窅。斗妍各自媚，异态同者少。位置盆盎中，名山具体小。往返恨匆匆，未得恣登眺。大嚼过屠门，垂涎何能饱。

仓谷谣有序

兴文地瘠民贫，社仓谷出借，春放秋收，愚民到手即空，至期无偿，往往破家。余代庖斯邑，有二千余石，皆疲顽户也，宽之非法，急之可怜，作此志之。

枵腹被短褐，春耕可力作。官仓粟陈陈，告贷充囊橐。暂纾然眉急，未即填沟壑。泥涂敢惮劳，屈指计秋获。水旱难预卜，荷锸心忧灼。佃主逼岁租，仓吏责夙约。薄田急求售，所苦酬价薄。仓卒鬻妻子，忍泣书券约。愚氓顾目前，百谋动成错。有宋青苗法，始意原非恶。至今监门图，闾里想萧索。今日除积弊，征敛恤民瘼。蜀地税尤轻，万户耽逸乐。惟兹弹丸地，田窄山错落。哀哀集泽鸿，不得饱藜藿。伊余适承乏，览籍初惊愕。放民四万斛，前官气恢廓。那知骨髓竭，中或饱鼠雀。抚字吾未能，催科才力弱。长叹仰屋梁，敲扑心愧怍。呼号皆赤子，安能视隔膜。夙读治平策，至此皆糟粕。仓谷数取盈，自昔有成格。

祭先农坛，行九推礼

稼穑为国本，幼岁习豳风。四体素未勤，发秃已成翁。承乏来下邑，先农典攸崇。举耒仅数步，力疲汗已融。始知农夫苦，朝夕烈日中。躬耕彼何劳，坐食我何功。还顾世胄子，逸居气如虹。一饭费万钱，欲将百味穷。孰知饥馑岁，糟糠或不充。

纪异

严冷忽如冬，被绵且向火。宾从围炉坐，谈天如炙輠。遥忆北海壖，田苗散婀娜。耰锄及时勤，就功或袒裸。蜀地气更暄，麦熟风扬簸。大雨竟连朝，体寒粟礧砢。正恐阴气盛，天时有偏颇。共指飞雪霰，远山白絮裹。时已逾季春，炎帝来未果。今岁闰三月。路有冻死孩，恻恒匪独我。一夜冻死三小儿，皆乞丐。凌晨视庭花，寂寞开几朵。

出城

群木耸浓绿，苍郁望不穷。四山正出云，微雨过蒙蒙。幽壑何窈窕，流泉隐蒙茸。田水似飞瀑，层叠响未终。茅茨三两家，蔽亏径难通。是时将分秧，翠积方罫中。农夫勤力作，但愿年岁丰。我出偶游眺，杂花沿路红。欣欣乐涵育，造化不尸功。

半边崖溪涨

溪声入耳喧，轰如车百两。流急碍石横，势骄得雨壮。前响郁未平，后波吼奔放。有似项羽卒，蹙秦至暴亢。浊浪怒卷回，漩洑雪花漾。舆马力共努，石磴盘旋上。崩崖谁摧倒，戈戟森相向。蹒跚没鼋鼍，穹窿露罔相。曲折树翳天，起伏岭扼吭。入谷视听眩，出险胸襟旷。薄云遮炎曦，微风正舒畅。荷篠者谁子，前途发高唱。

犍为道中杂诗

江流声怒号，雪浪欲掀舞。细雨洒空蒙，遥山暗无睹。石壁高入云，削烦巨灵斧。侧缘一径滑，投足惧莽卤。榕根盘龙蛇，枝叶覆如庑。舆中聊纵目，顿忘征途苦。烟外一叶舟，呕哑正摇橹。

斯境称繁富，商贾纷浩穰。百肆列广除，石路平如掌。咿唔弦诵声，更杂机杼响。侧闻贤令尹，引疾理归鞅。膏腴名久著，酬应道弥广。不耐案牍劳，田园思颐养。黄鹄摩青云，邈作天际想。

青林亘长板，茅屋结其内。背水澄秋光，面山有余态。田畴何修整，老翁行负耒。竹篱互掩映，寂不闻犬吠。谅非高隐流，幽境自可爱。安得二顷田，于此乐恬退。

井研道中赴荣县任

久雨泥路滑，入夜未遑休。舆夫筋力尽，颠仆不自由。当前山粗恶，云黑雨方稠。人生苦行役，扰扰为身谋。形劳心复瘁，问尔果何求。一邑方待理，情势未易周。到官百务集，更为旷位忧。羡彼田舍翁，围炉坐床头。苦被冠缨误，公私两可羞。

怀吴啸云

细雨迷前途，黄花逗春色。慨然欢行役，忽焉动遐思。饥驱来巴蜀，适情百无一。茫茫走尘海，世路苦偪侧。江山徒壮丽，孤芳邈难得。造次睹瑶篇，珊瑚为架笔。气味比幽兰，怅怀心如结。锦城幸握手，伤别复太息。临歧何仓卒，中藏难具悉。未免俗眼白，不堪余有七。井甘固先竭，李苦复谁食。古人不可作，娱情寄翰墨。所愧学植荒，局蹐文章伯。瓦缶不堪击，矧冀崇令德。羡君才英妙，威凤翩然集。屈宋作衙官，骚坛亦供职。安得共一方，同舟拥兰楫。浮沉难预定，相期各努力。

偶作

凌晨鸟语喧，散步恣游赏。空亭待好风，披襟挹朝爽。荷叶方田田，游鱼时三两。触目浮苍翠，忽作濠濮想。

轻雷走云表，朝霞明树隙。潇潇雨忽集，平池跳珠白。芭蕉舒新翠，繁响声络绎。水气逼衣衫，青苔满履迹。幽赏谁与同，坐有谈诗客。迟士、峨东，皆以诗见示。

卧小亭上，竹树阴郁，荷花盛放，而热不可解，作小诗自遣

长夏苦蒸郁，昏昏惟思睡。池亭置莞簟，凉飔招不至。沿岸竹森森，蕉叶浓阴庇。水际时泼剌，卧听游鱼戏。几上堆棋枰，讼稀幸无事。莲花竞娉婷，

含笑相妩媚。忽忆闽越中，蠢夷肆无忌。军书虽报捷，日夜劳兵吏。吾侪恣偃仰，未曾效指臂。共享升平福，内省伊谁赐。

宿石牛铺

我行将百里，仆夫犹问路。暮色苍然至，茫茫起烟雾。霖雨已连旬，泥涂窘行步。秋虫犹唧唧，对客如有诉。林际一灯明，知有人家住。在衙困簿书，出门亦多故。自愧非吏才，奔走徒历碌。还顾荷耒人，里井从所务。胡为万里游，回首故园树。

伤周峨东

人事有反覆，观理苦难豁。忆昔从严君，垂髫体方弱。觥觥松崖公，礼厚意不薄。君祖令直隶文安，延先君教读，余随侍。读书许随侍，同侪恣欢谑。是时君方孩，提抱怀未脱。转瞬沧桑变，万里隔寥廓。公车经旧县，怆然望城郭。逝者不可回，往事缅如昨。一官幸在蜀，得君乐复乐。从我来三荣，朝夕慰饥渴。教读得余暇，小诗时闲作。胡为宿病缠，呻吟愁难割。丈夫志未伸，身先填沟壑。无妻但有子，生理将焉托。令人悲廉吏，子孙成濩落。更悲君正直，早为天所夺。遗诗未全收，声名慨寂寞。王迟士抄君诗，未得其全。

内人生日 在十一月二十五日。从余艰难备尝，今老病矣，补诗寿之

茑萝附松柏，势异风中柳。我少居贫贱，喜得汝为耦。是岁维庚申，君年甫十九。家无婢仆使，与嫂任杵臼。我始入庠序，训读聊糊口。人生各有营，安能长相守。节序欣归来，几得开笑口。纺绩供衣裳，朝夕理盐韭。儿女方在抱，提携掣襟肘。邱嫂中道殂，汝独事吾母。我幸歌鹿鸣，母衰血复呕。与父俱弃养，拮据相左右。调和兄弟间，诸事得无咎。回首四十年，艰苦何不有。捧檄行万里，川中欢聚首。所惜凋盛颜，照镜悲老丑。食贫筋力尽，疾病更缠纠。将欲美君食，中懑腹不受。将欲盛君服，体羸病已久。壮时历苦辛，于今能乐否。略喜通文字，稗官常在手。灯火聚妇稚，忠孝为分剖。聊得延气息，苍天恩已厚。眷彼姬侍辈，衣食任求取。汝德能逮下，令我颜益忸。兹值悬帨辰，共治一杯酒。莫忆昔时贫，浮云遇亦偶。莫云今已丰，家尚无半亩。勤勉顾子孙，矢心庶不苟。我歌君试听，与君偕眉寿。

途中

旭日透熹微，天寒阴复晴。携锄谁家子，田间方有营。岂不惮力作，各自谋其生。人生本大难，苦与世网撄。居者勉勤劬，作客复宵征。衣食苟粗足，长啸傲公卿。

划然川原断，幽清绝尘滓。林麓递高下，澹荡空云水。修篁间菜畦，结茅谁择里。惟知安耕凿，不复问乱理。服食求神仙，未必能轻举。乐岁共欣欣，于焉足没齿。

晓行

新晴爱日光，万类展颜色。烟峦互出没，细云萦断碧。远水混天青，近潭映石黑。疏竹间黄花，鸣鸟破幽寂。山行多回转，石径复逼窄。客子无机心，曲折各有得。深谷忽窈窕，危崖突挺特。清境无夷险，刻露非雕饰。游目方骋怀，过眼倏无迹。伊予耽林泉，登眺感今昔。兹游虽非壮，聊足舒胸臆。人生各有营，我自适其适。

偶作

大化无停轨，万物迭消磨。人生无百岁，百岁将如何。一世方逐欲，汲汲投火蛾。少时童稚辈，今日鬓已皤。同此梦梦中，何时醒南柯。

沐猴裂衣服，苍蝇逐腥膻。所性固不易，莫由明其然。嗟彼沈冥子，轩冕若浮烟。高车驷马客，通衢方喧阗。日暮未遑息，神瘁百务牵。

古圣不可作，大道堕微茫。诗书存后世，借寇资盗粮。剿袭先哲言，饾饤为文章。治国不适用，持身决大防。在天如有灵，顾彼增感怆。

儇巧世共尚，亲人在言色。觌面隔肺腹，窥测安可得。茫茫人海中，谁能辨白黑。有生本如寄，世网苦逼仄。仰视南飞鸿，羡尔有双翮。

过山溪

昔闻三峡桥，声如车百两。我行两山间，雨积溪水涨。突兀乱石伏，如马亦如象。水猛气力雄，石戆怒相抗。挺立似当关，相倚如扼吭。倒流急洄漩，屡屈势愈王。鼋鼍共猖獗，怒吼洪音亮。西北有悬流，訇訇急奔放。似引援兵至，汹涌先声壮。会合势更凶，危哉谁保障。浮槎与细石，宛转随浊浪。听之耳欲聋，观者色阻丧。似矜得意鸣，余波激高浪。我行但须臾，诡谲难摹状。隔岭犹闻音，身已到岭上。仰视天宇宽，耳目为清旷。

西园杂咏

命隶勿除草，除草芽复作。命隶勿扫叶，扫去叶还落。吾心喜虚静，岂不憎秽恶。触目多如此，安得尽清廓。且复修嘉植，生意自可乐。

环池栽修竹，荷钱散点点。耳目欲澄清，苦被荟翳掩。落叶与浮萍，拨去镜面展。倒影涵天光，翠篠清风飐。与客携棋枰，永日恣游衍。

芭蕉森如林，清阴宜盛夏。叶高出檐际，翠铺密无罅。微觉凉飔扇，不畏红日射。剪烛话纸窗，微雨潇潇夜。侵晓抽新碧，更将红栏亚。

补屋

官署如传舍，去来人久阅。梁木多朽橐[①]，檐瓦半剥缺。内虽盛涂饰，墙壁或外裂。飞雨漏痕交，冬风畏凛洌。简陋非余耻，营建力恐竭。出入惧覆压，聊将旧宇撤。命工集众材，万事戒泄泄。囊橐虽未充，志断奋勇决。古人栖旅次，一夕必整洁。伊余官斯地，斯役敢中辍。踵事或增华，请再俟俊杰。

有感

郭璞慕神仙，临危词奋决。真卿慕神仙，见戕李希烈。神仙非长生，一死永不灭。形骸随草木，心肝炳日月。有术可延年，何人竖高节。

读书猎词句，空腹究何有。横议等横流，祸世滋已久。暴秦焚群籍，所坑盖稂莠。后来文章士，琐琐窃升斗。志未亲圣贤，寸心不自忸。

世人较锱铢，骨肉纷戈矛。高视羲皇代，作息何自由。宇宙本宽广，有生等浮沤。膏火自煎熬，逐利与祸谋。鼷鼠饮一勺，此外更何求。

亭亭修竹林，悠悠长江水。风物如不改，岁月无还理。蜉蝣旦暮间，歌哭迭盈耳。造物无尽藏，风月皆可喜。缅怀古达人，长啸苍烟起。

---

① “橐”，青图本作“蠹”。

杂诗闱后到任

忆昔值新秋，临歧敞别宴。迢迢明月光，流影被江汉。行迈焉辞瘁，幽境未暇玩。荷花半零落，西风捐团扇。簿书匪朝夕，时序惊倏换。抗颜逐尘踪，谁与弄柔翰。

棘闱聚朋侪，昕夕笑语欢。广庭列华烛，披卷夜未安。科名自昔重，衡鉴良独难。丹桂灿金粟，中宵清露寒。怅触忆平生，铩羽泪未干。安得培桢干，扶植青云端。

开轩面西园，黄叶纷离披。欣兹息征旅，孟冬寒日驰。抚民苦乏术，事上敢云疲。且复理琴樽，绿塘生涟漪。念我平昔友，握手邈何期。人生贵适意，升沉安可知。

夙无经世资，尘事苦逼迫。一官如匏系，百虑方寸积。幸得校文艺，岁暮县试。英彦共晨夕。芭蕉委残绿，炉烟泛瑶席。时复披竹素，远绝轩冕客。迂疏甘守雌，素愿庶云毕。

阳辉黯无光，氛雾塞穹昊。侧闻百里外，探丸惊父老。岁稔仓储积，恩私荷大造。火烈缅前轨，断根锄蔓草。匡世须宏材，中夜郁怀抱。莫卑弹丸邑，寇迹未易扫。

人生千载名，不如一杯酒。身衰齿复痛，对酒不开口。意气薄层霄，回首复何有。灼灼池边花，袅袅亭前柳。盛时爱绰约，零落等老丑。寄言豪华子，何物可长久。

三荣蕞尔地，途赖不当冲。吏拙幸俗淳，山川郁青葱。我为五斗米，折腰愧藐躬。东海乏薄田，三径长蒿蓬。屈指近十载，寄迹风尘中。伯仲隔云烟，仰首望飞鸿。

旅店书事

急声忽聒耳，惊梦夜缚猪。捆缚不得逞，冤愤徒哀呼。刀杖忽交下，怖死争须臾。共荷覆载恩，贪生理无殊。遭乱遇干戈，何异猪就屠。幸值升平代，俯仰得自如。胡为肆惨忍，获利仅锱铢。释氏杀戒重，君子远庖厨。倚枕不能寐，寸心久踟蹰。县中系罪囚，桎梏在其躯。除恶贵猛烈，闵恤冀改图。念汝有家室，释汝当岁除。

纪事

时势度全局，终始惟周详。无难决痈溃，调补须良方。海外西戎叙，贡赆驾舟航。逐利乃天性，厥志在通商。愚民乐鸩毒，癖嗜迷若狂。金钱岁千万，如土填巨洋。中国日以匮，银价日以昂。慷慨谁拜疏，厉禁饬海疆。意在塞漏卮，非欲扼其吭。胡为结仇怨，攻围重臣戕。天威赫然怒，命将出庙廊。征师连秦楚，蜀甲厉戎行。大将建旗鼓，坐镇在五羊。白虹贯营垒，坏云压城墙。凶夷肆焚掠，黔黎罹灾殃。红裙泣妇女，金玉饱橐囊。居民愤裂眦，誓与夷俱亡。一呼数百千，锄耰胜刀枪。绕匝无逃脱，夷情甚仓黄。此时出劲兵，夹攻我武扬。楼船为我据，炮械为我藏。崩角稽首伏，永永毋披猖。传呼来太守，语急貌皇皇。州民莫卤莽，慎勿将夷伤。息戈两和好，多杀祸未央。劝民民莫应，灭仇志方刚。府尹语益切，涕泪沾衣裳。尔弗听吾言，吾今伏剑铓。民恐得罪官，观望遂傍徨。此时大将军，闻变方抢攘。有人前进言，夷锋未易当。息兵且勿战，和戎策最良。一介达夷阵，民散各归乡。夷船扬帆去，烽火达钱塘。复命大将军，出师如龙骧。期为主分忧，功名列旗常。傍海城失守，哀哀哭国殇。封疆丧督臣，援兵空云翔。夷船复他适，顺流布帆扬。姑苏惊风鹤，金陵若沸汤。守臣飞章告，和戎策最良。夷性贪逐利，志仅在通商。溪壑愿不遂，兵连祸未央。我皇本仁圣，爱民视如伤。况兹多蹂躏，甲士为裹疮。弭耳苟就抚，佳兵为不祥。沿海得苏息，士卒解戎装。天兵素无敌，万里慑氐羌。孰谓太平久，因循弛海防。启衅原微细，贻忧及庙堂。九重心震怒，懦帅付刑章。谴谪两将军，犹念属天潢。诏褒殉难臣，哀恤忠节彰。严旨勤训练，讲武振纪纲。敢告熊罴士，玩愒勿蹈常。天命方眷德，九五正当阳。金汤庆永固，福祚绵绵长。

道中 出北郭不数里入大壑，流泉可喜，诗以纪之

晨兴戒徒侣，逶迤出北郭。清露沾客衣，宿雾幂山脚。缘溪登坡坨，极目眄寥阔。千林色葱蒨，数里气磅礴。渐入山涧深，陡立铁壁削。崖抱天疑逼，岸回地更拓。怪石呈象猛，危桥支板薄。探胜眸先瞩，临坎步屡却。篆古苔纹封，蛇盘松根络。有隙缚茅椽，无人架飞阁。穿竹忽阴森，透日复昭灼。绮霞绚遥岑，琼泉韵幽壑。就坦情方夷，涉险境非恶。登顿非勿劳，啸咏时闲作。世网夙所惮，尘襟兹焉豁。安得同谢客，醇醪共斟酌。

山行

两山苍翠合，溟蒙逗微雨。飞泉历乱鸣，入坎坎复吐。石怪惯横路，溪涨复啮土。深谷愈幽杳，杂树争掀舞。忽闻鸡犬鸣，云开日已午。岩隈筑茅屋，淳朴想太古。泥滑径逼仄，顿忘登涉苦。

哭四弟薇堂有序

四弟殁于乙巳腊底，今夏得大兄书，尚未知耗。展纸悲不自禁，顺笔絮絮，以诗代哭，不知是泪是墨，更何从计工拙也。

辗转久含悲，含悲不能吐。念我同根生，形容无复睹。欲歌以代哭，拈毫泪如雨。去冬阿弟殁，悲痛彻肺腑。万里寄家书，泣诉我同父。今朝得兄信，丙午闰五月，得显亭兄二月二十日书，犹未知薇堂消息。兄信言缕缕。云闻弟病愈，眉开喜欲舞。复嘱酒宜戒，速归骨肉聚。那知作书日，孤魂已归土。兄若得我书，悲痛心应腐。纵知弟病亡，未知弟病苦。数日便溺闭，腹虚胀如鼓。每闻一长号，我肠中刀斧。疗疾愧无术，沉痼实难愈。去冬蜀酷寒，冻缩鲜温煦。闭门试多士，弟寒谁为主。吐血甫起床，体弱宜滋补。力不胜羊裘，风威迭肆侮。百方病稍瘥，失计突出户。厥志在速归，扶病试步武。欲速反沦殁，那得船摇橹。薇堂欲从水路归。众雏茫无知，幼者尚哺乳。汝送我挈来，蜀道履艰苦。继偕汝挈来，荣署共庭宇。汝与吾相依，吾恃汝为辅。胡为天不怜，客游行踽踽。吾家无田园，门户谁支拄。吾兄过七旬，衰老目复瞽。吾年已就衰，日与胥吏伍。兄信嘱谆谆，促汝返齐鲁。汝归当焚黄，墓前碑急树。汝已赴溟漠，魂魄傍父祖。念汝平生欢，万端难悉数。何以慰汝心？为汝置田圃。何以教汝子？择师勤训诂。汝砚吾勒铭，后嗣珍璠玙。汝著论戒酒，微堂自知酒为害，著论甚详。故纸藏筐篓。昔年五弟摧，尸寒吾未抚。吾馆长山，五弟病殁，乃归哭。今睹汝奄化，寄棺古祠庑。南门外土主庙。谈笑如目前，顿尔成今古。沉痛复何言，空言亦何取。悲风惨惨来，起视日过午。

招集诸同人集西园即赠凤喈旋省

夜来雨声繁，倾听倏及旦。云霁日微映，园林景色灿。好友迤逦至，杯茗罗几案。荷钱贴镜平，芭蕉舒翠幔。苔嫌石径滑，鸟喜林际唤。徐登知稼亭，野旷凭槛看。雉堞如连环，冈阜青不断。跨牛牧儿闲，新秧插方半。座客擅隽才，相与弄柔翰。得句互传观，五色诧锦段。佳会良独难，萍聚遇风散。眼看春已暮，堂堂节序换。有酒还共斟，勿令俗缘绊。西园称雅集，清谈舌花粲。犹怜哦松客，诘朝袂将判。欢乐永此宵，相看明星烂。

捕贼谣

余为令，常惧盗至，日夜以泄泄为戒，作此自讽，以当箴诵。

贫民苦饥寒，富室吝锱铢。锱铢累成富，财足意气粗。富翁漫自豪，积财乃祸躯。侧闻少年场，结交繁有徒。白昼都市中，饮酒共歌呼。邻保不敢问，客过群揶揄。跃马佩弓刀，火器为前驱。富翁惶惧跪，供献惟所需。富翁甚惜财，亦甚爱头颅。苟缓须臾死，敢复吝金珠？搜罗意未餍，命侣缚其孥。汝欲骨肉完，汝财盍早输。拮据纳贼巢，逾期恐遭屠。贼党相顾笑，汝善为我储。匍匐告县官，县官正欢娱。征歌酌美酒，六博戏座隅。怒民过张皇，诘责将髭须。迨下捕贼令，贼饱散前途。扬扬大盗魁，手握捕盗符。

后捕贼谣

盗贼久为患，备盗亦多方。保甲恐扰民，集团众斯强。蜀地多险阻，水涯兼山冈。居既似星散，聚难联雁行。往往百里半，乃睹大镇场。步伐非素习，见贼弃刀枪。隶徒势既孤，旅拒数被戕。备盗既乏术，为盗又多方。白昼杂齐民，夜出纷披猖。聚散既无时，来去亦何常。备盗虽无术，掩饰或多方。贼多乃报少，委曲难具详。所获为群鼠，雄狐潜遁藏。大吏赫然怒，申谕饬纪纲。获盗悬厚赏，为盗列刑章。吁嗟凶悍徒，略不畏死亡。市曹尸接踵，他处又鸱张。下吏奉约束，申戒语煌煌。政不尚姑息，杀贼乃慈祥。兵役为窟穴，勾结分橐囊。将欲穷支蔓，根株务剪伤。为盗虽有术，捕盗亦有方。贼散命易制，贼聚迹易彰。散虑人辨识，聚惧乏糇粮。我贵识彼短，贼亦畏吾长。追逐不稍息，慎勿分界疆。贼心既怵惕，我气乃奋扬。稂莠尽剪除，闾里安善良。熙熙乐太平，民富寿而康。

遇雨

炎天烈日飞，阴云忽四布。雨声飒然集，行人心惶怖。始疏终复密，苍茫失烟树。青山迷前途，瞻望如浓雾。泥径仄且滑，舆夫颇窘步。裳衣虽沾濡，清风喜徐度。苦热非一朝，盼雨惬夙慕。顷刻驱炎暑，天心良可悟。田畴枯槁润，余惠及行路。须臾杲日出，行程幸不误。披襟快凉爽，洒濯得新句。

题听雨楼

悬崖支小楼，楼额题听雨。开窗俯荒园，池阔盈二亩。四围多修竹，芭蕉兼杂树。秋深荷半枯，随风叶乱舞。良宵微雨集，空斋客闭户。丁丁拨银筝，点点催羯鼓。仿佛潇湘游，篷湿漏未补。断续声难摹，高下谁为谱。远人旅怀栖，哀鸿失匹伍。欹枕数更筹，灯昏焰细吐。狂飙突凭凌，马陵飞万弩。似乘万斛舟，掀翻波涛怒。须臾寂无声，金垆消香炷。云隙露一星，池间蛙两部。晨闻卷重茅，浩叹似杜甫。穷巷悯萧条，移床少干土。安得千万间，人得安环堵。

凝翠楼八景合园内外诸景

素性喜看山，山来城内卧。蜿蜒如玦环，苍翠围客座。新沐五髻鬟，忽穿白云破。开轩面山

前后敞虚窗，青天无片云。良夜默独坐，清光应为君。流辉此间满，扬州只二分。窗虚贮月

城内辟荒原，秧田如棋局。向晨蓑笠集，农人欣雨足。白鸟忽飞来，点破千畦绿。秧田新雨

孤塔凌苍烟，杰立出榛莽。夕阳一抹红，忽作诸天想。古寺寂无人，风来铃铎响。孤塔夕照

荷塘玉镜平，红妆倚翠袖。凭槛日已夕，微风葛衣透。不须碧筒杯，露珠清可漱。荷静纳凉

一径入深竹，萧萧疑风雨。茗战兴方酣，浓绿荫入户。披襟共当风，不觉日过午。竹深留客

石径迤逦来，穿花每俯首。乱红衬苍苔，着屐未敢走。风姨一夜狂，花落二寸厚。石径落红

红栏曲屈间，杨柳舒新翠。为爱好时光，欹枕未肯睡。黄鹂自多情，频啭将人媚。春柳听莺

捉马行

嘉庆间，教匪于山东定陶、河南滑县等处滋事。官兵援剿，络绎资送，征索车马，未久事平，闾里晏如。幸生太平，目不睹兵革，皆皇上如天之福，不可忘也。追忆作歌，使世世感荷圣德，知安居乐业有所自来。

县隶频追呼，四出繁有徒。父老问何事，手执朱批符。河南征兵旅，东昌集军糈。络绎送军装，车马尔应输。官心如火灼，乡间敢支吾？父老前致词，安坐缓须臾。大儿缚鸡割，小儿酒远沽。醉饱更附耳，囊中出青蚨。县隶嬉笑去，沿户如追逋。妇子方骇顾，牵马已疾驱。大车胜小车，无马捉牛驴。黠隶更多术，分党扼要衢。客装置道左，红颜泣路隅。强夺我车马，何由达前途。民未见军士，见敢捋虎须。民欲见官长，阍人笑揶揄。轮流可供役，竭泽事可虞。行者咸裹足，居者叹村墟。赫怒皇威扬，狂寇尽伏诛。县隶恨无事，父老同欢娱。但顾乐太平，不复怨吏胥。谆谆告子孙，圣德大莫逾。闾阎无可报，踊跃输田租。

出行

冈峦莽回合，百千列松树。人行苍翠中，细雨霏如雾。四山生白云，田水互奔注。人家在翠微，屋角参差露。鸡犬不闻声，炊烟风徐度。石壁立千寻，横绝疑无路。怪状鬼斧劚，突兀含余怒。崩峭历曲折，心慑屡窘步。转喜境恢奇，仓卒误惊怖。冈尾犹起伏，势欲随我去。

行近成都，高处远望

迤逦涉长坂，日光射云罅。苍茫隐雉堞，楼阁疑飞架。伟哉名胜都，长安此其亚。江涛雷鼓鸣，云气苍龙驾。奔走苦风尘，顾瞻得余暇。荒土埋英雄，山川阅王伯。万古频兴衰，悲欢须臾化。笑我沧海粟，劳劳连日夜。遥望酒旗斜，沽酒醉客舍。

闻马子琴病

故人渺天末，望远久怅结。贫病交缠绵，放歌几愁绝。昨日寄书至，厚意重胶漆。劝我归田园，风尘勿埋没。诗书传外孙，余孙阿京。诫导语谆切。书中不尽言，慨然客缅述。身未卧榻上，面瘦棱见骨。频频嘱后事，似谓此永诀。忆君年方稚，才豪气疏阔。生驹不受控，平原恣驰突。西吊白雪楼，雄襟剧突兀。东观溟渤宽，日月探窟穴。朝夕鲜定所，千里冒风雪。结识多老苍，中肠弥激烈。词辨纷纵横，露肘被短褐。里中富室儿，望见气先折。奔走二十年，身世叹弥拙。阅人历艰辛，妻孥忍饥渴。海内寡提携，戢影安蓬荜。去年山东旱，赤地龟甲裂。侧闻君授徒，饘粥幸无缺。肆意恣探讨，撝谦秉高节。友朋联兰臭，潇洒送日月。捧檄来蜀时，仓卒阙面别。迢递绵关河，平生意骚屑。胡为困二竖，无人祝哽噎。

伯道嗟无儿，卢仝婢不袜。长鲸卧海澨，泥涂不自拔。编诗初刻就，字字呕心血。前欲赠长歌，子琴乞余作长歌赠之，未果。自惭才笔劣。终日对簿书，甘受俗尘涅。惟计归田时，著述共商榷。一病竟沉绵，书空惟咄咄。磊砢松百尺，虫蠹脂膏竭。宝剑千金值，绣涩成凡铁。苍茫东海云，凄凉峨嵋月。自命雄骚坛，墓旁留残碣。庶几千载名，不与身俱灭。

蜀地

连山若波涛，倾向东南奔。剑阁扼咽喉，夔巫为蜀门。峨眉苍茫起，冈峦识所尊。大江从西来，雷硠撼乾坤。鸿蒙谁开凿，元气此郁蟠。金牛辟云路，气脉通中原。暴秦丧文物，汉起似朝暾。由宋及李唐，魁桀接踵繁。吁嗟割据辈，干戈肆并吞。山河纷破碎，风俗失朴淳。圣皇抚区宇，陶铸荷殊恩。巴蛇既就屠，梼杌无游魂。煮盐惟陆海，铸钱穴铜山。朱提溢郡郭，煎茶鬻诸蕃。百货通荆楚，賨布输苗蛮。巴渝盛歌舞，锦城日管弦。圣泽既累世，屹然作雄藩。礼罗四野张，采择尽兰荪。缥缨来比阙，叱驭走西川。飞盖交通衢，广庭列朱轩。骅骝矜腾踔，雕鹗看飞骞。物蓄称繁盛，芽孽潜其间。盗兵弄潢池，赭衣戴南冠。萑浦或啸聚，争探赤白丸。地杂五方俗，浮嚣性独偏。睚眦逞凶锋，僵尸骇闾阎。诸葛昔治蜀，垂爱戒政宽。西南邈天末，唇齿连滇黔。外达雪山路，控驭及穷边。艰巨慎寄托，朝廷委任专。下吏责虽轻，百里须才贤。俯仰每自愧，朝夕惧素餐。良懦待抚绥，稂莠务尽芟。精卫志填海，杞人或忧天。一隅窥大局，筹画规其全。未雨急绸缪，徙薪火未然。经理咸得宜，海内庆晏然。金瓯完不缺，巩固亿万年。

驼牛叹

有叟赴城市，蹭蹬疲牛牵。全家资糊口，鬻炭聊争先。重驮置牛背，竹兜仍在肩。狭路官长来，呵叱声连连。牛老筋力尽，负重鞭不前。隶卒怒排挤，踣蹶坠水田。牛倒虞折骨，炭湿半弃捐。呼助少将伯，高高仰看天。妇子饥欲死，倚门望眼穿。回视官去远，飞盖渺云烟。

早行

天阴久不雨，寒气酿成雪。晨行石径滑，触目叹清绝。草木莽披絮，头垂腰未折。谁雕玉玲珑，万态才一瞥。昨夜天公戏，漫空冰花结。红日出东海，奇景须臾灭。日暮朔风急，细雨洒未歇。欲投孤村宿，犬吠出林樾。

寓蜀草 卷二 七言古

秋灯课子图为历城刘明府太夫人作

空庭月黑万籁沉，一灯荧荧霜气侵。白发阿母血泪堕，手抚藐孤感寸心。遗书千卷亲口授，寒风四壁助阴森。机声未歇读未止，饮冰与儿同生死。勉取青紫慰重泉，忍掷韶华付逝水。苦志格天天亦怜，喜看皇路著先鞭。伏案犹疑膝下读，灯花欲落思黯然。画工绘图难绘意，一卷丹青千载泪。无父有书堪成名，有禄无母难养志。惟奉慈训矢冰霜，三齐共传清白吏。

赠吴云陔安徽人

方寸隆隆五岳起，倒挽银河泻秋水。迩来豪气一夕平，肝胆未敢向人倾。众里见君忽眼明，皎如玉树神骨清。一官潦倒不称意，昂藏羞下穷途泪。时吐奇句追古人，天魔献舞天花坠。闲来握手胡卢笑，万事浮云未可料。虫臂鼠肝任付予，掉头那顾旁人诮。我有狂词向君陈，如君岂是沦落人。莫邪锋利发硎新，慎莫轻试出风尘。藏匣有日呈至尊，斩蛟剸兕超等伦。

读南史

家徒四壁空箪瓢，一掷百万气何豪。当时若杀刘寄奴，再造晋室勋业高。莫倚成败论英雄，太阿缺折非铅刀。后来沈谢皆英杰，驾名叛逆罪莫逃。青史几卷泣忠魂，徒令寒士心忉忉。

登州观海市歌听马子琴谈

飞来百丈涛头落，雪浪如山打城脚。天光压海海色青，撑破虚空建飞阁。振衣直上倚危栏，极目无边眼界拓。是时雨过天无风，非烟非雾兼青红。万怪惶惑争出没，时如车马时如童。白衣飘摇挂天末，化为苍狗毛蒙茸。忽疑神山随波涌，金银宫阙有无中。蛟室乱洒珠万斛，玉池开放千花丛。又疑徐福求仙返，楼船凌虚近忽远。冯夷击鼓鼍架梁，天吴横飞形偃蹇。须臾风卷净无烟，海圆如镜磨青天。万象幻灭尽如此，不独沧海为桑田。我闻客谈空神往，恨不蹑迹追飞仙。琪花瑶草纷在眼，朝夕啸傲驻遐年。安得神风吹相送，顷刻直到蓬莱颠。

憎蚊

昼隐夜行声相呼，轻身利嘴繁有徒。吸风饮露亦足娱，吹毛饮血胡为乎。美人轻罗白玉肤，碧纱帐软悬流苏。侧身潜入形有无，背痒难搔倩麻姑。亦有北窗卧文儒，扰乱清梦阻华胥。火攻下策亦良迂，炎蒸助虐似烘炉。猛虎可射鲸可屠，么麽微物困勇夫。皮肤仅存髓欲枯，供汝饕餮乐斯须。岂能负山移海嵎，飞而食肉择膏腴。饱则扬去逋天诛，伺隙而动伏墙隅。偶中毒手血沾濡，死者穰穰犹争趋。一饱营营仅锱铢，先声惊人乃遭屠。口腹为害竟忘躯，蚊乎蚊乎尔何愚。

大挑戏作

乡举里选弊久滋，后代求士贵文词。暗中摸索或失之，以貌取人辨威仪。年少洁白美丰姿，众中狡狡自称奇。有如娇娥临嫁时，整理钗钏工画眉。堪怜老丑似东施，暗补缺牙染白髭。剃面傅粉靡不为，寒士亦复难相皮。雁行序立满阶墀，徐徐引入伏如蛇。自述名姓语无歧，顷刻列名判等差。英雄末路悲数奇，日暮穷途悔何追。朝廷怜才恐有遗，慎持冰鉴付所司。久处囊中忽露锥，疏通壅滞公无私。亦有失志长嗟咨，追憾明镜昧妍媸。天意杳冥人莫知，不肯采撷培兰芝。后来纷纷名远驰，较量得失莫恨迟。

望太华

灏气苍茫空中积，压人岚翠浓欲滴。疑是海上三神山，从天飞来惊远客。细认西土青莲花，平地涌出数千尺。开凿当日劳鬼神，削成四方实创格。奇人探胜不惮险，攀锁踏磴如缘壁。明星玉女插天半，四望关河皆历历。作诗作记兼作画，传布人间有几册。我来遥望不得登，昂首层霄但一碧。酝酿黛色满关中，爽气作云飞无迹。中条雄伟如主宾，黄河回绕挟霹雳。参差似露仙人掌，巨灵伸臂星可摘。我友吕君名子文，同邑人。尝至巅，咳唾九天惊人魄。为言贾勇有神助，手援白日云扶腋。我欲掘取十丈莲，乘藕作船随所适。不敢题诗落雁峰，且复裂月一吹笛。如何束缚在尘土，掉臂错过殊可惜。车马匆匆困道途，何时凌霄生羽翮。

过骊山

骊山烽火久已绝，骊山温泉水犹热。千载红颜称温柔，啼笑能教山河裂。秋山苍翠尚依然，想见峨眉秀可撷。泉水清莹如明镜，曾浴香肌融冰雪。幽王沉溺原昏庸，可怪明皇乃英杰。前车久覆后车来，贤愚一丘谁能别。一火赤烧宫阙灰，一水横流四海血。

长安道中

回首山东已多日，车过崤函险始出。平原一望土壤肥，禾黍如云树青郁。久识关中气象豪，诸侯剑佩拥弓刀。长虹饮涧桥梁壮，美妓当垆螺髻高。古来名胜凡几处，转眼兴亡如朝暮。通天台废白云封，茂陵草荒流萤度。我怀壮志自昔年，慷慨欲历古山川。作赋愧无相如笔，争名已让祖生鞭。不恨蹉跎成白首，且喜览奇西南走。帝王将相几陈人，佐我浊醪倾一斗。

五丈原

阴云惨惨天欲暮， 七尺穹碑道旁树。三字大书五丈原，此是武侯屯师处。汉家王业不偏安，厉志中原伐狐兔。祁山兵出如雷霆，曹丕气夺仲达惧。鞠躬尽瘁老臣心，食少事繁岂能顾。将星一落三军惊，鬼神暗惜不能护。古来成败有谁知，不怨天心怨气数。盗窃神器归巨奸，司马家儿为曹助。公虽一死壮千秋，忠义感激泣行路。后来宗泽亦人豪，黄河滔滔屡呼渡。长使英雄泪沾巾，我亦三复杜陵句。

太公垂钓处

南山陡削势岌岌，汧渭合流波浪急。宇内鼎沸民怨嗟，手执渔竿谁独立。乱发飘萧垂过耳，空岩无人愁风雨。缅想英概气尚遒，孰知胸中富奇谋。少壮不用今白头，世人大笑羞与俦。一旦功建身封侯，雄风远播海东流。吁嗟乎，淮阴垂钓扶炎刘，严陵垂钓高千秋。奇士不为帝王求，灭没草泽同蜉蝣。

栈道行

一峰危坐一峰眠，一峰孤峭一峰圆。一峰杰立出云表，一峰奔腾赴水边。

乱峰合沓不知数，有如万笏朝青天。中有蛇盘一线之仄径，穿林渡涧势蜿蜒。溪缘路转随曲折，喷珠翻雪声喧阗。更有飞瀑时截道，坠溪澎湃石为穿。北人初至心胆怯，乘马不敢轻摇鞭。况复阴晦天色暗，白云已幂层山巅。入后登陟更险绝，路狭山陡怪石悬。古人设关扼冲要，一夫能阻万军前。幸生太平息烽火，客行千里得安便。左右顾盼娱耳目，野花垂岫色清妍。雾雨空蒙征衣润，爽翠扑人杂青烟。若割数里归乡土，一丘一壑吾能专。捧檄远来得纵目，当与山水有前缘。

山行

一线缘崖径曲回，肩舆直上高崔嵬。下顾长溪随路去，但闻声响奔怒雷。溪水浸山土成穴，暴雨摧山石为裂。栈道中断足难移，行人相顾面无色。炎天何事促行装，阻雨三日意徬徨。今日喜晴似火迫，蹈险不复戒垂堂。株守乡园复何有，丈夫东西南北走。偃息不肯履危途，他日投艰但袖手。

紫柏山嵚奇秀拔，中多灵异，张良辟谷于此

遥望白云缓随风，参差碧岫凌虚空。七十二洞未亲历，但闻药苗郁青葱。留侯旷世睹鸾凤，万里云霄终一纵。功成辟谷应悔迟，报汉扶刘等幻梦。人间功狗已遭烹，水底骊龙谁敢撄。丹成白日忽飞去，回头低视汉公卿。

定军山

定军山前结阵云，松柏肃肃鸦不闻。行人下马每再拜，惟将涕泣慰孤坟。周行画廊苔藓侵，尚遗石床卧素琴。此调不弹几千载，无弦有曲感人心。宫商和谐堂陛乐，一时鱼水真知音。轸绝弦摧山河裂，沔水呜咽环清林。凤翔太虚并影灭，风过丛薄学龙吟。先主有灵泪暗吞，风车下降云旗翻。一弹再鼓谁复见，群山惨淡林木昏。

桔柏渡有感

如马如牛耸巨石，风吹浊浪似箭急。江山今复似当年，转忆循良挽舟日。达官仆从盛如云，艳赏春光日未曛。追捕闾阎供游乐，耕作那复恤辛勤。于公慈爱壮心激，手纤百丈无难色。刺史惊悔亦人豪，顷刻罢游真盛德。旧书不载

未旁搜，孙樵一传炳千秋。自古政绩多湮没，不得奇文难久留。

朝天峡

峭壁千寻幂白雾，江流漱石波吼怒。石穴密布如蜂窝，当年支板走如骛。昔穴石支木为栈道。天设雄关扼蜀门，旧有朝天关。盛世清晏少兵戍。则天生处知匪遥，鹦鹉一鸣唐社仆。明皇定乱本英雄，可怜亦走利州路。祸水涨天来玉环，覆辙相寻古今怖。漫将兴衰感陈迹，一叶小舟顺流渡。遥闻玉洞飞仙人，自龙洞阁西有山崛起，翠壁万仞，中辟大门，可五六丈，时有仙人出现。飘飘霞举令人慕。嘉陵江水碧无情，红日衔山月初吐。

樊桥 相传萧何追韩信于此。桥为樊哙所建，故名

相君走，汉主惊。国士亡，谁面争。在楚典连敖，在汉等老兵。莫邪韬光觌面失，分埋尘土终此生。孰谓当时刀笔吏，一朝力荐万人英。范增老矣好奇计，不识奇士真平平。楚汉存亡不两立，端在相君暗与明。

入蜀感怀

少年意气多豪纵，劣如骄骢不受控。读书妄意致勋名，人夸头角颇殊众。扪腹渴欲吸西江，仰空梦或吐白凤。猖狂不顾惊鬼神，崛强那复恤饥冻。百事无成鬓已霜，如水年华迢迢送。今岁捧檄来西川，风尘万里劳引鞚。南渡黄河观洛阳，西瞻太华壮岐雍。驱车崤函入长安，今古豪华真一梦。栈道纡回笼蜀云，五丁开辟裂一缝。千转万回峰不穷，马蹄流血仆夫痛。怪石磊落虎豹蹲，哀壑奔腾蛟龙哄。素耽山水神已疲，造物困人为奇弄。疑蓄魑魅潜深林，或有仙人居岩洞。肩舆危坐意无聊，手执一编时吟讽。朝餐古驿浊醪酸，暮宿荒村寒雾重。风雨骤来湿衣裳，潦水截途囊屡空。路过汉中厂平原，心胸开豁烟云供。艰难历尽到锦城，万家鳞次连绮栋。聊租一廛等齐民，需次微官无薄俸。良朋幸不我弃捐，朝夕杯酒相与共。仕途曲折夙未谙，往日诗书成何用。况复性质本迂疏，善事上官心怀恐。闾阎刀剑期共藏，满县桃李庶能种。

有感

富贵端须致身早，当道贵游皆倾倒。轻车肥马意气粗，宫室花木疑蓬岛。

广开绮筵罗众宾，地铺锦毯爇龙脑。南国歌儿貌如花，管弦杂奏声缭绕。仪态万方媚主人，含情流盼身轻袅。吴绫蜀锦催制衣，鲜服愈觉容色佼。但歌一曲祝千春，一曲千金犹嫌少。坐中亦复有老儒，槁项敝衣词嗫嚅。数十白金较锱铢，终岁辛苦为佣书。

拟寄周治章

沧溟一瞬水清浅，万事如云随风卷。少年那知惜流光，事后追思肠回转。忆予总角亦趋庭，与君一堂同执经。瑶环瑜珥人争羡，两小嬉戏称忘形。四十余年忽如梦，廉吏子孙已屡空。适来锦城询故知，耆旧凋零堪一恸。我艰一第鬓已苍，需次旅邸秋风凉。君家书籍尽销散，先人手泽今半亡。松崖先生君祖真伟度，阶前亭亭三玉树。君父兄弟三人与仲氏俱孝廉。家君相爱如弟昆，官舍谈宴无朝暮。荒坠先业予心忧，询君家计孰绸缪。富贵已付浮云外，读书万卷志难酬。人事反覆无穷已，长绳系日那能止。古人不朽垂千秋，区区盛衰休挂齿。

雨中游草堂

昨游草堂看翠竹，天日清明豁远目。今日迟客复来游，风雨萧萧响众木。百尺琅玕更便娟，亭亭绿玉参青天。疑是二妃泪痕湿，几枝低亚湘江边。画手难得文与可，泼墨淋漓满云烟。愿与此君常相守，苍翠浓阴覆左右。堂前偃蹇数株梅，共结岁寒伴清瘦。一溪湾环自西来，三间瓦屋妙结构。后人增饰置亭台，少陵茅檐已非旧。新雨深怕湿旎旌，还属旧雨杯同倾。泥应没踝日西沉，相呼舆马急入城。同年共请学使王宝珊，因雨不至。

游武侯祠

江流汹涌抱南郭，峥嵘古寺风萧索。拜瞻遗像仰清高，千载英灵犹如昨。当年驰驱戎马劳，六尺之孤信可托。西连惠陵翠竹环，君臣契合冥漠间。山鬼潜逃百神会，风雨凭凌旧河山。爱子忠魂犹侍侧，绵竹血战心恻恻。氛消芳甸江峰青，月落枫林瘴烟黑。与公正气干青冥，古柏犹带风霜色。筵陈俎豆画檐新，父老欲语声还塞。男儿得志当太平，几个铭心许报国。封疆安静车书同，身既泰然名亦得。忆自洛城驱马来，凭吊凤雏墓崔嵬。豪杰齐名堪并驾，南北相望气雄哉。

题沙涧泉登岱图

既不能如列子御长风，举眼遥望东海东。又不能如仙人骑黄鹤，飘然两翼凌虚空。便当独立缥缈之峰顶，一览空阔尽寰中。客生江南游东鲁，直上天门摩苍穹。群山聚米罗足底，浩浩元气接鸿蒙。前有秦皇后汉武，雄心霸气如龙虎。茫茫旧迹不可寻，惟看题诗有杜甫。归鸟翼翩翻，荡胸云吞吐。俯看真觉地可尽，举手始信天可补。岂独眼界到吴门，开拓心胸罗万古。恨余自幼居岱阴，未曾携杖快登临。曾闻半夜观海日，轮阔三丈镕黄金。问君此图谁点染，千岩万壑缩半卷。万里家山未能到，空来蜀地阅奇险。今君袖中有泰山，兴来卧游时一展。我亦欲向图中游，极目齐州烟九点。

黄嵋樵以清溪九曲琴舫图册索题

未能骑鹤化飞仙，扬州名胜画中传。枫叶红飘千树雨，柳丝晴漾一溪烟。烟雨迷离消今古，笙箫处处酣歌舞。临流亭榭影参差，罨画溪山谁作主。领略风光有胜流，沿溪一叶驾扁舟。横琴危坐孤篷底，绿酒黄花置两头。二分明月犹如昨，万籁初沉境寂寞。爱弹谡谡风入松，择向林泉幽处泊。桃叶桃根古渡横，至今人羡绿杨城。红袖空思围杜牧，书楼何处问昭明。罗衣艳艳桥边影，暮雨萧萧笛里声。世外赏心饶清福，清溪一转弹一曲。依稀帆转随湘波，山水清音共往复。罨画溪山绝可怜，如何抛却向西川。西川江水如油碧，书画一船百丈牵。随人宛转秦淮月，入耳凄清蜀国弦。凭吊马卿旧游处，抱琴敢望知音遇。贳酒且脱鹔鹴裘，荐人谁传上林赋。回首江南无限情，江天渺渺接烟树。

游平都山

昔望太华巨灵掌，身未登临但悬想。一帆直下来南宾，簿书纷纭落尘坱。排空突兀翠压城，平都仙山千丈强。暇日宾从同遨游，篮舆未到已神往。是时炎暑苦郁蒸，汗流浃背首频仰。石磴盘折径纡回，绿阴夹道风清爽。入门碑碣排如林，凌虚楼阁势宏敞。缥缈飞云挂檐楹，大江雪涛来天上。烟岚浓淡罗群峰，四望轩豁呈万象。似生羽翼登蓬瀛，天籁虚徐心旷朗。阴王仙去谁能追，丹井幽深匿魍魉。共诧阴府朝百灵，又传御史缠毒蟒。一笑凭栏默无言，欲共坡仙披鹤氅。昔东坡游此。人间胜境难屡逢，向平能穿屐几緉。欲下未下日平西，徘徊却立神惝恍。壁间有诗未敢和，石刻吾乡阮亭先生及前令李君吏生诗。归来怦怦每技痒。忽然兴到笔淋漓，落纸如闻众山响。生平此游已绝奇，肯让太华称雄长。

寄别佘孝廉禹门

自顾百事不如人，偶然承乏来南宾。案牍颇稀讼亦简，欣逢佳士如饮醇。君家兄弟敦孝友，潇洒襟怀得未有。良宵每共谈风月，名山相与携美酒。五日京兆惜匆匆，归舟轻借一帆风。金樽饯别不能饮，碧云倏吞落照红。前行已抵渝州路，尽是离人系情处。磊磊落落江边石，郁郁苍苍山上树。回头不见平都峰，缥纱楼阁迷烟雾。中夜秉烛意傍徨，开箧细读赠别章。鱼龙惊起舞混茫，星斗斜垂吐寒光。大江东去流汤汤，淘尽英雄几断肠。李白仙去东坡亡，安得与汝豪士倒玉觞。呜呼，安得与汝豪士倒玉觞！

淘金行江边多以此为业

洪炉铸财作名臣，郭家金穴势绝伦。世人皆慕黄金贵，谁识淘金最苦辛。朝在沙滩，暮在水滨，衣不掩骭，头不冠巾。水落天寒风凄紧，赤脚踏石肉尽皴。竹筛筛沙沙成岭，点金不见愁眉颦。家口嗷嗷久待哺，望眼欲穿祈鬼神。嗟嗟尔，不敢白昼攫市上，又不能昏夜乞贵人。业此贱役劳且苦，安贫食力真良民。豪家一钗值百万，缕金作裙照眼新。造物岂不仁，夙生谅有因。安得东海尽扬尘，沙砾变金铺地匀。四民欢乐无吟呻，共祝吾皇千万春。

纤夫叹

蜀道之难路阻修，崖危石险倦即休。独怜纤夫溯江上，百丈纤挽令人愁。渺渺无穷千叠浪，峨峨如山万斛舟。日行不满六十里，进寸退尺多淹留。登岸荦确践乱石，雁行徐进声咿嚘。天寒无衣露两肘，有时跋涉踏浅流。未明即起暮不止，日觅百钱敢多求。世间苦人本无限，壮不食力众所羞。可惜无田得果腹，八口待哺谁为谋。蜀地多山少沃土，奸民带剑恣遨游。恃此一江通百货，贫民取食借前筹。一身虽劳心自泰，不蹈法网免愆尤。仁者破例优犒赏，斗酒呼群醉江楼。

赵忠毅公铁如意歌为何寿泉赋

千秋铁汉思报主，夜半慷慨独起舞。手持寸柄维乾纲，元凶夺魄舌惊吐。

熹宗大政归奄人，九千岁横非人臣。高皇铁牌久撤去，太阿倒持谁敢嗔。智炳几先奇男子，坚冰已占履霜始。铁铸如意志击奸，纪时改元为天启。银镂古篆盘蛟螭，绣涩斑文杂青紫。玄黄血战阅沧桑，摩挲想见铁心肠。五彪五虎等蝼蚁，肝脑未碎精已亡。有日持以献天子，如斩马剑存上方。又或持以赠直士，如击贼笏挟风霜。吁嗟乎，宦寺职在扫除列，假以天威炙手热。一击不中谪遐方，劲骨百炼何能折。金瓯已坏铜驼埋，鬼神呵护铮铮铁。突兀五岳起方寸，义愤时击唾壶缺。二十六字铭如新，忠心耿耿光不灭。

宝刀行赠车锡侯即以送行

天下神物归英杰，辱在屠沽应不屑。宝刀百炼蕴精光，未遇朗鉴谁识别。尘埋市廛久不售，锡侯一见叹奇绝。锡侯东海豪宕人，赋性清刚慕忠烈。暂向小邑试牛刀，奸宄遁藏畏剔抉。名登荐牍达九重，重器当共球图列。燕市归来洗风尘，锦城小住谈风月。喜获利器志轩昂，拂拭锋芒飞霜雪。夜深月黑挂床头，拔鞘一挥电光掣。不知经历几战场，芒刃犹带古时血。迂儒咋舌懦夫惊，冷气射人洒毛发。锡侯锡侯且从容，临歧把袂为君说。吕虔解赠吾未能，轮囷肝胆一腔热。君如有梦梦益州，行试盘根与错节。利刃岂惟防一身，虽宰天下如斯决。任重全凭铁脊汉，谁言过刚势必折。自愧铅刀一割难，壮怀愿籍君发泄。宝刀宝刀得所归，慎藏箧中莫轻亵。

读《蜀碧》怀杨展

我读蜀碧堪裂眦，屠戮两川献贼至。髑髅高于峨眉山，腥气熏天血满地。嘉定杨展奋鹰扬，屡败流寇多杀伤。天降饥馑民沟壑，告籴屯田招流亡。义旗一举多响应，居然半壁保残疆。献贼怀怒思一逞，百万东下势威猛。将军身为士卒先，飞镞到处铁甲穿。群寇崩溃反江口，两岸夹击船生烟。风伯助顺狂如虎，雷霆格斗擂战鼓。弩矢百道如飞蝗，铳炮电掣火光吐。江狭岸逼不能回，尸拥乱流饥蛟舞。兽奔鱼烂不相救，须臾骨肉成灰土。可怜搜括遍蜀都，黄金白璧沉水府。吁嗟乎，流寇所向无遗民，覆军杀将泣鬼神。谁能力战凶锋挫，万姓含冤何由伸。快哉一炬如赤壁，至今江畔飞青磷。功成何必蒙上赏，英烈万古垂天壤。当年京都跨恶马，八尺雄姿犹堪想。

秦良玉

国门昼闭无犬吠，禁军虚弱几崩溃。世乱国危见奇才，谁知英雄起粉黛。桃花马上雁翎刀，万里勤王不辞劳。天子召见赐颜色，殿前武士失雄骁。部下锐卒出蛮洞，按剑仰视青天高。是时两川多兵革，张李流寇纷如织。剑阁险峻戍楼空，夜郎苍茫阵云黑。抚军文弱不知兵，督师纵贼意叵测。石柱一旅当夔门，东驰西击苦崩奔。弟侄阵亡夫婿死，艰难百战孤身存。志吞狂寇双目努，手提健儿向空舞。四海鼎沸失金汤，独与皇家守寸土。血染红裙湿锦袍，贼望胭脂畏如虎。海水群飞失蛟龙，荆棘铜驼泣西风。御赐篇章藏箧底，泪滴锦江秋波红。左帅男子名良玉，向阙竟弯射日弓。娘子军帅名亦同，独保勋名有始终。

天寒时家口未至，旅馆清寂，乃作小诗自遣

阴云不动日光黑，苍茫四顾天地窄。旅馆萧条但闭门，被裘孤坐霜气逼。檐雀噤声鸟不飞，江汉无波山倾侧。欲访梅花行路难，端居无聊弄书册。锦城繁庶百万家，金猊绣幕争奢华。可怜道路有穷丐，赤体无衣谁叹嗟。忽忆合家在舴艋，广川多风正凄冷。屈指犹须十日程，鸿飞不到但引领。何似少陵草堂深，妻孥团聚发高咏。

薛涛井

一曲江流濯锦红，万树芙蓉袅香风。美人化作彩云影，云飞缥缈留空井。节帅当年酷爱才，华堂歌舞绮筵开。特地眼明赏倾国，回眸一笑花无色。雅调翩翩更轶群，传来佳句妙香薰。缥缃佳句流传遍，绝世丰神谁得见。绿竹萧疏空掩门，江干浑似苎萝村。石栏雕刻花纹古，碧甃苔侵邻废圃。清波如镜晓光新，曾照蛾眉翠黛颦。胭脂洗尽余残水，染出花笺艳莫比。铜瓶一坠悔难收，污泥埋没历千秋。云鬓玉颜杳烟雾，香销兰麝归何处。蝴蝶飞来疑旧魂，枇杷花落月黄昏。年年拾翠肠空断，杜鹃声里春光换。锦江花发似昔时，管领春风属阿谁。

从军行送王虎持解饷马边

丈夫报国气激烈，无路请缨志空结。边夷小丑忽陆梁，蛮触纷争肆狡谲。黑夷三和，勾凉山生番与熟猓仇杀。连村灰烬火燎原，妇孺啼号腥沸血。烧毁民房，抢掠财物。元戎赫怒出偏师，幕府群僚简俊杰。翩翩封胡正壮年，聚米量沙才超越。

短衣结束事鞍马，千里馈粮期无缺。箧藏兵书气吐虹，腰佩长剑光欺雪。乱山深箐啸聚多，豕突鼠窜费剔抉。三军介马待朝食，一鼓奋勇可速灭。君虽文弱不胜衣，同仇义愤齿共切。抛弃毛锥赞筹画，随众唯喏应不屑。忆昔凯旋才几时，今兹蠢动蹈前辙。蜂虿有毒须密防，困兽犹斗戒泄泄。愧我才钝似铅刀，袖手坐视空奋舌。君甫捧檄已饮冰，不惮劳瘁匆匆别。烟雾蒸郁蛮花红，山川纡曲火云热。杲杲旭日组练明，昏昏暮雨笳鼓咽。平生壮志冀一酬，军中苦乐那须说。扫尽夷氛庆升平，共看椽笔书新碣。

故剑 有宠妾而嫡失所者，其友赠之故剑，感赋

土花黯淡蚀秋水，当时腰断白帝子。锋挫犹带血痕殷，周旋危难救九死。功成意气凌万夫，腰间双佩玉辘轳。珠装锦带光照座，昔日宝剑尘模糊。细看芒刃绣斑驳，不堪补履羞把握。紫气谁识射斗牛，金精曾惊撼山岳。吁嗟乎，夏日团扇弃秋风，深林鸟尽遂藏弓，胡不常在艰难中。

端工行 蜀中信巫，有病延众跳舞，杂扮男女及鬼，终夜喧扰

昏夜喧喧鸣钲鼓，大巫小巫闹如雨。少年鬼面抹青红，双袒两肩旋风舞。别有窈窕红粉妆，随众团团走如狂。四围观者塞满堂，人语声杂沸蜩螗。是时月黑藏鬼魅，病者呻吟那能寐。家人扰扰孰近前，随例跪拜等儿戏。终夜铙鼓竞阗阗，酒肉如山坐华筵。酬以粟帛出门去，回视病者魂升天。

拟题晓瞻张太尊太夫人《篝灯课子图》

尧母深宫衍圣谟，我皇孝治洽寰区。慎择方面无滥竽，晓瞻太守真醇儒。太守幼冲鲤庭趋，父书能读色婉愉。蓼莪旋废泣称孤，萱堂茹痛抚凤雏。多买诗书典裙襦，慈母严师一身俱。寸阴分阴惜隙驹，篝灯荧荧照庭隅。午夜迢递钟漏疏，凄雨酸风历居诸。天阴月黑啼慈乌，阿母喑泣子咿唔。手悲拮据口卒瘏，呵责肯教砚田芜。文藻已富心花舒，高堂已瘁心血枯。青灯如豆鬼揶揄，坚心如石神匡扶。青年甲第趋直庐，天禄然藜校秘书。金莲烛送耀天衢，回忆短檠寒夜徂。即今五鼎奉甘腴，犹矢冰蘖念茹荼。谨禀慈训理名都，民戴太守将母呼。锦城芙蓉千万株，和风煦日奉板舆。贤母含笑心欢娱，子能报国吾报夫。华堂舞彩纡紫朱，养志不忘昔勤劬。绘像传观共嗟吁，教慈教孝视此图。

题赵竹庵《乘风万里入峡图》

男儿生负昂藏之伟质，万里封侯欲投笔。不善乘马善乘船，胡为局蹐守一室。浮槎溯河怀张骞，红莲泛海惊太乙。蜀道艰难上青天，不如一叶凌波疾。巫峡连云吼长风，骇波倒流沃白日。长年缩手孰敢前，笑狎怒涛有赵壹。两岸猿声啼正哀，红树青山回头失。忆昔乘风顺江流，鹢飞似箭心栗栗。如马如象石峥嵘，林外斜垂练一匹。天绘奇景娱吾人，恨不相逢共促膝。手展此图眼忽明，羡君溯流更安逸。纤夫似蚁缘江行，咫尺千里山如栉。昂首四顾天地空，龌龊每笑裈中虱。布帆无恙且收藏，中流稳坐翻书帙。

题赵竹庵、章山甫诗卷

万点蜀山供奇赏，万里蜀江浩奔放。豪士收入胸怀间，一吐万石洪钟响。范陆宦游留遗踪，每读佳什生遐想。五百年来风流歇，寓公几人留天壤。吾东渔洋赋皇华，輶轩一至神怅惘。锦城丝管日纷纷，如云冠盖结交广。谁从衙官求屈宋，一时清才竟得两。雅调翩翩赵倚楼，睥睨千秋恣跌宕。章子崛强霸词坛，晋楚角力争雄长。裒然巨册唱和多，连朝快读精神爽。姑射仙子姿绰约，龙伯国人形肮脏。艳如时花映朝霞，肃若凤阙排鸾仗。诗人原具造化心，鼓扇洪炉铸万象。大雅扶轮欣比肩，珠光玉气相摩荡。点缀山川振雄奇，从此风月归吾党。我如邾莒随会盟，语涩气孱每沘颡。纵观却惬平生怀，万斛明珠落吾网。船山遂宁人守莱著作繁，表海雄风日腾上。二君宦蜀鸿爪留，后有作者应倾仰。

和书硕农夜雹

客来示我夜雹诗，诗词恢诡惊肺腑。要我速和志先靡，夸父逐日窘步武。忆昔北自燕京回，车走中途日未午。黑云如墨天青黄，震雷轰轰催急雨。仆夫鞭马但疾驰，恨不两腹生鸟羽。后如追骑不暂停，狂风怒吼树掀舞。须臾鼎沸千军来，仓皇四顾无环堵。武安瓦震宫殿摇，马陵伏兵飞万弩。列阙霹雳助威声，似排八阵涌蛇虎。我疑上帝诛神奸，劈山倒海挥雷斧。夭矫玉龙三百万，无数明珠一齐吐。又疑玉女博戏酣，碎斫琼瑰掷下土。大地混茫天欲倾，宫拆水晶谁能补。俯首车中空咋舌，四马不骄但摇股。俦侣呼叫耳不闻，觌面咫尺恨莫睹。风卷云驰瞬息过，后阵殷殷犹击鼓。豪暴恣睢快一时，项籍用兵不师古。大木摧折麦陇平，远村人家皆闭户。太息作客行路难，不料安居亦道苦。屈指前事数载余，我今读诗发森竖。勉作俚语步诸贤，有如霓裳难为谱。

题梅樵黄少府《风雪运粮图》

剑戟簇簇立万峰，六月飞雪云溟蒙。禽鸟未敢栖绝壁，猓夷盘踞窟其中。一径微茫盘上下，怪石磋砑迷西东。奸匪焚掠村烟黑，杀人喋血烽火红。从戎竟壮书生胆，叱驭身穿虎豹丛。千军待哺呼庚癸，馈饷不继化沙虫。累累背负人争奋，一行鱼贯摩苍穹。骑马指挥立峰顶，意气豪放顾盼雄。丈夫生平志报国，恨不披坚挫贼锋。幸效臂指竭心力，跋涉那复畏途穷。北风裂肤红旗折，雪泥没胫冰满弓。马如猬缩鞭不动，冒险不死凭孤忠。战士宿饱终荡寇，袖手归来不言功。聊买生绢写奇景，山川历历点缀工。如此壮游良不恶，何必侈口铭鼎钟。

为潘紫垣题《钟馗骑牛张盖图》

先生游戏太颓放，谁矜纤毫写怪状。须如猬磔满两颊，深目浓眉更广颡。不寻捷径向终南，田间骑牛任浩荡。路旁或来鬼揶揄，朝衫虽破骨肮脏。点鬼有簿招古人，骑鹤骑驴皆同党。五岳倏忽万里游，何妨张盖乘兴往。玉瓶饮尽醉难支，仰天大笑一抚掌。硕腹便便罗万轴，安用进士题金榜。每鄙学士送穷文，欲作老聃过关想。腰间无剑多笑容，想见先生胸襟旷，嘻，想见先生胸襟旷。

题唐二罗《罗汉洞诗集》

我闻三神山，山在有无间。海水汪洋数万里，我欲驾舟风引还。有客投我诗一册，乃记蓬莱第七之洞天。二山风雨为离合，外人遥望空云烟。铁柱石桥横空起，往来游戏多飞仙。髯苏曾来记佛迹，风流消歇将千年。二罗先生耽丘壑，穷幽探胜屐齿穿。忽造古洞非人境，丹灶石榻尚依然。前身应修无漏果，此中几载眠蒲团。苍松怪石森满眼，峭壁百丈飞流泉。风中蝴蝶闪金碧，月下缟袂来翩跹。禅心不动堪历试，胡为今日现宰官。竭来共插尘中脚，仆仆蜀道历险艰。我欲从君返初服，举手笑拍洪崖肩。此编历历为乡导，飞身直上蓬莱巅。

题《薛涛诗思图》

天下几人解怜才，收拾珠玉出蒿莱。天下几人真好色，摹绘倾城留翰墨。蜀江水碧如玻璃，映水芙蓉带露垂。美人楼在芙蓉外，晓起清江照画眉。风流消歇彩云散，画图争识春风面。伸纸沉吟如有思，闲愁幽恨何人见。枇杷深巷月黄昏，翠竹笼烟空掩门。世间难觅元才子，得来佳句与谁论。幕府当年开东阁，绮筵歌舞乐复乐。如此艳色如此才，忍使风尘久沦落。兰麝香销古井寒，想象冰姿翠袖单。频唤真真悬素壁，是耶非耶来姗姗。

华阳学博朱兰皋谒选入都，以诗留别诸友，竹庵示余，嘱次其韵

余发种种犹鬅鬙，入世烦恼思为僧。五斗折腰愧元亮，仙舟共驾怀李膺。捧檄万里风尘倦，建树岂有机可乘。欲进不能退未果，闷钻窗纸似苍蝇。幸接名流词滚滚，谓赵、张、章诸君。唱酬快意得未曾。掣鲸碧海逞巨手，放眼远送摩天鹏。传来一诗更奇肆，万端离绪怀良朋。大雅扶轮追正始，薪火将灭传一灯。波澜横逸骨崛强，此才岂可计斗升。恨与朱君未把臂，拍案叹咤蹶然兴。世间官数广文乐，才人屈就声价增。苜蓿盘空图书满，寂寂怀抱清如冰。鳣堂多暇文士聚，雄谈那顾流俗憎。啸傲花竹真吏隐，讼庭敲朴羞未能。胡为谒选上京国，目睹俗状弗思惩。宦海茫茫渺畔岸，弋人耽耽多缴矰。谅应知己无劝驾，台使敦促频下征。凤羽文章不自耀，明珠蕴采众口称。先生原非热中士，久霸骚坛肆凭陵。牛刀小试籍风雅，问民疾苦周田塍。回首锦城渺天末，芙蓉万树云霞蒸。青山环匝旧庐在，诗书几世传云仍。白云出山为霖雨，壑间寂寞垂苍藤。何时光仪接末座，珠玉謦咳欣亲承。奇气横绝避三舍，试看下笔蛟龙腾。今古怀抱借一吐，胸腹洞然消瘕症。今夜和诗烛见跋，屡听衙鼓声鼟鼟。月光如水浸阶砌，开轩四望天宇澂。

题杨未禅刺史侧理纸

上古书册斫青竹，鱼网作纸谁寓目。后世最重楮先生，贵比琳琅资简牍。时易代远归消亡，过眼云烟渺难复。昭陵茧纸堕劫灰，十样蛮笺乏半幅。侧理曾闻赐张华，先生得此竟何福。海苔制自南越来，乱纹如织波涛蹙。大可径丈厚半分，妙合无缝何由续。屈指太始千余年，戈铤屡经几蛮触。铜驼埋没余荆榛，铁砚销沉付樵牧。纸本易毁非真坚，谁为收拾秘箧椟。碎裂或将破窗糊，适用聊供酱瓿覆。博物书轶纸徒存，流传未饱蠹鱼腹。不曾书画经名流，有如贞士久抱璞。潜踪何地如桃源，世外全真阅陵谷。绝无华彩炫世人，古色暗淡甘屈辱。先生搜得什袭藏，佳客传观先薰沐。呵护年久有鬼神，我手未展心顿肃。澄心堂纸亦擅名，对此退避甘奴仆。吁嗟乎，沧桑变幻弹指间，古物闻名空追逐。巧偷豪夺费机心，奇珍当前弃不蓄。忽遇有识加品题，价论千金未肯鬻。今朝把玩欣幸多，挟诗一册常披读。刻题诗一册。

集似俗无尘簃听梅樵弹琴，分韵得“宾”字

世事万变争翻新，古乐沦亡难具陈。惟有素琴遗制在，伊谁识曲听其真。翩翩叔度富才艺，幽斋张筵罗众宾。命奴手开古锦囊，拂拭七弦净无尘。恰值日暖风和际，海棠含笑柳含颦。炉烟初袅帘不卷，四座无语方逡巡。疏疏似滴梧桐雨，良夜迢遥莲漏匀。野旷天高月华静，雝雝鸿雁来江滨。遗韵萧寥宜高士，雅态蹁跹想美人。变调似欲裂金石，幽怨如可泣鬼神。浑浑元气溯太始，一曲能回万物春。扰扰蛮触世途隘，久习能使风俗淳。抚摩此器存古意，宛如一发引千钧。缅怀昔圣留遗训，无故不撤良有因。况闻家藏希世宝，梅樵尊人得文文山琴，名连珠。文山连珠什袭珍。起懦振顽声骏厉，志士激昂节义伸。今日幸遇良宴会，融融乐意对芳辰。斜阳欲尽犹未尽，游丝骀宕拂冠巾。座客举杯屡劝酒，吾心已醉如饮醇。

有感

万山孰抟埴，独置两川多。耕稼田土窄，盗贼穴为窠。李白太息蜀道难，杜甫旅行泪滂沱。我欲驱之东填海，不然堆积沙漠西渡河。秦皇鞭石不到此，五丁开凿劳斧柯。巨灵昔劈太华日，望此踌躇不敢过。恍若沧溟波涛涌，起伏奔腾郁嵯峨。神禹生蜀地，狂章童律战百魔。嗟哉治水不治山，安得长剑倚天磨。夸父贪逐日，胡不助我移崇阿。龙伯国人曾钓鳌，未敢囊括大块掷洪波。剑门雄峻三峡窄，岷嶓万里接三峨。英雄割据凭险阻，屯聚累代烦干戈。无怪人欲罪真宰，镵锄无力唤奈何。苍穹亦欲留作柱，首触不周神所呵。呜呼，愚夫之愚不可及，徘徊万峰之下惟吟哦。

食新荔支

饱啖荔支三百颗，坡老不恨来炎荒。岂知蜀地有佳种，妃子一笑飞骑忙。我生东海饱楂梨，空闻有谱安得尝。远来捧檄锦城住，同侪共笑北地伧。代庖小邑山四围，苗民睢盱游羲皇。五月炎蒸难止渴，惊喜携来满筠筐。劈破绛壳出白玉，入口消化流甘浆。摘来仅行三十里，色香未变风露凉。所惜肉薄核颇巨，持较闽广羞应藏。物以希贵无定价，倔强自大夜郎王。先供大府挟笼走，知交分送夸甘芳。江安先奉各上宪。闻道江船连盆载，一株数枚等琳琅。旁观朵颐空垂涎，九重恩赐荷宠光。我生不解究滋味，世间熊鱼久相忘。葡萄石榴出西域，遥遥万里难携将。若非移来中华种，珍异亦觉非寻常。安知不较荔支贵，大书

史册播芬芳。我贺荔支无多树，更喜生处在僻乡。九姓土司地有四株。

贺友纳姬

春风到处香缭绕，检遍名花仙品少。艺兰种蕙几经年，望断天涯拾芳草。滇南才子最多情，姹紫嫣红着眼明。阅尽群芳无当意，阿谁名压锦官城。锦官城外锦江畔，有美深藏人未见。由来女伴惜娉婷，吹得瑶华落天半。熠熠瑶华低近人，彩云拥护画中身。惊鸿此日翩然出，谁叠红笺赋洛神。华烛摇红光照耀，雅宜金屋贮花貌。名士怜香初定情，佳人却扇先含笑。几生修到马文园，香色蛾眉对远山。翠幕无风香细细，云屏有影佩珊珊。良夜迢遥锦帐暖，海棠睡足东风软。闹扫新妆学得成，背人偷把红绡展。镜畔低声媚玉郎，问字修容尽日忙。箧中养纸芙蓉粉，架上薰衣豆蔻香。深闺从此修花史，樊素小蛮难与比。东山丝竹系苍生，美酒羊羔粗人耳。乐事风流属少年，温柔乡老胜登仙。宰官妙试栽花手，仙子原留种玉田。谁知缘定三生契，也自劳神万选钱。江水滔滔连日夜，江花艳艳经冬夏。一枝秾艳喜逢君，十斛明珠难抵价。刘桢平视愿频来，掀帘怕遭鹦鹉骂。

牛皮甲 在清溪库贮，破瞻对时获之苗夷

犀甲轻矫奋争先，铁甲耀日军容鲜。有客来谈牛皮甲，清溪县库堆百千。片片刀截仅方寸，渍以生漆年复年。绳贯若衔尾，片缀如连钱。蓑可比其轻，铁未等其坚。下不掩骭上披肩，矛刺不入矢不穿。夷匪奔走履山川，横突坚阵仰射天。有甲足深恃，那肯轻弃捐。何故为我获，客云听吾宣。堂堂对阵无与敌，操刃挫折似空拳。蛮人赤脚走如飞，诱入深谷争向前。深谷遍布铁蒺藜，锋利刺足踣且颠。捆缚如豕逃无路，蹈藉死亡沟壑填。出奇决胜善用权，破其所长攻其偏。知己知彼计万全，能战能守可防边。吁嗟乎，良医无定药，牛溲疾可痊。良将无定律，制敌谋如渊。伊昔刘綎守斯地，诱之出巢聚歼旃。及兹瞻对破狂寇，策定不惧道路艰。始知大帅贵智不在勇，用众那如威令专。不信请看清溪库，欲将皮甲城门悬。

浊水珠 栈道旅壁题云："壁间佳作甚多，匆匆不及和，俟再过补之。十三龄女子刘汉青题。"

珠投浊水失光晶，恨不搜取降六丁。硕农为我感喟兴，旅壁曾觇墨纵横。中有数行照眼明，婉婉女史方弱龄。自言随宦一宵停，由浙入蜀从此经。最爱

过客诗句清，异日重游期载赓。凤凰飞去遗彩翎，入门瞥见惜娉婷。玉质未睹心怜卿，拂拭依稀认小名。往来胸次如丝萦，执裾问讯遍锦城。空江无迹浪打萍，席香三日忆邮亭。千古怪事吁可惊，琴或供薪鹤遭烹。飞花落溷逐秽腥，颦蹙何处珠泪倾。有客传语未忍听，复睹题壁悲不胜。初言豪门赋《小星》，继落风尘无翅腾。那堪回首百感生，吟絮咏琴心自矜。顾影徘徊仙骨轻，若个夫婿龙可乘。蜀道艰难已堪憎，旅馆留题对残灯。想象芳华岁频更，约略窈窕斗尹邢。宜贮金屋护云屏，胡为粪壤置琼英。将无才富心珑玲，刻划尽巧天所惩。窗外细雨蕉叶零，酸风萧瑟穿疏棂。若有人兮呼欲应，翠袖单寒影伶仃。高怀雅抱得未曾，惜无妙句书吴绫。至今壁上墨犹馨，十三女子刘汉清。

题顾梧生《双梧图》

树人如树木，滋培良匪易。树木如树人，位置贵得地。展君画册意苍茫，双桐百尺浓阴凉。争看枝干排雷雨，应许飞鸣集鸾凰。自言当年勤灌溉，移根却自盆盎内。造化困阨奋力争，春露秋霜能久耐。自从宦游几经春，逐群听鼓厌风尘。微云疏雨萧萧夜，忆伴西窗苦吟身。即今材堪中琴瑟，大匠屡顾蒙物色。孤高落落荫苍苔，抚摩犹为人爱惜。布帆遥指大江东，养疴家园去匆匆。三径未荒看疏翠，冷落锦城百花红。想象三闲读书屋，绿云覆遍媚幽独。莫言材大难为用，荷天滋培生意足。

为张惺门题《一帆顺风图》

我自海右来，狂醉锦城酒。万里岷江倾雪山，波浪怒挟蛟龙走。未得乘仙槎，每倚南斗望。欲泛野航学杜陵，春水船如坐天上。忽逢佳客怀抱开，捧檄遥自越王台。浙东江山看未足，巫峡奔流几溯洄。人生快意会鹊起，乘风破浪几万里。鞭打六鳌走神山，天地纳入孤舟里。世上纷纷蜗角争，风波处处浪未平。吉人从来仗忠信，心狎海若鸥不惊。中流如见角巾影，天光水色碧千顷。不着红蓼与白蘋，羡君直造空明境。举杯四望乐未休，知心似有月当头。他年康济巨川后，还能勇往退急流。

题钱香士《阵云立马图》代作

丈夫不得辅佐天子立庙堂，鞭笞四夷尽来王。便当寝干枕戈灭贼盗，卫护生民保岩疆。西川蛮夷时鼠窃，山为巢穴劫资粮。我出彼归归复出，狼奔豕突势披猖。屏山小邑警风鹤，钱君摄篆固堤防。马踏乱山巡边围，身历险仄冒风霜。天寒雨雪冰满衣，呵冻草檄十指僵。筑堡立卡一百八，臂指联贯纲维张。朝供援军屦千緉，暮督馈饷粟万囊。君才肆应何整暇，擒渠斩馘寇遁藏。平日服君文事胜，不谓耀武履戎行。袴褶揽辔立高峰，猛气逼人似鹰扬。寸马豆人毛发动，红旗倒卷朔风凉。黄云毒雾深箐黑，磷火夜出飞红芒。四民安堵魂不惊，眼看天际落欃枪。小试弹丸别利器，此才胡可斗升量。我欲匹马短衣随君后，看君指挥壮士射天狼。

偶作

天不能雨粟，地不能出金钱。胡为生众庶，熙熙穰穰亿万千。川中天府称沃野，江流灌溉屡丰年。何处旱魃忽为虐，妇子呼号水田干。去岁乏雨，今岁复然。粗粝食尽，草根当餐。木皮剥削，与人同寒。嗟嗟，更有割爱烹儿女，腹虽果，痛彻肝。行路闻之，涕泣涟涟。或恐生攘夺，贫死富亦不获安。曲突隐忧关国计，厝薪偃卧火未炎。人为天地生，天地胡不怜？风俗日偷薄，忠信礼义尽弃捐。利仅如丝发，骨肉逞戈铤。帝心久怒默无言，降以凶荒相熬煎。造化消息未易测，徒令司牧心悁悁。山左连饥幸有秋，畿辅雨雪未联绵。天子旰食，深宫省愆。西南一隅，殷忧实繁。蛮夷蠢蠢肆劫夺，戍卒枕戈未安眠。告饥复聒噪，大吏重仔肩。安得雨师风伯受约束，甘霖普洒遍垓埏。民俗和，帝泽宽，朝夕祈祝望青天。

望峨

昔读诗文仰三苏，如见大峨山突兀。故园局守叹无缘，梦寐想象神飞越。一朝鼓棹顺江流，丙申，署篆南宾，东下。风吹一瞬来嘉州。空翠插天拔地起，白云荡漾豁心眸。作镇坤维控梁益，八十四盘费冥搜。江如玻璃照蛾眉，侧思明月半轮秋。兜罗绵中佛光现，遥睇不见空烦忧。我欲蜡屐将粮裹，铁瓦殿里学佛坐。圣灯飘忽半岩明，天花缤纷当空堕。西顾雪山玉嶙峋，山顶可望西域雪山。下视尘寰热如火。可惜轻舟去如飞，白毫千片映斜晖。回望碧岫影依微，云中仙人手频挥。嗟尔食肉徒痴肥，天生灵境与世违，太息缁尘沾我衣。

题郫县郫筒池亭为李恭甫同年 有二井，传云："山涛作郫筒酒。"

李白豪饮似长鲸，曾筑酒楼在任城。任城李君来游蜀，郫筒美酒谁同倾。

我闻郫筒甲天下，平生思饮无从贳。爱君风流意萧闲，闲来池上倾杯斝。古来胜迹多模糊，韵事还应属吾徒。每惜苔深迷客屐，空闻鸟语劝提壶。仙吏举废兼好古，肯教台榭久荒芜。花竹扶疏幸无恙，方塘更喜澄波漾。雕栏几曲护平桥，耳目重新客疏放。丝丝秋雨锦城西，芙蓉零落寒蛩啼。青莲仙去酒徒少，明月重临舞袖低。我欲从君池畔坐，会须一饮醉如泥。

鸦片烟

余少时未闻其名，过四十岁，闻省会间有嗜之者，大都荡子游棍及衙署长随，久乃渐及市镇商贾，渐及闾里纨袴，俾昼作夜，百事俱废，倾家荡产，身命随之。谕之不听，禁之难止，甚至贻忧朝廷，聊述短歌以志。

挥金如土性不改，黄金换土贫不悔。饥不可食较食急，亿万性命填沧海。初闻人嗜淡巴菰，继有鼻嗅香亹亹。年来更尚兰州制，吸烟以火济以水。何意土自洋外来，化作浓膏拟凤髓。一吸精神健，再吸支体尽畅美。遂令天下耽逸豫，不愿求仙愿作鬼。奥室无风帘幕垂，绣榻锦茵列银匙。金缸花灿红影摇，妮妮有人同卧起。一管如笛珍宝嵌，互相劝酬味弥旨。俾昼作夜百事废，斯人终当以乐死。壮者尫羸富者穷，穷者效尤遍闾里。可惜金钱数千万，尽流海外何底止。边臣暴怒绝西夷，千箱土膏尽销毁。夷人失利逞凶锋，海舶直闯长江里。贻忧廊庙宵旰劳，奸人甘为夷人使。皆汉奸为导。内地更种罂粟花，煎汁作膏强效彼。初纵淫欲作媚药，兼夸宾朋示豪侈。癖入肺腑毒难除，至期不吸形神委。夺其鸩毒不肯听，覆辙接踵纷纷是。我欲作歌警斯人，斯人闻之但笑耳。

支机石

黄河之水东复东，灵源上与银河通。俗客梦寐那能道，瑶台玉阙排虚空。何人乘槎探星宿，天孙织锦欣相逢。临别赠石意郑重，至今磊砢留蜀中。苔痕斑驳绣满体，佳话留传惊儿童。疑自娲皇百炼后，偶余一拳在璇宫。星榆月桂相掩映，高峙银潢碧玲珑。想象来往凤衔梭，万缕云霞杂青红。此石支机如砥柱，怒号万窍任天风。又想载归冲骇浪，攫夺不复畏蛟龙。兀圃琅玕那敢并，西域葡萄载许同。波斯碧眼不能识，但惊深夜光吐虹。汉武域外求珍怪，开凿道路烦唐蒙。何不搜罗归上苑，委弃荒草经千冬。星辰谪降人所惜，谁施斧凿加磨砻。春来百花满锦里，绣错不及云锦工。织女机丝虚夜月，杜句。雨淋日炙恼天翁。敕下六丁来取将，指挥列阙走丰隆。仍归天上伴素娥，下视五岳非穹窿。

题黄梅樵小照高山中古松流水，趺坐其间，童子抱琴侍

每叹江湖羡廊庙，身经仕宦羡江湖。梅樵才气脱颖出，志在山水何为乎。年少不廉诗兼画，琴韵萧疏指法殊。奚奴清辰至，示我一巨图。位置丘壑里，形貌清且腴。四面万仞叠青嶂，流泉曲折喷玑珠。上有欲动不动云，下有古松三五株。境似洪荒无人至，君独孤坐学跏趺。松声萧寥入太虚，泉声断续密复疏。天籁倾听谱难摹，一心默印非模糊。安得从君酒一壶，素琴不弹成亏无。

为章山甫题携琴放鹤小照

我家子晋游仙乡，跨鹤夜半空中翔。缥缈玉笙吹不断，月明如昼天风凉。青田有种觅不得，想象白羽徒傍徨。章子好鹤素有癖，更蓄无弦琴一张。雅宜置之丘壑里，入耳松风谱宫商。胡为一官似樊笼，逸翮不得排天阊。诗含元音追太古，无谱有调声琅琅。闲命画史写幽趣，襟怀潇洒非颠狂。下与和靖为伴侣，上与元亮相颉颃。不屑腰缠十万上扬州，但看一放寥阔天苍茫。不必高弹一曲要人和，且令奚童收贮古锦囊。从此游西湖，泛潇湘。撷昆圃之云霞，酌北斗之酒浆。号天帝外臣，听广乐铿锵。浩浩乎，吾不得而追逐，望蓉城兮天一方。

寄韩百木代柬时在荣昌

慨然焚砚且投笔，谢别乡邻束装出。驱车已失泰山云，回头犹见东海日。惊波万里渡黄河，洛阳繁盛今如何。长安宫殿劫灰尽，太华如黛空嵯峨。壮怀未衰身已倦，劳劳风尘历郡县。栈道千盘穿白云，蜀山万点惊初见。益州富饶控蛮方，城中画栋连雕墙。濯锦江头访诗阁，浣花溪畔问草堂。选胜不乏佳丽地，知心不见徒傍徨。聊僦一廛如民舍，米珠薪桂愁空囊。前年南宾得借手，政拙那能称慈母。案牍劳形心已烦，未得闲窗倾一斗。今岁昌元犹故吾，往来冠盖织道途。饩牵酒浆细事耳，闾里舆马频追呼。一别四载须发皓，乡邻几人坟宿草。童稚交游尽老苍，百木先生颜色好。书来怪我音信疏，几度唏嘘伤怀抱。男儿每恨不成名，一登仕版劳远行。鸿雁南北各乡县，苔岑异地难寻盟。陇云秦树迷远望，春风秋雨增离情。夙昔鸡窗共弦诵，文坛盛名推君重。转瞬年华付逝波，始信才大难为用。豫章千尺排风雷，骏骥逸足超驽骀。家园天伦有乐事，何必奔走逐尘埃。高歌寄君聊代简，料得伸纸笑衔杯。

仁怀贼 九月二十八日，綦江县穆玉瓒来重庆，告穆继贤与贵州仁怀县袁天纲作乱

鸱枭夜叫飞火红，匪徒啸聚鸣刀弓。阿谁赤手撄蛇虎，顷刻弃甲化沙虫。綦江章外委[①]往捕被戕，兵亦受困。据险筑寨守弥固，炮石如雨难仰攻。初起铁匠坝，后据方家沟。屡胜气骄势莫当，贼寨负山枕溪，筑墙坚固，仅一线路可进。两败黔兵，夺劈山炮四尊，自墙孔打伤官军。十二月初二，杀猪羊，击鼓甚嚣。长围渐合仍自雄。贵州余提军福、协镇庆方伯、四川张镇，前后领兵至。假托神怪诓流俗，诡云神佛降生。僭称王号惊儿童。有“困山大王”名目。妖女走马突坚阵，蛮刀绣袄矜花容。红衣女贼称“黎山老母”，又有“千手观音”等名。是时风鹤多警报，一隅震动撼邻封。蜀甲严堵团乡勇，星罗棋布水不通。螳斧奋怒方旅拒，飞烟一道炮直冲。十二月初七，黔兵由正面、川兵由背面夹攻一昼一夜。至初八，将贼巢攻破，杀烧殆尽。焚巢难救须臾死，绳缚手足刃陷胸。聚而歼旃众称快，生擒首逆争献功。安饱坐享太平福，胡为倡乱劳元戎。家室一旦随灰烬，白骨蔽野覆蒿蓬。我武维扬天助顺，如使蔓延祸难穷。忆昔教匪起川广，宿师八载国帑空。山谷流血城邑破，艰难百战人心恫。初起揭竿数百耳，纵贼贻患谁养痈。蠢兹小丑速扑灭，四处奸宄销凶锋。焰焰者息涓涓绝，我欲钟鼎书勋庸。呜呼，我欲钟鼎书勋庸！

纪事

淄川西关孝妇河，夜半水陡高数丈。门外石牛漂去数里，雉堞崩坏，庐舍随波去者甚多。戊戌事。

般阳百雉屹崇墉，石桥新筑戊子修亘长虹。夜半忽闻蛟龙吼，雨飞雷击挟狂风。有如项羽百万卒，排突谁敢当其冲。大海腾波鲸鱼立，倾翻贝阙倒龙宫。石牛横卧镇水怪，顷刻漂没难寻踪。妇号儿啼惊仓卒，两岸焜耀灯火红。居民见两岸灯明，蛟龙目睛也，水面露首，似牛羊者无数，数百年未有之异。鬼神迁移避阨劫，居者有梦神令其同迁者，未几庙沉，阖家漂去。吁嗟怪事惊老翁。吾邑万山作屏障，城垣垒石坚如铜。数百年来绝水患，何意阳侯急相攻。雉堞颓落如飘瓦，庐舍

① “綦江章外委”当为“綦江外委章”。《清宣宗实录》卷三百十七载：“道光十八年戊戌十二月戊辰朔，谕军机大臣等：本日据伊里布等奏，贵州遵义府属之仁怀县与川省接壤，有民人穆继贤与武生赵应彩因仇涉讼，将赵应彩杀毙，纠集匪徒数百人乘势恣抢，并纠合谢姓疯女及素能医病之袁明伦，妄称能知祸福，煽惑乡愚。经仁怀县知县王鼎彝、綦江县知县毛辉凤督率兵役乡勇，杀毙贼匪赵应松一名，拿获李永远等十名，外委章泗明及兵勇十余名，猝被戕害。”据此知，“章”指“章泗明”。

随波类断蓬。春夏无麦蝗兼旱，望雨不降祷苍穹。一时暴雨翻为害，虽欲堤防难为功。安得射潮三千甲，助我奋怒挽强弓。呜呼，助我奋怒挽强弓！

夜饮大醉

更漏初沉云泱漭，微雨萧疏滴阶响。主人大呼开酒樽，宾客纵谈兴豪爽。今我不乐复何如，世人拘囚投尘网。日前锱铢苦营营，人生能着屐几緉。太华峰顶吟谢诗，黄鹤楼头被羽氅。古贤风流几百年，胜事还应归吾党。酒间琐屑话故山，或兴嗟叹或抚掌。蒿目群蛮肆披猖，戍卒络绎縻国帑。若个请缨赋同仇，快斩毒蛇缚狂象。书生弄笔付空谈，负此七尺徒昂藏。远困征输近苦兵，吾曹为吏每泚颡。且共衔杯剪烛花，坐卜今岁庆丰穰。重庆阖属雨旸最调。

猓猓

升平四海息金鼓，端拱垂裳干羽舞。西南一隅分两川，千里沃野号天府。边塞有地等瓯脱，包藏猓猓难悉数。万峰插天云雾屯，缘岸窟穴长子孙。略有支派无统属，视强有力各推尊。不解诗书与耕稼，度外弃置任生存。连年出巢扰郡县，部落期会屡传箭。我出彼归归复出，往来奔命我师倦。兵聚粮乏风鹤惊，未得堂堂快一战。汉人亡命此遁藏，教之背畔更猖狂。掳我赤子为奴隶，朝为犁田暮驱羊。盘曲有路才一线，七月高岭已飞霜。深箐密树不逢人，壮丁突出劫军粮。官兵积怒齐奋吼，誓灭丑类荡渊薮。前阻危峰未得上，转瞬群蛮已跳走。健卒搜伏中毒弩，大雪迷途寒缩手。千蹊万径连黔滇，我欲阨要何处守。我思武侯镇益州，选兵炼将裕奇谋。胡不剪灭留遗种，历代为患费持筹。视若癣疥无大损，潜耗膏血心烦忧。吁嗟乎，斩蛟屠鲸不足恐，蜂虿伤人实堪痛。弦诵安能化犬羊，搏击有时困鸾凤。大吏爱民视如伤，分兵设汛捐廉俸。团集乡邻练已成，随军指挥皆可用。我劝流民早归田，甘霖递沛秧可种。枕戈子弟矢同仇，处处劲卒不在众。

海棠

昔见放翁赋海棠，家家有树如堵墙。红云乱将锦城裹，低者三丈高难量。我来川中急寻觅，爱而不见徒傍徨。江上芙蓉亦寂寞，屡遭兵燹根株亡。传闻昌元有异种，丰韵殊绝兼有香。偶尔承乏惬素好，访诸耆老事渺茫。海棠堰旧有数株有香，久不存矣。执图索马乏雄骏，刻舟求剑心更盲。幸有一株讼庭侧，猩红雨湿随风扬。有如苎萝遇村女，今日姿貌亦寻常。忽忆乡园花自好，开时满院锦屏张。岁岁春回花如故，年年客游鬓已霜。东风力软稳睡足，何人烧烛照红妆。空谷佳人自妩媚，翠袖单寒怨夕阳。

偶书

生不能献赋明光宫，又不能作文谕蜀将。路通便当跨健马，挽长弓，扫荡蛮夷辟蚕丛。胡为碌碌随人后，低眉俯首如孩童。古来丈夫死不朽，封狼居胥铭奇功。白面书生空奋舌，画饼何由将饥充。圣主侧席急求士，破格收录罗俊雄。军骄难驭讲法律，士不宿饱劳元戎。兵聚则强分则弱，千里绵延路安穷。况复层岩共叠嶂，树木参天雾蒙蒙。我往为客疲道路，有长莫展难为攻。一朝大雪没马鼻，浴铁劲卒化沙虫。大帅持重先讲守，新设五处汛兵。甲兵十万罗胸中。星罗棋布联指臂，招募少年壮军容。以逸待劳反主客，出则歼旃捷如风。土著团练烦父老，有警则战暇务农。从此共享升平乐，偃旗息鼓庆年丰。

阅小说演岳忠武故事

十二金牌火速至，将军不得黄龙醉。宋家自坏万里城，金人酌酒桧得意。忠烈至今炳汗青，父老谈说犹垂泪。枝叶附会自何人，想村夫子略识字。亦知演说多荒唐，自是人心感忠义。痛斥奸相慰幽魂，似欲呼冤动天地。丈夫烈烈岂惜生，要使千秋无非刺。奸人秉权快须臾，遗臭无穷岂云智。莫言妄说亦妄听，春秋褒贬于斯寄。

秦镜 吾邑袁孝廉松篱得秦镜，王阮亭、高念东诸前辈皆有诗，今不知镜所在矣

秦时明月依然在，秦家山河仍未改。美人化去随风烟，香魂何处耀光彩。阿房宫殿昔嵯峨，晓起梳妆写翠娥。三十六年君见否，珊珊红泪镜中多。咸阳一炬山鬼啸，秦人啼泣楚人笑。金环玉珥尽劫灰，万人白骨火光照。犹剩团圞月一规，土花绣涩减清辉。拂拭重磨还想象，六国佳丽谁瘦肥、。二千载事须臾景，虎蹶龙兴皆泛梗。从知万象本来空，镜里原无美人影。诗人彩笔斗新妍，镜杳诗存意惘然。不如玉箫随风去，广寒宫里伴婵娟。

鬼车即九头鸟，蜀地有之

天阴月黑积深雾，群声啾唧浮空度。九头啾啾俱鸣。滴血洒庭人抱忧，岂有积冤如欲诉。天青日朗晴云开，汝藏何处胡不来。深避弓矢亦可悯，特恐尔为枭獍魁。燕雀依人在房舍，居心无猜岂遭射。碧火荧荧聚鬼魅，徒党出游必深夜。幽气逼人令人惊，何如暗度且销声。文明自有凤凰在，雄鸣雌和天下平。

遣兴

独立缥缈飞楼上，翘首欲览尽八荒。西不见昆仑，东不见扶桑。但见元气与天合，咫尺千里烟茫茫。洪崖未拍肩，何处白云乡。那知青冥外，玉宇琼楼射寒光。罡风吹我身摇摇，心生恐惧难飞翔。不如平地置足稳，四体偃仰卧匡床。蚁营一穴堪聚族，鸠莺腾跃止榆枋。万里乘风惊雪浪，堂坳芥舟比潇湘。

为同年钱香士题《贻经图》

怀才不遇身已老，清白家世书为宝。可惜传经手口勤，未得亲见决科早。即今雏凤凌云翔，犹忆趋庭一编抱。我自总角侍严君，朝夕督课费探讨。青云同此期望赊，一第艰难今潦倒。试披图卷欣羡多，快睹芝兰非小草。吴越霸气余雄风，派衍滇南奋文藻。莫苦生前志未伸，有子克将前徽绍。孙枝眼底又森森，峥嵘未肯觅梨枣。还开青箱读旧书，蛟腾豹变慰祖考。

桂将军涵

莫道草泽无英雄，夺槊舞刀疾如风。争先跳荡铁麦杖，负气跋扈周盘龙。有才莫展甘落拓，剑气夜烛牛斗红。此际两川豺狼起，嘉庆元年，教匪徐添德起达州，王三槐、冷添禄等起东乡应之。破邑攻城焚村市。妇子号泣何方逃，乱民从贼势莫止。奋臂崛起桂将军，将军村中匹夫耳。奸细来诱进甘言，将军裂眦立诛死。团集乡邻独当先，率数十人败数千。左右官军屡杀贼，鼠子奔窜散如烟。偶陷重围敌竞进，匹马横贯无坚阵。有时间道出奇兵，从天降下挥白刃。头颅纷落血乱飞，并归黄泉不及瞬。将军每战，手斩一二百人。累功手握大将符，深谋非仗胆气粗。扫荡群凶靖疆宇，坐镇百蛮敢支吾。吁嗟奇才不世出，贫贱白眼遭揶揄。纵酒豪歌无所事，槁项黄馘老农夫。

罗将军思举

龙驹蹀躞不受绊，万里方看流血汗。衔辔控驭无王良，坐使雄骏低首叹。跅弛不羁彼何人，屡触禁网几杀身。足裹铁砂疾如鸟，蓬头敝裤目有神。孤栖岩洞无安处，拚死沟壑逐飞尘。不屑乘乱从寇盗，却归乡土御强暴。拔出稠人艾将军，副将艾公识其才，使烧贼营。服君倜傥气桀骜。夜半孤身入敌营，烈炬一然闻鼓噪。风狂月黑万窍号，旗焚枪弃众颠倒。隐身马腹随奔腾，回视火星飞万道。从此贼匪识姓名，遥望旗帜孰敢迎。匹马闯出一敌万，胆大如斗心亦惊。贼匪冉添元心黑，重六斤。当年击剑为豪侠，椎埋少年斗狡捷。父老患苦皆避藏，高冠腐儒遭迫胁。谁知身登大将坛，杀人如草成勋业。金龙后起然余灰，赵金龙亦习白莲教滋事，罗平之。平定亦复仗奇才。两雄崛起弹丸邑，罗与桂俱东乡乡勇。骏烈英风每溯洄。桂提军已故，罗现为湖南提督。鹏飞磨天鲸跋海，雪浪倒卷锦云开。从今流品漫疑猜，巍巍且筑黄金台，高歌大风猛士来。

蛮刀

凉风飒飒寒生毛，有客示我蛮中刀。蛮儿野性最慓悍，睚眦杀人血腥臊。子生弥月会亲宾，各馈精铁代牲牢。一岁一度洪炉炼，柔可绕指劲斩蛟。蓬首赤脚布缠腰，荒山校猎虎豹逃。有时剽掠恐行旅，雪光飞出魂魄消。深夜取视眼撩乱，白月无色星动摇。傅药有毒弩，斩竹利用梢。独刀为利器，珍重牛皮包。湖广昔日民驿骚，猺獞纷起兵戈交。防身反兆杀身祸，流落传玩铁未销。买之百金不易得，壮士佩之心胆豪。安得孝友如王览，脱手解赠系锦袍。

琉球刀

东南日本沧溟包，俗好战斗称雄骜。利刃贩鬻几时到，众人传看惊魂摇。锻非赤精铁，拭非鹈鹕膏。胡为宝光射人目，寒风陡起霜天高。想当海舶来万里，鲸鱼潜遁蛟鳄逃。巨浪如山到船消，龙伯国人不敢骄。昔闻大食有宝刀，近闻白刃数红毛。琉球之人最狡黠，明季入寇兵腾骁。杀人如草不闻声，有时出鞘忽怒号。腥气疑带古时血，过眼浑疑电光飘。我朝恭顺称藩服，干戈久戢弓入弢。家富诗书学礼让，纸入中国宜柔毫。此刀虽利价不高，应化耰锄艾蓬蒿。

谢果堂太守以《春江返棹图》索题

江波万里如碧玉，千峰夹岸青断续。两岸不住猿声啼，花落如雨芳草绿。仙舟渺渺从此逝，临风惆怅歌一曲。会稽门第推清华，埋轮风骨群叹嗟。太翁芗泉先生忤权贵，直声振天下。銮坡接武留彩笔，卓鲁治绩冠三巴。先生一挥手，不屑牛马走。世间腐鼠从人吓，诗里青山我素有。米船惟载画，陶门且种柳。惟有锦城不能忘，父老垂泣说贤守。更有牵情属吾徒，摹绘行色一艇孤。心逐江水流不尽，那得耸身入画图。滟滪堆前风淅淅，入耳奔涛似箭激。巫峡连云立铁壁，衡岳迎人翠欲滴。布帆安稳调素琴，韵带三峡流泉音。归去东山留别恨，青天孤月江水深。

题谢果堂太守《平夷凯旋图》

万峰插天迷背向，群蛮出没肆劫掠。深箐密林藏窟穴，狼奔豕突难扼吭。奋起提戈成都守，结束戎装随大将。蹊路丛杂未易寻，毒雾湿云蒸作瘴。三军趑趄催不前，仄径危崖愁难上。太守儒生行独先，切齿杀贼胆气壮。毒矢硬弩未及发，敛戢螳斧孰敢抗。小丑跳梁自昔炽，诸葛多谋慎边防。至今遗种未剪除，饥则出掳饱则扬。绵亘千里连滇黔，兵劳跋涉艰馈饷。一朝献馘俘蛮酋，背缚累累列戎帐。逆者立枭降不诛，积年抑郁借此畅。民乐耕耘匪遁藏，我得披图神犹旺。当时袖手不言功，阴如长城作保障。蜀江泺泺蜀山青，太守去矣民惆怅。愿将朱鹭铙歌曲，权当阳关折柳唱。

为陈芾村题《美人图》

倾城颜色古今难，美人只合画里看。粉黛易描丰神杳，最难秀骨韵珊珊。懒向画堂歌金缕，低垂翠鬟娇无语。凝眸斜盼若有思，撩乱春愁不自主。晴丝飞絮共悠扬，何事牵情欲断肠。细细重寻昨夜梦，伫立凝神花树傍。

题杨未禅先生小照

未禅先生古为徒，年逾八旬貌不癯。潇洒标格拟松鹤，画作屏风足楷模。开箧示我图一卷，自云故吾非今吾。对面瞠目不相识，但惊魁垒伟丈夫。气压千人目炯炯，容颜虽异神不殊。宴坐盘石对涟猗，田田荷叶水面铺。回首三十年间事，恍隔尘世半模糊。僻壤边域久沉滞，蛮烟瘴雨亲驰驱。同辈几人秉节钺，历年拙宦仍守株。天公作意相困阨，素志倔强一胡卢。锦江万里泻胸臆，随手挥洒千斛珠。酌以玻璃太白酒，侑以琳琅玉局书。况复当年气豪迈，那肯琐屑计锱铢。世间炎凉态万变，道心静对寂如无。摆脱轩冕返初服，垂垂老矣友樵渔。鉴湖一曲何足羡，小园花木供清娱。独惜卷中人英特，栋梁巨器侪散樗。我劝先生再写照，青瞳广额白髭须。疑佛疑仙任评论，平生自信道非迂。千秋自有不朽在，索之形骸迹已粗。

送骆莲桥罢官归里 同年骆莲桥旋浙，作长句送行，异日扁舟蓑笠，迟余于湖光山色间也

白衣苍狗任风牵，虫肝鼠臂皆随缘。此身以外非我有，逐逐马足徒堪怜。眼底宦场似传舍，几辈起舞矜先鞭。霜蹄一蹶终不振，从前百事付云烟。骆君年少取科第，风流才调真翩翩。一官破甑何须顾，两浙自有好山川。我闻西湖如西子，阴晴窈窕俱生妍。久为物役不能脱，何由快睹云水鲜。有官亦须早弃却，恨君犹未识几先。真我不随物得丧，真乐独喜全其天。与君棋酒且角胜，闭门一任雨连绵。扰扰蛮触勿挂齿，以鱼羡鸟夔怜蚿。蜀道艰难叠层嶂，岷江悲壮涵秋烟。王郎拔剑频斫地，高歌扶风豪士篇。有口还存老聃舌，有怨莫奏蜀国弦，高堂奉母喜称寿，与子偕隐且归田。

烈妇诗 烈妇历城孙氏，父名礼，嫁淮川彭家润。家润客游燕赵，有欲嫁之者，烈妇守贞饿死

寒松抱贞心，修竹挺坚节。不历冰霜酷，那得表清洁。吾离乡井近十年，忽传烈妇为心折。有时鸾凤倏焉合，无端分飞何决绝。妾堕淮海云，郎随燕山月。望夫山头欲化石，杜鹃枝上空啼血。何来强暴觊贞姿，同室操戈势孤孑。待月月不圆，抱玉玉肯缺。克全大义惟一死，黄金满筲志不屑。伯夷登山但采薇，苏武仗节只餐雪。扶持纲常丈夫事，妇女蹈义更勇决。身可槁，心如铁，粒可绝，名难灭。世路多险艰，人生苦离别。忍死犹望郎归来，气尽但愿死同穴。济水茫茫家千里，贞魂杳杳恨难泄。故里父老得闻知，几人感叹几呜咽。

筒车

缚竹为轮圆复扁，截竹为筒形制短。以筒布轮雁齿排，以轮入水轮自转。溪流汩汩不暂停，层层挹注往复返。天生万物听人用，播弄化机如戏玩。灌园

翻笑桔槔劳，车无活水须人践。独此回旋任自然，以笕通流无近远。四野无人车自忙，泻玉喷珠余波散。地中风轮能知天，水中竹轮能御旱。我本山东识字农，道旁见此惊双眼。安得临河二顷田，毕世为农从我懒。

明镜词 滑县强公克捷长子妇，贼入署，在门后，以镜击贼毙

明镜光皎皎，照见妾颜色。但咤貌如花，谁知心似石。门内黾勉事舅姑，门外喧呼惊有贼。胥役皆倒戈，死生争顷刻。吁嗟乎，红颜娇无力，明镜明镜，汝照我容颜，愿照我胸臆。我不能疆场驰怒马，又无霜刃握戈戟，我将持汝奋力击。一贼昂然入，身匿扉后贼不测。镜光闪烁如飞电，血肉乱迸拚一掷。一贼既踣一贼继，举镜照胆贼夺魄。吁嗟乎，红颜娇无力，勇实百夫特。弱者投缳怯者污，若个妇女敢拒格。人生拚死非甚难，所贵临危不惶迫。贼怒真切齿，恨不即寸磔。手足钉门三日死，生气勃勃怒容赫。阿夫不在室，阿翁死报国，妾如明镜圆不缺。心如明镜光四塞，世间丈夫愧冠帻。

铜鸭炉歌 渔人得之漳河。腹有字曰“铜雀台东阁”，又有“孟德”二字。鸭立荷叶上，宝光射人

黄鹄高飞横四海，何甘雌伏匿光彩。阿瞒鼎足称英雄，那肯老死脂粉中。晚年分香乃垂泪，铜雀台高难稳睡。转瞬丘墟瓦砾堆，漳水东流咽怒雷。千年铜驼埋荆棘，忽有铜垆出水隈。昔闻铜垆恨未见，含毫题诗空欣羡。今日草堂客携来，宝光四射摩挲遍。巧铸鸭形口微张，似欲长鸣望空翔。睥睨汉鼎久贻臭，独遗宝鸭尚流芳。当日干戈斗龙虎，温柔乡里能容汝。老奸画灰多秘谋，鸭如能言应有语。吁嗟乎，东阁宠妓锦帐红，绣履化土随春风。铜垆竟落书生手，侍儿添香烟袅空。我语陆君酒更酌，万事过眼舟藏壑。君家有砚心太平，流传吾邑谁能攫。安得共置几案旁，宾主相视乐复乐。

田家四时乐

其一

上元已过气暄妍，细雨漠漠洒平田。红杏阡陌驱黄犊，绿杨儿女戏秋千。何处巷中卖粔籹，共看陇间饷鸡黍。农夫携来话从容，馌妇簪花相尔汝。林外恰恰闻啼莺，布谷和答课阴晴。老翁昨日纳租回，商量作社买豕烹。

其二

暴雨初晴山泼翠，荒陂水满鹅鸭戏。绿树阴浓卧疲牛，老农枕块方酣睡。轧轧缫车煮茧香，活活流水长新秧。切瓜井畔争消渴，濯足溪边共乘凉。袒衣争席随处好，礼法何能拘野老。过往贵人盛车骑，仆仆红尘正烦恼。

其三

豆棚谈笑雨如丝，坐看禾颖珠露垂。万顷黄云堆绣罫，一林红叶映疏篱。共说丰年自昔有，今岁亩更添数斗。观优欢走牧豚儿，赛神醉扶携杖叟。预筹旨蓄灌韭菘，织妇惊心霜露浓。莫笑乡间俗朴鄙，梳得高髻似城中。

其四

三时力作此时安，短褐被体不知寒。墙根炙背黄绵袄，栏外饰观黑牡丹。稳睡不须晨起早，锄犁挂壁如珍宝。嫁女老媪议花钿，放学幼童争栗枣。邻里互邀饮屠苏，家家计日换桃符。大雪压檐不出门，围炉说鬼争喧呼。

试院老树歌嘉州试院，旧建昌道署，屋枕高冈，古榕两大株，绿荫压屋，夏日憩息，清风飒飒，遥望九峰，翠壁丹崖，如置身九华也

突兀轮囷大莫容，老干横压绿阴浓。六月炎蒸不知暑，赤日难透影重重。官廨自昔驻旌节，何人手植根屈铁。两株离立争雄长，蛟螭盘拏逞诡谲。上接灏气苍天低，下蟠九泉厚地裂。意态雄杰轶绳墨，终因得地免摧折。抡材大匠频顾盼，几回婆娑叹奇绝。高冈四望眼界空，九峰云气互明灭。耳畔天籁奏笙竽，面前翠屏参差列。文星夜静吞光芒，木魅退缩走颠蹶。枝干能排半空雷，鳞甲犹带太古雪。翠幕沉沉抵万间，厚积风涛蓄未泄。如斯大木荫庭除，搜剔何须到岩穴。千载疑有鬼神护，霜压冰欺等闲阅。幸全天年甘不材，胚胎中有元气结。吁嗟乎，孔明庙前古柏苍，青牛文梓敢雁行。从来无用有大用，令我对此心茫茫。

题赵稚竹《轻舟出峡图》

丈夫郁郁不得展，局促一室缚如茧。纵能读尽万卷书，耳目闭塞气骨愞。稚竹少年志激昂，挥毫落纸生光芒。卓哉竹庵有佳儿，贫无余物惟缥缃。三峡倒流风浪涌，游子裹足心惶恐。羡君谈笑狎波涛，扁舟溯洄志何勇。赤甲黄牛天下奇，猿声清彻杜宇悲。千古诗人纷在眼，江山如故待新词。昔年曾题竹庵图一纸，万里乘风咫尺耳。竹庵有《万里乘风入峡图》，尝为题之。今日又得题此图，乔梓先后真媲美。飘然布帆又向东，归舟难挽惜匆匆。锦城一面无多日，寄来佳句清如风。未得离筵奉杯酒，赠诗如云当折柳。来书云赠行诗百余篇。客装收

拾珠玑满，卧听江干蛟龙吼。

老鹤

老鹤健翮横九州，俯视凡鸟群啁啾。朝来蓬岛仙为俦，暮翔阆苑栖琼楼。白云缥缈瑶泉流，旧巢古松蟠蛟虬。上溯尧年岁月悠，一鸣一举三千秋。沧海几变为青畴，倏忽城郭埋荒丘。鸡鹜争食心所羞，鹨抢枋榆将何求？蜗角酣战纷戈矛，莫辨蝼蚁与王侯。红尘百丈徒烦忧，安能拘牵若笼囚。凤兮凤兮可与谋，清霄长唳聊同游。

乌哺雏

乌哺雏，乌哺雏，禾稼已收百草枯。霜风刮地起，寒气砭肌肤。此时日暮云模糊，众雏苦饥群号呼。老乌老乌甘劳瘁，嘴距遍索颗粒无。幸得半粒珍如珠，饥不下咽还哺雏。老乌日渐瘦，众雏日渐腴。振翼凌八表，个个择匹相欢娱。天寒日短朔风粗，可怜饥冻有老乌。众雏分飞，各已领雏。回思己身受哺时，老乌野外口卒瘏。呜呼，老乌野外口卒瘏！

题韩文公“鱼跃鸢飞”字 石刻在阳山县，潘紫垣尊人作令时拓来

堂堂儒宗树伟节，一艺擅名讵所屑。载道文章首昌黎，衰起八代力屈铁。排斥佛老阐六经，何暇染翰问笔诀。拓来四字蛇龙翔，翩然欲仙丰韵别。是时贬谪宰山阳，侘傺幽忧应郁结。鸢飞鱼跃露化机，缅怀胸次融冰雪。有唐书家各争长，褚虞欧柳推前列。专门优劣较毫厘，如此超诣叹奇绝。道力静深与天游，但以神运形迹灭。文笔倔强诗排奡，未藏锋棱费剔抉。偶然作字入逸品，想经磨炼豪气折。游鯈出水乐自然，轻翼凌风才一瞥。乃知大儒包万有，游戏偶传敢轻亵。至宝还应什袭藏，斗室悬壁自怡悦。阿买更工八分书，惜无墨迹留残碣。

夏日荷花盛开，落后仅存一花，嫣然独媚，为赋此诗

连朝看荷花露新，红妆竞出不染尘。先开零落后突起，尹邢争妍工笑颦。几番莲房老结子，叶大翩翻翠覆水。又如宫女闭长门，青衫憔悴发不理。繁华转瞬古今愁，风雨离披不耐秋。忽放一枝矜秀艳，晚香新粉似含羞。从来美人称绝代，孤芳肯入五家队。无人妒宠更堪怜，蝉声寂寂斜阳晒。

桓侯鞭桂提督涵得桓侯铁鞭，重五十斤，长六尺，送往阆州，悬墓前

黑云压营旗欲折，瞋目大呼胆气决。丈八蛇矛左右盘，以短济长更奇绝。手掔虎尾舞如风，五十斤重六尺铁。匹马入阵万人摧，模糊尽是敌人血。汉家王气终，火井焰不红。有刀不斫严颜头，有剑未剚曹瞒胸。但恨铸错不继壮缪后，荆襄掎角成大功。我朝有虎将，崛起忠且壮。当年灭寇定两川，铁枪一杆无与抗。遗器传留忽入手，缅想英风神愈旺。魑魅白日俱遁藏，壮士袖手敢相傍。敬奉灵祠慰忠魂，一物千秋大义存。抉破疑冢七十二，鞭尸三百看血痕。月黑半夜作雷吼，将星垂芒天地昏。

子龙盔在四川某县庙中，流寇之乱失去，今所悬乃别铸者

丈夫功名在鍪兜，荡灭群寇匡九州。伟哉子龙通身胆，长坂一战功谁侔。力争汉中扶危运，曾却曹瞒万貔貅。脱胄露面人争看，飞将骨相宜封侯。仲达巾帼何足道，魏王九锡亦沐猴。豹死留皮龙脱甲，一物流传足千秋。明季寇乱如鼎沸，竟堕劫灰杳难求。后来重造如赝鼎，凡铁无复光气留。吁嗟当时无虎将，夔门失险神鬼愁。谁击诸葛鼓，谁执翼德矛。虎头燕颔戴铁盔，誓不灭贼心不休。胡为乎，弃甲如山为累囚。

记异

老农侈口谈五行，金生水旺言可凭。昔记鼓浪飞长鲸，今属子年又逢庚。吁嗟，三春枯旱不得耕，万众祈雨鸣鼓钲。忽然翻盆雨暴倾，千村号哭万壑盈。秋闱士子困旅行，踟蹰不前邮舍停。一夕陡涨蛟涎腥，急急登楼望眼惊。千人高处逃微生，骇浪一激危崖崩。顷刻汩没不闻声，浮尸乱漂鼋鼍争。太和镇事。节使星驰阻路程，江涛突起围高城。转而祈晴不肯晴，雨师奋怒轰雷霆。风伯助势山谷鸣，对面不识昼昏冥。人鬼错杂云雾生，魑魅吐火形狰狞。桑田漂没为沧溟，纷纷号哭多穷氓。我皇当今政肃清，调和二气歌升平。胡为阴盛非休征，内无女宠斗尹邢，外无柄臣乱廷评。或谓夷匪肆侵陵，浮海弄戈螳臂撑。朝廷命帅统劲兵，楼船下濑方扬旌。且喜晚霁小窗明，戏拈秃笔聊适情。

送杨缜亭赴峨边

男儿生当阅世变，慷慨为国当一面。不能提兵万里制强敌，亦当慎固防边

息传箭。小丑跳梁何足诛，蛮性飘忽若飞电。往时命帅捣巢穴，未得堂堂会一战。君今乘障备折冲，幸遇盘错利器见。吁嗟穷山劫掠频，瘠田荒废求谁佃。父老破胆惊风鹤，流离敢将故庐恋。自古循吏不矜才，调和军民室家奠。我往为客居则主，闲暇期将士著练。孤城严闭肃弓刀，八月天寒飞雪霰。异日功名在兜鍪，即可从今焚笔砚。

署中海棠含蓓蕾，如指大，时方孟冬

孟冬初寒凛霜雪，蜀地炎燠气候别。梅未含蕊铁干撑，海棠一枝红绽裂。误道夭韶抱冬心，深愁躁进元气泄。众卉方敛争出头，美人含笑先攀折。

扁崖子

危崖崩落逼人冷，溪流喧豗气力猛。乱石排空如马牛，两壁夹束谁能骋。何年五丁初开凿，元气混茫匿日影。仄径断绝木接联，徒旅送目先缩颈。下舆彳亍步徐移，抠衣不瞬示暇整。昔行栈道叹奇险，阎王碥危及凤岭。朅来东川饱阅历，山狂谷很更粗犷。人生乐土果何方，行止随风如泛梗。习惯险恶犹心悸，自愧养气未专静。日晚旅馆解行囊，秉烛暂休罗杯皿。

放言

男儿身当行万里，饱观嵚崎之山浩荡水。又当身经万变阅恢诡，可惊可愕历悲喜。开拓心胸吞云梦，万卷纸上陈言耳。我爱骑鹤之仙人，扶风之豪士。耳畔厌闻苍蝇声，余子碌碌何足齿。前有千古后万年，日月出没循海底。蛮触战争化飞尘，黄河如线岱如砥。何况逐队营锥刀，市侩交欢良足耻。谁将腐鼠吓鸾凤，嫫姆欲骄西施美。纨袴醉梦徒然生，西山槁饿今未死。黄鹤楼畔可把杯，蓬莱阁上御风起。安能伏首处蹄涔，摆脱万缘如糠粃。春风骀荡花乱飞，细雨霏微洒兰芷。睡觉鸟语频唤人，先生无言忘彼此。

赠别章纫香

纫香久已称诗豪，才情逸宕薄风骚。小巫一见气阻丧，偏师孰敢轻身挑。来兹三荣作宾主，笑言欵洽如素交。下笔千言顷刻就，似飘落叶填空濠。雷霆战斗风云涌，金石迸裂鬼神号。掷我数册墨淋漓，读罢仰视青天高。署中西园景萧散，清和暇日引同曹。先生嗜饮称大户，不论斗石呼香醪。池水空明净如玉，高吟数首惊潜蛟。我欲作诗频缩手，猥以案牍自解嘲。岁云暮矣先生归，惆怅无人为捉刀。李芳谷诗册，倩为代题。来年大江春水涨，还望急急理轻舠。

偶书

入天门，击灵鼓。猛虎怒吼，傍徨无侣。玉阙琼阶列仙官，云霞拥护佩珊珊。下土虮虱臣草衣，木食哆口欲何言。下界魔王食人万人怕，岳渎神祇具羊酒，云车风马方远迓。上帝赫怒，众仙画策。敕六丁六甲雨师风伯，蚩尤旗长连太白。天狼搏噬旄头黑，下扫群魔使无迹。下土方扬尘，飞起冰车与刀轮。拔山倒海，役使游魂。阴阳舛逆，天地为之昏。藐此么麽，万类困掀簸。天神敛避，风雷息火。阿佛慈悲，收召惟我。巴蛇吞象腹已果，长鲸千里吞巨舸。驯扰未必同豢龙，淮山支祁肯就锁。摩牙吮血，侈肆披猖。安得囚之昆仑，醢脑扼吭。寝皮食肉，永靖八荒。自此雨旸，以时岁丰穰，君子有谷天降祥。

龙骨车 人以足踏灌田

临崖支架竞灌田，两人踏空立比肩。四足登轮轮回旋，如往而复机相牵。密密雁齿排比联，累累珠贯一绳穿。似蛇寻穴上下翻，掣水汩汩若涌泉。斟酌多寡随所便，人工妙处巧夺天。北土溪涨倒狂澜，危崖峻削岸复宽。涸可立待谁潴渊，纵有机心难施旃。再三叹息每纵观，谁其创始殆疑仙。

盐井

盐产于海或在池，蜀中产盐盐更奇。水伏于地数百尺，地下有无孰得知。欲识地脉探水窟，还凭巧匠凿山骨。穴细如碗深莫测，凿来那复计岁月。一旦水通如通潮，长绳竹竿贯一条。淡水渗漏偏能补，井身以竹贴遍，恐淡水渗入，漏辄能补。肯使点滴得混淆？黄牛挽绳如旋磨，自地升天筒一个。竹竿通透，水满掣上，去其底，水尽泻。倾水成渠如灌畦，铁锅煮盐裕国课。水性不一辨重轻，得盐多寡分浊清。霏霏如雪市中鬻，坚硬巨块运边氓。细者名水花盐，味恶，本地鬻。巨者名锅巴盐，运黔省。荣邑迩来商无力，苦说井久多堙塞。官税不盈频追呼，令我对井三叹息。

火井

火井焰腾汉祚复，巴蜀幸邀如天福。南方丙位占离明，性虽炎上地中伏。屈指兴替千载余，遗制犹存增感触。凿井深深不见泉，热气喷吐似饭熟。竹竿引气如引泉，支分派别竹续竹。煮盐无复费柴薪，更比人间烟火速。无质亦无光，得火如然烛。以火引之，遂不息。猪脬盛贮密不泄，有客赠远携箱簏。阴火浮于水，阳火附于木。火能生土土生火，循环安能测化育。钻燧敲石真琐碎，数千百灶相联属。诸葛当年称盛治，通商富国共尸祝。非徒火德征祥瑞，调元赞化资蕴蓄。方今天子正当阳，炎威赫赫耀南服。

油井

伊昔秉烛油未作，后来银缸光闪铄。孰知大地蕴精液，融似石髓待穿凿。初意欲得水煮盐，无水得油悔铸错。良宵不堪置金闺，其色浑浊味臭恶。浓烟熏腾争掩鼻，安得清赏伴花月。独有神奇堪宝贵，风雨不灭更昭灼。去岁海疆频用兵，海舶高大肆侵掠。飞檄调取来两川，用备火攻敌惊愕。水濡愈炽千炬红，灰飞一霎断蓬索。天下无用有大用，远胜鱼膏照六博。自悔短檠弃墙角，于今白首成濩落。兰膏吐花空芬馥，何似策勋将敌却。

韩娥篇

四川成都盐运使新泽孙女、处士成之女。元末寇乱，叔母易以男衣冠，为贼掠去，托名韩关保，十二年回家。

锦江女儿如花艳，女儿豪侠带霜剑。不信请看《韩娥篇》，英雄儿女一身占。儿家生长本高门，阿翁转运沐皇恩。无端群盗如蜂起，两川澒洞风尘昏。吁嗟弱龄椿萱失，深闺叔母怜慧质。一旦骨肉痛分离，玉貌含羞未敢出。开箱携取男衣冠，总角梳妆别样看。忍使明珠混鱼目，独恐樵采刈芳兰。牵衣泣别难延伫，道旁观者为酸楚。漂萍泛梗各遁藏，海角天涯知何处。满途戈甲马如风，强裹良家入伍中。冒称男子韩关保，指挥迫协负刀弓。杀人如草起腥秽，峻岭深溪那敢退。月黑灯红万帐联，孤身宛转豺狼队。谁氏妖娇露花钿，误落虎口泣呼天。冰姿喷血死堪惜，花貌委身辱可怜。有缘幸遇王万户，拔出火坑得乐土。转赠朋好罗军官，从此奉事尊如父。袴褶从戎箭在腰，蹙眉肯将黛轻描。涸迹旌旗泪偷洒，回头乡里魂暗销。青年出走才十二，荏冉韶光二十四。屡经战阵血染袍，防身惟防意外事。不向东风怨落梅，女萝强附遣良媒。钗裙并坐光辉映，雌雄兔走费疑猜。良宵怕进芙蓉帐，洞房相避不相向。此身恨不变男儿，此时意气何由壮。忽报官家又征兵，策马随军到锦城。儿家门巷何从认，花木斫伐台榭倾。遍向廛间询父老，柴门斜启满荒草。扶藜衰媪步蹒跚，红颜非昔首已皓。转问客来自何方，闻声欲语悲断肠。老眼模糊疑武弁，那识儿身是女郎。含情历诉更呜咽，当日牵衣泣离别。万马丛中烈火飞，炼得贞心坚似铁。一从别后几经春，关河迢递隔烟尘。多少芳容埋黄土，未随新鬼化青磷。闻说生还自远郡，频呼小名颊微晕。失喜花朵光照人，莲出污泥仔细问。手扪刀痕泪潸潸，赵璧无瑕竟得还。腰间穷袴针缝密，臂上守宫血点斑。火伴周防昼兼夜，今日欢欣当时怕。明妃出塞终不归，文姬入关身再嫁。脱却铁衣换罗裳，窗前对镜贴花黄。完节共推奇女子，邻里争看相扶将。洪武天子明堂坐，大开金门受朝贺。惊闻奇迹世间稀，赏赐崇隆万口播。吁嗟乎，灼灼夭桃女儿身，万人海中不能侵。虽非代父边关去，一曲木兰千载心。

都尉冢

西充女子代父从征，以功授都尉。数载弃官归，嫂嘲其腰躯肥大，女会亲邻，剖腹以示无他。葬凤丫山，翁仲犹存，人呼都尉娘娘冢。未详时代姓氏。

都尉古冢草萧萧，林深月黑风怒号。鬼火青红耀凉宵，火光闪烁隐娆娇。似闻铁马声嚣嚣，千载贞魂恨未消。父老太息述前朝，有女代父驰征镳。万里关河去迢迢，旌旗猎猎风飘飖。女儿身健马腾骁，男子装束弓在腰。破敌擒寇称雄骜，敕封大官加锦貂。屈指数年岁月抛，困顿风尘芳颜凋。年过未肯赋《桃夭》，深更风雨叹无聊。眷念故乡心忉忉，欲完骨肉归蓬茅。不着铁衣拖红绡，重施丹粉插翠翘。嫂氏旁看螺黛描，笑指硕腹腾讥嘲。大开华筵备香醪，左右亲邻遍相邀。再拜席前颊红潮，身在行间随征旄。无人识破敢横挑，冰心耿耿日月昭。对众解衣胸插刀，热血喷溢气冲霄。四座惊叹蹙眉梢，如斯节烈劲不挠。辛勤代父著勋劳，惜未跨凤偕吹箫。横被恶言似焚烧，一朝雾散天沉寥。仰视秋天明月高，应有过客陈芳椒，坟头垒块酒杯浇。

文鸾

四川李研斋太史之婢，已嫁生女。研斋随明藩举兵，被执，夫人在家谋以死殉。文鸾请夫人与公子逃，留李氏一脉，而己代夫人，女代公子，官不能辨，遂代戍边。

覆巢无完卵，燎原祸太遽。忠义萃一门，俄顷煎百虑。丈夫报国甘就烹，夫人拚死女中英。更有文鸾奇女子，吐词慷慨明且清。阖门尽节不受挫，可怜李氏无一个。彩凤挟雏请速飞，罪重如山妾当坐。后门夫人出，前门捕者来。引颈就缧绁，兵卒不疑猜。婢作夫人非儿戏，公堂侃侃明大义。满庭官吏惊咋舌，何忍笞辱但垂泪。囚者坦怀奔者忙，间关义士相扶将。谓罗吉甫。风吹海立蛟龙舞，扁舟一叶出汪洋。钱塘骨肉重聚首，夫得见妻子随母。痛说桃肯代李僵，太史珠泪倾盈斗。翻城背主有多人，不惜名节但爱身。谁如纪信能诳汉，惟愁赵璧轻投秦。消息难达书一纸，入网安知生与死。婉婉弱女智勇兼，人臣捐躯应尔尔。沧桑家世痛流离，皓齿红颜又一时，谓娶钟山秀才。南国花月英雄泪，北塞风沙儿女悲。当年精卫志填海，百折九死终不悔。感激忠烈摧心肝，仗义还凭巾帼在。吁嗟乎，男报主，妇抗节，婢子酬恩更奇绝。蜀国哀弦不忍听，蜀山杜宇空啼血。山可移，江可竭，千载芳名应不灭。

西园第一会题《桃李园夜宴图》

天地为庐我为客，春光欲去留无策。白日匆匆易黄昏，乘闲为乐中情迫。谁写翩翩李青莲，桃李园中集群贤。良宵兴发相嬉游，天伦乐事开芳筵。银烛高烧花四面，红儿雪儿侍笔砚。看他豪气笼千人，欲争大块文章绚。举杯邀月月飞来，嫦娥更劝酒一杯。芳树如幄围绵绣，高座摇笔走风雷。诗仙酒仙古未有，共惊文光烛牛斗。诗成得意解者谁，桃李无言似点首。不用紫丝步障夸豪奢，不用题诗墙上笼碧纱。但愿年年春不老，更愿树树尽开花。明月窥人人未睡，一首诗成一回醉。诗成一字一明珠，红雨白雪当空坠。谪仙欲眠神飞扬，梦与花神相游戏。呜呼，此游千古一乐事，幸不虚生在天地。

西园第二会题《细雨骑驴入剑门图》

万点蜀山青簇簇，云栈萦纡跨山谷。屹然剑阁插霄汉，行客至此步瑟缩。何人骑驴得得来，千山万水图一幅。是时天阴雨蒙蒙，云气几缕出山腹。四顾杳冥哀猿啼，两崖回合多乔木。一僮持伞身伛偻，一叟披蓑头半秃。嗟乎，蜀道难于上青天，先生何事入西川。不得高车驷马比相如，不得持节通夷似张骞。雨声萧萧风发发，看他驴背耸吟肩。前途茅店悬酒旆，欢然似笑举竹鞭。但见衣袂苦沾濡，不知新诗得几篇。忆昔我来自齐鲁，陇树秦云可历数。山狂谷狠云吐吞，暑气炎蒸杂风雨。双剑倚天辟关门，刻划疑经巨灵斧。天梯石栈扪井上，胸中壮气快一吐。安得奇材似放翁，愿为执鞭不辞苦。

西园第三会题《乘风破浪图》

云烟苍茫观者怖，波浪掀翻天吴怒。谁移江海入壁流，妙手淋漓拂绢素。咫尺万里空复空，草木摧偃吼长风。中流一叶疾于鸟，扬帆飞渡蛟龙宫。宗悫少年气贯斗，胸吞云梦者八九。陆路欲射虎斓斑，水际欲试斩蛟手。鹢首冲浪高复低，巨鱼喷沫与山齐。风伯助势日月昏，篙师缩手舟子啼。丈夫意气勇而果，那虑阳侯怒掀簸。将军楼船立奇勋，顺流一战剪么麽。张骞乘槎至层霄，石载支机文锦裹。人生志在济巨川，犯险出险争先鞭。渺视四海若蹄涔，蛟鳄奔避孰敢前。画手亦复气豪迈，万斛巨舟渺一芥。我苦局蹐在风尘，观此逸兴真大快。忆昔雅人高杏江，围垆题画才无双。犹记佳句等片鳞，百斛龙纹笔可扛。高杏江与同人雅集题此图，仅记“中流一叶”句。

廉访刘燕亭先生《三巴舂古志》刻成，敬题长句

雒水书出古梁州，“洛出书”，或云“洛”，应是“雒”。禹生于蜀，雒水在蜀，故观《书》衍畴，雒、洛字通用。大禹衍畴神与谋。铸鼎刻石罗万象，蜀惜无碑比岣嵝。李冰作堰铲苔藓，字抗相斯笔非软。文翁石室刻划精，金马碧鸡词洪演。旧有碑文。世阅兵燹风雨蚀，剥落漫灭存者鲜。金石古文著升庵，考究碑目力穷探。宋王象之著《蜀碑目》。按图索骏想仿佛，屠门大嚼心空贪。海岱高门毓英杰，乾隆间，文清公蒙赐诗“海岱高门第”。剑阁叱驭来秉臬。平生嗜古无匹俦，搜剔球琳补残缺。吾乡赵氏《金石录》，赵明诚为淄州牧，妇李易安历城人，共辑《金石录》。二千余种人叹绝。所惜篆隶失形模，未见画沙力屈铁。阮芸台、杨对山皆于钟鼎尊彝摹其篆文，各体俱备。《金石录》但存评跋，与《集古录》同。兹先生所辑，皆缩本绘图，照本文篆隶摹出。先生踵起志愿洪，力追大雅辟蚕丛。桓侯刁斗诸葛鼓，下逮颜柳米南宫。川中诸公笔迹最多。古冢荒祠閟光怪，毡椎摹拓披棘荆。屈玉纽金认云篆，翠羽朱斑拾断铜。考伪证讹参史传，上下千古非雕虫。山左古迹未湮没，秋帆、芸台辨毫发。两公辑山东金石二十卷。何幸江汉得巨公，搜扬幽秘昭日月。物聚所好堆几案，螭纽龙文惊突兀。吾语世人莫须惊，九鼎一脔试小烹。先生搜罗金石文三十余年，辑成《金石苑》。兹来蜀刊《三巴舂古志》，特备《金石苑》之一。上穷苍雅下吾衍，断蛟怒猊恣品评。窃怪先生何不廉，搜讨海内竭精英。装载舟车虹贯月，藏之箧笥敌玖琼。将来传播贡石渠，太学观摩遍诸生。不然上帝下取遣六丁，雷霆鬼神怒斗争，先生大笑酒杯倾。

唐善业泥佛像为廉访刘燕亭先生题

公自记云：“道光己亥夏，余滞迹长安，偕同人出游城南慈恩寺，于雁塔下拾得唐泥造像，或全或缺，大小凡八枚。其全者文曰：‘大唐善业泥压得真如妙色身’三行十二字，阳文遒劲，不亚敬客书《砖塔铭》。一面一佛坐莲台，左右二侍者立，荫以两娑罗，树下二兽作对伏状。其残者文同，而造象各异。或作三层，上层列佛三躯，又左右二佛皆坐莲台。中层佛三躯。下层已缺，佛前各执一莲花。又一上层缺，中一佛坐，左右二佛持莲花宝盖。下层亦缺。”

黄土抟人盈万千，倏起倏灭如云烟。履土成形形归土，泥牛入海何时还。丈六佛身妙色相，金刚不坏亿万年。谁欤造像压泥成，留此善业证诸天。有唐天子思报母，慈恩古刹胜迹传。雁塔矗矗凌霄汉，千佛名经贞珉镌。几代兵燹历浩劫，宫殿化尘啼杜鹃。铜仙倾倒泪流铅，石马剥落秋风酸。碑碣字缺蛟鼍断，钟鼓声沉龙象残。有形即坏色是空，恒河沙散谁能抟。我东大雅癖嗜古，来此搜剔剜苔钱。太息斯地选佛场，如来寂灭归涅槃。一语未吐惊拨视，妙相庄严泥非砖。年溯有唐字无恙，其七半缺其一全。娑罗树下默趺坐，猛兽驯伏道力坚。文字不殊像各异，层层分列慈容端。细垂璎珞悬宝盖，一笑拈花现青莲。无心拾得还猜疑，传观宾客惊欲颠。如何泥质阅千禩，风吹未破雨不穿。是佛非泥超迹相，天神呵护孰敢干。虚空粉碎法无尽，真如不动离言诠。久委荒草人莫睹，出世偶遇缘非悭。公心即佛佛相证，以印印泥如是观。惜未记年资考订，但见铁画龙蜿蜒。愿拓万本施万众，扫净心垢礼拜虔。从此焚却木居士，不容更谈野狐禅。大地皆泥泥成佛，惟善知识妙义宣。不信请看善业泥，永永宝藏妙相圆。

绿云篇

辛氏母梦青衣女跨凤至庭。及生，有文在手，曰“凤”，因名凤迁，字绿云。年十五，为德清蔡莼仙篷室。绿云能诗善琴，度曲、围棋、刻石、刺绣，诸艺无不通晓，明眸皓齿，意度温婉，与莼仙甚相得。莼仙就馆威远，姬在成都，以产难卒，相从仅一年也。莼仙不胜哀悼，嘱余作是篇志痛。

仙娥游戏到人间，青鸾飞到复飞还。有客微吟《洛神赋》，何时再出蓬莱山。兰胎初孕曾占梦，云里翩然下彩凤。掌上有文字分明，佳名肇锡已殊众。韶年十五度芳春，艳质灵心迥绝伦。绣画针摹宋北苑，簪花格学卫夫人。侬家本在渝城住，门外辛夷花满树。深处幽闺娇避人，一株芍药红栏护。迟迟旭日上窗初，钗堕乌云对镜梳。花压翠鬟妆粉浅，横波一顾画难如。小院微风扑蛱蝶，淡黄衫子摇轻箑。逢人斜睇羞举头，唇破含桃开笑靥。春社年年士女盈，粉黛如云罗绮轻。寻芳才子垂青眼，凤愿求凰与目成。富儿豪贵心偏恼，白璧黄金原非宝。惜花御史断肠人，暗里朱丝牵月老。良辰送上七香车，小住锦城便是家。幸遇知音吟柳絮，似曾相识认桃花。追叹寻乐无不有，度曲弹琴兼赌酒。人间无此好姻缘，枕畔盟心期白首。无端行李迫仓皇，怡貌低声问玉郎。新愁缠我罗巾湿，旧物遗君玉玦凉。怀蕴明珠期已满，柳丝难把离情绾。感郎恩重妾身轻，相忆时长相见短。斑骓上道惜匆匆，门掩梨花细雨中。翡翠薄衾中夜冷，鸳鸯双枕半床空。那料辞家竟永诀，入怀明月圆忽缺。瑞麟堕地璋无声，病眼盼郎泪成血。垂危气促细如丝，遗嘱寄郎大妇知。三生石畔缘重续，万里桥边会有期。此语听来酸肺腑，玉容那忍埋黄土。兰房绣榻挂蟏蛸，孤冢白杨战风雨。逝水流光岁又新，遗钩剩粉总伤神。含愤空中书咄咄，摄魂画里唤真真。屈指偕居刚一载，风催花落归东海。早知一别难再逢，何苦分襟贻后悔。环佩声迟恍惚来，牵衣悲喜未疑猜。泪倾一斛鲛珠断，肠转九回腻语哀。晓钟催醒方知梦，惊散彩云堪一痛。情感如遭鬼伯妒，魂归似有仙风送。年来书剑苦飘零，安得终朝对娉婷。灯残孤馆发应白，鬼泣荒坟草不青。将别叮咛宛如昨，吞声呜咽泪先落。妾心贞比望夫石，郎品高如立鸡鹤。兴怀触绪不胜悲，记得生平当告谁。帘前鹦鹉犹传语，槛外青山想画眉。写就相思书一纸，焚向瑶池青鸟使。为言别后损腰肢，此心不改如江水。真容合把妙香薰，千古钟情孰似君。红颜种恨留红豆，绿萼成仙化绿云。

镜香亭招客赏荷赋诗

去年五月池半枯，荷叶憔悴客不愉。今年五月雨频降，池水洋溢长蒲菰。红妆临镜美且都，个个捧盘承明珠。主人大笑拈白须，招客来看倾城姝。镜香亭中香风送，停云阁畔锦云铺。是日天气半阴晴，翠竹森森周墙隅。芭蕉叶大遮曦影，座客豪饮争喧呼。此间小住销永日，花为四壁如蓬壶。风吹绿叶忽纷披，美人翔舞不用扶。虽无画船来荡桨，烟波渺然即江湖。欲倩妙手绘为图，红栏曲折石径纡。杂以紫薇兼碧梧，危亭陡立中央孤，菡萏并列如罗敷。呼来明月代银烛，觥筹交错相欢娱。客云丹青未免俗，各制佳什毫争濡。四座传观互唱和，清韵响答如笙竽。主人呼砚胆气粗，东涂西抹字模糊。莲花无言但欲笑，唐突西子形难摹。吾醉不复知许事，且博众客一胡卢。

雪庵和尚

隐巴县白龙山下松柏滩，终夜梵诵，乃《周易》也。或扁舟泛江读楚词，读一页，辄投于水，投毕又读，读毕痛哭，不言姓名，盖建文从亡之臣。

一藩构乱称至尊，一僧仓皇出鬼门。众蛇从龙甘寂寞，乾坤一变风尘昏。江海茫茫栖无地，雪庵和尚飘然至。白龙山下结茅庵，松篁交映落寒翠。西山老佛土一丘，一盂麦饭何处求。终夜梵诵为超荐，《周易》上九悔且尤。舜野死，尧幽囚，周公端坐垂冕旒，呵壁问天天难唤，抹却篡字书靖难。高煦接迹独称畔，吁嗟天心未厌乱。同朝诸公多奇节，睢阳怒齿侍中血。天涯漂零剩孤僧，气凛冰霜丹心热。读尽一页一页沉，楚词即是西方偈。昨夜高皇见梦中，臣罪当诛鉴此衷。燕王羽翼皆英雄，僧如病虎亦封公。

歇神滩桓侯庙

相传侯首顺江流，至此歇一宿，后人为立庙。宋大观间掘土得三印，佩钩、刁斗皆镌侯名。

桓侯桓侯何奇伟，丈八蛇矛惊神鬼。猛烈可匹壮缪侯，下视曹瞒如蛇虺。汉鼎倾欹不能扶，怒目眈眈磔虬须。千秋庙貌镇巴蜀，凛然英风生坐隅。诸葛卧龙侯雄虎，如公岂与哙等伍。魂返关塞旌旗红，像着青黑面目古。东下长江浊流奔，三峡倒流怒气喷。公含义愤水呜咽，陆逊小子矢并吞。印大如斗何时弃，佩钩或蒙君王赐。军令分明严刁斗，睹名如见平贼志。丈夫不得死战场，毒遭蜂虿真堪恚。遗物流传何处藏，夜看衡霄虹吐气。

虞雍公剑

公八世孙堪藏公遗器四瓦琴、石磬、蜀王砚。其一剑也，长三尺，握具五寸弱，镡横二寸，作饕餮状，有款识曰“千万岁”，利可吹毛，星月之下光采艳发，千年物也。

蜀都宝剑光皎洁，月下审视欺霜雪。何人佩身惊魑魅，忠肃虞公仰前哲。采石一战真英雄，气吞强敌目眦裂。老将刘锜不敢前，王权弃戈空卷舌。公本文士思报国，手剑一挥寇摧折。乘胜急欲鼓三军，追踪直探虎狼穴。公屡请进兵，不允。一木竟将大厦支，此剑铮铮岂凡铁。子孙宝藏几百年，箧中电光时一掣。懦夫戴头惊却步，腥风犹带当时血。嗟乎，斩马剑，志空结，欲灭外寇除内奸，会之鼠首快一决。

苏宅榆

眉州苏氏旧宅老榆，相传老苏手植。

天上历历种白榆，妙手偷来植墙隅。一代文星归天上，犹留古树表老苏。宋社已墟宫殿换，冬青几株枯陵畔。元祐老屋何处存，漕南村有元祐老屋，今存。枌榆旧社无枝干。独留余荫覆井里，当日树下曾课子。眼看培植作栋梁，无复穿穴容蝼蚁。宦游迢递去家山，回首巴蜀何时还。荒榛断梗塞三径，飞钱散落墨池间。有池。荒宅至今余碑碣，藤缠蜗篆字半没。几经兵火全天年，叶堆如山惊突兀。烟浓远接巫峡云，枝疏仍挂峨眉月。诸葛柏，蜀苑梅，千载久已化劫灰。此树犹为人爱惜，文采风流安在哉。白昼绿阴蔽日月，夜雨老干战风雷。啸空时时作龙吟，疑是魂魄恋此复归来。骑龙跨凤下九霄，宫唱商应气雄恢。

双桂行

新都升庵故宅双桂犹存，今修治为胜迹。

君不见状元郎、宰相子，风流翩翩世莫比。胡为出门行万里，故宅久荒仅剩此。当年移自月宫里，姮娥怜才相顾喜。白玉饰雕栏，黄金缀丹蕊。俾尔著作扬芳美，词比相如文中垒。一旦痛哭争考妣，瘴雨蛮烟走金齿。荆棘塞途伤吾趾，傅粉簪花聊复尔。从桂生与死，寄问少鲂鲤。美人隔云端，封花无信使。霜欺风摧不复理，戍客憔悴恰相似。平生著述千万纸，百世薰香敢訾毁。往来过客均仰止，欲荐桂醑采芳芷。吁嗟乎，当门锄兰事已矣，至今馨香流青史。

题《计珠渠传》后

名良治，号惺斋，居罗江之珠渠，因以为号。

儒者读书果何事，拈毫弄墨等儿戏。人生大节在本根，古今名教有乐地。珠渠先生内行敦，数端卓卓人称异。侍父痼疾心烦忧，折肱良医跋涉求。归路水涨河梁断，灭顶身几赴东流。惟祈父生不惧死，药裹未肯付阳侯。孝子事母如事父，尝药无灵竟割股。密裹血痕人不知，深耻姓名闻县府。吁嗟乎，华士跃跃矜文章，醇儒责躬在纲常。文章悦人春花艳，纲常维世青史光。孝子事生精诚积，孝子事死天可格。灵柩在堂魂魄安，邻里鼎沸火光赤。夫妇惊呼子女号，黑风助虐情惶迫。须臾祝融敛炎威，近舍火灭仅咫尺。珠渠先生守箪瓢，读书余暇耕且樵。孤身事亲不出仕，诗文不屑付开雕。水不溺，火不焦，自古诚孝干云霄。宇内读书人千万，惟看孝子名不凋。

廉吏

廉吏不可为，廉吏无后患。子孙或负薪，陶然乐贫贱。郿坞之金顷刻散，大书特书留史传。

道旁碑

道旁碑，绿苔滋，孤冢草荒埋者谁？碑高丈二蟠蛟螭，摩挲断文半可识。才埒稷契德伯夷，徘徊吊古访实迹，遍问村人人不知。吁嗟乎，古今几人副此辞，为想当年命笔时。

九月八日赴威远，三日回署，重阳已过，乃约廖扶九、张海云两山长及署中王迟士、许鸿轩、周宝传小饮于龙祠，作《展重阳》祠在城内山上

我倦风尘牛马走，道途无缘开笑口。惭负重阳驹隙过，未携绿蚁倾数斗。今朝兴发狂不羁，匆匆折柬招良友。案牍如山拨不开，才得抽身日及酉。古寺踞山恰在城，杯盘草草展重九。轩窗豁达见南山，一堆苍烟扑座右。万瓦鳞鳞浮青霭，楼阁参差绝尘垢。今年菊花太阑珊，菊受伤无花。丹枫乌桕亦何有。清明寒食次第催，回看流光时未久。人生何事苦束缚，佳节已逝可挽否？自古登高几贤豪，诗赋流传敌琼玖。就中欢乐兼悲慨，醉把茱萸频搔首。故园兄弟渺天涯，雁行嘹呖失先后。且与诸公拈素毫，若个鲸铿兼狮吼。微雨飘洒送清风，今日衔杯真不负。

与诸友作诗会，共咏雪山

我居山东近海岱，冬日雪飞琼瑶碎。我来西川不见雪，炎燠滕六职疑废。谁知奇观天下无，万里雪山亘绝塞。禹迹不曾到遐荒，天限东西迷向背。层冰突起凌九霄，风霰积累自何代。烛龙不照赤虬逃，日轮行空到此碍。六月炎天冻不销，纵披重裘寒不耐。晴昼皎洁光射眸，深夜晶莹明不晦。一白混天界华夷，荆关妙手不能绘。白银宫阙起重重，百万玉龙蟠大块。天公作戏太颠狂，穹窿欲塞乾坤内。圣朝拓疆二万里，包括西域图经载。士卒往返频顾瞻，结聚今昔每殊态。却嫌诸峰状多俗，尽失白地抹青黛。九顶玉垒属儿孙，峨嵋积雪亦后辈。雪汁融化灌岷江，余波犹得万顷溉。一派分流入黄河，冰车铁马横奔溃。四顾

天表仍嵯峨，丝毫未减鳌难戴。金天肃杀得气全，作镇西戎扫腥秽。几辈围炉赋尖叉，未极大观驰域外。瑶圃阆苑自人间，祝融赫赫敛旌旆。我自北土来炎方，濡染大笔写雄概。

钱满腹

明季流寇破县城，杀县令，剖腹实以钱，恶其贪也，戏为作此。

耻言阿堵非碌碌，何为以身障钱簏。敲骨取髓民力竭，有似狼虎啖人肉。昔闻莱芜甑生尘，渴饮廉泉亦满腹。但聚金钱一室欢，那知妇子一路哭。蚁贼突然破县城，令恋腰缠苦难行。别有肺肠人不测，未知溪壑盈未盈。前日杀人实草豆，贼杀人，以草豆实腹喂马。今看令肥百姓瘦。平生爱钱实以钱，君如有知应乐受。怀宝何能贿阴司，浑身只觉闻铜臭。吁嗟咫尺上帝临，郿坞之藏亦何深。八百斛椒食不尽，恨不剖腹填黄金。

竹实谣

凤非竹实不食。竹之结实者最少，偶结则竹林皆枯，实亦细碎无异味。或云有一种结实甚大，味清甘，此凤之所食也，然无见之者。作此为竹解嘲。

森森竹立依清涟，万叶千枝绿云团。何时结实饲凤鸾，凤鸟苦饥处深山。雨雪忍冻修羽翰，五色九苞谁复观。鸡鹜争食兴方酣，飞鸢惟觉腐鼠甘。回顾竹林幽且闲，绿玉萧疏积风烟。翻然高举翔九天，徘徊下顾栖息难。来仪盛世光简编，集梧集竹非谋餐。凡鸟肉重难高骞，蓄意凌云或坠渊。潇湘之竹痕斑斑，终古含翠仙妃怜。凤未果腹饮清泉，归昌声祝千万年。

寓蜀草 卷三 七言绝句

宫词

赋长门，悲团扇，遂为宫词滥觞。唐人宫辞愈多，亦愈盛，玩其意大都才士不偶，借以抒其怨抑，非尽当日实事也。王建花蕊夫人专工此体，第窃据一隅，词虽美亦不足重。辽宋金元皆有歌咏，非徒掇拾细碎僻事，于以验主德之纯疵、国家之治忽，所关非浅矣。夫行乐无方，奢丽相耀，彤管莫纪，哀怨益增，皆衰世之音也。我国家圣圣相承，规模宏远，至宫禁深秘，虽久居京师者亦不能知，况远方下士乎？顾圣主动为世法，即一二琐事亦无不超越前代者，文人笔纪、父老传闻，遐迩仰慕焉。荀谫陋寡识，随所见闻，形为谣谚，第以宫词标目，歌咏圣德，与前代叙述宫禁事者不同。管窥一星，瞻仰欣幸，亦愚贱葵倾之情耳。

长白龙蟠瑞霭飞，千年王气郁崔巍。兴京始创岐丰业，土筑墙垣护紫微。长白山为本朝发祥地，兴京以土为垣，不更修，示创业艰难。

平旦宫门紫气新，欢呼活佛觐枫宸。祥云自抱三江转，早识东方有圣人。鸭绿、混同、爱滹名三江，望气者言生圣人。又达赖喇嘛后为西天大善自在佛，于太宗崇德七年同班禅额尔德尼谓东土圣人出，遣使，自无人之国，数年达盛京，进贡表。

开基只手挽陶钧，蒙古诸蕃尽畏神。千载御容悬日月，龙颜凤目久惊人。太祖画像面目瑰奇，瞻仰者凛然敬畏。

王姬歌咏比秾华，下嫁诸藩礼有加。贵主最难修妇职，自从开国诫宜家。太祖训诸公主尽妇道。

神威绝世跨龙媒，太宗所御马名小白、大白。崇德初元大业恢。霹雳雕弓藏玉府，至今贲育不能开。太宗所用弓，壮士不能开，箭长四尺余。

尧阶禹室溯皇风，草创艰难节俭同。兴京、盛京，皆太祖建。那羡燕都双凤阙，梦游曾到大明宫。太宗曾梦至明宫。

雄师百万起辽东，松杏山头战垒空。尧母门中初诞圣，流虹绕电烛天红。太宗攻克明杏山、松山。世祖生时，红光连夕烛天。

冲年整旅入关中，剪灭黄巾处紫宫。圣主开基超汉祖，亲王辅政比周公。自古创业无如世祖年幼，得统无如本朝之正。

承平坐致自优游，广殿春晴听乳鸠。欲识民间耕稼重，螺纹染出乌犉牛。

世祖几余，戏以指蘸墨，螺纹印纸，点染成牛，甚妙。

黄龙旗卷彩云开，手握神枪大猎回。三眼神枪，圣祖刺虎物。三十六营屯虎豹，君王高坐晾鹰台。大阅列三十六营，幄殿设晾鹰台。

山庄避暑召薰风，也与重华养志同。一骑飞腾千里疾，新鲜菜蔬进瑶宫。避暑山庄，圣祖驻跸，每得新蔬，驰送太后。

银汉无声玉漏遥，风清紫禁月迢迢。美人空自夸高丽，不向宫中度玉箫。元明皆令高丽贡美女。永乐□贵妃，高丽人，善吹箫，宫中效之。本朝无此。

前代奸凶遗恨深，碎碑平墓快人心。张瑗奏毁魏忠贤墓，碎其碑。铁牌何用宫中竖，惩戒阉人万载钦。

置腹推恩圣泽频，华筵络绎供奇珍。田家风味宫中悉，更制榆钱赐近臣。榆钱糁。圣祖赐翰林侍直诸臣，作诗纪事，以志荣幸。

幄殿朝开瑞气腾，玲珑芝盖彩云承。黄华插向龙沙北，万古登高叹未能。上在避暑山庄，重九侍太后宴。

布置亭台夺化工，清机满眼惬宸衷。西山爽翠来天外，上苑飞红落镜中。圆明园近西山。①

宫中旧事说贤王，献策迁都卜筑忙。百万金钱充作赋，于今避暑只山庄。睿亲王苦热，征银千百万，欲建都塞外。及薨，乃以银抵天下赋。

瑞景轩前乘御舟，蕊珠宫接露华楼。花开富贵真天上，百种佳名圣祖留。自渊鉴斋乘舟至瑞景轩、蕊珠院、露华楼，多种牡丹，花名皆圣祖亲定。

紫宫端合圣人呼，佛果三生证瑞符。山到五台云五色，云中端坐见文殊。圣祖幸五台山，五色云见，中现文殊像。

圣圣相承治道隆，从来俭朴有遗风。宫中不贵金莲烛，行在焚膏取断蓬。国初旧俗，以糠和膏灌蓬梗，名霞绷，行宫设之，以示无忘俭朴。

苍鹰俊鹘系金铃，劲翮盘空侧耳听。闻说贡来蝴蝶异，从今不重海东青。国初外国贡蝴蝶，能攫飞禽。

苏杭织造入宫门，龙衮垂裳仰至尊。衣里均裁高丽布，方知不尚绮罗新。皇上近身衣里，皆用高丽布。

碧水溶溶太液池，宫娥闲笑说神奇。擎来玉碗盛朱果，忽忆天仙下降时。天女在长白山池浴，吞朱果生子，是为本朝发祥之始。

碧琉璃滑绕宫墙，凤影参差出建章。料得外间翘首望，蓬莱宛在水中央。玉河水引入都城，多绕宫苑。

---

① 自“银汉无声玉漏遥”至“布置亭台夺化工”五首，底本无，据《蜀藏丛书·巴蜀珍稀文学文献汇刊》第45册影印清道光二十七年慎思堂刻本补。

诸蕃服化尽守边，上自文皇创业年。共道通宵宫漏静，从无烽火达甘泉。未入燕都，蒙古俱投诚。

广殿藏书预立储，真人早定抚皇图。古今拘泥多贻误，万世传贤仰圣谟。本朝预定储位，书名藏正大光明殿柜中。宫内亦秘有藏书。

一自龙楼得进身，五云深处踏香尘。御沟何必题红叶，各赋天桃待好春。宫女按时放出，未有愆期。

院院无声户各扃，春风微动护花铃。貂珰只供闲奔走，外事何由达内庭。内竖无得干政。

谈笑深宫说旧因，姻缘会合赖皇仁。长平花烛通宵盛，远胜当年破镜人。明怀宗长平公主鼎革后求入空门，世祖不许，诏与旧选周驸马完婚。

縻费后宫堪敌国，从来节俭自君心。常听内监闲谈事，省却前朝百万金。裁减明朝太监、宫女之数，宫中费渐减数十万金。

上圣慈仁本性生，八龄言志语分明。身登大宝无他好，但愿同民乐太平。圣祖践祚时始八岁，太皇太后问何欲，对曰："愿天下治安，生民乐业，共享太平之福。"

群峰万壑秀青葱，避暑山庄地气融。水里莲花篱畔菊，折来都插一瓶中。泺河水暖，莲未卸，菊已开。

西苑门前棹小舟，瀛台浩渺似瀛洲。君王欲讲豳风义，宣召词臣到御楼。内廷进讲，中使至南书房，自西苑门棹舟，自台西入东边楼下。

宴列乾清喜气融，三藩底定万方同。君王首唱升平曲，欢乐何须歌大风。康熙二十一年，以海宇荡平，大宴于乾清宫，号升平嘉宴。上首唱柏梁体，群臣赓续成篇，上自撰序文。

祖宗家法世相承，预教童年课日增。才到五更人正睡，隆宗门引碧纱灯。五更时，阿哥已出隆宗门入学。

万寿昌期沛特恩，高年尽得谒君门。庞眉千叟排琼宴，龙种全来捧玉樽。康熙、乾隆两开千叟宴，皇子皇孙捧杯。

五龙亭畔月华新，万点灯光聚万民。总是升平无一事，与人同乐过新春。康熙癸亥，亭前放烟火，听民观看。

家法传来有旧程，深宫分职各经营。铜签夜夜听更漏，圣驾朝回天未明。皇上秉烛视事。

出关一路换征骖，从幸滦阳道素谙。莫怪年年来避暑，山川清丽似江南。滦阳有圣祖避暑山庄。

宫禁森严内外分，九重天上护祥云。皇恩独厚勋臣女，诏入瑶华抚育勤。孔有德殉难，其女归京都，召入宫内，抚养甚厚，后嫁孙延龄。

才挽强弓便作文，侵晨分习到夕曛。天家富贵生来有，却比民间督课勤。

诸皇子读书习弓马，无暇晷。

六龙排驾自天来，江浙行宫次第开。听说君王亲考试，几回拔得掞天才。南巡献诗赋者，考授中书，赐举人。

天空水碧月光清，御苑楼前列炬迎。锦簇三千人共舞，太平万岁字分明。上元，圆明园楼前舞灯者三千人，唱太平歌，每回旋结成一字，合成“太平万岁”。

如云如雾吸嘘忙，满口氤氲满颊香。惟有宫中天子圣，人间烟火不曾尝。海内皆吸烟，惟列圣无之。

两堤桃柳艳阳回，水色山光御帐来。奉侍鸾舆游幸地，西湖真个画图开。高宗奉圣母游西湖。

至今神武说高宗，豹尾珠旗列几重。地上流星瞥眼过，古稀天子御飞龙。高宗皇帝年逾七十，飞控驰马。

云汉文章射斗魁，臣工那数马班才。法宫余暇无停晷，又把新诗课一回。仁宗皇帝日课一诗，御制集至二万余首。

六龙海上驾鳌山，百戏纷腾艺万般。引得鸾旗穿路过，九重天子奉慈颜。纯皇帝于皇太后万寿，命沿街扎灯，百戏具备，自海淀还宫。

分番校射度雍容，八岁皇孙喜笑从。破的筹多天一笑，鹅黄马褂沐恩浓。皇诸子多自幼善射。皇孙绵某方八岁，三射三中，赐黄马褂。

御顶当冠样绝殊，光圆如月照金铺。珍奇何必搜南海，太液灵池献宝珠。圆明园水上有光如星，获巨蚌得珠，小大相连，形似葫芦，高庙用为朝帽顶。

银箭无声玉漏沉，花阴徐转凤楼深。遥听爆竹繁音碎，一路香烟圣驾临。以铜丝结笼，悬细爆竹，皇上每过宫门，爆响声先闻。

深宫勤学逮耄年，乙夜金缸照简编。多少儒臣惭目力，重瞳不借镜光悬。纯庙寿愈八十，不带眼镜。

丰亨犹自却奇珍，御用从来俭一身。白发宫人谈旧事，上皇铜带示廷臣。有陛见大臣带解落地，带头用玉，纯皇帝指腰间铜带头示之曰：“何如此物，价贱而坚牢。”诸臣闻之，争买于市矣。

红妆对对扫青蛾，久侍宫闱厌绮罗。争说外间风景异，曾随圣母渡黄河。高宗屡幸江浙，奉皇太后游览名胜。

五代同堂喜庆联，嵩呼祝圣遍垓埏。编年六十符皇祖，颐养深宫又几年。乾隆六十年，以圣祖在位六十一年，不敢过，乃传位，为太上皇。古今盛事，从来未有。

谁得从容傍禁门，游观御苑亦天恩。流杯亭下风光好，曲涧浮花宴外藩。流杯亭，圣祖题“曲涧浮花”。

海内安恬外寇平，铭功碑版照寰瀛。文臣拟撰经营苦，御制千言顷刻成。高宗皇帝平伊里碑数千言，从容挥毫，五刻即成。

伶人审乐仰宸聪，吕律调和凤管通。解愠阜财亲定谱，瑶琴一曲奏薰风。朱载堉《乐律全书》所载南风之诗，参差淆杂，皇上删定，以符元音。

群观盛典颂无疆，御制新诗有和章。何意蕃臣来海外，王后亲赐觐天光。皇上八旬万寿，外蕃鳞集，蒙恩手卮以赐，陪臣恭和御制诗。

深宫端拱自延年，玉液丹砂每妄传。惹得天颜付一笑，秦皇汉武学神仙。御制诗文，每斥神仙之妄。

玉辂青旗出凤城，年年典礼重躬耕。似闻宫女惊相语，八十君王扶耒行。纯皇帝耕籍，周回阡陌，每次必作耕籍字词，寿届八秩犹然。

江浙群黎觐至尊，山东父老沐深恩。洗儿宣赐齐欢喜，喜道皇孙又见孙。上六巡江浙，喜得元孙，直隶、山东老妇老民，一体赏赉。

八徵耄念篆龙文，宝箓瑶函护紫云。始信圣人真好学，经筵抑戒表精勤。皇帝八十镌"八徵耄念之宝"，命经筵陈《抑》戒，见耄年嗜学之意。

瑶宫日暖万年枝，五世同堂进玉卮。万国嵩呼齐祝寿，圣皇还作寿民诗。纯皇御制《五世同堂记》，又御制《寿民诗》。

升平歌舞万方同，都起艰难一念中。欲识君王勤政意，《尚书·无逸》写屏风。纯皇帝亲书《无逸》于屏。

天上重悬日月光，宫中慈孝总难量。飞龙已正当阳位，侍膳依然共一堂。高庙禅位，仁宗敕御膳与皇帝同食，不另设。

流传轶事说先皇，玉食由来遍万方。野老献芹真自愧，九重偏爱菜根香。闻高宗南巡，有以翡翠碗献葠菠羹者，上食之，深为嘉悦。

重华宫里燕群臣，恰值春初万象新。为喜太平无事日，频教联句斗清新。屡赐廷臣茶宴于重华宫联句。

朝廷罗致尽英才，幸值熙朝运会开。传到儒臣争和韵，今朝亲幸翰林来。上幸翰林院，御制七律四首，廷臣恭和。

山庄避暑响金镳，风雨调和戾气消。莫怪九重知稼穑，年年秋省到团焦。田家茅蓬小屋，北人谓团蕉。每岁在滦阳，秋禾长成，必躬巡省视。

水旱依然虑万民，寰区处处布阳春。未明先起宵迟睡，信是忧劳第一人。御制诗："寰中第一尊崇者，却是忧劳第一人。"

野人耕凿戴尧天，功德崇隆遍八埏。奏向圣皇浑若忘，不称尊号到耄年。群臣屡请上尊号，不允。

微风殿阁自生凉，初献鲜瓜进尚方。绿玉琼浆寒沁齿，便思分与渴人尝。御制《消夏十咏·瓜》诗有"何人方病渴，一瓣试分尝"。

葩经声调久沦亡，自昔无人补乐章。风律新颁天子订，《周南》雅化播宫商。《钦定诗经乐谱》，悉注"四""上""工""尺"，将琴瑟箫管谱入。

安舆巡历善承欢，奉太后幸浙。随驾宫娥趁晓寒。貂帽秃襟红袖窄，靴穿金镫跨征鞍。本朝旗人妇女，不许宽衣大袖。

五色祥云捧圣皇，孙曾济济庆同堂。何须海岛求仙乐，御宴新开九十觞。

六龙南下历江关，花满深宫镇日闲。内府忽传开宝库，修成玉带镇金山。东坡以玉带留金山，失去四版。高庙南巡，出内府玉补修，存古迹。

艰难王业起辽东，淳朴依然沿旧风。分派大臣先下诏，传呼吃肉到瑶宫。自祖宗来，诏王公大臣吃肉，衍旧制。

山泉流与内城通，西掖门开似镜中。玉蛛金鳌闲伫立，荷花万柄映波红。

圆明园外水连天，雨露常滋景物鲜。粳稻翻云秋色远，昆明湖泊钓鱼船。

连姻帝室沐殊恩，府第新开近至尊。蕃部名王多额附，亲携刀剑护宫门。本朝公主多下嫁蒙古诸王，或入宿卫。

家法严明列圣传，深宫预教在初年。阿哥生质多聪颖，国语学来字字圆。故事：阿哥入学即学国语，不使忘本。

祖制从来俭不华，遐方食物贡天家。宫中避暑冰盘列，万里初来哈密瓜。

每日当朝退紫宸，大官时物遍尝新。应知一体同休戚，御膳亲颁赐重臣。

勋名谁并郭汾阳，绘像留题在紫光。国朝功臣绘像紫光阁，上亲制赞。子弟承恩多宿卫，黄衣亲惹御炉香。满洲大臣子弟每赏侍卫，赐黄马褂。

骑马前来紫禁城，赏功头等早签名。珊瑚作豆飘黄穗，内府荷色制作精。大臣赏紫禁城骑马，有功者赏荷包。

金炉兽炭拨香火，宸翰亲挥日几回。一字光芒腾万丈，臣工受福自天来。每年赐大臣“福”字，各敬悬堂上为荣。

铜街处处幂寒烟，岭上梅开未占先。一种名花光照殿，仙山雪里贡金莲。五台山雪里开金莲花，入贡。

从来富贵属天家，楼阁香飘透碧纱。不用龙旗游上苑，自然排月进名花。苏杭所进盆卉付南园浇灌，按月进入宫中。

龙准亲王玉殿陪，推心骨肉绝嫌猜。御羹颁赐恩高厚，新贡天花地菜来。二物出五台山。

碧沼空明映彩霞，依然仙岛溯琼华。水嬉今日全无用，流入宫墙送落花。太液池中金时有琼华岛，明建玉熙宫演水嬉，本朝裁去。

炎方荔子是奇珍，贡入深宫色味新。船载几株盆内种，无须飞骑走红尘。闽粤以盆种荔，结实累累，由船入贡，味极芳鲜。

唱和篇章贮石渠，儒臣簪笔侍宸居。大官承敕先排宴，预备赏花兼钓鱼。赏花钓鱼，屡宴群臣，有唱和诗。

昆明湖水绿湾环，朱户连云玉殿间。共说今皇能孝养，安舆亲捧上香山。

家人礼数自从容，派属天潢德意浓。典制当今流弊绝，亲王任职不分封。自昔王室宗亲藩封，势大则酿乱猜嫌，弃置则寡恩。明制虽不与国，亦无权，而分封四出，民受其累。惟本朝不封于外，而每当重任，立法尽善。

塞上曲

自从开国服诸藩，蒙古滋生部落繁。四十九旗齐虎拜，年年受赐荷天恩。太祖、太宗时已征服蒙古诸部落。

列镇兵间自射雕，荒云废垒草萧萧。熙朝地本无中外，万里长边插柳条。东北以柳为界，名柳条边。

七月天山雪作花，凉宵何处起悲笳。征夫各自携家住，免寄寒衣少妇嗟。新疆戍卒携眷支口粮。

沙场白骨照寒霜，记得前朝哭国殇。却怪当时无恤典，旌忠褒赠待吾皇。前明死事诸臣或缺优恤，本朝均赐谥。

雪花深压李陵台，草没明妃冢一堆。国士美人悲绝域，于今都入版图来。

边镇烽销紫塞清，田家征戍不签名。春耕填遍长城窟，却喜桑麻处处生。自昔恃长城为护，明时蒙古诸部落屡毁墙入，今关外皆服属如内地。

平沙黄草北风粗，雪卷牙旗骏马躯。天子围场亲射虎，白翎溅血万人呼。

冰消雪化一阳回，涨遍溪流稼易培。幸属皇朝沾雨露，从前万古不闻雷。伊犁自来无雨，恃溪水浸灌，内属后每岁雨两次。

皇威久已遍垓埏，螳臂何堪拒辙前。河上黄旗惊贼胆，太平天子自临边。圣祖亲征准夷，一向鲁伦河，一至黄河。

自古戈铤练健儿，谁将礼法化群夷。近来文庙西方盛，共仰中华万代师。伊犁去京二万里，俱立文庙。

边词

勒石天山战绩多，将军出塞靖干戈。索伦蒙古均无敌，笑煞当年曳落河。本朝索伦兵最勇，蒙古外蕃猛锐，听调随营。

田家词

耕凿沾恩不计年，征输尽入一条鞭。乡间父老携孙戏，笑说添丁不纳钱。丁口摊入田亩，永不加增，万世之泽也。

教儿识字学田歌，樵牧归来掩薜萝。昨夜邻家闻喜信，儒生耄耋尽登科。
生员年高者，钦赐举人，会试钦赐翰林，从古未有。

作社年年共几回，醵钱会饮客频催。村居浑忘尊官势，敬礼高年自捧杯。
自来势宦之横，民受其殃。本朝立法森严，勿敢作威于乡。

北里纷纷罗绮丛，少年醉梦管弦中。教坊营妓都裁却，子弟从知慕古风。
唐宋元明有营妓教坊，本朝尽裁去。

监军监税少阉人，皇店皇庄迹久湮。安处乡园多乐事，游行千里自在身。
历代宦寺多令外出，明更有皇店皇庄，亦命奄人掌之，今俱裁去。

香闺当日禁森严，法令从宽百不嫌。田妇亦夸装束好，红裙拖地露纤纤。
国初禁妇女裹足，犯令者父母坐罪，邻里不举发者亦坐，后弛其禁。

敢望高车出里门，久安农业牧鸡豚。忽惊鸾诰从天降，得请官封自外孙。
本朝制：外祖舅母岳母皆准貤封，锡类推恩，古所未有。

催租谁复卖新丝，耕凿余闲乐不支。除却前朝加派税，耄年喜见太平时。
前明军兴，加派至二千余万，国初尽革除。

嘉州竹枝词

平羌江水碧琉璃，下水船轻上水迟。谁道行迟侬更喜，白云堆里望峨眉。
嘉州正对峨嵋。

桫椤树下净无埃，结伴烧香踏绿苔。百里朝山夸父老，这回亲见佛光来。
嘉州南峨眉山上生桫椤树，云中放圆光，谓之佛光，不常见。

踏青游女绣罗襦，云鬓均粘柳叶符。才出瞻峨门外路，逢人先问小西湖。
踏青女贴花胜于鬓，谓之柳叶符。瞻峨门外有大西湖、小西湖。

游人到此日倘佯，几个如仙几个狂。有酒有花须尽醉，红云深处海棠香。
昔多海棠，城内有海棠湾、海棠山。

到处山乡接水乡，由来北客怯炎方。劝君销夏还须住，荔子初红沁齿凉。
城北有荔枝湾。

临江半是钓人居，妇子团圞乐有余。顿顿香蒸云子饭，条条柳贯桃花鱼。
产桃花鱼。桃开则生，额有红点，如桃花。

嘉州从古擅风流，莫怪人轻万户侯。红叶满山江水碧，秋来齐上大佛头。
唐时僧海通就山凿大佛像三百尺，以镇三江之冲。

报赛迎神唱竹枝，竹公溪畔竹王祠。插花蛮女清歌罢，露冷鹃啼月上时。
一水自夹江来，绕郭南流注江，曰竹公溪，有竹林三郎祠。

明秀江山亦爱才，东坡已去放翁来。渔人不识书中字，结网还登尔雅台。

尔雅台在乌尤山正觉寺外，传郭璞注《尔》处，产墨鱼。

冲山裂岸斗龙蛇，来看雷奔浪涌沙。镇水金身三百尺，飞空乱洒白莲花。

凌云顶上看冬雪，方响洞边听晚风。疑是仙妃来月下，轻摇环佩玉丁东。

方响洞在城内高标山下，静听水滴有声，旧名丁东水，黄山谷改今名。

盐船个个似浮鸥，四望关前且暂留。贾客不知离别恨，又随明月下渝州。

四望关在州东，高可四望，故名。

江波照妾光如镜，江水无情却送郎。东下荆门千里隔，九峰相对九回肠。

陵云山在城东，一名九顶山，亦称小九疑。

栽桑种稻自村村，凿井煎盐亦帝恩。民爱官清官更乐，此州有蟹佐芳樽。

蜀地少蟹，嘉州独有。

蜀中杂咏

司马文章一代才，炎凉怀抱几时开。他年宣谕还乡国，只为高车驷马来。

相如。

将军血战著当阳，社稷偏安蜀一方。渭水清流难饮马，空余城内子龙塘。

一池甚巨，相传子龙饮马塘。

佛殿低墙挂落晖，宣华池苑是耶非。僧人种菜荷锄立，闲看满畦蝴蝶飞。

昭觉寺，蜀宣华池旧地。

万里通夷汉节悬，张骞凿空亦徒然。支机石在谁怀古，自昔黄河不入川。

江山草木郁青葱，城郭依然似画中。檐上看花花尽艳，春风不见海棠红。

少陵在蜀无海棠诗，人以为怪。放翁题咏甚多，明已无道及者，今绝无矣。

城西犹说旧皇城，石壁巍然绿藓生。最好秋闱灯万点，何如宫烛夜深明。

棘闱是故蜀宫。

千年府第几沉沦，八百株桑久化薪。徐庶成仙云外去，谁怜呕血汉忠臣。

成都府署，诸葛旧第。

惠陵碑竖古祠旁，一体君臣俎豆芳。七十二坟荒草遍，何人肯爇一炉香。

惠陵与武侯祠近。

披发三丰此旧游，青羊宫外草含秋。仙人妙契非文字，犹有龙蛇墨迹留。

祠外照壁有“三丰”，字剥落不全。

临江濯锦锦陆离，江水澄鲜自足奇。纵使良工今未绝，也应花样不宜时。

献忠屠成都，孙可望掳三十六行巧匠入滇。

沿城旧迹半苔封，花木新栽几处逢。落日赤霞明古堞，错疑秋色耀芙蓉。

昔芙蓉满城上，望之如锦，故曰锦城，今绝无有。

雨湿海棠红未匀，遥山一抹黛痕新。文君沽酒杨妃醉，俱是西川绝代人。文君、杨妃。

咏史

百战兵威毕六王，金人列坐壮咸阳。长城万里边防密，不料中原逐鹿场。
台上云飞起大风，归来父老乐新丰。烹完走狗浑无事，留却牝鸡护紫宫。
淮民数万没水隈，百宝庄严佛寺开。饿死台城终不悔，当年原自舍身来。
杨花飘荡李花荣，妩媚娘歌乱已成。鹦鹉才醒棠又睡，几回春梦不分明。
周官典制青苗法，军国谋猷蟋蟀经。一例逢人夸相业，杜鹃声到有谁听。
共唤杭州作帝京，两堤花柳管弦声。西湖好景如天上，苦煞风霜五国城。
门庭日日自操戈，活佛西来秘术多。莫问江南兵将猛，大家欢乐舞天魔。
仓皇土木弃刀弓，北狩蒙尘玉殿空。定策如无于少保，居然南渡宋高宗。
妙夺天工玉漏催，空中手自费安排。熹宗更有戗金斧，欲向元家斗巧来。
虎踞龙盘气黯然，金陵城阙剩苍烟。当年燕子能飞入，无怪争传燕子笺。

苗妇 建昌苗妇冬来成都为人佣，四月间即归，畏热故也

蓬头赤脚短衣单，执爨携瓶未觉难。自笑此身如旅雁，冬来春去不遑安。
锦官城里阅繁华，篱下依人那是家。冷眼偏知怜热客，红尘滚滚走如麻。

负炭妇 民间妇女多负炭求售

还将负重向人夸，一日勤劳米可赊。自幼不知脂粉贵，煤灰满面似涂鸦。
依然闺闼女儿身，日走长途耐苦辛。冷灶自怜烟火断，雪中煤炭送何人。

贫妇 携兜卖青草饲豕，如窃割他家者必罚

腰镰陌上绿盈盈，纤芥还愁起斗争。但得农人皆让畔，何年芳草不丛生。
零露无声湿敝襦，此来专供牧猪奴。旁人错道踏青去，可有闲情斗草无。

负盐女

肩挑背负一身兼，杂作丁男也不嫌。浃背汗流形质陋，旁观休得笑无盐。

辛苦酸咸众味兼，以身尝试又何嫌。寒风刺面衣裳薄，怕唱新词刮骨盐。

偶咏琴台在成都，掘其下，有数瓮，盖以之响琴。卓王孙宅在临邛，掘其下，得扑满，甚巨，内盛钱

自是文园癖好琴，高台废后见精心。美人名士真知己，弦外余音仔细寻。
太息王孙惯积财，五铢何意委尘埃。还思卜式真高见，能为官家助费来。

杜宇城在郫县

荒林古墓日平西，灌口江流绕故堤。芳草落花无限恨，杜鹃城里杜鹃啼。

娘子岭松茂孔道，相传杨妃经此

边塞风高岭上寒，远山如黛好谁看。三郎莫苦连云栈，妃子曾经蜀道难。

杨妃池杨元炎为州司户，生妃于此，幼堕池中，以此得名。在今灌县

入水明珠光照池，先教玉液洗凝脂。海棠未破东风软，可似华清出浴时。
莫讶灵池走一回，仙人原自出蓬莱。新妆未著凌波袜，谁识唐家祸水来。

花蕊夫人故宅亦在灌县

绝代佳人不易生，可怜倾国与倾城。海棠委地香销歇，谁道名花又向荣。
簪花妙格墨流香，百首新词独擅长。不似玉环才调减，写经专媚李三郎。

火浣布越嶲五蛮山，石缝生草，捻以织布。性纯阴，取以拭秽，投火中，秽净而布无恙

幅短知难作袜材，火攻浑欲化劫灰。谁知小草能坚耐，也似精金百炼来。
清白何嫌质理粗，频经除秽未沾污。笑他罗绮矜花样，敢向洪炉一试无。

桃花鱼通身白如冰雪，惟额上红点如桃花。桃花开时方出，桃花落尽则红点无矣

流霞片片耀西东，几队游鱼碧浪中。鳞似雪花冰是骨，春风点额小桃红。

清溪疑是武陵津，万点红浮镜里春。春尽落花流水远，依然冰雪认前身。

马嵬坡杨妃墓

蓬莱何处问婵娟，郁郁埋香不计年。过客题诗都不顾，挥毫亲见李青莲。

回首长安玉步移，香销罗袜草离离。堪怜未到西川去，得近涪州荐荔支。妃嗜涪州荔支。

仙李蟠根几叶荣，海棠浓睡更倾城。惊心动地渔洋鼓[①]，抵死摧花带杀声。

云霞仿佛见仙灵，夜半无人鬼火青。几队骡纲坟畔过，香魂愁绝雨淋铃。

高石梯

怪石嶙峋貌不同，陡崖百尺入云中。最怜幽谷桃花艳，却怪新春树叶红。绿树上层层发新叶，红艳如花开。

城外闲行如鹤放，眼前得句讶神通。原田已望潇潇雨，遍布浓膏仰化功。

小亭

三面荷花映小亭，紫薇花放门娉婷。晚凉闲倚栏杆望，万片飞红点绿萍。

日暮

河边唤渡正徘徊，舟子遥应又屡催。好记今年嘉定路，暝烟疏雨漫山来。

江声入耳又潺潺，近水人家欲闭关。客子逢人询宿处，云遮翠岫路湾环。

过新津渡河

西风剪剪又深秋，依旧长河漾碧流。两岸芦花飘似雪，还来披拂旅人头。去年秋由此入省。

---

① “渔洋鼓”，当为“渔阳鼓”。下《咏古》有句：“渔阳鼙鼓战尘昏，独守危城国士存。”

题福建厦门司马王小山桂《德政图》

行遍山村日未残，群依花柳坐团团。耕夫桑妇同欢笑，喜听家常来见官。

冒雨山行

青青陇麦欲藏鸦，细雨清风小径斜。岩谷高低云断续，静无人处看桃花。

偶作

春深暑气已潜烘，高枕开窗待好风。墙外看山墙内竹，官衙不似在城中。

署中杂咏

炎蒸无地避骄阳，白羽频挥亦太忙。每到虚亭尘世隔，荷花四面水中央。

尝从画里见豳诗，民事艰难自昔知。最好城中似城外，新秧才绿雨丝丝。

夜雨潇潇湿绿苔，虚窗倚枕独徘徊。芭蕉叶共千竿竹，并挟秋声入座来。

开轩北面小桥通，曲折回廊地数弓。一阵清香醒客醉，紫薇花里过来风。

净绿池塘水涨初，朱栏曲曲护阶除。停云阁里浑无事，读罢南华学钓鱼。

瓦屋三间白板扉，杂花萦树粉墙围。三更院外空云水，玉笛一声旅雁飞。

但能积土亦成冈，莫笑愚公不自量。十丈金身云外现，遥看飞阁压城墙。署中土冈上望见大石佛。

海棠香国亦无花，且向庭前看木瓜。略似玉人帘外立，茜红衫子扬轻纱。

凝翠楼落成

支板为楼大半间，芭蕉扇扇竹斑斑。虚窗尽启空明甚，坐爱城头远近山。城内外山皆可见。

一湾绿玉数峰云，快雨新晴锦绣纹。人在小楼浓翠里，山光水色共氤氲。

落成才告已深秋，酒阵棋兵夜未休。万个萧萧声戛玉，此君留我宿高楼。

秋光到处绝纤埃，危坐临风几溯洄。墙外烟峦墙内树，一齐收入绮窗来。

镜香亭外蓼花汀，凝翠楼连知稼亭。好待春光三二月，荷钱贴水稻秧青。

山上松涛聒耳忙，署后凤鸣、莲宇诸山祠庙间松杉最多。楼中灯影伴蛩螿。方塘更有残荷在，秋雨秋风夜正长。

明湖竹枝旧稿失去，补作

女伴同来问水滨，荷花如笑柳含颦。画船摇入湖心去，缥缈歌声不见人。
小阁临流夕照中，阿谁斜倚画栏红。鹊华桥畔分明记，只隔芙蓉路不通。
百花洲上百花娇，和雨和烟柳万条。玉笛一声亭畔起，菱歌不唱也销魂。
闲来懒上酒家楼，倦即酣眠醒即讴。两岸芦花秋瑟瑟，数枝红蓼压船头。
花乡水国足清妍，万斛明珠洒玉泉。记得圣皇行幸后，亭台金碧夕阳边。
渔庄历历傍湖堤，隔断红尘几溯洄。莫恨泉流城外去，还邀山色入城来。
瓜皮艇子载红妆，来去纷纷底事忙。侬自无心闲笑语，不知惊起睡鸳鸯。
新凉最爱铁公祠，船系亭阴半醉时。日落平湖秋水阔，红霞浸入碧琉璃。
朋来寻乐话喃喃，赊酒一瓶鱼一篮。名士美人都不记，湖山潇洒似江南。
官衙尽处见长堤，明镜虚涵万象低。不惜停桡回首望，楼台烟雨共凄迷。

戏作游仙诗

洞中仙子被霞裳，洞外桃花媚阮郎。当日汉皇非解事，温柔乡在白云乡。
飘然避世入山深，虎啸猿啼试道心。别有深情人未觉，丹成九转点黄金。
秦皇海上望三山，徐福孤舟去不还。多少神仙人不识，桃花流水自人间。
偶然射覆颇神奇，王母青鸾降几时。臣朔殿前饥欲死，可能天上作偷儿。
万事劳劳住世难，荒山采药炼金丹。长生共说超凡侣，何事云霄降玉棺。
瑶京丹诏下林峦，也似人才上界难。几辈终南夸得道，共来金阙作仙官。
几见飞升到大罗，修成还怕劫生魔。如何阅遍神仙传，竟似纷纷点鬼多。
橘中寻乐可藏身，何必输赢赌玉尘。黑白纷纭争劫急，当场一着要饶人。
出世消遥历几年，功行何日报皇天。恶人头骨化为水，不学真仙学剑仙。
松间遥望白云多，洞内观棋已烂柯。一局才终人世换，仙家岁月易销磨。
洪崖若个得随肩，不具灵根未是仙。却怪小山丛桂下，顽如鸡犬也升天。
真卿尽节成仁日，苏武全身入汉年。避谷吞丹多自误，人间忠孝是神仙。

列国宫词学使蔡公重庆考古，题为《列国战国宫词》，事旧而格新，拟作二十首

红颜误妾入他家，脉脉无言脸晕霞。愁煞细腰宫畔柳，君王从此爱桃花。

楚宫

别馆离宫次第开，秦川如画映楼台。吹箫未引云间凤，骈胁英雄入赘来。

秦宫

芍药相投笑语狂，溱川上巳好风光。民间那识宫中贵，入梦芳兰是国香。郑宫

临淄万户晓烟生，作戏无端恼列卿。跛客先登房内笑，谁知一笑几倾城。齐宫

结束花裙绣襕裆，美人编伍列行行。教成一队胭脂虎，娘子军声吓楚疆。吴宫

越国烽烟犀甲多，黄池盟罢息干戈。吴宫花草应如旧，有女含颦唤奈何。吴宫

隔院风飘带笑声，登台喜见体轻盈。难瞒近侍知消息，啮臂微闻细语盟。鲁宫

文马东来气不骄，韶颜几辈曳红绡。美人丝管通宵乐，那得工夫事早朝。鲁宫

出宫回望泪沾衣，羞见参差燕燕飞。当日黄裳何忍着，收藏犹带旧香归。卫宫

举世谁能识凤麟，劳劳车马困风尘。人言西子逊南子，环佩锵鸣拜圣人。卫宫

战国宫词

沅芷湘兰种几丛，名花处处待春风。君王不忍前鱼泣，若个蛾眉敢入宫。楚宫

鄂渚秋风落叶堆，襄王朝暮住阳台。鸩媒无信多山鬼，诳说仙云入梦来。楚宫

一见王孙笑语通，经营百计入秦宫。邯郸鼓瑟人如旧，奇货谁知贩鬻工。秦宫

荧荧明镜照新妆，渭水流脂入地香。三十六年秋夜冷，可怜无日见君王。秦宫

武灵雄概亦堪夸，代北云中尽是家。赵国佳人颜似玉，晚年偏性爱吴娃。赵宫

修容媚主貌如仙，列屋闲居各斗妍。闻道无盐新受宠，一时含泪卸花钿。齐宫

秦人巧术亦多般，欲试灵心取笑姗。赖有深宫王后在，外庭无计解连环。齐宫

丁丁宫漏月黄昏，卧室何人敢到门。共说如姬明大义，窃符先报信陵恩。

魏宫

宫中瓦震剧心忧，十万秦兵战未休。共恨平原无上客，高楼空斩美人头。

赵宫

马角乌头感上天，深宫衔恨泪潸然。纤纤玉手甘酬客，剑术无成最可怜。

燕宫

芭蕉女子

华阳诸生寓僧寺，多芭蕉。僧锄去种菜，一本已伤，生止之，得不去。夜有女入谢，自言随父任入蜀，年十七夭殁，昨魂附芭蕉受伤，幸未除。生时父教以诗，因和生作，甚凄惋。

仿佛隍中梦一回，罗衣化尽委苍苔。随他绿叶重重裹，无限芳心展不开。

蜀道青天远敝庐，吟魂夜雨忆当初。虽然未化鸳鸯瓦，也似芳兰几被锄。

巫山女子

贩香客寓巫山江岸，夜有女至，云居此宅，未嫁而殁，因有缘来相就。或知而问客，客迁于夔。

夔府孤城寄客踪，江皋解佩忆从容。宵来云雨归何处？回首巫山十二峰。

巫山山下水苍茫，草没荒台笑楚王。真个消魂非梦里，客如韩寿也分香。

陈氏女子

忠州有地名鬼门关，陈女嫁瞿姓，归宁抱雄鸡，至此遇宋木匠，强污之，不从，死斧下。州牧来验，岩间有鸡鸣，若呼宋木匠，一讯而伏。

贞心如玉节如山，白刃心甘低翠鬟。月黑深林啼杜宇，至今人怯鬼门关。

黯黯青山日没西，荒途夜冷影凄迷。郎今枕畔闻鸡唱，都似幽魂宛转啼。

文君井

井在临邛，文君汲之，甘香，沐浴滑泽，他人则否。

当垆微倦昼长闲，暂沐冰肌掠翠鬟。不待蛾眉临镜好，还凭秋水写春山。

汲罢铜瓶碧甃寒，琴台日暮倚朱栏。市人都醉垆间酒，谁识清泉淡愈甘。

记得

衰颜无复少年心，万里迢遥有故林。记得趋庭风日美，槐黄满院绿苔深。家庭老槐甚茂。

连床对话厂书帏，寂守荒园白板扉。记得海棠开尽后，飞红乱落客来稀。幼与大兄显亭共读，舍前海棠甚盛。

阿连年少气如虹，纵酒狂歌笑语同。记得东村携客坐，青山半缺夕阳红。四弟薇堂好酒，尝与余邀客往河东村外小山下，饮酒歌呼，指山涧嵚崎处曰："吾每饮此，谓之半边瓮。"

麒麟落地不凡才，玉折韶年百事哀。记得闲庭呈画稿，青山红树映楼台。五弟华亭自幼聪颖，十二三岁学画，着色山水，笔极秀。

旭阳怀古

东坡一字抵琼琚，推奖王郎美有余。毕竟读书千载重，公卿没世姓名虚。王庠读书有声，东坡致书甚推重。

黄公墨迹委泥沙，胜地依然属道家。幸有此君轩畔竹，月明墙影动龙蛇。黄山谷为道人王元公题此君轩诗久亡，今于文昌宫后复建，小轩道士主之。

衙斋当即是书斋，公武牙签密密排。案牍而今积满架，遗书犹在亦尘埋。晁公武刺荣州，有读书斋。

南渡风流更属谁，生平酷爱放翁诗。高斋十日留鸿爪，已有千秋绝妙词。放翁筑高斋，有饮酒诗，十日即移嘉州。

殉难贤名著石坊，东川古墓久荒凉。可怜明代多遗憾，赠谥标忠待福王。胡子昭死靖难时，福王追谥忠愍。

没入宫中阅岁多，余年归骨旧山阿。更怜名列教坊籍，挫辱忠门意若何。胡忠愍一女没为宫婢，年七十余放归，死。

咏古 辑《乡园忆旧》刻成，随笔戏咏

钓饵屠刀遇亦穷，风尘垂老困英雄。丈夫衣锦还乡乐，喜看青齐表大风。太公故里在今莒州。

鲍山山下吊荒林，谁识齐卿一片心。为国求贤真相度，人间但解重分金。鲍山下叔牙墓，云分金处。

鹊山丹灶委尘埃，当日神医采药来。此地藏身堪没齿，争名何事被人猜。

鹊山因扁鹊在此炼药为名。

书生高议气峥嵘，凭轼降齐七十城。韩信陷公千载恨，犹嫌钟室未遭烹。淮阴之死，人皆惜之。第破齐于既降之后，致郦生惨死，此天理所不容。

英雄割据已成灰，太息陈王八斗才。铜雀台荒无片瓦，至今人重读书台。东阿鱼山有陈思读书台。

祢衡荐表播芬芳，杜甫闲亭共举觞。一例人间称北海，爱才如命不嫌狂。孔北海融、李北海邕皆爱才。

守树求鱼屡叹嗟，自从南渡播声华。从来孝弟天多祐，原是寻常百姓家。南渡王、谢并称阀阅，皆祥、览孝弟之报。

渔阳鼙鼓战尘昏，独守危城国士存。富贵争趋李林甫，太平谁识颜平原。

万世儒宗道脉恢，帝王崇重奠尊罍。焚书贱士何如主，也向曲阜观墓来。始皇至孔子墓，见《钟离意传》。

身登绝顶接天关，齐鲁青青杳霭间。何必惊人夸小谢，题诗灵运是开山。太山李、杜未有诗之先，灵运登之，题诗，足为诗家开山之祖。

沧海云霞象万千，秦皇汉武望年年。分明蜃气楼台现，错认神山在目前。海市望之若近，即之已非。秦汉人不知，妄谓仙山。

鹊华相对翠模糊，水色山光入画图。更想三周看不足，旌旗影里一峰孤。

隐身长白志冰坚，千乘能轻亦足贤。堪笑人讥陈仲子，看来多半饮贪泉。

颂椒吟絮亦留名，共说深闺毓俊英。伏女传经曹续史，始知华藻总虚声。

齐鲁由来号大邦，离家空看雁飞双。芙蓉冷落秋光老，身在锦江思绣江。

虞美人

美人已殁成香草，霸业久空怯大风。栽傍鸡冠应不屑，为嫌雌雉自称雄。吕后名雉，讳雉为野鸡。

中秋无月 侄庚、孙京与王迟士之子登，上[1]山饮酒待月，约联句，皆垂髫童子也。余喜其有逸兴，作诗以示

风动琅玕响画檐，清光久盼碧峰尖。白头应惹姮娥笑，桂殿深沉不卷帘。

今夜仙娥会广寒，重重罗幕怕人看。他年汝辈梯云上，攀桂休呼白玉盘。

① “上”，青图本作“土”。

池间即景

卸却红莲绿叶披，蓼花新放两三枝。似怜国色飘零尽，暂见村姑学画眉。

得家书

飞鸿万里到真难，接得家书岁又寒。可怪书中无限事，封皮依旧写平安。

出行

青山缺处闻人语，相逢半是渔樵侣。小溪绿净无纤尘，红叶随风落如雨。

隋堤柳

高丽师熸海水腥，汴河民敝柳条青。幽魂怨魄销难尽，散入秋风万点萤。

山行

城中几度厌繁华，迤逦山行野兴赊。最爱荒村篱落景，瓢兄菜与碗儿花。

隶人于崖畔折紫荆花一枝献予，感赋绝句四弟薇堂殁未百日也，仍用前韵

萧疏客鬓阅年华，睽隔乡园道路赊。正是春风好时节，无端吹折紫荆花。

戏咏明皇杨妃事

酒酌西凉脸晕霞，沉香亭畔倚栏斜。红开芍药春如海，冷落寒梅一树花。
长生殿里语绸缪，绝代红颜转盼休。最恨西川身未到，支机石畔望牵牛。

题邯郸梦后

当前富贵更团圞，觉后依然旅店寒。独怪世人多彻悟，甘心入梦续邯郸。

高山

此山高出碧云端，无怪人皆仰面看。几个攀萝登绝顶，谁知退步较登难。

以婢彩霞配家人周贵，张海云戏作《花烛辞》，约诸友和之。余亦有作，以为欢笑

画出蛾眉秋月斜，婢，峨眉人。尝见一书云“峨嵋即蛾眉”，不必加“山”字。一枝秾艳自仙家。含情欲得周郎顾，不种红桃但种麻。婢面麻。

从无厮养配才人，来诗云“康成有婢解吟诗”，虚词也。野渡横舟有问津。一士人妻妾相妒，不能自立。婢夜吁气作诗，结云“野渡无人舟自横”。不是东风催结子，还愁杨柳翠含颦。杨柳，白乐天婢。

姻缘注定自三生，一对家鸡叶凤鸣。有客多情吟艳句，天边笑指彩霞明。

一居东海一西川，千里朱丝已暗牵。婢织奴耕均效力，渊明计日可归田。来诗云：“而今幸得樵青配，他日辞官好刺船。”

再和张海云彩霞嫁后，有婢秋香将嫁，以诗问期

独处无郎恨小姑，诗人嘲谑漫揶揄。原无识字康成婢，安得怜才颖士奴。

桃李春风结子忙，秋来丹桂亦含香。一般都赖东君管，也似为人作嫁裳。

过废园

亭台池馆费平章，富贵何时得倘佯。转瞬平泉草木尽，子孙耕稼魏公庄。

木文纪异

道光七年，江菱石锡麒署温江。李氏桤采，蚁穴其中，伐为薪木，有文曰：“温江县正堂加三级。”明年获盗魁，果加三级。戏作七绝四首。

江郎才略自超群，捕盗年前现谶文。谁向梦中偷彩笔，虫书入木已三分。

头衔进秩亦寻常，隔岁何由已兆祥。万事从知皆预定，纷纷计画笑人忙。

仿佛三刀梦益州，天心人事似相谋。呈来七字如操券，笑指黄花恰岁周。伐木见文在九月，明年部文到县，亦在九月。

游戏文章属化功，如何字体亦雕虫。丈夫素有凌云志，松梦还占十八公。

闲吟

着意推敲得句迟，几回捻断白髭须。闲中会得天然趣，才出城堙便有诗。

寓蜀草 卷三　五言律

和云陔与戴巳山夜话在蒲台

访戴匆匆去，新诗喜共吟。一宵谈别绪，千古重知心。作客愁应减，怜才意独深。挑灯同见忆，感极亦沾襟。

且入芝兰室，风霜奈尔何。才高招忌易，心定阅人多。醇酒聊消遣，穷途亦琢磨。盍簪还有约，慷慨莫悲歌。

岁暮杂诗效放翁体

清闲欣是福，秉性那嫌迂。山水缘虽浅，诗书兴不孤。艰辛倚僮仆，粗粝饱妻孥。莫漫嗟裘敝，贫民尚乏襦。

今日寒初减，欣闻鹊噪声。暖脾嫌酒薄，临帖趁窗明。落拓平生志，微茫后日名。无多方寸地，何事苦营营。

孤影他乡客，荒斋日检书。始知贫有命，不叹食无鱼。落寞交情见，孤高礼法疏。故园归去近，课子带经锄。

记得趋庭日，三冬课倍加。科名悲小草，岁月叹修蛇。渐阅人情熟，深惭昨计差。此身终碌碌，孤坐每长嗟。

风雪催残腊，匆匆岁又终。学荒常忆子，头秃渐成翁。寥落天心迥，纠纷人事穷。宵深还秉烛，更漏响丁东。

出门还访友，僻径一相过。告别今当久，留谈不觉多。炎凉看世态，冷淡结诗魔。日落催归急，寒风起大河。

迟起窗延曙，风号隔壁闻。围炉先拨火，搁笔懒拈文。树老留残雪，天低滞冻云。老鸦何事急，屋角乱呼群。

莽莽风尘里，遥闻玉笛音。难消此夜酒，顿起故乡心。孤冷疏窗月，萧骚晚树林。青灯照无睡，呵冻写哀吟。

家书才寄去，琐屑语难明。多病怜妻妾，长贫忆弟兄。料多尘世累，不及旅怀清。连日围炉话，应知盼月盈。

怀抱无穷事，年衰百虑休。名心嗤画虎，妙技感屠牛。暂借新诗读，难将夙愿酬。依人殊自愧，王粲怯登楼。

遇雨 以下十五年入川

客路愁逢雨，云垂四野昏。畏寒思挟纩，策马急投村。田陇全连水，人家尚闭门。更嫌蛙得意，聒耳正声喧。

登程

装束匆匆甚，登程却得闲。乡音听渐改，家计喜全删。云重多愁雨，天低忽露山。卫辉知不远，遥指夕阳间。

过滑县

田家宜夏日，绕屋绿成围。树密多垂果，人闲半掩扉。荒陂浮鸭静，凉荫饭牛肥。北客征途倦，无言对落晖。

连日行路疲殆 河南道中

泥路艰难甚，崎岖莫问程。马疲惟恋栈，客倦但占晴。一水频频渡，重山簇簇迎。未经登蜀道，早已困宵征。

山行 入栈

初经云栈险，深杳翠千重。流水侵前路，白云隐半峰。折花耽野趣，冒雨洗尘容。素有游山兴，长途喜乍逢。

阻雨

倚枕客心惊，终宵听雨声。披衣惟俟饭，计路屡占晴。涧合流偏壮，山多云易生。家园妻子聚，可悉客途情？

雨止天如晓，云连日又昏。无聊惟展卷，久倦且关门。舆仆闲多睡，檐溜响更繁。明朝登峻坂，应虑马蹄烦。

自遣

万里初为客，艰难气渐平。当门看黛色，倚枕听滩声。磊落诗怀健，萧闲俗虑轻。秦云兼陇树，送与杜陵评。

山行

猿叫苍烟里，阴沉日又曛。排来千叠嶂，直入万重云。树色凌空见，泉声到处闻。山行殊未厌，不必惜离群。

过凤县

未见新垂柳，旧传凤县柳绝佳。风沙满目中。人来云栈北，路绕凤城东。曲磴野绵紫，斜坡荞麦红。林间啼谢豹，瑞羽旧巢空。

过凤岭

鸷鸾山边路，凌空石磴斜。群峰来足底，故里渺天涯。坠涧闻流水，垂岩摘野花。登高欣纵目，海日拥红霞。

过新红峡

千仞苍崖束，嶙峋立海鳌。骇人天偪窄，碍路石嶕峣。云影随山碧，滩声得雨骄。入川应未远，地势此能豪。

循青羊水行

崎岖行不尽，九曲比羊肠。人与水争路，山逼天少光。林深衣尽绿，秋近麦才黄。物候南中异，能无念故乡？山坡方割麦，道旁卖杏。

忆草堂祠梅 前月宴秋屏傅太守，蓓蕾满树，拟开时来游，不果

杜老栖迟地，疏梅破蕊新。乍逢欣命酒，久别似怀人。玉笛寒风袅，湘娥夜月颦。应知修竹外，逸态出风尘。

闲居

远游辞故国，暂住即吾庐。丑石苔生后，闲庭木落余。买花呼婢灌，得句命儿书。门外稀来客，城中似隐居。

书怀

悔不携家累，同来共岁寒。荒年愁米贵，远道得书难。作客偏多债，无才望补官。闭门萧寂甚，还取旧书观。

出郭

新春朝出郭，霁色豁平原。蚕豆绿盈亩，菜花黄遍村。泥涂愁道路，竹树喜林园。万里家山隔，风光莫共论。

静坐

闲窗时静坐，微雨客来稀。诗苦迟晨饭，身轻减絮衣。才原居下下，想敢入非非。淡泊平生志，从知与世违。

蜀都

地险重关锁，天临万岫低。烟云诸葛垒，水竹浣花溪。有命何劳卜，无诗可共题。家园兄弟隔，北望益凄迷。

名都天下壮，井络应星辰。舟楫东连楚，风烟北郭秦。青山千里道，绿野四时春。抚字应关虑，常怀叱驭人。

酆都丙申

面水滩声壮，依山地势雄。城分巴子国，邑为巴子别都。宅是夏王宫。居禹王宫，花石清幽。临政惭才拙，询民喜岁丰。居然休戚共，夹道走儿童。

以事入山，每得幽景

群峰如簇笋，浓翠扑衣襟。曲磴穿云细，流泉入涧深。道途增暑气，松竹静尘心。登顿何辞险，披榛且细吟。

雨后

一雨驱炎暑，萧然院宇凉。时花争艳艳，远岫列苍苍。诗少惭才尽，庭闲觉日长。不知乡僻处，粳稻几家忙。

微雨

微雨催征骑，犹闻旅店鸡。泉声奔壑猛，云气压山低。粳稻丰年足，松篁野径迷。暂欣离案牍，流览遍东西。

复入北山

渐造无人境，从前路已经。溪声因雨壮，山色入云青。野卉花轻艳，崩崖穴杳冥。不知深隐处，若个结茅亭。

与小泉夜话小泉署垫江，以事经过

不意今朝见，深宵语不休。为官乖本志，谋食乏良谋。济上人重忆，前在济南，共至旭村处谈。川东迹偶留。明朝分袂处，不得共仙舟。

复由坍山坝早行

晓起征衣湿，行行记旧游。白云前渡雨，红叶四山秋。林际犹笼雾，溪边又觅舟。平都仙观近，明日约登楼。

金盘寺

又到金盘寺，山僧旧有缘。稚松争撼雨，乱水渴奔田。拂壁寻佳句，前任李更生盘及李挹谷谦皆有题句。安心慕古禅。鸿泥无爪印，余未宿此，未留题。小憩且欣然。

山行

暂觉山行惯，芒鞋看踏泥。路穿修竹暗，云截乱松齐。空翠衣含润，苍茫日欲西。谁家茅舍掩，声细有儿啼。

北郭武侯祠送客，久待未至丁酉在省寓

曲径无行迹，浓阴覆满庭。英灵常俎豆，水木自园亭。雨散荷珠白，苔粘屐齿青。此间堪避暑，默坐数蜻蜓。

云影层檐上，蝉声高树间。出城天觉旷，对竹意何闲。于此攀归驾，因之念故山。出门喧仆马，耻复抗尘颜。

与杨缜亭话旧

不料茹冰久，颜舒反胜常。阅人增感慨，报国借文章。君以调帘晋省。县僻题诗富，刑清课士忙。与君谈别绪，仓卒语偏长。

曾到平都顶，山在酆都，予以去岁至。凌云慕列仙。上有阴、王二仙像。归身还落拓，雅意孰缠绵。频有飞鸿信，每以邮筒往还。全无梦鹿缘。郊原秋草遍，试共眺苍烟。前以秋草四首奉寄。

齐鲁来游客，晨星寥落余。飘零王粲赋，寂寞子云居。予所居云系杨子故宅，后有洗墨池。边事悲戎马，马边夷匪滋扰。闲身笑蠹鱼。唱酬欣有伴，得句或贻予。

秋至偏生感，凉风动薜萝。浮沉知命定，阅历愧君多。杜宇声惊枕，芙蓉艳照波。江山随处好，适意且婆娑。

谒少陵祠

稷契平生志，谁当拔隐沦。须眉留古色，天地老吟身。悲世能无泪，依人未救贫。草堂松竹在，寂寞浣花滨。

怀薇堂四弟

每忆东游日，同舟兴倍豪。烟峦新耳目，风雨乱波涛。近市尝鲜果，开窗命浊醪。乡关云树隔，北望首频搔。

半途书札寄，深喜报平安。自西安寄书来。再试秦关险，才离蜀道难。黄河

天上落，华岳雨中看。车马从兹去，自北而南，至此换轿。自南而北，至此换车。春风渐退寒。

舆夫传口语，闻汝近家乡。舆夫自东昌见四弟。作客形容瘦，骑驴道路长。云车夫病，易驴而行。行时煎百虑，到日剩空囊。临行旅费艰难。若问蓉城信，为云健胜常。

无麦嗟悬磬，无禾更奈何。东省麦不收，五月犹未得雨。全家生计少，远地客愁多。荒旱连西晋，戎兵经大峨。蜀中夷匪滋扰。无穷家国虑，独坐且吟哦。

感事

大帅方持重，张镇请兵议剿。夷情太獗张。多分兵力薄，采入国威扬。寇扼重山险，军携累月粮。蛮烟愁瘴疠，刻日奠封疆。

纷纭山径杂，何处塞泥丸。地绵千里，此防彼出。土著团犹易，屯兵驭正难。故金川地，屯兵最勇悍。羽书催络绎，苗猓敢盘桓。慷慨从戎客，争先跨铁鞍。

地势连三楚，江流界滇南。金沙江外即云南境。虎隅真自负，蚁穴孰能探。欲悉军中苦，难凭纸上谈。吾曹惭素食，雨后看晴岚。

劫掠成天性，频年负国恩。逋逃藏巨慝，出没类游魂。笳鼓秋风急，旌旗白日昏。纷纷夷种聚，歼灭洗烦冤。

登塔在东门外，张献忠拆后复修

万瓦浮青霭，清江抱郭流。登临骋远望，浩荡豁烦忧。有客怀乡土，乡人将归。无花当酒筹。云烟频指点，飞雁落沙洲。

纪事

阴风旗惨淡，雨雪冻深山。立马层云上，谢太尊登凉山，尽见番夷部落。驱羊万壑间。夺夷人牛羊千余。军声联众将，杀气暗边关。盼捷心劳久，何时奏凯还。

钲鼓

钲鼓何时息，将军旆未旋。雾迷千里道，雪暗百蛮天。狡寇深林匿，余民故里迁。夷匪献出难民。驱山谁有术，拟将海平填。夷匪恃深山为巢。

怀大兄显亭

自幼饶天性，多方得母怜。辛勤护诸弟，贫窘到衰年。万里悲分手，空函劝仔肩。春带信归，无银可寄。何堪双目废，生趣更萧然。

重庆道中以下荣昌

细雨盘旋上，苍崖入杳冥。秋深千涧紫，雨后万峰青。竹影围孤寺，炊烟起远汀。行行幽趣惬，何必叹劳形。

出重庆宿白市驿

连日蒙蒙雨，千山雾气中。泉鸣窥涧黑，村远认灯红。得句先存腹，沽醪急命僮。乾坤皆逆旅，到处息吾躬。

忆南宾

犹忆南宾县，轻舟十日程。平都频载酒，鹂馆未闻莺。署中有听鹂馆。树色秋烘嶂，江声夜撼城。仙风吹不到，何处问棋枰。阁上有阴、王二真君围棋象。

前往北乡有作

衙中繁案牍，出郭觉清凉。绿竹随溪远，青山夹道长。村烟看缭绕，水鸟自飞翔。浮土寺名闲游遍，归来趁夕阳。

往高桥里缘田间小路

回环缘曲径，舆马几难通。远岭水田白，幽崖霜叶红。云开欣日暖，雨足验年丰。客路无嫌僻，山花满路中。

不寐

灯影寒无寐，迢迢夜漏沉。秋风骚客怨，微雨故乡心。海右霜天杳，川东雪鬓侵。生平多缺陷，倚枕几回吟。

往北乡

竹密疑无路，泉流忽有声。烟林时出没，岩岫有逢迎。僻路愁新雨，斜阳爱晚晴。田园多雅趣，吾亦愿归耕。

喜乡人至

到此殊非易，迢迢历雪霜。闻君乡语喜，怪我鬓毛苍。巴蜀频戎马，青徐屡旱蝗。平安欣有信，剪烛话方长。

出城

云卷长空净，初晴惬客心。穿桥泉活活，夹路竹森森。田草绿萦带，菜花黄散金。不知冬将尽，景物似春深。

早行

漏寂鸡犹唱，肩舆早起行。残星明远水，落月挂荒城。路暗山疑压，神昏梦欲成。归来天未暮，且喜夕阳晴。

晓起

淫霖连日夜，晓起喜云开。后院滋新竹，邻墙满绿苔。天心工变幻，人事费疑猜。欲返蓉城驾，舆夫问几回。

秋夜

凉飙夜未休，万树响飕飗。露气寒侵枕，蛩声乱聒秋。空江龙寂寞，远道信沉浮。无限天涯感，灯昏结蕊稠。

闻山左秋收甚丰

连岁蝗兼旱，穷黎果腹艰。家书劳望眼，圣德感皇天。皇上躬亲祈雨，为直东亘旱。不虑糟糠窄，应欣妇子全。民风淳朴久，渤海乐耕田。

赠书硕农

防边两度劳，两署越巂。文士有英豪。身历山川险，诗惊气骨高。名场心已淡，宦海首频搔。不尽天涯感，江声涌怒涛。

送杨缜亭入觐

莫厌贫官况，朝天路未穷。琴书千里外，雨雪乱山中。青社乡风古，君便道回东。蓉城客梦通。明春来缓缓，剪烛一杯同。

成都

自昔称雄富，沧桑劫屡过。城宽廛市密，人众阨穷多。珍物通蛮货，乡风杂楚歌。湖广人最多。频年愁米贵，近喜雨滂沱。

闲居

幽鸟鸣檐际，浮云往复还。检书寻好友，闭户即深山。昼永人多倦，苔深石尽斑。锦城游宦地，有客独能闲。

喜四弟薇堂至蜀

汝来真意外，辛苦更携妻。入眼惊新故，薇堂断弦续娶。喧堂杂笑啼。三年秦栈隔，万里蜀云低。较昔容颜壮，何妨醉似泥。弟嗜酒，回里时瘦弱，今精神胜昔。

途间以下新津

秋至犹余热，行人午未休。稻黄曦影淡，林密鸟声幽。高塔闲云护，孤花老树留。锦城尘市溷，野外足钩留。

秋夜

秋夜寒无寐，残灯照客心。微虫犹唧唧，小雨复愔愔。不尽苍茫意，聊为感慨吟。平生原拙宦，白发苦相侵。

自新津至双流，途中得句，久未记，兹录之

秧深秀欲齐，沙路净无泥。流水随人急，幽禽隐树啼。烟中孤塔白，云外远山低。回首新津隔，苍苍望转迷。

江行赴兴文

万古此江流，苍茫白露秋。青林夹岸直，远雁带云浮。天地容孤宦，风烟黯小洲。黄昏舟暂泊，沙际起清讴。

干柏树村有古柏，故名

一叶危滩上，全家性命轻。昔家口自酆都至此，纤断，甚危。浮踪如电影，古树忆村名。日暮云霞乱，天寒水石清。今宵团聚好，灯火夜深明。

叙州

簇簇人烟密，双流抱郭雄。高峰瞻塔迥，野火隔江红。叙永群蛮杂，夔巫一线通。向晨催早发，还祈借东风。

入山

山深日影斜，薄雾几层遮。高下田间水，飘萧原上花。观苗知瘠土，访俗念贫家。归路愁昏黑，林间噪晚鸦。

往梅桥坝时在十二月半

才过小桥窄，沿坡一径斜。松林迷白雾，麦陇散黄花。秀拔山如削，曈昽

日未遮。遥怜疏竹里，茅屋两三家。

早行往叙州

凉气侵衣袂，星稀已向晨。流泉清似筑，孤塔立如人。高下山无数，晴明气渐新。炊烟飘缕缕，茅屋几家春。

舟行

湿雾蒙蒙里，舟居似小亭。山云含雨重，陇麦映波青。树老欹荒寺，沙浮认旧汀。行人殊未息，宇宙本劳形。

宿沙河驿

又来休旅馆，灯火漫纷纭。云气空山满，江声静夜闻。蛮方才息甲，海国又征军。寥落天涯感，孤怀酒半醺。

闻两湖总制周敬修拿问

嫉恶刚肠在，孤忠志不磨。危身今至此，报国竟如何。自请提兵往广东军营。楚水芳兰歇，春风杜宇多。君恩天浩荡，画壁未须呵。

丛冢

芳草年年合，高低共一丘。苔荒碑半仆，雨湿纸还留。难辨何方鬼，空含万古愁。谁怜官道侧，月黑叫鸺鹠。

山云

四面云争起，群飞漫众岗。舆徒迷向背，世界入鸿荒。流水微闻响，朝曦未露光。米家浓泼墨，画意可参详。

即目

境僻疑初到，湾环曲似肠。山顽因竹媚，水急似人忙。幽壑潜蛟住，深林野魅藏。今宵何处宿，茅店隔重岗。

宵行

睡觉呼童起，听鸡已放行。穿云千嶂黑，渡水一灯明。细雨飞无迹，悬流怒有声。昨宵曾宿处，重过亦多情。

山行

仄径沿山转，泉声耳畔过。春花明似雪，田界旋如螺。谷里人家少，烟中竹树多。奇峰迎面起，作势郁嵯峨。

归途

山杂暮云苍，飞禽带夕阳。舆随流水急，路绕菜花香。野店三间小，危桥一木长。蓬头贫妇至，负炭正傍徨。

兴文

何年初置县，县似数家村。市小长无米，山深每叫猿。诗书闲案牍，蔬笋供盘飧。独幸升平久，闾阎靖不烦。

凌晓

凌晓炎蒸却，凭高望远明。署在山顶。树浓连雨暗，山乱与云平。鸟有亲人意，棋闻落子声。得闲良不恶，草草一诗成。

长宁道中

云散千峰白，烟藏万木深。行人犹带雨，古塔偶鸣禽。问渡踏苍藓，穿林息绿阴。故人应伫望，促膝待谈心。忠州昨寄信至。

泉声闻几处，苍蔼杳难分。孤店斜依树，前途细入云。客怀殊落落，万物自欣欣。每遇忘机叟，相随鹿豖群。

途中

驿路多逢雨，深山偶噪蝉。花明堆似绣，水远碧如烟。搜句无嫌苦，游观自是仙。衙斋知不远，暂息亦陶然。

早起

晨起立庭前，庭花艳欲然。露悬蛛网重，风弱柳丝偏。小室开三面，遥山露一拳。建茶如泼乳，活火婢新煎。

喜捷

王者师无战，乘时各建功。习流须壮士，纵火借雄风。助顺深蒙眷，同仇各效忠。通商来市舶，魏绛议和戎。

往长宁县

舆仆匆匆发，迎风怯晓凉。乱山云气合，万树雨声忙。阅日驱残暑，间行历僻乡。途中萧洒甚，遇客话农桑。

即事

雨霁群山出，风柔野水平。踏泥嫌路滑，卸篆觉身轻。安得行踪定，无端岁月更。明朝烟水阔，又到叙州城。

乘小舟行四十里

心喜觅轻舟，翩然溯上流。坐看山态活，静爱水声幽。迎面依依树，随人泛泛鸥。执书聊假寐，仆从亦优游。

山行

行到无人境，苍山夹碧流。云低随马足，树怪压人头。陡觉春衣冷，全将雾气收。晚风催落日，心急未淹留。

荣邑杂咏

蕉叶随风卷，荷钱贴水平。亭开罗笔墨，客至斗棋枰。永日人多倦，晴天眼倍明。隔墙烟际寺，孤磬一声清。

眼看春归去，留春亦太痴。花飞无蝶恋，树茂有莺知。案牍豪情减，音书远道迟。抚孙聊自喜，朗朗读书时。

城郭苍茫里，炊烟数百家。冈峦丛庙宇，竹树绕官衙。署后冈陵起伏环抱，上多祠庙。辟地栽秋菊，如蚕长木瓜。谁言吾作吏，农圃旧生涯。

前哲谁能继，晁公武、陆放翁均宦此。风烟自古留。廊虚堪受月，池小不容舟。有梦游三岛，无心羡八驺。人生聊适意，戴屋看蜗牛。

闻道风淳日，人稀地亩宽。于今多盗贼，在我愧衣冠。法吏操三尺，贫民阨一餐。版图逾百里，夙夜未遑安。

幸免冲途苦，前两任冲县夫马最烦。征求亦易充。山川自平远，花木喜蒙茸。补拙才原薄，论文友许同。相安无事好，惟有祝年丰。

盐井称雄富，民奸亦易藏。殷繁连剧邑，捆载入蛮乡。旧日藩封壮，熙朝圣泽长。凭高瞻望久，云气自飞扬。

团圞欣骨肉，食指动盈千。入馔河鱼贱，登盆锦石圆。乡风思北海，游迹记东川。辛苦平生事，浮沉六十年。

感事

闻道天津戍，久设防兵。番夷又进船。神京烦拥护，海口起腥膻。黑白多新鬼，白夷黑夷俱称鬼。波涛没远天。谁宽宵旰虑，大府縻金钱。发饷三十万。

鼓角连东郡，山东青莱登三府防海。妖氛暗北溟。云山劳望眼，蛟鳄恨无灵。壮士同悲愤，中朝失典型。王中堂鼎故，汤金钊告归。西南留滞处，搔首蜀天青。

帝德无中外，苍生困剪屠。岩疆厪圣虑，狂寇待天诛。戎马长屯越，烽烟已到吴。何人思报国？奋臂一长呼。

万里何飘忽，沧波下濑船。领兵非一帅，筹饷已经年。主国惟凭女，暎夷系女王。弯弓敢射天。华夷疆域定，切莫犯幽燕。

络绎军符急，皇威集劲兵。调察哈尔蒙古兵二千往天津，川陕各调兵一千往安徽。侵边同日本，习战比昆明。湖北四川产木，俱造战船备用。将帅贪功意，蒸黎避乱情。汉家秋月朗，莫照敌人营。

节钺承恩日，遄征未敢安。浙抚刘玉坡先生韵珂，被命时已抱病。忧时双鬓白，到浙未久，须发变矣。许国寸心丹。将印天潢握，奕将军为大帅。微躬法网宽。重地失守，仅予降革。何时齐奏凯，四海靖波澜。

偶作

秋至犹余热，秋光已洒然。泉声听雨后，竹影看风前。道院移花小，凉亭贮月圆。近来诗兴浅，累日不成篇。

晚行

一别嘉陵水，艰难百里程。秋深千树色，月冷万虫声。已困连朝雨，还欣驿路晴。合家悬望眼，未悉旅人情。

出行

晓雾起微茫，河流一线黄。冬温新麦长，岁暮乱山荒。作吏无良策，怀人忆故乡。出城聊送目，沿路足倘佯。

过井研伤孔秩如曲阜人，官资州州判，曾代办此县

摄令曾来此，凄凉玉树摧。微官犹短命，百里岂无才。思升县，未得。旅馆空相忆，春云郁不开。招魂愁缩地，鲁国有蒿莱。

怀马子琴

不见谈诗客，豪情忆往年。萧条虚岁月，险阻隔山川。老去狂名减，生前秀句传。何当重把臂，笑语俟归田。

偶咏

云际烟鬟出，林边村路斜。西风纷落叶，微雨湿黄花。偶值骑牛竖，问询卖酒家。行行聊适意，未觉负年华。

夜雨

一夜潇潇雨，床头漏不干。天时谁料得，宦况久知难。竹影灯花乱，鼾声仆梦酣。明晨趋远道，若个怯衣单。

涂中口号

尽日走泥中，千山雾气蒙。迎春惟细雨，送客是和风。疏竹几行翠，夭桃何处红。川中桃花，除日或有开者。我生自扰扰，汗漫任西东。

早行

雾障千山暗，林深一火明。仰天无月影，出郭有鸡声。吏事难辞倦，人生各有营。行行多负担，冒冷亦宵征。

宿双古坟用前韵

客馆旅怀清，斜阳入眼明。开窗观野色，攲枕听泉声。箫鼓升平乐，盘餐仓卒营。匆匆聊暂住，带露更宵征。

冒雨山行沿路口号

细雨蒙蒙路，黄花寂寂春。满目菜花。浇田多蓄水，挑菜未逢人。山际烟犹湿，溪边树渐新。流泉随处响，更足涤心神。

怀韩百木

少壮飞腾意，同惊白发侵。江天游子梦，风雨故园心。久托尘中足，谁知爨下音。青山伸素约，携酒更相寻。

有感

春色年年负，春光处处新。倏经三月暮，仍是异乡身。坠地花无数，浮波鸭正驯。赏心今古似，沧海未扬尘。

虫声

空庭留月色，风露倍凄清。不尽缠绵意，微闻断续声。人多怀怨思，物岂不平鸣。砧杵遥相和，谁家梦未成。

宿古坟场

野店重来憩，秋风满院生。临轩观水态，倚枕听虫鸣。白发怀乡感，青灯旅店情。微寒宵不寐，柝响已三更。

回署

聊当寻春去，舆中阅岁华。清香桐破蕊，新绿稻抽芽。穴石雕神像，临流转水车。从篁低映处，茅屋是谁家。

一径入松林，青光染客襟。空山微雨过，古涧落花深。笠影遥相识，禽声杳莫寻。谁知疲道路，亦复净尘心。

出城行金花殿一百二十里

百里严程急，吾生亦太劳。未晨排火烛，小队肃弓刀。落月疏林暗，荒鸡野店号。何人蜗舍里，稳睡日升高。

烟岚回抱处，一径入青冥。树色浓深涧，禽鸣冷翠屏。水田高过屋，村妇健于丁。喜值升平际，农歌月下听。

谒何申畬夫子于别墅卸荣昌篆后补入

修竹多临水，新松半绕堂。云惊生户牖，露看湿衣裳。胜地真堪隐，高人那得忙。今宵亲几丈，自愧是荒庄。

古道难偕俗，居官志未伸。夫子古道自处，仕未甚达。白华方就养，血泪已沾巾。夫子自南康归时方读礼。奕世传清白，回头阅苦辛。侍僮频剪烛，絮语及明晨。

题画二首

万叠青山曲，奔流吼怒雷。有亭临陡涧，无屐破苍苔。树古精灵聚，云深樵牧猜。从来天下士，抱膝在蒿莱。

豁达天开处，凭栏眼界明。林因经雨润，泉喜出山清。摩诘禅中味，倪迂世外情。藏胸丘壑满，落墨气峥嵘。

里中人至培禄弟、准侄孙、表弟继修

万里崎岖路，奔崩困若何。黄河云外转，华岳雪中过。客况愁薪米，家园忆薜萝。初经云栈险，几处夜猿多。

面目惊初见，乡音喜尽同。准侄孙、表弟，在家时未见。居官吾不易，入世尔何功。心怯风霜苦，身穿虎豹丛。人生当自立，慎莫厌途穷。

弟病群环榻，连宵絮语亲。弱躯思返里，远道最怀人。追忆先型旧，传闻琐事新。阿连衣带减，相顾共酸辛。

一痛嗟长别，相关骨肉悲。众来未久，四弟遽殁。抚棺还忆昨，握手更同谁。异地多新鬼，袁内兄及长辈多卒。乡书感故知。得张东序书，四弟读之感叹。此来真不负，犹及笑言时。

送侄孙归里

频经唤汝去，远道独行难。兄前寄书令归，未果。故里天南隔，千峰剑外攒。侣多聊结伴，年少慎加餐。遥计还辕早，春风日暮寒。

入里惊相问，应知老泪垂。大兄前未知四弟病殁。衰年多卧病，断雁不胜悲。但道吾犹健，犹怜汝未肥。挑灯宵共话，屈指数归期。兄来书约回里。

闻道荒园里，墙倾老木疏。此生多落漠，万事有乘除。修葺三间屋，珍藏数卷书。兄衰惟汝仗，勤苦念菑畬。

难得他乡聚，频年恨事多。死生悲骨肉，南北阻关河。两地身安寄，孤生志易磨。侄孙早失怙恃。室家成立后，鸿信莫蹉跎。归即成婚。

感事壬寅作，补录

已共长江险，南来警信频。封侯空有赏，报国竟何人。运道忧中阻，奸徒向外亲。普天同发指，感愤不能伸。

命帅天潢出，专征统六师。扬威、定远两将军皆宗室。军民同仰望，家国借扶持。海徼名城陷，神京捷报迟。三年劳圣虑，何日戮鲸鲵。

先声惊草木，未战苦崩奔。养士君恩重，临危大义存。关提督、裕总制皆殉难。

江干闻野哭，海澨聚忠魂。太息承平久，风悲鼓角喧。

万里君门远，临机费运筹。羊亡牢待补，痈溃毒难收。深慨沙虫化，权将货贝酬。和戎非本计，聊欲解烦忧。

君亲无可报，反噬更何心。闻有身列高科甘为贼用者。溪壑填难满，夷人要求甚奢。藩垣寇已深。涵容天广大，焚掠气萧森。嗟尔三军壮，应怀慕义忱。

胜负无常势，朝廷法令明。封疆谁寄托，寇盗尔纵横。严诏难宽罪，定两将军、参赞罪。仁心久厌兵。奇才生有日，父老望升平。藩宪徐公前九年梦之帝所，择息海氛之人，引一少年伟人至，或应运而出。传言如此，未知的否。

读《蠡勺诗集》怀杨缜亭诗在峨边作

身历边风苦，高怀郁不开。蛮夷工伺隙，父老屡逢灾。蜀魄啼残夜，青怜聚劫灰。书生思报国，慷慨有余哀。

黑骨相雄长，深山不易防。缚人营外急，筹赏署中忙。野戍苍烟合，孤城白日荒。诗怀增激烈，意气忽飞扬。

雨雪入边山，烽连万壑间。夷顽真劲敌，城小作雄关。溪洞群奸聚，汉奸多亡入夷巢。沙场匹马还。不堪焚掠后，野竹泪痕斑。

淳朴如君少，冲和更吾师。宦途经坎坷，诗句独雄奇。画楫怀前度，联舟赴嘉定已八年矣，自是未相见。青灯感故知。巴山连夜雨，两地各相思。

宿莲花寺

望望莲花寺，行来日欲斜。阶前多种秫，田畔亦栽瓜。客倦分僧榻，窗明看野花。五更钟鼓动，起视斗西斜。

销夏热甚，作此自遣

何处堪消夏，徘徊坐竹边。翠交三径藓，绿积一庭烟。簌簌凉生袂，萧萧韵入弦。吟诗怀玉局，寒碧有遗篇。

何处堪消夏，闲游到水涯。凌波红跃鲤，解渴绿浮瓜。露滴荷盘润，风吹柳线斜。共呼凉月上，笛韵起渔家。

何处堪消夏，青山古寺深。风高清入耳，岚湿翠盈襟。积雪留岩窦，飞云落殿阴。仙人何处访，幽洞坐鸣琴。

何处堪消夏，松阴意爽然。涛声空际水，鹤梦静中禅。待月还留夜，闻风似欲仙。羲皇知不远，且枕石头眠。

何处堪消夏，仙人好住楼。开窗风浩浩，卷幔月悠悠。身立红尘外，栏凭绿树头。笑他居下界，挥汗正烦忧。

何处堪消夏，田间筑小亭。千层山叠翠，四望野浮青。竹叶杯中泛，鹂歌柳外听。轻雷何处发，天末雨冥冥。

与高伯鹏夜话

共话巴山雨，来经蜀道难。故家闻废坠，好友半单寒。风雪怀前梦，行时十月逢雪。江湖得大观，经湖北。萍踪何处定，永夕且盘桓。

登凝翠楼有感

楼为四弟薇堂所建，自出新意，与知稼亭联，外收诸景，内尽一园。楼成未久，薇堂病殁。

满目伤心绿，何堪又上楼。笑颜空寂寞，杯酒几勾留。粘壁诗犹在，依墙竹似愁。为余消暑建，夏日与谁游。

送培禄弟还里

炎风吹未息，一雨变秋凉。此去身无累，相怜鬓有霜。蜀云迷远道，海月照轻装。阅历人情久，他乡异故乡。

出成都

人海奔忙甚，归途景物闲。天光常在水，云气竟无山。缀石秋花艳，投林野鸟还。眼前怡我性，得失漫相关。

即目

碧竹夹江流，苍茫接素秋。云开欣旷渺，雨后足清幽。茅店千丝柳，芦花一叶舟。襟怀尘渐涤，不必觅沧洲。

至成都

未见成都郭，凌空白塔孤。一江通楚蜀，千里下夔巫。形势称天府，人烟壮蜀都。五年增感慨，游迹半荒芜。

除日

白发青灯夜，天涯逼岁除。屠苏邀稚子，鸿雁少来书。家中久无信。妻病犹强饭，儿痴未荷锄。不知冰雪里，何计葺茅庐。

岁月堂堂去，川南又滞留。青山非故国，白雪忆高楼。原上梅花发，云间雪意浮。十年游宦懒，谁复识今吾。

漫兴

登临常郭外，游览亦园中。红叶雨中树，黄花霜后风。寻诗来旧侣，望信盼归鸿。岁序匆匆逝，还欣酒不空。

喜侄永济自山东来

频年离恨积，一夕忽言欢。骨肉他乡聚，风霜蜀道难。先人留俭朴，吾道本酸寒。勿弃诗书训，旁人冷眼看。

絮语未能删，从知世路艰。新交余白眼，故国梦青山。荣辱浮云外，兴衰转瞬间。惟添游兴好，秦蜀历雄关。

汝伯年迟暮，还能健饭无？辛勤承世业，欢笑聚妻孥。野菜常新摘，香醪莫懒沽。何时同坐卧，白首共喧呼。

后起丁男少，鸾胶各续弦。诸侄子一岁尽夭，兄弟皆丧妻新娶。茅庐还旧业，余买吕姓宅，系吾家所建。石砚是良田。作吏怜余老，承家觉汝贤。连宵频剪烛，情话记西川。

途中

晨惊雨意凉，云未漏曦光。流水背人去，野花随地香。峰高看雁度，竹密有村藏。我似朝峨客，匆匆逐队忙。

永祺侄到荣，知心如、显亭二兄皆健，喜而作此

闻道精神健，开缄乐不支。晚年凭儿女，两兄皆佳子弟。远路想须眉。啜菽贫非病，衔杯兴未衰。天边鸿雁影，相聚是何时？

寓蜀草 卷四 七言律

和巳山刺史《秋海棠》用渔洋《秋柳》原韵

疑是亭亭倩女魂，红轻翠冷闭闲门。常怜幽韵骄春色，也学新妆带睡痕。耐冷香迷蝴蝶梦，含颦人瘦苎萝村。深情如许肠堪断，妖冶群芳莫并论。

风雨频经未受霜，秋容历乱绕银塘。红颜薄醉初辞酒，翠袖惊寒乍启箱。一缕幽情通月姊，十分清艳恼花王。含愁偏爱丰神别，繁丽谁矜碎锦坊。

乍卷珠帘见画衣，珊珊艳骨是耶非。胭脂淡抹啼痕浅，翡翠浓妆舞影稀。满地青苔听雨过，一庭明月看萤飞。闲愁别绪应千种，花样如何与世违。

清姿绰约更谁怜，朝晕晴霞晚带烟。瑶砌无人风料峭，霓裳有梦意缠绵。才沾浓露从今日，薄试红妆已暮年。珍重孤芳须爱护，怯寒斜倚玉栏边。

坠马伤臂

据鞍何敢慕英风，款段惊心一蹶中。自笑乘船如贺监，谁云折臂比羊公。平途已觉艰难甚，万事从知得失空。独羡浣花溪上路，群携酒脯慰诗翁。

挑后书怀

从兹焚砚更何疑，谢却名场泪暗垂。臣不如人今老矣，事皆由命且听之。燕台声价空闻骨，蜀道风花渐入诗。曾是放翁游览地，看山一路喜嵚崎。

过潼关

第一雄关险莫争，全秦门户护咸京。黄河万里从天下，华岳三峰带雪清。阨塞还凭人保障，古今每苦寇纵横。承平未废熊罴守，去远微闻画角声。

班家台怀古

驱马扶风寻旧庐，雄词大放佩琼琚。生还燕颔封侯将，上抗龙门司马书。

才比父兄真不忝，名怜夫婿竟难如。宫中有女题纨扇，拾得曹家墨沛余。

弄玉吹箫台

但剩荒凉土一丘，玉箫仙客此曾游。深宫凤翙无凡侣，天上花开有并头。留得秦云身后影，吹残明月古时秋。始皇眷属存丹诀，何必蓬莱望玉楼。

读放翁诗

知他辛苦几经年，流水行云得自然。每郁孤忠思报国，聊拈琐事便疑仙。高怀如见陶元亮，妙笔还追白乐天。最是千秋遗恨事，雄词终未勒幽燕。

栈中民垦山种包谷荞麦，资生甚难。过褒城，平野沃衍，五谷甚茂

风物萧闲旷野平，连村禾稻绿云盈。鹅儿喜雨呼群出，牧竖骑牛信步行。远客衣单先觉冷，长途马倦屡占晴。汉中从古称繁富，纵览名都惬客情。

风寒后屡以失摄再犯

寒温失节苦神疲，客路频忧造化儿。已觉升沉关定数，谁能性命付庸医。人生快意终成患，天下防微莫要迟。千里金堤惊蚁穴，此身何处不临危。

绵州道中

山川平远似江乡，道路崎岖已渐忘。细雨疏篱修竹绿，孤村流水野花香。匆匆岁月征途尽，碌碌风尘旧业荒。相对青灯堪慰藉，痴儿酌酒伴凄凉。

过绵州

云白山青新雨后，稻黄荞紫早秋时。蜀地荞麦花紫。初来涪水观银浪，未谒欧公奠玉卮。文忠生于绵州。浊酒聊成今日醉，淡烟犹似古人诗。前人诗“淡烟乔木隔绵州”。香闺梦断渔洋老，如此风光却恨谁。渔洋诗“闺梦何由向左绵”。

膝前

膝前嬉戏寻常事，此日方知再侍难。白发承恩沾一命，黄泉无路致三餐。追思处处皆成悔，却羡人人得尽欢。剩有深宵魂梦里，依然笑语得团圞。

闺中四时词

困人天气恼东风，初换单衫杏子红。古帖硬黄临易倦，远山青黛画难工。魂销杨柳长堤外，门掩梨花细雨中。隔院秋千谁笑语，微闻环佩响玲珑。

画阁湘帘缕缕垂，窗开四面喜临池。烟横翠竹冷侵簟，风约红蕖香透肌。作戏频看鸳并浴，含情惟有燕来窥。青苔满地无人迹，闲倚栏杆日影移。

霜痕早已染枫林，凉到香阶碧藓侵。万里关河劳短梦，三更风露响疏砧。频开明镜卿怜我，欲卜征夫口问心。莫道深闺无伴侣，凄凄不断是蛩音。

风声凛冽结同云，金鸭香残被未薰。侵晓怯寒添半臂，深宵呵冻织回文。茶烹雪水清双绝，人比梅花瘦几分。欲换新妆无意绪，藤箱空叠旧罗裙。

有感

谁是人间第一流，茫茫尘海聚蜉蝣。金银宫阙群仙俗，生死轮回古佛愁。得马亡羊皆幻梦，饮醇近妇未消忧。蓉城高处闲凝伫，万里长江豁远眸。

送杨缜亭之兴文

锦官城里雨如丝，珍重他乡酒一卮。世事繁从游宦后，人情难是别离时。行看美政传三异，不坠家声凛四知。料得衙斋稀讼牒，眼前山水入新诗。

寄家中兄弟

几载埙篪聚户庭，征尘万里要亲经。河蟠太华从兹壮，山入西川不断青。吊古每寻诸葛垒，问奇难觅子云亭。乡人若有询风景，多见浮云少见星。

水仙

一笑轻盈低翠鬟，浓姿艳色已全删。生当秋水清幽处，格在梅花伯仲间。

洛浦尘生波渺渺，江皋月冷佩珊珊。全无烟火真清绝，想尔丰神姑射山。

杂感

荆南消息苦难真，镇箪兵噪。阃外苍头气未驯。犬忘报恩翻吠主，蛾甘投火那尤人。百年生聚劳宸虑，千里关河扼要津。寄语健儿归部伍，安然共作太平民。

齐鲁雄邦辅帝都，年来荒旱力凋枯。乡间侠少矜刀剑，塞外流亡逋赋租。安得囊中金点石，徒闻市上米如珠。加餐纵有传来札，旅寓安居可饱无。

楚境安恬久息烽，猺獞敢挽射天弓。湖南猺匪蓝正樽破新宁、城步。林深瘴雾遮山黑，春老蛮花似血红。莫使荆襄惊鹤唳，还闻巫峡扼蚕丛。纷纷乌合何能久，一鼓生擒奏武功。

自笑

可笑行藏不自量，无才也逐利名场。抛荒笔墨听官鼓，典尽田园置客装。因仕愈贫豪气尽，执鞭求富俗情忙。当年故我知何似，两鬓萧疏早被霜。

夜抵渝州

巍然形胜障川东，来往风帆百货通。灯火如山堆水面，人声似沸落空中。府城乃巨石孤立江中，市肆层累而居。鼓钟惊起鱼龙睡，烟霭遥环雉堞雄。生就石城天设险，时平瑞气接苍穹。

秋草 署酆都回道中作

极目萧萧委碧苔，寻芳久歇又重来。飞红曾衬春光媚，浓绿初经冷意催。旷野牛羊谁护惜，凉天风露独徘徊。山崖江岸青无际，只似年华渐就颓。

几日薰风又变商，离披到处景苍茫。千秋文字残碑没，百战山河古戍荒。只有虫吟悲夜月，何时蝶梦到池塘。白云黄叶同萧瑟，画出秋光一片凉。

出山原自昧前因，苦忆春晖迹已陈。历乱荒陂来牧马，苍凉远道更怀人。迎风无复青袍旧，着雨翻如白发新。一样斜阳南浦上，萋迷何地不怆神。

蒙密仍沾造化功，几经风雨碧丛丛。不随摧败留青冢，也有繁华衬紫枫。金粉闲愁来梦里，蘅芜旧怨入骚中。东皇计日回鸾驭，秀色芊眠四海同。

寄李东洋酆都令李挹谷从兄

蟠根仙李尽琼枝，坦易如君信可师。疏雨绿窗临帖后，清风修竹斗棋时。眼前行乐浮云似，别后相思明月知。一事相要休峻拒，联吟棣萼寄新诗。

归舟自酆都回

卸却铜章得懒身，妻孥欢聚笑言频。休嫌画舸归装少，且喜青山变态新。滩树蒙蒙疑带雨，江烟黯黯似生尘。惟怜赤脚牵舟苦，冬月无衣肉半皴。

舟中即目

欸乃声声未暂停，行舟数尽短长亭。团团野竹连峰碧，郁郁田苗映水青。有兴呼童营酒具，无聊倚枕看棋经。明朝应望渝州月，且与乡人倒醁醽。同乡有商于渝州者。

谢郎春桥画蟹

墨汁浓倾八足连，轮囷脐未辨尖圆。恰当残菊清樽夜，忆在荒汀败苇边。蚕绩曾无歌善政，兔毫那复累高贤。归装且喜添豪兴，落落琴声画里传。

咏武侯

宇宙犹垂诸葛名，偏从困顿识奇英。谓昭烈穷处新野。身当未出三分定，棋到临危一劫生。梦马同槽皆鼠窃，如鱼得水看龙争。公忠毕竟孚幽显，后主依然肺腑倾。

闲居

胸襟落落与谁同，酷爱名流卓荦风。红袖拂墙品诗句，青梅煮酒论英雄。人生行乐还须达，天意难知莫厌穷。放眼青霄无障碍，浮云舒卷任西东。

漫兴

么麽小丑气难驯，闻道沿边出没频。匝地桑麻横白骨，冲霄烟火起红尘。怜他杀掠生前劫，愧我安闲局外身。上将分忧思报国，绥民荡寇属何人。制军调建昌张总镇往剿夷匪。

莫道皮肤疥癣忧，跳梁久已费持筹。穴藏深谷蛇难觅，路绝高峰鸟亦愁。毒雾蒸腾多瘴疠，荒丛昏暗隐戈矛。往来飘忽真如鬼，安得长围一网收。

咏围棋

持筹太过亦良痴，枯坐劳形煞费思。晴昼垂帘花影静，苍苔满院子声迟。闲时扼要翻疑拙，绝处逢生善用奇。胜负从来无定局，旁观冷眼或先知。

内兄袁渔庄结网于城外取鱼蟹

坐观空有羡鱼情，结网今朝试一行。十里烟波秋意淡，半川风雨绿蓑轻。携来泼剌银刀乱，倾出槎枒郭索横。他日归田应结伴，山耕水钓乐升平。

夜中漫书

晚来雷雨动檐楹，凉意先从枕簟生。作客一家愁药饵，家口多病。怀人半夜怯秋声。四弟薇堂归里，久不得书。鸿飞故国山川杳，身过中年得失轻。几辈闻鸡还起舞，边疆尚自未休兵。

呈内帘诸公予在弥封所

久历艰辛触目酸，无关得失亦心寒。倾城消息帘边隔，酣战声容壁上观。似我胡涂非得已，凭君摸索也应难。别裁伪体追先正，努力披榛共采兰。

题郑蔼人《西窗话雨图》

窗绿灯红竹影深，闲愁触忤几回吟。怀人京国秋光老，图大半在都人题。作客巴山暮雨沉。同官蜀中。樽酒犹疑千里梦，风尘已负十年心。与君情话欣如旧，异日相思未易寻。

九日游薛涛井旁有雷祖庙

满城风雨值重阳，楼外烟波正渺茫。屡约良朋寻胜地，还因佳节惜流光。诸君以雨迟回，予敦促乃行。美人黄土埋遗恨，古寺疏钟落夕阳。到处但知行乐耳，无风脱帽亦非狂。

到此才人气尽降，临流聊复倚纱窗。盆中金菊花才放，槛外芙蓉蒂自双。院内芙蓉两株。客喜烹茶寻古井，使院皆取此水。人谁濯锦傍秋江。持糕欲奠香魂杳，归路蔬篱起吠尨。

往北门外武侯庙送乡人，池荷半枯，芙蓉照水，又换一番景色。孤坐，得诗一首

几日秋风换薜萝，武侯祠畔又经过。蒙蒙翠竹连朝雾，艳艳芙蓉照碧波。鸿雁南飞乡信少，游人北去别愁多。诸君仓卒萍踪聚，续至者陈郁堂、钟筠轩、张雨田、杨缜亭、张晓村，皆东人也。慎莫沾巾且醉歌。

邀诸友小饮武侯祠，步刘范九韵

芰荷零落竹阴稠，斜倚雕栏俯碧流。好友从今多胜赏，同官几辈得闲游。争先遥看高飞鹗，随遇应如不系舟。公等长才非百里，他年建树志谁酬。

有感

经年萧寂住蓉城，感慨多从阅历生。鸿雁凉宵惊客梦，山川画角壮秋声。人除温饱心无累，事遇艰难气尽平。白发自怜明镜里，欲从何处问功名。

题徐香樵《奁艳十六咏》

新诗细读胜冬郎，宛转谁疑铁石肠。倒海明珠难抵字，生花彩笔欲流香。每怜哀怨成千古，似召婵娟共一堂。多少痴情征慧业，漫将游戏视文章。

家中人到，四弟薇堂未至，感怀

盼望劳劳算客程，春光容易过清明。艰难家累成牵滞，迢递山河费送迎。

失喜通门闻笑语，闻家中人到，皆喜。无端阅信触离情。闻知身健如前日，暂息奔驰学养生。

为张晓村悼亡姬

也似罗浮梦一场，参横月落剩凄凉。人间好景皆多事，局外何心亦断肠。携病入门疏粉黛，留灯销夜泣蛩螿。去年秋月团圞照，正喜明星小吐芒。客岁，晓村署清溪，八月纳姬，夫人亦自山左至。

咏淮阴侯

破楚仍存大将坛，长淮呜咽水犹寒。英雄报德千金易，贫贱伤心一饭难。烹后论功真比狗，生时分国不封韩。有人曾劝君中立，谁劝君寻旧钓竿。

咏史阁部

惊闻铁骑渡黄河，列镇兵翔有倒戈。拜表武侯惟涕泣，无愁叔宝但笙歌。梅花黯淡青磷杳，明月荒寒杜宇多。不负左公能相士，峥嵘大节久难磨。

凯旋喜赋道光丁酉，马边夷匪滋事

入穴穷搜奏战功，直抵车夷坝贼巢。竞将艰苦问军中。天围峻岭蛮烟黑，月暗深林鬼火红。剑脊寻途迷夏雾，刀瘢忍冻裂秋风。归来一洗征尘尽，此日欢心上下同。

山谷重重路万歧，将军分道领偏师。余齐二提台、张镇台分路刻期并进。行来谷里难增灶，腾上峰巅已树旗。妖鸟焚巢栖莫定，焚毁夷房，尽窜入阿，合家黑夷。长蛇断首力难支。杀介胄骑马夷匪。从知帷幄劳筹画，刚断先教破众疑。制军鄂宫保一意主剿。

虎旅威声涌海涛，凶夷走险捷如猱。蓬头漆脚形容怪，毡笠花裙结束牢。到处鲸鲵能剪灭，谁知癣疥费爬搔。风寒雪夜人争奋，斫垒回营血洗刀。

干城亦复借文儒，报国心坚抵万夫。共凛霜威增杀气，多臬台，在大营筹画。亲团义勇效前驱。谢太尊先至军营，招集乡勇杀贼。往来乘险胝生足，官皆著草履。昼夜持筹雪满须，吕太尊总办粮台，须发皆白。自是和衷能集事，么麽螳臂敢支吾。

征召诸屯集劲兵，似生翎翅一身轻。屯兵最习登山。人从井底盘空上，矢到云中破的惊。夷目在山顶指挥，屯弁一矢殪之。漫以诛锄归杀运，应知勇烈有荣名。好生原体苍天意，讵耐苗顽恶贯盈。

跳梁习惯在蛮荒，乙未，大兵剿平，今复滋事。毒弩强弓寨外张。久恃宽恩容鼠窃，惊闻大将有龙骧。悬痈决后无留患，聚米看时更预防。全局始终操胜算，遥瞻天际落欃枪。

除恶应须绝宿根，那容亡命效狼奔。争看蛮首悬新垒，渐有炊烟起破村。抚绥难民，渐次复业。白酒银牌先犒士，黄沙马革与招魂。羊子桥殉难员弁。犹怜乞命全蝼蚁，法网恢恢荷厚恩。投诚各夷分别宽宥。

闻鸡起舞着先鞭，几辈从戎到马边。派往粮台诸员。每苦青天难转粟，人言僻壤可屯田。山川形胜成瓯脱，夷地纵横千里，负山带江。兵火身家幸瓦全。夷人献出难民甚多。从此流离苏重困，闾阎久望息烽烟。

戊戌展上巳，诸社友集薛洪度吟诗楼，即事分赋，得弄艇

郭外晴江江上楼，芙蓉槛畔狎轻鸥。美人化去成千古，名士重逢共一舟。何处停桡还祓濯，偶然垂钓也风流。归来忽似桃源别，花落花开无限愁。

题赵竹庵《从军日记》

袴褶匆匆作急装，横腰长剑气轩昂。身经戎马胸怀壮，诗入边山格律苍。瘴雨蛮烟供吐纳，戍楼烽火费周防。留办善后。当时送客无王粲，时荀尚未到川。补赋《从军》第一章。

题黄梅樵诗卷

少年风雅迥离尘，一卷新诗著手春。红破海棠初带雨，青归杨柳乍含颦。淮扬自昔多名士，叔度于今有替人。我是荒伧无好句，骚坛追步亦相亲。

白发

萧萧白发不盈梳，却忆嬉游丱角初。过眼浮云看不尽，当前明镜感何如。暮年多累聊从宦，盛世无名愧读书。如此头颅身纵健，平生奢愿尽成虚。

别赵竹庵、章山甫赴荣昌任

李侯东下值阳春，谓虹桥。又唱骊歌惜别频。宦海风尘真小草，浮云天地此吟身。愧无佳句留知己，岂有良谟及古人。珍重临歧劳赋赠，珠玑满箧未尝贫。竹庵有赠别诗。

和潘紫垣《繁江课耕》原韵

拄腹撑肠万卷余，萧然潘岳赋《闲居》。陇间樵牧邀邻叟，江上风波远草庐。叩户幸无租吏问，寻春暂与故人疏。东皋乐事多清兴，披读新诗一起予。

往满城即目

蒙蒙细雨湿红蕖，水满方塘映碧虚。客子情怀原落拓，人家竹树自萧疏。应官听鼓年来惯，拈韵挥毫癖未除。解带匡床归卧后，还欣蝶梦乐蘧蘧。

赴荣昌

初涉征途日觉长，犹余暑气未全凉。青鬟鬟鬌山争媚，白雪飘零苇已苍。且喜衣冠从简略，每嫌僮仆事张皇。雁江如解行人意，宛转频逢大道旁。

怀显亭大兄

少小提携鬓已残，别来明月几团圞。平生孝友持躬谨，到老贫穷度岁难。有子渐成堪守业，无钱分送愧为官。千盘蜀道飞鸿杳，东海云生倚斗看。

北郭外景颇幽，惜无赏者荣昌

独喜尘中胜地偏，城边寓目便欣然。流泉怪石溪声满，绿竹黄花野色鲜。惜少危亭临水构，谁留小艇任风牵。人家见惯浑相忘，安得移回置故园。

忆明湖

人生何必住蓬莱，清浅明湖照眼开。风送荷香闻笑语，烟迷柳絮隐楼台。

仙舟孤影随鸥去，螺髻遥青入镜来。自到锦江谁共赏，齐州缥缈首重回。

杨妃四川茂州人

温泉初浴乐融融，乐奏霓裳一曲终。芍药有香迷野鹿，沉香亭芍药为鹿衔去。海棠无力醉东风。浪传飞燕妆偏媚，笑指牵牛誓许同。可惜西川存故里，难随玉辇侍行宫。

武后四川广元人

佳儿佳妇昔曾夸，妖媚何由翟服加。天下舆图沉祸水，满朝君子爱莲花。宾王诋毁能寒魄，李勣扶同已灭家。我向利州寻旧迹，崇隆石像映残霞。有石像作比丘状。

长卿

壮志题桥迹莫寻，流风孰起寄遥吟。文章狗监称知己，贫贱蛾眉共一心。堪笑高车争献酒，谁怜四壁自鸣琴。生平饶有忠直意，谏猎书成胜上林。

资州晓发

晓来爽气扑衣襟，稳坐肩舆且自吟。一抹嫣红扶日上，四围冷翠入山深。小桥流水行人影，断霭飞鸿故国心。此去内江应不远，前年曾此望枫林。

北行至盘龙场

细雨初晴气色鲜，山腰一抹尽苍烟。星星野卉红生涧，簇簇新秧绿满田。乍暖乍寒人意变，如歌如诉鸟声妍。行来百里投僧院，独爱坡诗手一编。

送同乡刘君东归

西来作客已经年，判袂东归意惘然。巫峡猿啼清到枕，襄阳水阔远连天。闲来对局消春昼，此际衔杯恨别筵。自愧临歧无物赠，愿君安稳一帆悬。

夜坐

鸿爪雪泥处处踪，深宵又剪烛花红。人生得失浮云外，客子情怀细雨中。闲阅稗官消旅闷，苦无佳句贮诗筒。应知锦里风光好，相约闲游孰与同。

旧笔

西抹东涂未肯休，纤毫触处起蛟虬。伤心须发今朝秃，经手文章奕世留。耕罢石田曾得岁，生来花朵几经秋。良弓鸟尽多藏匣，忆尔勤劳未忍投。

寄家书

五千里外一封书，何日间关到敝庐。深虑前年秋少麦，还愁远道出无驴。四弟未能来蜀。田园霜棘应先剪，子侄灯窗好共居。我客东川身健在，放衙听鼓起徐徐。

寄马子琴

如君才气有谁俦，恨少功名似马周。慷慨歌风雄海岳，穷愁裹足避公侯。于陵宅畔谁携酒，锦里江边独上楼。天末相思凭一纸，何由杯酒句同搜。

公廨后超然亭登眺在荣昌

且喜登高得暂闲，空亭一面对云山。依岩松竹烟犹幂，附郭人家水半环。自有好风来野外，已无余事到胸间。盈眸青翠如新沐，时有鸣禽暮往还。

端午时已卸篆

旅邸闲居已阅旬，端阳聊复庆良辰。连绵雨湿三巴路，飘荡官羁万里身。借榻原非陈仲举，狂吟那拟楚灵均。酒痕狼籍青衫浣，到处酣嬉莫问人。

急雨

深宵惊起漫疑猜，未吼狂风未响雷。震瓦如闻飞矢集，掀天似涌怒潮来。

银河一泻愁难继，大地平沉恐欲摧。传道邻封犹苦旱，何妨分酒洗尘埃。

将离昌元

乾坤到处即乡园，来往匆匆未惮烦。未有长才书下考，聊同好友酌清樽。中天明月摇窗影，来时八月。傍砌榴花带露痕。今五月。转瞬东川经两度，巴童蜀马忆神言。予癸未在都，游超然台，签祈文昌帝君，有“巴童蜀马共随缘”句。

听邻舍诸童读书声

书声聒耳喜清圆，倚枕闲听破昼眠。忽忆趋庭承旧训，曾期奋志着先鞭。苍黄远道求名日，需次微官垂老年。弦诵当时如在眼，思量无计慰重泉。

哀张晓村署秀山，病故

捧檄曾同万里来，乙未与余同行至蜀。东川一去竟无回。沧江隔绝何由问，寡妇飘零只自哀，君无子。薄宦误人抛骨肉，故园回首长蒿莱。秋风寂寞桐棺在，旅馆寒灯照夜台。

冬日杂诗成都寓舍

人海原知似戏场，问津前路苦茫茫。天边忽换炎凉候，眼底谁分上下床。飞将空山惟射虎，书生皓首已亡羊。一窗灯火围炉话，青史还须仔细商。

寻遍遗踪剩绿苔，千年城阙鹤归来。凄凉带月寒梅发，断续随风画角哀。儿女缠绵多恨事，山川郁律困雄才。闲消垒块惟杯酒，江水无情涌怒雷。

南中不见雪飞花，漠漠重云冷万家。国绕三巴留禹迹，图荒八阵委江沙。时闻杜宇惊寒切，起看银河背斗斜。恤纬偏怜邻女小，萧然纺绩响轻车。

涉世还凭阅历深，旁观莫怪尽浮沉。横流荡荡难回棹，众口汹汹惯铄金。一室论心惟竹素，千秋养拙独山林。尘中溷迹谁相识，卜肆君平迹莫寻。

王杨卢骆亦雕虫，文士何人勒鼎钟。几辈探龙矜卓荦，或疑屠狗有英雄。狂歌纵酒情无赖，临水登山兴未穷。锦里先生酣睡稳，三间茅屋卷秋风。

玉关消息近如何，惆怅卢家一曲歌。难觅飞鸿传锦字，思凭壮士挽天河。高楼明月离魂断，短草荒原战骨多。闻道汉唐征戍苦，至今遗恨满山河。

古今卿相几开颜，未熟黄粱半晌间。杌陧无人知祸水，凭凌有日失冰山。

曾矜捷足忙中错，莫纵高谈局外闲。十丈红尘从扑面，缁衣京洛惜斑斑。

国手还闻一着输，歧途以外有歧途。休从斯世求残沛，好向吾身觅宝珠。最苦牵人惟富贵，寻欢乐法是模糊。东邻颇有知几叟，时就黄垆共一壶。

过眼流光似骑驰，蓉城僻处得栖迟。凭栏且问今宵月，磨墨重勘旧岁诗。炉内微闻香冉冉，霜中犹见叶离离。《南华》读后应齐物，何事闲愁满肚皮。

匆匆又是岁寒时，短鬓萧疏几缕丝。叫月蛩音邻寂寞，经霜菊蕊太离披。灯明渐喜亲书卷，齿病翻嫌近酒卮。遥想临边烦大帅，天涯雨雪湿旌旗。制府巡马边一路。

得家书 淄邑瘟疫时行，侄绍曾夫妇俱亡，四弟妇产子亦亡，四弟大病几危，戚属一家有一时亡至四人者，接书惊叹

飞鸿万里到江干，一纸家书不忍看。凛冽北风吹老泪，萧条白日罢朝餐。谁怜远客情怀减，每望衰龄骨肉完。回首秋云乡路隔，江声日夜急波澜。

与客话旧

三年消息断知闻，乍喜襟期得细论。几辈黄泉怜旧雨，满天苍狗幻浮云。晴江渺渺舟重泊，芳草萋萋日又熏。倦鸟低飞无远志，眼前雕鹗总超群。

夜梦为人书联云“满地月明松竹影”，沉思，对以“一堂花暖燕莺声”。醒后改“堂”为“园”，足成一律，时清明前四日也

人生过得几清明，成句。旅寓栖迟足遣情。满地月明松竹影，一园花暖燕莺声。春光孤负惟耽酒，宦海浮沉莫问程。闭户斋居无客到，小诗还自梦中成。

赴新津任

鲍老依然上戏场，匆匆出郭趁斜阳。稻苗含雨村容黯，荷叶翻风水气凉。囊里诗篇无宦志，眼前云物似江乡。当年筑堰功真溥，处处清流夹道长。

蜀中杂咏

当年蚁贼肆咆哮，杀运重开鬼怒谣。跃马千山惊白帝，吹箫一箭殪黄巢。旧宫苔没莺花寂，谓蜀王。故垒云荒草木交。培养几朝劳圣略，垦田烟户遍山坳。献贼屠蜀，遗黎几尽。本朝生聚，有人满之患。

昔闻滇海跋长鲸，谓吴逆。巴蜀唇亡孰力争。守土竟无颜鲁国，翻城又见史思明。天心未许疮痍复，庙算旋教畔逆平。云栈重重空设险，丸泥已破那偷生。

绳渡艰难馈饷频，千山雨雪少青春。两金川层山叠嶂，雪多晴少。蛮酋仇杀由婚媾，中国军攻似鬼神。势结连环难负固，网开三面竟孤恩。于今瓯脱为编户，贡赋征徭俗尽淳。尽设屯卫内地。

啸聚千群野火红，军书几载困元戎。南来路失潼江险，偷渡潼川。北障关凭剑阁雄。骁寇反随巾帼后，谓齐寡妇。奇才崛起草茅中，罗、桂二提军均由乡勇。堪怜迭覯沙虫劫，万室嗷嗷泣转蓬。

偶书

茅庐休怪客长吟，惜尔怀奇久滞淫。刘裕同车无景略，范增交臂失淮阴。英豪偶遇犹难识，渔钓深藏更莫寻。牝牡骊黄徒混目，千秋谁似九皋心。

漫兴

流光转瞬已成空，发短筋衰叹老翁。文士雕虫真龌龊，悍儿屠狗亦英雄。闲思蹋脚深山里，闷欲埋头古籍中。共说谷神常不死，茫茫天地信无穷。

题朱静生《观我集》

浩气排空涌怒雷，飘然仙客驭风来。非无文锦联霞佩，时有寒香动玉梅。入世功名多感慨，笼人意气自雄恢。江南岱北三千里，蜀地相逢笑口开。

送书硕农赴巴州任

胸襟落落岂争名，促膝论文意便倾。人到中年除客气，诗经边塞带秋声。居官传舍迁移惯，过眼浮云得失轻。却忆巴西多侠少，何时买犊事春耕。

岁除

弹指年终岁又新，流光偏感白头人。皇皇旅舍如栖燕，衮衮人才似积薪。未得居官空说仕，犹能分润莫言贫。往来书札皆通贺，吉语连篇不厌频。

和潘紫垣《赴京谒选》原韵

中年碌碌未吟诗，余五十后方学觅句。大雅初亲已后时。蜀地莺花推锦里，潘郎才调值昌期。文能报国何嫌老，吏贵亲民莫叹卑。未免牵情婚嫁累，挥鞭就道独迟迟。

同怜雁塔未题名，上苑春花又放荣。今年又值春闱。科第由来关福命，朝廷到底重儒生。出山流水浔源净，悬镜虚堂照物明。作吏应知多暇豫，惭予案牍每纷营。

犹记西来别故山，锦城杨柳又重攀。怜君客路何能遣，触我乡愁未易删。纵目春云迷蜀栈，随人明月出秦关。惟欣馆舍多题句，循壁吟哦慰旅颜。

听鼓奔趋历五年，同游几辈着先鞭。劳劳入世浑无策，滚滚谈诗幸有缘。搜句当时多俊彦，衔杯到处好林泉。骚坛此后盟谁主，工部祠堂故郁然。

山房花木旧亲栽，君有《桃李山房》画册。杖履雍容许共陪。江汉文章归玉尺，琳琅声价重金台。历主芙蓉、方亭书院。从知岩穴难终老，信是天翁不忌才。温饱平生原未计，功名缓缓逼人来。

富顺赴兴文，时在舟中

火井由来蜀地偏，鱼盐雄富跨东川。朝云乱拥千峰翠，旭日晴开万灶烟。舟系画桡来富贾，雕排健翮没遥天。中流自快乘风便，豪兴无端笔欲仙。

纳溪县

荡荡城堙傍水堤，巍峨万室拥楼台。江平岸阔行舟稳，地广天高宿雾开。薄宦竟为妻子误，浮游总为利名来。云山即目情何限，欲饮无人共举杯。心如二兄、薇堂均戒酒。

宿底蓬

沉沉村店不闻更，仆御喧呶杂笑声。抟土搁灯光黯淡，破窗无纸夜虚明。传闻狼过人争骇，且待鸡鸣客早行。万事随缘聊自解，何劳方寸苦营营。

偶咏兴文

戎疆立县似荒村，废址犹余几处存。苗妇花裙勤负炭，更夫短褐倦锄园。后圃种菜。乡无盗贼嫌贫窭，户少诗书幸朴淳。寂寞衙斋当午睡，闲中滋味与谁论。

自叙州回

冲寒才去冒寒回，山暗溶溶细雨来。善事上官徒跋涉，欣逢清景更徘徊。支离榕树全无用，冷淡梅花未尽开。千顷水田明若镜，沿途何处染尘埃。

立春日赴永宁

入律东风细细鸣，匆匆舆马又催行。山岗乍转平原阔，云雾初收旭日明。穿石流泉犹半咽，似烟芳草已丛生。年年春色还如旧，愿共群黎祝太平。

暖气微微日渐长，新晴远近逗春光。欣看碧水随山转，已觉黄花满路香。岸外林开排野店，坡前石卧似群羊。升平到处堪行乐，万里谁知古夜郎。

济南明湖销夏最佳，余屡有诗忆之，复作一律

年年选胜爱湖光，销却炎蒸特地凉。箫管半酣花四面，亭台一簇水中央。淡红菱角堆渔艇，浓绿峰尖压女墙。多是分曹觞咏处，谁知旧侣几存亡。

乱山兴文县

高峰陡峻望中惊，直上高峰顶上行。乱木青苍犹带雨，野花黄白不知名。嶙峋怪石横拦路，喷薄流泉怒有声。我在衙斋遥羡久，何如身历更怡情。

戏作

数点秋山鲁妇髽，无城无郭有官衙。墙头斜缀蜗牛篆，屋角闲开扁豆花。皂隶终朝操杵臼，皂隶无事舂米。苗夷散处友麋麚。讼庭苔满稀人迹，睡起观书日又斜。

凭天到处便身安，轩外荒庭半亩宽。坐得看山欣是福，厅中坐见南山。饥犹食肉愧为官。署中每日肉一斤。沙田得雨栽秧好，贫妇无衣负炭难。妇女自远负炭百斤来卖。我与群黎原共命，只今犹未改酸寒。

偶作

蒙蒙晓雾湿烟萝，危坐萧斋作短歌。一县人同村落小，四围山比故园多。厨中有笋堪供馔，门外无人可设罗。每欲林泉寻乐趣，未知闲散更如何。

咏死丐兴文冬寒，丐多路毙

从来一饭困王孙，况尔啼饥冷傍门。夜静飞霜埋瘦骨，风清嗥犬骇饥魂。人无仗义遗绵缕，我愧居官拭泪痕。更有痴童方裸体，沿街哀叫正黄昏。

途中

旷野清光破客颜，凌晨驱马不知还。随云汗漫愁逢雨，沿路迟留为看山。市井何年成小聚，风烟此地杂群蛮。隆冬巡历非无事，觅句从容却似闲。

过玉皇坡

才跨危桥潦水清，突然留客一山横。行人似蚁盘空上，杂树如云对面生。乍喜升高旋入瓮，疑曾设险此安营。舆夫喘急何须怨，那得人间路尽平。

往郫县道中作系回成都时补入

绝少峰峦是此方，平原空阔似江乡。一溪流水夕阳淡，沿路黄花村店香。树色蒙笼云欲散，客怀潇洒兴偏狂。先生杖履风尘外，申畲夫子在郫书院。窃喜抠衣到草堂。

即目

努力升高石磴斜，层层密林绿阴遮。远山微白田皆水，满树新黄叶似花。银杏叶初萌，甚似蜡梅。遥看行人来木末，谁怜游子客天涯。浮沉薄宦风尘倦，早觉萧疏两鬓华。

有感

习气纷纷未易除，人间得失竟何如。山留胜地多归佛，士啖虚名竞著书。若到荣华全历后，应思天地未分初。南华一卷闲时读，秋水春花乐有余。

兴文署感怀

吾生东海宦游西，斗大山城望欲迷。远岫冰寒无日照，滴水崖盛夏积冰。深林月黑有猿啼。寻诗客子偏宜蜀，学语儿童渐变齐。尘海茫茫何处问，偶留踪迹寄鸿泥。

雨半夜始止，早行

山岚水气浑相接，树色烟光迥不分。黑压人头愁作雨，白飞天外怒生云。斜斜整整花垂露，渺渺冥冥雁掠群。更喜沿途多怪石，苍苔斑驳篆奇文。

即目

沿溪深浅碧初匀，历乱晴光泼眼新。云气归山封远树，花枝横路绊行人。驱来黄犊耕烟水，种老青松起爪鳞。我本田夫稍识字，误抛蓑笠走风尘。

途间偶书

遥遥村店酒旗斜，行过重冈路未差。芳草浅深游客屐，夕阳红紫豆田花。豌豆花有紫有白。曾经宿处无题句，转忆来时似到家。天地从知皆逆旅，且呼童仆煮新茶。

途中

莫厌途中劳跋涉，还来物外觅烟霞。泉从竹里高喷雪，树向墙头乱放花。纵目千盘山径曲，惊心一线板桥斜。深居未历郊原景，辜负春光何处赊。

偶书

短短蔷薇映海棠，夏来犹得继春光。闲庭尽日燕莺戏，到手一枝风露香。寂寞官斋增艳丽，萧疏诗兴忽飞扬。卖花声里霏微雨，更与深闺助晓妆。

古碑

废庙荒墟阅几回，何年断缺卧尘埃。文章有幸留余迹，风雨无情长绿苔。谁见遗民曾堕泪，频遭劫火未成灰。斜阳独立摩挲遍，太息牛羊砺角来。

尘埃

尘埃奔走愧间关，且当遨游得暂闲。竹外清风宜酷暑，舆中午睡失青山。穿桥浪急如翻雪，激水车忙似转环。最是田间风味好，每因就道一开颜。

乘舟至叙州

清风袅袅满长川，一叶扁舟兴渺然。渐转青山舒望眼，惊添浊浪没平田。眼前空阔双江合，郭外峥嵘落日圆。记得新春摇橹好，轻烟微雨薄寒天。

庆符道中夜行

行人底事苦奔忙，不奈炎蒸趁夜凉。近水林峦虫语碎，迎秋风露稻花香。遥村明灭觇灯火，孤店喧腾列酒浆。幸有诸君谈笑洽，一时浑忘在他乡。谓汪、顾二君。

赴长宁

轻云擘絮树冥蒙，微雨萧疏翠接空。暑月千溪瓜蔓水，深山一路稻花风。

曾经酷热流丹日，渐觉新凉到碧桐。梓里故人同剪烛，良宵情话惜匆匆。诸城臧中州宰是邑。

早行

矗矗危崖飞白练，层层浓树拥青螺。偶来古渡闻人语，忽破苍烟有鹭过。雨后风光山内好，生平兴会路间多。明晨更向锦江问，别后新添几尺波。

微风拂面嫩凉生，又向苍烟翠霭行。树里明河遥隐现，山边微雨半阴晴。还欣流水沿途送，却少红尘扑面迎。恰似当年应试日，半车行李往来轻。

道中偶题

高下坡陀叠几重，一峰才过接双峰。山田雨足车犹转，野碓无人水自舂。屋角编篱皆种竹，榕根出地欲成龙。两川风土应须记，他日归田话老农。

新黄芳草沾春雨，嫩绿垂杨发旧条。小屋飘烟临渡口，白云如水抹山腰。谁知佳境长途遇，且喜丰年乐事饶。逸士从来多避世，林泉故自远尘嚣。

山家

细雨霏霏雾半遮，深山影里有人家。门前横偃黄葛树，榕树俗名黄葛。屋角斜垂红杏花。久困衙斋劳案牍，暂来原野问桑麻。此间真乐谁能识，行客相看欲驻车。

旅馆

旅馆灯明自举觞，暂容休息在匡床。蛙声得意人声杂，雨气连宵水气凉。万事由来如戏剧，人生何意苦奔忙。梦中获鹿生欣喜，醒后追思已尽忘。

靖逆大将军宗室奕山赴粤东剿夷匪

将军横海驾艅艎，虎节龙旗出上方。何虑鲸波翻地轴，曾随羽猎射天狼。前锋共说杨无敌，杨侯芳为参赞。壮士佥同石敢当。会作铙歌新乐府，欢呼夹道缚蛮王。

自沙河驿至半边崖

侵晓微茫雾气昏，群山高下乱云屯。沿途人语殊防睡，隔岭鸡鸣似有村。乍过平田青稻长，忽来深涧怒雷奔。危崖崩落疑无路，栈道依稀可并论。

感事

横海长鲸涌怒涛，防边万里树旌旄。鲛宫酣战风波险，虎节征兵转运劳。不分去声夜郎轻汉大，居然鬼国恃天骄。何愁旅拒撑螳臂，上相于今握豹韬。

非凭互市制蛮夷，欲与中原塞漏卮。鸦片烟岁耗中国金以千万计。衅起粤东烽火急，兵连江左羽书迟。屯田无计填沧海，断臂终当剪月氏。仰仗皇灵勤武略，楼船破浪看神奇。

至叙州

长江浩渺绿沉沉，水面斜阳点碎金。远望初惊塔影立，再来犹见涨痕深。倚空城郭烟云绕，潜水鱼龙昼夜吟。响震险滩如击鼓，何人危坐抚瑶琴。

宿月口

一路江山似有缘，重来旅店景依然。余初来叙府与今日所住宿处皆在此店。深更灯火离人梦，曲岸烟波渡客船。身似飞鸿随处宿，官如传舍逐时迁。时余卸兴文篆。人间何事容惆怅，暂得清闲便似仙。

至嘉定

云天黯黯城遥接，烟火茫茫客乍惊。一雁飞时投佛髻，江岸有大石佛。双江合处起秋声。居官宜作嘉州守，高咏难追玉局名。我欲游山载酒去，还从世外濯尘缨。

青神道中

路入平芜远望赊，轻云细雨不曾遮。遥村浓绿枇杷树，满目殷红荞麦花。蜀国关山形历历，清秋鸿雁影斜斜。长河上接成都近，欲向张骞一借槎。沿路见河自西来，不知其名。

高石梯在荣县

怪石嶙峋貌不同，陡崖百尺入云中。最怜幽谷桃花艳，却怪新春树叶红。绿树上层层发新叶，红艳如花开也。城外闲行如鹤放，眼前得句讶神通。原田已望潇潇雨，遍布浓膏仰化工。

赵眉伯桂生自省寄《春雨》诗，索和。久未得暇，因公出，舆中步韵和之

廉纤到地腻无声，酝酿微寒入幕轻。一夜乡心凋旅鬓，三春花事误清明。远山含翠烟初暝，小浦飘红浪渐生。何日故人重把酒，西窗剪烛话阴晴。

至嘉定

江城突立碧波中，楼阁参差日映红。历乱山光堆远岸，苍茫水气接遥空。平原熟麦犹沾雨，过客轻舟不待风。春至我来如昨日，春归我到惜匆匆。

哀周峨东南川人，在荣病故

才闻抱病已凋残，几首新诗墨未干。衾敝已无贤妇诔，衣单忍使故人看。年年旅食家千里，夜夜灯光药一丸。三世联交情不浅，临歧无语但凭棺。

上元道中

烟雨空蒙极望迷，平畴浓绿接清溪。冲寒小艇渔翁出，入耳新声野鸟啼。懒向铜街看夜市，聊从远道踏春泥。舆中坐睡无愁思，醒视云开日已西。

读史

胸中五岳忽堆来，垒块先浇酒一杯。竖子安能成大事，佥人亦有不凡才。斑斑良玉多啼泪，累累黄金化劫灰。太息目前寻乐事，谁从全局遍筹来。

放船

无须打鼓小船开，绿净清波曲岸回。漠漠如烟山雨暗，嗷嗷似雁纤夫来。回思春雨初摇橹，又值秋风且举杯。此别蛮城无可恋，庭隅老桂暗香催。

出城

曲折临溪石径危，春流滑笏漾清漪。枯杨卧地犹生叶，新笋参天未放枝。天远微云红日映，烟开石壁绿萝垂。驹光过隙应须惜，且作春游倒玉卮。

往龙滩场一带

映日迷天云漠漠，披风带露草芊芊。雨中嫩绿桃花浪，烟外殷红荞麦田。宴处不知春色晚，闲观偏觉物华妍。韶光过眼循环至，回首韶光六十年。

宿莲花寺

自愧浮生住世间，偶如行脚叩禅关。围墙密列森森竹，对户低排叠叠山。人是官身原自苦，僧虽秃发未曾闲。鸿泥爪迹谁寻觅，得句聊书不忍删。

奉调入闱

束装犹似应科忙，作吏年来旧业荒。故垒重逢惊老将，衰颜自顾惭新妆。聊为策马趋长路，亦愿抡才报圣皇。却忆文闱争胜日，槐黄桂艳几心伤。

早行

才出城闉便似仙，萧疏触目意欣然。烟云出没林中寺，风露离披野外莲。且喜年丰收晚稻，尚余秋热敌炎天。拈毫近日无豪兴，聊记行程第一篇。

嘉州道中

远岫参差碧四围，轻寒更自惜芳菲。新花似蜡初盈亩，细雨如烟未湿衣。云本无心聊暂住，鸿因适意不高飞。前村灯火宜留宿，得句匆匆待笔挥。

读《项羽本纪》

建都何意弃关中，太息咸阳一炬红。屠狗贩缯成事业，美人名马恋英雄。兴来犹梦分秦鹿，运去无端失楚弓。持较汉王真大度，城头未忍遽烹翁。

冒雨山行

转到林塘似画图，云光树色共模糊。舆前细雨浓如织，烟际青山淡欲无。喜见田家花绕屋，何来野客酒提壶。仆夫休说泥涂苦，汗漫游春兴不孤。

闻峨眉之胜，遥望未登，赋此志之

峨眉几次望中悬，有客登临语共传。江水穿云来绝塞，雪山碍日矗遥天。尘心净处可参佛，彩色明时似降仙。登山可望雪山，雨晴每现圆光五色。闻说岱宗高莫并，岱宗犹虑未齐肩。登岱四十里，登峨八十里。

晓行

三月春深晓尚寒，田家风物画图看。秧针如毯才离水，宛豆收花渐入盘。远岫色浓因雨润，行人步缓怯衣单。驱牛野老溪边立，日出林梢正漾丹。

出行

麦黄桑绿映疏篱，云满前山水满陂。煮茧人家烟簇簇，分秧时节雨丝丝。民风到处皆堪绘，帝力如天总未知。作吏蛮荒殊不厌，城闉才出便寻诗。

近况寄杨缜亭

自笑愚翁亦太愚，百年身世计全疏。无堪报国儿输粟，不善持家妇买书。迹寄蛮荒耽水竹，心怀故里少田庐。北窗倚枕聊闲望，历历风光可慰予。屋后绿竹千挺，墙外青松孤塔，枕上可数。

空庭讼简吏萧然，钝拙无才亦似仙。执卷行吟仆未俗，仆张某喜诗。无鱼引去客多贤。楼边蕉绿宜听雨，沼内荷青那当钱。更有无心相赠答，清阴高处几声蝉。

遮眼文书拨几封，炎天稍喜得从容。何妨食肉还栽竹，正切占云忽变峰。绿满虚亭支卧榻，清邻古寺度疏钟。围棋才罢拈毫素，不使旁人笑我慵。

橙橘樱桃已遍尝，石榴花发几枝芳。闲园芜废苔犹绿，小阁支离板尽亡。人视一官如传舍，我来斯地又端阳。分明记得三春景，姹紫嫣红压短墙。

萧疏何异在田家，雨后清凉自品茶。稚子偷移池外笋，僧人远送野中花。安排浓醉曲多积，检点新诗字半斜。鄙琐无嫌谈絮絮，开函遥计笑声哗。

莲溪郡伯止园

小试经纶布置奇，胸中丘壑少人知。栽花欲别东西院，待月无分上下池。趋事隶民皆踊跃，忘机鱼鸟共游嬉。岑公千载无人继，今日嘉州复有诗。

太守人惊吏是仙，从知衙署亦林泉。臣心自矢原如水，君子由来最爱莲。山小戴花烟外立，楼高倒影镜中悬。何须更上凌云顶，此是人间一洞天。

一边深凿一高修，半取虚明半取幽。水界两湖山对面，花为四壁屋中流。公非独乐原同乐，客喜新游胜旧游。才启楼窗观陆海，随风又上木兰舟。

郡古江山迥绝尘，亭台曲折境翻新。近迷花气疑无路，远展波光又问津。每约赏心惟我辈，再开生面更何人。曾经陪侍精神爽，仿佛蓬瀛记未真。

共别明湖几载余，先生犹爱水云居。名区端借才人重，胜概还为智者储。收取烟波归眼底，凿开岩壑满庭除。乡园北望情何极，缩地能教素抱舒。

荣梨亦复有池塘，相对能无叹望洋。此日谁人追茂叔，他年有树尽甘棠。应知润泽连余地，自少风波到野航。我亦高歌如孺子，怡情烟水感沧浪。

夏日杂咏时寓成都

卷尽飞花草又生，旋看邻树绿阴成。帘垂晴昼苔纹满，人卧空堂燕语清。棋客未来枰久敛，新诗已就字频更。童孙走到欢容满，仿字涂鸦喜乍呈。

游川已是五年余，尘海纷纷得静居。客至恰逢人送酒，囊空还借隶钞书。闲来吊古池台换，随地娱情竹木疏。回忆少年多盛气，饱经时事愿皆虚。

茫茫江水下夔巫，信使还乡得到无？永祺侄浮舟由荆襄回东。忆弟看云多怅望，畏人论事每模糊。蛮天蒸燠樱桃熟，旅舍萧闲杜宇呼。到处牵怀销壮志，频搔白发愧头颅。

郊野青葱望不穷，每因迎候出城东。千家背郭晴江绿，孤塔凌霄夕照红。栽稻几时农望雨，牧牛何处笛随风。乡园闻说田禾茂，远客年年祝岁丰。

自昔官场似戏场，官场未上且倘佯。花连旧土栽全活，天值新晴气又凉。

每笑老妻询僻字，常求秘本录奇方。闲中寻事忙偏剧，宦海无涯任渺茫。

经时不到草堂祠，冷落词坛少故知。戊戌上巳，诸同社集此，作修禊诗。时似永和方澹荡，才如杜甫亦狂痴。文章乐事犹难久，富贵浮云更不疑。最忆琅玕青万个，婆娑凤尾映涟漪。

城外赖家赏牡丹

香柔风软露霏微，惊见容华绝代稀。黛蹙已怜西子瘁，态浓偏爱玉环肥。遮天翠幕晴犹湿，覆地浮云懒不飞。疑是花王藩国盛，三分争霸斗芳菲。花分三丛，各数十朵。

满堂朱紫溢芳华，惟红紫二色，绿黄白三种未开。艳色原宜护绛纱。如此风流兼富贵，依然端重不妖邪。全开费尽东皇力，遥赠疑从宰相家。不负春光堪一醉，锦城桃李已飞花。

小池水涸

龟坼平原久苦晴，环亭那复绿盈盈。萍沾细块根犹湿，莲出淤泥叶半倾。到底无源同断港，居然小劫话昆明。檐前昨夜轻雷送，惊喜芭蕉碎玉声。

嘉州江岸闲眺

翠壁丹崖望欲迷，苍波浩荡日平西。舟如旅雁排江密，雨挟浓云压郭低。游客眺时增旧感，坡仙去后孰留题。襟怀寥廓相吞吐，一洗胸间万斛泥。大佛崖刻“真如来”三大字，东坡书也。

旧过剑阁无诗，补之

今古同称蜀道难，千寻突兀万人看。倚天长剑开双阙，阨敌雄关笑一丸。重叠云山皆北拱，苍茫疆域向南宽。分持锁钥夸形胜，东望夔巫涌急湍。

出城

平田渺渺涨晴烟，又见新秋旅雁旋。荒草闲花迷仄径，白云红树接遥天。谷当收后争栽豆，岁庆丰时又缺钱。我是循行阡陌吏，老农闲话意萧然。

回县

缓骑归来不计程，闲行何地不怡情。松林郁郁如山立，苇叶萧萧作雨鸣。险阻频经如昨梦，江山饱看慰浮生。飞来蛱蝶翩翩舞，似到荒寒更有情。

重九日与诸君小饮

欢然团坐且舒颜，节到重阳吏亦闲。携锸移花聊佐酒，开窗赏雨不登山。但逢佳客他乡好，相看飞鸿故里还。自喜吟怀犹未减，诗虽潦倒不须删。

柳絮

宛转春光为尔留，飞来态度更夷犹。经时零落随红雨，一样蓬松感白头。好向虚空窥色相，难从细碎诩风流。天涯何处能消歇，费煞莺声啼未休。

妙入秋毫画不成，纤纤谁与斗轻盈。才抛弱线矜超脱，又向长堤管送迎。琢句才人推道蕴，步虚仙子想飞琼。飘然未落儿童手，浩荡乾坤自在行。

攀条亦复感柔肠，扑面粘衣未及防。水国送春聊点染，杨家有女太颠狂。悠悠萍绿三生幻，滚滚尘红万点忙。过眼纷纭难捉摸，真同戏剧舞当场。

果是杨枝转化形，看他袅袅又婷婷。铺云贴地行来软，舞雪回风到处停。几日纤腰衣脱白，当时细缕眼垂青。浮踪莫怪容消瘦，别却长亭复短亭。

挽袁内兄

西川共处十年余，真朴胸怀似古初。梦绕乡园田舍尽，病含涕泪子孙虚。新坟故鬼深宵聚，其处葬山东孟七、孙八。寒食禁烟野祭疏。不使荆人知撤瑟，呼奴犹问近何如。

隔屋闻声病莫支，明知无济更求医。抚棺沉痛翻无泪，归骨间关更待谁。万累都消冥漠后，一心偏忆笑言时。剑南塞北存亡隔，辽海孤鸿夜夜悲。令弟远在沈阳。

枯树

何年枝干已凋枯，独立荒山影太孤。虎蹶熊僵宜作赋，火烧冰裂欲留图。依然古貌存皮骨，未必空心匿鬼狐。刺目槎枒偏耐久，未随荆枳供樵苏。

冒雨行

溟溟烟雨望中迷，云压青山水满堤。持伞僧归茅店外，骑驴人过石桥西。森森茂树如山立，恰恰幽禽带露啼。客路沾衣何足惜，新秧且喜绿苗齐。

登署中土山

土冈时复费登攀，暂豁尘襟一解颜。高立先知凉意到，清谈便较世人闲。响生墙外多修竹，翠涌城头见远山。连日炎蒸挥汗雨，同来相待月临关。

老将

如斯劲骨老风沙，几向关山阅岁华。猿臂数奇愁对簿，虎头人远苦思家。飘零残鬓朝朝雪，牢落秋风夜夜笳。剩有威名传紫塞，射雕番部至今夸。

送薇堂弟回成都李白送客诗云“青山横北郭”，即新津

小别他乡会有期，新津城外雨丝丝。浮云游子成今日，白水青山似旧时。病后萧闲频止酒，薇堂因病不饮。衙中孤寂莫谈诗。紫薇满院花光照，待我遄归一展眉。在新津作，补入。

夜在成都作

暑气潜销露气寒，微星明灭碧云端。江流入夜声悲壮，竹影摇空势郁盘。岁月忽迁人易老，襟怀无累梦犹安。蓉城寂寞谁相问，昂首青霄独倚栏。

山东前官蜀者多有名迹，景仰风徽，宛然如在。虽人不止此，特于所知作诗以纪

益都王中丞遵坦

太平先生好饮酒击剑，与刘公子节之唱和。公子为刘泽清害，先生为总兵官，惧祸跳免，走京师上书。随肃王入川，为巡抚，抚民御寇，以劳瘁卒。渔洋传云公死保宁，与《四川通志》异。

仗策军门谒上游，西川烽火一宵收。韦皋镇蜀求民瘼，诸葛平蛮弭国忧。

斩棘披荆身况瘁，题诗纵酒气豪遒。临淮独惜刘公子，未得同君展大猷。

莱阳宋廉访琬

荔裳先生秉臬未久，政声卓然，有《蜀游草》。入觐，卒于都门。蜀乱，妻孥漂泊。

情伤三峡乱离中，消息难询过往鸿。东海招魂悲宋玉，西川遗爱胜唐蒙。故人京国诗思切，弱女空门血泪红。查他山为作《中山尼》诗。独叹遗篇多散逸，银刀笔管记乡风。

新城王尚书士禛

渔洋先生典试、祭江渎，两次入蜀，有前后《驿程记》《蜀道集》《陇蜀余闻》。

渔洋才调旧家风，喜赋皇华蜀道通。川合东西觇虎节，书经前后记蚕丛。秋吟杨柳年方少，艳采芙蓉句更工。蜀城名芙蓉城。新著一编追杜老，江山得助古今同。

福山王尚书骘

几庵先生为松威道，转粟、穿贼垒、请停采木之役，民深德之，入祀名宦。

公家阴骘感穹苍，封公值岁饥，以舟往辽东贩粟平粜，活人甚多。岳降崧生辅圣皇。当日廷臣惊胆气，面陈采木之苦。至今草木被恩光。深山转粟青天上，昏夜穿营白骨旁。史册大书名宦传，千秋俎豆播芬芳。

诸城王吏部沛憻

念庵先生军兴入川，输粟为郎，授建昌道。相传前世为蜀僧，后终吏部侍郎。

侍郎门第本高华，家世科第最盛，与渔洋同族。为国输赀不顾家。云栈路长晨转粟，雪山秋冷夜闻笳。他年衣锦还乡井，先生奉使山东，许归里省视。前世披缁奉释迦。佛子官人原一概，请观荣落杜鹃花。

诸城刘方伯棨

青岑先生宰长沙，禁溺女，全活甚众。牧宁羌，教民蚕织。为四川布政，值军兴，纾民困。

会开汤饼著新诗，公有生孙诗。宣化西南又一时。约束穷民无溺女，抚摩夷性尽如儿。只知仕谱先型在，家有"清爱堂"匾。谁道山庄宦橐遗。槎河山庄，其来已久，纪晓岚题其图云"犹是西川宦橐遗"，未确。爱子文孙皆柱石，堂名清爱凛箴规。子文正公、孙文清公、曾孙文恭公，皆秉遗训为名臣。

商河王大令敬公

君号淑汉，康熙间令屏山，贼数万来攻，射杀贼首邹学贤，城得全。在家尝劝父焚券，著有诗集。

蛮方蠢动扰边州，烽火临城孰借筹。家散千金能得士，官居七品可分忧。人惊飞矢无全目，手剪长蛇已断头。武略真堪疆场选，谁知琢句更风流。

濮州张大令人龙

君号云门，宰成都，多善政。丁艰卸篆，争送薪米。旅店桥柱往往题诗，冀其复来，历久不忘。

飞凫几载莅蓉城，我至尚闻循吏声。身已去官争送米，诗多题壁各含情。闲询父老垂涕泪，无怪儿童说姓名。每笑道旁碑颂德，虚词滥列取讥评。

莱阳仲太守纯信

乾隆间知夔州府，因九墩子滩险舟多损坏，募匠凿石。浪激水涌，施工甚难。朝夕监视，命工迭代，石平，病卒。人为立庙，传为巴县城隍。

凭公只手握风雷，公病，终日书"风雨雷神"四字。縻尽金钱为捍灾。波立时惊龙角露，石平人喜虎牙摧。常悲民命轻抛掷，始信天心可挽回。白帝城高神宛在，九墩祠畔瓣香来。

曲阜孔大令昭焜

字蔗田，署中江，惩衙蠹，除盗贼，民间夜不闭户。补开县，有积恶豪棍，生埋之。罢官归后，多思之。

循吏俨成酷吏名，严刑破格万人惊。苍鹰下击风毛落，虓虎生擒血体横。世上从无难了事，民间绝少不平鸣。诚知火猛人难犯，斗胆枰心要细评。

有感

萧疏白发懒登楼，触绪无端惹暮愁。细雨蛩吟红叶径，西风雁叫白云秋。味尝鸡肋情怀淡，身寄天涯岁月遒。事到目前多卤莽，当时铸错更谁尤。

闲观物理细揣摩，万象都从镜里过。上壁蜗牛家仍在，饮河鼹鼠水无多。好花傍砌谁同醉，明月当头且独歌。有客楸枰争胜负，纷纷黑白竟如何。

蛙声

谁云寂灭始心清，且喜青蛙阁阁鸣。忧乐自知谁共语，官私无意任人评。荒陂明月惊残梦，细草斜阳报晚晴。蝌蚪当年浑忘却，学来梵语不分明。

蛩声

何事凄清诉断肠，萧寥秋气入宫商。愁人不寐偏盈耳，永夜生寒故近床。灯暗羁怀悲白发，月明孤影泣红妆。无穷幽恨何由遣，起视闲庭万瓦霜。

送春湖、福海、嵋生及春湖令嗣紫瑜自茱入省应秋试

由来三世最交亲，喜见承先大有人。下邑相逢得如愿，遗书能读不忧贫。风云际会于今盛，江汉文章自昔醇。青眼高歌频属望，伫看雕鹗出风尘。

忆昔髫年共砚时，余与光圃共读，年俱少。峥嵘头角已称奇。川南故里音容隔，岱北浮云岁月驰。每恨鸿无远塞信，还欣凤借上林枝。和圃后中进士。故人永别愁闻笛，继世重游感旧知。

年少才华迥不同，嵋生绰有旧家风。交如君子闻香久，文效天孙织锦工。自笑居官成落拓，还思入彀看英雄。风飘桂子香盈手，欢笑先腾受业童。四弟二子皆从学。

从来气运转周天，屈指循环丙午年。祥兆金莲当此际，筼谷先生为岳池学博，开金莲三朵，家内中三人。名联蕊榜忆从前。乾隆丙午科，肃斋先生二弟一子俱中式。循声犹记谈人口，肃斋先生宰禹城，为循吏。孝德曾闻感上天。郴州公事母至孝。料得诸公绳祖武，家藏桂籍有真传。

登高

登高大似海茫茫，万壑千岩雾气藏。野水浮云迷雉堞，荒山斜日下牛羊。年衰故国思千里，秋老西风雁几行。蜀栈秦关遮望眼，音书犹自滞蛮乡。

登凌云山

突兀凌云眼界空，题诗谁复似坡公。乌尤落木萧萧雨，巴峡轻舟烈烈风。今古无情斜日坠，英雄流恨大江东。何人携酒同游赏，望断云间灭没鸿。

但觉飘然意气恢，此身不复在尘埃。亭亭一佛排云出，滚滚三江入座来。过客无名销岁月，残碑几处委蒿莱。归家堪与诗人道，曾证渔洋秀句回。渔洋登凌云有诗。

哭赵竹庵

秋风何处与招魂，太息才人运数屯。末疾谁知成恨事，微官竟未沾君恩。苍凉玉垒曾传句，君署松潘厅照磨，与玉垒山对，作诗见寄。潦倒蓉城久闭门。卸篆后因病谢客。弱子扶棺归故里，遗文独抱泣黄昏。

有感

鹅湖一会足千秋，门户纷争辨未休。同是江河归大海，何为楚汉划鸿沟。金溪事业非粗迹，玉局辞章岂下流。倾仰尼山推大匠，南金竹箭喜齐收。

雨帆乙巳下第来游，携示《北上南归诗草》两卷，多记游踪，在署与同人赋诗甚乐。其归也，为题二律，即以赠别

氍毹春风铩羽回，一鞭遥指蜀云开。吟怀要得江山助，豪气岂缘科第摧。贫到长卿惟作赋，人如郭隗亦登台。挑灯细读行囊草，自有知音能爱才。《北上南归诗草》，曾侍读评阅。

分襟何必怅穷途，客里联吟兴不孤。自古才人多落拓，应知天道本模糊。三间破屋留先泽，雨帆能读祖父遗书。一曲哀音感老乌。和屠芗洲《老乌行》，情殷反哺。往日《汉书》须熟读，郫筒美酒佐咿唔。

杂感

雨打西窗夜漏残，宾鸿嘹历碧云端。频年粳稻千家足，远路关河旅客难。黑骨凶夷犹刻木，夷人为黑骨头，刻木传集群党。红钱恶少竞探丸。严明治蜀思诸葛，火烈从知猛济宽。

闲凭雄剑独开樽，磊块胸怀孰与论。灯火宵深闻画角，弓刀小队结遥村。各处齐团御贼。星明饮射天狼首，月黑惊啼杜宇魂。太息讹言纷莫解，非缘畏虎早关门。

闾阎疾苦圣明周，恩诏频颁厚泽流。每为征输关远虑，地方以灾告者，均令缓征。还因积贮借前筹。长河转粟青天迥，大海回舟白浪愁。何策裕民兼裕国，盈庭好共主分忧。漕弊孔多，诸臣条陈，招商海运。

遥遥沙漠载图经，忆昔皇威震百灵。廓尔喀、西藏，皆服属中国。列障久安都护府，宵烽忽近老龙庭。唤夷近扰西域。马行瀚海风多黑，路过冰山草不青。为计使臣西去后，钦差大臣往西藏办理夷务。巡边早报慰宸听。

阅世浮沉更几回，无关得失漫疑猜。翻云覆雨迷晴日，火烬香残化冷灰。一枕游仙蝴蝶戏，三更月落杜鹃哀。闲推物理知消息，坐看浓阴转绿苔。

宏深剑阁控三巴，寄迹川南阅岁华。鹿判有无皆是梦，鸿飞南北总成家。春来芳草诗难就，薇堂弟殁已年余。望里峨嵋月又斜。闲坐衙斋无限思，斜阳笼树欲栖鸦。

闻客谈黄鹤楼之胜

冠古才人怯此楼，依然风景眼前收。几层云树连天末，无数帆樯压市头。山势西来趋夏口，江流东折走黄州。何因共听梅花曲，愿与仙人跨鹤游。

早行

连天酷热困冠裳，宿雨初晴趁晓凉。远岫岚深云气湿，野塘风急藕花香。欣闻蔀屋收新稻，幽爱鸣禽集绿篁。遍阅闾阎皆乐业，谁知身世处羲皇。

秋夜

深宵避热一开襟，耿耿星河月乍临。秋水池塘菰影乱，碧梧院落露华侵。蛩声凄切清盈耳，竹韵萧疏细入琴。可惜农田经久旱，遥空何处送雷音。

途中

遥天漠漠雨如酥，连日征夫困道途。乱岫云飞迷草树，平田水满似江湖。溪当得势泉争落，野未逢人鸟自呼。记否前朝人苦热，炎风烈日灼肌肤。

咏史

位冠班联近冕旒，承恩汤沐暂归休。黄金甲第开东阁，红烛笙歌起画楼。携贽争来华国士，交欢偏爱富民侯。年高福盛无余憾，犹切孙曾百世谋。

悲吕晓洲名凝德

前年远宦五羊城，竟尔长辞事可惊。家口囊无终日费，灵舆魂怯乱滩声。险滩中舟几沉，惊悸得病，至省卒。千山争送孤舟远，五斗谁怜一命轻。当日文坛争拔帜，冥中应悔务功名。

青年玉立擅才华，曾种河阳满县花。锥已出囊还敛手，初为河南阌乡令，艰归。复补孟津，甫一月丁艰。再赴广东，未久卒。燕当营垒又辞家。冥冥风雨啼山鬼，惨惨妻孥怨暮鸦。独赖故人情义重，醵金无虑道途赊。藩伯傅秋屏与晓洲同年交好，为谋路费。

赴威远

篮舆款款似行舟，尚有和风拂面柔。林内空闻鸠妇逐，田间剩有稻孙稠。新篁解箨才舒节，老柳垂丝半秃头。忽忆重阳明日到，何人同醉菊花秋。

有感

年来节序太匆匆，无定行踪似塞鸿。久逐风尘遭白眼，旋惊霜露染丹枫。遐方游宦心原淡，客里重阳兴不同。两月家书应未达，红云遥望海天东。七月送家信。

寄缜亭有约

相寻异日岂天涯，小小园亭是我家。村外多栽杨柳树，门中先见海棠花。三间老屋图书满，一队龆年子弟哗。十日平原惟痛饮，休将蜀道向人夸。

有感

浮生扰扰竟何如，司命从来有折除。蝶在花间原是梦，鹿藏隍内竟成虚。春花已谢秋花艳，新雨初来旧雨疏。我久忘机听造化，槐阴梦转起徐徐。

出城

万事随风莫觅踪，闲观物外自从容。泉鸣天乐无终始，山绘秋光有淡浓。映日微云纷擘絮，悬崖古树矫如龙。每嫌衙署樊笼似，到此寻诗问老农。

与客游大佛寺

春社曾嫌士女喧，炎天且喜厂虚轩。孤峰坐化西天佛，就石刻佛，高与山齐。我辈重开北海樽。石未点头谁说法，云如留客忽遮门。从知清净为真谛，暮鼓晨钟事却繁。

咏汉淮阴侯前有诗，意觉未尽，复作此

霸气江东久寂寥，渔洋句。淮阴冤案几时销。生辞魏武三分鼎，殁息灵胥半夜潮。覆楚谁知封即楚，德萧还惜败由萧。马迁终信推良史，且喜且怜心已描。

戏作

无端嬉戏引儿童，侄阿荣、孙女宝莲，皆幼。僻地闲观笑语同。竹笋新生双犊角，蜂房倒挂老莲蓬。墙留篆字苔增绿，风袅花枝水映红。奔走争先还指点，竞将琐事报衰翁。

荥县宋封荥王

昔日藩封付草莱，依然形胜见雄恢。五山低首穿城入，桂林、清富、凤鸣、天庆、莲宇五山在城内。两水分流抱郭来。盐铁盛时关国计，铁山昔供鼓铸，今惟盐井。丝绵足后裕民财。荥民颇事蚕，喜种棉。于今万室称殷庶，独愧前人擅吏才。

偶书

游宦他乡历几时，人生何地不相宜。吴江枫冷无新句，蜀国莺啼感故知。坐拥千编真是福，分餐五斗不愁饥。扪心独愧非良吏，抚字何方对众黎。

漫兴

古今陈迹几重重，杯酒难浇垒块胸。伯乐本难逢骏马，叶公原不好真龙。是非评乱千人口，富贵心销半夜钟。面目犹存肝胆异，莫从镜里认形容。

叙州有感署兴文时作，补入

乘舟西上暮云黄，抱郭双龙舞混茫。滴乳岩空余草木，流杯池坏卧牛羊。二景皆池系山。从来名士潜踪地，尽属诗人吊古场。曾向锁江亭子望，苍烟暮霭忆渔洋。锁江亭在犍为。渔洋《晚眺》诗云："郁姑台咫尺，烟霭画图间。"台在叙州城北二里。《蜀道驿程记》云："登锁江亭，遥望城堞，历历在苍烟暮霭间。"

美人风筝

翩然乍见共心惊，色现空中与目成。舞欲登仙红线引，斜疑坠地绿珠轻。风摇环佩从天降，云想衣裳映日明。有曲依稀闻广乐，人间到处罢银筝。

僧院棋声

黑白纷纷各斗心，俨然争劫到丛林。应知默默藏仙着，似有疏疏滴雨音。殿雀无声清昼永，风幡不动落花深。禅扉隔断人间世，曲径苔荒未易寻。

明月砧声

聒耳繁音一片秋，秋风送尽美人愁。敲残石骨心同碎，响彻蟾宫泪欲流。正切无衣悲远塞，何烦横笛倚高楼。谁怜费尽闺中力，露湿云鬟捣未休。

柳陌莺声

一声圆滑一声春，绿柳阴中自在身。青眼垂时歌更好，黄柑携处酒初巡。能留堤外骑骢客，莫唤辽西入梦人。万缕千条看宛转，流莺何地不成邻。

秋林叶声

秋空清籁响刁骚，每到经霜万木号。攀干犹思花簌簌，开门误看雨潇潇。柳听羌笛西风吼，枫冷吴江半夜潮。疑是钧天来广乐，还将消息问山樵。

寒夜笛声

铁笛声声怨夜寒，楼头倚月思无端。三更零露愁方剧，一曲穿云兴未阑。梅阁人归风料峭，玉关秋老柳凋残。应知此夕他乡客，千里家山梦里看。

孤蓬雨声

作客天涯鬓发凋，孤舟一夜雨潇潇。风翻蕉扇音初起，漏滴莲花韵未销。巫峡猿啼迷故国，枫林叶落答寒潮。蓬窗深闭无邻语，灯火青荧影暗摇。

边外角声

人生何事到边城，侧耳愁听画角声。悲壮已增强敌气，凄凉如诉远离情。吹残白骨千秋恨，卷入黄云万马惊。觅得封侯身已老，铙歌编曲记分明。

客枕蛩声

风尘自愧可怜虫，还伴虫声诉苦衷。霜气飞空灯暗后，豆花满架月明中。荒凉已破三更梦，凄切难禁四壁风。此夕无端生白发，更添哀怨有孤鸿。

咏司马相如

流传词赋妙香熏，惆怅琴台日暮云。千古怜才逢汉武，一家知己有文君。草余封禅书难就，人到临邛酒易醺。莫道后来无继起，骚坛扬子殿三军。

喜闻喀什噶尔捷报

红旗走马到甘泉，已报兵威靖集延。集延逆回滋事，围二城。自有偏师擒颉利，无劳大帅勒燕然。定西将军布彦泰未至，参赞已率兵以寡胜众。君王旰食方投箸，将士争功共着鞭。惟祝圣朝边患息，从今四海乐尧天。

老境

依然豪气兴飞扬，无那衰颜未易藏。齿似残军连脱籍，发如纤草更蒙霜。蝇头细认书犹读，蛇足难添画未忙。人事频更心意淡，形骸聊复任倘佯。

至嘉定

嘉州胜地几频经，每到江干愿久停。玉水中流浮郭绿，秋山九迭压船青。蛟龙激浪惊悲壮，雕鹗盘空入杳冥。更有私衷欣赏处，峨眉天半斗娉婷。

哭马子琴戊申正月得绍宗信，子琴于五月已撤瑟矣

才人下世即登仙，留得狂名众口传。客话巴山愁夜雨，早忧其病不能起。书传栈道隔重泉。侄永济传其寄余书以七月，子琴已五月殁，不得知。寡妻无诔怜孤影，弱女违家阅数年。辛苦一生诗百首，何人披读泪潸然。

天上星光掩少微，更从何处接余辉。频年药石鸠谁祝，久病扶杖，后以噎症亡。一馆樊笼鹤不肥。豪放诗才惟古近，疏狂天性与时违。可知千点西川泪，洒向沧溟作雨飞。

偶出

夜雨初晴景色佳，弯环石径抱云斜。田铺浓雾白于水，树吐新芽红似花。聒耳惊闻飞瀑响，横空陡起翠屏遮。城中孤负春无限，助我豪吟野兴赊。

旅宿有感

依旧轩窗水上楼，泉声潺湲客生愁。鹃啼夜月魂谁诉，蝶化春风梦不留。过眼花飞天色暮，深宵灯暗雨声稠。香云缥缈归何处，清浅蓬瀛土一丘。

敬步莲溪先生留别原韵

当代嵚崎磊落人，情深忘分久相亲。三巴共仰无双士，五马今为独乐身。

同傍师门随杖履，公延申畲夫子主九峰书院。应多黎庶拥车轮。凌云山色还如旧，载酒临风孰岸巾。

不愿人间万户侯，昔年同举此同游。奇缘自幸生前福，别泪偏悲剑外秋。衔署嘉州留胜迹，诗追太白近高楼。太白楼在济宁。从今微雨潇潇夜，回忆巴山暗点头。

同官尽是故乡人，公与缜亭及荀，皆山东。无怪相于气味亲。诗酒雅怀原脱俗，风波宦海喜抽身。来诗妙绪如翻水，惹我离肠似转轮。计日故园随步履，临歧切莫更沾巾。

临江酾酒祝阳侯，万里乘风是快游。已到忘形联一体，如斯佳话足千秋。当年遗爱犹存树，公宦绩多著湖北。前日同登尚有楼。公诗有“感旧重寻听雨楼”。局外闲评多叹惋，先生一笑独昂头。

冠盖吾东大有人，公与莘田、春舫、缜亭先后莅嘉，皆同乡，皆相爱。迭邀垂盼总情亲。出山小草原非志，蔽日乔松得庇身。北望岱云萦旧梦，南来蜀道敝征轮。折腰陶令不归去，孤负平生漉酒巾。

闻道人人恋故侯，谁知作宦亦闲游。衙斋花竹开三径，乡味莼鲈忆九秋。此去还寻鹦鹉赋，路经汉阳。何时再上荔支楼。轻鸥浩荡无拘束，更拟风帆指石头。公有游金陵之意。

雪峤外集

刻诗已属多事。此等游戏之作，纤词腻旨，更大雅所不取，刻之供覆瓿耳。顾人嗜好有不可解者，尝以诸作就正同人，率淡漠置之。出此册，则互相击赏，加以题词，或宠以诗，杨缜亭、钱香士并命小胥抄，知嗜痆痂者固大有人乎！王迟士力劝予刻入集，颜终忸怩，因别之为《外集》。仅三五篇，何得为集？乃荟萃诸友评跋及诗，冠于篇首。梅生四六一序，更极婉丽。昔有卖珠者，其椟缀以玫瑰，辑以翠羽，人乃买椟而还珠。予诗慈石，非珠也，其饰则美矣，或者爱其椟而买之，未可知也。道光丙午冬，雪峤王培荀识。

从来名士，大抵多情；惟古佳人，生成薄命。溯南朝之金粉，不少伤心；访北部之胭脂，争相赋恨。荒园无主，谁人管领春风；香国多愁，有客评量烟月。安得金铃十二，护遍群花；何幸玉唾三千，缀成连璧。雪峤先生东国名流，西川贤宰，以滚雪飞花之笔，写啼红怨绿之词。才由仙骨，疑前身或是青莲；思本慧心，知近体都缘白苎。忆旧游，微吟低唱，老子风流；话当年，别恨闲愁，美人云散。爰开古锦，出示明珠，述历下之新闻，并京华之故事。花间徙倚，神伤《燕燕》之篇；酒后悲凉，耳热乌乌之唱。或才人嫁厮养，鸦挟彩凤以飞；或石醋遇风姨，花逐狂飙而散。或碧玉偷嫁汝南，未遂白头之愿；或绿珠迎来金谷，坐停红烛之辉。芍药栏前，怕惊鹦鹉；蘼芜山下，打起鸳鸯。怪他驴背诗人，唱钗凤而分飞有恨；笑彼蛾眉卓女，赋求凰而独宿生悲。莫不艳思纷披，柔肠宛转，闻杜鹃于马上，何日成欢；听蟋蟀于灯前，非秋亦感。可怜翠袖单寒，只望双栖鸾凤；不是青衫零落，何来一曲琵琶。桃叶空迎渡口，嗟团扇兮难圆；柳枝既出墙头，怅带环之莫结。蜡烛有心，替人垂泪；海棠无力，带雨添娇。作者不言性而言情，听之将或歌而或泣。有谓词多近俳，体或伤雅，不知银屏锦瑟，无非感遇之篇；香草幽兰，大有喻言之隐。李供奉名重开元，三调争传艳体；白太傅集高长庆，诸编独擅丽情。高髻云鬟，妒煞司空见惯；花愁柳困，全凭香尉扶持。盖写思妇幽情，不失风人微旨。彼浅见之拘墟，乏英流之豪爽矣。兹者秋风展读，若有人来；夜月披寻，如闻花笑。乌啼门外，青棠无蠲忿之时；人在天涯，红豆是相思之树。牵惹三生别绪，那堪金缕歌残；勾起一段春愁，不觉唾壶击碎。读《离骚》而无泪，我独何心；歌《长恨》以善怀，谁能不感。将见函以琼瑶，夺烟花于南部；播诸箫管，擅月露于西昆。道光二十五年季冬，世愚侄周仁恬顿首拜识。

题辞

雪峤仁兄，天姿浑朴，酝酿深醇，见者无不钦佩。乃发为咏歌，往往以缠绵悱恻之词，写艳丽风流之事，柔肠百折，几令读者魂销，似乎诗与人不相肖。然人必能为真道学，方能为真有情。观《惜春》《惆怅》诸作，一段委婉深心，特借闲愁离恨，唤醒无数名士倾城，谓之为惜玉怜香也可，即谓之为发聋振聩也可。

庚子初春，相皋弟邰文骏谨识

意致缠绵赋《惜春》，体从长庆认前身。此篇若使乐天见，应叹千秋有替人。

离恨柔肠细细描，未曾读竟已魂消。问他年少多情种，谁似诗人王雪桥。来札云偶忘，误写"桥"字。

情深少小两无猜，谁把鸳鸯硬拆开。十斛离愁倾不尽，一齐都向笔端来。

从古先贤畏后生，偶将才笔写柔情。梅村已去随园老，不使前人独擅名。

读雪峤先生诗偶题四绝，即求正之。历下李僩

敬题《惜春词》《惆怅曲》

华阳范新之

一段闲情托邈思，惜春妙句尽柔辞。似将无限幽闺意，写出梨花带雨时。

仙源路隔泪痕深，名士倾城两负心。惆怅曲成千古调，风流白傅有知音。

雪峤先生《惜春》《惆怅》诸词

温江迟士王侃

风流才子总情痴，不让当年杜牧之。一曲红腔谁记取，芭蕉展转写新诗。

十斛明珠莫暗投，玉人憔悴怨深秋。知公得句红窗下，一度沉吟一度愁。

婉转柔肠不自持，伤春心事有谁知。小鬟偷把红牙唱，都是香闺绝妙词。

薄命如花剧可怜，相思诉向有情天。他生若作司香尉，愿把金铃处处悬。

款款深深，情韵俱绝，真才子之文。喈笙弟耀读。李槐庭

记旧作有句云："何事相思偏属我，莫因红豆是前生。"把卷流连，愿以移赠。

戊戌清明后一日，红樵李卿谷盥读十过

巫峡云踪事渺茫，粲花妙舌细评量。徐陵笔艳珊瑚架，李贺诗探古锦囊。自有心灵工宛转，漫将游冶讶清狂。天涯无限青衫泪，不是江州也断肠。

脱手新词写素笺，惊鸿别鹄记当年。美人命薄黄金屋，才子魂销紫玉烟。豆蔻香中风细细，海棠枝上月娟娟。文通《恨赋》今何处，一度遥吟一惘然。

戊戌暮春，敬读雪峤先生《惜春词》诸咏，漫吟二律呈正。浚仪周岐源拜稿

多情拾得有情诗，几岁扬州杜牧之。夜月一方怜小合，春风千里赠将离。画眉可试才人笔，脱手争传幼妇词。说到香闺惆怅意，盈盈红豆结相思。

二月香怜豆蔻胎，当时写韵小窗开。绿波芳草人何在，红雨桃花燕又来。佩解汉皋声远别，云飞巫峡梦迟回。风流名士倾城色，谱入新歌乐府裁。

敬题雪峤师《外集》，受业徐子来呈稿

惜春词

某邑良家女子张秀春，知诗工书，嫁于陕客。有惜之者，委予作诗。余实未知其详，姑就所传，作长句以志。

蝴蝶花间对对飞，鸳鸯水底双双浴。无端厮养嫁才人，最惜枯杨生稊绿。有客为余说秀春，秀春娇艳本绝伦。儿家旧在平陵住，十五盈盈掌上身。学书初学簪花格，小样蛮笺沾粉泽。丽句朝吟素卷横，华妆晚卸轻衫窄。当时风雅数袁宏，诗冠骚坛画亦精。才子降心居后辈，美人俯首拜先生。先生管领春风坐，指点灵机怜袅娜。细研鸜鹆墨双丸，浓泼骊龙珠百颗。芝兰臭味最相知，念尔夭桃恐后时。潘郎貌美宜占凤，京兆情多许画眉。自古倾城难择配，伤春无赖多愁态。芙蓉泣露湿红裳，杨柳含颦掩翠黛。骑鲸仙客返瑶宫，袁公辞世乃嫁。绛帐无依嗟命穷。宵灯黯黯纱窗碧，晓镜珊珊珠泪红。娇痴宛转随阿母，绣帐孤眠待佳偶。茑萝依树在青春，松柏同心期白首。双媒雅意缔良缘，来说西家有少年。共夸名士生花笔，不羡仙人种玉田。屡谢蹇修事多梗，聘钱十万谁能省。欲营金穴为菟裘，遥望玉郎成画饼。忍心竟许多财贾，陋质衰颜难作伍。不同乌鹊驾蓝桥，拼弃明珠委黄土。幽怀苦绪向谁论，独对银釭拭泪痕。鹍语惊残鹦鹉梦，金风吹断海棠魂。忍泣登车眉不扫，含愁万斛难倾倒。抛翻架上旧诗函，焚却箧中新画稿。从兹彩凤竟随鸦，强割情缘不忆家。莫恨慈亲肠似铁，谁教薄命貌如花。但惜韶华轻断送，当年悔把瑶编诵。千篇锦绣生劫魔，一卷葡萄共酸痛。女史善画葡萄。低徊难忘旧师恩，弱植经年培护深。从袁大令学诗。只道莲能开并蒂，那知蕉已卷孤心。骚客重来寻画阁，闲庭人去风消索。名人题赠甚多。

满壁赠诗墨尚新，坏巢无燕泥犹落。更怜女伴亦飘飖，又向何门斗细腰。谓袁侧室意兰。兰蕊经秋香已散，桃花坠雨怨难消。犹记往年住西院，娉婷缓步惊遥见。有寓客曾见女史。翠鬟高绾巫山云，纨扇轻遮碧玉面。传来恶信意傍徨，惆怅娇姿欲断肠。三生杜牧寻春晚，一曲明妃出塞凉。红颜漂泊长颦蹙，不解荒伧竟何福。天公颠倒意难窥，莫怪王郎恨盈腹。可怜我亦解相思，红豆拾来谱艳词。何当借得女娲石，补就情天无怨咨。传其事者为王某。

惆怅曲

客眷女校书香云，订终身，后不得遂。香云为某侧室，以不得志自尽。客哀之，嘱作诗以记。其夫人见而爱此词，故录之。客安徽歙县人。

历下喧传碧玉家，五云楼阁隔红霞。翡翠帘开通燕子，芙蓉帐暖护琼花。豪华年少争求见，十五娇痴羞露面。千金缠头一曲歌，绰约柔情未肯恋。江南才子意怜香，旅馆斜连曲巷旁。暇日寻春游别院，碧纱窗外映垂杨。鹦鹉传呼将客迓，盘云凤髻才梳罢。皎皎明妆艳绮罗，喁喁私语闻兰麝。玉漏频催唤奈何，殢人春色镜湖多。同心书字留金钏，啮臂寻盟托女萝。从此朝云兼暮雨，温柔最喜花解语。执卷新添问字徒，听琴窃慕求凰侣。梦绕巫山一段云，深防阿母得知闻。黄金要把蛾眉赎，客囊挥罄心似焚。蚕丝难断缠绵意，蜡未成灰但垂泪。青蚨偷赠屡遭嗔，衔怨含颦更妩媚。迢迢千里鱼轩临，怕闻狮吼先惊心。鸳鸯双宿分遥浦，蝴蝶斜飞出远林。幸遇多情桓郡主，为怜两地相思苦。召来手赐缕金裙，恰称纤腰掌上舞。络秀偕居信已通，喜生脸晕露微红。镜放玉台留夜月，屏开金屋待春风。客赀尽，校书暗赠金，为鸨母所觉，啧有烦言。夫人自扬州来，客以意告之。夫人召见，赐衣一袭，许收录。似箭南来书一纸，惊闻严命两心死。未移红药一株花，骤没蓝桥千尺水。双栖望断互相怜，薄命真生离恨天。那有黄衫来仗义，定教紫玉化成烟。髯奴到处身相伴，不许殷勤通悃款。转从宾筵睹芳华，掩面娇啼肠欲断。其尊人使老仆监之，遂绝往还。校书使人达意，在他处侑觞，使作客，得相见。伯劳飞燕各西东，寄迹蒲阳类转蓬。客以盐官来蒲台。制曲偶成三妇艳，怀人懒顾百花丛。纵然倚枕成鸳梦，蓬山路杳难迎送。簪花细字雁衔来，红泪一函寄深痛。姬远寄书慰藉。愿郎得意偕好逑，妾自无缘住凤楼。柳枝拚负三生约，宋玉平添万斛愁。前路茫茫如漆黑，难期会合空相忆。旁人拍手笑侬痴，那识钟情非好色。酒阑太息诉根原，惆怅终宵欲断魂。杨柳随风怜弱质，梨花带雨记啼痕。慧剑欲挥行复止，从来恨事多如此。焚砚休吟决绝词，含毫怕续伤心史。拟寻妙手画娆娇，记得花容不忍描。寄语青衫曰司马，也应此恨未能消。谓戴巳山刺史，客知己也。

决绝词

某生以事至京，与嫠妇订约。既为学博，妇寻至。阻于父命，不得合。误于始，悔于终，诗以志戒。

车马纷纷满帝京，朱楼甲第起峥嵘。珠帘卷处香街静，玉勒停时夕照明。有客风尘携书剑，观光上国才华艳。金台几处觅居停，远避喧嚣辞旅店。曲巷阴阴暗绿杨，谁家画阁傍红墙。萧闲书舍堪温卷，掩映花林正散香。一枝暂借安环堵，位置茶经与棋谱。幽寂园亭亦似家，凄清风月谁为主。主人独有卓文君，眉夺远山鬓似云。小童秃袖调鹦鹉，侍婢焚香曳画裙。闲房雅玩多文具，斑管银毫间竹素。莲花满地试新妆，柳絮迷天成隽句。良宵掩袂独含愁，倚枕开窗看女牛。衾寒翡翠难成梦，露冷芙蓉不胜秋。恰喜寓公擅才艺，隔墙觅句吟声细。剪红刻翠谢朝华，抹月批风多雅制。人间知己是倾城，瞥见瑶篇一笑生。薇露泠泠浇素手，蛛丝袅袅系柔情。风流放诞真疏纵，因果三生缘早种。玉貌惊闻城北徐，丽词又见墙东宋。和韵欣看两壁联，琼函暗遣双鬟送。青绫帐卷会词坛，玉映珠辉各斗妍。题叶灵心原似锦，画眉彩笔更如仙。女子才多为德累，文章何事闲游戏。侧理频题绝妙辞，回文隐寓相思字。妾愁郎意各十分，愿作鸳鸯护水纹。三更赠枕卿怜我，五色买丝我绣君。桃花无骨媚真绝，杨柳随风柔欲折。玉臂犹留啮齿痕，金丝绾就同心结。茅斋绣闼径回环，来往篇章不暂闲。留取欢情盟白水，预将别恨锁春山。枕畔喁喁誓山海，他乡良会难常在。愿随征骑束行装，甘列小星终不悔。天时人意两相乖，深怕同车道路猜。刘郎挥泪归乡井，玉洞春寒锁绿苔。临别殷勤更附耳，女萝松柏同生死。天涯海角走相寻，音问迢迢托双鲤。黄姑独处限银河，弹指流光幽怨多。春风何处寻红豆，晓镜无心扫绿蛾。夜卜灯花晨雀噪，喜闻铨选新官报。愿逐玉郎度凤箫，谁从冷署博鸾诰。宅园典尽值千金，车载图书并素琴。憔悴风尘都不惜，香盟肯负此生心。傍人讪笑何暇顾，宛转柔情急欲诉。再着嫁时金缕裙，细评别后春愁赋。纤腰瘦损怯春寒，相见应怜翠袖单。阿依自觉莲心苦，大妇还愁梅子酸。历尽风霜仆马倦，几回欲进难骤见。信物先传碧玉钗，似曾相识来飞燕。齐心同愿语频通，消息谁传到阿翁。明月无端随逝水，海棠不许嫁东风。亲朋婉劝兼微讽，冷面含嗔堪一痛。离绪那容诉琵琶，折棰几欲鞭鸾凤。旅舍栖迟久寂寥，回思初遇几魂销。凭肩待月花阴满，密坐藏钩烛影摇。敢怨薄情终弃置，身如孤注轻相试。千里关山不惮劳，朱门咫尺无由至。深悔当时欠思量，画堂容易见王昌。如今怀璧羞含垢，何处闻砧不断肠。痛哭回车恨莫吐，飘零倚傍何门户。归燕无巢怨夕阳，落花辞树愁风雨。检点锦囊旧句存，红笺重叠湿啼痕。摧烧已尽成灰土，不化彩云化蝶魂。太息蘼芜山下路，黄泉夫婿愁相遇。红颜已误少年人，青冢谁栽连理树。九州铸错悔难追，自缚蚕丝更恨谁。倩女离魂灯暗后，杜鹃啼血月明时。儿女痴情成恨事，分飞蝴蝶低双翅。展卷每怜决绝词，寻芳莫觅氤氲使。

贺友纳姬

春风到处香缭绕，检遍名花仙品少。艺兰种蕙几经年，望断天涯拾芳草。滇南才子最多情，姹紫嫣红着眼明。阅尽群芳无当意，阿谁名压锦官城。锦官城外锦江畔，有美深藏人未见。由来女伴惜娉婷，吹得瑶华落天半。熠熠瑶华低近人，彩云拥护画中身。惊鸿此日翩然出，谁叠红笺赋洛神。华烛摇红光照耀，雅宜金屋贮花貌。名士怜香初定情，佳人却扇先含笑。几生修到马文园，秀色蛾眉对远山。翠幕无风香细细，云屏有影佩珊珊。良夜迢遥锦帐暖，海棠睡足东风软。闹扫新妆学得成，背人偷把红绡展。镜畔低声媚玉郎，问字修容尽日忙。箧中养纸芙蓉粉，架上薰衣豆蔻香。深闺从此修花史，樊素小蛮难与比。东山丝竹系苍生，美酒羊羔粗人耳。乐事风流属少年，温柔乡老胜登仙。宰官妙试栽花手，仙子原留种玉田。谁知缘定三生契，也自劳神万选钱。江水滔滔连日夜，江花艳艳经冬夏。一枝侬艳喜逢君，十斛明珠难抵价。刘桢平视愿频来，掀帘怕遭鹦鹉骂。

落花如梦图

某生悼亡绘图，为题长句。

美人应是百花魂，百花即是美人影。百花摇荡春风中，春风一度谁猛省。画阁昼闲罢吹箫，碧纱窗掩香风飘。飞花万点落红雨，无限韶光梦里销。蓬山命驾难留住，但见斜阳满芳树。柳颦棠睡共含愁，香魂迷却来时路。杜鹃啼处草不芳，惜花御史凄断肠。青鸟不来无信使，蝴蝶飞去剩荒凉。翩然九霄降彩凤，梦中相逢堪一痛。是真是幻费参详，回首桃花满玉洞。

秋海棠唱和集[①]

里居时咏秋海棠诗，盖与戴巳山刺史、吴兰垓磋宰三人唱和作也。携来川，诸友多和韵，间有遥和者寄来录存。窃以秋海棠诗唱和成集者甚多，名流墨客争奇斗妍，后难为继矣。续貂可以不必，但人各有情，如其面焉，不能相假。兹限以渔洋先生《秋柳》原韵，其中韵脚有与此题不相近者，因难见巧，与随意泛咏不同。文人之思，蟠天际地，亦或细入藕丝孔中，作者苦心、阅者快心、成章之后作者之快又可想也。余生平不喜咏物诗，谓刻划极肖，亦不过如剪彩之花，大雅弗尚，第其中未尝不可见性情、征学力，偶一为之，亦文人乐事。是编所集无几，聊以志一时兴会，正不必以多为胜。刻成，爰为之序。

道光二十七年夏，般阳王培荀书于剑南旭阳之听雨楼

秋海棠用渔洋《秋柳》原韵

疑是亭亭倩女魂，愁红怨绿闭闲门。常怜幽韵骄春色，也学新妆带睡痕。[②]耐冷香迷蝴蝶梦，含颦人瘦苎萝村。深情如许肠堪断，妖冶群芳莫并论。

风雨频经未受霜，秋容历乱绕银塘。红颜薄醉初辞酒，翠袖惊寒乍启箱。一缕幽情通月姊，[③]十分清艳恼花王。含愁偏爱丰神别，繁丽谁矜碎锦坊。

---

① 按，《秋海棠唱和集》收录74人唱和之作，姓名如下：王培荀、吴景熙、周仁恬、廖朝翼、刘德煜、徐子来、王碧山、王舆、王文炳、宅三才、张西铭、王煦、范中彦、黄鳌、周泽浓、黄昺、黄鑫、戴屺、张轩鹏、潘文锦、王侃、丁光陛、吴为楫、章藩、潘文镜、彭廷彦、杜伯夔、吴迈、郝元琛、汪涵、张凤仪、廖兴哲、刘德刚、万近仁、谭文藻、云空、杨联拔、黄洁、曾省三、刘绣章、何录、江大鹏、张泽、张凤翥、曹良栋、曹良辅、唐锡恩、李元珍、张溍、蒲载阳、何汝清、张其相、张映辰、李苏、吴家骥、邹潜芳、余长川、徐桂元、夏应鼎、周儒恂、陆熙、杨城、谭侃、梁奕、但子贞、唐霈恩、吴江鲲、李垂简、舒士杰、王永济、杨绍衣、徐春、胡登瀛、胡静涵等。每首诗后有王培荀、戴屺、吴兰陔、王侃、张轩鹏、廖朝翼等人简要评价。此仅录王培荀序及诗，他人之作及王培荀对他人之作的评价均不录。

② 评曰："有神无迹。"

③ 评曰："细腻风光，忘乎韵险。"

乍卷珠帘见画衣，珊珊艳骨是耶非。胭脂淡抹啼痕浅，翡翠浓妆舞影稀。满地青苔听雨过，一庭明月看萤飞。闲愁别绪应千种，花样如何与世违。

清姿绰约更谁怜，朝晕晴霞晚带烟。瑶砌无人风料峭，霓裳有梦意缠绵。才沾浓露从今日，[①] 薄试红妆已暮年。珍重孤芳须爱护，怯寒斜倚玉阑边。

哀艳动人，如泣如诉。吴兰陔

前题

悄立斜阳欲断魂，谁将红泪洒蓬门。寻来香梦春无影，[②] 凉透鲜脂月有痕。似尔风神真绝世，何人赏识到孤村。应知品第超群艳，菊秀兰芳许并论。

珊珊仙骨欲凌霜，顾影徘徊照碧塘。闲冷不栽金粉地，风流那近绮罗箱。还疑酣睡迷香国，却似无言怨楚王。[③] 撩乱西风秋一掬，教人惆怅对花坊。

深描翠黛衬红衣，疑醉东风认又非。独立含愁天易晚，新妆冒冷伴应稀。翩翩舞影安能睡，袅袅轻姿似欲飞。频嘱园丁勤灌溉，暂时相赏莫相违。

娉婷弱质镇相怜，画出幽情袅暮烟。烧烛客来宵寂寂，断肠人去意绵绵。窗间艳友非前日，曲里秋娘忆少年。[④] 我比放翁颠更甚，忍寒独坐绿苔边。

冷韵幽香，工于摹写。梅生

---

① 评曰："寄慨遥深。"

② 评曰："风韵又别。"

③ 评曰："比例精切，不徒押韵之巧。"

④ 评曰："曲折淋漓，深于情矣。"

汉嘉话别诗钞①

叙

郡伯邵莲溪先生，道光辛巳与荀同举于乡。忆在济南旅寓，候画清供，先生亦觅居停，入门执马挝，立谈数语而去，此相识之始也。及守嘉定，而余适为属吏，面目丰采，依稀可认，回首已二十余年矣。先生秉公无瞻洵，而待僚属豁达见胸臆，遇荀尤厚。及询诸僚友，又无不自以为相遇之优也。其左迁亦为属吏所累，先生浩荡自如，从不形诸口，可以觇其襟抱矣。杨缜亭先生亦同乡，前判嘉州，至是摄守，与莲溪先生素相契者也。莲溪先生志愈旷，兴愈豪，作诗遍别师友，申畬夫子与诸君皆有和作，缜亭先生所作尤多。命小胥录唱和诗，题曰《汉嘉话别诗钞》，邮寄相示。披读再四，满目琳琅。其中别荀诗，情真语挚，自惭和作之不逮万一也。夫相与八载，安能无情，况素相待愈格乎？急欲相送，以罄离绪，每以事阻。其后决于一往，竟至中道而返，怅何如哉！因请于缜亭先生，将诗付雕，拟异日寄莲溪先生，庶不虚此一层往复至意，独荀以不得歌送为憾。光霁如在，相见何时，乃验《汉嘉话别图》列诗前，想见江干握手，彼此依依于波光山翠中，余未往而神已驰也，则亦不啻其送之也。般阳王培荀雪峤叙。

凌云载酒，高阅九櫳。大江东去，莫挽仙舟。清风两袖，以遨以游。心苏玉局，诗岑嘉州。何以送之，惟神与谋。雪峤题

将去嘉州有作

邵莲溪

我有鹿巾，不羡高冠。我有敝裘，不羡绮纨。今夕有酒，与子言欢。碧云

---

① 按，《汉嘉话别诗钞》中有《汉嘉话别姓氏》，载参与者9人姓名、籍贯：邵莲溪（勷）山东济宁、何申畬（增元）四川璧山、杨缜亭（玉堂）山东寿光、李静山（岳龄）广西苍梧、董槲园（承熙）四川忠州、李砚兰（瑜）浙江仁和、杜仁圃（臻）山东济宁、王雪峤（培荀）山东淄川、曾云轩（省三）四川荣县。此仅录王培荀叙、邵勷《将去嘉州有作》原作、王培荀和作及邵勷《留别雪峤》诗与王培荀和作。

满地，明星在天。

有雁有雁，逝将旋归。岂曰弗思，而絷而维。雨雪霏霏，泥爪依依。匪翮是息，匪稻粱之肥。

瞻彼沫江，言招其航。蔚彼缃帙，言载其箱。彩云白帝，烟花维扬。濯缨濯足，万里沧浪。

南山有梅，皑皑其花。欲放未放，待我还家。抱鹤卧醒，夕阳未斜。吾庐何处，烟水天涯。

好风西来，夕阳红处。眷我归止，雨今雨故。清酒照心，明蟾表树。吾与子而为蝶兮，梦乡之路。

和作

王雪峤

扁舟一叶，大江东流。三峨遥送，九峰欲留。白云舒卷，随风自由。苍烟九点，下视齐州。

深渊养鱼，虚堂悬镜。坦荡天怀，亮直本性。酣嬉淋漓，诗仙草圣。东坡乐天，风流为政。

小草薄植，桃李一门。宦辙同轨，二天戴恩。浮云西蜀，海岱故园。翘首依依，子墨难宣。

青鸟蹁跹，衔来素纸。字化为珠，云流波委。鹏翔九天，腐鼠堪鄙。泛宅浮家，号天随子。

岭梅初放，鸿雁北来。行旌婀娜，舟子徘徊。明月在天，照人离怀。凌云高耸，载酒谁陪。

留别雪峤

邵莲溪

同是程门立雪人，春风冷暖最相亲。我为司马新迁客，君亦骑驴将去身。黄菊池台余酒盏，白头兄弟感风轮。踏歌一片桃花水，写向离笺泪满巾。

吾侪莫笑不封侯，万里长江亦壮游。惜我小山无寸土，羡君大集有千秋。依人或寄停云馆，怀旧重登听雨楼。十二巫峰遮不住，梦魂能到月西头。

莲溪先生留别七律，敬步原韵

王雪峤

当代嵚崎磊落人，情深忘分久相亲。三巴共仰无双士，五马今为独乐身。同傍师门随杖履，公延申畬夫子主九峰书院。应多黎庶拥车轮。凌云山色还如旧，载酒临风孰岸巾。

不愿人间万户侯，昔年同举此同游。奇缘自幸生前福，别泪偏悲剑外秋。衔署嘉州留胜迹，诗追太白近高楼。太白楼在济宁。从今微雨潇潇夜，回忆巴山暗点头。

同官尽是故乡人，公与缜亭及荀，皆山东。无怪相于气味亲。诗酒雅怀原脱俗，风波宦海喜抽身。来诗妙绪如缫茧，惹我离肠似转轮。计日故园随步履，临歧切莫更沾巾。

临江酾酒祝阳侯，万里乘风是快游。已到忘形联一体，如斯佳话足千秋。当年遗爱犹存树，公宦绩多著湖北。前日同登尚有楼。公诗有“感旧重寻听雨楼”。局外闲评多叹惋，先生一笑独昂头。

冠盖吾东大有人，公与莘田、春舫、缜亭先后莅嘉，皆同乡，皆相爱。迭邀垂盼总情亲。出山小草原非志，蔽日乔松得庇身。北望岱云萦旧梦，南来蜀道敝征轮。折腰陶令不归去，孤负平生漉酒巾。

闻道人人恋故侯，谁知作宦亦闲游。衙斋花竹开三径，乡味莼鲈忆九秋。此去还寻鹦鹉赋，路经汉阳。何时再上荔支楼。轻鸥浩荡无拘束，更拟风帆指石头。公有游金陵之意。

听雨楼吟社诗抄①

听雨楼诗社叙

兼该乎政事、文学，出入于循吏、儒林，求之古人未易数数觏者，乃今遇之于我邑侯雪峤先生。先生以山左名孝廉出宰是邑，政当简要，期与斯民相安无事。其于弭盗，能清其源，故荣独恬然。案牍之暇，与都人士诗酒唱酬，甚盛事也。先治荣者，有汇泉许公，刻其与太守宋梅生先生及同游宾佐联句诗于知稼亭。寅卿张公亦有观荷唱和诸作，皆偶一为之。先生著许公之明允，擅张公之清廉，而公余好学，尤喜提唱风雅。丁未冬，倡为诗会。春秋佳日，选胜命题，览其佳者击节称赏。渐染所及，虽方外衲子、闺中文媛，下逮青衣辈，靡不争妍斗丽，以得荷评骘为幸。而其所自为诗，则雄深雅健，儒吏风流，后来居上。人谓先生英华发于性情，根柢深于学问，而不知其精神更有大过人者。荣虽蕞尔邑，讼狱簿书亦繁。朝而视事，晚而放衙，他人方接应不暇，先生处之，绰有余裕。政事文章合为一手，非具兼人之勇，乌能若是？虽然，人事靡常，一时兴会所寄付之烟云，先生不虚有此举乎？爰请寿之于梓，而导以糠秕之言。道光戊申阳月朔，前署犍为县教谕、治晚丁光陛拜撰。

叙

外酸咸而得味，投针芥以言欢。缀羽缉商，推襟送抱，慕孟韩之联句，效刘白之斗奇。强手射雕，灵心镂月，谁嗣音于古调，求雅集于今人，则听雨楼诗会有足述焉。雪峤夫子抡才东国，作宰西川，离岱岳于云间，一琴携至；瞻峨眉于天半，双舄飞来。讼庭花落，知案牍之多闲；燕寝香凝，每吟咏以自适。一灯摇雨，常梦古人；万叶吟风，有怀佳客。听比户之弦歌，既已人娴雅奏；

① 按，据《听雨楼吟社诗抄》之《听雨楼吟社姓氏》，知参与唱和者共计28人，姓名如下：王侃、许崇基、周如玺、廖朝翼、张轩鹏、丁光陛、王培荀、刘德刚、黄洁、杨联拔、郝元琛、吴迈、张凤仪、周永勋、汪涵、谭文藻、蒲载皋、王志、廖兴哲、王绍德、王肇元、云空、吴家骥、余长川、黄文斗及闺媛王蓉、青衣张益和钟福。此仅录丁光陛、刘德刚叙和王培荀所定《凡例》及王培荀个人诗作。

主一时之风月，自然无负赏音。于焉启水榭，开桂轩，集骚人，招韵士，人虽非公不至，会实有因而前。或选胜以遨游，咸畅怀以容与，驱烟染墨，走海移山，集翡翠于兰苕，擢珊瑚于碧海，得意则鸾歌凤舞，交辉则璧合珠联，洵贤宰之风流，亦文人之乐事矣。且夫笔墨真性情也，唱酬亦遇合也。赤堇之金，非在冶则不跃；兰亭之水，非修禊则不传。况乎荣饶胜境，昔驻名流：晁公武读书之斋，轴盈万卷；陆放翁吟怀之地，韵足千秋。城内多青山，城内有清富诸山。宜乎惊人有句；帘前惟白水，池在听雨楼下。早有过客留题。蕉叶裁为绿纸，海棠结作红云，访古此君轩边，梅子雨中遣兴。纳凉镜香亭畔，莲花界里挥毫。竹如君子，聊与论心。花当美人，移来佐酒。于斯时也，玉堂挥翰之手，摩空腕走龙蛇。谓东崖先生。花县制锦之才，掷地声谐金石。谓海云先生。莲幕皆人同庾杲，谓迟士、鸿轩、宝传诸公。广文亦名亚丁仪。谓梓园先生。萃公门之桃李，争吐芬芳。多两书院弟子。秀瑶砌之芝兰，咸同臭味。公侄及孙皆与会。而且教不遗于方外，绮语有白足高僧；谓云空。艺可呈于樽前，丽词有青衣小史。谓钟福。岂独李氏芳园，偕青莲而喝月；石家金谷，酌白堕以罚人也哉。窃尝流观篇什，讽咏词章。琳琅满目，锦绣成堆。吊古而感怀，鹤唳与猿声凄楚；抚时而写景，山光与水色清华。皆优游于翰墨，亦游戏为文章。岁月驰矣，歌咏盛矣，异时鱼素传书，或再亲乎风雅。今日鸿爪留印，均宜付彼枣梨。刚也学废三冬，心通一孔。随敦盘以追逐，技愧雕龙；无彩笔而撰文，情殷附骥。

道光二十八年岁在戊申冬十月，治下门人刘德刚顿首拜撰

凡例

秉性迂拙，一切丝竹、博戏、射鹄诸事，均所不谙。公余还读我书，幕友多风雅士。约两山长及书院弟子好吟咏者，结为诗社，乃条列社规于左。

旭阳地僻事简，要有政在，高谈雅咏，究非当务之急。或月半，或两月，簿书余暇，风日清美，择城内寺观之高爽者，可以远眺望，骋雅怀，不废公，亦不营私，从容染翰，一乐也。

古人裙屐风流，一觞一咏，亦足以畅叙幽情。盛衣冠，烦礼数，殊不相宜。初会不能不以礼见，自后野服而至，长揖就坐，效前贤真率之会。

文宴固须杯盘，第陈珍错，讲滋味，非吾辈咬菜根本色。且素性尚俭恶侈，随分具酌，足以接欢，知诸君不为饮食来也。

拇战欢哗，甚为不雅。与诸君聚，虽不敢追慕雅集，亦期远俗。笔墨之余，惟尚清谈，不理觞政。

刻烛击钵，捷才难得。会时诗题非一，不必操笔立就，以三叉七步苦人也。

推敲尽善，异时汇交，巧迟终胜拙速。

古宾射乡饮，通上下之情，习礼乐之节，虽高如灭明，亦至偃室，窃慕此义久矣。署中不容杂宾出入，若同是学中人，谈文艺，讲风化，均有裨益。至公事，则概不必道。

侄绍德、孙肇元，去岁年均十五。迟士之子志，年十六。初学为诗，亦令入会，使有所观摩，庶得进步。古选诗多列闺媛方外，至青衣亦所不遗，盖自三百篇作者不一人，不一格，有诗即录，原不必拘。兹刻虽不与会而有依题作者，间付一二。

张仪楼

安得粪金有石牛，凭虚呈幻起蜃楼。① 秦人诡计吞巴蜀，鬼谷弟子鬼亦愁。龟城既筑江流绕，张仪有楼矗云表。高望两川俯全局，秦云陇树浮缥缈。吁嗟乎，若使五丁守雄关，秦人匹马那得还。无端好货兼好色，壮士美人葬青山。可怜阿房化烽火，千里栈道亦焚堕。② 高楼碧瓦犹嶙峋，但见万树芙蓉裹。何如李冰障汶川，筑堰遏水灌陌阡。至今祠宇遍西蜀，俎豆血食千万年。张仪有舌空流涎，楼台一片付苍烟。③

筹边楼

俯视全川控万里，高楼突兀凌云起。④ 不恃强弓及毒矢，已制长蛇与封豕。堂堂卫公临江水，高牙大纛西南指。外顾番夷久切齿，顽如犬羊聚如蚁。边氓无辜蹂躏死，谁凿深沟筑高垒。欲得要领知彼此，图画四壁非观美。⑤ 指点维州及越嶲，山川曲折在眼底。从此夷可鞭棰使，坐令摇尾与弭耳。在昔诸葛明治理⑥，南蛮部落怀如子。文饶才略震遐迩，制服河北平如砥。更镇两川朝廷倚，严武韦皋安可比。何人怀嫌肆诋毁，蜀人咨嗟番人喜。瘴雨蛮烟身远徙，大树飘零杞与梓。至今勋业垂青史，筹边楼在半空里。

---

① 评曰："入手石破天惊。"

② 评曰："一路善观，托不寂寞。"

③ 评曰："议论横放，虎气食牛。"

④ 评曰："突起取势。"

⑤ 评曰："有关系方是此题。"

⑥ 评曰："作波澜。"

吟诗楼

峨眉秀色浮缥缈，幻出佳人容窈窕。绝代才华擅诗名，筑楼高出青云表。枇杷花下女校书，三五盈盈破瓜初。韶颜丽质标仙韵，濯锦江头锦不如。晶帘半卷琼钩冷，石井澄波照鬓影。幕府不催懒画眉，百舌娇啼清昼永。① 染出桃笺日映红，桃花人面争春风。五字明珠落纸上，五色彩凤吐口中。芙蓉出水天然好，当时元白浑压倒。管领群芳拟花王，香雾绮窗似瑶岛。② 浣花溪上百花开，江流东去不复回。只今惟有峨眉月，曾照美人妆镜台。

文君妆楼

二月春风桃李花，红窗碧瓦认仙家。③ 高楼突出百花上，有人如玉映朝霞。朝霞艳艳照华栋，美人犹忆深宵梦。当时雅意托瑶琴，今日文鸾随彩凤。侍女添香炉内薰，娇懒未能着画裙。纤眉画出峨眉月，高髻绾就巫山云。④ 金笼鹦鹉忙催起，一朵芙蓉新出水。槛外远山翠难描，楼中秀色谁堪比。⑤ 太息琴台迹已荒，妆楼倾倒烟苍茫。古井照人如明镜，画眉啼鸟声断肠。客来远自临邛路，艳说当垆沽酒处。名士倾城两相欢，拾得片瓦人犹妒。吁嗟乎，茂陵美女妆梳新，未必新人胜旧人。行人且向临邛去，楼上齐唱《白头吟》。

峨眉秋月

我生有幸来嘉州，数见峨眉月当头。峨眉高高不可极，明月朗朗正新秋。白云散尽银河窄，仰视九霄但一碧。三峰玉立影参差，琼花瑶草光相射。天上蛾眉分外明，地上峨眉翠黛横。古今只此一轮月，常在高峰顶上行。太白作歌何高旷，舟下三峡犹回望。我本东海坦荡人，太山观日夸雄壮。今见峨眉月吐华，飞出东海又西斜。送我西来看峨眉，何日送我东海涯。⑥ 嫦娥劝尔一杯酒，大地须弥皆培塿。我欲山东访李白，任城楼头开笑口。明月相随不相离，天际

① 评曰："是美人诗境。"

② 评曰："凭吊欷歔，如不胜情。"

③ 评曰："神仙排云出，但见金银台。"

④ 评曰："闲静写出美人身分。"

⑤ 评曰："烘染有色，新翠欲滴。"

⑥ 评曰："不作看月套语，一气流转，挥洒自如，昔人云'诗中须有人在也'。"

峨眉应招手。

登大佛岩放歌

天风浩浩耳畔惊，远山苍苍云外横。耸身直可诣玉京，乃在大佛顶上行。宋时初建有高阁，四百余尺凌碧落。丹雘耀日彩霞明，辉煌金身僧开凿。弹指变灭历劫灰，人物已换余城郭。[1]望空长啸起潜虬，苍茫烟雾似蜃楼。但见黄叶丹枫舞，崖下二水如练抱城流。浮云落日今古同，令我登临生烦忧。昂首径欲穷三界，下笑愚氓来稽拜。我立佛顶佛不嗔，佛生我前佛不坏。[2]性根天地原不磨，多事雕象为山疥。下坐高轩且啜茗，暂脱樊笼图一快。

田家杂兴

巴蜀称天府，村居乐事赊。马头新立庙，龙骨旧存车。市卖临邛酒，畦栽哈蜜瓜。团圞欣聚族，儿女笑喧哗。[3]

水重山复处，物外辟田园。翠竹阴连屋，黄花香到门。衣冠原自朴，齿发共知尊。父老溪边话，相看月半昏。

万顷秧苗绿，田歌几处同。丝丝梅子雨，飒飒藕花风。豢鸭池三亩，栽桑地数弓。有谁知帝力，培养比元功。

沃土民多富，临江灌溉便。盘堆蚕豆小，园摘荔支鲜。鸠妇孤村雨，鱼苗晚浦烟。不知官府贵，农圃有神仙。

谋身安本业，生计阅居诸。隔岁先租犊，长途亦跨驴。鸡啼风静候，笋长燕飞初。晴雨关心切，巡田自荷锄。

打稻仓箱积，闲居每唱歌。青山红树绕，绿野白云多。聘狸看新屋，移蜂掇旧窠。从来车马少，门巷掩藤萝。[4]

凄切猿声里，天高白露滋。凉风瓜蔓架，细雨豆花篱。果熟顽儿喜，蛩鸣懒妇知。鸡豚村社散，醉叟待扶持。

岁暮无飞雪，崖间有早梅。端工能逐鬼，咂酒不须杯。以竹筒吸饮。赤脚挑

---

① 评曰："俯仰慨叹，曷胜低徊。"

② 评曰："独具性灵，不向如来行处行。"

③ 评曰："切蜀发端，非泛写景。"

④ 评曰："琐屑入妙。"

盐到，红炉召客来。年年当伏腊，父老莫嫌猜。[①]

镜香亭赏荷

去年五月池半枯，荷叶憔悴客不愉。今年五月雨频降，池水洋溢长蒲菰。红妆临镜美且都，个个捧盘承明珠。主人大笑拈白须，招客来看倾城姝。镜香亭中香风送，停云阁畔锦云铺。是日天气颇晴旭，翠竹森森周墙隅。芭蕉叶大遮曦影，座客豪饮争喧呼。此间小住销永日，花为四壁如蓬壶。风吹绿叶忽纷披，美人翔舞不用扶。虽无画船来荡桨，烟波渺然即江湖。欲倩妙手绘为图，红栏曲折石径纡。杂以紫薇兼碧梧，危亭陡立中央孤，菡萏并列如罗敷。[②]呼来明月代银烛，觥筹交错相欢娱。客云丹青未免俗，各制佳什毫争濡。四座传观互唱和，清韵响答如笙竽。主人呼砚胆气粗，东涂西抹字模糊。莲花无言但欲笑，唐突西子形难摹。吾醉不复知许事，且博众客一胡卢。

培桂亭小集

城内筑高斋，僻处无人境。映门菜畦深，芭蕉遮曦影。曲径转回廊，亭轩喜清整。余地仅数弓，逼窄类舴艋。昔常积荒秽，风日苦凄冷。先生课童竖，荷锸辟榛梗。[③]丹桂移月窟，姮娥许客请。胸中富丘壑，布置乐幽静。趺坐自啸歌，客至罗杯皿。弦诵声远闻，夙慕此风景。案牍得余暇，到此觉日永。啜茗共凭栏，谈锋妙互骋。有似坐深山，尘事百绪屏。他年桂轮困，干霄势方逞。夕阳照壁红，快意且俄顷。转瞬秋露凉，清香期同领。

明月砧声

明月卷珠帘，高楼华烛屏。比邻起砧声，旅馆客心警。关河紫塞遥，霜露寒夜永。无谱谐宫商，有泪含悲哽。[④]音迟素腕娇，响高罗衣冷。声是断肠声，蟾魄空照影。

---

① 评曰："确切蜀俗，藻不妄抒。"

② 评曰："虚虚实实，奇正相生，莫知端倪。"

③ 评曰："雅洁古淡，得韦、柳风味。"

④ 评曰："有六朝气味。"

边戍角声

飞雪卷黄沙，边风吹肌裂。[①]月黑刁斗严，角声忽凄切。万马惨不骄，征夫欲泣血。远起韵悠扬，鸿雁悲离别。断续听难明，陇头水呜咽。寒夜愁不寐，青磷半明灭。[②]

客枕蛩声

秋风吹客鬓，明月照茅屋。四壁虫声喧，似欲慰幽独。万物皆鸣豫，我何劳碌碌。初听鸣得意，细听音悲蹙。短檠耿不明，辗转睡难熟。谢尔殷勤意，赠我愁万斛。[③]

孤篷雨声

浓云遮江面，陡觉天地黑。似学米家画，泼雨如泼墨。维舟芦苇岸，孤篷风吹仄。点滴如疏桐，寒衾冷气逼。永夜不成眠，渔火黯无色。芰荷声相和，客愁乱如织。

秋林叶声

霜落秋气深，万木迭摧毁。萧萧惊雨至，飒飒因风起。知是送天籁，笙竽互盈耳。陡然一狂吼，海涛怒奔驶。[④]清晨启竹扉，千林纷红紫。客径不可寻，叶深没屐齿。

僧院棋声

白云满涧壑，青松隐兰若。寻僧不见僧，扉闭庭寂寞。[⑤]窗隙袅茶烟，丁丁时间作。算路扰禅心，输赢争一着。当檐落昙花，闲阶眠瘦鹤。世上经几劫，

---

① 评曰："起句警拔。"

② 评曰："淡不可收。"

③ 评曰："结妙。"

④ 评曰："变调，轩然波起。"

⑤ 评曰："东坡白鹤观得此境。"

空山尔独乐。

寒夜笛声

一声惊裂云，天宇忽清旷。夜寒身欲僵，陡闻觉神王。余韵更悠扬，怨抑多惆怅。峡里猿哀吟，松间鹤引吭。霜风砭人骨，助尔音清亮。此夜客不眠，应知泪琳浪。

柳陌莺声

柳线飘紫陌，沉沉绿幄似。谁知莺早来，巧歌清阴里。珠喉骄女郎，金衣羡公子。宛转笙簧音，洗我筝笛耳。宛如苏小家，软语教小婢。袅袅浮青烟，闻声竞相指。[①]

僧院棋声

黑白纷纷各斗心，俨然争劫到丛林。应知默默藏仙着，似有疏疏滴雨音。[②]殿雀无声清昼永，风幡不动落花深。禅扉隔断人间世，曲径苔荒未易寻。

明月砧声

聒耳繁音一片秋，秋风送尽美人愁。敲残石骨心同碎，响彻蟾宫泪欲流。正切无衣悲远塞，还愁横笛倚高楼。谁怜费尽闺中力，露湿云鬟捣未休。

柳陌莺声

一声圆滑一声春，绿柳阴中自在身。青眼垂时歌更好，黄柑携处酒初巡。能留堤外骑骢客，莫唤辽西入梦人。[③]万缕千条看宛转，流莺何地不成邻。

---

① 评曰："比拟绝妙，不脱'柳'字。"

② 评曰："于静处绘声。"

③ 评曰："不犯正位，恰在个中。"

秋林叶声

秋空清籁响刁骚，每到经霜万木号。[①] 攀干犹思花簌簌，开门误看雨萧萧。柳听羌笛西风吼，枫落吴江半夜潮。疑是钧天来广乐，还将消息问山樵。

寒夜笛声

铁笛声声怨夜寒，楼头倚月思无端。三更零露愁方剧，一曲穿云兴未阑。梅阁人归风料峭，玉关秋老柳凋残。[②] 应知此夕他乡客，千里家山梦里看。

孤篷雨声

作客天涯鬓发凋，孤舟一夜雨潇潇。风翻蕉扇音初起，漏滴莲花韵未销。巫峡猿啼迷故国，枫林叶落答寒潮。篷窗深闭无邻语，灯火青荧影暗摇。

边戍角声

人生何事到边城，侧耳愁听画角声。悲壮已增强敌气，凄凉如诉远离情。吹残白骨千秋恨，卷入黄云万马惊。[③] 觅得封侯身已老，铙歌编曲记分明。

客枕蛩声

风尘自愧可怜虫，还伴虫声诉苦衷。霜气飞空灯暗后，豆花满架月明中。[④] 荒凉已破三更梦，凄切难禁四壁风。此夕无端生白发，更添哀怨有孤鸿。

道蕴砚

王郎佳妇喜吟哦，遗砚流传自永和。得句几时飞白絮，画眉应自惜青蛾。

---

① 评曰："轻松之笔，饶有神韵。"

② 评曰："熟典能新。"

③ 评曰："含蓄蕴藉。"

④ 评曰："工于描写。"

谢庭兰蕙花争艳，晋代江山墨共磨。[①]欲刻鸳鸯双伴宿，临池未肯换群鹅。

绿珠笛

珊瑚击碎气豪雄，玉笛还留写怨工。明月客愁清塞曲，高楼人倚落花风。[②]鸟啼金谷歌谁继，草没铜驼恨未穷。仿佛山阳悲往事，一枝痕透泪珠红。

广平梅

小技雕虫也不妨，梅花赋就墨流香。描来绰约神仙品，疑出温柔锦绣肠。铁骨冰心怀往日，清词丽句冠当场。棱棱风节能调鼎，余力回春压众芳。

中散柳

嫉恶刚肠世共猜，竹阴才出柳阴来。支离瘦干犹存骨，飘洒清风不染埃。身世功名同散木，英雄事业付余灰。[③]先生有癖谁能化，曾被孙公锻炼回。

湘妃竹

扬帆何处吊湘灵，翠竹斑斑映洞庭。瑶瑟声销山鬼怨，鹧鸪啼断暮烟青。仙风袅袅魂疑在，夜雨萧萧泪欲零。[④]染透千竿犹戛玉，哀猿和处不堪听。

醉翁泉

客指琅琊翠色殊，飞泉流处瀑溅珠。听来清韵琴三叠，醉倒仙翁酒一壶。面面云山明镜里，朝朝花月小亭隅。[⑤]当年作记谁传写，修髯门生道姓苏。

---

① 评曰："名句天造。"

② 评曰："句宜长吟，从《才调集》出。"

③ 评曰："语意沉着。"

④ 评曰："全从神韵处领取。"

⑤ 评曰："妙得自然。"

颖士仆

不事财奴不择官，人群阅遍见才难。[①] 锦囊佳句生偏爱，僮约繁文守亦甘。身得执鞭如御李，心欣捧砚比瞻韩。青衣不愧称知己，当日廷臣白眼看。

康成婢

双双小婢翠眉低，笑语通经更滑稽。弟子课余听已惯，夫人妆罢学难齐。草除书带还依砌，人似莲花未出泥。通德门中风雅遍，夭桃好句倩谁题。

谢傅棋

秦师百万寇方临，别墅围棋乐自寻。局已输残惟剩角，劫当争急直攻心。胸中兵甲机难测，江左风流算亦深。[②] 到底东山无小草，八公疑阵仗青林。

渊明琴

瑶琴欲鼓有亏成，独爱无弦趣莫名。未必前村携访友，何妨三径枕听莺。田间水放潺潺响，松际风来谡谡声。天地元音谁领略，虚空生籁调偏清。

东坡笠

玉局人间第一流，怡然戴笠住黎州。海边蛟鳄多风雨，梦里衣冠拜冕旒。自昔居官蚕缚茧，于今半隐雪蒙头。[③] 钧天广乐方酣宴，野服仙翁预胜游。

米老石

三生早结此生缘，莫怪南宫嗜好偏。竟肯折腰人不俗，才经出袖意犹怜。烟云绘出峰原小，海岳移来骨欲仙。雪浪名斋空自诩，坡翁那及米翁颠。[④]

---

① 评曰："卷旆而入，旧典能新。"

② 评曰："双管齐下，必须如此。"

③ 评曰："蛟龙变化，格律飞动。"

④ 评曰："飞腾而入，无一平板之笔。"

醉翁泉

巍然亭子翠屏环，一道飞泉泻两山。酿酒醉心声悦耳，瑶琴韵落白云间。①

米老石

三生石丈结前盟，米老偏饶别性情。堪笑阿戎名士癖，一心只爱孔方兄。②

东坡笠

逍遥海外说东坡，不戴朝冠戴笠过。谁识先生真面目，儿童拍手笑声多。③

广平梅

广平风骨拔千寻，有似金刚百炼深。人道梅花偏妩媚，依然铁干抱冰心。④

渊明琴

五柳先生抱素心，无弦亦自抚瑶琴。此中有曲谁能会，流水孤松太古音。

谢傅棋

东山谢傅赌围棋，晋室山河一局危。共道秦王兵屡胜，安知国手有输时。⑤

道韫砚

谢庭兰秀茁芳芽，妙句吟成笔灿花。幸沐余香留古砚，不知飞絮落谁家。

---

① 评曰："悠然意远。"

② 评曰："嗜好各别。"

③ 评曰："举世无知己，儿童笑之。"

④ 评曰："是正论，世人那得知其故。"

⑤ 评曰："不可不知，喻意深远。"

绿珠笛

金谷园荒化劫灰，何年玉笛出蒿莱。千秋哀怨高楼下，吹落仙家绿萼梅。

中散柳

谁道名流尽放狂，人间青眼属垂杨。千丝飘处如无骨，自有炉锤百炼刚。①

湘妃竹

水碧山青望洞庭，萧萧斑竹写珑玲。湘妃哀怨情何限，和雨和烟入杳冥。②

康成婢

马融虚负五经通，女乐矜夸绛帐红。那似康成花解语，移来小朵插泥中。③

颖士仆

慷慨陈书抱负殊，萧郎才笔世间无。知章已去青莲谪，几辈怜才似老奴。④

---

① 评曰："语妙在含蓄。"

② 评曰："深入无际。"

③ 评曰："恰妙！"

④ 评曰："几人泣下。"

蜀道联辔集①

叙

尝谓风雅一道，声应气求，具有夙缘。观于韩、孟，愿为云龙之随，则知杜工部“文章有神交有道”之语为非虚矣。第诗人当仕宦时，劳心簿书，吟哦每难得佳作。而偶一鞅掌风尘，游历山川，或悬车归里，即往往名篇佳什层见叠出。又或孤坐一室，捻髭搜句，吟兴不动，数日竟不能成一字。而偶有吟侣偕游，相与酬唱，遂风发泉涌，机不可遏。此其故不可解。即问诸作诗之人，亦不能自解也。余老居湖干，癖嗜苦吟，鲜过问者。己酉秋，忽有宦蜀文登王春舫太守归里过访，云曾闻淄川王雪峤明府诵余诗句，神交已久。谈次，出《蜀道吟》一编，嘱余论定。诗不甚多，而即景抒怀，不事雕镂，逸气横出。旋又闻其德配箴史陈恭人为奉天进士、绥定太守问山先生女公子，以诗礼家传，亦有《蜀道停绣草》。索阅之，诗尤少于春舫。其眺赏幽邃，凭吊古今，闲雅雄迈，绝不类巾帼人语。伉俪如斯，何殊后汉秦嘉、徐淑夫妇！余既各题一诗，归之，而犹以未见雪峤诗为憾。既而雪峤亦寄其《蜀道吟》卷来，嘱春舫示余。余亟读之，词气深稳，音调谐鬯。虽与春舫面目不同，而其原本性情，言之有物，则固若合符契也。噫！元白唱和，非必尽在客途；陶令归来，未免独行踽踽。今雪峤、春舫同为东人，同宦西川，同时解绶旋里，又同路联辔歌咏，此殆天使两诗人珠联璧合，引商刻羽，以壮蚕丛之观，而增宦游之色乎！合而梓之，借志鸿爪固宜。至箴史恭人《停绣草》，春舫本不欲付刻。余谓两诗人旗鼓相当，足称吟坛健将，而娘子军自成一队，固不妨另为一卷殿后，以为艺林佳话云。道光庚戌孟春，济南周乐漫翁拜识。

叙

蜀地山川奇矣，又多奇才，随处留遗迹，以待后人登临凭吊。故诗人入蜀诗亦奇，非得所助而然乎？余素未学诗，道光乙未，捧檄入蜀，触景偶吟，未

① 按，《蜀道联辔集》为王培荀与王者政自川离任、结伴返鲁途中的诗歌唱和，后附王者政夫人陈宝四《蜀道停绣草》。此仅录诸家叙、题词及王培荀诗作。

有同志商订，亦不足存。己酉归田，文登王春舫先生亦将归养，约同行。一路揽奇探胜，夜挑灯各写所为诗，交相赏亦互相攻。每至快心，辄抚掌大笑，仆圉为之惊骇。盖共舆马者两月，得诗若干。夫生同乡，官同地，此人生之大幸也。第宦辙分驰，或经岁不一见，见亦匆匆分袂，无暇论及风雅。今与先生同路扬镳，林峦供其啸傲，风雨荡其襟怀，云栈剑阁之险，太华黄河之胜，洞心骇目，无不助人逸兴。而俯仰古今，垒块填胸，两人于此啜清茗，浮大白，驱染烟云，相视而嘻，谓此乐不易得也。虽然，余质钝，有作不能自达其意。先生天才亮特，平日精于吏事，不屑与墨客争胜。及落笔，出人意表。天马之行空，非驽骀所能并驾，余故为之俯首至地也。然余有作，必待先生论定指示，诗功大为之进，则此行为不虚矣。余更有歉者，适有奉倩之戚，感不自禁。先生则携眷而行，箴史夫人鸣琴烛前，吹箫月下，偶与先生唱和，如鸾凤之相应。得读其诗，余又为之拜下风也。因思昔人入蜀皆有集，独少联吟合刻。今汇为一编，箴史夫人诗亦附载焉。志一时之盛，固不必与前人较工拙尔。余由此老于农圃，春舫先生寄居明湖。济南名士多，将日相唱和，巨制佳什，异日得睹为幸。而余笔墨荒芜，又寡朋友之琢磨，其自愧为何如矣。己酉冬，般阳王培荀雪峤氏书。

叙

余少以制义掇科名，继复劳形案牍，诗之一道，既未暇肄习，亦遂度外置之。己酉秋，乞养东归，暂寓锦官客邸。淄川王雪峤明府时亦引退，因订偕行之约。雪峤本吾东宿儒，著作等身，而尤邃于诗。途次得山川之助，益事吟哦。余时挈眷而行，脂车秣马，未免关怀。兴之所至，亦偶握管，就雪峤正之。雪峤知无不言，言无不尽，不觉引人入胜，前后共得若干首。雪峤曰："朋友，居五伦之一，独至名场，多致隙末。吾二人以丙申岁定交，时相规勖，益见亲厚，十五年中有如一日。今相率归田，复声歌互答，交相切磨，可谓始终不渝者矣。交谊若斯，行将判袂，不可无所留遗，以示子孙。称诗喻志，其唯刻《蜀道联辔集》乎？噫，雪峤老矣，此行曷可复得？"不欲重违其意，爰按日程先后，编次付梓。然余于此道，偶尔学步，遽与耆学名宿参错其间，不特多寡相形，亦复工拙迥别。乃雪峤方引为同调，而余亦不讳鱼目之诮者，盖所刻者诗，而所以刻者不在诗也。不夜春舫王者政叙。

题词

漫劳舆马过茅茨，新雨倾谈若故知。解绶文翁何太早，能诗高适不妨迟。蚕丛境邃攀寻遍，凫屣才宏唱和宜。自笑龙钟吟兴减，玩君佳句又拈髭。

春舫先生过访，以《蜀道吟》卷见示赋题

二南弟周乐

蜀道漫云如上天，归来五马乐陶然。风涛海涨三年梦，剑月关云一路仙。难得友朋伴歌啸，更偕琴瑟阅山川。邮程曾否频回首，去后文翁人颂贤。

坐对镜湖秋水清，高车忽报到先生。开编如入山阴道，拍案恍游鱼复城。赤甲白盐留胜迹，佛山圣水话新盟。年来吟社凋零甚，重整骚坛最有情。

春舫太守自蜀归，以途中吟草见示赋题

秋桥弟王德容

昨舣明湖访契友，无端锦云坠我手。云飞西自峨嵋来，倾河唾地惊天才。独怪弄墨何酣畅，雅是工深妙酝酿。忆我翦烛聚京华，每仰文章与古抗。逾年释褐果通名，燕蜀两地遂分向。那识三生夙缘深，重晤巴西慰离心。酒酣大叫说今古，骚坛未联风月吟。嘉陵六载一江水，揖别斗山只弹指。是后海云时偶通，情况传凭筦城子。江郎笔花生未生，翘首锦官争拟似。前冬买鞭驰建南，雪花千里埋峰岚。叱驭直下九折坂，邛海泸山绕宁远。蜡梅风里春花香，支篙酣饮波中央。一时倡和竞名句，酒星诗史皆颠狂。怅别裘葛又三易，传稿居然称连璧。学富才高笔凌云，偶事揣模已入格。墨花馥郁十指腾，造语真抵人千百。胸中丘壑别有天，后尘何妨步高适。雒诵浑愈我头风，君其仙人偶见谪。愧我诗窟得素癖，值此神工空踧踖。莫说文海人心倾，此编一出天下惊。

春舫四兄亲家《蜀道联辔集》题后

心樵弟慕曰镡

吟怀万里，忽凿破蚕丛，挟来奇气。回首峨眉晴雪，眼光如洗。黄粱梦醒寻乡梦，正高堂望穿天际。栈中云影，陇头月色，一声弹指。念自昔，迟回客骑，叹两鬓霜华，枉成归计。往余官皖中，例不得终养。那更饥驱奔走，故山迢递。今方授徒济南。浮沉宦海风波恶，问如君此福能几？一编闲把，尊前领略，怎生得借平醉。

右调《桂枝香》题春舫尊兄《蜀道集》。余初不识王雪峤明府，故无当于联辔之义。

安丘庄年弟刘耀椿填词

出成都杂咏

犹是来时路，回头忽黯然。微官成钝滞，逆旅几推迁。骨肉多新鬼，山林忆往年。谁知名利客，犹自着先鞭。

意气久飞扬，凭临望八荒。少年多梦幻，老境已颓唐。利岂蝇头聚，名羞骥尾彰。何须盘错试，自愿善刀藏。

故人情郑重，遥寄送行诗。我悔归山晚，君如上水迟。杨缜亭寄送行诗数首，时留办夷务，未回任。行藏原不定，时事已堪知。寄语还相劝，无为起遁思。闻有退志。

曾到凌云顶，身轻万户侯。山川供耳目，齿发阅春秋。卖剑无新政，题诗有旧楼。谓听雨楼。自怜漂泊久，忽起故乡愁。

宦海足风波，禽飞脱网罗。金谁高北斗，梦已醒南柯。壁上观人战，灯前任我歌。明朝须早起，更问夜如何。

寥落故乡情，他邦几送迎。东人此际无多，方迎马艺林观察，即送春舫太守。宦游多失意，炳山、松野皆以事撤省。尘世欲逃名。玉局神仙侣，青莲鸾凤声。来瞻灵秀气，不愧蜀中行。

身世多牢落，乡关望转遥。虫声犹唧唧，秋色已萧萧。离绪怀千种，销魂是此朝。胸中盈垒块，浊酒未能浇。

幸有同行客，谓春舫太守。联翩笑语多。风尘怜故旧，雨雪历山河。笛韵惊飘逸，春舫善笛。诗篇共琢磨。济南乡土好，异日约相过。春舫将卜居历下。

桂湖谒杨升庵祠

水木湛清华，湖边石径斜。忠臣才子庙，宰相状元家。夜雨残荷叶，小山丛桂花。招魂何处是，骑象走天涯。

九死能无悔，蛮中望故乡。君知崇大礼，臣不忘高皇。化鹤归来晚，簪花老去狂。兰房留锦字，凄绝怨朝阳。

野望

云栈人千里，芦花水一村。偏怜鸠有妇，又见稻生孙。寺影悬幡直，溪流带雨浑。田家多乐事，樵牧傍柴门。

谒庞靖侯

功已届垂成，天如忌盛名。先生能到蜀，汉室不亡荆。国运嗟衰凤，星光落大营。卧龙同不朽，裹血矢忠贞。

有感

老去悲秋漫自嗟，乡关遥望渺天涯。回头却忆伤心处，夔府孤城噪暮鸦。

梳上鸺鹠夜半呼，萧条烟水一灯孤。谁怜病剧呻吟际，骨肉情亲一个无。

岱北川南两地赊，儿归整理旧生涯。三年暗滴思乡泪，才得登程未到家。

春草池塘梦久寒，秋花渐老又凋残。纵然化蝶生双翅，万里江山欲度难。

少时贫贱似黔娄，满望回甘到白头。我得俸钱卿又病，终年煮药当珍羞。

死别生离久未分，内人闰四月起程，五月病殁，不以告。八月始得信。秋来信到不堪论。才知欢笑谈君日，早向巫山化作云。

千山万水久追陪，鸳侣乖分事可哀。料得儿孙方盼望，如何许久不归来。

频年作客苦奔忙，会少离多每断肠。白发衰颜欣聚首，依然破镜在他乡。

拟筑小园娱老

夙有林泉癖，何时筑小园。青山邀作主，流水喜当门。老退非高隐，心交可卜邻。衣冠原自缚，愿作葛天民。

宿梓潼，中秋无月

去秋风露不胜寒，月转冰轮两地看。今日一家分四处，更无一处见团圞。家口分水陆先行，余独在后。

箴史夫人与女公子旅馆弹琴

从来雅乐奏房中，琴瑟调和乐意融。理性怡情趣无穷，古操逸调谁能工。春舫五马辔珑璁，锦城小住看芙蓉。志切归养奉太翁，路拥香车联玉骢。出门四望秋色同，栈云陇树隔重重。旅馆偃息且从容，画帘垂地静无风。博山金炉香烟浓，绣幔纱窗烛摇红。平阳娇女年方童，金徽玉轸理丝桐。细调徵角商与宫，高下疾徐心手从。飒飒似闻风入松，疏疏又如雨滴篷。清音入耳非寒蛩，芦渚蓼汀宿征鸿。似呼似应雌与雄，若断若续鸣噰噰。一弹再鼓曲三终，谱传母氏心默通。夫人夙称风雅宗，佳句流传冷江枫。兰房玉佩鸣丁东，徐拂七弦意雍雍。轻钩慢挑和气充，使人神静万念空。俗音靡靡欺愚蒙，净洗筝琶耳倍聪。流水浩渺山巃嵸，天高露下月朦胧。四壁无声息秋虫，余韵沨沨入花丛。

剑州道中古柏

石路盘盘趋先后，古柏参差列左右。三步离立五步连，交柯翠叶暗白昼。闻说栽种自李公，屈指至今培养厚。孔明庙柏久已亡，何幸异状于兹觏。数丈劲挺古干横，百围臃肿苍皮皱。端严正人肃冠裳，狰狞猛士森甲胄。拿云攫雨苍龙争，摩牙奋爪怪兽斗。高耸超众狄侨如，累坠县痈齐宿瘤。背若别去向若从，跂若仰攀俯若就。虬枝纠结怒欲逞，秃顶蹒跚丑而寿。卧者偃蹇立者直，生者肥腯枯者瘦。仰看昂藏鸾凤翔，入耳飘萧笙竽奏。队伍堂堂列万夫，旗纛纷纷环远岫。明季流寇入西川，斩木伐山恣躏蹂。戎马经过寸草无，那知斧斤幸尔宥。后人宝爱比甘棠，几阅兵火何郁茂。雪压霜欺骨节坚，风摩日荡形质陋。干排白云穿天心，根络磐石穴岩窦。独抱贞心不朽蠹，更露文章苔遍绣。阴黑疑有鬼魅藏，呵护应得神灵佑。栋梁大器老空山，庙廊恨不大厦构。得全天年邀福多，风雨长途伴古堠。荫覆行人人戴德，两行冷翠扑襟袖。

出剑阁

昔日骑驴入剑关，风尘久倦始知还。由来门户围全蜀，依旧锋铓簇乱山。圣代无人矜割据，长途有客自萧闲。东来函谷夸雄壮，形势天成未足班。

两峰陡立塞乾坤，一线通天尚有门。北走中原窥宛洛，西防回部断羌浑。劳民羞说唐蒙使，吊古难招伯约魂。想象金牛夸蜀日，五丁刀斧劈云根。

利州武后祠石像乃比丘尼

千佛岩刻佛像古，嘉陵江畔振法鼓。岸上琳宫何代修，比丘尼像人姓武。杀人未肯放屠刀，胡为皈依归净土。富贵由来思故乡，梓里生祠焚妙香。座上受戒如魔母，不奉唐帝奉空王。金轮垂拱称天命，一人快心海内病。夜叉变幻假慈悲，妙相端严存狠性。夺婿更比瑶光工，极乐世界真宽纵。吁嗟乎，燕啄皇孙亦可怜，罪高浮图秽滔天。佛法广大容谶悔，惜汝匪石心不坚。生平快读宾王檄，末路为僧亦参禅。

乘舟溯流过朝天峡

石壁峡立如积铁，江流一道浪飞雪。坐井仰视青天窄，入坎伏惧厚地裂。悬崖阴黑疑鬼神，乳窦嵌空多幽穴。百丈牵挽分寸争，石齿巉巉趾流血。崩落危岩卧中流，江势到此水陡折。欢呼大众篙齐撑，船头才进人力竭。想象鸿蒙初剖判，元气磅礴此融结。巨灵奋怒斧凿施，连山忽断江流泄。巫峡绵亘千里余，何人割取留一节。生平踪迹上水迟，逆流冒险岂明哲。到岸振衣还一笑，暂时狎玩供欣悦。

由龙洞背下窥洞口

风云忽向足边生，直上苍龙背上行。洞入太阴千丈黑，崖吞骇浪四山惊。青天咫尺晴疑雨，蜀道艰难险未平。杜老题诗谁再继，凌虚高阁独留名。

下岭复回望作长歌

蛇盘屈曲水一派，循行山足途狭隘。峻岭陡立倚天高，三面环抱行阻碍。石角峥嵘努力争，水势汹涌不肯退。黄魔童律随禹来，导水巨功愁坐废。谁凿厚地洞幽深，流入龙口穿龙背。山龙怕鞭难护持，积铁万丈惊破碎。外人但骇风雨声，疑有蛟龙蟠其内。林深月黑望杳冥，变现往往出百怪。我自朝天峡里来，水透重山忽奔溃。神龙见尾才见头，如此奇险我所爱。登高又复见青天，四顾茫茫观大块。

尖神宣驿即筹笔驿

筹笔留旧驿，庭宇何闲旷。白云流足底，青山出屋上。

七盘关

才到西川又汉川，回头巴蜀在青天。齐州犹隔三千里，鸟道重经十五年。一掩一重如肺腑，三升三降阻风烟。南来已苦长途险，更看云飞落栈边。

宁羌州

汉水东流日夜闻，秦疆蜀界此间分。林经秋雨飘红叶，郭抱青山卧白云。羌俗至今从汉化，仁风犹自诵刘君。诸城刘青岑先生牧此州，有惠政。陶潜无绩空归去，驻马停鞭日已熏。

五丁峡

昔自峡东来，峡中雨溟蒙。今从蜀都回，峡里看丹枫。造物呈绝技，巧施斧削功。怪伟双壁夹，异态羞雷同。苔文杂篆籀，鬼面染青红。狰狞夜叉怒，恶劣狮象讧。爪牙卧猛虎，鳞甲奋蛰龙。磊砢压厚地，突兀撑青空。崖危势欲阻，峰转路复通。欲落不落石，将息未息风。仰露天一线，俯听水琤琮。两扇门未阖，一夫当关雄。不借五丁力，安得行人踪。况当夜雨后，草树交蒙茸。曲曲涧壑幽，沉沉烟雾浓。如蚁缘垤上，似鼠潜穴中。忽复登峻坂，豁然见苍穹。雨洗众峰出，朵朵青芙蓉。细瀑响玉琴，湿云挂古松。谢公屐未到，荆关画难工。复此睹奇险，昂首谢天公。

途中杂咏

陟涧复登岭，行人已嗟苦。痴云积不流，蒙蒙四山雨。客子怯秋风，萧然入云栈。野水明晚霞，遥天没孤雁。舆上昏欲睡，舆侧猛然醒。阴森动魂魄，悬崖压人顶。深山畏虎狼，所恃众徒侣。林峦断续处，铃铎自相语。山阿垦田窄，短篱两三家。不知种秋菊，乱开野棉花。途中苦萧寂，帘悬酒可贳。青山为四邻，流水在屋下。

旅况

杜宇啼残梦莫寻，萧条旅况自沉吟。林泉适性追元亮，儿女牵怀似向禽。渺渺征鸿来故国，冥冥细雨湿空林。秋深四壁虫声急，夜半孤灯照客心。

马孟起墓

边外羌氏已尽收，将才原自出公侯。威名能与关张并，壮志肯将吴魏投。一代英雄扶汉鼎，当年士马数凉州。定军山下同含愤，大树飘萧古墓秋。

沔县

沔水环沔县，堤高水已侵。夏雨水涨，堕城。居人杂樵牧，入郭见山林。旅馆诗先写，良宵酒共斟。武乡祠宇在，琴古表贞心。祠在东门，有石琴。

定军山吊武侯墓

定军山下阵云堆，太息隆中不世才。沧海难填龙卧后，英魂遗恨鹤归来。至今野祭无疑冢，可惜炎精化劫灰。莫以功名成败论，行人涕泪湿苍苔。

悼亡《有感》八首意已尽，复变长庆体，以抒缠绵之意

莲花漏滴夜如年，瞪目鳏鱼未得眠。心伤暮雨哀蝉曲，肠断西风蜀国弦。已成白发支离叟，追忆良配如宾友。灯前纺绩围火炉，窗下读书温斗酒。箪食谁知陋巷贫，秦嘉远出剩孤身。风摧茅屋愁霖雨，院闭梨花感暮春。几载追随育儿女，可怜杵臼皆劳汝。灶下湿柴带叶烧，釜中野菜连根煮。终年只是厌糟糠，欢笑依然理靓妆。杨柳秋千携弱妹，鸡鱼甘旨奉高堂。迁流人事那常好，春去秋来人已老。鲜花着雨每凋零，病叶卷丝易枯槁。西川幸得聚团圞，石栈云梯蜀道难。魂惊叙府临江石，纤断南宾上水船。身家到处皆如寄，病骨支床白昼睡。脾虚仍自甘苋藜，体弱那能胜珠翠。自叹年衰返故园，送君一叶下夔门。窥人惟有峨眉月，吊客先啼杜宇魂。药饵无灵知不起，环榻叮咛惟婢子。祷疾妾祝神女祠，思乡泪洒巴江水。望夫不见恨王郎，奉倩遥闻亦暗伤。欲问西池青鸟使，难寻海外返魂香。归途旅馆灯如豆，遗挂余芳那复觏。秋雨秋风潘鬓凋，千水千山沈腰瘦。齐州遥望积愁云，太息儿孙未得闻。化蝶有灵魂梦幻，凭棺未面死生分。稠桑又见来时路，妙子频呼无觅处。马头缺月月无光，岭上幽花花泣露。偕行五马乐雍雍，鸾凤和鸣比翼同。谓春舫太守。联句敲棋红烛下，吹箫和曲画帘中。多情触处皆烦恼，人生欢娱苦不早。楼台谁折旧园花，松柏将荫新坟草。当前只道是生离，判袂曾无别泪垂。至今事事成追悔，石上三生会几时。

宿马道

又见樊河铁锁桥，身投旅店意萧骚。灯前虫语惊归梦，夜半河声涌怒潮。云露月光峰影瘦，霜澄秋色客魂销。应知此去长安近，万丈莲花插碧霄。

题留侯庙

封侯不恋恋瀛洲，屈指人间第一流。吕在知难除汉患，秦亡喜已报韩仇。想当深夜亲师日，早蓄终身学道谋。鸟尽藏弓何足患，逃名不泛五湖舟。

和赵文肃题留侯庙原韵

昔年艰难走蜀道，豪气迈往争飞鸟。倔强自喜身未老，今日旋归各言好。可惜人已头白了，吁嗟归山胡不早。君不见，紫柏灵山深复深，安坐不知红日沉。

心红峡

壁立百丈深，积铁无寸土。岌嶪压人头，日高不知午。横亘镇地维，高竖作天柱。象罔不受缚，狞龙势跋扈。五丁昔未到，谁挥巨灵斧。下临溪流急，訇磕击雷鼓。荆榛穴石隙，红紫纷莫数。岚翠扑衣襟，霏微疑细雨。行人履道坦，幸不窘步武。骚客来往多，几辈珠玑吐。欲将形状摹，得句惭莽卤。胸中起五岳，睹此亦矜诩。

春舫太守由蜀携眷归里，作此以赠

昔日燕齐去复回，函关剑阁几徘徊。今番不用金钱卜，已带全家出栈来。

看山看水历多时，一路偕行喜唱随。旅壁新诗争快读，先教红袖拂蛛丝。姬人随侍。

秋光看到落霞边，闺里闲情韵似仙。乍解行装香鼎设，传呼小婢上琴弦。

文采风流杜牧之，江山满眼供裁诗。舆中得句灯前写，尚待推敲共枕时。

十三娇女掌中珍，画稿琴声色色新。最是灵心贪角胜，笑拈棋子不饶人。女公子静如敏慧，诸艺皆工。

旅馆张灯乐趣饶，曲成呼婢更相教。兴来自拍红牙板，大妇还吹碧玉箫。公精音律，夫人善吹箫。

剔藓观碑到夕曛，归来赌酒诵奇文。迟疑未免旁人笑，又向闺中问细君。箴史夫人善记，同观留题诸诗，每有遗忘，则问夫人。

豪气英才压俊英，先生诗垒敌长城。降旗我已安排竖，娘子军来更纵横。

同行决计返乡关，得句推敲未暂闲。却笑使君痴太甚，铜山不爱爱青山。宁远府管铜厂。

归田但欲被烟蓑，此后输君乐事多。高卧东山非寂寞，琴声笛韵与高歌。

和尚原即煎茶坪

剑关千里至长安，扼要还凭和尚原。蜀汉进兵南宋退，两般残局力支难。
山深岭峻树杈枒，故垒全荒剩野花。南北英雄争战地，儒生到此只煎茶。

西洋火枪见过客携用

西洋国斗智，人巧天无功。火枪制独异，药绳此无庸。其长仅三尺，精铁嵌以铜。石火电光飞，一发惊耳聋。譬藐小丈夫，身矮声乃洪。弃长乃用短，制短能远攻。转手不及瞬，巨响已雷轰。响毕才袖手，突又吐长虹。客行携带便，途不虑伏戎。林深月黑际，倏吐一道红。利胜持短剑，力省挽强弓。始信异国物，不与中国同。其实小技耳，得之一夫雄。中国有大器，机械非所崇。橐钥同天地，浑浑本无形。不杀以止杀，无能兼众能。笑谢西洋人，尔技惊儿童。

鸡头关即七盘岭

如鸡耸然立，昂首似窥蜀。造物费雕镌，惊心骇耳目。有客自南来，一门高矗矗。人上足易疲，我下眉先蹙。十步三五折，欲行安得速。径仄肩难并，石倾崖欲覆。上窥一线天，下临百丈谷。措足失分寸，坠落命难卜。展转魂魄摇，螺旋往而复。四顾何茫然，乱山锋铓簇。虚谷易得风，雷震响飞瀑。水激讶蛟起，石横畏虎伏。气寒土不毛，壁峭石无肉。怪鸟啼似笑，山魈足乃独。此地险可据，铁骑难驰逐。一夫当关怒，万众头俱缩。圣世无伏莽，过客往来熟。骡纲铃相答，不闻砺箭镞。缕缕散炊烟，行行见茅屋。青林经晚霜，红紫纷悦目。行客苦道途，居人饱饘粥。小憩心自慰，一洗愁万斛。

过凤岭

南出鸡头关，北来到凤岭。栈路想渐平，又造绝人境。先声人已惧，目触心更警。涧边循山脚，云际露峰顶。愕眙左右顾，有力不敢骋。众夫牵舆上，负绳皆引领。附衣虱缘缝，入坎蛙坐井。修途蛇盘纡，怪石攫人猛。欲登先窘步，恐坠或觅绠。困顿频汗流，升高体忽冷。城郭列万家，俯窥若畦町。陟岭力已疲，降岭息更屏。坂峻走丸急，地险奔鹿铤。半道难驻步，力竭气复逞。涉世皆危途，瓦全徼天幸。不见在平地，蹉跌谁猛省。解装休旅店，润喉且煮茗。

游山寺

游廊曲榭又新修，石径栽花满院秋。寻水远从云际落，观鱼如在镜中游。风来大壑千林响，月满空山一磬幽。不独高人堪避世，尘间客到亦勾留。

五丈原

五丈原头落日昏，将星先坠不堪论。卧龙归海沧桑变，一柱擎天华岳尊。草木萧萧余故垒，旌旗闪闪想忠魂。同槽有梦征司马，魏国山河付暮猿。

至岐山下

平原四望通，秋色淡秦中。水落沙痕白，村疏柿叶红。险途殊蜀栈，朴俗近乡风。函谷何时到，欣然马首东。

长安怀古

秦中虎视压神州，几代英雄土一抔。清渭似流当日恨，太华犹带古时秋。拾来宫瓦名还在，销尽铜人泪已收。幸遇圣朝文物盛，秦碑汉篆我先搜。

葱葱瑞气满关中，十二门开甲第雄。上巳美人衣照水，五陵公子马嘶风。从知劫尽皆灰土，但看秋深落雁鸿。欲觅旧踪荒草遍，还将遗事问田翁。

每到长安暗自嗟，当时争看上林花。曲江波尽无红杏，雁塔名残映紫霞。帘外谁赊名士酒，门前犹种故侯瓜。我来蜀道从天下，何日轻车直到家。

自古欢场是战场，中原形胜数咸阳。东连齐魏通函谷，北限羌戎阻太行。余烬频添秦代火，野花犹上汉陵香。来游不尽兴亡感，禾黍秋风日暮凉。

扶风怀古

薏苡明珠谗暗投，人生何计是良谋。诗书更比黄金贵，满载回家也自愁。
马援

久历沙场已白头，辛勤万里觅封侯。有人能上回天疏，那得登楼少妇愁。
班超

远去连波意不回，赖他织锦有奇才。天孙若见应相妒，巧样如何偷得来。苏蕙

杨妃袜

海棠初谢东风软，狼藉埋花香土浅。一钩罗袜踏仙云，堕地无声春梦短。欲赋凌波拟洛神，深宫微步不生尘。云似衣裳花比貌，君王原是断肠人。坟头日日风和雨，棠梨花发春无主。玉佩香囊何处寻，此袜未曾化灰土。老妪拾得心摇摇，四座传观魂暗销。花容玉貌那能见，画裙微露想娆娇。轻盈滑腻初入手，花样翻新曾未有。蝴蝶化去魂欲飞，彩凤衔来香满口。欲慰君王献内庭，六宫拂拭皆涕零。从今莫唱霓裳曲，马嵬坟头草不青。

过灞桥

但看杨柳已魂销，又值秋风过灞桥。我欲归家谁送别，怜他折尽几年腰。

灞桥衰柳

久经攀折已萧然，憔悴长安大道边。微雪诗添驴子背，长亭人忆杏花天。送无青眼愁行客，阅尽红尘到暮年。暑往寒来曾两见，白头相对更缠绵。

骊山歌

骊山火，诸侯不至谓诓我，美人一笑镐京堕。骊山水，冰肌赐浴温泉里，美人一笑鼓鼙起。美人美人真倾城，骊山何辜代受名。君不见，穆王鸾辂登昆仑，西宴王母探河源，八骏未返徐称尊。又不见，秦皇之罘驻旌旆，志欲求仙观海外，六龙初驾为民害。骊山一拳近郊甸，未约仙人开荒宴，铁骑胡为来酣战。噫吁嘻！烽火有如昆山燔，玉石俱焚天地昏。祸水有如海水阔，一滴浸成无底壑。山不在大，欲不在多，请君听我骊山歌。

温泉在临潼南关外

碧水澄清可溯源，骊山宫殿半颓垣。凭肩旧誓千秋冷，那得余波如许温。

共向骊山觅旧踪，驱车几辈过临潼。辞官莫入温泉浴，怕洗尘颜又热中。

咏太真浴温泉

照影溶溶玉鉴开，琼宫仙子下瑶台。天然国色人谁见，一朵芙蓉出水来。
赐浴华清承厚恩，冰肌玉骨足销魂。灵泉原不因人热，也似温柔媚至尊。

小游仙

跨龙骑凤下瑶京，上界仙官职最清。满目云霞迷五色，人间那得看分明。
瑶池侍宴庆长生，小过还劳记姓名。谪向人间心窃喜，琼闺先约董双成。
鸟飞兔走暗迁移，时事闲消一局棋。且向橘中寻乐趣，沧桑几变不曾知。
银河淡淡碧霄间，牛女终年一往还。天上由来耕织重，神仙安得尽清闲。
从来踞傲是刘安，也得飞升列众仙。闻道神方能点石，人人都学炼金丹。
双旌对对踏云过，导引仙官住大罗。得道全家能跋宅，瑶宫莫怪注名多。
如瓜火枣上珠盘，洞口桃花老未残。还是地仙多自在，琼楼高处不胜寒。
卧听松风枕石眠，醒来霞绮满遥天。歌诗纵酒终朝乐，不学真仙学谪仙。

与春舫太守途中唱和有作

间关一路喜同行，低唱高吟出锦城。俊鹘摩空无弱响，寒蛩咽露有繁声。从经蜀道江山助，每遇诗人意气平。几次推敲欣得力，于今韩贾可联名。

寇莱公故里

澶渊决策挽天回，应自钟灵华岳来。重镇有门留锁钥，故乡何处觅楼台。当时共泣江干竹，遗老犹传鼻息雷。乔木西风祠宇在，还留子姓守蒿莱。有裔孙守祠。

郭汾阳故里

削平安史展雄谋，唐室中兴第一流。戴德羌戎如父子，酬勋奴仆亦公侯。园荒乔木无红杏，世远遗孙有白头。自古功高多震主，如公大节复何忧。

望华山

青天突兀插芙蓉，车上遥观翠霭浓。万笏都来朝白帝，三秋共讶起苍龙。苍龙，岭名。披云高竖仙人掌，点黛轻描玉女峰。梦景依稀应似旧，还凭阁上认前踪。先佥史公少梦游华山，及按秦中，所见皆似梦境。

西岳庙古柏

金天肃杀位在西，白帝宫建华山后。穹窿巨碑文字奇，郁葱古柏分左右。上溯商周逮汉唐，阅数百载栽培厚。历门三重树参天，连枝交荫相比偶。疑是岳灵仪仗排，诡形异状无不有。旗纛前驱走苍龙，銮舆将驾起潜虬。衙官端笏立森森，武士被甲容赳赳。面目凹凸神貌狞，毛发蓬松鬼状丑。羽士徐行导我前，夸张述古细分剖。老子度关曾系牛，铁缚老干颀而寿。老子系牛柏，以铁锁固之。秦王金甲挂低枝，千年化去骨已朽。挂甲柏，已化去。日月不到浓阴垂，鸟雀不喧长风吼。半空忽涌沧海涛，平地突伸巨灵手。长狄侨如率弟昆，龙伯国人横臂肘。岂无枝枯与腹裂，狂象吐牙狮开口。乱根踞地蛟螭盘，苍皮缠身铜铁扭。旁欺老槐牛偾豚，皮裹小榆虎吞狗。一槐在柏旁，裹入其腹。一榆又为一柏所裹，并立。宅近少昊傲霜雪，翠接岳云参星斗。足傲岱岳大夫松，将拟庄生支离叟。圣祖翠华西临幸，草木沾被恩光久。父老护惜不敢伤，灵祇自有鬼神守。九曲河势抱宫墙，三峰霞光落户牖。仙人脚踏青莲花，下视华阴频伏首。我今重游久徘徊，空中翠云落杯酒。

过崤地

秦兵骄悍入中原，灭国犹余劲敌存。只顾驱车来鼠穴，谁知伏莽若蜂屯。二陵风雨青磷泣，三晋河山白日昏。到处黄尘迷望眼，骚人凭吊足销魂。

宿铁门

历尽崎岖路几盘，铁门投宿暂身安。升沉往事如灰冷，嘹呖征鸿怨夜寒。小雨愔愔人梦觉，残灯黯黯鼠声欢。明朝欲向新安去，犹恐前村道未干。

夹马营

五代生民干戈里，朝汉暮周无底止。焚香祝天望圣人，夹马营中红光起。群雄僭窃方纷争，谁知检点作天子。乾德真人挥玉斧，建都还思近乡土。五星聚奎文教兴，杯酒释兵不尚武。不夸佐命无冯道，能读《论语》有赵普。虽是英雄自天生，煌煌制作能法古。创立基业付太宗，遗孙犹为江南主。吁嗟乎，清流关下展雄图，诛逆破敌如摧枯。黄袍加身为天子，可惜依样画葫芦。天下得自孤儿手，他日人取赵家孤。留赵村，今已无。夹马营，土荒芜。天津桥上行人绝，日暮惟闻杜鹃呼。

丘陇

日夕多悲风，丘垄惨孤耸。下有陈死人，惜哉墓木拱。昔人不可作，今人厚自奉。安知歌舞台，下无死人冢？白骨作灰尘，红颜杯方捧。安知歌舞台，不复为丘垄？化机不暂停，盛衰方接踵。秋蓬如转环，几人神为悚。

渡黄河

黄河入海天为岸，激浪拥沙势骄悍。我来河流已半枯，仍复骇目惊弥漫。旭日才出波不兴，红霞映水光凌乱。丈夫不得万里乘长风，便思浮槎直上贯银汉。成都曾看支机石，为真为妄辞莫赞。天上银河终归海，沧波桑田未变改。地上黄河可通天，清波一带阻飞仙。我欲持石问仙子，元化胚胎从何始。可怜天上一滴水，滴到人间浊浪起。决堤溃大防，百万生灵鱼鳖矣。又欲顺流往观东海东，左攀扶桑枝，右把玉芙蓉，蹴蹋鼋鼍宫，鞭笞蛟与龙。勿使河伯为虐，百万金钱耗大农。胡为自向尘埃堕，南北奔走为穷饿。长途困顿薄笨车，一叶扁舟可暂坐。我今归向海西头，黄河入海拍天流。派分九支故道塞，且向般溪弄渔舟。

韩文公故里

天地正气萃中州，笃生大儒异凡俦。二程夫子犹后起，韩公道统接孔周。仕宦贫苦遭贬斥，旁人讪笑公不忧。佛骨虽枯佛法盛，流毒中国吾儒羞。风霜入笔霹雳舌，一语能镇千人咻。驱山移海拓宇宙，披云扫雾开群眸。岂独文章起八代，能与斯道砥中流。群推知己苏碑在，百世师法非悠谬。胸罗万卷无巨细，石鼓禹碑费冥搜。惜公大材未见用，庙堂雅乐无鸣球。柳州文与潮州敌，惟公道义垂千秋。骐骥呈材万马退，凤凰一鸣群鸟休。至今配享列两庑，岂独故里庙貌修。吁嗟乎，后来紫阳欲夺席，力索疵垢吹毛求，公心光明又何尤。

淇县道中

车声历碌马蹄轻，自渡河来慰客情。淇水征帆随日转，太行晴雪与云平。归林鸦带寒声急，投店人稀暮霭横。我亦仓皇来旅次，犹怜瓦砾满孤城。城新修。前遭变，瓦砾犹多。

过滑县感事

我今复经滑城路，请君听我滑城歌。滑城荡荡寇难上，何为瓦砾委青莎。剧贼逆谋分鼎足，外联形势中未和。天下根本在京邑，中原扼要属黄河。山左咽喉据漕运，常山蛇势能揣摩。是时天子方巡幸，抚绥藩国观秋禾。奸人窥伺欣得计，南北潜通会群魔。反谋预泄事难缓，滑贼先据城嵯峨。县官殉节泣神鬼，烈妇身戕志不磨。有诏遣师元戎出，士卒衔枚排鹳鹅。旁连逆党相掎角，翦其羽翼技无他。贼众凭城恃险固，鱼游釜中唤奈何。火自地出轰巨炮，军从天降挥霜戈。先登斩将虓虎入，后劲腾跃飞鸟过。火焚鸿毛投大冶，水灌蚁穴泻洪波。渠魁透围将逃死，依然授命兔投罗。都城伏寇兵莫援，旋缚巨憝歼么麽。山东寇起遥相应，沧海流血斩蛟鼍。生逢圣代不安业，自投炎火如飞蛾。除恶既尽施恩普，十年生聚缓催科。遍颁圣谕化愚蠢，四方顺轨无谴诃。我歌已毕驱车去，归学农圃老烟萝。

聊城怀鲁连

独守孤城志不移，燕臣毕竟是男儿。得书能使全名节，一矢贤于十万师。
不肯尊秦惜帝名，千秋大义重先生。宋家南渡称臣日，转使胡诠被谪行。

过茌平感马周事

英雄碌碌叹劳薪，半世功名忽绝伦。皮相亦知天下士，鸢肩火色更何人。
奇才何必尽登科，莲幕犹能以礼罗。自古荐贤蒙上赏，忌才偏比爱才多。

过茌平有感

曾记驱车过茌平，燕巢新换不知名。琵琶声急歌喉转，十五年前旧客情。

少年行将至齐河，感而赋此

游侠少年鸣玉珂，被服齐纨兼越罗。离陆长剑频摩挲，意气豪俊冠三河。有美目成颦修蛾，金樽劝酒醉颜酡。丹唇皓齿发清歌，先唱子夜后阳阿。才抑忽仰舞婆娑，欲进仍退步徐挪。回身香散长袖拖，花朵随风袅枝柯。蜻蜓侧翼轻点波，佩玉鸣珰声相磨。凤钗微颤插翠螺，斜睇流盼颊微涡。欲托松柏附女萝，鸡鸣宵短奈若何。更约南浦踏青莎，兰舟荡桨观碧荷。手采莲子口吟哦，但道莲子苦心多。

望见华不注山

一别青山历几春，归从云栈走风尘。半空云敛孤峰秀，乍喜眉开见故人。

王培荀诗文辑佚

一、修城记

道光乙丑冬，余承乏来荣。到任之始，周视城垣，规模宏阔，惟北门颓敝。问故，云："前任马公修补时方向不宜，因循未整。"西门较完，亦有损坏，不修，将与北门等。退而考诸邑乘，虽屡有修葺，而从未有记。夫平时若不急之务，而因仍不举，后日必有为之悔者。况城为仓库、监狱所托，数万生灵所系，此绸缪未雨所迫不遑待也。往者逆匪之变，所至蹂躏，庙堂为之旰食，闾里纷然，惟高城深池，得以保聚无恐。荣之所以无患，未必非前任诸公修葺之力，有以折其萌也。幸而皇威耆定，父老享太平之日久矣。河堤千里，蚁穴必防；太行万仞，跛羊可登。古人慎其微，亦惧其渐。余欲终马公前功，非徒为观美之具也。壬寅，延绅耆聚谋，佥谓俟秋后募金。钱所费，尚不甚奢。适海疆有事，劝谕捐输，几及万金，势不可重烦吾民，决意捐廉自修。请于上宪，允如所议，及时修补。未几，霖雨连绵，桂林山畔崩塌二十四丈八尺，又崩塌十丈九尺，功未及举，膨裂者更十余丈矣。计费，视前更巨。值秋闱调帘，暂辍其役。旋任后，勉力从事。念城之坏，由堤不固，乃修东门外护城堤五十四丈、西门外护城石坎丈余，撤北门楼新之，西门亦加补葺以次，而垣墉屹屹矣。考前任马募绅士农商银几五千两，自二月至六月而功竣，财饶，事易集也。余兹捐修，为功少而历时久，殊愧才短，惟思各上宪念切，民依恒以城之完固与否。殷殷是图，自惭无以报称。既得蒇事，如完夙负，与吾民永享无事之福，沐皇仁于无已，岂不休哉！

道光《荣县志》卷三十四《艺文志·国朝文》

二、凝翠楼记

城中少山，山上祠宇参差，竹树茂密，纬以平畴绿野，此境为难。署中少园，园中多水，多竹，多亭馆花木，此境为难。两境兼之又难，而吾以一楼专之。荣署西偏，地势凹下，为园三四亩，自听雨楼之南，石磴逶迤，红栏曲折，过停云馆，下至会心不远斋，由斋过石桥而北为镜香亭。四面皆水，夏日荷花大放，消暑最宜。园以竹为藩篱，杂植芙蓉、紫薇、木瓜、绛桃，掩映亭畔，以时代谢，而芭蕉、杨柳、皂荚，垂青拥绿，以补其缺。此前人培植之力，而予坐享其逸也。第一园之景，一目可了。北有知稼亭，地基颇高，可望园外，而亭小地僻，不耐久坐，亦一憾也。今秋，内宅西偏一室忽圮，乃就悬崖为楼，厂其前，后与知稼亭相对，小桥联之而围以墙。公余，静坐楼中，俯视园内，池光如镜，花木蔚如。外见平野旷杳，城内外山耸峙蜿蜒，翠扑几席，遂名之曰“凝翠”。夫好游览而登陟为劳，爱池亭而修筑非易，兹丈余斗室，极旷如奥如之胜，是前人所未及，而予之所独得也，乃作记刻石。道光乙巳季秋时，般阳王培荀记。

道光《荣县志》卷三十四《艺文志·国朝文》

三、宝剑篇有序

邑孙司马后裔家传古剑，悬于画室。滑县定陶教匪之乱，夜间主客共言贼势猖獗状，忽壁上响声甚厉，剑出鞘者二寸余，始知剑神物也。移诸内室，遇生产，剑铮然复响。拔出视之，裂，有微缕光，暗如顽铁矣。嗟乎，平时不知宝贵，既重之，又置非其所。古豪杰烈士埋没风尘，偶露本色，不可遏抑，终致挫折不可复用若斯剑者，可胜叹哉！王子悲之，慨然作此。

欧冶不存赤堇竭，壮志说剑心空热。曾闻三尺靖风尘，神物往往归英杰。孙司马剑传子孙，几次杀人饮人血。前年匪徒肆猖狂，攻城破邑未扑灭。主客围炉谈妖氛，戛然长鸣飞电掣。骇顾壁上落微尘，剑跃出鞘光如雪。有如豪侠闻不平，怒发冲冠眦尽裂。奈何秽气适相遭，铮然有声成顽铁。有如奇人逢谤诬，剖心碎首甘决绝。遇时不偶落凡夫，英雄为之泣呜咽。恨不早入荆轲手，快斫祖龙愤气泄。誓与海内翦凶逆，借报私仇应不屑。不然丰城沉埋千百年，夜夜斗牛紫气万丈彻。

宣统《三续淄川县志》卷十《三续文学》

四、校昆仑山人诗集有感

最是渔洋赏鉴真，纷纶万卷笔通神。昆山自负连城价，翠袖空为绝代人。渔洋以“绝代婵娟”品目。常向郢中歌绝调，终怜海右老遗民。康熙十子堪方驾，屈指骚坛少隐沦。十子皆仕宦，先生未通籍，不得与。

咏史争传百一诗，皆咏明事。兴亡历历不胜悲。如倾万斛伤心泪，写出千秋绝妙辞。白发宫人谈旧事，烂柯仙客覆残棋。后庭歌罢前朝曲，冠古才名海内知。

零落残编未易寻，唐豹岩序中诗目多不全。先生著作本如林。三峰华岳盘云峻，九曲河流到海深。灭没难求元晏序，渔洋先生曾为作序，集中不载。悲歌谁识少陵心。衰年自恨花生眼，半夜挑灯仔细吟。

每怪书佣笔墨荒，别风淮雨费参详。休从粉黛论西子，净剔泥沙得夜光。得句神来囊剩锦，成仙蠹后字余香。幸邻名士资商榷，从此鸿篇赖表扬。时与刘乐山相为校勘。

宣统《三续淄川县志》卷十《三续文学》

附　录

一、王培荀传记资料

（一）宣统《三续淄川县志》所载王培荀小传

王培荀，字景淑，号雪峤。道光辛巳举人，举孝廉方正，大挑一等，以知县分发四川，补荣县。政事之暇，与邑人士赋诗唱和，镂版行世。任满告归，与同乡王春舫太守结伴同行，于路赋诗甚多，有《蜀道联吟集》一卷。又著《寓蜀草》《乡园忆旧录》《听雨楼随笔》《管见举隅》诸书。旋里后，主讲般阳书院，启迪后进，犹循循不倦。孙肇沅，邑廪生，亦能传其家学。

（二）《王氏家谱》所载王培荀小传

王培荀，字景淑，号雪峤，行二。道光辛巳恩科，中山东乡试第四名，保举孝廉方正。乙未大挑一等，分发四川，历署酆都、荣昌、新津、兴文等县知县，癸卯乡试同考官，特授嘉定府荣县知县。配袁氏，耿家庄太学生居宽公女。子一。女一，适董家庄邑廪生孙在洵。公性鲠直，不喜滥交。驭下严而有恩，居官未尝要名誉，虽当道或不悦，不以介意也。喜俭约，而于故旧多提携资助。诸兄弟窘乏，皆分俸以济。归里，课侄孙，不预外事。苟利乡邻，则任劳任怨不辞。尝欲买宅购家祠，以事中阻，未遂厥志。少攻制艺，为乡先辈推重，窃绪余者往往掇巍科以去。出宰后乃稍稍为诗，古文词落笔即工，识者方绪高达夫、苏明允诸先生。易箦日犹手一卷不辍，盖平生以读书为性命也。卒年七十八。著有《听雨楼随笔》《乡园忆旧录》《雪峤闲录》《雪峤日记》《学庸集说》《管见举隅》《寓蜀草》《蜀道联辔集》若干卷，藏于家。

（三）《孙伯琴先生遗集》所载《王雪峤先生行略》

先生名培荀，雪峤其字，世居淄川大窎桥。道光辛巳举人，选举孝廉方正，以大挑一等分发四川，历任新津、荣县等知县。致仕归，年七十七岁而终。先生天资高明，博学，通经术，工诗古文词，而吏治尤卓卓，以循良著闻。令荣县时，县有巨盗，前任莫敢惩治。先生下车，廉悉其踪，躬率丁壮擒之，置诸法，邑始安谧。为政不尚烦苛，专用文学以泽吏治，常以朔望集诸生讲经义，必反而归诸身心。署故有听雨楼，政暇辄集邑中俊髦，赋诗其中，拔其尤者付梓，以奖励之。由是士人鼓舞，多娴风雅，而风气为之一变。莅荣六载，颂声翕然，有“王婆婆”之号。以不善事上官，不获升擢。莅后有卓异之举，而先生翩然告归矣。先生之学，兼取二王。莅荣时，尝与刘芷堂先生往复论学。刘名源，双流县人，为蜀中魁儒，于六经皆有注解，尝以所著就正先生。先生制艺名一时，而古今体诗尤造古人堂奥。曾文正公典试四川，见先生诗极称之。晚岁专宗杜陵，病革时犹手杜诗，吟哦不倦。生平著述甚富，其已刻者曰《管见举隅》五卷、《学庸集说》二卷、《乡园忆旧录》六卷又续二卷、《听雨楼随笔》六卷、《听雨楼吟社诗》二卷、《寓蜀草》四卷、《雪峤外集》一卷、《秋海棠唱和诗》一卷、《蜀道联辔集》一卷、《雪峤日记》十六卷。其未刻者曰《四书集义》五卷、《读书绪论》二卷、《雪峤闲录》十卷。晚年病邑乘繁芜，又经百年不修，因创为体例欲修之，不果而卒。门下多知名士，最著者为毕宗伯道元、王郎中建本。

二、旭阳赠别[①]

余莅荣，迄今七年有余，中惟调廉一次，与士民相习不为不久，历历默省，抱愧寸衷。濒行，多以诗投赠，褒扬过情，余窃自知。夫荣，蕞尔邑，地僻事简，以故听断绰有余暇，此由风俗淳朴，非余之才能肆应也。七八年间，岁称屡丰，民咸乐业，此邀天之福，非余之力能安辑也。土瘠民贫，家鲜金穴，以故夥盗不肯入境，非余之威能摄服也。斤斤自守，本免咎戾，皆由上宪宽恩，非果政无缺失也。至于纪物产，辑诗文，及为诸生讲书之作，不过公余消遣，甚不足道。但琼玖之投，意则良厚，情既缠绵，词更斐亹。山长廖东崖将汇钞遍视同人，笔墨不给，乃谋付梓。去冬决意引退，作诗以志。当时即有和者，因合为一。异日者蜀道天上、岱岳云间，披东海之雄风，望峨眉之秋月，怀人不见，听雨无聊，存此一编，诸君面目性情，恍遇于楮墨间也，而余此日雪鸿爪迹亦依稀可认，然则是举亦不谓多事矣。道光己酉夏，雪峤道人王培荀识。

决计引退，诗以志别

王培荀

老屋门前柳十围，萍踪无定寸心违。方塘断梦悲春草，紫玉成烟对夕晖。晚岁频增儿女累，他乡惟盼雁鸿飞。《遂初》有赋频年觅，垂白方知决计归。

琼楼高处不胜寒，谁道卑栖也可安。腐鼠久尝浑忘臭，蓼虫自苦漫云甘。天涯骨月归乡急，客路知交判袂难。桃李春晖明岁艳，花封栽遍好谁看。

---

① 王培荀辑《旭阳赠别》，多涉时人对其为人、为学、为政的评价，具有重要史料价值，此将全书纳入《附录》中以供参考。

万里来游亦夙因，当场偶现宰官身。调羹厨下愁新妇，佩犊田间愧古人。只契文章如性命，岂缘名利扰心神。折腰陶令归思急，不愿劳劳逐后尘。

出岫闲云那有心，归飞倦鸟乐投林。为园须种千竿竹，写意还凭一曲琴。吴市何妨遭白眼，燕台无复望黄金。春秋佳日多幽趣，好约朋侪次第寻。

招来宾友异才多，针芥相投意味和。浑忘形骸少拘忌，还将文物助搜罗。迟士、梅生为余采集诗词甚多。红莲香界罗杯斝，翠竹凉亭共啸歌。别去频萦千里梦，诸君雅量竟如何。

莲溪卷旆返乡关，翘首仙舟不可攀。余不及送。太守风流劳梦寐，故人诗笔重江山。缜亭先生诗皆警策。谁尝宦味心犹恋，触我离怀倦欲还。想象济南如在眼，白云开处露烟鬟。

茫茫尘世等劳薪，已是骑驴将去身。莲溪太守赠别句。白发盈头甘伏老，青山如故不忧贫。从知天地栽培厚，到底芝兰气味亲。宦海回帆知已晚，桑榆漫自转红轮。

巴山夜雨更谁同，同乡莲溪、春舫两太守皆去蜀，余或奉讳将归里。遥指乡园岱岳东。过眼衣冠优孟戏，无心得失楚王弓。由来入仕销豪气，自此还山守素风。案积群书无簿领，暇时絮语课儿童。

芙蓉城里几勾留，细数生平是快游。剑阁北连秦塞壮，夔门东下楚云浮。江山到处宜诗酒，家口驱人作马牛。回首峨眉天半落，良宵明月迥添愁。

窃禄三荣八载余，毫无报绩愧何如。无端市扰争言虎，有传余不能动履者，闻之上宪。当愿波平好养鱼。暮夜谁为非礼馈，当年曾读数行书。抚循心力徒劳碌，良莠田间未尽除。

群芳一岁一枯荣，耀日繁华那用惊。莫使天怀随处放。须知花样逐时更。鸿泥处处皆陈迹，鸥国时时忆旧盟。独有士民相习惯，将离高咏不胜情。

江汉文章赖主持，弹丸人物足称奇。客来偃室堪征品，士立程门庆得师。廖东崖、张海云两山长，功课称严师。短句长篇情历历，红灯绿酒雨丝丝。宦途情况君休问，冷暖亲尝味自知。二君皆将出仕。

催科颇不费追呼，未悉闾阎安枕无。旧俗士民敦俭朴，老年胥吏笑拘迂。最怜扑责频呼父，俗呼父为爷，民呼官为爷，是视犹父也。敢道佛心可化屠。自有贤能来作牧，莫频兴讼到堂隅。

昔年教读去他方，又接诸生在旭阳。相冀希贤敦道义，更期稽古沐芬芳。秀才风味吾深喜，科举功夫尔莫荒。试看新诗珠玉满，谁还格律溯三唐。《听雨楼吟社诗》刻成。

恭送雪峤王明府大人解组荣归

孔继达

南来正喜托棠阴，讵料芳苔忽异岑。化洽三荣碑在口，政成九载矩从心。育才尽种丰年玉，邑中寒士成就甚多。洁己谁遗暮夜金。在邑无敢干以私者。父老攀辕思借寇，可知惠爱被人深。邑人闻解组，无不叹惋，思以留之。

国政频闻在诵诗，以诗为政有谁知。性情既理归陶冶，风化维新借转移。《听雨楼随笔》多集忠孝节义，读者莫不兴起，故邻邑多盗，而荣独无。始信醇儒非俗吏，更钦慈父即严师。邑中生童，多送诗文就正。般阳自是多狂简，都望先生教泽施。

憾不相逢十载前，吹竽滥列更惶然。鄙作亦刊入集中。等身著作高千古，名世文章括两川。漫说登门人共羡，深嗟立雪我无缘。戊申，与诸文士结吟社。达腊底方来，未与诗会。奇书幸得同欣赏，朗诵时流口角涎。蒙惠《管见举隅》《寓蜀草》《忆旧录》《听雨楼吟社诗》《外集》《秋海棠诗》。

衣锦翩翩返故园，河梁饯别酒盈罇。山连夹谷开新墅，水涨明湖忆旧痕。白社联吟偕少长，青灯课读有儿孙。历亭若遇秋风起，雁过还期赠一言。

恭送雪峤老父台大人荣归

廖朝翼

泰岳慈云荫旭阳，多栽桃李艳春光。心清耻学鸡豚察，政肃能教虎豹藏。案牍余闲邀客饮，朱门奔走笑人忙。乡闾安寂无尨吠，不信邻封寇盗狂。近年邻邑皆有国匪，惟荣独寂然。

隐迹荣梨阅数秋，室因公至识言游。翼素教读于乡之荣梨山。壬辰，公来，始延居凤鸣讲席。相期弄笔如鸣凤，不笑营巢似拙鸠。回首乡园书毕录，关心邑乘手亲修。闲来许共谈风月，凝翠楼兼听雨楼。

大开吟社订诗盟，字字推敲鉴别精。方虑粗材难造就，竟蒙巧匠曲裁成。登龙客尽增声价，附骥人都著姓名。爱士不嫌宏奖过，漫夸雏凤有清声。荣少能诗者，公以风雅教士，而学音律者蜂起，即哲儿亦蒙奖励。

《举隅》书出细谈经，耻向陈编共乞灵。所著《管见举隅》，发明五经精义，皆出自心裁，不落前贤窠臼。嗜学浑忘头已白，怜才不惜眼垂青。邑中寒畯，多蒙给以薪米卷赀。少陵广厦欢寒士，务观高斋续典型。放翁在荣，有题高斋词，又有《高斋小饮》诗。帆指济南休漫发，多人卧辙在长亭。

恭送雪峤老父台大人锦旋

张轩鹏

曾诵鸿文仰决科，向从坊刻中得读公辛巳科乡墨。分符来暮又兴歌。言游室许因公至，杨子亭时载酒过。身老尚能亲案牍，才优岂任隐岩阿。毛生捧檄仍需次，宦海升沉问若何。轩大挑以知县用，尚未咨取。

纂修邑乘沐裁成，公续修县志，委轩采访。吟社诗呈斧削精。学待《举隅》多创解，书刊记日广聪明。《听雨楼吟社诗》《管见举隅》《雪峤日记》俱刻成。

循良绩奏应无愧，风影讹传不必惊。有言公不能步履者，上宪调验，知系讹传。记得鲰生辞聘日，再三挽驾表真诚。

雪峤老父台留别荣邑，士庶敬和

丁光陛

藩封旧治古荣城，凫舄飞来众共迎。似水臣心盟早洁，如铜士行守尤贞。已看膏雨随车下，不愧家风叱驭行。记取粉牌悬大字，泉流喜是出山清。侯每下乡，隶前执牌，大书“分文不取”字样。

矍铄精神众共夸，放衙时听鼓声挝。侯年逾六十，精神特健。农安庐井牛争买，盗息萑苻犬不哗。蜀中棒客蜂起，荣独无扰。少妇也知侨[①]是母，有王婆婆之号。添丁合唤贾为爷。只今栽遍河阳树，春至齐开满县花。

儒生报国是文章，此念何曾作吏忘。祥、览自来称孝友，侯友爱情笃，见于歌咏。晁张而后见循良。宋晁公武、张价，皆荣州刺史，有德政。冤民诉许官梆击，署门设梆，有鸣冤者辄敲梆。校士衡持界尺量。县试卷，必亲阅，人服其公。漫说牛刀聊小试，歌风遗爱比甘棠。

猾吏奸胥总不仁，常将息讼谕吾民。照人秋月怀同朗，动物和风蔼似春。约法急于除害马，感恩深已洽游鳞。口碑到处听舆颂，不让当年召信臣。

结习难忘翰墨缘，等身著作刻成篇。诗书名论空千古，所著《管见举隅》，有《诗》《书》《易》《礼》诸论。文物搜罗遍两川。《听雨楼随笔》选刻蜀中人士及游宦流寓于蜀之诗。旧事频增乡国感，《乡园忆旧》刻山东人物名胜，诗甚富。闲愁偶为美人牵。《外集》有《惜春》《惆怅》等曲。觥觥大集牙签插，岂独重将邑乘编。邑志原板已坏，先生重为纂刻。

流水行云寄兴高，公余诗酒乐陶陶。词坛树帜操牛耳，倡结听雨楼吟社。衣

---

① “侨”，当为“峤”，指王培荀。

钵传家长凤毛。公孙、公侄皆髫年能诗。御李只应容我辈，识韩欣得接仙曹。几回清宴瞻丰采，心醉非关饮渌醪。

是慈父也亦严师，濂洛风流振在兹。艳说魏公荣晚节，谁知陶令促归期。传薪艺苑挥谈麈，时与两书院生童讲书论文，著有《读书绪论》。分润寒儒破俸赀。寒士不能读书者，给予薪米。应试，助其资斧。最是临歧频絮语，工夫莫负读书帷。留别诗有“科举功夫尔莫荒”。

一鞭风雪压征鞍，薄暮驰驱蜀道难。戊申岁杪，奉调验看。明月暗投犹按剑，虚舟乍触任翻澜。时有蜚语，谓侯不能动履，闻之上宪。白衣苍狗归何有，赤日青天未改观。道是功成身遂退，却听骊唱共心酸。

来何迟暮去何忙，惆怅荷英绿满塘。署荷池有亭，名镜香。八载丹心留治谱，五山翠色入诗囊。署中凝翠楼八景，皆咏以诗。楼头把酒怀今雨，署有听雨楼。江畔抽帆送夕阳。只恐上台推毂重，双旌重为士民张。

白雪阳春绝妙词，凭谁属和漫敲推。歌成弹铗能何在，滥列吹竽愧益滋。陛叨陪诗会，谬蒙许可，刻入集中，殊深颜汗。一夕顿增知己感，十年深悔见公迟。岱云归去霖安望，芳草天涯系我思。

雪峤老父师东归

吴　迈

走马燕台气壮哉，天教饱看蜀山来。一车琴鹤随行役，万里云烟付剪裁。师出都来，沿途有诗。博雅合登《文苑传》，循良聊试宰官才。鲰生拟献神君颂，惜少江花笔上开。

出山仍是在山心，夏雨春风几处临。前署兴文、新津、荣昌、酆都等县。爱士喜投千里刺，媚官难赠四知金。阳城抚字来何暮，黄霸宽和德已深。师莅荣凡九年。汉室孝廉科最重，只缘循吏要儒林。

单车九载驻荣阳，不让王尊继赵张。前令赵及庵、张寅卿，皆有惠政。令自在官为父母，人谁当道避豺狼。连年邻邑多盗，荣独安定无事。厚捐鹤俸提寒畯，寒士辄给薪水。薄责蒲鞭养善良。折狱未尝繁刑。毕竟爱民民亦爱，称觥介寿满公堂。师生日，士民上寿者甚夥。

安用人间万户侯，牛刀小试倍优优。兰陵书局追荀况，师暇日以著述自娱。剑阁诗编续陆游。名士从来忘宦味，通儒老去尚风流。等身著作归囊富，不数当年米芾舟。

是翁矍铄更谁如，退食分阴不肯虚。师性勤，皓首而神明不衰。巴蜀文章归剔抉，《听雨楼随笔》皆蜀人及官蜀人诗词。河汾传注待权舆。《管见举隅》多发前人所未发。

浑交薄海为同调，直补前贤未著书。他日帝廷修四库，定征遗稿付钞胥。

官廨频年聚德星，斯文佳会竟忘形。却因下士筵浮白，师与幕客及邑中士类作诗会于听雨楼。非遇高朋眼不青。谒见者无敢干以私。虚座累当风月主，看花多上镜香亭。镜香亭池荷甚开，招文士赏宴。流莺住久伤春去，也费啼声动客听。

曾随多士谒官衙，弄月吟风兴倍赊。诗会，迈亦与焉。山与师恩谁较重，师初试荣，拔迈榜首。日当文宴不嫌斜。每诗会，清谈竟日。剧怜裴迪酸寒甚，难得维摩礼貌加。桃李在门公手植，未知能作几时花。

五陵柳色雨中昏，借寇无因得系辕。诗带离声难卒读，师有留别诗十四首。人当送远易销魂。步趋事竟分今昔，清白名还重子孙。却恨东山云树隔，不能高望隐君门。

送雪峤父师归里

郝元琛

久期霖雨济苍生，报国王尊蜀道行。夹路烟花诗思远，一车琴鹤宦囊轻。山因到眼从头认，水可澄心澈底清。长与三巴留雅话，文翁儒化再观成。

棠阴处处普春风，转盼凫飞旭水东。惠及十年称父母，才从百里老英雄。有方弭盗推虞令，无计攀辕借寇公。最是福星临一路，西南佳气郁葱葱。

孝廉科第宰官身，仕宦依然道学亲。兴到放翁吟句健，年来老子著书新。贫官归橐惟千卷，名士天涯有几人。东去何缘赠相识，蜀山图画满车轮。

吏庭清冷绝私干，独有文人谒见欢。青眼讵能加俗客，白头犹自振骚坛。工诗更觉论诗细，爱士翻怜得士难。我本不才叨训诲，睽违何日复瞻韩。

送雪峤父师归里

周室辅

出山志在济苍生，九载荣州治谱成。化雨随车欣黍膏，公自辛丑来荣，连年丰稔。春风入座听琴鸣。田无稂莠螟先去，社接枌榆犬不惊。蜀多棒客，惟荣独无。正喜甘棠阴共托，西郊何忍送行旌。

由来循吏属醇儒，政事文章本不殊。伟论纵横能破石，《管见举隅》一书，发前人所未发，见之莫不珍之。新诗咳唾尽生珠。《寓蜀草》《听雨楼》《秋海棠吟社》诸诗。好从著作窥精奥，幸荷陶镕就楷模。辅肄业凤鸣书院，课卷常蒙笔削。科举莫荒言在耳，留别诸生诗有“科举功夫尔莫荒”之句。风流长此忆韩苏。

送雪峤父师荣归

张凤仪

蟾宫高折桂花香，为扇仁风到旭阳。杜绝苞苴心似水，扫除稂莠气如霜。爱才公欲悬高榻，得句人争贮锦囊。借寇只今无此例，白云空望拥山冈。

自古循良本宿儒，况分鹤俸共沾濡。泽遗召伯民争颂，教播文翁士竞趋。艳说虚堂悬一镜，那堪仙舄化双凫。攀辕不住长亭送，欲倩倪迂写画图。

送雪峤父师东归

周永勋

仙凫飞下大峨东，坐镇三荣保障雄。官廨月明秋水白，讼庭人静落花红。书斋万卷侔公武，诗笔千年接放翁。却感龙门高莫及，曾教小草沐春风。

循吏儒林一手持，民之父母士之师。曾惊召父东都去，翻惹王维别墅思。旭水禽鱼濡雅化，泰山猿鹤盼归期。幸留旧著奇书在，开卷如亲训诲时。

送雪峤父师大人锦旋敬赋

刘德刚

飞凫九载集荣州，敷政宽平本学优。操术全凭书万卷，澄心好似月三秋。几同雉伏夸黄口，惯领雷封到白头。毕竟达人无俗累，海风动处急回舟。

几处儿童竹马迎，水泉何止在山清。不缘俗例趋时局，只借新诗壮宦情。政事赵张能继美，文章黄陆快齐名。门前桃李栽来好，逢着春风便发荣。

长沙珍重惜分阴，老去王通嗜学深。论出荆公多创解，弦弹蜀国有元音。偶谈风月招词客，快吐珠玑惠艺林。《循吏传》兼《文苑传》，他年国史待探寻。

两袖清风办客装，攀辕无计挽王阳。骊歌一曲情千叠，柳色双堤泪数行。此日临歧离杖履，何时请业到门墙。自惭由瑟还如昔，难侍东山旧草堂。

送邑侯雪峤先生归里

林显泗

九载山城费护持，一朝云水系相思。甘棠政绩心知苦，旭水文章力起衰。不与红尘争晚境，偏于白社觅闲诗。长留子惠声盈路，难别公归锦里时。

回首三荣景色殊，南风柳岸促征途。清高靖节依春柳，潇洒知章乞镜湖。

书画一船人磊落，关山千里路崎岖。宦游六袠还桑梓，为问公乡近有无。

送雪峤夫子大人回里

孙维桢

醇儒现作宰官身，九载同安抚字仁。棠植西川留惠政，樽开北海邀诗人。频刊著作名山富，饱贮书装宦橐新。料得渊明归趣乐，百花为住四时春。

振兴教养意拳拳，欲去难回送别天。肯构先期营绿野，攀辕迟望选青钱。西川诗史编前辈，东国文章起后贤。坐我春风今远隔，问公衣钵向谁传。

雪峤老夫子大人旋里

黄　洁

自来循吏出醇儒，双舄飞来竟化凫。雨露频施沾草木，猛宽交济靖萑苻。人游花县春同永，曲谱琴堂讼欲无。方冀神明长作宰，如何乡思动莼鲈。

怅望仙舟返故乡，人怀遗爱对甘棠。楼头无复同听雨，镜里曾叨共挹香。两腋清风携满袖，一船书画作归装。痴心拟效攀辕计，无奈骊驹驾已忙。

雪峤夫子大人东归

余祥钟

岱岳钟灵秀，斯人大雅宗。抗怀贤哲上，放眼古今空。不屑求温饱，真堪启聩蒙。屹然标砥柱，能障百川东。

雅擅文章誉，衙官屈宋俦。读书破万卷，秉笔足千秋。听雨编何富，谈天识最优。《管见举隅》中有《天论》二篇，识议俱超。爱才真似命，只字必搜求。

李杜今犹在，泱泱表海风。奇才思吐凤，余子薄雕虫。不必宗唐宋，自然叶徵宫。王贻上高念东两前辈，气概孰如公。

骥足无从展，腰悬百里符。十年勤抚字，四境息追呼。春雨讼庭草，秋风豳国图。辖轩如见访，蜚语岂能诬。

曩日公分校，终军未冠年。居然膺鹗荐，乃尔阻鸿骞。六载关河感，三生文字缘。何时永康里，立雪绛帷边。

为我谋家室，心如父母慈。未忘伤逝意，重谱合欢词。宇下欣能托，闺中早受知。感恩真不朽，同此泪双垂。

不觉风波险，人从宦海过。田园随分足，书卷比人多。策杖应登华，携家又渡河。隆隆增著述，有乐寄盘阿。

不忍见公去，先携阿妇归。云山愁叠叠，魂梦转依依。厚爱何时副，知音自此希。临歧无限意，惆怅远相违。

相识诸君赠别之作联翩而至，词雅意深，愧无以当，而心赏之余兴复不浅，依渔洋《秋柳》原韵成四律，枕上懒于检韵，草成以博一粲

王培荀

高吟别赋黯消魂，流水声中出县门。鸿雁泥深留爪迹，青衫酒涴带香痕。云天遥戴峨眉月，海岱深藏薜荔村。暑雨炎风催客驾，塞怀心事不堪论。

敢云春雨并秋霜，惟有清心对玉塘。比户未能消雀鼠，频年窃喜富仓箱。诗无佳句空游蜀，舄愧飞仙也姓王。云栈千盘行缓缓，几番回首碧鸡坊。

翩然遂我旧时衣，梦里家园醒后非。听雨楼头新笋长，停云阁外旧花稀。知心宾客临风叹，脱口珠玑着纸飞。此去行装增气色，谁云拙宦与时违。

风光触目最堪怜，秧满平畴水带烟。郊外人多情郑重，林间鸟亦语缠绵。应知此别成千古，不觉相依已九年。旧雨有缘还把臂，他时游宦鹊华边。

敬和邑侯留别原韵

云　空

骊歌渺渺黯消魂，一路莺花送剑门。情逐西山云有影，清澄秋水月无痕。平畴遍立人耕野，安堵无闻犬吠村。何期又遇中牟宰，事同三异政同论。

发为忧民暗点霜，投钱饮马到荷塘。广培桃李阴三径，采辑琳琅叠满箱。窃棹侯归群挽邓，登楼人赋合思王。口碑传播仁风远，廉吏争看德政坊。

临歧攀辙泪沾衣，回首相依事已非。金鉴玉衡人渐远，高山流水调将稀。讼庭空忆花犹落，绣陇争传雉不飞。易俗文翁同化蜀，知公心事不曾违。

满眼苍生剧可怜，牵车何遽走蛮烟。三生文字缘难了，万里关山意邈绵。别后须眉思种种，回沾雨露感年年。恋巢彩凤翔云表，群鸟空啼落照边。

敬和邑侯留别原韵

余长川

忽听骊歌欲断魂，仆夫攘攘候公门。追思往日承诗训，难免今朝带泪痕。

一片仁心真父母，九年恩泽遍乡村。长怀德意歌难尽，百里清风孰比论。

计住荣州已数霜，几经诗思梦池塘。仁心惠政宣闾里，佳句新联满箧箱。团扇自今同画陆，甘棠以后合思王。何时共约苍黎辈，万景楼中建德坊。

飘然归去曳轻衣，是否渊明觉昨非。宦海沉浮心洞澈，故乡山水梦依稀。已将德政留人仰，还作慈云共雁飞。笑煞英雄多少计，归田心愿总相违。

桃花满县正堪怜，忽睹征旗绕翠烟。欲饯愧无三龠酒，感恩难报一铢绵。不期刘宠逢今日，又送君鱼胜昔年。从此骚坛谁管领，恋公心在日华边。

送雪峤父师旋里

廖兴哲

双凫飞到古荣州，一片慈云覆上头。桃李开成花县好，参苓采得药笼收。月课及县试，公皆亲自阅卷，不假手于人也。扬风正遇袁宏扇，载石偏回陆绩舟。何日儿童迎竹马，桑麻深处复停驺。

镜香亭畔日清佳，曾侍华筵写素怀。方愧雕虫难入选，竟容附骥得相偕。荣叨下榻输徐孺，响听焦桐感伯喈。此际公归留不住，谁将风雅继高斋。放翁在荣依子城，作《高斋吟咏》。

送雪峤父师归里

李　苏

自古良辰，乐莫如春。君子莅止，粒我蒸民。膏雨润物，和风可人。披靡渐起，旧染维新。繁花如锦，绿草重茵。一邦大母，召父比伦。

薄言旋归，可畏惟夏。允矣君子，晋臣风雅。人歌二天，名登五马。剪除枳棘，长养梧槚。泽被荣州，棠荫四野。物阜民安，乐何如也。

大火西流，律报金秋。谦谦君子，神明之侯。刑清政简，近悦远讴。鉴澈星朗，月空当头。相济宽猛，并化竞絿。万民戴泽，德无不周。

峻岭乔松，蔚然在冬。乐只君子，古城高墉。纩挟壮士，帛衣老农。冰霜其节，圭璧其容。了翁遗迹，永绍芳踪。金门报最，宠溢九重。

送父台雪峤先生归里

黄文斗

保赤诚求猛济宽，循良一部揣摩看。诗书得意皆名士，山水陶情不旷官。

棠树阴多人爱日，槐花香满月凭栏。自惭未列彭宣后，欲衍河汾接绪难。

敢道豪吟百炼金，推敲也自见深心。功名志愿蹉跎甚，师弟情缘落拓寻。一去尚思春并育，重来还望雨成霖。公门到处多培养，桃李芬芳月满林。

送雪峤父台归里

赖庭珑

十载荣州抚字辛，移风易俗教施频。草生囹圄无囚入，花落琴阶有鹤亲。诗社联吟存稿富，棠阴遗爱戴德新。长亭献酒为公寿，海屋筹添百福臻。

送邑侯雪峤先生东归

邱维藻

昔日承恩出锦城，仁风化雨遍三荣。那知彭泽腰难折，只爱儒躬不爱名。
一树甘棠一树春，此邦争说使君仁。看穿仕路殊无味，又见抽身入海滨。
抛却繁华万事空，东归一笑海云红。淄川风景凭公管，放眼斜阳罨画中。
香山社里添诗老，神武门前许挂冠。从此放船烟水去，平川还把钓鱼竿。

送雪峤父师大人锦旋

林志高

闻说公将去，临风百感生。拈毫摅素悃，水流含咽声。忆昔公初来，儿童竹马迎。连年庆丰稔，政简复刑清。萑苻走群盗，桃李开繁英。公抱言游志，牛刀治武城。红莲浮绿沼，吟社结诗盟。裒然集成帙，丹黄点窜精。余力事著述，颉颃郑康成。伟论超前古，石破天欲惊。春风几披拂，小草亦敷荣。愧我质驽骀，未奋万里程。荷公青眼盼，东阁屡飞觥。癸卯赴秋闱，惠赐孔方兄。蒙赐卷金。公事见委任，如修县志、捐军饷，皆命高襄其事。小伎滥竽笙。拙作蒙登大集。新书颁数种，蒙赐《琴鹤轩诗》《听雨楼随笔》《寓蜀草》《乡园忆旧录》《管见举隅》。牙签一架盈。恨无琼玖报，向日葵心倾。何乃如张翰，系念莼鲈羹。九载绾华绶，一朝谢尘缨。天可焚香告，行里去来轻。万家思借寇，无例苦难争。西郊江水上，不忍送行旌。骊驹歌一曲，四顾泪纵横。何日重相见，欢笑写愚诚。公归乐颐养，千里共月明。

送雪峤老父师锦旋

汪 涵

男儿生不封万里侯，徒卧元龙百尺楼。食尽蠹鱼三万字，何如一识韩荆州。自古文章交有道，远志岂能终小草。纷纷桃李满门墙，谁继我公衣钵好。我公簪笏东海贤，双凫飞渡旭阳天。十年政教流下里，路人争咏《甘棠》篇。退食著书编岁月，讼庭花落狱早决。殷殷别具育才心，听雨楼中开吟社。列会群仙满玉堂，宾筵十二醉琼浆。镜香亭畔荷花暖，红英散处咏霓裳。我生无才本散木，卅年穷约守白屋。风流几沐令公香，鸮音才得泮林入。杨花漠漠开未齐，春好偏恨子规啼。一曲骊驹催酒进，花开满县草萋萋。

送雪峤老父台归里

云 空

羯帝紧催钟鼓响，五百袈裟齐合掌。蜺旌翩翩生佛归，献舞天魔扶竹杖。生佛昔从泰山来，生佛今向泰山回。泰山峥嵘何壮哉，灵气溟蒙毓群材。杨公邵公二公任嘉定太守，俱山东人。瑚琏器，美政遗爱难思议。纷纷捧檄下西州，牛刀割鸡聊小试。辋川家世近何如，笔冢墨池佐经畬。鹍鹏扶摇九万里，地窄天低志未摅。大才仅授三荣宰，清悬秋月生光彩。亦宽亦猛政和平，中牟三异今如在。衣共民寒饥共食，仙吏爱民如爱儿。弭盗清源谁梗化，月明无犬吠村篱。判余案牍读经史，山斗文章屹然起。落笔词翻沧海倾，把酒酣吟五岳屺。诗王开社筑诗坛，群贤白战气方酣。山僧拔戟冲小队，生龙可擒探骊难。听雨楼中听春雨，蕉叶竹叶声如鼓。公似霖雨泽苍生，岂肯市恩作小补。满县桃李花共看，鸡犬不惊闾里安。折腰忽辞陶令米，白叟黄童恋旧官。先生掉头未肯住，冲风沐雨走朝暮。叱驭休叹蜀道难，忠臣孝子同此路。猿啸三巴不堪闻，迢递关山怅暮云。离愁深似锦江水，风浪鳞鳞剪不分。吁嗟乎，东岱岩岩高难及，东海茫茫深莫测。广被万家生佛恩，海阔山高渺无极。薇盥焚香读瑶篇，空请《听雨楼随笔》等书存寺，以作镇山之宝。日日犹侍生佛侧。

送竹筠公子东归

云 空

西山杜鹃啼古木，倾家初酿新醅熟。底事王孙归便归，春草犹铺鹦鹉绿。攀花不恨人归东，攀花惟溯昔相逢。相逢青眼语从容，爱人冬日暖气浓。卫玠风神谪仙骨，吟肩瘦耸蜀山兀。乱花扶上镜香亭，醉邀山僧看新月。一朝把酒谱离歌，肠断离声奈别何。天半峨眉看不足，名山偏爱东山多。仆夫紧催客起舞，仆夫那解离情苦。秦栈纡回蜀云低，翩翩公子走烟雨。攀辕无语泪双垂，携手分袂届此时。明月清风君载去，西山好景属阿谁。有缘捧檄到川境，万点西山仍管领。飘飘闲僧等浮云，随风欲上泰山顶。极目望君君已遥，山前犹见旌旆影。蜀道青天路无穷，万里鹏骞云露骋。安得并州快剪刀，剪断离愁酌香醪。谁知魂梦犹追送，逾越关山不惮劳。

再呈雪峤老父台大人

张轩鹏

五年叨尘教，遗爱仰甘棠。酒载扬雄宅，琴调宓子堂。联吟诗共赏，课士艺同商。底事秋风起，莼鲈恋故乡。

闻说安贫惯，思归始买山。菟裘营已就，画舫载将还。钓弋身常暇，亲朋话共闲。倘逢飞雁过，遥望好音颁。

送雪峤老父师锦还

杨公华

宦海回帆赋《遂初》，惊心凫影去徐徐。恩情到处思公厚，踪迹频年愧我疏。每愿春风常入座，何当夏日竟驱车。怆怀最是登龙者，眼独垂青八载余。

十年此地理银黄，循吏名儒两擅场。严绝苞苴门似水，惯修书史笔如霜。桑麻课种千村乐，桃李飞花一县香。只恐平陵刘邑宰，苍黎未许束归装。

问字谈经记昔年，后庭丝管领彭宣。贫歌长铗嗤冯陋，异著中牟爱鲁贤。刻鹄谬邀宗匠赏，冠军又报竹林连。独惭雁塔虚悬久，辜负师恩意惘然。

骊歌忽听唱斜晖，祖道离筵怅有违。偶缺趋承犹恋恋，那容送别不依依。乞留侯霸今同切，归去渊明昨悟非。自是莼鲈怀故里，慈云更望出山飞。

送雪峤老父师荣归

杨晋亨

古有遗爱风，《甘棠》怀召伯。今更仰循良，槐堂昭世泽。宦游到三荣，群黎咸戴德。鸣琴将十载，永怀陶潜宅。至今赋《遂初》，声名犹籍籍。冰尝贮玉壶，镜如悬署额。生慕师政清，苞苴毫不责。生慕师刑严，比匪胆欲裂。

更有眼垂青，解推门下客。百朋逾格锡，怜孤逮清白。何时车复返，长以永朝夕。俾得载酒人，后庭资诱掖。一去不能还，幸余典与策。精神周万古，披读身受益。丈夫泪岂无，不因别离惜。自卜谒师期，师应不我斥。

送雪峤父师再呈

黄文斗

武陵春水桃花红，乘槎倒卷西南风。一片慈云竟吹散，谪仙不谪风尘空。当时只许谈风月，幅幅吟笺写清绝。却将风月拟师心，月白风清难比洁。千古诗人分两忘，公然由也许升堂。肯将朽木雕成器，百尺龙门望最长。谁知遽作《遂初赋》，羊昙欲见悲无路。著述虽存千万言，召伯甘棠终是树。鲰生未得随轻车，梦魂长绕天之涯。冷雨凄风独归去，门前桃李栽谁家。千里征轮道路遥，垂杨掩映风萧萧。只今惟有天边月，夜夜空随江上潮。

三、相关提要①

（一）《管见举隅》提要

1.《续修四库全书总目提要（稿本）》之《管见举隅》提要

《管见举隅》 光绪刊本

《管见举隅》一卷，清济南王培荀撰。王培荀，字雪峤，是书为其杂文，首论《易经》，次论《书经》，次论《诗经》，次论《春秋》隐公，次《礼乐论》，次《井田论》，次《气数论》，次《书韩文公〈原道〉后》，次《三教论》，次《为政宽猛论》，次《天论》，次《正统论》，次《大人小人论》，次《财论》，次《封建论》。培荀之学，华而不实，议论多而考证少。诸所议论，亦无甚见地，惟论韩愈《原道》，颇能持平，谓："韩子《原道》，名虽《原道》，意在辟佛。其以老子并论者，明圣道不得不并排二氏，其实以佛为主。朱子讥其不言格物致知，似谓韩子遗却入手功夫，此未深明韩子立言之意也。""唐惑于佛，患在风俗，故辨之于粗迹；宋歧于佛，患在学术，故辨之于性功。患在风俗者，庸愚皆迷焉，言不必深；患在学术者，高明皆溺焉，言不得浅。其世殊则旨各有归，朱子不得以之议韩公也。""朱子辨释老于毫芒，此平日察脉理、辨药味，未疾而豫防之法也。韩子明大道，挽颓俗，下针砭，去肿毒，此治标之术也。"又云："高行之僧，彼征逐利欲号为文人者，方愧服之不暇，又安能辟？故居今而以辟佛自命者，非

---

① 按，诸书提要，标点从原书。

迂则妄。天下未有无流弊，佛以清净为宗，沿而崇土木，积货财，甚至人主舍身，公主避地”，“生其世者，公卿迎合，穷民怨咨，有心世道之人倡言排之，此如景星庆云，不可多觏。《原道论》，言似粗疏，义实切要，念在君国，为一时计，而功昭万世”，议论平允，颇能去门户之见，为可取云。[①]

2.《续修四库全书杂家类提要》之《管见举隅》提要

管见举隅一卷 （清）王培荀撰

王培荀（1783—1859），字景淑，号雪峤，又号雪道人，淄川（今属山东淄博）人。道光元年（1821）举孝廉方正，历官四川丰都、荣昌、新津、兴文知县，又特授嘉定府荣县知县。归里后，主讲般阳书院。著有《乡园忆旧录》、《听雨楼随笔》、《学庸集说》等书。生平事迹见《（道光）济南府志》卷四十二。

此书共收文十五篇，前五篇专论六经，后十篇为《井田论》、《气数论》、《书韩文公〈原道〉后》、《三教论》、《为政宽猛论》、《天论》、《正统论》、《大人小人论》、《财论》、《封建论》。如论《周易》曰:“他经言理，《易》独标象。言理则语落边际，举此遗彼，立象则大小精粗无不包括，举一可该万也。”论《诗经》曰:“观于《诗》而后知圣王之教人，普以周，显而切也。”《井田论》称：“后世儒者好言井田，迂论也，断不可行。虽然，儒者多未察其理，拘于相传之一二语。依其言，不独今不可行，即古亦不可行；通其意，不独古可行，即今亦可行。夫今非能取田而井之也，而其法可师。”《正统论》称：“古有正而不统者，有统而不正者。既正矣，虽未一天下，亦可以正统归之，如昭烈偏安，而《纲目》以之接献帝是也。得统矣，而未出于正，如秦以暴，隋以篡，不能不以统归之，而谓为正统，不可也。”

书前有道光二十八年（1848）培荀自序，称间述旧闻，不泥一家，为童蒙计，非敢陈于博雅士。论者以为，培荀之学，华而不实，议论多而考证少，诸所议论，亦无所见地。

孙殿起《贩书偶记》载:“《管见举隅》二卷,《读书绪论》二卷，淄川王培荀撰，道光戊申至己酉荣梨官廨刊。”孙乃瑶《王雪峤先生行略》亦谓此书五卷。而此本版心有“卷一”字样，则此一卷本决非全本。此本据中国科学院图书馆藏清道光二十八年荣梨官廨刻本影印。（王献松拟草）[②]

（二）《寓蜀草》《琴鹤轩诗集》提要

1.《续修四库全书总目提要（稿本）》之《寓蜀草》提要

《寓蜀草》四卷　清道光刻本

---

① 中国科学院图书馆整理：《续修四库全书总目提要（稿本）》第12册，齐鲁书社1996年版，第88页。

② 司马朝军：《续修四库全书杂家类提要》，商务印书馆2013年版，第282～283页。

清王培荀撰。培荀字雪峤，淄川人，道光辛巳举人，历官四川知县，撰有《读书管见》、《乡园忆旧录》、《听雨楼随笔》等书。是集分古今体编次，每体一卷，前有培荀自序及徐子来序。培荀喜谈掌故，于乡邦文献及川中掌故每多留意。年五十始学为诗，其平生坎壈，胸中抑郁之气，因役役于时文，而不暇为诗。及乎年衰志颓，征逐风尘，耗其日月，鞅掌簿书，疲其精神，尤无多暇，故自序其诗，谓聊以拈毫者，半游戏如呓语，了不知何为汉魏唐宋。顾人不能无性情，天地不能无日月风云，人事不能无平陂得失，要皆与性情相感发。至于兴会流连，则随其人所得之深浅，诗固不论，要无不可言志。尝有句云："前贤一事差堪拟，五十学诗高达夫。"今统观其集中咏古并皆佳妙，如《秋胡妻》云："妾来非赴桑中约，郎看偏同陌上花。"属对工雅，得未曾有。又集中于蜀中故实及东人宦蜀遗事，亦多纪以诗云。①

2.《清人诗集叙录》之《寓蜀草》提要

寓蜀草四卷　道光二十七年慎思堂刻本

王培荀撰。培荀字雪峤，山东淄川人。道光十五年举人。官四川酆都、新津、荣县等县知县。熟习本朝典章制度，尤详乡土见闻。著《乡园忆旧录》等书。生于嘉庆二年，见《听雨楼随笔序》。自刻诗文有《汉嘉话别诗钞》、《琴鹤轩诗集》、《雪峤外集》、《听雨楼吟社诗》、《秋海棠诗》、《旭阳赠别》，皆道光间单刻本，今青岛市图书馆有藏本。此《寓蜀草》四卷刻于荣县，有自序，受业徐子来序。诗分体，不甚高格。然精于掌故，勤于咨访，故多质直可取。《道旁丐》、《川中鼠》、《火浣布》、《仓谷谣》、《端工行》、《盐井》、《火井》、《油井》、《嘉州竹枝》十四首、《筒车》、《纤夫叹》、《淘金行》，采摭事物，通乎俚俗。又多记苗族生活情景，以及白莲教起义事，俱得诸咫闻。为刘喜海题所刻《三巴䂮古志》长句，游武侯祠，咏杨升庵故宅，《阅小说演岳忠武故事》，记歇神滩桓侯庙，亦见博杂多识。培荀喜咏史，善为宫词。作《列国宫词》二十首、《战国宫词》十首。尤可称者，作清代宫词。自云："赋长门，悲团扇，遂为宫词滥觞。唐人宫词愈多，亦愈盛，玩其意大都才士不偶，借以抒其怨抑，非尽当日实事也。王建花蕊夫人专工此体，第窃据一隅，虽美亦不足重。"观其自作《宫词》八十五首，虽以歌颂皇朝为主，然得诸文人笔记、父老传闻，与前代述宫禁事者不同。兹删去最后四首，录此以飨读者。又《田家词》八首，亦属清史掌故，殆补述《宫词》之所遗云。②

---

① 中国科学院图书馆整理：《续修四库全书总目提要（稿本）》第25册，齐鲁书社1996年版，第676页。

② 袁行云：《清人诗集叙录》，文化艺术出版社1994年版，第2304～2305页。

3.《清人诗文集总目提要》之《琴鹤轩诗集 寓蜀草》提要

琴鹤轩诗集无卷数　寓蜀草四卷

王培荀撰。培荀生于嘉庆二年（1797），卒年不详。字雪峤，山东淄川人。道光元年举人，官四川荣县知县。撰有《读书管见》、《听雨楼随笔》诸书。此《琴鹤轩诗集》，仅一册，道光间刻，青岛市图书馆藏。又有《听雨楼吟社诗》、《秋海棠诗》、《旭阳赠别诗》各一卷，道光间刻，青岛市图书馆藏。《寓蜀草》四卷，按体编次，有自序及徐子来序，附《雪峤外集》一卷，道光二十七年慎思堂刻，中国科学院图书馆藏。自序其诗谓："聊以拈毫者，半游戏如呓语，了不知何为汉魏唐宋。顾人不能无性情，天地不能无日月风云，人事不能无平陂①得失，要皆与性情相感发。至于兴会流连，则随其人所得之深浅，诗固不论，要无不可言志。"有句云："前贤一事差堪拟②，五十学诗高达夫。"《憨斋诗话》亦称其"年五十始学诗"。集中诗多涉蜀中故实及乡邦典故。别有《雪峤文选》一卷，今未见传。③

（三）《蜀道联辔集》提要

《蜀道联辔集》一卷附《蜀道停绣草》一卷　传抄本

清王培荀、王者政同撰。培荀字雪峤，淄川人，道光辛巳举人，官荣县知县，撰有《听雨楼随笔》《乡园忆旧》《雪峤文选》等书。者政字叙常，号春舫，文登人，道光己丑进士，官宁远府知府。是集乃培荀、者政罢官后，同道归里时途间唱和所作。《停绣草》则者政妻陈宝四所撰。两集古今体诗均有。者政所撰，七古如《出剑阁》《龙洞》、七律如《七盘关》，皆清壮中有沉郁之致。培荀诗，力求奇警，然时有浮声累句。其《桂湖谒杨升庵祠》，有"忠臣才子庙，宰相状元家"之句，意格犹卑。者政妻宝四，字箴史，奉天人。其《停绣草》中《薛涛井》有句云"胜迹只今留古井，诗人何处胜高楼"，二语则颇有神韵也。书前有周乐序，谓"培荀、者政，同为东人，同宦西川，同时解绶旋里，又同路联辔歌咏，此殆天使两诗人珠联璧合，引商刻羽，以壮蚕丛之观而增宦游之色乎！合而梓之，借志鸿爪固宜。"又宝四《停绣草》，者政本不欲付梓，乐序则谓"两诗人旗鼓相当，足称吟坛健将，而娘子军自成一队，不妨另为一卷殿后，以为艺林佳话"云云。④

---

① "陂"，原作"坡"，据《寓蜀草》王培荀自序改。

② "差堪拟"，原作"堪差拟"，据马桐芳《憨斋诗话》改。

③ 柯愈春：《清人诗文集总目提要》，北京古籍出版社 2001 年版，第 1322 页。

④ 中国科学院图书馆整理：《续修四库全书总目提要（稿本）》第 26 册，齐鲁书社 1996 年版，第 198 页。